진실에 갇힌 남자

REDEMPTION

진실에 갇힌 남자

데이비드 발다치 장편소설 | 김지선 옮김

북로드

모든 기차가 정시에 도착하게 해주는,

그토록 많은 일을 우아하면서도 능률적으로 처리해준 린지 로즈에게,

새로운 공연 축하해요!

일러두기

이 책은 소설 작품입니다. 여기 나오는 인물이나 사건, 단체나 기관 등은 실제와는 아무런 관련이 없습니다. 소설 속의 모든 인물, 사건, 대화 등은 모두 작가의 상상력을 토대로 창작된 것임을 밝힙니다.

하나, 모든 표기는 출판사 편집매뉴얼의 교정 교열 규칙에 따르되, 작가적 의도에 따라 필요하다 판단될 경우 절충하여 표기하였습니다.

둘, 원저자 주의 경우 괄호 안에 표기하였고, 옮긴이 주의 경우 괄호 안에 '옮긴이' 표기를 별도로 하였습니다.

셋, 영화, TV 프로그램, 미술품, 곡명은 〈 〉로, 신문이나 잡지의 매체명은 『 』로, 책 제목은 《 》로 표기하였습니다.

넷, 원문에서 이탤릭체 혹은 대문자로 강조된 부분은 고딕체, 볼드체 혹은 작은따옴표로 구분하여 표기하였습니다.

0 001

선선하고 싱그럽다 못해 아름다울 만치 쾌청한 가을날 저녁, 에이머스 데커는 시신들에 둘러싸여 있었다. 하지만 평소 죽은 이들을 마주할 때 그렇듯 파란색 형광 불빛을 보고 있지는 않았다.

그리고 여기엔 타당하기 그지없는 설명이 존재했다. 이들 중 **최근**에 사망한 사람은 아무도 없다는 것.

데커는 고향인 오하이오 주 벌링턴에 돌아와 있었다. 한때는 좋은 시절을 누렸던 낡은 공장 도시. 얼마 전까지는 펜실베이니아 주의 또 다른 러스트벨트 타운(한때 철강과 중공업으로 번창했다가 이제는 기운 미국 중서부의 도시들—옮긴이)에 있었는데, 그곳에서 데커는 간발의 차이로 죽음을 피했다. 만일 자신에게 선택권이 있다면 당분간 그런 지뢰밭은 피하고 싶었다. 물론 남은 평생 쭉 그럴 수 있다면 더 좋겠지만.

다만 그런 선택권은 지금 이 순간의 데커에게 없었다. 데커가 벌링턴에 온 이유는 오늘이 딸인 몰리의 14번째 생일날이라서였다.

정상적인 상황이라면 행복한 날, 축하해야 할 날이었으리라. 하지만 몰리는 제 엄마인 캐시, 그리고 삼촌인 조니 색스와 함께 살해당했다. 이 끔찍한 사건이 일어난 건 몰리의 10살 생일이 갓 지났을 때였다. 그 셋이 집 안에서 죽어 있는 걸 발견한 사람이 바로 데커였다.

영영 가버렸다. 폭력에 몰두한 악마 같은 미친 인간에 의해, 상상도 못 할 어처구니없는 방식으로 목숨을 빼앗겼다. 그 살인범은 이제 살아 있지 않다. 데커는 그자의 삶에 종지부를 찍는 데 중요한 역할을 했지만, 그럼에도 그 사실에서 조금도 위안을 느끼지 못했다.

그게 데커가 생일 축하를 위해 묘지를 찾아온 이유였다. 케이크도, 선물도 없었다. 그저 지난번 방문 때 갖다놓은, 오래전에 시들어버린 꽃다발을 대신해 무덤에 놔둔 싱싱한 꽃다발뿐.

데커는 언젠가 땅 밑에 누워 있는 가족에게 자신도 합류하게 될 그날까지, 매년 몰리의 생일마다 이곳을 찾을 계획이었다. 그게 데커의 장기적 인생 계획이었다. 남은 인생에서 그 외의 계획 같은 건 단 한 번도 떠올려본 적이 없었다.

데커는 엄마와 딸이 나란히 잠든 한 쌍의 무덤 옆에 놓인 벤치에 앉아 있었다. 목재와 연철로 만든 그 벤치는 벌링턴 경찰서에서 기증한 것이었다. 데커가 처음에는 순경으로, 나중에는 강력계 형사로 몸 바쳐 일한 곳. 비바람에 시달려 변색된 놋쇠 벤치 명판에는 이렇게 적혀 있었다. **캐시와 몰리 데커를 기리며.**

그 조그만 묘지에는 데커와 FBI에서 파트너로 일하는 알렉스 재미슨 말고는 아무도 없었다. 40대 중반인 데커보다 열 살 남짓 아래인 재미슨은 파트너가 혼자서 가족을 기릴 수 있도록 거리를 두고 서서 존중을 표하고 있었다.

원래 기자 출신인 재미슨은 이제 정식으로 선서를 마친 FBI 특수요원이었다. 버지니아 주 콴티코에 있는 FBI 연수원에서 연수를 마치고, 데커도 속해 있는 특수팀의 이전 자리로 곧장 복귀했다. 팀에는 두 사람 말고 베테랑 요원인 로스 보거트와 토드 밀리건도 속해 있었다.

데커는 무덤가에 앉아 과잉기억증후군이라는 자신의 증상을 저주했다. 완벽한 기억은 NFL 경기장에서 무시무시한 기습 공격을 당해 입은 뇌 부상의 후유증으로 시작되었다. 혼수상태에서 깨어났을 때 데커는 모든 걸 기억하는 능력을 가지고 있었지만, 이는 아무것도 잊지 못한다는 뜻이기도 했다. 기적적인 능력처럼 보였지만, 그 증상에는 명확한 단점이 하나 있었다.

아무리 오랜 시간이 지난다 해도 데커는 고통스러운 기억을 결코 잊지 못할 것이다. 아주 세세한 부분까지도. 물론 지금 마주하고 있는 것과 같은 고통스러운 기억도 마찬가지였다. 가족의 죽음에 대한 데커의 기억은 무엇보다도 강렬해서, 어떻게 보면 캐시와 몰리는 4년 전이 아니라 오늘 죽어서 무덤에 누운 것이나 다름없었다.

데커는 묘비에 적힌 이름과 명문을 다시 읽었다. 물론 뭐라고 씌어 있는지는 이미 다 외우고 있었다. 가족에게 하고 싶은 말을 잔뜩 가지고 왔건만, 지금은 그중 무엇 하나도 명확히 말할 수 없었다. 도저히 설명할 수 없는, 철저한 실패였다.

아니, 어쩌면 설명이 가능할지도 모른다. 데커에게 완벽한 기억력이라는 선물을 준 뇌의 부상은 다른 한편으로 데커의 성격을 판이하게 바꿔놓았다. 한때는 뛰어났던 사회성이 바닥으로 곤두박질치고 말았다. 감정을 말로 표현하기가 어려웠고, 사람들을 어떻게 대해야 할지 몰랐다.

데커는 마음의 눈으로 제일 먼저 딸의 이미지를 불러냈다. 초점은 날카롭도록 선명했다. 곱슬곱슬한 머리카락, 환한 웃음, 터질 듯한 뺨. 그다음은 아내인 캐시 차례였다. 캐시는 데커의 가족을 한 자리에 붙잡아주는 닻이었다. 남편이 타인들과의 소통을 포기하지 않고, 예전의 모습을 가능한 한 되찾을 수 있도록 도와주었다. 데커가 병에 무릎 꿇지 않은 것은 캐시 덕분이었다.

가족과 이토록 가까이 있으니 그 사실, 그들은 죽었고 자신은 그렇지 않다는 사실이 확 덮쳐오는 바람에 데커는 마치 실제로 육체적 통증을 느낀 것처럼 움찔했다. 데커는 그게 현실이라는 걸 도무지 받아들이지 못할 때가 많았다. 아니, 사실 그럴 때가 대부분이었다.

데커는 30미터쯤 떨어진 곳에서 넓은 오크나무에 기대서 있는 재미슨 쪽을 바라보았다. 재미슨은 좋은 친구이고 동료로서도 훌륭했지만, 데커가 지금 직면하고 있는 걸 견뎌내는 데는 정말이지 아무런 도움도 줄 수 없었다.

데커는 다시 무덤을 돌아보고 무릎을 꿇은 채 가져온 꽃다발을 쑥 파인 홈에 하나씩 하나씩 내려놓았다.

"에이머스 데커?"

이름을 부르는 소리에 고개를 들자 느릿느릿 다가오는 늙은 남자가 보였다. 땅거미를 등지고 길게 늘어진 그림자들 속에서 저절로 생겨난 존재 같았다. 가까이 다가온 노인은 보기 괴로울 정도로 마른 데다 얼굴은 심한 황달로 거의 유령처럼 보였다.

재미슨은 이미 남자가 다가오는 걸 데커보다 먼저 알아차리고 그에게 성큼성큼 다가가던 중이었다. 이곳은 데커의 고향이니 어쩌면 그냥 아는 동네 사람일지도 모르지만, 꼭 그렇다는 보장은 없으니까. 재미슨은 에이머스 데커 주변에서 말도 안 되는 일들이 자주 벌어진다는 걸 알았다. 그래서 오른쪽 엉덩이의 총집에 끼워진 권총 손잡이 쪽으로 눈에 띄지 않게 손을 움직이고 있었다. 혹시 모르니까.

데커는 남자를 눈여겨보았다. 남자는 발을 질질 끌고 있었는데, 그건 완연한 병색과는 별 상관이 없어 보였다. 데커는 그 걸음걸이를 익히 알고 있었다. 늙거나 병약한 사람의 걸음걸이라기보다는 A 지점에서 B 지점으로 움직일 때 족쇄를 차는 데 익숙한 사람의 걸음걸이였다.

출소자로군. 데커는 추측했다.

그리고 한 가지가 더 있었다. 이따금씩 그러듯, 그 남자를 보자 데커의 머릿속에서 한 가지 색깔이 떠올랐다. 이는 데커가 가진 또 다른 증상인 공감각증후군 때문이었다. 그 때문에 데커는 죽음과 숫자 같은 것들을 색깔과 짝짓는 특이한 버릇이 있었다.

이 남자에게 배정된 색상은 버건디색이었다. 데커에게는 새로운 색이었다.

버건디라니, 도대체 무슨 뜻이지? 젠장.

"누구시죠?" 데커는 자리에서 일어나 무릎에 묻은 먼지를 툭툭 털며 물었다.

"날 못 알아보는 것도 무리는 아니지. 감옥은 사람을 그렇게 만드니까. 당신 덕분이라고 해야겠군."

그렇다면 재소자였던 게 맞군.

재미슨 또한 그 말을 듣고 걸음을 빨리했다. 권총이 실제로 총집에서 반쯤 나와 있었다. 남자는 데커에게 복수 같은 걸 하러 왔을지도 모른다. 두려움이 재미슨을 사로잡았다. 내 파트너는 직무 수행 도중에 수많은 사람들을 철창에 집어넣었으니까. 그리고 이 남자도 그중 하나인 게 분명해.

데커는 1.5미터쯤 떨어진 거리에 멈춰 선 남자를 위아래로 훑어보았다. 195센티미터의 키에 135킬로그램을 넘나드는 체중의 데커는 산 같은 덩치의 소유자였다. 운동을 꾸준히 하고 몸에 더 좋은 걸 챙겨먹도록 격려하고 도와준 재미슨 덕분에 지난 2년간 45킬로그램 넘게 뺐다. 아마 앞으로 살면서 이보다 더 '날씬'해질 가능성은 높지 않을 것이다.

남자는 키가 180센티미터를 살짝 넘어 보였지만, 데커는 눈대중으로 남자의 몸무게가 기껏해야 60킬로그램을 넘지 않을 거라고 생각했다. 몸통 둘레가 데커의 한쪽 허벅지와 대략 맞먹었다. 가까이서 보니 피부는 마치 갈가리 찢어지기 직전인 양피지처럼 버석거렸다.

남자는 가래를 카악 하고 끌어올린 후 옆으로 몸을 틀어 신성한 땅에 내뱉었다. "정말 내가 누군지 모르겠나? 그 희한한 기억력인지 뭔지 하는 게 있다고 들은 것 같은데?"

데커가 말했다. "그건 누구한테 들었습니까?"

"당신의 옛 파트너."

"메리 랭커스터?"

남자는 고개를 끄덕였다. "그 친구가 당신이 여기 있을지도 모른다더군."

"그 친구가 왜 그런 말을 했을까요?"

"내 이름은 메릴 호킨스일세." 마치 그로써 자신이 왜 여기 왔는지에 대한 설명이 끝났다는 투였다.

데커의 턱이 약간 아래로 처졌다.

호킨스는 이 반응에 웃음을 떠올렸지만, 그 웃음은 눈까지 가닿지 않았다. 남자의 옅고 흔들림 없는 눈동자에는 아주 약간의 생명력밖에 남아 있지 않은 듯 보였다.

"이제야 내가 기억났나 보지?"

"감옥에서 어떻게 나온 거죠? 당신은 가석방 없는 종신형인데."

재미슨이 다가와 데커와 호킨스 사이를 가로막았다.

호킨스가 재미슨을 보고 고개를 끄덕였다. "당신이 새 파트너로군. 알렉스 재미슨. 랭커스터한테 당신 이야기도 들었지." 남자의 시선이 다시 데커를 향했다. "당신 질문에 답하자면, 난 말기 암이라 감옥에서 나왔지. 암 중에서도 최악이야. 췌장암. 5년 이상 생존율은 바닥이라고, 의사들이 그러더군. 그것도 화학요법이랑 방사선요법이랑 온갖 거지 같은 것들을 모조리 받는다고 쳤을 때 얘기야. 난 그중 한 가지도 받을 돈이 없고." 남자의 손이 얼굴로 올라갔다. "황달. 이게 생기면 맞서 싸우기엔 너무 늦었다는 뜻이지. 그리고 전이도 있고. 말이 좀 어려운가? 암이 내 몸을 구석구석 갉아먹고 있다는 뜻이지. 이제는 뇌까지 올라왔대. 난 지금 9회 말이야. 더 말할 것도 없이 끝났지. 망할, 어쩌면 일주일도 안 남았을지 몰라."

"그게 왜 당신을 풀어줄 이유가 되죠?" 재미슨이 물었다.

호킨스가 어깨를 으쓱했다. "그 작자들 말로는 **인간적 석방**이라나. 보통은 수감자 쪽에서 신청해야 하는데, 자기들이 서류를 들고 내 감방을 찾아왔더군. 내가 그걸 작성하면, 그쪽에서 의사한테 승인을 받고, 그다음엔 빠이빠이. 그게 말이지, 주 당국이 내 치료비를 대기 싫었던 거야. 난 그 사설 교도소라는 데 있었는데, 거기서는 주 당국에 비용 결재를 올리지만, 항상 승인이 떨어지는 건 아니거든. 돈이 드니까. 적자가 나니까. 어차피 이젠 내가 위험해 보이지도 않을 테고. 난 48세 때 감옥에 들어갔는데 이제는 일흔이 됐어. 나도 알아, 백 살은 먹은 것처럼 보이지. 그냥 걸어 다니고 말을 하는 것만으로도 약을 잔뜩 주입받아야 해. 지금은 이러고 있지만 나중에는 몇 시간 동안 내리 토하다가 그 후 약을 잔뜩 먹으면 잠깐은 잠들 수 있겠지."

재미슨이 말했다. "당신이 처방 진통제를 복용 중이라면, 누군가 도와주는 사람이 있다는 거네요."

"**처방**이라고 누가 그래? 아닌데. 하지만 뭐 있으면야 좋겠지. 내가 길거리에서 마약을 산다고 해서 그 사람들이 날 도로 감옥에 잡아넣을 것도 아니지만. 난 유지비가 보통 드는 몸이 아니라고." 남자는 킥킥거렸다. "그걸 알았으면 진즉 암에 걸리는 건데."

"당신이 밖에 있으면 아무런 도움도 못 받는다는 뜻인가요?" 재미슨이 믿기지 않는다는 투로 물었다.

"호스피스 병동에서 받아줄 거라고 했지만, 내가 무슨 수로 거기까지 가겠어. 그리고 가고 싶은 마음도 없고. 난 여기 있고 싶어." 호킨스는 말을 마치고 데커를 빤히 보았다.

"나한테 원하는 게 뭡니까?" 데커가 물었다.

호킨스가 손가락으로 데커를 가리켰다. "당신은 날 감옥에 넣었어. 하지만 당신이 틀렸어. 난 무죄야."

"그건 다들 하는 말 아니에요?" 재미슨의 말투에는 불신이 가득 담겨 있었다.

호킨스는 다시 어깨를 으쓱하며 "남들이 뭐라 하든 내 알 바 아니고"라고 대꾸하고는 데커를 돌아보았다. "랭커스터는 내가 무죄라고 생각해."

"난 못 믿겠는데요." 데커가 말했다.

"직접 물어봐. 당신이 어디 있는지 나한테 말해준 게 그 친구니까." 호킨스는 말을 멈추고 어두운 하늘을 바라보았다. "당신은 잘못을 바로잡을 기회를 한 번 더 얻었어. 어쩌면 내가 아직 살아 있는 동안 해낼 수 있을지도 모르지. 아니라도 괜찮아. 당신이 해내기만 하면 난 무죄로 기억될 테니까." 호킨스는 마지막 문장을 옮은 웃음과 함께 덧붙였다.

"데커는 지금 FBI에 협조 중이에요." 재미슨이 끼어들었다. "벌링턴은 더는 이 사람의 관할 구역이 아니에요. 당신 사건도 그렇고요."

호킨스는 아연실색한 표정이었다. "당신이 진실에 관심 있다고 들었는데, 데커. 내가 잘못 들은 건가? 그런 거라면 이 먼 곳까지 공연히 헛걸음을 했군."

데커가 아무런 대꾸도 하지 않자 호킨스는 종이 한 장을 꺼냈다. "난 앞으로 이틀 밤은 더 이곳에 있을 거야. 당신이 당신 가족을 죽인 진범을 찾아낸 건 잘된 일이야. 하지만 자네는 아무 죄가 없으면서도 여전히 죄의식을 느끼지. 망할, 그 기분이 어떤 건지 난 잘 알아."

등을 돌려 천천히 무덤 사이로 걸어가던 호킨스는 마침내 어둠에 완전히 잠겨버렸다.

재미슨은 데커를 돌아보았다. "좋아요, 난 이게 어떻게 된 상황인지 감도 안 잡히지만, 그래도 말이 안 돼요. 저 작자는 그냥 당신을 가지고 놀려는 거예요. 죄의식을 느끼게 만들려는 거죠. 그것도 당신이 모처럼 그…… 가족이랑 같이 시간을 보내려고 하는데 굳이 여기까지 찾아와서 엉덩이를 들이밀다니, 정말 말도 안 된다고요."

데커는 종잇장을 내려다보았다. 그 표정으로 미루어 이제 일말의 의혹이 데커의 머릿속에 스며든 게 틀림없었다.

데커를 지켜보던 재미슨의 얼굴에 낙담이 서서히 내려앉았다.

"만나러 갈 생각이군요, 맞죠?"

"우선 그전에 만나야 할 사람이 있어요."

0 002

데커는 현관에 혼자 서 있었다. 재미슨에게는 따라오지 말라고 부탁해두었다. 혼자 오는 편이 낫겠다고 생각한 데는 몇 가지 이유가 있었다.

데커는 40년도 더 전에 지어진, 여러 층으로 된 이 집을 구석구석까지 기억했다. 단순히 완벽한 기억력 때문만은 아니었다. 이 집이 데커가 예전에 가족과 함께 살던 집과 한 틀에서 찍어낸 듯 완벽하게 닮아 있기 때문이었다.

메리 랭커스터가 남편인 얼, 그리고 딸인 샌디와 함께 여기서 산 기간은 랭커스터가 벌링턴 경찰서에서 일한 기간과 대략 맞먹었다. 그리고 데커가 이곳에서 일한 기간 역시 대략 동일했다. 얼은 업무 시간이 정해져 있지 않은 종합건설업자였는데, 샌디가 특수 아동이라 늘 엄청난 시간과 관심이 필요한 탓이었다. 가족의 주 수입원 역할은 오랫동안 메리가 맡아왔다.

데커는 계단을 올라가 문앞에 섰다. 노크를 하려는 순간, 문이 열렸다.

색 바랜 청바지에 피처럼 붉은 스웨트셔츠를 입고 진청색 운동화를 신은 랭커스터가 문간에 서 있었다. 한때는 백금발이었지만 이제는 흰머리로 뒤덮인 머리카락은 어깨 위로 힘없이 늘어뜨린 채였다. 아래로 내린 손에는 담배를 쥐고 있어서, 연기가 똬리를 틀며 가느다란 허벅지 위로 피어오르는 게 보였다. 얼굴은 마치 지문처럼 쪼글쪼글한 주름으로 뒤덮여 있었다. 데커와 동갑이건만, 10년은 더 늙어 보였다.

"어쩌면 오늘 밤쯤 찾아오지 않을까 생각하던 참이었어." 랭커스터가 흡연자 특유의 걸걸한 목소리로 말했다. "얼른 들어와."

예전에 랭커스터가 총 쥐는 손인 왼손에 수전증이 있었음을 아는 데커의 눈길이 그리로 쏠렸다. 하지만 지금은 눈에 띄지 않았다.

좋아, 잘된 일이야.

랭커스터가 뒤돌아서자 데커는 집으로 들어가 등 뒤로 문을 닫았다. 앞장서 가는 너무나 작은 몸집의 랭커스터를 따라가는 자신의 커다란 덩치가 마치 항구로 안전하게 이끄는 예인선을 따라가는 화물선 같지 않을까 하는 생각이 들었다. 아니, 어쩌면 암초로 이끄는 것일지도 모르지만. 아직은 어느 쪽인지 알 수 없었다.

데커는 또한 늘 딱 봐도 말랐던 랭커스터가 이제 더욱 비쩍 말랐음을 알아차렸다. 마치 옷걸이가 몇 개나 끼워져 있는 것처럼, 헐렁한 옷 밖으로 뼈가 이상한 각도로 튀어나와 있었다.

"금연 껌은 이제 약발이 다 됐나 봐?" 데커가 메리의 불붙은 담배를 응시하며 물었다.

두 사람은 거실에 앉았다. 장난감, 신문 뭉치, 열린 종이상자가 나뒹구는 비좁은 공간은 혼돈 그 자체였다. 하지만 메리의 집이 늘 이런 식이었음을 데커는 모르지 않았다. 데커가 벌링턴을 떠나기 전에 집 청소 서비스를 이용하기 시작했지만, 그것도 좀 애로사항이 있었다. 어쩌면 이 가족은 그냥 쓰레기장에 사는 게 더 낫다고 결론 내린 것일까.

메리는 카멜을 한 모금 빨고 콧구멍으로 연기를 내보냈다.

“하루에 딱 한 개비만이야. 대략 이 시간쯤에, 그것도 얼과 샌디가 밖에 나가 있을 때만. 그 후 페브리즈로 집을 온통 도배하지.”

데커는 한 모금 들이마시고 기침을 했다. “그럼 도배가 좀 덜 된 것 같은데.”

“메릴 호킨스를 만난 모양이지?”

데커가 고개를 끄덕였다. “내가 어디 있는지 너한테 들었다던데.”

“맞아.”

“무분별한 짓이었어. 내가 타운에 왜 왔는지 알면서. 너한테 미리 알려줬잖아.”

메리는 뒤로 기대앉아 손톱으로 피부를 긁적거렸다. “흠, 나도 아무 생각 없이 그런 건 아니야. 네가 알고 싶어 할 거라고 생각했어.”

“호킨스는 네가 자기를 믿는다던데.”

“아직 거기까진 아니고. 그냥 그자의 주장도 일리가 있다고 했지.”

“그 주장이 정확히 뭔데?”

“그 사람이 무고한 게 아니라면, 왜 죽음을 앞둔 지금 굳이 여기까지 와서 우리한테 자기 누명을 벗겨달라고 부탁하겠어?”

“그야 자기가 얻을 게 있으니 그랬겠지.”

메리는 담배를 한 모금 더 빨고 고개를 저었다. “내 생각은 달라. 인간은 끝이 가까이 왔다고 생각하면 마음가짐이 달라지거든. 1초도 아까워지는 법이야.”

데커는 열린 종이상자들에 눈길을 보내며 물었다. "어디 이사라도 가?"

"어쩌면."

"어쩌면? 어쩌면이라니, 도대체 무슨 소리야?"

랭커스터는 어깨를 으쓱했다. "우리 인생에 확실한 게 하나라도 있어?"

"벌링턴 상황은 좀 어때?"

"뭐, 그럭저럭 버티고 있지."

"실업률이 전국적으로 낮아졌잖아."

"그래, 한 시간에 10달러짜리 일이라면 잔뜩 널렸지. 1년에 2만 달러로 살 수 있다면, 뭐 잘해봐."

"얼이랑 샌디는 어디 갔어?"

"학교 행사. 요즘 그쪽은 얼이 나보다 더 많이 참가해. 최근 경찰서 상황이 좀 개판이었거든. 힘든 시기는 범죄를 부르지. 마약 관련 사건들이 잔뜩이야."

"그래, 그렇게 되더군. 호킨스는 왜 널 보러 온 거래?"

"우리가 그 사건을 함께 해결했잖아, 데커. 처음 맡은 살인사건이었지."

"그 사람 언제 나왔대? 정말 말기야? 보기엔 확실히 그래 보이던데."

"이틀 전에 어슬렁어슬렁 서로 들어왔지 뭐야. 난 깜짝 놀라 기절하는 줄 알았어. 처음에는 탈옥이라도 한 줄 알았다니까. 그 남자가 하는 말을 그대로 믿은 건 아니지만, 곧장 감옥에다 확인했지. 암에 관해 한 말은 진짜였어. 그리고 석방도."

"말기 환자를 그냥 혼자서 죽으라고 쫓아내도 되는 거야?"

"그게 비용 절감을 위한 좋은 전략이라고 생각하는 사람들이 있는 건 확실해."

"이틀 더 여기 머물 거라고 나한테 그러던데. 레지던스 인에 묵고 있고."

"네가 전에 살던 곳이지."

"거기 뷔페라면 살을 찌우는 데 도움이 좀 될지도 모르지. 과연 식욕이란 게 남아 있을지는 의문이지만. 길거리 마약으로 간신히 목숨을 이어가고 있다던데."

"안타까운 상황이지."

"날 다시 만나고 싶어 해."

메리는 담배를 한 모금 더 빨았다. "그렇겠지."

"그자가 날 보러 **묘지에** 왔었어."

랭커스터는 황홀한 표정으로 담배를 다시 한 모금 빨아들인 후 탁자에 놓인 재떨이에 비볐다. 갈망하는 눈길이 꽁초 위를 맴돌았다.

"그건 미안하게 됐어. 오늘 아침 일찍 다시 서에 찾아와서 묻길래 그만. 난 네가 정확히 **왜** 타운에 왔는지는 말해주지 않았어. 네 가족 이야기를 해주긴 했지만. 그리고 내가 실제로 그 사람한테 묘지에 가보라고 한 건 아니야." 메리는 마침내 옅은 눈동자로 데커의 눈을 똑바로 들여다보았다. "아마 그 사건을 네 머릿속에서 티 하나 없이 완벽한 디테일로 훑어봤겠지?"

"그랬지. 그리고 우리가 한 조사에서 아무런 문제도 발견하지 못했어. 우린 범죄현장을 살펴보고 증거를 수집했고, 그 증거는 면도날처럼 예리하게 호킨스를 겨냥했지. 호킨스는 체포되어 법정에 세워졌고, 우린 증언을 했어. 호킨스의 변호사가 변론을 맡아 우리 둘을 뼈까지 발라낼 기세로 교차검증을 했고, 그 결과 배심원단은 유죄평결을 냈지. 사형선고를 받을 수도 있는 사건이었지만 결과는 가석방 없는 종신형. 내가 보기엔 전부 합리적이야."

랭커스터는 뒤로 비스듬히 기대앉았다.

데커는 옛 파트너를 훑어보았다. "별로 안 좋아 보여, 메리."

"난 최소 10년 전부터 한 번도 좋아 보인 적이 없었어, 에이머스. 다른 사람이라면 몰라도 너라면 알고 있을 텐데."

"알지만 그래도……."

"넌 여길 떠났을 때보다 살이 많이 빠졌네, 에이머스."

"재미슨 덕분이지. 재미슨이 운동도 시키고 식단도 확인해. 아예 만들어서 먹여줄 때도 많고. 샐러드랑 채소랑 **두부** 밭이지만. 그리고 재미슨은 FBI 배지랑 신분증을 따냈어. 얼마나 열심히 노력했는지 몰라. 내가 자랑스러울 정도야."

"그럼 두 사람이 같이 사는 거야?" 랭커스터가 눈썹을 치켜올린 채로 물었다.

"둘 다 D.C.의 같은 아파트에 살고 있긴 하지."

"다시 물어볼게. 둘이 직장 동료 이상의 관계야?"

"그러기엔 내 나이가 너무 많잖아, 메리."

"그건 내 질문에 대한 대답이 아닌데. 혹시 모를까 봐 하는 말인데, 세상에는 한참 어린 여자랑 사는 늙은 남자가 잔뜩 널려 있어."

"아니, 우린 직장 동료 이상은 **아니야.**"

"알았어." 메리가 앞으로 몸을 숙이고 물었다. "그건 그렇고, 호킨스는?"

"도대체 왜 의심을 품어야 하는데? 그건 자명한 사건이었어."

"어쩌면 좀 지나치게 자명했지."

"그건 억지야. 증거라도 있으면 모를까."

"그런 건 없지. 그리고 호킨스가 하는 말이 진실인지 아닌지도 난 몰라. 그냥 그 남자가 죽음을 코앞에 둔 상황에서 누명을 벗겠다고 여기까지 돌아왔으니까, 어쩌면 다시 한 번 들여다볼 가치는 있지 않나 싶을 뿐이야."

데커는 그다지 납득하지 못한 표정이었지만 이렇게 물었다. "좋아, 지금 시간 어때?"

"뭔 소리야?" 랭커스터가 화들짝 놀란 얼굴로 되물었다.

"살인사건 현장으로 다시 가보자. 비록 너무 오래전 일이긴 하지만, 누가 거기 이사 들어오진 않았겠지. 그런 일이 있었으니." 데커는 잠깐 뜸을 들였다가 덧붙였다. "내 예전 집과 마찬가지로."

"음, 그건 네 생각이 틀렸어. 네 옛집에는 **실제로** 이사 들어온 사람이 있거든."

데커의 입이 쩍 벌어졌다. "누가?"

"헨더슨 부부라고, 어린 딸이 하나 있어."

"아는 사람들이야?"

"그건 아니고. 내가 아는 건 그 가족이 한 6개월 전에 그 집으로 이사 왔다는 것뿐이야."

"그럼 살인사건이 일어난 집은? 거기도 누가 살아?"

"한 5년쯤 전에 누가 이사 들어오긴 했지. 하지만 1년 전에 플라스틱 제조 공장이 문을 닫고 중서부의 다른 공장들과 마찬가지로 해외로 이전하면서 이사 갔어. 그 후로는 쭉 빈집이야."

데커가 자리에서 일어섰다. "좋아, 갈래? 옛날로 돌아간 기분일 거야."

"여기서 더 '옛날'로 돌아가고 싶은지는 잘 모르겠는데." 그렇게 받아치긴 했지만 랭커스터는 데커를 따라 일어나 벽의 고리에 걸려 있던 외투를 집어 들었다. "그리고 호킨스가 말한 게 진실로 밝혀지면 어쩌지?" 문으로 향하는 도중에 랭커스터가 물었다.

"그럼 진범이 누군지 우리가 알아내야지. 하지만 거기까지 생각하긴 아직 일러. 한참 이르지."

"넌 이제 여기서 일 안 하잖아, 데커. 이렇게 오랜 세월이 지났는데, 지금 여기서 살인범을 찾아내는 건 네 일이 아니야."

"살인범을 찾아내는 건 내 **유일한** 일이야. 그자들이 어디 있든간에."

003

리처즈 가족의 집. 13년 전의 범죄현장.

차 바큇자국이 깊이 파인 자갈길이 집을 향해 이어졌다. 넓이가 축구장 두 개쯤 되는, 더부룩한 덤불이 무성하게 자란 시들어버린 잔디밭에 자리한 막다른 골목. 길 오른편과 왼편으로 각각 집이 두 채씩 있고, 다 쓰러져 가는 리처즈의 집은 그 끝에 처박혀 있었다.

이 동네는 당시에도 으스스하고 외딴 곳이었지만, 10년이 지난 지금은 더욱 그랬다.

데커의 차가 집 앞에 서고, 두 사람은 차에서 내렸다. 랭커스터는 살짝 몸을 부르르 떨었는데, 쌀쌀한 밤공기 때문만은 아니었다.

"그리 많이 바뀌지 않았군." 데커가 말했다.

"흠, 여기 살았던 가족이 떠나기 전에 집수리를 좀 하긴 했어. 필요했으니까. 페인트칠이랑 카펫 정도. 대체로 내부를 손봤지. 이 집은 오랫동안 버려져 있었어. 나라도 그런 일이 일어난 집에서 살고 싶진 않을 테니까."

"은행가가 왜 이런 집에 살았을까."

"그 사람은 대출 담당 직원이었어. 특히 벌링턴 같은 곳에서는 벌이가 쥐꼬리 수준이었지. 그리고 이 집이 내 집보다는 훨씬 커, 데커. 대지도 훨씬 넓고."

두 사람은 집 앞 현관으로 다가갔다. 데커가 문손잡이를 돌려보았다.

"잠겼네."

"어, 열면 되겠네." 랭커스터가 대꾸했다.

"가택 침입을 허가하는 거야?"

"뭘 또 새삼스럽게. 우리가 지금 범죄현장을 훼손하고 있는 것도 아니잖아."

데커는 옆 유리창을 깨고 안으로 손을 집어넣어 잠금을 풀었다. 손전등을 켜고 앞장서서 안으로 들어갔다.

"기억나?" 랭커스터가 대뜸 묻더니 이내 덧붙였다. "알아. 대답 안 해도 돼."

데커는 아무 말도 들리지 않는 듯했다. 머릿속으로 10년간 순경으로 근무한 후 강도, 도난, 그리고 마약 사건 담당 형사로 몇 년간 일하다 최근 새로 강력계 형사로 발령받은 자신을 보고 있었다. 소란 신고를 받고 출동한 경관들이 집 안에서 시신들을 발견한 후 랭커스터와 함께 리처즈의 집으로 호출된 자신의 모습을. 이건 두 사람이 처음 맡은 살인사건이었다. 둘 다 실수하고 싶지 않았다.

신참 제복 경관인 랭커스터는 여자 티를 조금도 내지 않겠다고 작심한 듯, 화장기 없는 민얼굴이었다. 서 전체를 통틀어 책상 앞에 앉아 타자기를 두드리거나 남자들을 위해 커피를 타지 않는 여성은 랭커스터가 유일했다. 총을 소지하고, 범죄자를 체포하고, 미란다 경고를 읽어줄 권한이 있는 유일한 여성이었다. 그리고 다른 방법이 절대 존재하지 않을 경우에는 그들의 생명을 빼앗을 권한도.

이때는 랭커스터가 아직 담배를 배우기 전이었다. 골초가 된 건 나중에, 데커와 파트너로 형사 일을 하게 된 후였다. 아마도 시신들을 접하는 시간, 그들의 생명을 난폭하게 앗아간 살인범들을 잡으려 애쓰는 시간이 갈수록 늘어간 것과 관련 있었으리라. 또한 당시에는 체중이 더 나갔다. 하지만 어디까지나 적정 체중이었다. 랭커스터는 적어도 서너 가지는 되는 다양한 접근방식을 세워서 범죄현장에 임하는, 침착하고 방법론적인 경찰의 모범으로 인정받았다. 그 무엇도 랭커스터를 흔들어놓지 못했다. 랭커스터는 순경 시절부터 뛰어난 자기관리로 여러 차례 칭찬받았다. 그리고 모두가 무사히 현장을 빠져나왔다. 메리는 형사로 일하는 동안에도 동일한 방식으로 처신했다.

한편 데커는 역대 벌링턴 시 경찰복을 입은 놈들 중 제일 별난 놈으로 통했다. 하지만 법 집행자로서 데커가 가진 어마어마한 잠재력을 무시할 수 있는 사람은 아무도 없었다. 그리고 그 잠재력은 데커가 형사가 되어 메리 랭커스터와 파트너가 되면서 완전히 꽃피웠다. 두 사람은 맡은 사건을 해결하는 데 실패한 적이 단 한 번도 없었다. 그건 규모를 막론하고 다른 모든 경찰서들이 부러워할 만한 기록이었다.

신참 때 함께 연수를 받은 덕분에 두 사람은 전부터 서로를 알고 있었지만, 형사가 되어 제복을 벗고 사복을 입기 전까지는 업무면에서 그리 마주칠 일이 많지 않았다.

그리고 이제 랭커스터는 거실 한쪽 구석에 선 채, 그날 밤의 기억 속으로 한 걸음 한 걸음 걸어 들어가는 데커를 지켜보고 있었다.

"이 집에서 소란이 일어났다는 신고가 경찰 무전으로 들어왔어. 신고가 접수된 건 밤 9시 35분. 5분 후에 경찰차 두 대가 현장에 도착했지. 출동 경관들은 주변을 확인하고 1분 후 집에 진입했어. 앞문은 잠겨 있지 않았지."

데커는 방 안의 다른 지점으로 움직였다.

"피해자 1번, 데이비드 카츠가 여기서 발견됐지." 데커는 부엌으로 통하는 문간의 한 지점을 가리키며 말을 이었다. "나이 35세. 두 방. 처음은 왼쪽 관자놀이. 다음은 뒤통수. 즉사했어." 데커는 문 바로 옆의 다른 지점을 가리켰다. "여기서 맥주병이 발견됐지. 카츠의 지문이 찍혀 있었고. 깨지지는 않았지만 맥주가 바닥에 온통 쏟아져 있었지."

"카츠는 이곳의 식당 주인이었어. 아메리칸 그릴." 랭커스터가 덧붙였다. "이 집에 찾아온 손님이었지."

"그리고 카츠가 범행의 목표였다는 증거는 전혀 없었고." 데커가 말했다.

"전혀 없었지." 랭커스터가 동의했다. "잘못된 때에 잘못된 곳에 있었던 거지. O. J. 심슨 사건의 론 골드먼처럼. 정말이지 내가 그 남자였으면 운도 참 더럽게 없다고 생각했을 거야."

두 사람은 부엌으로 들어갔다. 바닥에는 캐비닛에 여기저기 찍힌 지저분한 리놀륨이 깔려 있었고, 녹이 슨 싱크대가 보였다.

"피해자 2번, 도널드 리처즈. 다들 돈이라고 불렀지. 44세. 은행 대출계 직원. 심장에 총상이 한 군데 있었고, 여기 쓰러져 있었지. 역시 즉사."

랭커스터가 고개를 끄덕였다. "카츠가 아메리칸 그릴을 개업하기 위해 대출을 받으러 은행을 찾아가면서 거기서 일하던 리처즈와 안면을 텄고."

도로 거실로 나온 데커는 2층으로 이어지는 계단을 올려다보며 말했다. "이제 두 피해자가 남았지."

두 사람은 계단을 올라 2층으로 갔다.

"이 두 침실." 데커는 서로 마주 보는 두 문을 가리킨 후 왼편 문을 밀어 열고 안으로 들어갔다. 랭커스터도 뒤따랐다.

"피해자 3번." 데커가 말했다. "애비게일, '애비' 리처즈. 12살."

"목이 졸린 채 침대에서 발견됐지. 묶음실 징후가 남은 것으로 미루어 밧줄 비슷한 게 사용된 듯했고. 살인범은 그걸 가져갔어."

"아이는 즉사한 게 아니었어." 데커는 지적했다.

"그래. 맹렬히 저항했지."

"그리고 메릴 호킨스의 DNA가 여자애의 손톱 밑에 있었고." 그렇게 말하는 데커의 말투는 날카로웠다. "그러니 어찌 보면 그 아이가 범인을 이긴 셈이지."

데커는 메리를 지나쳐서 방을 나와 복도 맞은편 침실로 갔다. 랭커스터도 뒤따랐다.

데커는 한 지점으로 가서 벽을 등지고 선 채 말했다. "피해자 4번. 프랭키 리처즈. 14세. 벌링턴 고등학교에 막 입학한 참이었지. 바로 여기 바닥에서 발견됐어. 심장에 한 방."

"우린 방에 숨겨놓은 마약용품 몇 가지와 꽤 큰 현찰을 발견하고 그애가 단순히 마약을 복용한 것만이 아니라 거래도 했을 거라고 추정했어. 그래서 공급책을 추적해서 칼 스티븐스를 붙잡았지. 하지만 놈은 피라미라, 네 사람을 죽일 만한 동기는 절대 없었을 거야. 그리고 철벽같은 알리바이가 있기도 했고."

데커가 고개를 끄덕였다. "좋아, 우린 10시 21분에 호출됐어. 그리고 14분 후 차로 이 집에 도착했지."

데커는 벽에 몸을 기댄 채 창밖으로 보이는 거리를 내려다보았다. "이웃집은 네 집. 두 집에는 그날 밤 사람이 있었지만, 뭔가 보거나 들은 사람은 없었어. 살인범은 아무도 모르게 여기 왔다가 떠났지."

"하지만 그 후 우리가 그 집을 살펴보던 도중 네가 뭔가를 발견했고, 그게 모든 걸 바꿔놨지."

데커는 다시 앞장서서 계단을 내려가 거실로 들어섰다. "저 벽 스위치 판에 카츠의 피와 함께 묻어 있던 엄지 지문."

"그리고 애비가 공격자에게 저항하느라 손톱 밑에 낀 범인의 살갗, 혈흔과 거기서 추출한 DNA도."

"애비가 끈으로 자기 목을 조르는 범인에게 저항하다가 놈의 팔을 할퀴면서 그 증거가 남은 거지. 〈CSI〉를 한 회라도 봤다면 누구라도 알 만한 사실이야."

랭커스터가 잽싸게 주머니에 손을 넣어 담뱃갑을 꺼냈다.

데커는 담뱃불을 붙이는 랭커스터의 손동작을 유심히 보았다. "내일 배급량을 당겨쓰는 거야?"

"어차피 얼마 안 있으면 자정이잖아. 안 그래도 힘든 사람한테 너무 그러지 좀 마, 젠장." 메리는 바닥에 재를 떨었다. "호킨스는 이전에 일종의 방위산업체 같은 회사에서 일했기 때문에 데이터베이스에 지문이 등록돼 있었지. 전 직원의 지문을 채취하고 신원을 확인하는 회사여서. 지문이 데이터베이스에 있는 호킨스의 것과 일치하는 게 밝혀지자 우린 영장을 받아 가택 수색을 했지."

데커가 설명을 넘겨받았다. "호킨스는 그 지문을 근거로 체포되어 서로 연행됐고, 서에서 면봉으로 DNA를 채취했지. DNA는 애비의 손톱에서 발견된 것과 일치했고. 게다가 호킨스는 그날 밤 아무런 알리바이도 없었어. 가택 수색 도중에 호킨스의 벽장 한쪽 벽 밑에서 상자에 든 채 발견된 45구경 권총 역시 중요한 증거였지. 탄도학도 정확히 일치했으니, 그게 범행에 쓰인 흉기라는 데 의심의 여지가 없었어. 호킨스는 그 총이 자기 게 아니며 왜 거기 있는지 모르겠다고, 심지어 그런 비밀 장소가 있는 것조차 몰랐다고 했지만. 권총을 추적해보니 2년 전 한 총포상에서 도난당한 거였지. 일련번호는 긁어서 지워놨고. 아마도 도난당한 이후로 이런저런 범죄행각들에 쓰이다 마침내 호킨스의 벽장까지 가게 됐겠지." 데커는 옛 파트너를 바라보았다. "따라서 난 네가 왜 우리가 잘못을 저질렀을지도 모른다고 생각하는지 의아해. 나한테는 바위처럼 견고해 보이는데."

랭커스터는 불붙은 담배를 두 손가락 사이에 낀 채 굴렸다. "난 계속 죽음을 앞둔 남자가 누명을 벗으려고 여기까지 오려면 얼마나 어려울까 하는 생각을 멈출 수가 없어. 그럴 가망이 얼마나 낮을지 다 알면서 말이야. 왜 자기한테 남은 얼마 안 되는 시간을 낭비하려 할까?"

"음, 달리 할 일도 없지 않겠어?" 데커가 반박했다. "난 호킨스가 애초부터 네 사람을 살해할 작정으로 이 집에 왔다고는 생각하지 않아. 아마 그보다는 가벼운 마음으로, 좀도둑질이나 하려고 이 집을 골랐는데 상황이 점차 눈덩이처럼 불어난 거겠지. 없는 일 아니라는 거, 너도 알잖아, 메리. 범죄자들은 압박을 받으면 폭주하는 경우가 더러 있지."

"하지만 넌 호킨스의 범행 동기를 알잖아." 랭커스터가 반박했다. “법정에서 제시됐으니까. 자기 죄를 인정한 건 아니었지만, 변호사가 그걸로 조금이나마 동정표를 사려고 했지. 호킨스가 사형 선고를 안 받은 건 어쩌면 그 덕분이었을 거야.”

데커가 고개를 끄덕였다. “아내가 암 말기여서, 진통제를 살 돈이 필요했지. 호킨스는 직장에서 잘려서 의료보험이 없었어. 다 큰 딸은 마약중독자라, 재활시설에 보내려면 역시 돈이 필요했고. 처음도 아니었어. 그래서 신용카드, 장신구, 노트북 컴퓨터, DVD 플레이어, 소형 텔레비전, 그리고 시계 몇 개를 포함한 잡다한 것들을 이 집과 피해자들의 몸에서 훔쳐갔지. 전부 딱딱 들어맞아. 호킨스의 동기는 무고했을지 모르지만, 그걸 실행에 옮긴 방식은 전혀 그렇지 못했어, 젠장.”

“하지만 그 물건들이 하나도 발견되지 않았잖아. 호킨스의 자택에서는 물론이고 전당포에서도. 그러니 호킨스가 그런 물건들을 팔아 번 돈은 한 푼도 없어.”

데커가 반박했다. “하지만 호킨스는 체포 당시 주머니에 현금이 있었어. 그게 장물을 판 돈인지는 끝내 입증하지 못했지만. 어쩌면 살인을 저질렀으니 물건들을 함부로 움직이기가 겁났을 수도 있지. 재판에서 검사 측은 그렇게 추정했어. 비록 내 짐작에 배심원단은 호킨스가 가진 현금이 그 물건들을 판 돈이라고 단정한 것 같았지만. 그냥 그쪽이 더 맞아떨어지는 결론이었으니까.”

“하지만 이웃집 사람들은 아무도 데이비드 카츠의 차 말고 다른 차가 오간 걸 보지 못했어.” 랭커스터가 응수했다.

“그날 밤 폭풍이 지옥같이 몰아쳤던 거 너도 알잖아, 메리. 비를 양동이로 퍼붓는 것 같았지. 앞도 볼 수 없을 정도였어. 그리고 만약 호킨스가 차 등을 켜지 않았다면, 아마 아무도 알아차리지 못했을 거야."

"하지만 뭔가 소리를 들은 사람이 아무도 **없다고?**" 랭커스터가 반박했다.

"말했잖아, 폭풍. 요란한 소음. 하지만 네가 그 사건에 의문을 품은 건 이제 확실히 알겠다."

"아직 거기까진 아니고. 난 그냥 그 사건을 다시 한 번 들여다볼 가치가 있다고 말하는 것뿐이야."

"그리고 내 생각은 그렇지 않고."

"말은 그렇게 하지만 적어도 호기심은 동했겠지. 난 알아." 랭커스터는 말을 멈추고 담배를 한 모금 더 빨았다. "그리고 수전 리처즈의 문제도 있지."

"피해자의 아내. 그날 5시경에 집을 나와 볼일을 몇 가지 보고, 학부모 모임에 참석한 후 친구 두어 명하고 저녁식사를 하며 술을 마셨지. 모두 입증됐어. 그리고 11시에 귀가해 우리가 거기 있는 걸 보고 무슨 일이 일어났는지 알자 히스테리에 빠졌고."

"네가 그 사람을 제압해야 했지. 안 그랬으면 아마 자해했을 거야."

"딱히 죄의식을 느끼는 사람의 행위는 아니었지. 그리고 돈 리처즈가 다니던 은행에서 나오는 생명보험금은 고작 5만 달러였어."

"거기 훨씬 못 미치는 돈에도 살인을 저지르고 남을 사람이 수두룩하지. 너도 잘 알잖아."

데커가 말했다. "그럼 가자."

"어디로?"

"어디 다른 데라도 있어? 메릴 호킨스를 만나봐야지."

*

레지던스 인 앞에 차를 세운 순간, 기시감이 데커를 엄습했다. 이 모텔은 가족이 살해당한 집에서 쫓겨난 후 데커가 얼마간 지내던 거처였다. 그리 변한 건 없었다. 예전부터 거지 같았고, 이제는 더욱더 거지 같아졌다. 사실 아직도 무너지지 않았다는 사실이 놀라울 정도였다.

두 사람은 안으로 들어갔다. 데커의 시선이 왼편에 있는 조그만 식당을 향했다. 데커를 사설탐정으로 고용하려는 고객을 만날 때 비공식 사무실로 이용하던 곳이었다. 그러고 보면 비교적 짧은 시간 동안 먼 길을 걸어온 셈이었다. 데커는 얼마든지 다른 길로 갈 수도 있었다. '더 호화스러운' 레지던스 인으로 이사 오기 전에 잠깐 지내던 월마트 주차장의 종이상자에서 과식으로 뇌졸중을 일으켜 그대로 죽었을 수도 있었다.

그런 생각을 하고 있는데 누군가가 로비로 나와 데커를 맞았다. 재미슨이었다. 데커는 조금도 놀란 기색을 보이지 않았다.

재미슨은 랭커스터에게 고개를 끄덕여 알은체를 하고 데커의 표정을 읽은 후 말했다. "내가 여기 나타날 걸 짐작했나 봐요?"

"**안 하진** 않았죠." 데커가 대꾸했다. "이곳 주소가 적힌 종이를 당신한테 보여줬으니까."

"그 살인사건에 관해 기본적인 것들을 온라인으로 찾아봤어요." 재미슨이 말했다. "꽤 철벽같아 보이던데요."

"방금 그 이야기를 하던 참이었어요." 랭커스터가 말했다. "하지만 어쩌면 철벽에 녹이 좀 슬었을지도 모르죠." 랭커스터는 재미슨의 엉덩이에 걸쳐진 배지를 곁눈질했다. "이제 진짜배기 FBI 요원이 됐다면서요. 축하해요."

"고마워요. 당연한 수순인 것 같았어요. 그냥, 데커를 좀 더 잘 관리하기 위해서라도요."

"행운을 빌어요. 난 결국 실패했으니까. 내 배지는 안 먹히더라고요."

"호킨스는 14호실에 있어." 데커가 끼어들었다. "위층이야."

일행은 한 줄로 서서 2층으로 올라갔다. 방은 복도 중간쯤에 있었다. 데커는 노크를 하고, 반응이 없자 다시 했다.

"호킨스 씨? 에이머스 데커입니다."

방 안에서는 아무 소리도 들려오지 않았다.

"어디 나갔나 봐요." 재미슨이 말했다.

"갈 데가 어디 있겠어요?" 데커가 물었다.

랭커스터가 "확인해보고 올게" 하고는 서둘러 계단을 내려갔다 1분쯤 지나 돌아왔다.

"안내데스크 직원 말로는 두 시간쯤 전에 들어와서 나가지 않았다는데."

데커는 문을 더 세게 두드렸다. "호킨스 씨? 괜찮으세요?" 데커는 두 사람을 보았다. "아파서 못 나오는 건가."

"죽어서 못 나오는 걸지도." 랭커스터가 대꾸했다. "암 말기니까."

"그냥 기절했을지도 모르잖아요." 재미슨이 말했다. "아니면 약물 과용이나. 우리한테 통증 때문에 길거리 마약을 한다고 했거든요. 그런 건 어떤 부작용이 있을지 예측할 수가 없죠."

데커는 손잡이를 돌려보았다. 문은 잠겨 있었다. 어깨를 문에 단단히 대고 연거푸 밀쳤다. 데커의 결코 가볍지 않은 체중에 압박을 받은 문은 휘어지다가 벌컥 열렸다.

일행은 방 안으로 들어가 둘러보았다.

호킨스는 침대 맞은편 의자에 정자세로 앉아 있었다.

사망한 게 분명했다.

하지만 호킨스를 데려간 건 암이 아니었다.

이마 중앙에 박힌 총알이었다.

0 004

이미 죽은 거나 다름없는 남자가 살해당했다.

마치 지독히 재미없는 농담의 첫마디 같군. 말기 암인, 어차피 며칠이나 몇 주 있으면 죽을 남자가, 총탄에 의해 남은 길을 서둘러 가게 되다니.

데커는 메릴 호킨스의 방 벽에 몸을 기댄 채, 2인조 감식반이 전문적 작업을 수행하는 것을 지켜보며 그런 생각을 했다.

응급구조사들이 이미 와서 사망을 선언했다. 그 후 검시관이 와서 그들에게 빤한 사실을 알려주었다. 뇌의 총상으로 인한 죽음. 사출구는 없었다. 아마도 소구경 권총이겠지만, 그 총구가 비교적 무른 과녁을 직선으로 겨누면 대형 매그넘보다 덜 치명적일 것도 없다.

검시관의 말에 따르면 즉사였다. 고통은 없었다.

하지만 그게 정말인지 과연 누가 확신할 수 있지? 데커는 생각했다. 시간을 거슬러 가 피해자에게 물어볼 수 있는 것도 아닌데.

실례합니다. 누군가가 당신의 뇌를 날려버렸을 때 혹시 아프셨나요?

중요한 건 이마 주변의 화상 자국이었다. 그런 자국이 남으려면 총구가 직접 닿았거나 피부로부터 10센티미터 내외에 있어야 했다. 뜨거운 쇠를 건드렸을 때 남는 화상 자국으로, 쇠가 2미터쯤 떨어져 있다면 그런 흔적이 남을 수 없다. 이 경우에는 방아쇠가 당겨지면서 총이 내뿜은 뜨거운 기체가 남긴 흔적이리라.

데커는 감식반을 지휘 중인 랭커스터를 곁눈질했다. 문밖에서는 제복 경관 둘이 지루하고 지친 표정으로 자리를 지키고 있었다. 다른 벽에 기대서서 감식 작업을 지켜보는 재미슨의 눈빛은 흥미로 생동감을 띠었다.

마침내 랭커스터가 데커에게 다가가는 것을 본 재미슨 역시 재빨리 두 사람에게 합류했다.

"진술을 받았어. 뭔가 보거나 들은 사람이 아무도 없대."

"호킨스가 리처즈의 집에 가서 그들을 살해했을 때와 똑같군." 데커가 말했다.

"옆방에는 양쪽 모두 사람이 없어. 그리고 만약 범인이 총에 소음기를 사용했다면?"

"내가 여기 살았을 때는 절대 제대로 잠기지 않는 뒷문이 하나 있었어." 데커가 말했다. "살인범은 그 뒷문으로 안내데스크 직원 눈에 띄지 않고 들락날락할 수 있었을 거야."

"그건 내가 확인하라고 할게. 호킨스의 문은 네가 열기 전까지 잠겨 있었어."

"어쩌면 호킨스가 살인범을 들여놨을지도 모르죠." 재미슨이 말했다. "그리고 이 문은 나가면서 닫으면 자동으로 잠겨요. 사망 시각은요?"

"검시관의 추정 시각은 11시에서 자정 사이예요."

데커는 시계를 확인했다. "그건 우리가 조금만 일찍 왔어도 마주칠 수 있었다는 뜻이로군. 우리가 리처즈의 집에 가기 전에 여길 먼저 왔다면……."

"이제 와서 그런 말 해봤자 무슨 소용이야." 랭커스터가 핀잔을 주었다.

"데커?"

데커는 자신을 부르는 소리에 뒤돌아, 파란 작업복에 부츠를 신은 여자를 내려다보았다. 30대 중반으로 보이는 여자는 머리가 붉고 콧등에 주근깨가 점점이 찍혀 있었으며 움직임이 어딘가 흐느적거리는 느낌이었다.

"켈리 페어웨더." 데커가 말했다.

여자가 웃음을 지었다. "우와, 날 기억하다니."

"뭐, 당연한 거죠." 데커는 그냥 사실을 말한다는 투였다.

페어웨더는 죽은 남자를 건너다보고 말했다. "이런, 난 **저 사람** 기억해요."

랭커스터가 두 사람의 대화에 끼어들었다. "맞아요, 당신은 리처드의 범죄현장도 작업했죠."

"난 그해에 일을 처음 시작했어요. 살인 피해자 네 명, 그중 둘은 아이였죠. 첫 신고식을 꽤 만만찮게 치렀달까요. 여긴 어쩐 일이에요, 데커?"

"그냥 뭘 좀 알아보는 중입니다."

"행운을 빌어요. 하지만 난 늘 호킨스가 그런 짓을 저지른 데 대한 대가로 사형을 당했어야 한다고 생각했어요. 그렇다고 여기서 일어난 일이 정당화되지 않는다는 건 알지만요."

"네, 맞아요." 랭커스터가 단호한 말투로 대꾸했다.

그 말투에는 하던 일이나 마저 하라는 뜻이 어느 정도 담겨 있었고, 페어웨더는 곧장 알아들었다. "음, 만나서 반가웠어요, 데커."

페어웨더가 자리를 뜨자, 데커는 죽은 남자 바로 앞까지 다가가 멈춰 섰다. 남자는 여전히 동상처럼 그 자리에 앉아 있었다. 랭커스터와 재미슨도 합류했다.

"그러니까 범인은 이 의자에 앉아 있는 호킨스에게 다가가 이마에 총구를 갖다 대고 방아쇠를 당겼다는 거지." 데커는 그렇게 말하고 주위를 둘러본 후 덧붙였다. "그리고 몸싸움의 흔적은 없다?"

"어쩌면 잠들어 있었을지도." 랭커스터가 말했다.

"범인을 들여놓은 후 의자에 앉아서 졸았다고요?" 재미슨이 말했다.

"호킨스는 우리한테 자기가 마약을 한다고 했죠." 데커는 그렇게 대꾸한 후 랭커스터에게 물었다. "뭐 좀 찾아낸 거 있어?"

랭커스터가 고개를 저었다. "방 안에도 욕실에도 아무것도 없어. 버려진 포장지나 빈 약병 같은 것도. 그냥 옷가지가 든 작은 더플백이랑 몇 달러가 든 지갑이 전부야. 체내에 뭐가 있었다면 부검 결과 밝혀지겠지."

데커는 다시 방 안을 둘러보며 세세한 것 하나까지 모두 흡수해서 자신의 기억에 저장했다. 이미 한 번 했지만, 다시 해야 할 것 같았다. 최근 몇 차례 기억이 삑사리를 낸 터라, 뭔가 놓친 게 있을 위험을 감수하고 싶지 않았던 것이다. 말하자면 사진을 한 장 더 찍어두는 식이라고 할까.

호킨스의 피부는 더 이상 노랗지 않고, 이제는 창백하다 못해 반투명에 가까웠다. 혈류가 멈추면서 일어나는, 망자에게는 자연스러운 현상이다. 적어도 암은 더 이상 이 남자를 괴롭힐 수 없겠군. 암은 죽음과 함께, 호킨스의 내부를 먹어치우던 걸 즉시 그만뒀다. 데커는 자신이라면 느리고 고통스러운 죽음보다 빠른 총탄을 선택할 거라고 생각했다. 하지만 그렇다 해도 살인은 여전히 살인이었다.

"어디 보자, 용의자 및 살해 동기로 뭐가 있을 수 있지?" 랭커스터가 물었다.

"빤한 소리로 들리겠지만, 수전 리처즈가 아직 이 지역에 사나?" 데커가 물었다.

"그래, 살아."

"나라면 거기서 시작할 거야." 데커가 말했다.

랭커스터는 시계를 확인했다. "그 사람을 서로 데려오라고 해야겠군. 너도 같이 가서 신문하자."

"그럼 우리가 개입하기를 원하시는 건가요?" 재미슨이 물었다.

"시작했으면 끝을 봐야죠." 랭커스터가 대꾸했다.

"문제는, 우린 본업이 있거든요." 재미슨이 말했다. "그렇게 널널한 직업도 아니고요."

"내가 보거트한테 전화하면 돼요." 데커가 말했다. 로스 보거트는 데커와 재미슨이 속한 특수팀의 팀장으로, FBI 경력 요원이었다.

"그럼 당신은 정말로 여기 남아 이 일에 뛰어들고 싶은 거예요?" 재미슨이 조심스러운 투로 물었다.

"나한테 선택지가 있나요?" 데커가 물었다.

"선택지야 늘 있지." 랭커스터가 다 안다는 듯 데커를 향해 고개를 주억거렸다. "하지만 난 그 선택이 뭔지 알 것 같군."

재미슨이 말했다. "데커, 정말 충분히 생각해본 거예요?"

데커는 시신을 가리키며 단호하게 대꾸했다. "이건 그냥 넘어갈 수 있는 일이 아니에요. 이 남자는 자기가 무죄라고 말하기 위해 이곳으로 돌아왔고, 자기가 옳다는 걸 입증하려고 나와 랭커스터에게 접근했어요. 그런데 방금 누군가한테 살해당했고요."

"음, 당신이 말했듯, 범인은 수전 리처즈일 수 있잖아요. 호킨스가 죽인 남자의 아내."

"그럴 수도 있고 아닐 수도 있죠."

데커는 등을 돌려 걸어 나갔다.

랭커스터는 재미슨을 보았다. "흠, 어떤 것들은 절대 변하지 않네요. 저 친구처럼."

"누가 아니래요." 재미슨이 지친 말투로 대답했다.

0 005

로스 보거트는 말했다. "이건 받아들일 수 없어, 데커. 내 말은, 절대 용납할 수 없는 일이라고."

데커는 벌링턴 경찰서로 향하는 차 안에서 통화 중이었다.

"자네 입장은 이해해, 로스."

"이해 같은 소리 집어치워. 난 이미 멜빈 마스 사건 때 자네가 독자적으로 활동하게 해줬어. 그 후 배런빌에 남아서 사건을 해결하고 싶다고 했을 때는 알렉스의 가족과 관련된 일이니까 그러라고 했고. 하지만 아무 때고 자네가 원할 때마다 제멋대로 돌아다니게 해줄 순 없어."

"이 일은 달라." 데커가 말했다.

"자네는 매번 그렇게 말하지." 보거트가 부르짖었다. "자넨 규칙에 예외를 두는 걸 넘어 아예 규칙을 날려버리려 하고 있어. 자네가 FBI를 위해 일한다는 사실을 잊지 말게."

"미안해, 로스. 여긴 내 고향이야. 난 이 일을 외면할 수 없어."

"그럼 자네는 선택을 내린 건가?"
"그래."
"그럼 나도 어쩔 수 없이 선택을 내려야겠군."
"이건 나 혼자서 내린 결정이야. 알렉스는 아무런 상관이 없어."
"재미슨 요원하고는 내가 따로 얘기하지."
전화가 끊어졌다. 데커는 천천히 전화기를 귀에서 뗐다. 아무래도 FBI에 남을 날이 얼마 안 되는 듯했다. 옆자리에 탄 랭커스터를 건너다보자 랭커가 물었다.
"무슨 문제 있나?"
"없을 때도 있나?"
차는 계속 달렸다.

*

수전 리처즈는 불쾌한 기색이었다. "지금 사람 가지고 장난쳐요? 내가 그 개자식을 죽였다고요? 나도 그랬으면 좋겠네요."
데커와 랭커스터는 막 벌링턴 경찰서의 취조실에 들어선 참이었다. 보거트에게서 그 사건을 맡으라는 허가가 떨어지지 않아서 재미슨은 자기 호텔 방으로 돌아가 있었다. 그리고 그 허가는 나지 않을 게 분명했다. 어쩌면 보거트가 이미 재미슨에게 연락했을지도 모른다.
잔뜩 분개한 리처즈가 그들의 자발적인 출두 요청에 순순히 응하지 않는 바람에 리처즈를 서로 부르기 위한 서류를 만드는 데 몇 시간이 걸렸다. 그리고 분이 가라앉지 않은 리처즈는 기다리는 제복 경관들이 조바심치거나 말거나 아랑곳없이 보란 듯이 꾸물

대며 외출 준비를 했다. 그리하여 지금 시각은 새벽 5시가 다 되어 있었다. 랭커스터는 금방이라도 곯아떨어질 것 같았지만, 데커는 앞으로 10년은 쉬지 않고 질문할 준비가 된 것처럼 또랑또랑해 보였다.

취조실의 콘크리트블록 벽은 예전과 변함없는 머스터드색이었다. 그리고 데커는 그 이유를 끝내 알아내지 못했다. 어쩌면 단순히 관리인이 지하실 한구석에서 찾은 오래된 페인트의 색깔이 그거였을까. 데커가 보기에는 콘크리트블록의 원래 색깔인 회색으로 놔두는 게 더 나았겠지만, 어쩌면 취조실이 '더 낫기'를 바라는 사람은 아무도 없었을지 모른다.

수전 리처즈는 가족을 모조리 잃었을 때 42세였다. 지금은 50대 중반이 되어 있었다. 확실히 나이를 곱게 먹었다고, 데커는 생각했다. 데커의 기억에 남아 있는 수전은 키는 크지만 몸매가 펑퍼짐하고 연갈색 머리카락을 얼굴 양옆으로 힘없이 늘어뜨린, 소심해 보이는 여자였다.

이제 리처즈는 훨씬 날씬해졌고, 끝이 어깨를 살짝 스치는 시크한 단발을 하고 있었다. 염색한 머리에서 블론드 하이라이트가 두드러졌다. 그리고 두 형사가 취조실에 들어온 순간 리처즈가 일으킨 폭발을 보면 소심했던 성격 역시 자신만만한 성격으로 바뀐 모양이었다.

리처즈는 자기 맞은편에 자리를 잡는 랭커스터와 데커를 번갈아 건너다보았다. "잠깐만요, 당신들은 그날 밤의 그 두 명이죠. 보니까 알겠네요. 그 작자가 무슨 짓을 했는지 당신들은 알죠." 리처즈는 앉은 자세에서 앞으로 몸을 기울였다. 뾰족한 팔꿈치가 탁자를 눌렀다. 리처즈는 분노로 터질 듯한 얼굴로 쏘아붙였다. "당신들은 그 개자식이 무슨 짓을 했는지 **알잖아요.**"

랭커스터가 차분하게 입을 뗐다. "바로 그 일 때문에 그 사람이 변사체로 발견되었을 때, 저희는 선생님과 이야기를 나눠봐야 한다고 생각했습니다. 밤 11시에서 자정 사이에 어디 계셨죠?"

"내가 그 망할 놈의 시간에 어디 있었을 것 같아요? 침대에서 잠들어 있었죠."

"그걸 증언해줄 사람이 있습니까?" 데커가 물었다.

"난 혼자 살아요. 재혼은 안 했고요. 하룻밤 새 온 가족을 잃고 나면 그렇게 되는 법이죠!" 리처즈는 사납게 덧붙였다.

"어젯밤 몇 시에 귀가하셨습니까?" 데커가 물었다.

리처즈는 잠시 자신을 진정시키고 뒤로 기대앉았다. "6시에 퇴근했어요. 일주일에 사흘은 도슨 스퀘어의 노숙자 보호소에서 자원봉사를 하거든요. 어젯밤 8시경까지 거기 있었어요. 그곳 사람들이 내 알리바이를 입증해줄 거예요."

"그럼 그 후에는요?" 랭커스터가 물었다.

리처즈는 뒤로 기대앉아 양손을 펼쳤다. "차를 몰고 집으로 와서 저녁식사를 차렸죠."

"뭘 드셨죠?" 랭커스터가 물었다.

"늘 먹는 거요. 우선 전채요리로 껍질이 딱딱한 빵에 훈제 연어를 얹어서 크림치즈랑 케이퍼랑 같이 먹고, 메인은 월도프 샐러드랑 신선한 조개가 든 링귀니, 디저트로는 맛있는 티라미수를 조금 먹었죠. 그리고 내가 가장 좋아하는 차게 식힌 프로세코를 근사하게 한잔 곁들였죠."

"정말인가요?" 랭커스터가 물었다.

리처즈가 인상을 썼다. "설마요. 참치 샌드위치를 만들어서 피클이랑 콘칩 몇 개랑 같이 먹었어요. 그리고 프로세코 대신 아이스티를 마셨죠."

"그 후 뭘 하셨습니까?"

"베드, 배스 앤드 비욘드 온라인 샵에서 뭘 좀 주문했어요. 그건 아마 확인이 되겠죠. 그 후 텔레비전을 좀 봤고요."

"무슨 프로그램요?" 데커가 물었다.

"그냥 스트리밍요. **〈아웃랜더〉**. 요즘 제가 푹 빠져 있는 드라마죠. 시즌 2인데, 제이미랑 클레어가 프랑스에 갔어요."

"해당 에피소드는 무슨 내용이었습니까?"

"정치적 협잡이 잔뜩 있었죠. 그리고 꽤 열정적인 섹스도요." 여자는 냉소적으로 덧붙였다. "시각적으로 자세히 묘사해드릴까요?"

"그리고 그 후에는요?" 데커가 물었다.

"텔레비전을 껐죠. 샤워를 하고 자러 갔어요. 그러다 경찰이 문을 노크하는 바람에 깨어났고요. 문을 **두들겼다,** 라고 하는 편이 더 정확하겠지만." 리처즈는 인상을 찌푸리며 마지막 말을 덧붙였다.

"선생님은 진녹색 혼다 시빅을 모시죠?" 랭커스터가 물었다.

"네. 내 차는 그것뿐이에요."

"그리고 북쪽, 프림로즈에 사시고요?"

"네. 거기서 산 지 이제 5년째 돼요."

"이웃한 집들이 있습니까?"

"양쪽으로 다 있고 길 건너편에도 있어요." 리처즈는 자세를 똑바로 고쳐 앉았다. "아마 그중 누군가가 어젯밤 내가 집에 있었다고 말해줄 수 있을지도 몰라요. 아니면 적어도 내가 귀가한 후 다시 나가지 않았다고요."

"확인해보겠습니다." 랭커스터가 말했다. "메릴 호킨스가 타운에 돌아온 걸 알고 계셨습니까?"

"전혀 몰랐는데요. 뭐, 그 인간이 우리 집 문을 두드리며 동냥이라도 했을 것 같아요? 난 그 작자가 평생 감옥에 있을 줄만 알았어요. 그리고 도대체 무슨 수로 나온 건지 아직도 모르겠고요."

"말기 암이었습니다. 그래서 풀어준 거죠."

"흠, 그건 참 거지 같은 소리네요." 리처즈가 말했다. "오해는 말아요. 난 그 개자식을 증오했으니까. 하지만 사람이 죽어가는데 그냥 궁둥짝을 차서 감옥에서 내쫓을 수 있는 거예요?"

"아무래도 그런 것 같습니다. 그렇다면 그 사람이 선생님께 한 번도 연락을 취하지 않았다는 말씀이시죠?"

"한 번도요. 만약 그랬다면 난 그 사람을 죽이려고 **했을지도** 몰라요. 하지만 그 사람은 그러지 않았고, 따라서 저도 그러지 않았죠."

데커는 말했다. "선생님은 꽃집을 여셨죠? 남편 보험금으로요. 예전에 본 기억이 납니다. 애시 플레이스에 있죠?"

리처즈가 잔뜩 경계하는 눈빛으로 데커를 보았다. "난 보험금 대부분을 내 **가족**을 장사 지내는 데 썼어요. 그리고 그 후로도 삶을 이어갔죠. 어떻게 그럴 수 있었는지는 나도 모르겠지만."

"그럼 꽃집은요?" 데커는 끈질기게 캐물었다.

"장례비를 치르고 나니 남은 게 얼마 안 됐어요. 하지만 맞아요. 꽃집을 열었죠. 늘 정원 일과 꽃을 사랑했거든요. 장사는 나쁘지 않았어요. 그럭저럭 여유롭게 살 수 있었죠. 심지어 경찰서를 위한 공휴일 행사도 몇 차례 맡았고요. 가게는 몇 년 전에 매각하고, 지금은 새 소유자를 대신해 운영을 맡고 있어요. 연금 수령 연령이 되면 은퇴해서 그냥 내 정원이나 가꿀 생각이에요."

랭커스터가 데커를 보았다. "뭐, 더 있어?"

데커는 고개를 저었다.

"그 사람, 어떻게 죽었어요?" 리처즈가 물었다.

"아직은 외부에 밝히지 않고 있습니다." 랭커스터가 대답했다.

"이제 가도 되나요?"

"네."

리처즈는 일어서서 두 사람을 보았다. "난 그 사람을 안 죽였어요." 나지막한 목소리였다. "몇 년 전이라면 그랬을지도 모르죠. 아무 망설임 없이. 하지만 시간이 실제로 상처를 치유하는 데 도움이 되나 봐요."

리처즈는 취조실을 나갔다.

랭커스터가 데커를 보았다. "저 사람 말 믿어?"

"안 믿지는 않아."

"호킨스의 방에는 추적할 만한 지문을 비롯해 뭔가 흔적 같은 게 전혀 없었어."

"예상했던 바야."

"그럼 이제 어떡해?"

"늘 하던 대로. 계속 파헤치는 수밖에 없지."

랭커스터는 시계를 확인했다. "음, 난 이제 집에 가서 잠을 좀 자야겠어. 안 그러면 쓰러질 거야. 나중에 전화할게. 너도 좀 자둬야지."

데커도 일어나 랭커스터를 따라 방을 나섰다.

바깥으로 나오자 랭커스터가 말했다. "숙소까지 태워다줄까?"

"고맙지만 좀 걷고 싶어. 그리 멀지도 않고."

랭커스터가 웃음 지었다. "다시 같이 일하니까 좋네."

"그 생각, 오래 안 갈지도 몰라."

"네 방식이라면 이미 익숙한 나야."

"지금이야 그렇게 말하겠지."

데커는 뒤돌아 새벽 여명을 향해 걸어갔다.

006

포장도로를 터덜터덜 걷는 데커의 머리 위로 빗방울이 부슬부슬 떨어지기 시작했다.

고향으로 돌아와 다시금 범죄를 조사하게 되다니, 뭐라 말할 수 없이 묘한 심정이었다. 저번 사건은 자신의 가족이 살해된 사건이었다. 이번 사건은 그렇지 않았지만, 그럼에도 여전히 개인적인 일처럼 느껴졌다.

무고한 남자가 유죄 판결을 받는 데 내가 한몫한 건가?

데커는 걸어가면서 주위를 둘러보았다. 캐시의 생일이나 결혼기념일에 맞춰 이곳을 다시 찾는 일은 없을 거라고, 내심 다짐했더랬다. 그냥, 도저히 감당할 자신이 없어서였다. 하지만 매년 딸의 생일에는 계속 찾아올 생각이었다. 비록 매번 찾아올 때마다 팔다리가 떨어져 나가는 듯한 고통을 느꼈지만, 그날만큼은 절대 그냥 보내버릴 수 없었다.

긴 다리로 임시 숙소를 성큼성큼 지나쳐 몇 킬로미터를 더 걸어간 끝에 다다른 곳은 오래전에 자리 잡은 동네였다. 이제는 날이 밝았다. 데커는 걸음을 멈추고 모퉁이에 서서 예전에 자기가 집이라고 부르던 곳을 올려다보았다.

마지막으로 이곳을 찾은 후 2년이나 지났건만, 놀랍도록 바뀐 게 없어 보였다. 마치 그때 이후로 시간이 그대로 멈춰버린 것 같았다. 진입로에 낯선 차 두 대가 서 있는 게 유일한 예외였다. 포드 픽업트럭과 닛산 센트라.

그렇게 멀거니 서 있는데 30대 초반의 남자와 일곱 살가량의 여자애가 쪽문으로 나왔다. 여자애는 책가방을 멨고, 남자는 면바지와 흰색 티셔츠 위에 바람막이를 받쳐 입었다. 남자의 한 손에는 얄팍한 서류가방이 들려 있었다. 여자애는 하품을 하고 눈을 비볐다.

두 사람은 픽업트럭에 올라탔고, 차는 후진으로 진입로를 나갔다. 그때 남자가 거기 서서 집을 응시하고 있는 데커를 발견했다.

남자가 창문을 내리고 외쳤다. "무슨 일 있으신가요?"

데커는 남자를 좀 더 자세히 뜯어보았다. "당신이 헨더슨 씨겠군요."

남자는 데커에게 수상쩍다는 눈빛을 보냈다. "어떻게 아셨죠?"

"친구한테 들었습니다." 데커는 집을 가리켰다. "전 몇 년 전에 여기 살았습니다."

헨더슨이 데커를 찬찬히 살펴보았다. "그렇군요. 혹시 뭔가 두고 가신 거라도?"

"아뇨, 저는, 음……." 데커는 난처해하는 표정으로 말끝을 흐렸다.

헨더슨은 말했다. "오해는 하지 마시고요. 이렇게 이른 아침에 여기 서서 우리 집을 지켜보고 계시니 좀 의아하네요."

데커는 주머니에서 FBI 신분증을 꺼내어 헨더슨에게 보여주었다. "경찰인 제 친구한테서 선생님이 이 집을 사셨다는 이야기를 들었습니다."

"잠깐만요." 헨더슨이 신분증을 들여다보며 말했다. "에이머스 데커?"

"네."

헨더슨은 고개를 끄덕이고 불안한 표정을 지었다. "저도 그 얘기는 들었……." 남자는 갑자기 말을 끊고 둘의 대화에 귀를 쫑긋 세우고 있는 딸을 흘끔 곁눈질했다.

"네. 하여튼, 좋은 하루 보내세요. 이 집과 동네가 마음에 드셨으면 좋겠네요. 아이를 낳아 기르기 좋은 곳이죠." 데커는 그렇게 말하고, 차를 출발시키는 헨더슨을 등지고 걸음을 떼놓았다.

이 집을 다시 찾다니, 어리석은 짓이었다. 공연히 새 집주인을 불안하게 만들기나 하고. 도대체 무엇을 위해? 추억의 길을 다시 걷기 위해 굳이 여기까지 올 필요는 없었다. 모든 건 데커의 머릿속에 있었으니까. 새것처럼 생생하게. 영원히.

그리고 고통스럽게.

온 길을 되밟아 레지던스 인에 도착했을 때, 마침 엘리베이터에서 내려 로비로 들어서는 재미슨이 눈에 띄었다.

"맙소사, 데커, 방금 들어온 거예요?" 재미슨이 데커의 비에 젖고 지저분한 옷을 눈여겨보며 물었다.

"좋은 아침이에요. 아침 먹을래요?"

재미슨은 데커를 따라 로비의 식당으로 향했다. 두 사람은 자리에 앉아 음식을 주문하고 커피를 홀짝였다.

"어떻게 됐어요?" 재미슨이 물었다. "수전 리처즈한테서 뭔가 나왔나요?"

"그걸 묻는 거라면, 자기가 살인을 저질렀다고는 안 하더군요.

하지만 확고한 알리바이는 없어요. 잠들어 있었다고 합니다."
"흠, 시간대를 감안하면 납득이 가네요."
"리처즈의 이웃 사람들하고 이야기해서 더 엄밀히 확인해봐야 할지도 모르죠. 하지만 난 리처즈가 썩 조건에 부합하는 것 같지 않아요. 호킨스가 타운에 돌아온 것도 몰랐다고 하더군요. 그리고 그 말은 완벽하게 타당해 보이고요."
"길에서 우연히 마주치지 않았다면요."
"**난** 호킨스를 봤지만 알아보지 못했어요." 데커가 말했다. "비록 오래전이긴 하지만 호킨스를 볼 만큼은 충분히 봤는데도요."
"보거트한테는 전화해봤어요? 사건을 맡아도 된대요?"
데커는 조용히 말했다. "우린, 어, 대화를 나눴어요. 그 친구가 당신한테 아직 전화를 안 했다면 뜻밖인데요."
"아뇨, 전화 못 받았는데요. 뭐라고 하던가요?"
그 순간 음식이 도착했다.
데커가 말했다. "나중에 말해줄게요."
"그건 그렇고 베지테리언 오믈릿을 주문하다니, 고마워요." 재미슨이 말했다. "베이컨을 뺀 것도요."
"아마 당신에 대한 호감이 점점 커져가나 보죠."
"흠, 난 그저 당신이 점점 **커져가지** 않는 게 고마울 뿐이에요. 지금 딱 보기 좋아요, 데커."
"좀 과찬이긴 하지만 고마워요."
데커는 나이프와 포크를 내려놓고 커피를 마저 마셨다.
"무슨 생각 해요?" 재미슨이 물었다.
"살인을 저지르고도 뒤탈이 없을 거라고 생각하며 오늘 아침 이곳을 활보하는 살인범이 있다는 생각. 무척 거슬려요."

"그게 전부예요?"

데커는 호기심 어린 표정으로 재미슨을 보았다. "그걸로 부족한가요?"

"내 말은, 메릴 호킨스에게 일어난 일 때문에 죄의식을 느끼지 않아요?"

"그 남자한테 방아쇠를 당긴 건 내가 아닙니다. 그 남자한테 여기 와서 사건에 다시 불을 붙여달라고 한 적도 없고요."

"하지만 누군가가 그 남자를 살해했다는 사실이 그 남자가 무죄였다는 증거일지도 모른다고 생각하고 있잖아요? 내 말은, 앞서 당신이 한 말은 그 뜻이나 다름없었어요."

"내가 실수를 저질렀다는 뜻입니까?" 데커가 느릿느릿 물었다.

"꼭 그렇다는 건 아니고요. 당신은 사건을 조사했고, 모든 증거가 그 남자를 가리켰죠. 나라도 똑같은 시각으로 봤을 거예요."

"그럼에도, 그 남자가 **실제로** 무죄라면, 난 그걸 바로잡아야 합니다."

재미슨은 눈썹을 치켜올렸다. "당신의 어깨가 아무리 넓다 해도 세상의 모든 문제를, 그 무게를 항상 당신이 짊어져야 하는 건 아니에요."

"세상의 모든 무게가 아니죠. 내가 맡아 처리한 사건의 무게죠. 이곳에서 일어난 일은 내 책임입니다. 내가 한 행동은 한 남자의 자유를 빼앗았어요."

"아뇨, 그보단 **그 남자가** 한 행동이 그 남자의 자유를 앗아갔다고 해야죠."

"그건 그 남자가 실제 진범일 때 얘기죠." 데커가 맞받아쳤다. "만약 그 남자가 범인이 아니라면, 아예 판이 달라지는 거예요."

재미슨은 자신의 커피잔을 만지작거렸다. "호킨스가 누명을 쓴 거라면, 누군가가 의도적으로 호킨스를 함정에 빠뜨렸다고밖에 생각할 수 없어요. 그 남자에게 그렇게까지 무서운 원한을 품었을 만한 사람이 도대체 누굴까요?"

데커는 고개를 끄덕였다. "좋은 지적이에요. 그리고 난 그 답을 전혀 모르고요. 호킨스는 숙련된 기계공이었지만 일하던 공장이 강제해고를 하면서 일자리를 잃었죠. 그 후 임시직을 전전했고요. 입에 풀칠할 수만 있다면 들어오는 일은 뭐든 가리지 않았죠."

"요즘에도 흔히 들을 수 있는 사연 같네요."

데커는 재미슨의 옷에 꽂힌 FBI 배지를 향해 눈짓하며 물었다. "그거 기분이 어때요?"

재미슨은 배지를 내려다보고 웃음을 지었다. "사실 나쁘지 않아요. 당신은 이거 달 생각 안 해봤어요?"

"난 그러기엔 나이가 너무 많아서요. 37세가 상한선인데 난 재향군인도 아니니 그쪽으로 노려볼 수가 없죠. 그리고 아직 지원 자격이 된다 해도 과연 체력시험을 통과할 수 있을지 의문이고요."

"자신을 과소평가하지 말아요. 그리고 자격조건을 안다는 건 알아보긴 했다는 뜻인가요?"

데커는 어깨를 으쓱했다. "연방 배지 없이도 난 내 일을 할 수 있어요. 여전히 정식 경찰관이니까요. 체포 권한도 있고." 데커는 말을 멈추고 덧붙였다. "그리고 당신이 늘 내 뒤를 받쳐줄 거고요."

"그래요, 날 믿어요."

"오늘 아침 일찍, 전에 살던 집에 다녀왔어요."

재미슨은 생각도 못 한 듯, 깜짝 놀란 눈치였다. "왜요?"

"모르겠어요. 발길이 저절로 그쪽을 향했고, 정신을 차려보니 거기 서 있더군요. 그 집에 사는 어린 여자애와 그애 아버지를 만났죠. 랭커스터한테서 들은 대로더군요. 내가 그렇게 갑자기 나타나는 바람에 겁을 좀 먹은 것 같지만, 그 아버지는 무슨 일이 일어났는지 아는 눈치였고……. 뭐 그랬다고요. 별일 없었어요."

재미슨은 앞으로 몸을 숙였다. "이런 말 안 듣고 싶어 하는 거 알아요, 데커. 하지만 그래도 말해야겠어요." 거기까지 말한 후, 재미슨은 엄청나게 주의 깊게 말을 고르는 눈치였다. "언젠가는 당신도 그만 놓아 보내야 할 거예요. 내 말은, 계속 여기로 돌아와 무덤을 찾고 그러는 거 말이에요. 당신에겐 아직 살아갈 날이 한참이나 남아 있어요. 그건 앞으로 나아가야 하고, 그렇게 과거에 머무는 걸 그만둬야 한다는 뜻이에요. 이러는 건 캐시와 몰리도 바라지 않을 거예요. 당신도 알잖아요."

"그런가요?" 데커는 불쑥 물었다.

재미슨은 그 말에 서글픈 표정을 지으며 뒤로 기대앉았다.

"그들은 죽지 말았어야 했어요, 알렉스. 누군가가 죽었어야 했다면, 그건 나였어요."

"하지만 당신은 죽지 않았죠. 당신은 살아 있고, 그들과 자신을 위해서 하루하루를 살아나가야 해요. 그러지 않는 건 인생을 낭비하는 거예요."

데커는 자리에서 일어섰다. "가서 샤워하고 옷을 갈아입어야겠어요. 그 후 살인범을 잡으러 갑시다. 30분 후에 다시 여기로 내려와서 만나죠."

"데커, 당신은 좀 자야 해요!"

"아뇨, 그건 시간을 **낭비하는** 겁니다. 안 그래요?"

재미슨은 떠나는 데커의 등 뒤를 그저 멍하니 바라다보았다. 얼굴에는 상심이 가득했다.

0 007

데커는 비누칠을 하기 전, 뜨거운 물 아래에 꼬박 1분은 머리를 대고 있었다. 순간 짧은 공황 발작이 찾아왔는데, 캐시가 가장 좋아하던 색이 뭐였는지 생각나지 않아서였다. 그 후 기억력이 다시 정신을 차리고 딱 맞는 색을 내놓았다.

데커는 샤워실 타일에 머리를 기댔다. **젠장, 또 삑사리라니. 아니지, 난 어차피 로봇이나 다름없으니 '또 오작동'이라고 해야 맞겠지. 그렇잖아?**

기억력이 계속 이렇게 오작동을 할까? 하필이면 지금처럼 정확한 작동이 필요한 시기에? 아니면 완전히 작동을 멈춰버릴 수도 있나? 그러고 나서 한 가지 무시무시한 생각이 떠올랐다. 혹시 뇌 부상으로 인한 합병증이 오랜 세월에 걸쳐 진행되고 있는 건가? 만성 외상성 뇌질환처럼?

샤워를 마치고 물기를 닦은 후 새 옷으로 갈아입었다. 정신적 컨디션은 여전히 거지 같았고 육체적 컨디션은 녹초였지만, 적어도 몸은 깨끗했다.

재미슨이 먼저 로비에 와서 기다리고 있었다. 차에 오른 후 조수석에 앉은 재미슨이 말했다. "어디로 가요?"

"우리의 유일한 잠재적 용의자, 수전 리처즈가 있는 곳요."

가는 길에 데커는 랭커스터에게 전화를 걸어 행선지와 목적을 알렸다. 전화가 곧장 음성사서함으로 넘어가는 바람에 메시지를 남겨야 했다. 아직 자고 있나 보군. 데커는 추측했다.

프림로즈 애비뉴에 있는 리처즈의 집은 1층짜리 작은 벽돌집으로, 녹색과 흰색 줄무늬가 있는 구식 철제 차양이 창문 위로 내려와 있었다. 깔끔하고 조그만 뜰은 다 자란 나무와 잘 정돈된 관목이랑 화단으로 꾸며져 있었다. 현관 입구 계단에 놓인 화분들에는 색색깔의 가을꽃이 흐드러지게 피어 있었다.

"조경 잘했네요." 재미슨이 말했다.

"꽃집을 오래 운영했으니까요." 데커가 설명했다. "정원 일을 좋아한대요. 하던 꽃집을 얼마 전 새 주인에게 팔고 운영을 맡고 있다더군요."

"그 사람이 어젯밤 호킨스를 죽였을 수도 있다고 진심으로 생각해요?"

"가능성이야 있죠. 실제로 그랬는지는 모르지만요. 우린 그걸 알아내러 여기 온 거고요."

두 사람은 차에서 내렸지만, 데커는 앞문으로 곧장 걸어가는 대신 길 건너편에 있는 집을 향해 걸음을 옮겼다.

"알리바이를 확인하려고요?" 재미슨이 데커를 따라잡아 물었다.

데커는 고개를 끄덕이고 리처즈의 집과 쌍둥이처럼 생겼지만 한쪽 끝에 모기장이 설치된 현관이 있는 방갈로 문을 두드렸다.

문간에 나온 사람은 듬성듬성한 흰 머리카락 속으로 붉은 두피가 훤히 들여다보이는, 체구가 아주 작은 할머니였다.

"누구실까?" 노인이 두꺼운 안경으로 두 사람을 빤히 들여다보며 물었다.

재미슨이 FBI 배지를 내밀자, 노인은 그것을 뚫어져라 보았다.

"FBI라고?" 노인이 물었다. "내가 뭘 어쨌길래?"

"그런 게 아니라……." 재미슨이 서둘러 대꾸했다. "선생님의 이웃분에 관해 확인할 게 있어서요…… 성함이……?"

"애거사 베이츠." 노인이 고목나무 같은 데커를 올려다보며 물었다. "그쪽도 FBI이신가? 댁의 배지는 아직 못 봤는데." 노인은 데커를 찬찬히 훑어보았다. "그쪽은 FBI가 되기엔 너무 커 보이는데. 난 텔레비전을 많이 보거든. 댁처럼 커다란 FBI 요원은 단 한 명도 없었어."

재미슨이 서둘러 대꾸했다. "이분은 자문으로 저희한테 협력하고 계세요."

베이츠는 데커에게서 천천히 눈길을 돌려 재미슨을 바라보았다. "이웃이라면 누구?"

"수전 리처즈요."

"아, 수전, 그래그래. 사람 좋지. 여기서 산 지 좀 됐어. 나에 비하면 아무것도 아니지만. 나야 여기서 산 지가 벌써 57년째니까." 베이츠는 데커를 다시 보았다. "댁은 낯이 익은데?"

"저는 이곳 경찰서에서 20년간 일했습니다."

"아, 그런가. 내가 경찰하고 부대낄 일이 있어야 말이지. 세금도 따박따박 내고, 은행을 터는 것도 아니니."

"그렇죠." 재미슨이 말했다. "혹시 부인이 마지막으로 리처즈 씨를 보신 게 언제인지 말씀해주실 수 있을까요?"

"음, 오늘 아침에 경찰이 그이를 데리러 왔을 때 봤지. 여기서 경찰을 보는 일은 흔하지가 않거든."

"무척 이른 시간이었을 텐데요." 재미슨이 지적했다.

"음, 난 꽤 일찍 일어나거든. 밤에 아마 끽해야 네 시간 자면 고작일걸. 늙으면 잠이 없어져. 뭐, 영원히 잘 날이 머지않았으니까."

"네?" 재미슨이 물었다.

"내가 **죽으면** 말이야, 아가씨. 난 93살인데, 내가 여기 얼마나 더 있을 것 같아?" 베이츠는 말을 멈추고 안경을 고쳐 썼다. "그나저나 경찰이 그이를 왜 데려간 건데?"

"질문할 게 좀 있어서요. 혹시 어제, 그러니까 어제저녁에 그분을 보셨나요?"

"집에 오는 걸 봤지. 8시 15분쯤."

"어떻게 그렇게 자세히 아시죠?" 데커가 물었다. "그리고 오늘 아침에는 대화를 나눠보셨나요?"

"아니, 난 그이하고 이야기하진 않았어. 지금 집에 있을지는 모르겠는데, 적어도 내가 알기론 안 나왔어. 보통은 아침에 산책을 하는데. 난 현관에서 커피를 마시고. 내가 손을 흔들면 그이도 마주 손을 흔들어 인사를 하지. 오늘은 경찰 때문에 그 일과가 흐트러진 것 같아."

"그럼 오늘 아침 그분이 경찰서에서 돌아오는 건 못 보셨다는 말씀이죠?" 데커가 물었다.

"그렇지. 난 아마 부엌에서 아침을 차리거나 뒤뜰에서 빈둥대고 있었을 거야. 난 빈둥대길 좋아하거든. 우리 나이가 되면 원래 그래. 뭐든 느릿느릿하지. 서두르다 넘어져서 엉덩이뼈라도 박살 나면 큰일이니까."

"그럼 어젯밤은요?" 재미슨이 끼어들었다.

"8시 15분에……." 베이츠는 데커를 응시하며 다시 입을 열었다. "그이가 노숙자 쉼터에서 자원봉사를 하는데, 늘 그 시간에 들어와. 시간을 어떻게 아느냐고? 그야 〈지오파디!〉가 한 15분쯤 전에 끝났으니까. 최종 질문을 내가 맞혔지. 답이 해리 트루먼이었거든. 트루먼이라면 당연히 기억하지. 젠장, 내가 그 사람한테 **투표했는데.** 참가자는 세 명 다 틀렸지 뭐야. 서른 살을 넘은 사람이 하나도 없더라고. 그 사람들이 해리 트루먼을 알기나 하겠어? 내가 나갔으면 적어도 어딘가 여행 갈 돈은 벌고도 남았을 텐데."

"그럼 어젯밤 그분이 집에 오는 걸 보셨다는 거죠? 혹시 다시 나가진 않았고요? 만약 나갔다면 부인께서 보실 수 있었을까요?"

"나갔을지는 몰라도 차를 몰고 나가진 않았어." 베이츠가 대답했다. "그이 차는 시동을 걸면 폭탄 터지는 소리가 나거든. 고물 혼다. 망할 놈의 머플러가 맛이 갔지. 그이한테 좀 고치라고 했는데. 그 소리가 날 때마다 난 오줌을 지릴 지경이야. 귀가 여전히 멀쩡해서 웬만한 소리는 문제없이 듣는데, 그 망할 놈의 차 소린 말할 것도 없지."

"하지만 그분이 다른 식으로 집을 나갔을 수도 있잖아요. 걸어가거나…… 아니면 택시를 부르거나?"

"음, 난 현관에 앉아서 십자말풀이를 하고 책을 읽느라 10시 반쯤까지 밖에 나와 있었어. 그러니 그이가 나갔다면 내가 봤겠지. 그 후 난 안으로 들어와 아마 11시나 그쯤에 잠자리에 들었고."

"그렇군요. 그럼 확실히 정리하자면 적어도 10시 반 정도까지는 그분이 집을 나가지 않았다는 말씀이시죠?" 데커가 물었다. "그리고 부인은 적어도 11시경 잠자리에 들 때까지는 차 시동이 걸리는 소리를 못 들으셨고요?"

"내가 방금 그렇게 말한 것 같은데. **좀 둔한 편인가?**"

"잘 알겠습니다." 재미슨이 재빨리 말했다. "베이츠 부인, 도와주셔서 대단히 감사합니다."

"그래, 시민의 의무를 다한 것 같아서 나도 좋네." 베이츠는 데커를 엄지로 가리키며 재미슨에게 느린 말투로 말했다. "FBI 자문이면 저 사람보단 더 나은 사람이 필요할 것 같아. 하지만 계속 열심히 해, 아가씨. 여자 요원을 보니까 내 마음이 아주 든든하네."

"감사합니다." 재미슨이 애써 웃음을 억누르며 대답했다.

두 사람은 베이츠 부인을 등지고 자리를 떴다.

데커는 말했다. "리처즈가 걸어갔다고 해도, 레지던스 인까지 가서 호킨스를 죽일 시간은 충분했어요. 택시를 타고 갔다면 말할 것도 없고요."

"택시를 탔다면 뭐라도 기록이 남을 테니 우리가 찾아낼 수 있을 거예요. 여기서는 우버를 안 쓰는 것 같은데, 맞아요?"

"네, 그런 것 같아요."

다른 두 집의 문을 두드렸지만, 아무도 문간에 나오지 않았다.

"원칙적으로 우린 아직 리처즈를 호킨스 살인의 용의선상에서 배제할 수 없어요." 데커가 지적했다.

"하지만 정말 그 사람이 그랬을지도 모른다고 생각해요?"

"그 사람은 가장 직접적 동기가 있었지만, 실행으로 옮겼다기엔 걸리는 게 너무 많아요. 그중 가장 큰 건 호킨스가 타운에 돌아온 걸 어떻게 알았느냐고요."

"호킨스가 리처즈를 만나러 갔을 가능성은 없을까요?"

"리처즈가 어디 사는지를 무슨 수로 알았겠어요? 랭커스터가 알려준 건 확실히 아니에요. 그리고 만약 죄가 없다면, 그 살인사건에 대해 사과하려고 일부러 찾아가지는 않았을 겁니다."

"이름만 알면 구글 검색으로 주소 찾는 건 식은 죽 먹기예요." 재미슨이 말했다.

"호킨스는 막 감옥에서 나왔고 암 말기였어요. 그런 남자가 컴퓨터와 인터넷을 자유자재로 사용한다는 게 상상이 안 가요. 그걸 그렇게 쉽게 찾아낸다는 것도."

"하지만 그 남자가 리처즈한테서 뭔가 정보를 캐내려고 찾아갔을 수도 있잖아요. 특히 **그 여자가** 진범이라고 믿는다면요."

데커는 고개를 저었다. "아니, 호킨스는 법정에서 리처즈가 탄탄한 알리바이를 가졌다는 걸 알았어요." 말을 멈추고 잠시 생각에 잠겼다 덧붙였다. "뭐, 이론적으로 말하자면 리처즈가 청부업자를 고용했을 수도 있겠죠. 비록 그렇다는 증거는 전무하지만요. 하지만 그래도 동기라는 문제는 여전히 남아요. 남편이 있으면, 리처즈는 아이들을 키우며 가정주부로 살 수 있었어요. 리처즈는 끝내 재혼하지 않았고, 자기 차례가 오길 기다리는 남자친구도 없었죠. 가족의 죽음 덕분에 부자가 되지도 않았고요. 그쪽으로는 전혀 상상이 안 가요. 그리고 그 여자가 자기 아이들을 죽였을 리도 절대 없어요."

"같은 생각이에요." 재미슨이 동의했다.

"어쩌면 우리한테 더 많은 걸 말해줄 수 있을지도 모르는 남자가 하나 있어요. 가서 얘기해봐야 할 것 같아요."

"그게 누군데요?"

"켄 핑거."

“이 일과 어떻게 관련된 사람인데요?”

“핑거는 호킨스의 국선변호인이었어요.”

“아직 살아 있을까요?”

“가서 알아봅시다.”

0 008

알고 보니 켄 핑거는 아직 살아 있었다.

마침내 데커의 전화를 받은 랭커스터가 미리 얘기해두어, 세 사람은 핑거의 사무실로 향했다. 사무실은 시내 중심가의 법원으로부터 한 블록 거리에 있었다.

비서인 크리스틴 벌린은 40대 중반의 여성이었다. 일행이 핑거를 만나러 왔다고 하자 벌린은 근엄한 표정으로 "핑거 씨는 지금 무척 바쁘십니다"라고 대꾸했다.

랭커스터는 배지를 꺼냈다. "이걸 보면 켄이 시간을 좀 내줄 것 같은데요."

벌린은 필요 이상으로 오랫동안 배지를 쳐다보았다.

"어휴, 크리스틴." 랭커스터가 분개해서 내뱉었다. "다 아는 사이에 왜 그래요. 당신 아이들은 샌디랑 같은 학교에 다니잖아요. 그리고 켄의 사무실에서 일하고 있으니 데커도 알 거고요."

"아무리 그래도 공은 공이고 사는 사죠, 랭커스터 형사님."

"공이라면 저도 꽤 좋아합니다." 데커가 대꾸했다. "그나저나 켄은 어디 있습니까?"

그 말에 벌린이 데커를 올려다보았다. "며칠 전에 타운에 돌아오셨다는 소식은 들었어요." 벌린이 말했다. "여전히 FBI를 위해 일하세요?" 데커가 고개를 끄덕이자 벌린은 재미슨을 보고 물었다. "당신도 기억나요. 여전히 FBI에서 자문을 하고 있나 보죠?"

"사실 이젠 FBI 요원이에요." 재미슨이 말했다.

"이직치고는 특이한 케이스네요. 언론인에서 FBI 요원이라니."

"그렇게 특이할 건 없죠." 재미슨이 대꾸했다.

"왜요?"

"FBI 요원이 진실을 밝혀내어 벌 받아야 할 사람들이 벌을 받게 하려고 노력한다면 언론인은 진실을 캐내어 대중에게 알리려 노력하고, 때때로 그 결과로 인해 나쁜 사람들이 벌을 받기도 하니까요."

"흐음." 벌린이 썩 와닿지 않는다는 표정을 지으며 대꾸했다. "그럴 수도 있겠네요."

"켄은 어디 있죠?" 데커가 조바심을 드러내며 물었다. "중요한 문제라 이렇게 낭비하고 있을 시간이 없습니다."

벌린은 얼굴을 찌푸렸다. "**당신이** 조금도 변하지 않은 건 알겠네요." 그러고는 책상 전화기를 집어 들고 버튼을 눌렀다.

잠시 후, 벌린은 세 사람을 핑거의 사무실로 안내했다. 창문이 잔뜩 나 있는 커다란 방이었다. 책상은 검은색 원목에 상판은 가죽이었다. 책들, 리걸 패드, 서류철들, 그리고 스테이플러가 찍힌 청원서들로 어질러져 있었다. 해묵은 법률서적들과 견출지를 다닥다닥 붙여놓은 붉은 서류철들이 꽂힌 커다란 책장 하나. 의자 몇 개가 딸린 커피 탁자 하나. 한쪽 벽에 기대 세워진 서류 캐비닛이 카운터 역할을 하고 있었고, 캐비닛 안에는 M&M's가 든 커다란 유리 항아리 두 개가 보였다. 켄 핑거는 책상 뒤에 앉아 있었다.

핑거는 특수살인 혐의를 받은 호킨스의 변호를 맡았을 때 겨우 30대 초반이었다. 아무래도 성인 남자 두 명과 어린아이 두 명을 잔인하게 살해한 죄로 법정에 선 남자를 변호하겠다고 나서는 사람은 아무도 없었으리라.

이제 40대가 된 핑거는 피고 측 변호사로 일했다. 그리고 어느 도시나 마찬가지겠지만 벌링턴에도 핑거의 서비스를 필요로 하는 사람들이 수두룩했다. 말끔하게 손질된 갈색 머리카락은 회색으로 변해가는 중이었고, 말끔한 턱수염 역시 그랬다. 흰 셔츠에는 프랑스식 커프스가 달려 있었고, 말끔하게 주름잡은 바지를 밝은 빨간색 멜빵이 붙잡아주었다. 양쪽 멜빵 가운데에는 줄무늬 나비넥타이를 매고 있었다.

일행을 맞으려고 자리에서 일어선 핑거는 커피 테이블 쪽으로 가서 앉으라는 몸짓을 했다.

"여러분이 왜 여기까지 찾아오셨는지 대충 짐작이 가는군요." 벌린이 등 뒤로 문을 닫고 나간 후 핑거가 말했다.

"아마 그렇겠죠." 랭커스터가 대꾸했다.

"어이구야, 그동안 어떻게 지냈어요, 데커?" 핑거가 물었다.

"잘 지냈습니다." 데커가 자리에 앉으며 말했다. "소식은 들으셨습니까?"

"못 들을 수가 있겠습니까? 벌링턴은 그렇게 크지 않아요. 그리고 비록 당신이 여기 살던 시절에 있었던 고교 총기난사 사건하고는 다르지만, 그래도 살인범이 이곳으로 돌아와서 살해당했다는 건 뉴스거리가 되죠."

랭커스터가 말했다. "그 남자가 당신을 만나러 왔었나요?"

핑거는 고개를 저었다. "감옥에 간 이후로는 꽁무니는커녕 머리카락 한 올 못 봤습니다."

"한 번도 면회를 안 갔다고요?" 재미슨이 물었다.

"음, 그 말은 취소해야겠네요. **사실** 면회를 갔었어요. 청원을 올렸거든요. 하지만 대번에 퇴짜 맞았죠. 그래도 판사는 우리 측 요구를 수용해주려고 꽤 노력했어요. 그리고 배심원단은 사형선고를 내릴 수도 있었지만 그러지 않았죠. 난 실제로 메릴한테 사형선고를 피하는 게 예상할 수 있는 최선이라고 했어요. 긁어 부스럼은 피하는 게 좋지 않겠어요?"

"당신은 그 남자가 유죄라고 생각했나요?" 랭커스터가 물었다.

핑거는 어깨를 으쓱했다. "이쪽이든 저쪽이든 나야 상관없죠. 내 일은 변호하는 거니까. 유죄를 입증하는 건 주 당국에서 할 일이죠. 난 합리적인 의심의 틈새 속에서 삽니다. 모든 피고 측 변호사가 그렇죠."

"하지만 당신은 그 남자가 유죄라고 **생각했습니까?**" 데커는 끈질기게 물었다.

핑거는 뒤로 기대앉아 양손 끝을 산 모양으로 한데 모았다. "의뢰인이 사망했다고 변호사의 비밀유지 의무가 없어지는 건 아니라는 걸 아실 텐데요."

"의무적인 비밀을 폭로하라고 요구하는 게 아닙니다." 데커가 지적했다. "그저 그 문제에 대한 당신 의견을 묻는 겁니다. 그건 비밀유지 의무에 해당하지 않고, 어떤 방식으로든 당신 의뢰인에게 해를 끼칠 수 없어요. 그 남자는 이미 유죄 판결을 받았고 이제 죽었으니까."

핑거가 씩 웃었다. “당신은 변호사를 했어도 됐겠는데요, 데커. 좋아요, 음, 난 그 남자가 진범이라고 생각했습니다. 아마 그냥 좀 도둑질이나 하려고 그 집에 갔다가 자기가 처리할 수 없는 문제들을 잔뜩 맞닥뜨렸다고 생각해요. 그 남자가 직업적 범죄자였던 건 아니니까요. 젠장, 하다못해 주차 위반 딱지 하나 뗀 적이 없었다니까요. 내 생각엔 아마 그 덕분에 사형선고를 피할 수 있지 않았나 싶기도 해요. 아마도 당황한 나머지 우발적으로 총을 쏘고 목을 조르기 시작했을 것 같아요. 그리고 정신을 차려보니 어느새 네 명이 죽어 있었던 거죠. 그 후 그냥 죽어라 내뺐고요.”

“하지만 그런 남자가 차를 몰고 와서 그 집에 들어가거나 나오는 걸 본 사람이, 혹은 총소리를 들은 사람도 아무도 없다?” 데커가 말했다.

핑거가 어깨를 으쓱했다. “그거야 모르죠. 소리가 났는데 사람들이 못 들은 걸지도. 한 집은 음악을 크게 틀어놓고 있었어요. 또 다른 집에서는 사람들이 텔레비전을 보거나 자고 있었다고 했고요. 세 번째 집에 사는 사람들은 그날 밤 집을 비웠고, 네 번째 집은 아예 빈집이었죠. 그리고 그 집들은 서로 그리 가깝게 붙어 있지도 않았어요. 거기다 바깥은 폭풍 때문에 시끄러웠죠.” 핑거는 데커에게 난처한 표정을 지어 보였다. “젠장, 에이머스, 그 남자한테 혐의를 씌운 건 당신과 메리잖아요. 지문. DNA. 동기. 기회. 그리고 살인에 쓰인 흉기는 그 남자의 집에 숨겨져 있다 발견됐고요. 내 말은, 피고 측 변호인으로서, 난 정말이지 어떻게 해볼 여지가 전혀 없었어요. 그냥 사면 없는 종신형으로 끝난 것만으로도 기적이라고 생각했죠.”

“그리고 훔친 물건은요?” 랭커스터가 물었다.

"호킨스는 그 부분에 대해 아무 설명도 하지 못했어요. 그야 자기가 범인이 아니라고 했으니까요. 하지만 나더러 물으면, 난 그 친구가 몽땅 갖다버렸을 것 같아요. 장물로 팔았다간 네 건의 살인과 엮이지 않을 도리가 없을 테니까."

데커는 고개를 저었다. "호킨스는 체포당한 날 밤 지갑에 500달러를 가지고 있었어요."

"그리고 검사 측은 그게 장물 판매로 얻은 이익이라고 주장했죠. 하지만 그 친구가 훔쳤다는 물건들을 팔았으면 그보다는 훨씬 더 많이 받았을걸요."

"그리고 당신은 호킨스가 아내 리사를 위한 진통제를 불법으로 구매하는 데 그 500달러를 쓰려 했다고 주장했죠. 그 남자가 당신한테 그렇게 말한 겁니까, 아니면 당신이 그냥 지어낸 겁니까?"

"이봐요, 난 뭔가를 '그냥 지어내지' 않아요, 데커." 펑거는 딱 잘라 말했다. "그건 그 친구가 나한테 말해준 겁니다."

"그럼 그 돈은 어디서 난 거죠?" 랭커스터가 물었다.

"그건 끝까지 말하지 않더군요."

"이유가 궁금하네요." 데커가 말했다. "내 말은, 호킨스가 타당한 설명을 내놓았다면 검사 측 주장을 꽤 약화시킬 수 있었을 텐데요."

"누가 아니랍니까. 나도 애써봤어요. 하지만 절대 말하지 않더군요."

랭커스터가 말했다. "호킨스는 일자리에서 잘린 지 좀 됐었죠. 집에 돈이 없었을 텐데."

"난 그저 그 남자한테서 들은 말을 여러분에게 전하고 있을 뿐입니다. 그러니까, 전혀 아무 말도 못 들었다고요. 그리고 난 검사 측이 재판에서 그 돈 얘기를 꺼낼 수 있도록, 호킨스를 증인석에 세우지 않았죠. 거기서 허점을 찾아내고, 말기 암인 아내에게 진통제를 사주고 싶었던 남자로 포장해 법정에서 동정을 좀 사볼 생각이었죠. 배심원단한테는 씨알도 안 먹혔지만요. 배심원단은 돈과 훔친 물건들을 연결했고, 그걸 피해갈 방법은 없었어요. 그리고 내 생각에도 500달러의 실제 출처는 거기였고요. 여러 건의 살인과 연관된 장물들에 대해 장물아비가 잘 쳐줘야 얼마나 잘 쳐주겠어요? 그리고 장물아비가 제 발로 나서서 그 사건에 엮이고 싶어 할 리도 없고요. 그러니 메릴이 입을 열지 않는 한 내가 그걸 알아낼 방법은 전혀 없었죠. 그 친구는 끝끝내 입을 열지 않았고요."

랭커스터가 말했다. "하지만 좀 더 핵심으로 돌아가서, 호킨스는 왜 그렇게 이른 저녁에, 그것도 그렇게 사람 많은 집에 침입하려 했을까요?"

데커가 끼어들었다. "집 앞쪽에는 차가 한 대도 없었어요. 데이비드 카츠의 차는 집 뒤편에 세워져 있었으니, 호킨스가 집 앞쪽으로 접근했다면 볼 수 없었을 겁니다. 앞쪽으로 접근했던 게 맞고요. 리처즈는 당시 차 한 대를 수리 맡겨서 차가 한 대뿐이었고, 아내가 그걸 몰고 나갔었죠."

"하지만 최초 출동자들이 거기 갔을 때는 불이 켜져 있었어." 랭커스터가 반박했다. "불이 완전히 켜진 집에 침입하다니 강도치고는 멍청하잖아."

핑거가 양손을 쫙 펼쳤다. "제가 무슨 말을 하겠습니까? 그냥 그게 실제 상황이었는데요. 말씀드렸듯이, 그 남자는 노련한 범죄자가 아니었어요. 그리고 알리바이도 없었죠. 아실 텐데요."

데커가 말했다. "그리고 호킨스는 불이 켜져 있는 게 단순히 폭풍 때문이라고 생각했을지도 모릅니다. 앞에는 차가 없고 집에 차고가 있는 것도 아니니 어쩌면 집이 비어 있다고 생각했을지도 모르죠."

핑거가 덧붙였다. "그리고 메릴이 진범이 아니라면, 누군가가 그 친구에게 누명을 씌우려고 아주 많은 수고를 감수한 셈이죠. 왜 그런 짓을 했을까요? 메릴이 도대체 뭐라고. 그 친구는 평생 블루칼라 노동자였어요. 그게 잘못됐다는 말은 아니고요. 젠장, 오히려 그 점에서는 존경스러울 정도죠. 우리 아버지는 기계공이셨는데, 내가 손도 못 댈 것들을 뚝딱뚝딱 고치셨죠. 내 말은 그냥, 메릴이 평범한 삶을 산 평범한 남자였다는 겁니다. 그런 수고를 감수할 가치가 없었다고요."

"그럼에도 누군가가 그 남자를 죽이기 위해 **수고를** 감수했죠." 데커가 말했다. "그리고 호킨스의 생애는 엄밀히 말해 평범하지 않았어요. 아내는 죽어가고 있었고 딸은 마약중독자였으니까."

"그건 사실이죠. 잠깐, 수전은 확인해봤어요? 그 여자는 아직 여기 사는데요."

"이런, 왜 우리가 그 생각을 못 했을까요?" 랭커스터가 비꼬았다.

"그럼 여러분은 그 사람이 조건에 안 들어맞는다고 생각하는 건가요?" 핑거가 물었다.

"진행 중인 경찰 조사에 관해 내가 어떻게 생각하는지는 당신이 알 바 아니에요, 켄."

메리가 그렇게 쏘아붙이자 핑거는 웃음을 지었다. "왜 그래요, 메리. 난 우리가 친구인 줄 알았는데요."

"우린 또한 직업적인 적이기도 하죠. 난 당신의 죄지은 의뢰인들을 감옥에 가두기 위해 법정에서 증언해야 하고, 당신은 내 **진실된** 증언의 신빙성을 떨어뜨리기 위해 안간힘을 쓰니까."

"어이, 교차검증을 그런 식으로 말하면 안 되죠. 그건 우리가 가진 얼마 안 되는 무기 중에서 가장 뛰어난 거라고요. 모든 자원은 검사 측이 독차지하고 있으면서. 전 그냥 일개 개인일 뿐입니다."

"어디 계속 그렇게 자신을 속여봐요. 경찰서에서는 인터넷이 끊기지 않으면 운 좋은 날이라고요. 내 컴퓨터는 15년쯤 됐어요. 난 벌써 8년째 봉급이 동결됐고."

핑거는 장난꾸러기 같은 웃음을 지었다. "당신은 아무 때고 우리 편으로 넘어오면 돼요. 전문가 증인이 되는 거죠. 보수가 꽤 후하답니다."

랭커스터 역시 똑같은 표정으로 응수했다. "고맙지만 사양할게요. 난 지금만 해도 충분히 꿈자리가 사납거든요."

"난 갓난아기처럼 쿨쿨 잘 자는데." 핑거가 씩 웃으며 응수했다.

데커는 파일이 수북이 쌓여 있는 책장을 건너다보았다. "우린 그 사건에 대한 당신 기록이 필요합니다."

"왜요?"

"왜냐하면 호킨스를 죽인 범인에 대한 실마리가 거기 있을지도 모르니까요."

"난 아직 변호인의 의무를 지고 있어요, 데커."

데커는 핑거를 응시했다. "호킨스는 나를 찾아와서 자신의 무죄를 입증해달라고 했어요. 메리한테도 그랬고요."

핑거가 랭커스터를 날카롭게 응시하자 랭커스터는 고개를 끄덕였다. "호킨스가 벌링턴에 돌아온 건 바로 그것 때문이었어요. 나와 데커한테 우리가 잘못 알았다고, 그러니 우리가 그걸 바로잡아달라고 요구하려고요. 우린 호킨스와 만나 사건을 살펴보려고 레지던스 인으로 갔습니다. 그리고 그때 호킨스가 죽은 걸 발견했죠."

데커가 말을 이었다. "그러니 호킨스의 그런 말과 행동이면 당신에게서 비밀 유지 의무를 거둬주기에 충분하다고 봅니다. 당신 파일을 들여다보지 않으면 달리 무슨 방법으로 우리가 그 남자의 무죄를 입증하겠어요?"

핑거가 한숨을 푹 내쉬었다. "음, 당신은 꽤 설득력 있는 주장을 하는군요. 그건 인정하죠. 그리고 이 시점에서는 별로 해 될 것도 없을 것 같고요. 하지만 시간이 너무 흘렀어요. 내가 아직도 그 파일을 가지고 있을 것 같습니까?"

"내가 아는 대다수의 변호사들은 뭘 절대 버리는 법이 없던데요." 데커가 확신이 넘치는 어조로 대꾸했다.

"그럼 당신은 이제 그 친구가 무고하다고 생각하는 겁니까? 이 오랜 세월이 지난 지금에 와서?"

"이곳의 어떤 사람들은 내가 내 가족을 죽였다고 생각했지요." 데커가 대꾸했다.

"그 어떤 사람들에서 난 빼주시죠." 핑거가 재빨리 말했다.

데커가 자리에서 일어났다. "우리 그럼 그 파일들을 가지러 갑시다."

"지금 당장요? 아마 창고에 있을 텐데요."

"그래요, 지금 당장."

"하지만 난 20분 후 법정에 출두해야 합니다."

"그럼 당신 비서가 우릴 도와주면 되겠군요. 지금."

"뭐가 그렇게 급해요?"

"이 오랜 세월이 지났으니, 불가피한 사정이 없는 이상 진실을 밝혀내는 걸 1초도 더 미루고 싶지 않습니다." 데커가 대꾸했다.

0 009

"이쪽이에요."

일행은 냉난방 시설이 갖춰진 창고에 들어와 있었다. 크리스틴 벌린은 손에 든 아이패드를 들여다보더니 창고 저 안쪽에 있는 책꽂이를 가리켰다.

"굉장히 체계적이시네요." 랭커스터가 감탄한 투로 말했다.

"음, 당연하죠. 그 부분은 핑거 씨의 강점이 아니라서, 제가 보완해야 하거든요. 그 점에 있어선 제가 꽤 뛰어나다고 말씀드릴 수 있어요."

랭커스터가 재미슨에게 속삭였다. "크리스틴은 아이가 넷이고 첫째는 8학년이에요. 아마 내가 알기론 아이들한테 여전히 옷을 세트로 입힐걸요."

그 사건을 다룬 상자는 겨우 두 개뿐이라고, 벌린은 말했다. 그리고 랭커스터가 전자 영수증에 서명한 후에야 일행이 상자를 가지고 그곳을 뜨도록 허락해주었다. 데커는 무거운 상자 두 개를 한

꺼번에 다 들고 차로 옮겼다.

랭커스터가 말했다. "그거 들고 경찰서로 가면 돼. 밀러 서장님이 네가 쓸 방을 마련해놨어."

"서장님은 어떻게 지내셔?" 데커가 물었다.

"은퇴만 기다리고 있지." 랭커스터가 대꾸했다. "하지만 누군 뭐 안 그런가. 이따 서에서 다시 보자고."

"잠깐만, 같이 안 가고?" 데커가 물었다.

"난 다른 사건이 있어." 랭커스터가 무슨 소리냐는 듯 대꾸했다. "그리고 이건 공식적으로 내 사건도 아니고. 심지어 우리 서의 사건도 아니야."

"하지만 호킨스의 살인은 그렇잖아."

"그리고 그게 그 파일에 있는 거랑 연관이 있는지 어떤지 우린 모르지. 그러니까 네가 그걸 뒤져보고 뭔가 찾아내면 나한테 알려줘. 그동안 난 **새로운** 범죄들을 해결하려고 애쓰고 있을 테니까. 호킨스의 살인 같은."

랭커스터는 차를 몰아 떠났다. 데커가 차에 오를 기미가 없자 재미슨은 렌터카 트렁크에 손을 얹고 선 채 물었다. "왜 그래요?"

"내가 알고 싶은 게 그겁니다. 메리는 왜 저럴까요?"

"무슨 뜻이죠?"

"난 메리하고 하루 이틀 본 사이가 아니에요. 뭔가 나한테 말하지 않는 게 있어요."

"음, 그건 메리의 마음이죠, 데커. 하지만 마음을 바꿀 수도 있잖아요. 어쨌든 당신이 옛 파트너를 걱정하는 걸 보니 좋네요." 재미슨이 덧붙였다.

두 사람은 경찰서로 차를 몰아갔고, 밀러 서장이 준비해둔 사무실로 안내받았다. 복도를 지나가는데 60대 초반의 남자가 사무실에서 나왔다.

매켄지 밀러 서장은 여전히 땅딸막하고 통통한 몸매에 혈색이 나빴다. 하지만 웃음만은 환했고 전염성이 있었다. "이런, 이게 누구실까." 서장이 말했다.

데커는 서장이 내민 손을 잡아 흔들었다. 서장은 재미슨에게도 고개를 끄덕여 보이고 악수를 나눈 후 재킷에 달린 배지를 가리켰다. "들었네. 축하해, 알렉스. 분명 쉽지 않았을 거야."

"고마워요, 맥."

데커는 경찰서에서 일하던 시절 줄곧 자신의 상사였던 그 남자를 눈여겨보았다. 밀러는 좋은 경찰이었다. 강인하고 공정했으며 허튼짓을 하지 않았다. 그리고 실제로 예전에 자기 머리에 총알을 박으려던 데커를 멈춰줬다. 그런 일을 해준 사람을 어찌 좋아하지 않을 수 있을까.

"음, 자네 FBI에서 꽤 평판을 쌓았더군. 로스 보거트한테 계속 소식을 전해 듣고 있거든."

"그건 몰랐네요." 데커가 상자들을 여전히 넓은 가슴팍에 꽉 끌어안은 채로 대꾸했다.

"자네가 **모르는** 것도 있다니 기분 좋은데." 밀러는 그렇게 대꾸하고는 상자들을 눈여겨보며 물었다. "변호사의 파일들인가? 호킨스의 변호사?"

"네." 재미슨이 대답했다.

"그럼 가서 일 보게. 이렇게 두 사람을 보니까 반갑군. 나중에 자네들 시간 될 때 맥주 한잔하세."

데커가 말했다. "뭐 하나 여쭤봐도 됩니까?"

"안 된다고 하면 안 여쭤보려고?"

"메리한테 무슨 일이 있는 겁니까?"

밀러는 두꺼운 가슴 앞에서 짧은 팔로 팔짱을 끼었다. "왜 메리한테 무슨 일이 있을 거라고 생각하는데, 에이머스?"

"우린 서로를 알아요. 뭔가 찜찜한 게 있어요."

"자네들은 서로 **알았지.** 이제는 시간이 지났어. 사람들은 변해."

"그렇게 많이 변하지는 않아요." 데커가 반박했다.

"그럼 직접 물어보게." 밀러는 한 손가락을 흔들어 보였다. "메리한테서 무슨 말을 듣게 되든 각오는 해두고. 자신 있나?"

데커는 대답하지 않았고, 밀러 역시 대답을 기대한 표정이 아니었다.

"우리한테 사건을 맡겨주셔서 감사합니다."

"음, 자네 못지않게 나 역시 그걸 파헤치고 싶네. 우리가 망쳐버린 일이라면 우리가 바로잡아야지. 할 수 있는 모든 지원을 다 하겠네."

"고마워요, 맥." 재미슨이 말했다.

"그럼 잘 부탁하네." 서장은 도로 자기 사무실 안으로 사라졌다.

두 사람은 자기들에게 배정된 사무실로 향했다. 데커는 똑같이 생긴 상자 두 개를 회의용 철제 탁자에 내려놓은 후 외투를 벗어 의자 등받이에 걸쳤다.

데커는 한 상자의 뚜껑을 열고 "난 이걸 맡을게요. 당신은 그쪽 걸 뒤져봐요" 하고는 다른 상자를 재미슨에게 밀어 보냈다.

"우리가 정확히 뭘 찾는 거죠?" 재미슨이 상자를 열며 물었다.

"찾아내면 알게 되길 빌어봅시다."

재미슨은 한숨을 쉬고 자리에 앉아 맨 위의 파일 몇 개를 꺼냈다.

*

네 시간 후, 두 사람은 상자 두 개를 다 훑었다.

"여긴 뭐가 별로 없네요." 재미슨이 말했다.

"이건 변호인 측 자료들이에요. 메리한테 사람을 시켜 경찰서의 파일들을 가져다달라고 부탁했어요."

"그렇게 오랫동안 보관해요?"

"네, 아마 당시에 그걸 내다버릴 만큼 한가한 사람이 없어서였겠지만."

"켄 핑거는 어떻게 해볼 만한 증거가 별로 없었던 것 같네요."

"아니면 배심원단이 겨우 숙의 두 시간 만에 핑거의 의뢰인에게 유죄 평결을 내리진 않았겠죠."

"핑거는 교차검증 때 당신을 꽤나 애먹였죠." 재미슨이 데커가 법정에서 증언한 녹취록을 들어 보이며 말했다.

"그건 그 사람 일이었으니까요."

"하지만 당신은 당신 증언에 꽤나 확신이 있었고요."

"그야 난 그게 진실이라고 믿었으니까요."

"이젠 그렇지 않다는 뜻이에요?"

데커는 자기가 들고 있는 종이 위로 재미슨을 건너다보았다. "당시 내가 어쩌면 나무만 보고 숲을 못 봤을 수도 있다는 뜻이에요."

"그게 무슨 뜻이죠?"

"내가 처음 맡은 살인사건 조사에서 유죄 판결을 얻어내는 데만 너무 급급해서, 이른 저녁에 사람들로 가득한 집을 털려 하는 게 이상하다는 생각을 미처 못 했다는 뜻이죠."

"음, 어쩌면 그 남자가 그리 영리하지 않았을 수도 있잖아요. 이미 얘기가 나왔다시피, 호킨스는 경험 있는 범죄자가 아니었어요. 어쩌면 타깃을 제대로 정하는 법을 몰랐을지도요."

"호킨스는 멍청하지 않았어요. 그리고 핵심은, 그 남자는 어떤 식으로든 법을 어긴 적이 한 번도 없었어요. 당시 난 거기 별 의미를 두지 않았죠. 감식 증거가 압도적이었으니까. 하지만 주차 위반 딱지 하나 끊은 적 없는 사람이 갑자기 사람을 네 명이나 죽인다는 건 마치 비 웅덩이를 건너뛰다 말고 갑자기 그랜드캐니언을 건너뛰는 거나 마찬가지죠. 뭔가 이상하다는 걸 깨달았어야 했어요."

"하지만 다른 사람들이 다들 지적했다시피, 호킨스는 아마도 처음부터 누굴 죽일 생각으로 그 집에 들어가지는 않았을 거예요. 그러다 상황이 엇나간 거죠."

"인정합니다. 호킨스는 절박했어요. 아내는 진통제가 필요했고, 마약중독자인 딸도 도움이 필요했죠. 어쩌면 호킨스는 막다른 골목에 몰렸다고 느꼈을지도 모릅니다. 그냥 도둑질이나 하려고 그 집에 갔다가, 당신 말대로, 그 후 모든 게 지옥으로 곤두박질친 거죠."

"그리고 호킨스의 주머니에는 현금이 있었고요."

"그나저나 돈도 생겼는데 호킨스는 경찰에 체포당했을 때 왜 아직 바깥을 돌아다니고 있었을까요?"

"어쩌면 아내한테 줄 마약을 사려 하고 있었을지도 모르죠."

"어쩌면요." 데커는 말했다. "하지만 핵심은, 그날 밤 리처즈의 옆집에 **비어 있는** 집이 있었다는 겁니다. 사람이 안 사는 집 말고요, 발머 가족의 집을 말하는 겁니다. 그 사람들은 다른 곳에 사는 친척 집을 방문하려고 집을 비웠어요. 호킨스는 그냥 그 집에 침입해서 물건을 훔쳤으면 네 사람을 죽이지 않아도 됐을 텐데, 왜 그러지 않았을까요? 그리고 수많은 곳 중에 왜 하필이면 그 동네를 택했을까요? 그곳은 호킨스의 집에서 한참 가야 하는 곳인데요."
"그곳은 외딴곳이기도 했죠."
"난 그것만으로는 설명이 부족하다고 생각합니다."
"그 집에 살던 남자는 은행가였어요. 어쩌면 호킨스는 그걸 뭔가 훔칠 만한 물건이 있다는 뜻으로 생각했을지도 모르죠."
"내가 보기엔 너무 무리한 추측 같아요. 그곳은 어떻게 봐도 이 타운에서 부유한 동네에 속하지 않았어요. 내가 강도라면 사업하러 사회 밑바닥으로 가지는 않았을 겁니다. 돈이 있는 곳으로 가겠죠."
"음, 부유한 사람들은 보안 시스템과 자물쇠와 철문이 있고 때로는 개인 경비원들도 있죠. 리처즈가 사는 곳 같은 지역이 어쩌면 더 취약할 수도 있어요."
데커는 고개를 저었다. "그건 말이 안 돼요, 알렉스. 뭔가가 들어맞지 않아요."
"그렇다면 당신은 이제 호킨스가 무고하다고 믿는 건가요? 전에는 그렇게 못 미더워했으면서?"
"아뇨, 난 그냥 진실을 알아내려 할 뿐이에요." 데커가 자리에서 일어났다. "가서 경찰 파일이 어떻게 돼가나 봐야겠어요. 자판기 커피 좀 마실래요? 맛은 거지 같아도 따뜻하긴 해요."
"좋죠."
데커는 사무실을 나가 복도를 걸어갔다. 경찰 두 명과 예전에 같이 일했던 형사 하나가 지나가는 데커에게 인사를 건넸다. 여기서 다시 만나게 된 게 영 떨떠름한 표정이었는데, 데커는 그 이유를 이해할 수 있었다. 말이 돌았겠지. 호킨스가 유죄 판결을 받은 게 잘못이었다면, 경찰서 전원이 따귀를 맞은 심정이 될 것이다.
그리고 난 배에 한 방 맞은 심정이겠지. 내가 처음 맡은 진짜 강력계

사건이었는데. 내가 마음이 너무 앞섰었나? 그리고 내 목적을 이루기 위해 메릴 호킨스에게 엿을 먹였나?

데커는 그런 생각에 너무 골몰한 나머지 하마터면 맞은편에서 오던 여자를 들이받을 뻔했다.

샐리 브리머는 그리 많이 변하지 않았다. 30대 초반에 예쁘고 유능해 보이는 외양. 그리고 데커가 전에도 생각했듯, 브리머의 슬랙스는 여전히 좀 지나치게 몸에 들러붙었고 블라우스 단추는 너무 많이 풀려서 가슴의 계곡을 보여주고 있었다. 브리머는 서의 언론 홍보 담당 직원이었다. 데커는 예전에 브리머에게 사기를 친 적이 있었는데, 서에 구류돼 있던 죄수를 만나려고 변호사인 척했던 것이다. 덕분에 브리머는 사람들에게, 그중에서도 특히 밀러 서장에게 빈축을 샀다. 데커는 브리머가 억울하게 불이익을 당하지 않도록 다 자기 잘못이라고 인정했다. 그러나 브리머의 얼굴에 떠오른 불쾌한 표정을 보니 그 정도로는 데커에 대한 미움을 달래주기 무리였던 모양이다.

"브리머 씨." 데커는 다정하게 불렀다.

브리머는 샐쭉한 표정으로 입술을 내민 채 날씬한 엉덩이에 양손을 얹었다. "당신이 돌아왔다고 들었어요. 사실이 아니라 그냥 소문으로 끝나길 바랐는데."

"어, 그래요. 저도 만나서 반갑네요."

"여기는 무슨 일이죠?"

"사건을 해결하고 있습니다. 그리고 경찰서 파일이 좀 필요해요. 지금쯤이면 저한테 왔어야 하는 것 같은데요."

"당신은 더 이상 여기서 일하지도 않잖아요."

"메리 랭커스터와 함께 사건에 협력 중입니다. 밀러 서장님이 승인하셨고요."

"그런 개수작은 이제 나한테 안 통해요." 브리머가 싸우자는 투로 대꾸했다.

"실은, 정말입니다."

"좋아요. 한 번 속았으면 됐……."

"데커 요원님, 이거 작은 회의실에 갖다드릴까요?"

두 사람은 커다란 보관용 상자 네 개가 쌓인 손수레를 밀고 가는 젊은 제복 경관을 돌아보았다.

"네, 고마워요. 지금 내 파트너가 거기 있어요. 난 잠깐 커피를 마시러 나왔고요."

브리머는 회의실을 향해 가는 남자의 뒷모습을 불신 가득한 눈으로 지켜보았다.

"그럼 나한테 뻥을 치는 게 아니었군요. 무슨 사건이죠?"

"메릴 호킨스요."

"기억 안 나는데요."

"당신이 오기 한참 전이니까요."

"잠깐만요. 그건 얼마 전에 살해당한 남자 아니에요?"

"맞아요."

"하지만 그건 현재 사건이잖아요."

"그래요. 그 남자가 살해당한 게 어쩌면 13년 전쯤 일어난 네 건의 살인사건과 관련 있을지도 모릅니다."

"그걸 어떻게 알죠?"

"왜냐하면 내가 그걸 조사한 장본인이니까요."

"네 건의 살인이라고요? 범인이 누구였는데요?"

"음, 그걸 알아내려는 거겠죠?"

브리머를 떠나 커피를 뽑으러 간 데커는 휴게실에서 목적을 달성했다. 그러나 지금은 자동판매기 대신 큐리그(캡슐 커피머신의 브랜드명—옮긴이)가 있었다. 실로 세월이 바뀌면서 진보가 조금은 이루어진 모양이었다. 커피 두 잔을 내려 막 돌아가려는 참에, 휴게실 벽에 달린 텔레비전 화면이 데커의 주의를 끌었다.

지역 방송이었는데, 방금 일기예보가 시작된 상태였다. 늦은 오후 폭풍을 예고하고 있었다.

그걸 듣자마자, 뭔가가 데커의 머릿속에서 딸깍하고 제자리에 맞아떨어졌다.

비.

0 0010

"우리 여기서 뭐 하는 거예요, 데커?" 재미슨이 물었다. "나한테 한 마디도 안 해줬잖아요." 그리고 나지막하게 내뱉었다. "늘 그렇듯."

재미슨의 말이 들리지도 않는 듯, 데커는 리처즈의 옛날 집 거실의 이곳저곳을, 특히 바닥을 응시하고 있었다. 머릿속에서 그날 밤으로 다이얼을 돌려, 지금 보이는 것들 위에 그때 있던 것들을 하나하나 배치하는 중이었다.

그리고 그 총합은 매우 정확했다.

"비."

"뭐라고요?" 재미슨이 어리둥절한 표정으로 물었다.

"리처즈의 집에서 살인이 일어난 날 밤에 비가 왔어요. 양동이로 들이붓는 것 같았죠. 6시 15분경 시작돼서 랭커스터와 내가 거기 도착할 때까지 계속 내렸어요. 엄청난 폭풍이었죠. 천둥이랑 번개가 마구 쳤고요."

"네, 호킨스의 변호사가 그 얘길 했었죠. 그게 왜요?"

데커는 바닥을 가리켰다. "최초 출동자들의 것을 제외하면 집 안에 다른 젖은 발자국은 없었어요. 진흙이나 돌조각의 흔적도 전혀 없었죠. 그리고 메리와 나와 감식반은 부츠를 신었고요."

"그렇다면 비가 쏟아지기 시작한 후에 들어왔을 게 분명한 살인범이 어떻게 바닥이나 카펫에 젖은 흔적을 남기지 않았을 수가 있죠?" 재미슨이 말을 멈췄다. "잠깐만요, 당신이 이제까지 그 생각을 못 했다고요?"

데커의 눈이 방 안을 계속 헤맸다.

"데커, 내가 물어봤잖아요……."

"당신이 뭘 물었는지 **알아요,** 알렉스." 데커가 사납게 내뱉었다.

재미슨은 데커의 거친 말에 얼어붙었다.

데커는 재미슨과 눈을 마주치지 않고 말했다. "난 거실 벽 스위치에 남은 지문과 혈흔을 찾아냈어요. 불을 켜려면 손을 대야 하는 곳이었죠. 우린 감식반에게 그걸 뜨게 했어요. 지문을 데이터베이스에 돌리자 호킨스의 이름이 튀어나왔죠."

"호킨스의 지문이 왜 등록돼 있었죠? 핑거의 파일들에는 그 설명이 없던데요. 당신은 호킨스가 이전에 법을 어긴 적이 한 번도 없었다고 했잖아요."

"호킨스의 예전 직장이 방위산업체 비슷한 거였어요. 그래서 신원 확인을 통과하고 파일에 지문을 남겨야 했죠. 그곳의 고용주들 때문에."

"그러고요?"

"호킨스는 우리의 주된…… 아니, 실상 유일한 용의자였어요."

"그 모든 게 얼마나 오래 걸렸죠?"

"우린 새벽 1시경 그 지문에 대한 신원 확인 결과를 얻어냈어요.

주소를 알아낸 후 곧장 찾으러 갔죠. 우리가 도착했을 때 호킨스는 집에 없었지만 아내와 딸이 있었죠. 호킨스가 어디 있는지 전혀 모르더군요."

"어디서 찾았죠?"

"수배령을 내고 두어 시간쯤 지나 타운 동쪽 거리를 걷고 있는 호킨스를 한 순찰차가 발견했어요. 살인 혐의로 체포해 서로 데려왔죠. 랭커스터와 나는 거기서 호킨스를 만났어요."

"걷고 있어요? 차가 없었나요?"

"낡은 고물차였죠. 우리가 호킨스를 찾으러 갔을 때 집 앞에 세워져 있었어요. 나중에 확인한 바로는 그게 그 집의 유일한 차였죠. 비가 오고 날도 추워서, 그 집에 도착했을 때 우린 그 차의 엔진이 최근 켜진 적이 있는지 확인할 수 없었어요. 이미 범행이 일어난 지 몇 시간은 지나서야 거기 도착했으니까, 엔진은 어차피 식어 있었겠지만요. 하지만 나중에 이웃들에게 확인해본 바로, 차는 하루 종일 거기 서 있었답니다. 그래도 우린 혹시라도 범행 장소의 흔적 같은 게 남아 있지 않을까 해서 차의 외관과 타이어를 확인했어요. 하지만 호킨스가 범행을 저지른 후 차를 몰고 돌아왔다면 이미 폭우에 전부 씻겨 내려갔을 테죠. 우린 영장이 없었기 때문에 가택 수색을 하려면 기다려야 했어요."

"호킨스는 뭐라고 설명했죠?"

데커의 머릿속에서, 데커와 랭커스터는 앞서 수전 리처즈를 신문했던 바로 그 신문실로 걸어 들어갔다. 똑같은 노란 머스터드색 벽. 맞은편 의자에 앉아 있는 같은 종류의 사람. 피의자. 빠져나갈 길을 찾는, 사냥당하는 동물.

"호킨스는 자기 권리를 알고 있었어요. 변호사를 불러달라고 하더군요. 우린 변호사가 곧 올 거라고, 하지만 몇 가지 질문에 대답해주면 당신이 혐의를 벗는 데 도움이 될 거라고 했죠. 하지만 그러지 않는다고 해도 우린 상관없었어요. 어차피 법적인 책임을 모면하기 위해 하는 말이니까."

"호킨스한테 그의 지문이 범죄현장에서 발견됐다는 걸 알려줬나요?"

"그건 호킨스를 함정에 몰아넣으려고 감추고 있었어요. 그즈음 수색영장이 나와서, 다른 팀이 뭔가 흔적과 범행에 이용된 총을 찾으려고 호킨스의 집과 차를 온통 헤집고 있었죠. 당신도 알듯, 총은 나중에 호킨스 집의 벽장 벽 속에서 발견됐고요."

"그건 호킨스가 총을 숨기러 집으로 돌아갔어야 한다는 뜻이잖아요. 아내와 딸이 어떻게 그걸 모를 수가 있죠?"

"말할 것도 없이 리사 호킨스는 무척 아팠고, 다른 방에서 잤어요. 딸인 미치는 속옷 바람으로 문간에 나왔죠. 뭔가에 잔뜩 취해서 꼴이 엉망진창이었죠. 우리한테 아무것도 말해주지 못했어요. 우린 호킨스 부인을 만나기 위해 부인의 침실로 가야 했죠. 심지어 침대에서 일어나지도 못하더군요. 간단히 말해 가정 내 호스피스 상태였어요."

"젠장." 재미슨이 내뱉었다. "거기다 이 일까지 더할 필요는 정말이지 없었을 텐데."

"부인은 엄청나게 심란해했어요. 도대체 무슨 일이 벌어지고 있는 건지 알고 싶어 했죠. 하지만 말이 두서가 없었고, 부인이 우리 얘기를 알아들었는지 어쨌는지도 잘 모르겠어요. 그리고 약에 취한 딸도 그랬고요. 내 생각엔 호킨스가 차를 몰고 곧장 집으로 돌진했다 해도 그 두 사람은 눈치채지 못했을 것 같아요."

"호킨스가 질문에 대답한 게 하나라도 있었나요?"

"제복 경관들이 체포 당시 무슨 혐의인지 말해줬어요. 하지만 다른 건 자세히 알려주지 않았죠. 난 기본적인 정황을 설명해줬어요."

"어떤 반응을 보이던가요?"

이제 그 기억이 데커의 머릿속을 가득 채웠다. 데커가 지금 있는 곳은 리처즈의 옛날 집이 아니라 신문실이었다. 지금보다 젊은 랭커스터가 옆자리에 앉아 있었고, 맞은편에는 아직 살아 있는 호킨스가 있었다. 키가 크고 말랐지만 강골이었다. 아직 암이 찾아와 호킨스를 찢어발기기 전이었으니까. 데커의 시선이 남자의 투박하게 잘생긴 얼굴에서 억세고 거칠고 못이 잔뜩 박인 양손으로 옮겨갔다. 어린 여자애의 목을 졸라 목숨을 빼앗는 것쯤은 너끈히 해낼 수 있는 손이었다.

*

"호킨스 씨, 선생님의 국선변호인이 배정되기를 기다리는 동안, 저희의 의문점 몇 가지만 해소해주실 수 있을까요?" 데커가 물었다. "그러면 저희에게 큰 도움이 되겠지만, 선생님은 대답을 거부하실 권리가 있습니다. 그냥 확실히 해두려고요."

호킨스는 가슴 앞에 팔짱을 낀 채 말했다. "예를 들자면요?"

"예를 들자면 어젯밤 7시에서 9시 반 사이에 어디 계셨나요?"

호킨스는 뺨을 긁적였다. "산책하고 있었는데요. 밤새 걸어 다녔죠. 그러던 도중에 당신네 친구분들한테 체포당했죠. 산책을 금지하는 법은 아마 없을 텐데요."

"쏟아지는 빗속에서요?"

호킨스는 자신의 젖은 옷을 건드렸다. “이게 증언해주겠네요. 당신들이 날 체포했을 때 내가 산책 중이었다는 걸. 신께 맹세합니다.”

“어디를 산책 중이셨죠?”

“아무 데나요. 생각을 좀 해야 했거든요.”

“무슨 생각요?”

“그건 댁이 알 바 아니죠.” 호킨스는 말을 멈췄다. “잠깐만요, 누가 죽었다고요? 아직 얘기 못 들었거든요.”

랭커스터가 피해자와 범행 장소를 알려주었다.

“젠장, 전 그 사람들이 누군지도 몰라요.”

데커는 태연하게 물었다. “그럼 선생님은 그 집에 한 번도 가신 적이 없다고요?”

“한 번도요. 갈 이유도 없고.”

“혹시 산책 중에 누군가 선생님의 주장을 입증해줄 만한 사람을 만나셨나요?”

“아뇨. 비가 오고 있었거든요. 그 날씨에 바깥을 싸돌아다닐 만큼 멍청한 사람은 없죠. 나만 빼고.”

“프랭클린 가에 있는 아메리칸 그릴에 가보신 적이 있습니까?” 랭커스터가 물었다.

“전 외식을 잘 안 해요. 돈이 없어서.”

“그곳 주인과 마주치신 적이 있습니까?”

“그게 도대체 누군데요?”

“데이비드 카츠요.”

“들어본 적도 없는데요.”

랭커스터는 카츠의 생김새를 묘사했다.

“아뇨, 아는 바가 전혀 없어요.”

지금보다 훨씬 날씬한 켄 핑거, 법원에서 지정한 호킨스의 변호사가 바로 그때 도착했고, 호킨스는 법원에서 명령한 DNA 채취에 협력하기 위해 입을 벌려야 했다.

호킨스는 데커에게 그 표본으로 뭘 할 거냐고 물었다.

"댁이 알 바 아니죠." 데커가 대꾸했다.

*

데커는 그 상황을 설명한 후 재미슨을 보았다. "그리고 그날 오전에 수색팀이 호킨스 집의 벽장 뒤에서 숨겨져 있는 총을 발견했죠. 탄도학은 부검에서 추출된 총탄과 일치했고요."

"그리고 뺨 면봉에서 나온 DNA도?"

"결과가 나오기까지 시간이 좀 걸렸지만, 애비게일의 손톱 밑에서 나온 흔적과 일치했어요."

"그로써 사건은 종결됐군요."

"명백히요."

데커는 다시 바닥을 내려다보았다. "다만 비의 흔적이 전혀 없는 점을 놓쳤네요."

"다른 신발과 양말을 준비했을지도 모르잖아요. 신발을 벗어서 바깥에 놔뒀을 수도 있고요. 그러고 나서 마른 신으로 갈아 신은 거죠."

데커는 고개를 저었다. "아니에요."

"왜 아닌데요?"

"현관을 봐요."

재미슨은 창가로 가서 작은 지붕이 달리고 양옆이 뚫린 현관을 보았다.

데커가 말했다. "메리와 난 집에 들어갈 때 흠뻑 젖었어요. 그 현관이 비를 거의 못 막아줬거든요. 호킨스가 신발과 양말을 추가로 챙겨갈 정도로 선견지명이 있었을 것 같지도 않고요. 그리고 사람들이 잔뜩 있는 집에 침입하는데, 잠시 멈춰서 신발을 갈아 신을 시간이 있었다는 게 말이 됩니까? 누구든 앞문이나 창으로 내다보면 바로 보였을 텐데요. 그리고 다른 옷이나 헤어드라이어도 챙겨와서 안으로 들어가기 전에 갈아입거나 머리를 말려야 했을 거예요. 그렇지 않으면 흔적이 남았을 테니까요."

"혹시 집으로 들어가는 다른 방법이 있었을 가능성은 없나요?"

"지금과 똑같은 문제를 남기지 않을 방법은 없죠."

"나오는 길에 젖은 흔적을 닦아냈을 수도 있잖아요."

"네 사람을 살해하고 나서 과연 그럴 여유를 부렸을까요? 네 사람을 전부 죽이려고 집 안 곳곳을 돌아다닌 터에? 게다가 카펫도 있죠. 호킨스가 뭐 스팀 청소기라도 가져다 진흙이랑 젖은 돌조각이랑 풀 조각을 하나하나 없앴다는 겁니까?"

"하지만 데커, 당신 말이 사실이라면 답은 하나밖에 없잖아요."

데커는 재미슨을 넘겨다보았다. "그래요, 호킨스가 옳고 내가 틀렸던 거죠. 호킨스는 무고했고, 난 무고한 남자를 감옥에 처넣었죠. 그리고 이제 그 남자는 죽었고요."

"당신 잘못이 아니었어요."

"내 잘못이에요, 젠장." 데커가 내뱉었다.

0 0011

영안실보다 더 추운 곳이 이 세상에 또 있을까.

철제 탁자 위에 놓인 메릴 호킨스의 시신을 내려다보며 데커는 그런 생각을 떠올렸다. 검시관은 시트를 뒤로 젖혀 호킨스의 수척한 몸을 고스란히 드러냈다. 데커의 한쪽 옆에는 재미슨이, 다른 쪽에는 랭커스터가 서 있었다.

검시관은 말했다. “제가 이미 말씀드렸듯, 사인은 소구경 덤덤탄입니다. 그게 두개골을 관통한 후 조직을 변형시켰고, 그 후 공중제비를 돌며 연조직을 통과하는 과정에서 더 많은 손상을 입혔죠. 원래 그러라고 만든 물건이지만.” 검시관은 다른 테이블에 놓인 호킨스의 뇌를 가리켰다. “상당한 손상을 입은 게 보일 겁니다. 아마 즉사했겠죠. 총탄은 연조직 내에 남아 있었어요. 파편 상태로요. 그래서 구경에 대해 더 정확한 답은 드릴 수가 없네요.”

“우리가 검사를 위한 총을 찾는대도 탄도학 비교를 할 방법이 없나요?” 랭커스터가 물었다.

"유감스럽게도 그렇습니다. 말씀드렸듯, 그냥 금속 파편들이 뇌의 폭넓은 영역에 흩어져 있어요. 마치 폭탄이 터진 것처럼요. 정말이지 총신과 비교해볼 만한 나선형 흔적이나 홈조차 없어요. 불행히도." 검시관이 덧붙였다. "또한 상처와 뇌 조직에 박힌 폴리우레탄 발포고무와 미세 플라스틱 조각들도 있었습니다."

"뭐라고요?" 재미슨이 어리둥절한 표정으로 물었다.

데커가 말참견했다. "살인범이 총성을 죽이려고 베개를 사용했군요."

"소음기의 싸구려 버전이죠." 랭커스터가 덧붙였다. "앞이마에 남은 화상 자국은 살인범이 베개를 사용하지 않았다면 더 두드러졌을 겁니다. 접사 총상에 무척 가까웠죠."

"틀림없이 흔적을 치우면서 베개를 가져갔을 겁니다." 데커가 말했다. "방 안에는 그런 흔적이 전혀 없었어요."

데커는 남자의 팔 위쪽을 가리켰다. "당연히 지금은 다 나았지만, 저기가 긁힌 자국이 있던 곳입니다. 짐작건대 애비게일 리처즈가 그와 맞서 싸우다 생긴 상처였죠."

랭커스터가 덧붙였다. "호킨스가 체포되어 구류된 후 우린 호킨스의 팔에 난 상처들에 주목했어요. 호킨스는 넘어져서 양쪽 팔을 긁혔다고 했죠. 체포됐을 때는 이미 상처를 소독하고 붕대를 감아놓은 후였어요. 애비게일 리처즈의 DNA가 호킨스에게 남아 있었대도 틀림없이 제거된 뒤겠죠. 실상 우린 아무것도 찾아내지 못했어요. 하지만 그 후 애비게일에게서 실제로 호킨스의 DNA가 검출됐죠."

재미슨이 말했다. "그건 호킨스가 유죄임을 입증하는 바위처럼 튼튼한 증거로 보이는데요. 내 말은, 그건 호킨스가 거기 있었단 거잖아요. 애비게일은 그 남자한테 저항했고요. 호킨스는 범인이 맞았어요."

"그래요." 데커가 말했다. "한편 우리가 가진 반증은 이 남자가 자신은 무고하다고 주장했고, 이젠 살해당했다는 거죠."

랭커스터가 말했다. "호킨스가 살인을 **실제로** 저질렀지만 혼자가 아니었을 수도 있을까? 공범이 있었는데, 이제 그 공범이 자신을 고발할까 봐 호킨스를 살해했다거나?"

"그럴 시간이라면 13년이나 있었어." 데커가 지적했다. "그리고 그랬다면 호킨스가 재판에서 공범을 지목하지 않았을까. 단순히 형량 거래를 목적으로라도. 그리고 다른 것도 있어." 데커는 랭커스터에게 자신의 비 이론을 설명했다. 그리고 덧붙였다. "비의 흔적과 다른 폭풍의 흔적이 범죄현장에서 발견되었어야 했는데, 그렇지 않았지."

랭커스터는 그 말에 깜짝 놀란 기색이었다. "나…… 난 한 번도 거기까진 생각이 미치지 못했어."

"나도 마찬가지였어, 지금까지."

"젠장……."

"알아."

"팔 뒤쪽에 저건 뭐죠?" 재미슨이 물었다.

작달막한 키에 머리가 벗어져 가는 50대 남자인 검시관은 머리 위 램프의 길고 휘어지는 팔을 가까이 잡아당기고 불을 켜 그 지점을 비췄다.

"아, 이건 나도 봤어요." 검시관이 말했다. "더 자세히 살펴볼까요."

호킨스의 팔에 난 자국은 검은색과 진녹색과 갈색이었다. 그냥 얼핏 보면 멍이라고 생각하기 쉬웠으리라. 강렬한 빛 속에서 더 자세히 살펴보자 그게 뭔지 명확히 드러났다.

"문신이네요." 데커가 말했다. "한 개가 아닌 것 같네요."

"저도 그렇게 결론 내렸습니다." 검시관이 말했다. "하지만 형편없는 솜씨예요. 제 말은, 제 딸도 문신을 했는데 이것보단 훨씬 멋지죠."

데커가 말했다. "감옥에서는 조잡하기 짝이 없는 도구와 잉크 대신 찾을 수 있는 대용품으로 이루어지기 때문이죠."

"감옥에 가기 전에 새긴 게 아니라는 걸 어떻게 알죠?" 재미슨이 물었다.

"왜냐하면 내가 13년 전에 호킨스의 팔을 봤거든요. 몇 번씩이나. 문신은 없었어요." 데커는 몸을 기울여 10센티미터쯤 되는 거리에서 그 자국들을 살펴보았다. "종이클립이나, 아니면 스테이플러 같은 걸 쓴 듯하네요. 이 문신은 잉크 대신 샴푸와 검댕을 이용한 것 같아요. 나머지 둘은 스티로폼을 녹인 것 같고요. 수감자들이 문신을 새길 때 무척 즐겨 쓰는 재료들이죠."

"당신이 감옥 문신에 대해 그렇게 많이 아는지 몰랐네요." 재미슨이 말했다.

"데커와 나는 오랫동안 이 일을 하면서 감옥이라면 가볼 만큼 가봤거든요." 랭커스터가 끼어들었다. "재소자들의 피부에 전시된 신체 예술을 잔뜩 봤죠. 멋진 것도 있고 끔찍한 것도 있었어요."

데커는 여전히 그 문신에서 눈을 떼지 않았다. "이건 거미줄이에요."

"갇혔다." 랭커스터가 말했다.

"뭐라고요?" 재미슨이 물었다.

"감옥에 갇혔다는 걸 상징하죠." 데커가 설명했다. "금고형을 받았다는 뜻이에요."

"이건 눈물방울 같네요." 재미슨이 구부러진 팔꿈치 근처에 있는 표지를 가리키며 말했다.

데커가 고개를 끄덕였다. "맞아요. 그거예요."

"이건 무슨 뜻이죠?"

데커는 랭커스터와 눈빛을 교환한 후 잔뜩 가라앉은 목소리로 말했다. "때로는, 그 사람이 감옥에서 강간당했다는 걸 나타내죠. 보통은 얼굴에다 잉크로 새기지만. 다들 볼 수 있게."

"젠장." 재미슨이 말했다.

데커는 눈을 감고 구토가 올라오는 걸 느꼈다.

그리고 어쩌면 내 허술한 조사가 당신이 거기까지 가는 데 한몫했겠지.

가만 보고 있던 재미슨이 데커의 팔에 한 손을 얹었다. 데커는 번뜩 눈을 뜨더니 재미슨에게서 떨어져 섰다. 재미슨은 그 반응에 상처 입은 표정을 지었지만 데커는 알아차리지 못했다.

눈물방울 오른쪽에 있는 마지막 문신을 살펴보던 랭커스터가 말했다. "이건 나도 처음 보는데."

"화살이 별을 관통한 것처럼 보이는데요." 재미슨이 데커를 보며 물었다. "혹시 짚이는 거 있어요?"

데커는 "아직은요" 하고 대꾸한 후 검시관에게 물었다. "암이 얼마나 진행됐죠?"

검시관이 몸서리를 쳤다. "상당히요. 총알이 목숨을 앗아가지 않았다면 아마 몇 주쯤 더 살았을 것 같아요. 실은 아직 돌아다닐 수 있었다는 게 놀라울 정도죠."

"호킨스는 길거리 약물에 의존한다고 했어요." 재미슨이 말했다.

"약물 검사 결과가 나오면 체내에 뭐가 있었는지 알 수 있겠죠. 위에는 음식물이고 뭐고 아무것도 없었어요. 아마 식욕이 거의 없었다고 봐도 될 겁니다. 하지만 암이 그 정도로 진행됐는데도 버텨냈을 정도니, 틀림없이 강인한 사람이었겠지요."

데커가 말했다. "음, 어쩌면 자신의 무고함을 입증하고 싶은 마음이 호킨스에게 힘을 주었는지도 모르죠."

"또 흥미로운 게 있나요?" 랭커스터가 물었다.

"저쪽에 있는 증거 봉투에 옷이 있습니다."

랭커스터가 데커를 보고 말했다. "작은 더플백도 하나 있었어. 그건 서에 갖다놨어. 안에 든 건 별로 없지만, 아마도 살펴보고 싶겠지."

데커는 시신에서 눈길을 떼지 않은 채 고개를 끄덕였다.

세 개의 문신. 거미줄이 가장 오래된 듯 보였다. 그럴 법도 했다. 실제로 무고했다면, 처음 감옥에 갔을 때 호킨스는 아마도 믿을 수 없을 만큼 분노했을 것이다. 거미줄 문신은 그 분노를 겉으로 드러낼 얼마 안 되는 방법 중 하나였으리라. 그리고 눈물방울 문신은 아마도 그 후에 생겼을 것이다. 감옥의 신선한 고기는 신선함을 그리 오래 유지하지 못하니까.

그리고 뭔지 알 수 없는 마지막 하나. 별을 꿰뚫은 화살. 데커는 그게 무슨 의미인지 알아내야 할 것이다. 그건 가장 최근에 새긴 것처럼 보였으니까. 데커가 그렇게 생각하는 건 호킨스가 병 때문에 최근 체중이 빠졌기 때문이다. 다른 두 문신은 체중 감소로 인해 위팔 둘레가 줄어들면서 그에 따라 변화한 흔적을 보여주었다. 하지만 별에는 그런 흔적이 전혀 보이지 않았다. 그리고 새긴 지 얼마 안 되는 것 같아 보였다. 어쩌면 감옥을 나오기 직전에 새겼는지도 모른다. 그리고 석방 즈음에 새긴 문신이라면, 그건 당시 호킨스에게 뭔가 중요한 의미를 담고 있었는지도 모른다.

데커는 집 안에 진흙 묻은 발자국이 전혀 없었다는 사실을 놓친 이후로, 이 사건에서 다시는 아무것도 놓치지 않겠다고 작심한 터였다. 살인사건 담당 형사에게 재도전 기회가 찾아오는 일은 거의 없다. 데커는 이번 기회를 날려버릴 마음이 추호도 없었다.

다시는.

0012

별거 없군.

데커는 경찰서에서 더플백을 응시하고 있었다. 가방에는 옷가지 몇 벌이 담겨 있었다. 그리고 교도소에서 여기까지 타고 온 버스표. 현금이 약간 든 지갑. 호킨스가 낙서를 끄적인, 교도소 행정서류 몇 장.

책장을 접어놓은, 처음 보는 이름의 작가가 쓴 페이퍼백 한 권이 있었다. 표지에는 남자가 헐벗은 여자의 목에 칼을 갖다 대고 있는 야한 그림이 그려져 있었다. 1950년대에 흥했던 미키 스필레인(미국 범죄소설 작가—옮긴이)의 영향을 직접적으로 받은 듯했다.

지갑 안에는 호킨스의 딸인 미치의 사진도 들어 있었다. 랭커스터는 미치의 성이 이제 가드너로 바뀌었음을 알아냈다. 지금은 벌링턴에서 차로 두 시간 거리인 오하이오 주 트래멀에 살고 있었다. 랭커스터는 또한 아버지가 감옥에 갔을 때 20대 후반이었던 미치가 이제 결혼해서 여섯 살짜리 아들을 두고 있다는 것까지 알아냈다.

미치의 사진은 초등학생 때 찍은 거였다. 데커가 그게 미치임을 알아본 것은 호킨스가 딸의 이름과 나이를 사진 뒷면에 써놓았기 때문이었다. 호킨스는 또한 그 밑에 '아빠의 작은 별'이라고도 적어놓았다. 어쩌면 팔에 새긴 별 문신의 의미가 그것일까. 그 사진은 확실히 호킨스 가족의 보다 행복했던 시절을 보여주었다. 미치는 밝고 무구해 보였다. 그 나이 때 애들다운 통통한 뺨과 환한 웃음.

그리고 그 후, 꿈은 산산이 부서졌다. 미치는 커서 마약중독자가 됐고, 마약 살 돈을 구하려고 경범죄를 저질렀다. 감옥과 재활시설을 들락날락했다. 후자에 더 오래 머무르긴 했지만. 무한한 미래를 가지고 있던 어린 여자애는 사라져 버렸다. 하지만 그랬던 미치가 마침내 삶을 제대로 살게 된 모양이었다.

장한 일이라고, 데커는 생각했다. 하지만 미치와 이야기해봐야겠다고 생각했다. 호킨스가 교도소에서 석방된 후 딸과 연락을 취했을지도 모르니까.

랭커스터가 걸어 들어와 테이블에 쌓인 물품들을 보았다.

"아무것도 없어?"

데커는 고개를 저은 후 말했다. "궁금한 게 하나 생겼어."

"그렇군."

랭커스터는 자리에 앉아 껌 하나를 입에 던져넣었다.

"그래, 껌을 씹어. 담배는 피우지 말고." 데커가 충고했다.

랭커스터가 입을 삐죽 내밀었다. "감사합니다, 데커 **의사선생님**. 그래서 궁금한 게 뭔데?"

"누가 신고를 했지?"

"뭐라고?"

"리처즈의 집에서 그날 밤 소동이 있었다고 신고한 게 누구지?"

"그건 끝까지 못 알아냈어. 너도 알잖아."

"음, 난 지금 우리가 알아봐야 할 게 그것인 것 같아."

"어떻게?" 랭커스터는 회의가 가득한 투로 물었다. "너무 예전 일이잖아."

"당시 난 그 전화의 녹취록을 읽고 녹음본도 들었어. 전화 건 사람은 여자였어. 그 집에서 시끄러운 소리가 들렸다고 했지. 출동한 경찰들이 그 직후 그 집에 도착했고. 살인이 확정된 후에야 우리가 출동했지."

"그건 다 아는 얘기잖아."

"하지만 신고자는 그 집에서 소동이 있었다는 걸 어떻게 알았지? 발신자는 그 지역의 유선전화를 이용하지 않았어. 휴대폰으로 했는지도 추적되지 않았고. 그렇다면 대체 어디서?"

"우리가 그 부분엔 별로 신경을 쓰지 않은 것 같네. 그냥 지나가던 착한 사마리아인이려니 했겠지."

"굳이 말하자면 **편리한** 사마리아인이지. 그리고 폭우가 쏟아지는데 누가 굳이 막다른 골목을 지나가겠어? 거기 사는 사람이 아니고서야 거기를 왜?"

랭커스터는 잠시 생각에 잠겼다. "그리고 우리가 거기 도착해서 네가 지문을 찾아낸 이후로 모든 표지는 호킨스를 가리켰지."

그게 사실임을 아는 데커가 고개를 끄덕였다. 그 사실은 이제 믿을 수 없을 만큼 데커의 신경에 거슬렸다.

"좋아." 데커가 말했다. "우린 이 사건을 출발점부터 다시 훑을 필요가 있어. 호킨스가 거기에 딱 들어맞는다는 편견은 접어두고. 눈을 새로 크게 뜨고."

"데커, 이건 13년도 더 지난 일이야."

"1300년 전이라 해도 상관없어, 메리." 데커가 쏘아붙였다. "우린 이걸 바로잡아야 해."

랭커스터는 데커를 오랫동안 뜯어보았다. "넌 끝끝내 극복할 마음이 없구나, 안 그래?"

"무슨 말을 하는지 모르겠는데."

"알잖아."

데커가 우울한 눈빛으로 랭커스터를 응시했다. "난 네가 이 사건에 100퍼센트 전념해줬으면 해."

"좋아, 데커. 하지만 제발 내가 맡은 다른 사건들도 잔뜩 널려 있다는 걸 잊지 말아줘. 호킨스의 살인사건만이 아니라."

데커가 메리를 노려보았다. "이건 네 최우선 과제여야 해, 메리. 만약 호킨스가 정말 진범이 아니라면, 우린 그 남자의 인생을 망가뜨리고, 감옥으로 보내서 강간당하게 만들고, 그 후 누군가에게 살해당하게 만든 거야."

"우린 호킨스를 살해당하게 **만들지** 않았어." 랭커스터가 응수했다.

"우린 얼마든지 그랬을 수 있어." 데커가 되쏘았다.

"무슨 문제 있어요?"

두 사람은 문간에 서 있는 재미슨을 동시에 돌아보았다.

마침내 데커에게서 시선을 거둔 랭커스터가 말했다. "그냥 옛날 파트너 둘이서 서로 의견을 교환하는 중이에요." 그리고 다시 데커를 돌아보며 말했다. "미안해, 에이머스. 난 할 수 있는 한 너와 이 사건에 협력할 거야. 하지만 내 망할 놈의 접시는 꽉 차 있어."

"옛날처럼 같이 일하니 좋다고 할 땐 언제고?"

"우린 옛날에 살고 있지 않아. 현재에 살고 있지." 랭커스터는 말을 멈추고 덧붙였다. "적어도 난 그래. 왜냐하면 난 다른 선택지가 없으니까."

데커는 냉담한 시선으로 랭커스터를 응시했다.

재미슨이 말했다. "데커, 보거트한테서 연락받았어요?"

"아직 그 친구한테 전화 못 받았어요?"

"못 받았어요. 보거트는 우리가 여기 남아서 그 사건을 맡는 데 불만 없는 거 맞죠?"

"아뇨, 불만이 있죠. 그러니 당신은 짐을 싸서 D.C.로 돌아가는 게 좋겠어요."

"언제 그 말을 들었는데요?"

데커는 대답하지 않았다.

"데커?"

"좀 됐어요."

"그럼 지금까지 그 얘기를 해줘야겠다는 생각이 한 번도 들지 않던가요?"

"지금 말하잖아요. 언젠가 D.C.에서 다시 만나요."

"하지만 당신은 남겠다는 뜻이죠? 그렇겐 못 해요, 데커."

"내가 하나 못 하나 보자고요."

데커는 여봐란듯이 방을 나섰다.

재미슨은 의자에 앉은 채 여전히 느릿느릿 껌을 씹고 있는 랭커스터를 내려다보았다.

"저 사람은 도대체 왜 저 모양이죠?" 재미슨이 물었다. "명령에 불복종하면 FBI에서의 장래가 위태로워질 텐데."

랭커스터가 자리에서 일어섰다. "에이머스 데커에겐 언제나 선결 과제들이 있어요. '장래'는 결코 거기 속하지 않죠."

"알아요, 그냥 진실을 알아내고 싶은 거죠. 늘 듣는 말이에요."

랭커스터는 문을 응시했다. "난 사실 에이머스가 그냥 평화를 찾고 싶어 하는 것 같아요. 그리고 이 모든 것……." 랭커스터는 방 안을 둘러본 후 말을 이었다. "이 모든 건 일개 개인이 짊어질 수 있는 수준을 한참 넘어서는 죄의식을 어깨에 짊어진 에이머스가 살아남는 방식일 뿐이죠. 그리고 메릴 호킨스에게 일어난 일은 그 좆같은 짐을 더 보태줬을 뿐이고요. 왜냐하면 에이머스는 확실히 그 일이 일어난 게 자기 탓이라고 생각하고 있으니까. 원래 그렇게 생겨먹은 인간이라 별수 없어요. 맙소사, 내가 호킨스한테 에이머스가 있는 곳을 말해주는 게 아니었는데." 랭커스터는 재미슨의 어깨를 토닥이며 말했다. "그래도 당신을 다시 만난 건 반가웠어요, 알렉스."

랭커스터는 재미슨을 혼자 남겨두고 데커를 따라나섰다.

0 0 0013

데커는 자기가 태어난 고장에 있는 공원의 붉은 벤치에 앉아 있었다.

다른 어떤 곳도 아닌, 오하이오 주 벌링턴.

수십 년 전 공장들이 문을 닫으면서 도시는 주저앉았다. 그 후 뭐랄까, 다시 일어섰다. 그리고 또 한 번 불황이 찾아와 그곳을 다시금 주저앉혔다.

이제 도시는 서서히 다시 일어나고 있었다.

데커는 다음번 타격이 과연 언제 찾아올지 궁금했다. 찾아오는 건 기정사실처럼 느껴졌다.

재미슨이 타운을 떠난 후로 문자를 여섯 통은 보냈지만, 데커는 모두 무시했다. 마음 한구석으로는 양심의 가책을 느꼈다. 재미슨에게는 아무 잘못도 없으니까. 이 모든 문제의 핵심은 자신임을, 에이머스 데커는 모르지 않았다.

"넌 끝끝내 극복할 마음이 없구나, 안 그래?"

랭커스터의 말은 마치 호킨스의 뇌를 찢어놓은 총탄처럼 데커를 찢어놓았다.

넌 그들의 죽음을 끝끝내 극복할 마음이 없구나, 안 그래, 에이머스? 하긴 어떻게 그러겠어? 그건 네 잘못이었는데.

데커는 전에도 이 의자에 앉은 적이 있었다. 지금처럼 가을이 오하이오 밸리의 겨울에게 재빨리 자리를 넘겨주던 무렵이었다. 당시 사립탐정으로 근근이 생계를 이어가던 데커는 여기 앉아서 영업을 접은 칵테일 바를 향해 가던 한 남자와 한 여자를 기다리고 있었다. 여자의 부유한 아버지가 데커에게 돈을 주고, 여자의 환심을 산 그 역겨운 사기꾼이 이곳을 뜨도록 설득해달라고 했다. 데커는 임무를 성공적으로 수행했다. 그리 어려운 일은 아니었다. 남자는 자신의 영리함과 뻰지르르함을 과대평가했으니까. 데커를 상대하게 될 줄 몰랐던 게 남자의 패인이었다. 데커는 체스 말을 몇 번 움직여 남자를 끝장내버렸다.

데커는 그 커플이 오기를 기다리면서 주변을 오가는 사람들을 관찰했었다. 추리를 하고, 그 사람들을 자신의 기억 데이터베이스에 추가했다. 예전에 데커는 자신의 기억력을 개인용 내장 DVR로 묘사했지만, 이제 그 용어는 시대의 흐름에 발맞춰 업데이트됐다.

내 머릿속에는 내 모든 데이터를 필요할 때 꺼내 쓸 수 있게끔 안전하게 저장해놓은 개인용 클라우드가 있지.

두 젊은 남자가 무엇 때문인지 말다툼을 하며 옆으로 지나갔다. 데커는 왼쪽 남자의 주먹 쥔 손을 유심히 보았다. 예전 같으면 그 손에 5달러어치 코카인 봉투들이 쥐어져 있었으리라. 지금은 아마도 판매용 마약성 진통제가 들려 있지 않을까. 오른편 남자는 의심할 바 없이 가격을 흥정 중이었다. 남자는 20달러 지폐를 한 움큼

쥐고 있었고, 뒷주머니에는 날록손(아편계 약물에 해독작용을 할 수 있는 약물—옮긴이)을 코로 흡입할 수 있는 병이 꽂혀 있었다. 마약을 하다 보면 과용은 불가피했고, 중독자들은 그럴 경우를 대비해 행인이 그들 코에 꽂아서 '부활'시켜줄 수 있도록 날록손을 가지고 다녔다. 그러면 그들은 하루를 더 살아남아 다시 한 번 더 죽을 기회를 얻을 수 있었다.

21세기의 삶이란 게 그 모양이지.

데커는 이 이미지를 개인용 클라우드에 올리고 다른 이미지들을 찾아 나섰다.

데커의 눈이 예전에는 휴게소였고 지금은 크로스핏 시설인 건물 앞 길가 주차공간에 차를 대는 여자에게 머물렀다. 여자는 딱 달라붙는 운동복을 입고 가방을 어깨에 걸머진 채 차에서 내렸다. 눈은 스마트폰 화면을 뚫고 들어갈 기세였고 귀에는 이어폰을 꽂고 있었다. 데커는 여자의 차를 보았다. 차 앞 범퍼에 꽂힌 주차 허가증에는 주소가 적혀 있었다. 어떤 나쁜 남자가 보고 따라오라고.

데커는 여자한테 주차 허가증을 그런 식으로 전시하지 말라고 말해주고 싶었다. 그리고 소셜 미디어에서 아무리 중요한 사건을 떠들어대고 있어도 거기 열중해서 주위 상황을 그렇게 까맣게 외면해서는 안 된다고도. 하지만 그래봤자 그냥 자기를 괴롭힌다며 경찰이나 부르겠지. 이 장면은 언제나 그랬다는 것 말고 다른 명확한 이유는 없이 데커의 클라우드에 착실히 업로드됐다.

마지막 장면. 한 나이 든 커플이 손을 맞잡고 지나갔다. 남자 쪽이 80대 초반 정도로, 여자보다 약간 젊어 보였다. 여자는 손을 덜덜 떨었고 얼굴 반쪽도 살짝 떨렸다. 나머지 반쪽은 축 늘어졌다. 안면 신경 마비이거나 이전에 뇌졸중을 겪은 후유증이리라. 남자는 양쪽 귀에 보청기를 꼈고 코에는 흑색종으로 보이는 것이 자라고 있었다. 그럼에도 두 사람은 발을 질질 끌며 느릿느릿 함께 걸었다. 늙는다는 것, 끝이 멀지 않았다는 것, 그럼에도 여전히 서로 사랑한다는 것. 아마도 산다는 건 그런 거겠지.

데커는 그러지 않으려고 했지만, 그럼에도 그 장면을 자신의 클라우드에 업로드하지 **않을** 수 없었다. 그저 아주 먼 곳, 구석진 자리에 집어넣으려고 노력하는 게 최선이었다.

재미슨이 가고 나자 데커는 다시 혼자가 되었다. 어떻게 보면 그 편이 더 나았다. 데커는 가족을 강제로 잃은 이후로 줄곧 혼자였다. 그리고 살아남았다.

어쩌면 그게 최선일지도. 어쩌면 고독한 존재가 데커의 운명일지도. 그냥, 그게 더 마음 편했다.

데커는 당장 눈앞의 문제에 온 신경을 집중했다. 메릴 호킨스. 데커에게는 대략 100만 가지 의문점들이 있었고, 답의 숫자는 거기에 한참 못 미쳤다. 아니, 사실 답은 하나도 없었다. 하지만 데커는 그저 숨을 돌리려고, 혹은 향수를 되새기려고 그 벤치에 앉은 게 아니었다.

데커는 남편을 잃은 한 여자, 수전 리처즈와 이야기를 나눠봤다. 이제는 남편을 잃은 또 다른 여자를 기다리고 있었다.

잠시 후 레이철 카츠가 포장도로를 걸어왔다. 레이철은 죽은 남편인 데이비드 카츠와의 사이에 아이가 없었고, 지금은 다운타운의 한 아파트에서 혼자 살았다. 옛 공장을 개조한 건물의 호화로운 상층이었다. 데커가 조사한 바에 따르면 카츠는 여전히 회계사로 일하며 단독 사무실을 가지고 있었다. 그리고 여전히 아메리칸 그릴을 소유했다. 카츠의 사무실은 아파트에서 걸어서 5분 거리였다.

죽은 남편보다 몇 살 아래였던 카츠는 이제 44세였다. 오래전 처음 만났을 때도 놀라운 미모의 소유자였지만, 놀랍도록 곱게 나이를 먹었다. 금발은 여전히 어깨를 스치는 길이였다. 큰 키와 군살 없는 몸매에, 살짝 건들거리는 걸음걸이는 멋스러웠다. 걷는 모습이 마치 세상을 혼자 사는 사람 같았다. 아니면 적어도 오하이오주 벌링턴을 혼자 사는 사람 같았다.

카츠는 흰 커프스 셔츠와 롱스커트 위에 검은 재킷을 받쳐 입었다. 선택한 립스틱은 불타는 레드였고, 손톱도 같은 색깔이었다. 들고 있는 서류가방이 걸음을 옮길 때마다 허벅지에 가볍게 찰싹찰싹 스쳤다.

카츠가 지나가는 것을 본 건설 노동자들 두어 명이 캣콜링을 했다. 카츠는 못 들은 척했다.

데커는 힘겹게 벤치에서 몸을 일으켜 업무에 착수했다.

예전에 그랬던 것처럼.

0 0014

보도를 가로막고 선 데커를 올려다본 카츠의 얼굴에 재빨리 알아보는 기색이 번졌다.

"당신, 기억해요."

"에이머스 데커입니다. 벌링턴 경찰서에서 일할 때 부인 남편의 죽음을 조사했었죠."

"맞아요." 카츠가 얼굴을 찌푸렸다. "뉴스에서 그이를 죽인 남자가 타운으로 돌아왔다는 말은 들었어요. 그리고 살해된 채 발견됐다고요."

"맞습니다. 메릴 호킨스죠."

여자는 몸서리를 쳤다. "음, 안타깝다는 말은 못 하겠네요. 하지만 그 남자는 종신형을 받은 줄 알았는데요. 여기서 도대체 뭘 하고 있었던 거죠? 뉴스에는 나오지 않더군요."

"말기 암이라 석방됐습니다."

카츠는 그 말에 아무런 반응도 보이지 않고 대신 이렇게 물었다.

"당신은 여기 어쩐 일이고요?"

"그냥 부인께 몇 가지 여쭤볼 게 있어서요."

"아직 경찰서에서 일하세요? 타운을 떠났다고 들은 것 같은데요."

"지금은 FBI에 협력 중입니다. 하지만 여전히 오하이오 주의 정식 경관이죠." 데커는 공식 신분증을 보여주었다.

"정확히 뭘 조사하시는 건데요?"

"호킨스의 살인이요. 그리고 선생님 남편과 그날 밤 리처즈 집에 있었던 다른 피해자들의 살인에 대해서도요."

카츠는 이해가 안 간다는 표정으로 고개를 저었다. "내 남편과 리처즈네 가족을 죽인 범인이 누군지는 다들 이미 **알고 있잖아요.** 메릴 호킨스."

"그걸 다시 살펴보는 중입니다."

"왜죠?"

"이상한 점들이 좀 있어서요."

"이상한 점이라면 어떤?"

"여기 서서 이러는 것보다 어딘가 들어가서 말씀을 나누시면 어떨까요? 아니면 경찰서로 가도 좋고요."

카츠는 두 사람을 빤히 쳐다보고 있는 몇몇 행인들을 둘러보았다. "내 아파트가 바로 저기예요."

데커는 카츠를 따라 건물로 들어갔고, 관리인이 그들을 맞았다. 두 사람은 엘리베이터를 타고 카츠의 층으로 올라갔다.

"벌링턴에 이런 곳이 있는 줄은 몰랐네요." 안락한 복도를 걸어가면서 데커가 말했다. "적어도 제가 여기 살 땐 없었는데요."

"완공한 지 막 1년 지났어요. 사실 이 건물을 개축한 개발회사가 저랑 관련이 있어요. 다른 건물 두 곳도 지금 공사 중이죠. 그리고 저는 또 다른 그룹과 타운 근처의 새 공사 몇 건을 함께 맡고 있어요. 거기다 식당 몇 곳을 포함해 영업점들도 다수 있고요. 우린 벌링턴을 위해 원대한 계획을 세워놨죠."

"경제가 마침내 살아나는 중인가 보죠?"

"그런 것 같아요. 큰 회사들 몇 곳을 여기로 불러들이려고 노력 중이에요. 정말이지 붉은 카펫을 쫙 깔아놨죠. 포천 1000 회사 두 곳이 이미 이 지역에 지사를 짓기 시작했어요. 그리고 최첨단 스타트업 기업 하나가 막 시내 중심가에 본사를 설립했고요. 덕분에 젊고 부유한 사람들이 다수 몰려들었죠. 여기서 사는 게, 말하자면 시카고에 사는 것보다는 훨씬 저렴하니까요. 그리고 우린 새 시설을 짓기 위해 대형 병원도 하나 유치했어요. 벌링턴 북쪽에 새 공장을 지으려고 디트로이트의 3대 사에 부품을 공급하는 업체랑 교섭 중인데, 순조롭게 흘러가고 있어요. 이 사람들은 살 곳과 쇼핑하고 먹을 곳이 필요하죠. 내가 맡은 곳들을 제외하고도 시내 중심가에는 새로운 식당들과 주택들이 이미 쑥쑥 자라나고 있어요. 그러니까, 맞아요. 경제가 다시 살아나고 있죠."

"멋지군요."

두 사람은 카츠의 아파트에 들어섰다. 실내는 원룸식이었고, 높이가 6미터는 되는 창들이 숭숭 뚫려 있었다. 데커는 저물어져 가는 햇살이 들어오도록 리모컨으로 블라인드를 여는 카츠를 지켜보았다.

"아름다운 집이군요." 데커는 값비싼 가구들을 세세한 것까지 하나하나 둘러보며 관찰했다. 노출식 대들보와 줄눈을 새로 칠한 벽돌 벽, 슬레이트 바닥, 고가 주방 가전제품들, 그리고 벽에 걸린 유화와 아크릴화. 가구는 그 커다란 공간에도 압도되지 않을 만큼 컸고, 안락한 의자와 카우치가 군데군데 배치돼 있었다.

"여긴 『럭스』에 실렸었어요." 카츠는 데커가 멍한 눈길로 자신을 바라보는 걸 알아차리고 다시 "디자인 잡지예요" 하고 덧붙였다. "무척 부유한 사람들을 대상으로 한 잡지죠." 카츠는 잠시 말을 멈췄다가 다시 이었다. "잘난 척하는 것처럼 들렸다면 미안해요."

"괜찮습니다. 그냥 저는 그런 쪽에 관해 별로 아는 게 많지 않아서요. 그리고 부유했던 적이 단 한 번도 없고요."

"음, 저도 은수저를 물고 태어난 건 아니에요. 그리고 회계사이다 보니, 일주일에 수백 시간씩 일한답니다."

"그럼 오늘은 틀림없이 일찍 일어나셨겠군요. 아직 5시도 안 됐으니까. 퇴근해서 오실 때까지 더 오래 기다려야 할 줄 알았습니다."

"지금은 그냥 잠깐 쉬러 온 거예요. 의뢰인과 회의가 있어서 두어 시간 후에는 다시 사무실로 돌아가야 해요. 그리고 이따 밤에는 행사가 있죠. 사실 잠시 짬을 내서 집안일을 몇 가지 해치우고 싶었어요. 그러니 찾아오신 용건으로 바로 들어가도 될까요?"

카츠는 카우치에 앉아 데커에게 맞은편 의자에 앉으라는 몸짓을 했다.

"아까 말씀하신 이상한 점이라는 게 대체 뭐죠?"

"구체적인 건 말씀드릴 수 없습니다. 아직 조사가 진행 중이라서요. 다만, 메릴 호킨스가 경찰에게 재조사를 요청하려고 타운에 돌아왔었다는 것까진 말씀드릴 수 있겠군요."

"재조사라고요. 왜죠?"

"그 사람은 자기가 무죄라고 주장했습니다."

카츠의 얼굴이 보기 싫게 일그러졌다. "그러니까 살인자의 말을 듣고 재조사를 시작하셨다는 건가요? 지금 장난하세요?"

"아니, 단순히 그것만은 아닙니다. 앞서 말씀드린 이상한 점들이 있죠."

"그리고 그게 뭔지 구체적으로 말해주지 않으셨죠. 대체 저한테 원하시는 게 뭐죠?" 카츠가 퉁명스럽게 물었다.

"남편분이 왜 그날 밤 그 집에 계셨는지 말씀해주실 수 있나요?"

"세상에, 그거라면 이미 증언했어요."

"1분밖에 안 걸릴 겁니다. 그리고 이전에는 기억 못 하셨던 뭔가를 새로 떠올리실 수도 있고요."

카츠는 길고 짜증스러운 한숨을 내뱉고 팔다리를 비비 틀었다. "너무 오래전 일이에요."

"뭐든 좋으니 기억나시는 걸 말씀해주세요." 데커가 달랬다.

"리처즈는 은행에서 대출 담당으로 일했어요. 그래서 데이비드와 알게 됐죠. 아메리칸 그릴을 지으려고 대출을 받는 데 그 사람이 핵심적인 역할을 했거든요. 데이비드는 꽤 대단한 야심가였죠. 제가 그 점에 매력을 느끼기도 했고요. 그이는 돈을 잔뜩 벌고 싶어 했고, 그러면서 공동체에 힘을 불어넣을 수 있는 일을 하고 싶어 했어요. 전 그 점이 좋았죠."

"남편분과는 언제 처음 만나셨습니까?"

"아메리칸 그릴이 개장한 직후에요." 카츠는 먼눈을 하고 웃음을 떠올렸다. "말하자면 블라인드 데이트로 만난 셈이죠. 둘 다 너무 바빠서 누굴 만날 시간을 내기가 쉽지 않았어요. 우린 곧장 죽이 맞아서 6개월 만에 결혼했죠."

"그리고 이미 말씀하셨듯, 여전히 아메리칸 그릴을 소유하고 계시고요?"

"네. 그건 그이와 제 공동명의로 돼 있었어요. 호킨스가 그이를

살해한 후에 제게로 넘어왔죠."

"수익성이 좋았습니까?"

"좋을 때도 있고 나쁠 때도 있었어요. 지금은 그럭저럭 괜찮은 편이에요."

"혹시나 알고 계실까 해서 그러는데, 남편분은 그날 밤 그저 돈 리처즈와 한담을 나누려고 그 집에 가신 겁니까? 아니면 사업상의 만남이었을까요?"

"몰라요. 이미 말씀드렸는데요. 전 심지어 그이가 그날 밤 거기 갔었는지도 몰랐어요. 아마 어떤 사업 프로젝트에 관해 이야기 중이었을 거예요. 당시 데이비드가 진행하던 게 몇 건 있었고, 은행과 그이 사이에서 주로 다리 역할을 맡은 사람이 돈이었거든요. 하지만 왜 돈의 집에서 만났는지는 저도 잘 몰라요." 카츠는 이어 싸늘하게 덧붙였다. "이미 아시다시피 데이비드는 결국 살아서 집에 돌아오지 못했고, 그래서 저는 그때 무슨 이야기가 오갔는지 듣지 못했죠. 난 우리가 평생 함께일 거라고 생각했어요. 알고 보니 짧은 시간에 불과했지만."

"남편분은 리처즈 씨와 친구 사이였습니까? 혹시 부인들 간에 친분이 있었다거나?"

"아뇨, 그렇지 않았어요. 그 부부는 아이가 있었고 우린 없었죠. 그쪽이 더 나이가 많기도 했고요. 그리고 데이비드랑 나는 늘 일하느라 바빴어요. 정말이지 친구 같은 걸 사귈 시간이 없었죠."

"그리고 부인은 그날 밤 **일하고** 계셨죠, 맞습니까?"

"회계사 사무실을 막 연 참이었어요. 흔히 하는 말로 날밤을 새우고 있었죠." 카츠는 얼굴을 찌푸렸다. "경찰에서 전화가 올 때까지요. 믿을 수가 없었어요. 누가 끔찍한 장난을 친 거라고 생각했죠." 카츠는 말을 멈추고 데커를 올려다보았다. "난 그이의 시신을 확인해야 했어요. 당신은 해본 적 있어요? 사랑하는 사람의 시신을 확인하는 것 말이에요."

"분명히 무척 힘드셨을 겁니다." 데커는 나지막한 목소리로 대답했다.

카츠는 불현듯 데커를 지그시 바라보았다. "잠깐만요. 아 맙소사, 당신도 그런 일을 당했었죠. 당신 가족…… 이제 기억이 나요. 뉴스에 온통 도배됐었는데."

"괜찮습니다." 데커가 말했다. "남편분의 지갑과 손목시계가 사라졌죠. 그리고 끼고 있던 다이아몬드 반지도요."

카츠는 고개를 끄덕였다. "내가 준 반지였어요. 생일 선물이었는데, **마지막** 생일이 될 줄이야." 마지막 말에는 냉기가 어려 있었다.

"뭔가 기억나는 다른 건 없나요? 제게 도움이 될 만한 거요."

"전 당신을 돕고 싶지 않은데요." 카츠가 야멸차게 내뱉었다. "메릴 호킨스가 내 남편을 죽였으니까요. 우린 아이를 가지려던 참이었어요. 여기저기 알아보고 있었죠. 시카고로 이사 갈까 하는 이야기를 하고 있었어요. 그야 뭐, 벌링턴 같은 곳에서 갈 수 있는 곳이라고 해봤자 뻔하니까요."

"그럼 왜 아직 여기 계십니까?" 데커는 똑같이 퉁명스럽게 물었다.

"그건…… 남편이 여기 묻혔으니까요."

데커의 표정이 부드러워졌다. "그 마음 이해합니다."

카츠가 자리에서 일어섰다. "이제 정말 가봐야 해요. 또 더 물어보실 게 없다면."

데커도 따라 일어섰다. "시간 내주셔서 감사합니다."

"행운을 빌어드리진 못하겠네요. 그리고 전 호킨스가 죽어서 기뻐요."

"한 가지만 더요. 메릴 호킨스가 죽던 날 밤 11시에서 자정 사이에 어디 계셨는지 말씀해주실 수 있습니까?"

카츠의 낯빛이 핼쑥해졌다. "제가 그 사람이 살해당한 것과 뭔가 관련 있다고 생각하시는 거예요?"

"저야 모르죠. 그래서 여쭤보는 거고요. 하지만 알리바이가 있다면 처음부터 밝히시는 게 좋을 겁니다. 경찰이 물어볼 테니까요."

"왜죠?"

"호킨스는 타운에 돌아왔고, 부인은 그 남자가 부인 남편을 살해했다고 믿으시니까요. 수전 리처즈 씨에게도 똑같은 질문을 했다는 걸 알려드리면 조금은 덜 불쾌하실까요?"

"그래서, **그쪽은** 알리바이가 있던가요?"

데커는 대답하지 않았다.

"그게 언제라고 하셨죠?" 카츠는 불편한 심기가 역력히 드러나는 투로 물었다.

데커가 다시 말해주자 카츠는 그 자리에 선 채로 몸을 앞뒤로 흔들다 마침내 대답했다. "스케줄을 확인해보고 남아 있는 기록이 있는지 알아봐야 해요. 전 너무 바빠서 한 시간 전에 뭘 했는지도 기억하기 힘들거든요."

문간으로 가는 데커를 카츠가 등 뒤에서 불렀다.

"이런 일을 하는 진짜 이유가 도대체 뭐죠?"

데커는 문손잡이에 손을 얹은 채 뒤돌아보았다. "무고한 사람을 굳이 유죄로 만들지 않아도 세상에는 이미 죄지은 사람이 넘쳐나니까요."

"진심으로 호킨스가 무죄라고 믿으세요?" 카츠의 말투에는 불신이 가득 담겨 있었다.

"제가 알아내려는 게 그겁니다."

"꽤 자신이 있으신 것 같네요. 하지만 옛날 일이에요. 기억은 흐려지죠."

"그건 저하고 상관없는 문제입니다." 데커가 대꾸했다.

0 0015

데커는 마침내 전화를 받았다. 정말이지 다른 선택지가 없었으니까. 재미슨이 타운을 떠난 지도 이제 시간이 한참 지난 후였다.

"여보세요, 알렉스."

"이야, 빨리도 받으시네요." 재미슨이 이를 갈았다.

"바빴어요."

"이쪽도 마찬가지예요. 우리 팀은 뉴햄프셔의 사건을 해결하러 출발할 거예요. 비행기가 한 시간 후에 떠나요."

"행운을 빌어요."

"보거트는 완전히 뒤집혔어요."

"확실히 그 친구는 나한테 열받을 당연한 권리가 있죠."

"내 비위 맞춰주는 척할 필요 없어요. 그냥 뉴햄프셔로 와서 우리랑 합류하고 싶은지 물어보려고 전화한 거예요. 지금 출발하면 클리블랜드에서 출발하는 비행기를 탈 수 있어요. 뉴어크에서 갈아타면 돼요."

"그럴 순 없어요, 알렉스. 난 여기서 사건을 해결하고 있어요."

"음, 그럼 거기 경찰서에 있는 옛 친구들한테 잘 보여둬요. 나중에 돌아왔을 때 FBI에 당신 책상이 남아 있을지 난 잘 모르겠으니까."

"그렇다고 해도 충분히 이해합니다."

"그걸 원하는 사람은 아무도 없어요, 에이머스. 난 당신이 그걸 알았으면 좋겠어요."

"알아요."

"행운을 빌게요. 거기서 당신이 **무슨 일을** 하든지요."

전화는 끊겼지만 데커는 내려놓은 전화기에서 한참 동안 눈을 떼지 못했다. 갑자기 허기가 졌다. 갈 곳은 이미 정해져 있었다.

*

저녁식사 시간이었는데도, 데커가 도착했을 때 그곳은 끽해야 4분의 1밖에 차 있지 않았다. 여기까지 오는 길에 새로 문을 연 식당들 몇 곳이 눈에 띄었다. 어쩌면 그 가게들이 아메리칸 그릴의 손님들을 빼앗아가고 있는 것일지도 몰랐다.

데커는 안내받은 테이블에 앉았다. 메뉴판을 살펴본 후 실내를 둘러보았다.

종업원들이 테이블을 순회하고 있었다. 다른 서빙 직원들은 벽에 기대서서 잡담을 나누고 있었다.

한 테이블을 스치고 간 데커의 시선이 이내 그 테이블로 되돌아왔다. 데커의 주의를 사로잡은 건 거기 앉은 커플이었다. 남자는 메리의 남편인 얼 랭커스터였다. 하지만 함께 앉아 있는 여자는 메리가 아니었다. 얼은 도급업자가 되기 전에 건설 현장 노동자로 업계에 발을 들였다. 그래서 몸으로 먹고사는 남자의 체구를 가지고 있었다. 180센티미터가량의 키에 해군 상고머리, 그리고 두꺼운 팔과 넓은 가슴. 정장 청바지에 흰색 긴소매 셔츠를 겉으로 빼서 입고 검은 로퍼를 신었다. 동석자는 날씬한 체구에 길고 부드러운 머리카락과 녹색 눈동자를 가진 40대 초반의 여성으로, 애정 어린 눈길로 얼의 얼굴을 유심히 들여다보며 행복한 미소를 짓고 있었다.

여자의 얼굴에서 문득 시선을 돌려 식당을 둘러보던 얼은 자신을 빤히 쳐다보는 데커의 눈길을 알아차리고 움찔했다. 여자에게 뭐라고 말하더니 벌떡 일어나 데커의 테이블로 다가왔다. 데커는 그러는 내내 여자가 얼을 지켜보고 있음을 알아차렸다.

얼은 데커 맞은편에 앉았다.

"에이머스, 타운에 돌아왔다는 소식은 들었어요. 메리가 알려주더군요."

"그랬나요?" 데커는 잠시 여자의 얼굴에 조금 더 오래 눈길을 보내다가 얼을 돌아보며 물었다.

얼은 민망한 기색이었다. 양손을 탁자 위에 얹고 내려다보았다.

"아마 무슨 일인지 궁금하겠죠."

"그래요, 하지만 내 알 바가 아니긴 하죠."

"사실은, 메리와 나는 갈라서기로 했어요."

"정말요?" 데커는 물었다. "안타까운 소식이네요. 그럼 저기 계신 친구분은 누군가요?"

얼이 그리로 시선을 보냈다. "지금 무슨 생각 하는지 압니다."

"글쎄, 과연 그럴까요."

"이 일을 시작한 건 메리였어요, 에이머스. 내 생각이 아니었어요. 하지만 난 앞으로 살아갈 날이 많아요."

"샌디는 어쩌고요?"

"양육권을 나눠 가질 겁니다. 하지만 내가 더 많이 가질 거예요. 메리의 스케줄은 미쳤으니까요."

"메리가 그래도 괜찮답니까?"

"메리가 제안한 거예요."

"메리는 도대체 어떻게 된 거죠? 이혼은 다 뭐고? 왜 당신이 샌디를 데려가게 놔두는 거죠? 도무지 말이 안 되잖아요."

얼은 불편한 기색이었다. "메리는 경찰이에요. 메리는…… 일 때문에 부담이 많죠."

"당신은 이혼을 원하는 겁니까, 얼?"

"나한테 무슨 선택권이 있겠어요? 메리가 내 말을 듣는 것도 아니고."

데커는 여자를 다시 응시했다. 여자는 미소를 지었지만 데커가 마주 웃어주지 않자 고개를 홱 돌렸다.

"음, 어쨌거나, 내가 보기에 **당신은** 이미 나름의 선택을 한 것 같군요."

얼의 표정이 바뀌더니 분노가 어렸다. "난 당신한테 평가당할 이유가 없어요, 알겠습니까?"

"난 누굴 평가하고 있지 않아요. 그저 본 대로 말하는 겁니다. 내가 틀린 거면 그렇다고 말해주세요. 사과드리죠."

얼의 분노가 흩어졌다. "봐요, 맞아요. 낸시와 나는 만나는 사이예요. 하지만 메리와 난 이미 그전에…… 음, 우린 진짜 부부로 사는 걸 그만둔 지 좀 됐어요. 내 말이 무슨 뜻인지 이해한다면요. 그리고 난 메리가 우리 결혼이 끝났다고 말한 후에야 저 사람을 만났어요. 신께 맹세합니다."

"믿어요. 샌디는 이 상황을 어떻게 받아들이고 있습니까?"
"그애는 어차피 이해 못 할 겁니다."
"아마 생각보다 더 많이 이해하고 있을 것 같은데요."
"우린 견뎌낼 거예요. 그래야만 하니까."
"거기엔 반박할 여지가 없죠. 모든 게 잘 되길 빕니다." 데커는 "세 사람 모두에게" 하고 덧붙였다.
"당신이 왜 이곳에 왔는지 알아요. 메리한테 들었어요. 호킨스 사건 때문이죠. 피해자 중 한 명인 데이비드 카츠가 이곳 주인이었는데, 아세요?"
데커가 고개를 끄덕였다. "그리고 이제 그 사람의 아내가 주인이죠. 레이철 카츠를 아십니까?"
"네, 알죠. 타운 곳곳의 여러 프로젝트에 관여하고 있는 사람이니까요."
"벌링턴에 대해 큰 계획을 가지고 있는 것 같더군요."
"음, 이곳은 확실히 에너지를 좀 불어넣을 필요가 있으니까요. 그 사람이 그런 일을 하고 있어서 다행이죠."
"맞습니다." 데커가 말했다.
"난, 어, 그만 가봐야겠네요. 만나서 반가웠어요, 에이머스."
"그래요."
얼이 자기 탁자로 돌아간 후 데커는 얼과 동석자 낸시가 뭐라고 대화를 나누며 자신을 흘끗흘끗 쳐다보는 걸 관찰했다. 메뉴판을 집어 들고 결정을 내린 데커는 여자 직원을 손짓해 불렀다. 나이는 30대쯤에 키가 크고 마른 여자였다. 그 뒤에는 젊은 남자가 서 있었다. 여자는 남자를 견습생인 대니얼이라고 소개했다. 20대로 보이는 대니얼은 검은 머리카락에, 이목구비가 날카로울 정도로 또

렷했다. 수줍은 웃음을 지어 보인 후 사수를 흉내 내어 주문 패드를 앞으로 내민 채 사수를 지켜보았다.

데커가 주문을 마치자 여자는 웃음을 지으며 메뉴를 받아 적었다. "넉넉하게 주문하셨네요."

"그야 내가 워낙 넉넉한 사람이니까요." 데커가 대꾸했다.

대니얼은 여자 직원과 함께 웃었다.

데커는 테이블에 차려진 음식을 체계적으로 하나하나 먹어치우면서 중간중간 식당을 둘러보았다. 얼과 동석자는 식당을 떠날 때 굳이 데커 쪽을 바라보지 않았는데, 데커에게는 다행스러운 일이었다. 이런 순간들은 도저히 익숙해지지 않았다. 뇌상을 입기 전에는 쉽게 말할 수 있던 것들이 이제는 도무지 입에서 나오지 않았다. 비록 머릿속의 감정은 여전히 그 자리에 있더라도. 아니면 잘못된 말을 불쑥 내뱉어 다른 사람들을 불편하게 만들기 일쑤였다.

메리가 이혼을 한다. 그렇다면 메리의 이상한 행동도 이해할 수 있다. 데커는 얼과 메리가 둘 다 안됐다고 생각했다. 하지만 누구보다도 안 된 건 샌디였다. 메리와 그 이야기를 나눠보고 싶었지만 오히려 상황이 악화되기만 할까 봐 두려웠다.

식사를 마치고 커피 한 잔을 주문했다. 문이 열릴 때마다 쌀쌀한 바람이 그 틈새로 스며들었다. 이 동네에 더 오래 있을 작정이면 더 두꺼운 외투를 주문해야 할 것이다. 지금은 단벌 신사였던 그 시절로 거의 돌아가 있었다.

커피를 마시고 있는데 누군가의 목소리가 들렸다. "음식 때문에 여기 온 게 아닌 것 같은데. 잘못 추측한 건가?"

데커가 고개를 들자 밀러 서장이 테이블 옆에 서 있었다. 정장 차림이되 넥타이는 느슨하게 풀어져 있었다. 어쩌면 퇴근하고 바로 오는 길일까.

서장은 데커 맞은편에 앉았다.

데커가 말했다. "얼을 봤어요. 그리고 여자친구도. 낸시라더군요."

밀러가 천천히 고개를 끄덕였다. "그래. 그럼 알겠군."

"이혼한다는 말은 들었어요. 그리고 얼 쪽 입장도 들었죠. 메리 입장은 말고요."

"그럼 메리한테 직접 들으면 되겠군. 아까 경찰서에서 내가 말했듯이, 자네가 그러고 싶다면 말이야. 그건 그렇고, 저번에 여기 온 이후로 이 식당에 관해 뭔가 놀라운 깨달음이라도 찾아왔나?"

"커피가 여전히 거지 같네요."

"다른 건?"

데커는 대체로 비어 있는 공간을 둘러보았다.

"레이철 카츠는 왜 여길 아직 팔아치우지 않았을까요?"

0 0016

누에고치. 그게 데커의 머릿속에 떠오른 단어였다.

앞서 만났을 때, 레이철 카츠는 데커의 좀 더 진지한 질문들에 대답하기 전에 팔다리를 비비 꼬았다. 사람들은 거짓말을 하려 하거나, 적어도 뭔가를 회피하려 할 때 종종 누에고치 자세를 한다. 마치 몸을 보호해줄 껍데기를 둘러 외부의 접근을 막으려는 것처럼. 그건 인간의 본능적인 신체적 반응이다. 그리고 비록 그게 반드시 누군가가 거짓말한다는 걸 100퍼센트 알려주는 지표가 아니더라도, 데커의 경험에 따르면 꽤 정확한 지표이긴 했다.

그렇다면 레이철이 거짓말하거나 회피하려 한 게 뭐였을까?

아직 거기에 대답할 방법이 없어서, 데커는 그 질문을 한구석에 정리해두었다.

지금 와 있는 곳은 리처즈의 옛집 앞이었다. 하지만 데커의 시선은 리처즈의 집과 두 집 떨어져 있는 다른 집에 머물렀다. 살인이 일어났을 당시 살던 사람들이 아직도 그대로 살고 있는 건 그 집이 유일했다. 물론 당시 데커는 이들을 비롯한 모든 이웃 사람들을 신문했다. 하지만 도움이 될 만한 정보는 쥐뿔도 없었다. 데커는 이 두 번째 시도에 부디 운이 따르기를 빌었다. 과연 세 번째 기회가 또 있을지는 의문이었으니까.

"딘젤로 씨, 저 기억하세요?"

노크 소리를 듣고 문간에 나온, 작달막하고 대머리가 되어가는 60대의 퉁퉁한 남자를 내려다보며 데커가 물었다. 바깥 날씨는 쌀쌀했지만 남자는 불룩 나온 올챙이배를 더한층 강조해주는 얼룩진 메리야스에 지퍼가 일부 열린 면바지 차림이었다. 손에 든 천 냅킨으로 입가를 문지르고 있었다.

기묘한 표정으로 데커를 살펴보던 남자의 얼굴에 알아보는 기색이 번져갔다.

"형사시죠. 페커……?"

"데커입니다. 에이머스 데커요."

"맞다. 그랬죠."

데커는 남자의 손에 들린 냅킨을 응시했다. "저녁식사 중인데 제가 방해했나 보네요."

"아뇨, 방금 마쳤어요. 들어오시죠."

딘젤로가 데커의 등 뒤로 문을 닫은 순간, 마늘과 페스토가 뒤섞인 강렬한 향이 데커의 콧구멍을 찔러왔다.

"냄새 좋네요." 데커는 깔끔한 내부를 둘러보며 말했다.

"좀 드실래요? 아내가 잔뜩 만들었거든요. 손이 커 가지고." 남자는 장난스럽게 자기 똥배를 움켜쥐었다. "제가 괜히 살찐 게 아니죠."

"감사하지만 사양하겠습니다. 식사를 하고 와서요."

"여보?" 딘젤로가 외쳐 불렀다. "누가 왔는지 나와봐."

회색 머리의 작달막한 여자가 양손을 행주에 문질러 닦으며 부엌에서 나왔다. 치마와 블라우스 위에 원피스 앞치마를 입고 있었다.

"딘젤로 부인, 에이머스 데커라고 합니다. 예전에 이곳 경찰서에서 형사로 일했죠."

"맞아요. 기억나네." 여자는 데커를 위아래로 훑어보았다. "이사 가셨다고 들었는데."

"그랬죠. 다시 돌아왔습니다. 적어도 당분간은 여기 있을 겁니다."

"음, 들어와서 좀 앉으세요. 어서요." 딘젤로 부인이 말했다. "포도주 좀 드릴까요?"

"네, 좋죠. 주시면 너무 감사하죠."

부인이 포도주를 가져와 잔 세 개에 나눠 따른 후, 세 사람은 작은 거실에 둘러앉았다. 가구는 데커가 저번에 여기 왔을 때와 동일했다.

"우린 이제 은퇴했어요." 딘젤로가 말했다. "아니, 제가요. 아내는 늘 아이들과 집을 돌보죠. 젠장, 애들을 돌보는 것에 비하면 제가 한 건 일도 아니죠."

"난 이제 그냥 당신만 돌보면 돼." 부인은 그렇게 말하며 데커에게 미소를 지어 보였다.

딘젤로가 말했다. "우린 집을 팔까 생각 중이에요. 애들도 다 커서 각자 결혼해서 떠났거든요. 플로리다 주에 아파트를 얻으면 어떨까 싶어요. 이젠 오하이오 주의 겨울을 견딜 만큼 견뎠다 싶기도 하고요. 뼈가 시리답니다."

"그렇군요." 데커가 대꾸했다.

부부는 침묵에 잠겨 데커를 응시했다. 무슨 일로 찾아왔는지 설명해주길 기다리는 눈치가 분명했다. 데커는 자신을 뜯어보는 부부의 호기심 어린 눈길을 의식하며 포도주만 홀짝였다.

"메릴 호킨스 소식을 아마 들으셨겠죠?" 데커가 마침내 운을 뗐다.

딘젤로가 고개를 끄덕였다. "참 별일도 다 있죠. 평생 감옥에 있을 줄 알았는데 이 동네로 돌아와서는 결국 살해당하다니. 그것 때문에 여기로 돌아오신 건가요?"

"뭐, 그런 셈이죠."

"그 남자를 죽인 사람을 찾으시는 건가요?" 딘젤로 부인의 목소리에는 불안감이 서려 있었다.

"네, 그리고 다른 것도 찾고 있습니다."

"그게 뭐죠?" 부인이 물었다.

"그 옛날 두 분의 이웃들을 죽인 게 메릴 호킨스가 아니라면, 도대체 누가 그랬을까요?"

딘젤로 부부는 둘 다 포도주를 마시려고 잔을 입가로 들어 올린 상태였다. 그리고 둘 다 하마터면 잔을 엎지를 뻔했다.

딘젤로는 말했다. "무슨 말씀인지 모르겠네요. 그 호킨스란 친구는 **실제로** 그 사람들을 죽여서 유죄 판결을 받았잖아요. 그건 입증된 거 아닌가요?"

"그 사람이 살인으로 유죄 판결을 받은 건 사실입니다." 데커가 대답했다.

"그게 그거 아니에요?" 딘젤로 부인이 물었다.

"보통은 그렇죠." 데커가 수긍했다. "하지만 모든 경우에 그렇진 않습니다. 저는 그 사건을 새롭게 살펴보는 중입니다. 두 분은 그 살인사건 당시 여기 살던 분들 중에 유일하게 남은 분들이시죠."

딘젤로가 고개를 끄덕였다. "맞아요. 머피네는 조지아 주로 이사 갔죠. 그리고 발머네는 은퇴해서 떠났는데, 그게 어디라고 했지,

여보?"

"힐튼 헤드."

"그리고 다른 집들은 비었고요." 데커가 지적했다.

"맞아요. 비어 있은 지 좀 됐죠. 두어 번쯤 사람들이 이사 들어오긴 했지만, 결국은 다시 빈집이 됐어요. 한 가족이 리처즈네 집으로 이사 왔지만 그리 오래 머물지 않았죠."

"나라면 절대 그 집에 못 살아요." 딘젤로 부인이 말했다. "지금도 항상 악몽을 꾸는데. 거기서 그 일이 일어난 후로는요."

"그날 밤에 아무것도 듣거나 보지 못했다고 진술하셨죠?" 데커가 물었다.

"맞아요." 딘젤로가 대답했다. "비가 미친 듯이 퍼부었죠. 천둥 번개에, 돌풍에……. 맙소사. 대낮처럼 명확히 기억해요. 회오리바람이 불어올까 봐 겁이 났죠."

"겁이 났던 것치고는 텔레비전 보다가 쿨쿨 잘만 자던데." 부인이 끼어들었다. "우린 영화를 보고 있었어요."

"〈블레이드 러너〉였죠." 데커가 말했다. "그렇게 말씀하셨습니다."

"맞아요." 딘젤로가 감탄한 표정으로 말했다. "기억력이 좋으시네요."

"그날 밤에 기억나는 또 다른 건 없나요?"

부인이 대답했다. "음, 차 한 대가 들어오는 걸 보긴 했어요. 아, 그건 폭풍 전이었어요. 저녁식사를 막 차려놓은 참이었죠. 창밖을 내다보는데 차 한 대가 지나가는 게 보였어요. 그때 다 말씀드렸었죠."

"데이비드 카츠의 차였을 겁니다. 4도어 메르세데스 세단이죠. 은색."

"네, 맞아요. 멋진 차였죠."

"아마도 그 찻값이 우리 집값보다 더 나갈걸." 딘젤로가 한마디 했다.

"그리고 부인은 그 차가 리처즈네 집에 도착해서 카츠가 차에서 내리는 건 못 봤다고 하셨죠?"

"네. 제가 서 있던 부엌에서는 중간에 있는 집들 때문에 시야가 가려지거든요."

"그리고 그날 밤 댁에는 두 분만 계셨고요?"

"네, 맏이는 대학에 가 있었어요. 밑의 두 아이들은 친구랑 놀러 나갔고요."

"그럼 다른 차들은 없었나요? 리처즈네서 무슨 소리가 나거나 하는 것도 전혀 못 들으셨고요? 전에도 똑같은 질문을 한 건 압니다만, 혹시 다시 한 번 생각해봐 주실 수 있을까요?"

"리처즈네서는 아무 소리도 못 들었어요, 전혀." 딘젤로 부인의 말투에는 자신감이 있었다.

막 다음 질문으로 넘어가려는 참에 부인 말의 뭔가가 데커의 주의를 끌었다. "그럼 다른 집들에서는요?" 데커가 물었다.

"음, 그 빈집 있잖아요. 우리 집 왼쪽에 있는."

"리처즈의 집과 가장 가까운 집 말씀이신가요?"

"네. 그 집은 오래전부터 빈집이었거든요. 이따금씩 10대 애들이 거기 모여서 뭘 하는데, 술을 마시고 담배를 피우고……."

"섹스를 하지." 딘젤로가 말했다.

"앤서니!" 부인이 외쳤다. "말조심해."

딘젤로는 씩 웃고는 리클라이너에 몸을 기댔다. "음, 사실인 걸 어쩌라고."

"그럼 그날 밤에도 그랬을 수 있을까요?" 데커가 물었다. "거기

10대들이 모여 있었다든가? 정확히 뭔가 듣거나 보신 게 있나요?"

"실은 그냥 움직임을 얼핏 본 게 다예요." 부인은 피곤한 듯 관자놀이를 문질렀다. "아휴, 하도 오래전 일이라." 그리고 남편을 보며 말을 이었다. "하지만 내 생각엔 한 명이었고, 10대였던 것 같아요."

"남자요, 아니면 여자요?"

"남자요. 적어도 제 생각엔요. 정말이지 얼핏 본 정도였어요."

"혹시 그게 몇 시쯤이었는지도 기억하십니까?"

"음, 확실히 폭풍이 시작된 후였어요. 저러다 흠뻑 젖겠다고 속으로 생각했던 기억이 나요."

"하지만 확실한 시간은 기억 못 하시고요?"

"네, 죄송해요."

데커는 고개를 끄덕였다. "좋습니다. 애써주셔서 감사합니다."

데커는 부부의 집을 나섰다. 시간이 이토록 흐른 지금에 와서 뭘 얼마나 기대할 수 있을까. 증인들은 대부분 13년 전은 고사하고 바로 어제 본 것도 기억하지 못한다. 데커는 딘젤로 부인이 방금 말한 그 빈집으로 다가갔다.

창문으로 안을 들여다봤지만 그다지 보이는 건 없었다. 문을 밀어보았다. 잠겨 있었다. 누군지 모를 집주인은 집 관리에 그리 신경 쓰는 것 같지 않았다.

데커는 리처즈의 집 쪽으로 가서 그곳을 살펴보았다. 데이비드 카츠는 진입로로 차를 몰고 들어온 후 집 뒤편으로 가, 거기 있는 작은 풀밭에 차를 세웠다.

데커는 어깨너머를 돌아다보았다. 카츠가 여기서 차에서 내려 집으로 들어가는 걸 딘젤로 부인이 보기란 불가능했을 것이다. 다른 이웃들의 진술도 동일했다. 카츠가 그 집으로 들어가는 것을 보았다는 사람은 아무도 없었다. 그럼에도 카츠가 여기서 차에서 내려 그 집에 들어갔다는 사실에는 반론의 여지가 없었다.

데커는 땅바닥을 내려다보았다. 당시 폭우 때문에 카츠의 차 타이어는 땅 속 깊이 가라앉아 있었다. 카츠는 폭풍이 시작되기 전에 차를 몰고 들어온 터라 타이어 자국이 남지 않았다. 랭커스터가 앞서 지적한 대로, 비가 그 흔적을 지워버렸을 테니까. 하지만 비가 시작된 **이후** 들어온 차는 흔적을 남겼을 수밖에 없었다. 그렇다면 살인자는 여기까지 걸어온 걸까? 그 억수 같은 빗속에? 그리고 그 폭우의 흔적을 전혀 남기지 않고 리처즈의 집에 들어갔다고? 말이 되지 않았다. 하지만 그건 어떻게든 말이 돼야만 했다. 왜냐하면 그게 실제 상황이었으니까.

휴대폰이 진동했다. 랭커스터였다.

"우리가 후보를 찾은 것 같아." 랭커스터가 말했다. "그 여자가 우리 때문에 겁을 먹었나 봐."

"**그 여자**라니? 그게 누군데?"

"수전 리처즈."

0 0017

"잠깐만요, 여자 FBI 요원은 어디 가고? 난 그 사람이 마음에 들었는데."

두꺼운 안경 렌즈 너머로 데커를 올려다보며 애거사 베이츠가 말했다.

데커와 메리 랭커스터는 베이츠의 작은 거실에 서 있었다. 메리가 대답했다. "그분은 다른 임무를 맡아 다른 주로 떠났어요. 이젠 제가 데커 요원과 함께 일해요."

베이츠가 고개를 끄덕였다. "음, **저 친구**를 감시할 사람만 있으면 되는 거지. 저 친구는 좀 이상해." 베이츠는 마치 자기 말이 데커에게 안 들릴 거라고 생각하는 듯 그렇게 덧붙였다. "난 저 친구가 커도 너무 큰 것 같아. 내 말이 무슨 뜻인지 안다면."

랭커스터가 데커에게 말했다. "그 여자를 신문하려고 방금 리처즈네 집에 다시 가봤어. 그런데 차는 어디 갔는지 안 보이고 문을 두드려도 아무도 안 나오더라고. 마침 뜰에 나와 계시던 베이츠 부인이 날 불러서 어젯밤에 본 걸 말씀해주셨어."

데커는 창밖으로 길 건너편에 있는 수전 리처즈의 집을 응시했다. "어젯밤에 뭘 보셨는지 말씀해주실 수 있나요?" 데커가 물었다.

"이쪽 숙녀분한테 이미 설명했는데. 어젯밤 9시 30분경이었어. 그 망할 놈의 차 시동 걸리는 소리가 나더군."

"머플러 소리가 요란하다는 리처즈의 차 말씀하시는 건가요?" 데커가 물었다.

부인이 데커를 향해 얼굴을 찌푸리며 말했다. "그건 방금 내가 한 말이잖아."

"다음에 무슨 일이 일어났는지 이 친구한테 좀 말씀해주세요." 랭커스터가 재빨리 끼어들었다.

베이츠는 데커에게서 메리에게로 천천히 눈길을 옮긴 후 말을 이었다. "수전이 아직 시동이 안 꺼진 차에서 내려 곧장 집으로 가는 게 보였어요. 몇 분쯤 있다 커다랗고 낡은 여행가방을 가지고 나오데. 왜 바퀴 달린 그런 거 있잖아. 몸을 숙여서 차 트렁크를 열고 그걸 쑤셔 넣더라고. 그 후 트렁크를 쾅 닫고는 차에 탔지."

"뭘 입고 있던가요?" 데커가 물었다.

"긴 트렌치코트랑 모자, 난 그것밖에 못 봤어."

"그 사람이 수전이었다고 확신하십니까?" 데커가 물었다.

"당연하지. 내가 수전을 모를까. 키 크고, 말랐고, 금발이고, 뭐 하여튼."

랭커스터가 고개를 끄덕였다. "그 후 차를 몰아 떠났나요?"

"맞아. 나한테는 여행 간다는 말 없었는데. 하지만 금방 올 건 아닌가 봐. 가방이 꽉 차 있었거든."

랭커스터는 데커를 건너다보았고, 데커는 다시 창밖을 내다보고 있었다. 랭커스터가 말했다. "리처즈는 서둘러 떠난 게 분명해. 신문이나 우편물 배달을 중단시키지도 않았어. 내가 확인해봤거든."

"그럼 야반도주인가?" 베이츠가 물었다. "왜, 흔히 그렇게들 말하잖아. 그러고 보니 〈도망자〉가 생각나네. 그 드라마 참 좋아했는데. 요즘엔 왜 그런 걸 통 안 만드나 몰라." 부인의 조그만 얼굴이 즐거움으로 쪼글쪼글해졌다. "난 데이비드 잰슨한테 아주 홀딱 빠졌었지. 참 훈훈했는데. 지금은 죽었지만. 브라운관에 나오던 내가 아는 사람들은 이제 몽땅 죽어버렸어."

"수전이 왜 떠났는지 모르겠네요." 랭커스터가 말했다.

"음, 수전이 그 남자를 죽였다면, 아마도 당연히 도망친 거겠지." 베이츠 부인이 말했다. "나라면 분명 그랬을 테니까."

데커가 말했다. "어젯밤에 혹시 다른 사람이 오거나 하진 않았나요?"

베이츠의 시선이 도로 데커에게로 휘익 돌아갔다. "아니. 그랬다면 당신한테 말했겠지."

"뭔가 평소와 다른 건요?" 데커는 포기하지 않았다.

베이츠는 잠시 생각에 잠겼다. "누가 도망갔다는 걸 빼면 없었는데."

데커와 랭커스터는 그 집을 나와 거리를 건너 리처즈의 집으로 갔다. 감식반이 안을 살펴보고 있었다.

데커는 폭풍이 다가오고 있는 하늘을 올려다보았다.

랭커스터가 데커의 시선을 좇았다. "연중 이 시기엔 날씨가 오락가락해. 어젯밤에는 따뜻하고 습하고 구름 한 점 없었지만 이제 곧 폭우가 올 거고 기온이 25도는 떨어질 거야."

데커는 멍하니 고개를 끄덕이고 물었다. "수배령은 내린 거지?"

"당연하지. 아직은 아무 소식도 없어. 신용카드와 휴대폰도 추적 중이야. 사용 내역은 전혀 없고, 휴대폰도 꺼놓은 게 분명해."

"누군가 차를 봤다는 사람이 나오겠지. 아니면 **들었거나**."

"이로써 리처즈가 메릴 호킨스의 살인범이라는 게 기정사실화 됐다고 봐?"

"레지던스 인의 뒷문은 확인해봤어?"

"네가 살던 시절 그대로야. 여전히 망가져 있었지. 감시카메라도 없고. 리처즈가 호킨스에게 복수한 것 같아?"

"모르겠는데."

"죄가 없으면 그 여자가 왜 도망을 간 거지?"

"그것 역시."

"그럼 그 답을 어떻게 찾지?"

"호킨스에 관해 더 많은 걸 알아내야지."

"예를 들면?"

"전부 다."

"살해당한 이후에 관해서 말이야?"

"아니, 그전에 관해서."

"그게 우리한테 무슨 도움이 되는데?"

"호킨스가 리처즈 일가와 데이비드 카츠를 죽이지 않았다면, 틀림없이 진짜 살인범이 그 남자에게 누명을 씌운 이유가 있을 거야. 호킨스가 살해당하기 **전에** 뭘 했는지 알아내면 그 이유를 밝힐 수 있을지도 몰라."

두 사람은 차로 돌아갔다. 차 앞까지 와서 데커는 옛 파트너를 돌아보았다.

"아메리칸 그릴에서 얼을 봤어."

랭커스터는 놀란 표정으로 껌 하나를 또 꺼냈다. "그래? 혼자 있었어?"

"아니."

랭커스터가 고개를 끄덕였다. "그이랑 얘기해봤어?"

"그 친구가 나한테 왔어. 우린…… 이런저런 얘길 했지."

"애매하게 말하는 게 네 장기는 아니잖아, 데커. 그리고 넌 경찰 일에 관해서는 포커페이스 정도가 아니라 철가면이지만, 개인적 문제에 관해서는 영 아니야. 그이한테 **우리** 얘길 들었구나."

데커가 편치 않은 표정으로 랭커스터를 보는 순간, 바람이 두 사람을 휩쓸고 지나갔다.

"한잔할 시간 돼?" 랭커스터가 물었다.

데커는 고개를 끄덕였다.

*

데커는 랭커스터를 따라 서즈라는 바에 들어갔다. 가족의 죽음 이후 눌러살다시피 한 곳이라, 늘 앉는 바 의자에 주인이 '데커'라고 펜으로 새겨놨을 정도였다.

술을 마시고 식사를 하는 사람들로 가게는 4분의 3쯤 차 있었다. 배경음악이 흘러나왔고, 한쪽 벽면에 늘어서 있는 핀볼머신 몇 대가 계속 깜빡거리고 띵띵거렸다. 단골들이 당구에 열중해 있는 다른 방에서는 당구공 부딪히는 소리가 들려왔다. 술과 안주를 주문하는 한, 게임은 무제한으로 즐길 수 있었다.

데커와 랭커스터는 벽에 붙여놓은 높은 테이블에 앉았다. 데커는 맥주를, 랭커스터는 보드카 토닉을 주문했다.

"FBI팀에 합류하지 않아도 괜찮은 거야?"

"괜찮아." 데커는 짤막하게 대꾸했다. "하지만 우리가 내 이야기를 하려고 여기 온 건 아니잖아."

랭커스터는 술을 한 모금 홀짝이고 앞에 있는 그릇에 담긴 견과류를 집어 우적우적 씹었다. "인생이 복잡해. 적어도 내 인생은."

"그렇다고 이혼을 해? 난 너랑 얼이 서로를 아끼는 줄 알았는데."

"그건 **맞아**, 데커. 문제는 그게 아니야."

"그럼 뭐가 문젠데?"

"우선은 사람들이 어떤 인생을 원하느냐지."

"얼이 원하는 인생이랑 네가 원하는 인생이 어떻게 다른데?"

"난 계속 경찰 일을 하고 싶어."

"그리고 얼은 그걸 원하지 않고?"

"그이한테는 힘든 일이야, 데커. 샌디한테도 힘든 일이고. 나도 알고 있어. 하지만 경찰이 되는 건 내 평생 유일한 소원이었어. 성인이 된 후로 내 모든 노력은 지금의 자리에 오기 위한 거였어. 내가 아무리 누군가를 아낀다 해도, 그걸 버릴 순 없어."

"양자택일 말고 다른 방법은 정말 없는 거야?"

"얼한테는 확실히 그랬지. 하지만 난 그이를 탓하지 않아. 2년 전에 그 괴물들이 마네킹을 변사체처럼 꾸며서 우리 집에 갖다놓은 거, 너도 알지? 우린 다들 죽을 만큼 겁을 먹었지만, 얼은 그 일 때문에 특히나 힘들어했어. 그 후로는 툭하면 그 얘기야. 그게 진짜였다면 어떻게 됐을까 하고. 그 후로 우리 사이는 변했고, 두 번 다시 예전으로 돌아가지 못했어."

"그럼 샌디는 어쩌고? 얼 말로는 자기가 너보다 양육권을 더 많이 가질 거라던데."

"내 일을 생각하면 다른 방법이 없잖아? 아니면 샌디한테 너무 힘들 거야. 난 그애를 그렇게 고생시킬 수 없어."

"샌디는 네 딸이잖아."

"얼의 딸이기도 하지. 그리고 그애는 특수한 보살핌이 필요해. 그이 일이 나보다 훨씬 유동적이고. 난 살인사건 조사를 하다 말고 갑자기 빠져나오거나, 법정 출석을 빼먹고 학교에서 발작을 일으킨 그애를 데리러갈 수 없어. 알아. 나도 노력했어. 하지만 소용없었어. 너도 직접 봤잖아."

"봤지. 미안해."

랭커스터는 힘없이 미소 지었다. "미안하다고? 너도 나이가 드니까 마음이 약해진 거야?"

"설마 그럴 리가." 데커는 맥주를 한 모금 들이켰다. "내 문제가 네 인생에 끼어들게 만들어서 미안해. 너희 가족에게 일어난 일은 나 때문이었어."

랭커스터는 팔을 뻗어 데커의 손을 꼭 쥐었다. "세상의 모든 문제를 네가 다 해결해야 하는 건 아니야. 네 어깨가 엄청 넓다는 건 알지만, 그런 엄청난 책임을 자기 혼자 짊어질 수 있는 사람은 아무도 없어. 게다가 그건 네 잘못이 아니라 아주 역겨운 인간 한 쌍이 저지른 짓이었고. 그게 사실이란 걸 너도 알잖아."

"그런가?" 데커가 말했다. "난 그렇게 느껴지지 않는데."

"계속 이런 식으로 살 순 없어, 에이머스. 지속 가능성이 없다고."

"난 어차피 그리 오래 살 거라고 생각한 적 없어."

랭커스터가 손을 거둬들이고 냉랭하게 말했다. "젊은 나이에 죽음을 바라는 건 잘못이야."

"바라는 게 아니야. 그냥 현실을 말한 거지."

"살도 빠졌는데 뭘. 마지막으로 봤을 때보다 훨씬 건강해진 것 같아."

"체중이 문제가 아니야."

랭커스터는 데커의 머리를 보며 얼굴을 찌푸렸다. "거기 문제라도 있어?"

"그게 중요한가? 난 그냥 계속 나아갈 거야……. 멈출 때까지."

"이런 식으로 빙빙 돌려 얘기하다간 밤을 새워도 모자라겠어."

"그 대신, 사건 이야기나 하면서 앞으로 나아가는 게 낫겠지."

"맞다, 호킨스의 과거 얘길 했었지. 어디서부터 시작할 거야?"

"호킨스가 살인자라는 혐의를 받기 전부터."

"그게 무슨 뜻이야?"

"말 그대로야."

0018

오하이오 주 트래멀.

비록 벌링턴 남서쪽으로 차로 고작 두 시간 거리지만, 데커에겐 처음 와보는 곳이었다. 여기 오는 유일한 방법은 주로 주립도로와 시골길을 타는 거였다. 마일리지에는 도움이 되지 않겠지만.

트래멀의 중심가는 데커의 고향 사진과 똑같아 보였다. 우중충함과 절망으로 곤두박질치다 새로운 사업체 하나가 문을 열고 새 건물을 짓기 위해 지반이 다져지면서 희망의 아지랑이가 피어오르는 모습. 그리고 보도를 걸어가는 젊은 얼굴들과 차도를 달리는 신형 차들.

미치 가드너가 사는 곳은 데커가 보기에 중심가의 부자 동네 같았다. 커다란 낡은 집들로 이루어진, 예전에 트래멀의 상류층이 살던 그곳에는 이제 새 돈이 수혈되고 있었다. 지난 세기에 유행한 작은 창들이 있는 커다란 벽돌집들, 다 자란 나무들과 관목들로 말끔하게 조경된 정원, 그리고 최근 집주인들이 거기에 더한 좀 더 현대식 요소들. 대다수는 입구에다 철문을 설치했고, 굽이진 진입로에는 고급 자동차들이 서 있었다.

초인종을 눌러 문을 통과한 데커는 앞문으로 걸어가며 자로 잰 듯 배치된 화단들을 눈여겨보았다. 가을이 겨울로 접어들면서 꽃들은 대부분 시들거나 이미 져버렸다. 유리창은 깨끗하다 못해 반짝반짝 광이 났고, 벽돌 합판은 방금 강력 세척이라도 한 것 같았다. 그리고 앞 이중문은 막 페인트칠을 한 겹 새로 입힌 듯 보였다.

깔끔하고 예쁘고 돈이 잔뜩 들어간 집. 이건 데커가 처음 만났을 때의 미치 가드너와 거리가 한참이나 멀었다. 미치는 백수에 마약 중독자였고, 마약 살 돈을 벌 수만 있다면 좀도둑질은 물론 몸이라도 팔 터였다. 데커가 기억하는 미치는 큰 키에 비쩍 마르고 창백한 모습이었다. 팔에는 바늘 자국이 숭숭 나 있고, 코로 흡입한 코카인 때문에 비중격 만곡증이 있었다. 확장된 동공과, 흐느적거리고 제멋대로 움직이는 팔다리. 망가진 인간의 초상.

문을 두드린 즉시 다가오는 발소리가 들렸다. 데커가 오기 전에 미리 미치에게 전화를 해서 찾아간다고 일러둔 상태였다.

문이 열리자 데커는 자신의 눈을 의심했다. 아니, 그 정도가 아니었다. 결코 오류가 없는 자신의 기억력을 의심했다.

데커를 마주 보고 있는 여자는 40대쯤으로, 큰 키와 균형 잡힌 몸매를 가졌으며, 금발은 풍성하고 매력을 한층 극대화하는 방식으로 손질돼 있었다. 엉덩이가 돋보이고 가슴 계곡이 살짝 드러나는 연푸른색 드레스를 입고, 목에는 에메랄드가 한 알 박힌 단순한 디자인의 목걸이를, 왼손에는 커다란 다이아몬드 약혼반지와 결혼반지를 꼈다. 화장과 피부색은 흠잡을 데 없었다. 전에 비뚤어졌던 코는 완벽하게 보수됐다. 동공 확장의 흔적 같은 건 전혀 안 보였다. 새하얗고 완벽한 치아는 가짜임이 분명했다. 데커는 약물중독 때문에 회색으로 변하고 망가졌던 치아를 기억했다.

미치는 데커의 놀람을 눈치챈 게 분명했다. "오랜만이죠, 데커 형사님." 데커의 놀란 표정이 퍽이나 만족스러운 듯, 미치의 육감적인 입술이 활처럼 휘었다.

"그래요, 오랜만이네요. 정말 반갑네요. 당신이 전에 그……."

"전하고 확 달라졌나요? 네, 사실이에요. 오랫동안 해온 어리석은 선택을 끝내고 마침내 훨씬 현명한 선택들을 내리기 시작한 덕분이죠. 들어오시겠어요?"

미치는 데커를 안으로 들인 후 집 뒤편에 있는 구식 온실로 앞장서 갔다. 거기서는 수영장과 깔끔하게 손질된 뒤뜰이 내려다보였다. 제복 입은 하녀가 커피 쟁반을 들고 들어왔다. 미치는 하녀가 나간 후 커피를 따랐다.

"아마 제 연락을 받기 전에 아버님 소식을 들으셨겠죠?" 데커는 큼지막한 한 손으로 잔을 쥔 채 물었다.

"네, 뉴스에서 봤어요." 미치가 대답했다.

"가장 가까운 혈연이니, 아마도 공식적인 신분 확인을 해달라는 연락을 받게 되실 겁니다. 물론 그분이라는 건 압니다만, 그냥 요식행위죠."

"안 할 수 있었으면 좋겠네요. 실은 그 일에 조금도 관여하고 싶지 않아요."

"그분은 당신 아버지**입니다.**"

"그리고 네 사람을 죽였죠."

"그분에겐 남은 가족이 아무도 없습니다. 그리고 장례 문제도 있죠."

"틀림없이 장례비용을 낼 사람이 없을 때를 대비한 절차가 있을 텐데요. 그냥 화장하면 안 되나요?"

데커는 호화로운 온실 내부를 구석구석 눈으로 훑었다. "아마 절차가 있을 겁니다. 형편이 안 되는 사람들을 위해서."

"틀림없이 제가 끔찍한 인간이라고 생각하시겠죠, 데커 형사님. 하지만 사실 아버지가 그 사람들을 살해해서 감옥에 간 이후로 전 그분을 한 번도 본 적이 없어요."

"면회를 한 번도 안 가셨다고요?"

"왜 가야 하죠?" 미치는 데커 쪽으로 몸을 기울였다. "전 정말 열심히 노력해서 새로운 삶을 일궜어요. 남편 브래드는 제 과거에 대해서 정말이지 아무것도 몰라요. 전 정신을 차리고 벌링턴을 떠나 법적으로 성을 바꾸고, 대학을 나와 금융 분야에서 일하기 시작했어요. 그러다 남편을 만났죠. 우린 결혼했고, 전 전업주부가 됐어요. 너무 좋아요."

데커는 주위를 둘러보았다. "남편분은 뭘 하시죠? 틀림없이 보수가 센 직업인 것 같은데요."

"그래요. 고급 직업소개 플랫폼을 운영하죠."

"고급이요?"

"회사 중역, 법과 금융, 제조, 실리콘 밸리를 비롯한 최첨단 회사의 고위직요. 로비랑 방위산업, 심지어 정부 일자리도 있어요. 그이는 크게 성공을 거뒀어요."

"전부 다 제 수준을 한참 넘는 이야기군요."

미치는 잠시 말을 멈추고 커피를 한 모금 홀짝였다. "이해하시겠죠. 저는 제 인생의 그때로 다시 돌아가고픈 마음이 전혀 없어요. 정말이지 가족한테 제…… 그 투쟁에 대해 알리고 싶지 않고요. 사실 남편은 날 고아로 알고 있어요. 그리고 지금은 그게 사실이 됐고요."

"제 기억엔 아버님이 재판까지 가기도 전에 어머님이 돌아가셨던 것 같은데요."

"하느님이 보살피신 거죠. 어머니는 그 일을 결코 견디지 못하셨을 테니까."

"아버님이 감옥에 있을 때나, 혹은 나온 후에 당신에게 연락하신 적이 있습니까?"

"감옥에 있을 때 편지를 여러 통 쓰셨어요. 하지만 전 한 번도 답장하지 않았죠. 이사 가면서 전달받을 주소도 남기지 않았어요."

"그분이 감옥에서 나온 후에는요?"

"모르죠. 그분이 평생 감옥에 있을 줄 알았어요."

"다른 사람들도 다들 그랬죠. 본인을 포함해서."

"왜 석방된 거죠? 뉴스에는 안 나오던데요."

"말기 암이었습니다. 주가 치료비를 내고 싶지 않았던 모양입니다."

미치는 고개를 끄덕일 뿐, 아무 말도 하지 않았다.

"그분이 당신한테 연락하신 적이 없는 게 확실합니까?"

"제가 어디 있는지 알 방법이 전혀 없었는걸요. 누군가한테 살해당했다고 하던데요. 자살이 아닌 게 확실한가요? 그분이 죽어가고 있었다고 하셨죠?"

"아뇨, 자살일 리는 없습니다. 이유는 말씀드릴 수 없지만, 그 점에 대해서는 제 말을 믿으셔도 됩니다."

미치는 뒤로 기대앉았다. "너무 이상한 일이네요. 도대체 누가 그분을 해치려 했을까요? 세월이 그렇게 지났는데."

"어떤 사람들은 원한을 오래 품죠."

"죽은 사람들의 부인들 말이에요? 이름이 뭐라고 했죠?"

"수전 리처즈와 레이철 카츠요."

"그분들을 확인하고 오신 모양이네요."

"했죠."

"그래서요?"

"계속 조사 중입니다."

"그렇다면 저한테 원하시는 건 뭘까요? 전화상으로는 그냥 이야기하고 싶다고만 하셨죠. 전 아버지가 살해당한 것에 대해 아는 게 전혀 없어요."

"제가 당신과 이야기하고 싶었던 건 그분이 유죄 판결을 받은 살인에 관해서입니다."

"왜죠?"

"만약 당신 아버지가 진범이 아니라면요?"

미치의 입이 쩍 벌어졌다. "말도 안 되는……. 당연히 그분 짓이잖아요."

"어떻게 확신하죠?"

"당신이 방금 말한 것처럼, 아버지는 **유죄 판결을** 받았어요. 그리고 그분이 유죄 판결을 받는 데 **당신도** 한몫했죠. 그 집에서 그분의 지문과 DNA가 발견됐고요."

"그분이 무죄를 주장하며 벌링턴으로 돌아왔고, 제게 그걸 입증해달라고 부탁하셨다면 놀라시겠습니까?"

"제가 놀라야 하나요? 아뇨. 하지만 당신이 그 얘길 진지하게 받아들였다면 그건 **놀라울** 것 같네요."

"어쩌면 그게 저한테도 놀라운 일일 수 있겠죠. 하지만 그분이 자신의 무죄를 주장하며 돌아온 바로 그날, 누군가가 그분을 살해했다?"

"이미 말씀드렸듯, 당신에겐 강력한 용의자 두 명이 있죠."

"피살자들의 부인들. 한데 당신은 그분들이 아직 벌링턴에 살고 있는 걸 어떻게 아십니까?"

"제가 어떻게 알겠어요?" 미치는 재빨리 되물었다.

"음, 그분들이 용의자 목록에 있다고 하셨으니까요. 뭐랄까, 그 일이 그렇게 신속하게 일어나려면 그분들이 벌링턴에 살고 있어야겠죠."

"아, 음, 그냥 그렇지 않을까 짐작한 거죠."

"제가 그 사건을 다시 간략하게 설명해드려도 괜찮을까요?"

"정말 꼭 그래야 하나요? 난 그 일을 과거로 돌리려고 애써 노력해왔거든요."

"꼭 그래야 합니다. 그리고 오래 안 걸릴 겁니다."

미치는 시계를 보았다. "오래 걸리면 **안 돼요.** 이따가 남편이랑 밖에서 만나 저녁을 먹기로 했거든요. 그이가 왔을 때 정말이지 당신이 여기 있지 않았으면 좋겠어요. 설명하려면 너무 힘들 거예요."

"가능한 한 신속하게 하겠습니다."

미치는 한숨을 내쉬고 커피를 한 잔 더 따른 뒤 뒤로 기대앉아 어디 해보라는 표정으로 데커를 바라보았다.

"당신은 아버님이 그날 3시경 외출했다고 말했죠."

"그랬던 것 같아요. 오래전 일이지만."

"당신 진술에 그렇게 쓰여 있습니다."

미치는 관심 없다는 듯 손을 내저었다. "좋아요, 그럼. 그렇다 치고요."

"그분은 이튿날 새벽 벌링턴의 한 지역을 걷다가 발견됐는데, 당시 그곳은 제 생각에 아주 위험한 우범지역이었습니다."

"그래서요?"

"그분이 전에도 그 지역에 가신 적이 있습니까?"

"제가 알기로는 없어요."

"**당신은** 그 지역에 가신 적이 있습니까?"

미치는 얼굴을 찌푸렸다. "흠, 제가 마약을 사러 다니던 시절을 말씀하시는 건가요? 모르겠어요. 어쩌면요."

"그분은 저희에게 알리바이를 댈 기회가 있었지만 끝내 대지 않으셨습니다. 그냥 빗속을 산책 중이었다고 하셨죠. 그걸 확인해줄 수 있는 사람은 아무도 없었고요."

미치는 양손을 펼쳐 보일 뿐 아무 말도 하지 않았다.

"그전에 우린 그분을 찾으러 당신 집에 갔었습니다. 하지만 그분은 거기 없었죠. 당신은 그분이 외출했다고 했고요."

"맞아요."

"그리고 그분이 어디로 가는지 당신한테 말씀하지 않으셨고요?"

"네. 당시 우린 그리 대화가 많지 않았어요."

"하지만 가출했다가 다시 집으로 들어가셨죠."

"달리 갈 곳이 없었으니까요. 저기요, 전 당시 중증 마약중독자였어요. 나도 알고 당신도 알다시피. 죽어가는 어머니를 돌봐줄 사람이 필요했는데, 난 심지어 그 역할도 못 했어요."

"그래서 아버님이 어머님을 보살폈나요?"

가드너는 망설였다.

"당신 진술에는 그 부분에 대한 언급이 없는데요." 데커가 도와주려는 듯 덧붙였다.

"우린 늘 마음이 맞진 않았지만, 그렇다고 아버지의 공을 부정할 수는 없어요. 아버지는 엄마를 정말 아끼셨어요. 할 수 있는 건 다

하셨죠. 아버지가 실직한 후에 두 분은 돈이 없었어요. 그리고 엄마는 끔찍하게 아파하셨죠." 미치는 저도 모르게 몸서리를 쳤다.

"어머님은 그날 밤 정맥주사를 맞고 계셨죠." 데커가 말했다. "그 모습을 본 기억이 납니다."

"맞아요, 음, 그 정맥주사 비닐에는 진통제가 들어 있을 때랑 없을 때가 반반이었어요. 부모님이 진통제를 살 돈이 없었거든요. **씨발** 보험회사 놈들." 미치는 입을 급히 다물고 손을 입에 갖다 댄 후 덧붙였다. "죄송해요. 그건 여전히 저한테는, 뭐랄까, 아픈 주제예요."

"그래서 어머님은 보험에 **들어 계셨나요?**"

"아버지가 잘리기 전까지는요. 그 후에는 보험을 유지할 돈이 없었죠. 그리고 어차피 이미 암이 생겼으니 다른 보험에 새로 가입할 수도 없었고요."

"그럼 아버님은 어떻게 하셨죠?"

"닥치는 대로 가리지 않고 온갖 잡일을 하셨고, 그 돈으로 그곳 의사들한테서 살 수 있는 걸 사셨죠."

"하지만 그 후 그분이 체포되어 재판 때까지 구류당했죠. 그때는 어떻게 됐죠?"

"엄마는 못 믿을 만큼 고통을 겪으셨죠." 가드너가 눈물이 그렁그렁한 눈으로 대답했다. "엄마는 끔찍한 통증으로 괴로워하셨는데, 전 아무것도 할 수 없었어요."

"그분이 돌아가실 때까지요?"

"네. 다행히도 그 직후 주무시다가 돌아가셨어요." 미치는 고개를 저었다. "평생 고생만 하다 가셨죠."

"어머니는 무슨 일을 하셨나요?"

"엄마는 콜럼버스 근방에서 태어나셨어요. 똑똑했지만 대학에 갈 돈이 없으셨죠. 20대 때는 오하이오 주립대학교 구내식당에서 일하셨어요."

"사실 전 거기 미식축구팀에서 뛰었습니다."

"정말요?" 미치는 데커를 건너다보았다. "체격 조건이 확실히 걸맞으시네요. 그 후 엄마는 아빠를 만나서 결혼하셨어요. 아빠는 무슨 제조 공장에서 일하셨다나 봐요. 톨레도 근처였나. 두 분은 소개팅으로 만났다고, 엄마한테 들었어요. 메릴과 리사가 서로 첫눈에 반했다고요. 그로부터 얼마 안 가 제가 태어났죠." 미치는 말을 멈췄다. "두 분은 행복하셨어요. 제가 커서 모든 걸 망쳐버리기 전까지는요."

"약물 중독으로요?"

미치는 고개를 끄덕였다. "저기요, 두 분은 제가 치료를 받게 해주려고 애쓰셨어요. 하지만 저는 계속 되돌아갔죠. 노력했지만, 아무리 해도 소용이 없는 것 같았어요. 노력했지만, 지랄같이 힘들었죠."

"지랄같이 힘든 일이 맞죠. 하지만 그래서 당신이 더 대단한 겁니다. 마침내 거기서 빠져나왔으니까."

"네, 그랬죠."

"아버님이 리처즈에 관해 뭐라고 말씀하신 적이 있나요? 아니면 데이비드 카츠나?"

"아뇨, 한 번도요. 전 심지어 아버지가 그 사람들을 알았는지도 몰랐어요."

"음, 모르셨을 수도 있죠."

"그럼 왜 그 집으로 들어갔을까요?"

"그게 바로 문제입니다. 그렇지 않나요? 수전 리처즈와 레이철 카츠 역시 아버님을 모른다고 증언했습니다. 남편들이 알았는지도 몰랐다고 했고요."

"그럼 그냥 강도질하러 아무 집에나 들어간 건가요? 그냥 차를 몰고 돌아다니다가……."

"걸어다니다가죠. 그분은 당신 집 앞에 그날 내내, 밤늦게까지 주차돼 있던 차 말고 다른 차는 없었습니다. 당신이 옛날에 살던 동네의 목격자들이 그 사실을 확인해줬죠."

"차를 훔쳤을 수도 있잖아요." 미치가 지적했다.

"맞아요. 하지만 데이비드 카츠의 차를 제외한 다른 차가 그날 밤 리처즈의 집에 접근하는 걸 목격한 사람은 아무도 없습니다."

"그날 밤 비가 미친 듯이 퍼붓지 않았나요? 차를 못 봤다고 어떻게 확실히 말할 수 있죠?"

"타당한 지적입니다. 이제 부모님 댁에서 살인 무기가 발견된 상황에 관해 말씀해주시죠."

"거기에 대해 무슨 말을 해요?"

"당신 부모님의 벽장 벽 패널 뒤에서 발견됐죠."

"맞아요. 그런데요?"

"그 패널에 관해 알고 계셨습니까?"

"아뇨. 전 벽장에 들어가본 적이 없어요. 그래야 할 이유도 없었고요."

"그리고 감식반 사람이 그걸 찾아냈다?"

"그런 것 같아요."

"당신도 거기 있었습니까?"

"그래야 했어요. 어머니를 혼자 둘 수는 없었으니까."

"그럼 당신은 살인 당일에, 그리고 그 후로도 집에 있었습니까?"

"네. 다시 말하지만 전 엄마를 혼자 둘 수 없었어요."

"그리고 범행 시간대 이후에 아버님을 한 번도 못 봤고요?"

"네. 전 줄곧 집에 있었어요. 그날 밤 당신과 당신 파트너가 찾아왔을 때 제가 문을 열어줬죠."

"맞아요."

미치는 시계를 보았다. "자, 혹시 더 하실 말씀이 없다면?"

"딱 하나 더 있습니다."

"뭐죠?"

"그 총이 어떻게 그 벽장에 들어갔죠?"

"뭐라고요?"

"당신 아버지가 범행 이후 집에 들어오지 않았다면, 그 사람들을 살해하는 데 쓰인 그 총이 어쩌다 그 벽장 패널 뒤에 들어가게 된 걸까요?"

"그…… 그건 모르겠는데요."

"어쩌면 당신이 잠들어 있었다거나? 아니면……?"

"아니면 약에 취해서 정신이 나가 있었거나?" 미치가 씁쓸한 표정을 지으며 말을 보탰다.

"우리가 그날 밤늦게 당신을 신문하러 갔을 때, 당신은 좀 정신이 나가 있었죠."

"그럼 그게 당신 질문의 답이 되겠네요. 아버지가 집에 와서 총을 숨긴 다음 다시 나간 거죠. 그리고 저도 어머니도 그분을 보지 못했고요."

"그렇군요. 그로써 설명이 되겠네요. 그리고 그분이 훔친 물건들은 끝내 발견되지 않았고요."

"저는 거기에 대해서 아는 게 없어요. 당신도 우리 집에서 그것을 찾지 못했죠."

"네, 못 찾았습니다. 찾으려고 노력했는데도요."

"좋아요." 미치는 다시금 여봐란듯이 시계를 봤다.

"그분 주머니에는 500달러가 있었습니다. 혹시 그 돈이 어디서 났을지 아십니까?"

"아마 그분이 훔친 물건을 팔았을 것 같은데요."

"그렇군요. 음, 시간 내주셔서 감사합니다."

데커를 문간으로 배웅하러 간 미치는 말했다. "전 정말이지 당신이 왜 이런 고생을 사서 하는지 모르겠어요, 데커 형사님."

"저도 그 생각을 안 해본 건 아닙니다."

데커가 진입로를 걸어가 정문에 다가가자 정문이 자동으로 열렸다. 차 앞까지 간 데커는 갑자기 뒤돌아서 집을 보았다. 바로 그 순간, 한 창의 커튼이 팔락거리며 닫히는 게 보였다.

인간은 정말이지 흥미로운 존재야. 데커는 차에 오르며 그런 생각을 했다. 인간은 때로는 진실과 개소리를 도무지 구분하지 못한다. 때로는 그러기를 거부한다. 그냥 거짓말을 믿는 쪽이 더 편할 경우엔 말이다.

데커는 이곳을 향해 출발했을 때보다 더 많은 의문을 품고 이곳을 떠났다. 그리고 어떤 이유에서인지 그 사실이 만족스러웠다. 실제로, 에이머스 데커는 벌링턴으로 차를 몰아 돌아가는 길에 내내 웃고 있었다. 그리고 그 웃음이 사라진 건 허허벌판의 시골길에서 뭔가가 데커의 차를 들이받은 순간이었다.

0 0019

데커는 자기 쪽으로 다가오는 전조등을 보았지만 상대가 속도를 늦추고 후진할 거라고 생각했다. 하지만 상황은 그리 흘러가지 않았다. 아니, 한참 거리가 멀었다. 첫 충돌로 데커의 커다란 덩치는 앞으로 휭하니 날아가버렸다. 앞쪽과 옆쪽 에어백이 펴지자, 에어백을 펴기 위해 방출된 가스 때문에 피부가 따갑고 화끈거렸다.

데커는 충돌 때문에 순간적으로 방향감각을 잃은 채 백미러를 보았다. 전조등이 다시 다가오고 있었다. 그 전조등은 데커의 후미등보다 더 높았다. 트럭이었다. 대형 트럭. 곧 거대한 금속 범퍼가 들이닥치겠…….

이번 충격은 데커의 차 꽁무니를 허공으로 들어올렸다. 데커는 자신의 가슴이 이미 완전히 펼쳐진 에어백과 충돌한 후 운전대에 눌리는 걸 느꼈다. 하지만 그래도 에어포켓 덕분에 중상은 피할 수 있었다.

데커는 운전대를 오른쪽과 왼쪽으로 차례로 꺾었다. 트럭도 똑같이 따라 했다. 가솔린 냄새가 코를 찔렀다.

환장하겠네. 탱크에 금이 간 게 분명했다. 가속페달을 힘껏 밟자 차는 앞으로 펄쩍 뛰어올랐다. 트럭도 따라서 속도를 높였다. 데커는 휴대폰을 찾으려고 주머니를 뒤졌다. 손가락으로 화면을 두드렸다. 911을 부를 수만 있다면……. 그 순간 트럭이 데커를 들이받는 바람에 휴대폰이 손에서 날아갔다. 그 충격에 차는 양옆으로 빙글빙글 돌았다. 고속으로 달리다 차 뒤꽁무니가 다른 차에게 들이받힌 나스카 운전자가 이런 기분이었겠지. 차는 완전히 통제를 벗어나 물고기 꼬리지느러미처럼 흔들렸다. 그리 좋은 기분은 아니었다.

하지만 데커는 경찰이었을 때 고속 추격전 경험이 있었다. 그래서 이럴 때 어떻게 해야 하는지 알았다. 운전대와 씨름하는 대신, 차의 통제를 다시 장악하려고 차가 돌아가는 방향으로 운전대를 돌렸다.

차는 아스팔트 도로 위에서 양옆으로 미끄럼을 탔다. 타이어가 연기를 피워 올리고 가스가 새어나갔다. 데커는 그 열 때문에 불이 붙을까 봐 두려웠다. 15미터쯤 가서 차를 세웠다. 터진 에어백을 밀치고 창밖을 내다보았다. 괴물 트럭이 다가오고 있었다. 다시 옆구리를 정통으로 들이받을 준비를 하는 게 분명했다.

젠장, 좆됐군.

데커는 총을 꺼내고 창문을 내린 후 처음에는 트럭의 라디에이터를, 이어 총구를 내려 타이어를, 그리고 마지막으로 앞창을 차례로 조준하고 탄창을 비웠다. 총알을 맞은 유리창에 거미줄처럼 금이 간 동그라미 세 개가 새겨졌다.

즉각 궤도를 벗어난 트럭은 갓길 풀밭으로 달려 들어갔다 다시 마찰력을 얻어 차도로 재빨리 올라왔다. 그리고 힘없이 도망쳤다. 엔진에서 연기가 피어오르는 게 보였다.

운전자가 맞았는지 아닌지는 알 수 없었다. 그저 맞았기를 바랄 뿐이었다. 트럭을 쫓아갈지 말지 머릿속으로 논쟁을 벌이고 있는데 가스 냄새가 갑자기 확 풍겼다.

데커는 재빨리 안전벨트를 풀고 허리를 숙여 휴대폰을 주운 후 운전석 문을 박차고 황급히 차 밖으로 몸을 날렸다. 911에 전화해 방금 일어난 상황과 자신의 위치를 가능한 한 정확히 설명했다. 차 뒤꽁무니에서 화염이 날름대기 시작하는 걸 보자 속이 울렁거렸다.

데커는 갑자기 몸을 홱 돌려 차에서 먼 곳으로 뛰어갔다. 폭발이 어두운 하늘을 뒤흔든 순간, 폭발의 위력에 의해 앞으로 날아간 데커는 흙과 풀, 그리고 자갈로 이루어진 갓길을 얼굴로 들이받았다. 그게 나중에 나타난 경찰들이 데커를 발견한 곳이었다.

*

"사고가 널 아주 졸졸 따라다니는구나, 안 그래?"

몸을 가누지 못하는 채로 병원 침대에 누운 데커는 사납게 껌을 씹으며 침대 주위를 어정대는 랭커스터를 올려다보았다.

"그 트럭은 찾았대?"

랭커스터는 고개를 저었다.

"아마 내가 운전자한테 총상을 입혔을 거야." 데커는 이마에 감겨 있는 붕대를 건드리며 말했다. "운전석 바로 앞 차창에 세 방을 맞혔거든."

"주 경찰이 검문 중이야. 그 트럭은 반드시 찾을 수 있을 거야.

내기해도 좋아. 그래서, 누구인 것 같아?"

데커는 살짝 몸을 일으켰다. "트래멀까지 날 미행한 자거나 내가 미치 가드너의 집을 나선 후부터 따라온 자겠지."

"그러고 보니 그 일은 어떻게 됐어?"

데커는 랭커스터에게 신문 내용을 알려주었다.

"그 사람이 진실을 말한 것 같아?"

"완전한 진실을 말하는 사람은 거의 없어. 좋은 사람처럼 보이거나 욕을 먹지 않으려고, 아니면 양쪽 다를 위해 진실을 살짝 손보지."

"한데 그 사람은 정말이지 인생을 180도 돌려놓은 것 같네." 랭커스터의 말투에는 부러움이 묻어났다.

"그건 반대로 잃을 게 많다는 뜻일 수도 있어." 데커가 반박했다.

"네가 떠난 후 그 사람이 누굴 부른 것 같아?"

"네가 통화 목록을 받아서 확인해보면 될 것 같은데. 다만, 내가 그 사람의 집을 떠난 후 누군가 날 죽이려 했다면 이건 좀 너무 빤해 보여. 그 사람은 자기가 용의선상에 오르리란 걸 몰랐을 리 없거든."

"그리고 멋진 새 인생을 살고 있으니, 살인청부업자들과 바로 연락이 닿긴 어려울 수도 있지."

"그냥 경고로 겁만 주고 싶었을지도 모르지. 죽이진 않고."

랭커스터가 데커를 건너다보며 말했다. "그건 네가 다시 생각해봐야 할 것 같은데. 내가 듣기로는, 넌 차 안에서 통구이가 될 뻔했거든."

"**아슬아슬**했지." 데커가 수긍했다. "네 쪽에서는 뭔가 진전된 게 있어?"

"말할 만한 건 없어."

"음, 날 죽이려는 시도가 우리에게 말해주는 게 하나 있긴 하지." 데커가 말했다.

"그게 뭔데?"

"메릴 호킨스가 한 말이 진실이었던 것 같아."

0 0020

360도 돌아왔다는 게 이런 거겠지.

이튿날 아침, 데커는 새 숙소 바닥에 더플백을 떨궜다. 하룻밤 더 쉬고 병원을 퇴원한 후 레지던스 인에 체크인했다. 이 방은 실제로 예전 데커가 여기 살던 시절에 쓰던 방이었다.

데커는 허츠 사에서 새 렌터카를 빌리기 위해 이전 차가 어떻게 됐는지 정확히 설명해야 했고, 그건 결코 쉽지 않았다.

"누군가가 고객님을 죽이려 했다고요?" 서비스 담당직원이 미심쩍다는 투로 물었다. "전 오랫동안 이 일을 해왔는데 그런 얘긴 처음 듣네요."

"전 처음이 아닙니다." 데커는 사실 그대로 대답했다.

데커는 거리가 내려다보이는 창가 의자에 앉아, 들어올 때 사온 차가운 맥주를 땄다.

그게 저녁식사였다. 음, 사실 그렇진 않았지만, 전날 밤 통구이가 될 뻔한 일을 당하고 나니 그다지 식욕이 돌지 않았다.

머리에 아직 감겨 있는 붕대를 건드려보았다. 안 그래도 문제가 한가득인데 새로운 충격이라니. 뭔가 큰 게 튀어나오기 전까지 얼마나 더 버틸 수 있을까.

그리고 통구이가 될 뻔하는 일에도 이제 진력이 났다. 배런빌에서도 비슷한 방식으로 당했더랬다. 죽음을 간발의 차이로 비껴간다는 것의 유일하게 좋은 점은, 누군가 데커가 알아내려 하는 걸 두려워하고 있다는 사실이었다. 그리고 이는 알아내야 하는 진실이 있다는 뜻이었다. 데커는 그걸 반드시 알아낼 작정이었다.

바로 아래층 방은 메릴 호킨스의 삶에 살짝 때 이른 종지부가 찍힌 곳이었다. 그것도 폭력적으로.

데커는 한 손에 든 맥주를 홀짝이며 그 방으로 걸어 내려갔다. 여전히 제한구역이었고 노란 테이프가 붙어 있었지만, 문을 경비하는 경관은 데커를 알아보고 들여보내주었다.

"무슨 일 당하셨나요?" 경관이 데커의 머리에 감긴 붕대를 유심히 보며 물었다.

"알게 되면 말씀드리죠."

데커는 등 뒤로 문을 닫고 방 안을 둘러보았다. 호킨스의 시신을 내간 것만 빼면, 다른 건 모두 그대로였다. 데커는 잠시 호킨스의 장례 절차가 어떻게 될지 생각했다. 매장일지, 화장일지. 한편으로는 그 남자의 딸을 여기로 끌고 와서 아버지의 유해를 수습하게 하고 싶은 마음도 들었지만, 다른 한편으로는 이 일과 그렇게 날카롭게 선을 긋고 싶어 하는 마음도 이해가 갔다. 어차피 데커가 상관할 일은 정말이지 아니었다.

호킨스가 앉아 있던 의자를 바라보았다. 혈흔이 묻어 있었는데, 사출구에서 나온 건 아니었다. 사출구는 없었으니까. 사입구에서 튄 피였다.

베개, 총, 죽은 남자. 목격자는 없다.

데커는 방 안의 다른 곳들을 둘러보았다. 이미 철저한 수색이 이루어졌지만, 발견된 건 아무것도 없었다.

사후 부검은 끝났지만 아직 약물 검사 결과는 나오기 전이었다. 죽은 남자의 속은 비어 있었다. 하지만 혈류에는 과연 무엇이 있었을까?

데커는 눈을 감고 자신의 클라우드에 접속했다. 묘지에서 만났을 때 호킨스는 자기가 몇 시간 동안 토하고 나서 잠들기 위해 뭔가를 복용해야 할 거라고 말했다. 침실에는 그와 관련된 증거가 아무것도 없었지만, 어쩌면 치워졌을지도 모른다. 하지만 불법과 합법을 막론하고, 약물의 흔적 또한 전혀 없었다.

건물 뒤편에 있는 대형 쓰레기통도 뒤져봤지만 거기서도 아무것도 나오지 않았다. 호킨스를 죽인 누군가가 모종의 이유로 약물을 가져갔을까? 그랬다면 이유는? 그걸로 뭐가 탄로 날 수 있기에?

방으로 돌아와 옷을 벗고 씻고 나니 갑자기 허기가 밀려들었다. 저녁을 먹으러 나선 데커는 가깝고 싼 서즈를 택했다. 바에 앉아서 맥주 한 잔과 버거 하나, 그리고 칠리 프라이를 주문한 데커는 저도 모르게 뒤돌아보았다. 재미슨이 갑자기 나타나서 심장마비에 걸리고 싶어 환장했냐고 구박할 것 같은 기분이 들어서였다.

잠시 후 누군가가 오른쪽 옆자리에 와 앉았다. 데커는 그쪽을 돌아보았다.

레이철 카츠가 데커의 머리에 감긴 붕대를 유심히 보고 있었다.

"무슨 일 있었어요?"

"면도하다가 베였어요." 데커가 맥주를 한 모금 홀짝이며 대꾸했다.

카츠는 데커의 접시를 내려다보았다. "유기농 식품에는 별로 관심이 없으신가 봐요, 보아하니."

"고기와 감자 이상의 유기농 식품이 뭐가 있죠?"

카츠는 웃음을 지었다. "받아치는 데 아주 능숙하시네요. 예전에는 그런 분인지 몰랐는데."

카츠는 프로세코(백포도주—옮긴이) 한 잔을 주문했다.

데커는 곁눈질로 카츠를 보았다. "왠지 서즈 같은 곳을 좋아하실 분은 아닌 것 같은데요."

"아, 전 원래 예측 불가한 사람이에요. 하지만 한 가지 작은 비밀을 알려드리죠." 카츠는 데커에게 몸을 가까이 기울이더니 속삭였다. "난 이 바의 대주주예요." 그리고 몸을 쭉 펴고 데커의 반응을 살폈다.

"포트폴리오가 정말 다양하시군요. 감탄했습니다. 펜트하우스에서 펍까지."

카츠는 웃음을 지었다. "또 받아치셨네요. 재미있어라. 형사 일이 잘 안 풀리면 코미디언을 하셔도 될 것 같아요. 농담 아니고요."

카츠는 자신이 주문한 술이 나오자 한 모금 마신 후 앞에 놓인 그릇에 든 견과류를 한 움큼 쥐었다.

"조사는 어떻게 되어가요?"

"어떻게 되어가죠."

"지금쯤은 모든 걸 해결하셨을 줄 알았는데요."

"조사는 그런 식으로 이루어지지 않아요. 독자적인 시간표가 있죠."

"하지만 제 남편의 살인은 정말 빨리 해결하셨잖아요."

"그랬나요?" 데커는 날카롭게 물었다.

카츠는 아몬드와 땅콩을 우적거리며 만석인 바를 둘러보았다. "벌링턴이 다시 일어서는 걸 보니 좋지 않아요?" 카츠가 물었다.

"그래서, 벌링턴 재건을 마치시고 나면 다음은 뭐죠?"

카츠는 의자를 빙그르르 돌려 바에 등을 기댔다. "잘 모르겠어요. 벌링턴 같은 곳이 많긴 하지만, 다들 회복할 잠재력을 지니고 있는 건 아니에요. 전 여기서 수억을 벌어다가 끝내 구렁텅이를 벗어나지 못할 다른 곳에서 날려버리고 싶지 않아요."

"그 잠재력을 어떻게 계산하죠?"

"통계 얘기로 지루하게 해드리고 싶진 않지만, 숫자 처리가 엄청 많이 필요해요. 다행히도 전 회계사라, 숫자 처리라면 전문이죠. 그리고 그 숫자들은 마법을 일으킬 수 있어요. 제대로 읽어내는 법만 알면 미래에 대한 로드맵을 보여주죠. 그게 성공한 사람들의 공통 비결이에요."

"**금융** 분야에서 성공한 사람들 말씀이시겠죠."

"다른 분야의 사람들도 있나요?" 카츠는 재빨리 덧붙였다. "농담이에요. 우리가 사는 세상에 더 많은 마더 테레사가 필요하다는 건 저도 알아요. 그냥 제가 그런 사람이 아닐 뿐이죠. 저라는 사람은 원래 그렇게 만들어지질 않았거든요."

"당신은 어떻게 만들어졌는데요?"

"제가 제일 우선이겠죠, 아마. 그리고 전 그걸 인정하는 게 수치스럽지 않아요. 위선자라면 질색이거든요. 남의 등에 칼을 꽂으면서 그 사람들을 위하는 척하는 사람들을 볼 만큼 봤어요. 그래서 전 앞에서 가슴을 찌르죠. 상대가 1킬로미터 앞에서부터 내가 다가오는 걸 볼 수 있게요."

"문제는, 죽는 건 마찬가지라는 거죠." 데커가 대꾸했다.

"맞아요. 하지만 적어도 자신을 방어할 기회는 있잖아요." 카츠는 다정하게 대꾸한 후 잔을 비우고 손을 흔들어 한 잔 더 주문했다. 술은 곧장 나왔다. "수전 리처즈가 실종됐다고 들었는데요?"

데커는 버거를 내려놓고 카츠를 건너다보았다. "그건 어디서 들으셨죠?"

"아, 왜 그러세요. 동네 소문 방앗간에서 이미 수백 년 전에 들었는걸요. 그 사람은 도대체 왜 그렇게 갑자기 사라졌을까요?"

데커가 말했다. "죄의식 때문에?"

카츠는 프로세코를 한 모금 마셨다. "전 아무 말도 안 했어요. 하지만 타이밍이 끔찍하게 공교롭긴 하네요."

"살인사건 조사에서는 흔히 볼 수 있는 타이밍이죠."

"전문가께서 그렇게 말씀하신다면야. 그럼, 그 여자가 메릴 호킨스를 죽이고 그 증거가 경찰한테 발각되기 전에 떠난 거라고 생각하세요?"

"증거 얘기가 나왔으니 말인데, 호킨스의 사망 시각 알리바이가 생각나셨습니까?"

"11시 반이나 그쯤까지 동업자랑 저녁식사를 하고 있었어요. 그 후 그 남자가 날 집까지 태워다줬죠. 우리 집에 도착했을 때는 자정 즈음이었고요. 그럼 전 혐의에서 벗어나는 거겠죠."

"그 동업자라는 분의 성함이 뭐죠?"

카츠는 펜과 종이를 지갑에서 꺼내더니 뭐라고 적어 데커에게 건넸다.

종이를 본 데커는 깜짝 놀라 눈을 치켜떴다. "얼 랭커스터?"

"네. 그분이 저를 위해 프로젝트를 하나 담당하고 있어요. 도급업자 중 일급이죠. 왜 그러세요?"

"그 사람은 제 옛 파트너의 남편입니다."

"그리 오래 가진 않을 텐데요." 카츠가 말했다. 그리고 데커가 다시금 놀란 표정을 짓는 것을 보고 이렇게 덧붙였다. "좁은 동네잖아요, 형사님." 카츠는 남은 술을 들이켰다. "음, 뭐 또 필요한 게 있으면 연락 주세요."

그 말을 끝으로, 금발을 찰랑 넘긴 후 카츠는 자리를 떴다.

카츠가 떠난 후 혼자 남은 데커는 한 가지 의문을 떠올렸다.

왜 얼은 아메리칸 그릴에서 우연히 마주쳤을 때 카츠와 함께 일하고 있다고 말하지 않았을까?

얼의 행동은 자기 아내에게 제대로 엿을 먹인 것이나 다름없었다.

곧 아내가 아니라 전처가 되겠지만.

0 0021

"너도 **알고 있었다고?**"

데커는 랭커스터를 건너다보았다. 이튿날 아침, 두 사람은 레지던스 인 앞에 세워진 랭커스터의 차 안에 앉아 있었다. 데커는 랭커스터에게 전화해서 단둘이 할 이야기가 있다고 했다.

"그이가 레이철 카츠를 위해 일한다는 건 **알았지.** 그이가 그 여자의 알리바이일 줄은 몰랐고. 그 이야기는 얼한테 못 들었거든. 우린 이제 대화를 별로 많이 하지 않아. 특히 그이 사업에 관해서는."

"하지만 얼은 우리가 조사 중인 살인사건의 용의자일 수도 있는 사람을 위해 일하고 있어. 도대체 왜 나한테 그 말을 안 한 거야?"

"그이가 같이 일하는 사람들은 아주 많아. 난 그게 무슨 관계가 있을 거라고는 생각지 못했어."

"흠, 관계가 있지. 그리고 이제는 얼이 그 여자의 알리바이가 됐고."

랭커스터가 말했다. "어쩌면 난 조사에서 빠져야 할지도 모르겠다."

"**할지도**가 아니야, 메리. 빠져야 해."

"혹시 네 속뜻이 그거면, 얼은 거짓말할 사람이 아니야. 얼이 카츠와 함께 있었다고 했으면 같이 있었던 거야."

"속뜻 같은 건 없어. 그냥 네가 이 사건에서 빠져야 한다는 뜻일 뿐이야. 네가 그대로 남았다간 나중에 법정에서 피고 측 변호사가 경찰서를 발칵 뒤집어놓을걸."

랭커스터는 껌 하나를 입에 던져 넣고 사납게 씹기 시작했다.

"그리고 난 이제 얼하고도 이 이야기를 해야 해." 데커가 말했다.

"알아. 그리고 나도 그이한테 이야기해야 할 것 같아."

"아니, 메리, 넌 그러면 안 돼."

"얼은 아직 내 남편이야, 젠장."

"그리고 메릴 호킨스를 죽일 만한 꽤 그럴싸한 동기가 있는 인물의 잠재적 알리바이이기도 하지."

"젠장!" 랭커스터는 운전대를 주먹으로 갈겼다. "내 인생이 더 추락할 곳은 없다고 생각했는데."

"이혼을 요구한 쪽은 너잖아."

"그건 얼이 한 말이지."

"그게 진실 아니야? 얼은 거짓말할 사람이 아니라고, 방금 네 입으로 말했잖아."

"무슨 상관이야, 데커? 우리 결혼은 끝났어."

"그리고 얼이 만나고 있다는 여자는?"

"그 여자는 괜찮아. 얼이 낸시를 만나기 시작한 건 우리 사이가 끝난 다음이었어."

"그래, 나도 그렇게 들었어. 하지만 얼이 샌디의 양육권을 가져가도 넌 정말 괜찮은 거야?"

"우린 양육권을 **나눠** 가질 거야. 하지만 전에도 말했듯, 그이의 업무가 나보다 훨씬 유동적이야. 주중에는 얼이랑 같이 지내는 게 샌디한테 더 낫고 안정적이기도 하고. 난 그애만 잘 지낼 수 있으면 다른 건 아무래도 상관없어."

"좋아, 그럼 그렇게 네 아이를 포기하면 되겠네."

데커를 보는 랭커스터의 얼굴은 분노로 터질 듯했다. "도대체 네가 무슨 권리로 나한테 그따위 소리를 하는 거야? 내 상황에 관해 쥐뿔도 모르는 주제에. 넌 네 발로 여길 떠나 FBI를 위해 일하러 갔잖아. 그러니 **내** 구역에 돌아와서 나더러 **내** 인생을 어떻게 살라는 잔소리 따윈 집어치워." 랭커스터는 문을 가리켰다. "이제 내 차에서 꺼져."

데커는 내렸지만 머리를 도로 집어넣었다.

"아이들은 말이야, 메리, 네가 1초만 고개를 돌렸다가 다시 돌아보면 더는 거기 없어."

데커는 차 문을 닫고 머뭇머뭇 그 자리를 떴다.

*

그날 밤, 예기치 못한 누군가가 데커의 문을 두드렸다. 문을 열자, 데커의 놀라움은 즉시 분노로 바뀌었다.

"오랜만이네, 데커." 문간 저쪽에 서 있는 남자가 웃음을 지으며 말했다.

블레이크 내티는 벌링턴 경찰서의 형사였다. 데커의 선배이고 나이도 여섯 살가량 위였지만 데커의 혁혁한 조사 전과는 내티를 한참 앞질렀다. 그리고 내티는 그 사실에 관한 자신의 감정을 굳이 숨기지 않았다.

키는 175센티미터쯤에 체중은 70킬로그램 남짓한 내티는 이름에 걸맞은 옷차림을 하고 있었는데, 소맷부리를 한 겹 접는 셔츠에 황금색 커프스링크를 달고 주머니에는 손수건을 꽂았다.

"여긴 대체 어쩐 일이죠, 내티?" 데커가 물었다.

내티가 파안대소를 지었다. "그냥 인사차 온 거야. 내가 호킨스 사건 조사를 넘겨받게 됐거든. 자네가 뭔가 트집을 잡아서 메리가 떨어져 나갔다고 들었어. 자네 둘이 예전 파트너였다는 걸 감안하면 좀 놀랐지."

"음, 처음부터 끝까지 잘못 알고 계시군요. 적어도 그 점에서는 예전과 변함이 없으시네요."

내티의 웃음이 사라졌다. "말했지만, 난 인사차 찾아온 거야. 그리고 메릴 호킨스 사건과 관련해 우린 자네 도움이 필요 없다는 사실을 알려주려고."

"밀러 서장님하고는 이야기해보셨나요? 그분은 내가 이 사건을 맡는 걸 전혀 개의치 않으셨거든요."

"밀러는 경정님께 보고해야 해. 그리고 경정님의 생각은 다르지."

"그렇군요. 여전히 피터 차일드리스인가요?"

"아마 그럴걸. 언젠가 한 번 자네가 그분을 아무것도 모르는 무지렁이라고 부르지 않았나?"

"한 번이 아니었죠. 그리고 그건 타당한 호칭이었고요."

"음, 그냥 앞으로는 조사에서 손을 떼게. 자, 말이 나왔으니 말인데 자네가 벌링턴에 계속 머물러야 할 이유가 없어진 것 같은데. 그만 가보지그래."

"메릴 호킨스가 유죄 판결을 받은 사건이 있습니다."

"맞아. 그것 또한 접근 금지야. 그건 벌링턴 경찰서 소관이고, 혹시 잊었다면 일러두는데, 자네는 이제 여기 소속이 아니야."

"내가 사건을 조사하고 싶어서 하는 걸 막는 법은 없어요."

"있어. 자네가 현재 진행 중인 경찰 조사에 간섭한다면."

"그럼, 호킨스가 무고한지 아닌지는 알아볼 생각입니까?"

"자네 소관은 아니지. 내가 부하 경관을 시켜 자네를 버스 정류장까지 태워다줄 수 있어. 두 시간 후에 피츠버그로 떠나는 버스가 있거든. 자네는 거기서 비행기를 잡아타고 그 잘난 D.C.로 돌아가면 돼."

"고맙지만 난 여기 남겠습니다."

내티는 데커와 거의 가슴과 배가 맞닿을 만큼 가까이 다가와 자신보다 머리통 하나는 더 있는 데커를 올려다보았다. "조심하는 게 좋을 거야. 감옥에서 그냥 나올 수 있는 통행권 따윈 없으니까. 내 앞길에 거치적거리는 순간, 자네는 감방에 들어가 있을 거야. 내 말을 명확히 이해했으면 하네."

"당신 말이야 늘 명확했죠, 블레이크. 심지어 당신이 180도 틀렸을 때조차요. 대부분의 경우 그랬지만."

"자아비대증을 조심하라고, 데커. 자네 덩치가 아무리 커도 그 정도 자아비대증을 감당하긴 무리니까."

데커는 내티의 면전에서 문을 쾅 닫고 다시 의자로 돌아가 앉아 사건 생각에 잠겼다.

내티는 데커의 목을 물어뜯고 감옥에 처넣을 기회만 노릴 게 분명했다. 하지만 어차피 강물을 거슬러 헤엄치느라 평생을 보낸 데커에게 내티는 거치적거리는 장애물일 뿐, 그 이상은 아니었다. 그래도 조심해야 하는 것만은 분명했다.

휴대폰에 문자가 도착했다. 발신자는 랭커스터였다.

너 때문에 진짜 열받긴 했지만, 내티가 그 사건에 배정된 건 유감이야. 아무리 철천지원수라 해도 그런 일을 당하는 건 안타까울 테니까. 물론 넌 내 철천지원수가 아니지만. 적어도 아직까지는 말이야. 메리.

데커는 휴대폰을 주머니에 넣고 한숨을 내쉰 후 도로 의자에 등을 기댔다.

옛 고향 방문이 이런 악몽으로 변할 줄 누가 알았을까.

0 0022

젠트리피케이션에는 거지 같은 면이 있었다. 동네가 갑자기 확 뜨기 전에 거기 살던 사람들은 더 이상 집값을 감당할 수 없게 되고, 낡은 것들을 무너뜨림으로써 모인 돈은 새로 지어진 사치스러운 주거지로만 쏠렸기 때문이다.

데커는 호킨스가 네 명을 살인한 혐의로 체포되던 당시 있었던 지역을 둘러보며 그런 생각을 하고 있었다.

당시 이곳은 벌링턴의 전쟁 지대나 다름없었다. 갱들이 고객을 놓고 영역 다툼을 벌이던 마약 거래장터였다. 교외에서 온 차들이 마치 헌금 바구니 앞에 줄을 서는 교구 주민처럼 거리에 줄을 서곤 했다. 다만 그들이 내는 돈은 불우한 이들을 돕고 위로하는 게 아니라 약물과 지속적인 불행을 가져오는 데 쓰일 터였다. 빈집들과 문을 닫은 가게들은 단체 코카인 흡입 및 주사 장소 또는 갱 본부로 이용되었다. 데커는 처음에는 경찰로서, 나중에는 형사로서 수많은 시간을 이 지역에서 보냈다. 어떤 해인가는 일주일에 한 건

씩 살인이 일어나기도 했다. 개나 소나 총을 가지고 다녔고, 누구도 그걸 사용하는 데 거리낌이 없었다.

이제 이곳은 상류층 아파트와 번창하는 소사업체들로 끓어넘쳤다. 젠장, 심지어 스타벅스도 하나 생겼을 정도니까. 예전에 판자로 막아둔 빈 창고가 있던 자리에는 공원이 들어섰다. 이곳이 예전보다 훨씬 나아졌다는 사실만큼은 데커로서도 부정할 수 없었다.

이곳을 털끝 하나 안 건드리고 그대로 홀마크 영화를 찍을 수도 있으리라. 데커와 랭커스터는 경찰서에서 호킨스를 신문한 후 여기 왔었다. 데커의 머릿속에서 그 지역은 이제 13년 전의 그 비참한 상태로 돌아갔다. 공원은 사라지고, 새로운 주택가도 모습을 감추고, 거리는 쓰레기로 뒤덮이고 보도블록은 곳곳이 깨져 있었다. 중독자들이 비틀대며 거리를 돌아다니고, 마약상들은 어두운 뒷골목에 숨어 영업을 했다. 마약 사용자들은 현금을 들고 와 취향에 맞는 약물을 사가지고 떠났다.

창녀들도 있었는데, 데커는 이들이 마약과 떼려야 뗄 수 없는 사이임을 경찰 일을 하면서 알게 되었다. 거의 모든 창녀들이 중독자이기도 해서, 매일의 약값을 대기 위해 재주를 부렸다. 그리고 지금 데커를 마주 보고 서 있는 사치스러운 고층 아파트 건물들은 다시금 매트리스들이 나뒹구는 버려진 셔츠 공장으로 돌아갔다. 그곳에서는 섹스라는 거래가 가격 협상을 거쳐 성립되었다.

메릴 호킨스는 퍼붓는 빗속에서 이 모든 것을 지나쳐 걸어갔다. 비록 악천후 때문에 아무도 밖에 나와 있지 않아서 호킨스의 주장을 입증해줄 사람은 아무도 없었지만. 하지만 그 주장이 진실이었다면, 호킨스가 정말 퍼붓는 빗속을 걷고 있었다면, 그 이유가 도대체 뭐였을까? 그리고 왜 데커와 랭커스터에게 신문을 받는 동안 그 이유를 말하지 않았을까? 무슨 이야기라도 했다면 무죄를 입증하는 데 도움이 되었을 것이다. 침묵은 호킨스에게 해롭기만 할 뿐이었다. 누군가를 만나러 간 거였다면, 그 상대의 이름을 댔으면 데커와 랭커스터가 그자를 추적했을 테고, 호킨스는 어쩌면 자유의 몸이 됐을지도 모른다.

데커는 기억 속에서 뭔가를 불러냈다. 훨씬 최근 거였다.

"어머님은 그날 밤 정맥주사를 맞고 계셨죠. 그 모습을 본 기억이 납니다."

"맞아요, 음, 그 정맥주사 비닐에는 진통제가 들어 있을 때랑 없을 때가 반반이었어요. 부모님이 진통제를 살 돈이 없었거든요. 씨발 보험회사 놈들. 죄송해요. 그건 여전히 저한테는, 뭐랄까, 아픈 주제예요."

"그래서 어머님은 보험에 들어 계셨나요?"

"아버지가 잘리기 전까지는요. 그 후에는 보험을 유지할 돈이 없었죠. 그리고 어차피 이미 암이 생겼으니 다른 보험에 새로 가입할 수도 없었고요."

"그래서 아버님은 어떻게 하셨죠?"

"닥치는 대로 가리지 않고 온갖 잡일을 하셨고, 그 돈으로 그곳 의사들한테서 살 수 있는 걸 사셨죠."

혹시 메릴 호킨스가 그날 밤 정말로 괴로워하는 아내를 위해 불법 진통제를 사려고 돌아다녔을까? 재판 당시 변호사는 그럴 가능성을 제기했다. 하지만 그게 사실이었다 해도 호킨스는 얼마든지 살인을 저질렀을 수 있었다. 범행을 저지르고 타운의 그 지역으로 돌아올 시간은 넉넉했으니까.

그렇지만 진통제를 샀다면 왜 체포된 호킨스의 몸에서 그게 발견되지 않았을까. 그리고 마약을 살 거라면 벌링턴 최대의 노천 마약 시장에서 샀을 게 당연하지 않은가? 하지만 다시 생각해보면,

마약을 사려면 주의할 필요가 있었다. 이곳에서 파는 물건의 절반은 사람을 죽일 수도 있었으니까. 심지어 팔팔한 사람이라도.

아마 호킨스가 택한 건 모르핀이었을 거라고, 데커는 생각했다. 호스피스 간호사들이 환자에게 주로 쓰는 게 그거였으니까. 하지만 호킨스는 그 출처를 명확히 알아야 했을 것이다. 아내에게 부엌 싱크대에서 만든 엉터리 약물을 줄 사람은 아니었으니까. 당시에는 그런 게 잔뜩 널려 있었다.

데커의 기억에 따르면 순도 높은 약물을 파는 판매자도 소수 있었다. 그건 부엌 실험실에서 만든 게 아니라 약국과 병원 비품실에서 훔친 장물이었다. 따라서 그 순도 때문에 프리미엄이 붙었다. 퀄리티가 높고, 내가 복용하는 게 뭔지 확실히 알 수 있었다. 이는 약물 중독자에겐 하루를 더 살아남을 가능성이 높아진다는 뜻이었다.

데커는 호킨스가 그걸 찾고 있었으리라고 결론 내렸다. 예전 조사와 재판 과정에서 데커가 그 남자에 관해 알게 된 게 하나 있다면, 아내에겐 철저히 헌신적이라는 사실이었다. 하지만 호킨스의 소지품에서는 그 어떤 약물도 발견되지 않았다.

데커는 눈을 감았다. 호킨스에게서 **발견된 건** 500달러였다. 장물을 팔아 얻은 돈이었을까?

하지만 그 집에서 훔쳤다는 그 물건들을 도대체 어떻게 거기까지 가져갔을까? 리처즈의 집에 다른 차가 왔었다는 증거도, 목격한 사람도 전혀 없는데? 물론 어딘가에서 차를 훔쳐서 거기 갔고, 그냥 안 들켰을 뿐인지도 모른다. 그 후 그 차를 몰고 여기로 와서, 훔친 물건과 약물을 물물교환하려고 했을 수도 있다. 아니면 현금이 있었으니까, 어쩌면 장물들을 팔아치운 후 아내에게 걸맞은 약물을 찾아 빗속을 헤매던 중에 경찰에게 체포됐을지도 모른다.

하지만 그 흔한 주차위반 딱지 한 번 끊은 적 없는 남자가 사람 넷을 살해한 후 폭우 속에서 훔친 장물을 팔고 약물을 사는 임무를 태연하게 수행할 수 있다는 건 불가능한 이야기 같았다. 그리고 호킨스는 경찰이 살인자를 찾고 있는 걸 모를 리 없었다.

데커는 눈을 떴다.

그날 밤늦게 데커와 랭커스터가 호킨스를 신문했을 때, 호킨스는 자기가 살인죄로 기소되었다는 데 진심으로 충격받은 눈치였다. 당시 두 사람은 그냥 모든 살인범들이 그렇듯 호킨스 역시 거짓말하고 있다고 생각했다.

다시 눈을 감자, 데커는 아이 두 명을 포함해 네 사람의 목숨을 빼앗은 혐의를 받고 있는 남자와 그 신문실에 마주 앉아 있었다. 데커는 죽은 사람들의 사진을 호킨스에게 밀어 보냈다.

"이 사람들을 알아보시겠습니까, 호킨스 씨?"

호킨스는 사진을 보지 않았다.

"사진을 보십시오, 호킨스 씨."

"안 볼 겁니다. 당신이 무슨 짓을 해도 날 억지로 보게 할 순 없어요."

하지만 데커는 호킨스가 곁눈질로 애비게일 리처즈의 사진을 보고 얼굴을 찡그리는 걸 눈치챘다. 속이 메슥거리는 듯한 표정이었다. 당시 데커는 그걸 양심의 가책으로 여겼더랬다.

하지만 지금은?

"딱 한 명만 이름을 대주시죠, 호킨스 씨." 랭커스터가 말했다. "오늘 밤 봤거나 만났던 사람 누구라도요. 아니면 당신을 보았을 법한 사람이나요. 저희가 확인하겠습니다. 그게 사실이면 당신은 자유의 몸이 될 겁니다."

호킨스는 누구의 이름도 대지 않았다. 그리고 바로 그 순간에 기억의 초점을 맞춘 데커는 호킨스의 얼굴에서 전에는 못 본 뭔가를 봤다.

체념.

“어이, 데커!”

데커는 옆에 와서 선 차를 돌아보았다. 운전석 창이 내려가 있었다. 언제나처럼 자신만만해 보이는 블레이크 내티였다.

“내 말을 명확히 전달한 것 같은데, 데커.”

“아마 설명이 좀 부족했나 보죠, 내티.”

그 후 내티를 지나쳐 조수석에 무척 불편한 표정으로 앉아 있는 샐리 브리머에게 시선이 닿은 데커는 깜짝 놀랐다.

내티는 말했다. “자네가 이 사건들을 조사할 권한이 없다고 말했을 텐데.”

“아뇨, 내가 **당신** 조사에 개입할 수 없다고 했겠죠.” 데커는 주변을 둘러보는 시늉을 했다. “그리고 무슨 개입 같은 건 안 한 것 같은데요. 난 그저 산책을 나왔을 뿐입니다. 당신은 어때요, 브리머 씨? 여기서 누가 경찰 개입 같은 걸 하고 있는 게 보이나요?”

차 바닥으로 녹아 사라지고 싶은 듯한 표정을 짓고 있던 브리머는 힘없는 미소와 함께 대꾸했다. “전 이 일에 낄 생각이 없어요, 신사분들.”

“영리한 아가씨야.” 내티가 느끼한 미소를 지은 후 데커를 돌아보았다. “어쩌면 자네도 좀 더 영리해져야 할 것 같은데. 난 자네를 잡아넣고 싶지는 않아.”

“아무렴요. 연방 소송이라는 핵폭탄이 경찰서에 떨어지길 바랄 사람이 누가 있겠습니까? 그렇게 되면 당신이 아무리 오랫동안 경정의 똥구멍을 빨아줬어도 당신을 구해줄 사람은 아무도 없을 겁니다."

"조심하는 게 좋을 거야. 건방진 자식."

"그러고 있습니다, 내티. 매일요."

"그리고 내게 더 이상 무례한 소리를 하면, 자넨 감옥에서 그 살찐 궁둥이를 깔고 앉아 있게 될 거야. 내가 보증하지."

"그럼 당신은 그 와중에 수정헌법 제1조 소송까지 당하게 되겠죠. 과연 경찰서에 그 모든 난장판을 감당할 만한 변호사가 충분히 있는지 모르겠네요. 그리고 그 소식은 전국 신문에 나갈 텐데요." 데커는 내티에서 브리머에게로 시선을 보냈다. "당신은 경찰서에서 언론 담당 일을 맡고 있죠. **그런** 소동에 말려들고 싶습니까, 브리머 씨?"

브리머는 항복하는 표시로 양손을 들어 올리고 데커를 외면했다.

데커는 내티의 결혼반지 끼는 손을 내려다본 후 브리머를 보았다. "잠깐만요, 내티. 아직 유부남 아닌가요?"

내티가 부르짖었다. "그게 자네랑 무슨 상관인데?" 그리고 재빨리 브리머를 흘끗 보았다. "도대체 무슨 망할 놈의 상상을 하는 거야? 난…… 난 그냥 차로 데려다주는 것뿐이야……. 아파트까지."

데커는 다시 브리머를 빤히 보았는데, 브리머는 이제 창밖을 내다보고 있었다. 데커는 시계 보는 시늉을 했다. 저녁 8시가 다 된 시각이었다.

"음, 프랜한테 안부 전해줘요. 브리머의 **아파트**에서 집에 가면요."

"망할, 내 발목 잡을 생각은 하지도 마, 데커. 안 그러면 자네를 **반드시** 땅바닥에 처박아줄 테니까."

내티는 액셀을 밟아 차의 속도를 올리더니 떠났다.

뒤에서 바라보던 데커는 브리머가 백미러로 자신을 돌아다보았다고 생각했다. 비록 날이 어두워서 확신할 수는 없었지만.

내티와 브리머라. 누가 생각이나 했을까?

0 0023

이튿날, 호킨스의 옛날 집 앞.

빈집이 아니었다. 진입로에 차 한 대가 서 있었다.

데커는 집 앞 계단으로 터덜터덜 걸어가면서 앞뜰에 나뒹구는 아이용 장난감들을 눈여겨보았다.

문을 노크하자 곧장 어린아이들이 빽빽대는 소리, 동물의 발톱이 나무 바닥을 긁는 소리, 그리고 뒤이어 앞문으로 다가오는 어른의 묵직한 발소리가 들렸다. 문이 열리자 30대쯤 돼 보이는 젊은 여자가 서 있었다. 갈색 머리카락은 하나로 당겨 묶었고, 얼굴엔 어린아이를 키우는 엄마 특유의 피로가 고스란히 드러났다. 과연, 이내 조그만 얼굴 셋이 여자 뒤편에서 나타나 데커를 엿보았다.

"누구시죠?" 여자는 데커를 위아래로 훑어보며 말했다. "이 동네는 방문판매가 안 되는데요. 혹시 그래서 오신 거라면."

"저는 뭘 팔러 온 게 아닙니다." 데커가 FBI 신분증을 내밀며 말했다.

신분증을 확인한 여자가 한 걸음 뒤로 물러섰다. "FBI랑 함께 일하신다고요?" 여자의 말투에는 불신이 가득 담겨 있었다. "그 사람들은 정장을 입고 다니는 줄 알았는데요."

"그런 사람들도 있죠. 저는 그냥 그런 사람들이 아니고요. 뭐랄까, 기성복에 맞는 사이즈가 아니거든요."

여자는 데커를 올려다보며 고개를 끄덕였다. "그렇긴 하겠네요. 제가 뭘 도와드릴까요?"

"여기 사신 지 얼마나 되셨습니까?"

"2년요. 왜 그러시는데요?"

"12년쯤 전에, 이 집에 호킨스 가족이 살았습니다." 데커는 아이들을 내려다보며 말을 이었다. "둘이서만 얘기할 수 있을까요?"

여자는 아이들을 뒤돌아보았다, 쌍둥이 남자애 둘, 여자애 하나, 모두 세 살에서 다섯 살 사이였다. "전 프라이버시랄 게 전혀 없답니다." 여자가 체념한 미소를 지으며 대답했다. "괜찮다면, 안으로 들어오시겠어요?" 여자가 앞장서서 안으로 들어가자 아이들은 겁을 집어먹은 표정으로 데커의 거대한 몸집을 올려다보며 뒤로 물러섰다.

"어이, 얘들아." 여자가 갑자기 말했다. "부엌에 쿠키 있어. 한 명당 하나씩이야! 나중에 엄마가 **반드시** 확인할 거야."

세 아이는 자리를 떴다. 그리고 철사처럼 뻣뻣한 털을 가진 테리어가 가구 뒤에서 쏜살같이 뛰쳐나오더니 아이들을 쫓아갔다. 겁먹고 숨어 있었던 게 분명했다.

"그래. 네가 있으니 정말 든든하다, 피치스." 여자가 건조하게 말했다. "여기 살던 가족이 어쨌다고요?"

"아이들이 금방 다시 돌아올 것 같아서 바로 본론으로 들어가겠습니다. 몇 년 전, 심각한 범죄에서 사용된 총이 여기 큰방에 있는 벽장의 벽 뒤에서 발견됐습니다. 그곳을 한번 보고 싶어서요."

여자가 세상이 무너진 듯한 표정을 지었다. "맙소사. 이 집을 샀을 때 그런 얘긴 아무한테도 못 들었어요. 부동산에서 그런 얘기를 해줘야 하는 거로 알았는데. 무슨 일이 있었던 거죠?"

"이미 13년쯤 지난 일입니다. 그리고 엄밀히 말하면 여기서는 아무런 범죄도 일어나지 않았고요."

"그런데 아직도 그 범인을 못 찾은 건가요?"

"아뇨, 찾았습니다. 그 남자는 감옥에 있었습니다. 그 후 감옥에서 나왔는데, 며칠 전에 누군가가 그 남자를 죽였습니다."

"맙소사." 여자의 손이 얼굴로 올라갔다. "하지만 그 남자가 총기 관련 범죄로 이미 유죄 판결을 받았다면, 그 총이 발견된 장소를 다시 봐야 하는 이유가 뭐죠?"

"왜냐하면 저는 그 남자가 실제로 그 범죄를 **저질렀다는** 확신이 없거든요."

여자의 얼굴에 이해한다는 표정이 떠올랐다. "아, 그러니까 미제사건 같은 걸 말씀하시는 거죠? 전 그런 프로그램들을 좋아해요. 요즘은 텔레비전을 볼 시간도 통 없지만요."

"맞습니다, 바로 그거죠. 미제사건." 데커의 귀에 서둘러 다가오는 발소리가 들렸다. "기병대가 돌아오는 것 같습니다. 얼른 좀 볼 수 있을까요?"

"그럼요, 이리 오세요."

데커는 여자의 안내를 받아 침실로 갔다. "지저분해서 죄송해요. 똥강아지 세 마리 때문에 저는 칫솔질할 시간도 없을 지경이에요."

"잘 알죠."

집 안 어딘가에서 뭔가가 깨지는 소리가 났고, 뒤이어 피치스가 짖는 소리와 누군가가 우는 소리가 들렸다.

"어……." 여자가 불안한 표정으로 입을 열었다.

"얼른 가보세요. 전 금방 확인만 하면 됩니다."

"고마워요." 여자는 방을 날쌔게 뛰쳐나가며 고함쳤다. "아이고, 또 뭐니!"

데커는 방해되는 옷걸이 몇 개를 밀치고 손전등으로 벽장 안쪽 벽을 비췄다. 그리고 문제의 패널이 있는 왼쪽을 보았다. 주먹으로 쾅 하고 한 번 두들겼다. 공허한 울림이 들렸다. 다른 두 벽을 두드렸을 때도 같은 소리가 났다. 그냥 지지대 위에 걸쳐놓은 석고판에 불과했다.

벽은 이미 수리한 후 그 위에 페인트를 덧발라서, 이젠 보고 말고 할 것도 없었다. 데커는 이 공간을 처음 보았을 때의 기억으로 돌아갔다. 패널은 들어낸 후 잘라내어 도로 제자리에 끼워놓은 상태였다. 완벽한 솜씨는 아니었고, 그렇게 쉽게 발견된 데는 그런 탓도 있었다.

데커의 기억에 의하면 잘라낸 곳 뒤는 지지대 사이의 뻥 뚫린 공간이었다. 그리고 거기서 상자에 든 총이 발견되었다. 상자에서도 총에서도 지문은 발견되지 않았다. 데커는 바닥을 내려다보았다. 벽장 바닥에는 카펫이 깔려 있었는데, 호킨스 가족이 살던 시절에 깔려 있던 것과 같은 것으로 보였다. 데커는 무릎을 꿇고 그걸 손전등으로 비췄다.

뭐 하는 거야, 데커? 이 오랜 세월이 지난 후에 망할 카펫에서 연기 나는 총이라도 발견할 수 있을 것 같아?

데커는 몸을 펴고 일어나서 마침내 자기가 지푸라기에 매달리고 있다는 사실을 인정했다. 실마리는 하나도 없었다. 그 오래전에 벌어진 살인사건에 대해서도, 아니면 좀 더 최근에 일어난 메릴 호킨스의 살인에 대해서도.

데커는 일어서서 침실을 나섰다.

바로 그때, 경찰의 벽이 데커를 막아섰다. 그 벽 뒤편에는 싱글벙글 웃는 얼굴의 블레이크 내티가 서 있었다.

0 0024

데커는 지금 자신의 가족을 살해했다고 자백한 죄수를 만나려고 변호사인 척 사기를 쳐서 들어갔던 바로 그 감방에 있었다.

이 감방이 선택된 데 어떤 의도가 있었는지는 모를 일이지만, 우연은 아닐 것 같았다. 확실히 누군가가 데커에게 무언의 메시지를 보내고 있었다.

첫 번째 메시지는 호킨스의 옛집에서 경찰들이 데커를 기다리고 있던 거였다. 경찰 조사에 개입한 행위로 데커를 체포하고 미란다 원칙을 읽어준 건 두 번째 메시지. 이건 더 강력한 신호였다.

하지만 데커는 인내심 빼면 시체였다. 콘크리트 벽에 등을 기댄 채 기다리고 또 기다렸다. 상대는 데커가 어디 있는지 알고 있다. 언젠가는 결국 그쪽에서 데커를 찾아올 수밖에 없겠지. 데커가 그쪽으로 갈 수는 없을 테니까.

한 시간쯤 지난 후, 뜻밖의 인물이 철창 앞에 나타났다. 샐리 브리머였다. 데커는 브리머가 감방에 갇힌 자신을 보고 고소하다는 표정을 짓지 않는 데 내심 감탄했다.

브리머를 올려다보며 물었다.

"브리머 씨, 좋은 하루 보내고 계신가요?"

"확실히 당신 하루보단 나은 것 같네요."

"그 점에는 이견이 없습니다."

철창으로 더 가까이 다가온 브리머가 낮은 목소리로 말했다. "왜 이런 일을 자초하죠? 블레이크가 당신 미워하는 거 알잖아요."

"그 사람이 날 미워하든 말든 그런 건 관심 없어요. 내겐 할 일이 있고, 난 그걸 할 겁니다."

"하지만 당신은 이제 경찰서 소속이 아니잖아요. 이건 당신 문제가 아니라고요."

"내가 무고한 남자를 감옥에 보내는 데 한몫했다면 그건 내 문제입니다."

"당신 정말 그 사람이 무고했다고 믿어요?"

"그냥 이렇게만 말씀드리죠. 제가 전에 비해 그 남자가 유죄라는 데 훨씬 의심을 품게 됐다고요."

"좋아요, 하지만 그게 정말 중요한가요? 그 남자는 죽었잖아요."

"저한테는 중요합니다. 그 남자가 어떻게 기억되느냐는 중요합니다. 그 남자에게는 자기 아버지가 네 사람을 죽였다고 생각하는 딸이 있습니다."

브리머의 뺨이 상기됐다. "난 그때 나한테 사기 친 당신이 정말 미웠어요."

"그건 전적으로 내 잘못이었습니다. 당신을 난처하게 하려던 것은 결단코 아니었습니다."

"그 남자가 당신 가족을 살해하는 데 가담한 건 알아요. 난……

난 감방에서 당신이 그 남자를 죽이지 않아서 좀 놀랐었어요."

"그 남자가 진범이라는 확신이 없었거든요. 사실 의심스러웠죠." 데커는 말을 멈췄다. "전 확실히 알아야만 했습니다, 브리머 씨. 저는 원래 그런 인간입니다."

"그건 알 것 같아요. 그리고 내가 그 이야기를 꺼낸 이유는 단지……." 브리머는 말끝을 흐리며 불안하게 주위를 두리번거렸다. "왜냐하면 그게 나였다면 나 역시 똑같이 했을 게 분명하니까요."

데커는 일어서서 두 사람을 갈라놓은 철창 앞으로 갔다. "제 부탁 좀 들어주실 수 있습니까?"

브리머는 경계하는 표정을 지으며 한 걸음 뒤로 물러서서 물었다. "뭔데요?"

"리처즈 가족과 카츠의 살인사건에 대한 파일들을 봐야 합니다."

"하지만 이미 본 거 아니었나요? 그날 회의실로 상자들을 가져가는 걸 봤는데요."

"용의자 후보들을 찾느라 바빠서 아직 파일들을 못 봤는데, 음, 그러다 여기 갇혀버렸죠."

"하지만 분명히 사건 당시 다 읽어봤을 거 아니에요." 브리머가 데커의 이마를 올려다보았다. "내가 듣기로 당신은 아무것도 잊지 못한다면서요."

이제는 데커가 한 발 뒤로 물러서서 브리머의 눈길을 피할 차례였다. "당시 전 그걸 전부 읽지 않았습니다. 특히 병리학 보고서는요."

"왜죠?"

"그 부분을 증언할 필요가 없었거든요. 검시관이 증언했죠."

브리머는 납득하지 못한 표정이었다.

데커가 마침내 브리머를 보며 말했다. "제가 완전히 망쳐버렸어요, 브리머 씨. 그건 제가 살인사건 형사로서 처음 맡은 사건이었어요. 전 맨 처음부터 호킨스가 당연히 진범이라고 생각했습니다. 그래서 모든 걸 꼼꼼히 확인하지 않았죠."

놀랍게도, 브리머는 그 말에 웃음을 지었다.

"뭐죠?" 그 표정을 본 데커가 물었다.

"솔직히 저한테는 위안이 되네요."

"어떻게요?"

"난 당신에게 실패란 없을 줄 알았어요. 기계처럼요. 이제 당신도 **인간이란** 걸 알겠네요."

"사실 그건 누구에게 묻느냐에 따라 다를 겁니다. 파일을 가져다줄 수 있나요?"

"복사할 수는 있을 것 같아요. 하지만 그걸 여기로 가져다줄 수는 없어요."

"저는 여기 오래 있지 않을 겁니다."

브리머의 이마에 주름이 갔다. "그걸 어떻게 아세요?"

"보석 심리라는 게 **있거든요.** 일종의 필수 절차죠."

"변호사 있어요?"

"아뇨, 하지만 전 문제없을 겁니다."

"확실해요?"

"전적으로요."

"블레이크가 쉽게 봐주지 않으려 할 텐데요."

"그런 기대는 애초에 한 적도 없습니다."

"아마도 궁금하겠죠? 왜 내가…… 그러니까 그 사람하고……."

"그건 제 알 바 아닙니다. 그리고 저는 아무도 평가하지 않습니다. 그럴 권리가 없으니까요."

"그건 고맙네요."

"하지만 충고는 한마디 하겠습니다. 전 예전에 딸이 하나 있었습니다."

"알아요." 브리머가 고통스러운 표정으로 대꾸했다.

"그리고 그애가 자라서 어른이 될 수만 있었다면, 블레이크 내티 같은 남자 근처에는 가지도 못하게 했을 겁니다. 그냥 한번 생각해 보셨으면 합니다. 그 남자가 아직 유부남이면서 당신을 만나고 있다는 사실은 그 남자의 인간성을 고스란히 말해주는 거나 다름없어요."

브리머는 서글픈 표정으로 데커를 보고는 뒤돌아서 서둘러 자리를 떴다.

0 0025

사건 일람표를 본 판사는 화들짝 놀라 제대로 본 게 맞는지 확인한 후 변호인석에 앉아 있는 에이머스 데커를 올려다보았다.

검사석에 서 있는 건 데커와 꽤 잘 아는 사이인 베테랑 검사 엘리자베스 베일리였다. 두 사람은 데커가 아직 경찰서에 있을 때 수많은 사건을 함께 담당했다.

허리 높이의 난간 뒤에는 방청객석이 있었는데, 방청객은 두 사람이 전부였다. 블레이크 내티와 피터 차일드리스 경정. 차일드리스는 키가 크고 살집이 좀 있는 50대 후반의 남자로, 회색 머리는 짧게 쳤고 통통한 얼굴에는 마맛자국이 나 있었다. 흰 장식용 손수건이 꽂힌 검은 정장에 빳빳하게 풀을 먹인 흰 정장 셔츠를 입고 흑백 줄무늬 타이를 맸다.

"데커?" 갈대처럼 가냘픈 목에 풍성한 은색 머리카락이 검은 로브와 눈에 확 띄는 대조를 이루는, 작달막한 60대 후반 남자인 판사가 말했다. 판사는 두꺼운 검은 테 안경 너머로 데커를 보며 다시 한 번 확인했다. "에이머스 데커?"

"네, 디커슨 판사님. 저입니다."

"사법 방해 혐의?" 디커슨은 기소 사유서에 눈길을 꽂은 채 물었다. "경찰 조사를 방해했다고? 난 당신이 경찰 **소속**인 줄 알았는데요."

"2년 전쯤 FBI에 협력하러 이곳을 떠났습니다. 하지만 여전히 벌링턴의 정식 경찰입니다."

디커슨은 자기 앞에 놓인 서류에 적힌 내용을 따라 읽느라 입술을 달싹거렸다. 그 후 안경을 쓰윽 벗어 내려놓은 후 양손을 산 모양으로 모으고 검사를 빤히 보았다.

검사는 안절부절못하는 기색이 역력했다.

"베일리 씨, 도대체 여기서 무슨 일이 벌어지고 있는 건지 설명해줄 수 있습니까?" 디커슨이 물었다.

베일리는 뼈대가 굵은 40대 여성이었다. 검은 뿌리가 드러난 금발에, 흰 블라우스 위에 베이지색 정장을 입고 작은 사슬 목걸이를 했다. 베일리는 얼굴을 찡그리고 재빨리 내티를 쏘아본 후 목청을 가다듬고 다시 판사를 돌아보았다.

"데커 씨는 사법 방해와 경찰 조사 개입 혐의로 기소됐습니다."

베일리는 더 뭐라고 말할 것 같더니 이내 입술을 일자로 굳게 다물고 침묵을 지켰다.

디커슨은 어리둥절한 표정이었다. "음, 그건 나도 **압니다.** 방금 서류를 읽었으니까요. 제 말뜻은, 뭔가 설명을 더 듣고 싶다는 겁니다."

"메릴 호킨스라는 남자가 데커 씨에게 접근했습니다."

"메릴 호킨스? **그** 메릴 호킨스 말입니까?"

"네, 판사님. 사건 직전 감옥에서 석방됐는데, 그러니까, 건강상의 문제 때문이었습니다. 호킨스는 메리 랭커스터 형사와 데커 씨를 찾아가서, 자신은 그 살인사건의 진범이 아니라며 누명을 벗겨 달라고 요청했습니다."

"그 후 살해됐고요?" 디커슨이 물었다.

"네."

"그게 데커 씨가 오늘 이 자리에 있는 것과 어떠한 관련이 있습니까?"

"데커 씨는 밀러 서장에게 호킨스 씨의 살인을 조사하고, 호킨스 씨의 이전 사건 혐의를 재검토하라는 요청을 받았습니다."

디커슨은 벤치 윗부분을 손가락으로 두들기며 인내심 있게 말했다. "그건 데커 씨가 오늘 여기 있는 이유에 대한 내 질문의 답이 전혀 못 됩니다. 오히려 날 더욱 혼란스럽게 만들 뿐이죠, 베일리 씨."

"네, 판사님. 그러실 수도 있습니다. 하지만……."

차일드리스가 난간을 붙잡고 벌떡 일어섰다. "판사님, 제가 말씀드려도 되겠습니까? 제가 명확히 설명해드릴 수 있습니다."

디커슨은 차일드에게 눈길을 보냈다. 데커는 벌링턴의 경찰 최고위 간부를 보는 판사의 얼굴에 그림자가 스쳐 지나가는 걸 보았다고 생각했다.

차일드리스 경정이 자기 편할 때는 선을 넘는 교만하고 무능한 개자식이라고 생각하는 사람은 데커 혼자만이 아니었다. 차일드리스가 자기보다 선배인 밀러 서장을 뛰어넘어 경정직을 차지했다는 사실에 깜짝 놀란 사람들이 적지 않았다. 소문에 따르면 밀러가 직접 사람들을 상대하는 경찰 일을 좋아해서 그 자리를 거절했다고 했다. 그리고 차일드리스는 비록 아랫사람들한테는 함부로 굴기 일쑤였지만, 서열상 자기 위에 있는 사람들에게는 정중하고 깍 듯했다. 그리고 엄청난 개소리를 타당하기 그지없는 말로 들리게 만드는 재주가 있었다. 지금 이 순간, 데커는 자신이 그 재능을 구경하게 될지도 모른다고 생각했다.

디커슨은 말했다. "차일드리스 경정, 거기 있는 걸 미처 못 봤네요. 정확히 이게 무슨 일인지 설명해줄 수 있습니까? 밀러 서장이 데커에게 허가를 해줬다면……."

"그건 전적으로 진실입니다, 판사님. 그러나 저희는 이 문제를 다시 살펴본 후, 더는 이 서의 일원이 아닌 데커 씨가 만에 하나 경찰서를 대리해 행동하는 동안 합법적인 범위를 벗어나는 짓을 저지른다면, 벌링턴 시에 엄청난 법적 문제를 안겨줄 수 있다는 결론을 내렸습니다. 사실, 데커 씨는 수색 영장도 없이 호킨스 씨의 옛 집을 수색하다 발각됐습니다."

"집주인의 허락을 얻었으니 수색 영장은 필요 없었습니다." 데커가 반박했다.

차일드리스는 매끈하게 말을 이었다. "그렇다 해도, 우린 데커 씨가 법을 준수하는지 확인하기 위해 그 뒤를 졸졸 따라다닐 순 없습니다. 사실, 데커 씨는 이 조사에 개입하지 말라는 시의 공식 요청을 받고도 거기에 불복종했습니다. 따라서 구류밖에는 다른 대안이 없었고, 그게 우리가 오늘 여기 있는 이유입니다."

디커슨은 갈등하는 눈치였다. "내가 기억하기로, 데커 형사는 2년쯤 전에 벌링턴 고등학교의 그 끔찍한 총기 난사 사건의 내막을 파헤치지 않았던가요?"

"그건 물론 사실입니다." 차일드리스가 말했다. "사실, 경찰서는 그 사건에서 세운 공로에 대해 데커 씨를 치하했고, 저는 그 누구 못지않게 큰 소리로 박수를 쳤습니다. 제가 데커 씨의 큰 팬인 만큼, 이 일에 개인적인 감정은 전혀 없습니다. 하지만 우리는 경찰서를 제대로 운영해야 하고, 데커 씨가 거기에 지장을 초래하는 걸 가만히 구경하고 있을 수만은 없습니다."

"그렇군요. 당신 주장은 알겠습니다."

베일리가 말했다. "판사님, 이는 단순히 보석 심리이자 데커 씨가 청원을 할 기회입니다."

"무죄입니다." 데커가 즉시 말했다.

"변호사가 있습니까, 데커 씨?" 판사가 물었다.

"아직은요, 판사님. 알아보는 중입니다. 필요할 경우에 대비해서요." 차일드리스를 넘겨다본 데커는 그 남자가 음산한 표정으로 자신을 응시하는 걸 보았다.

베일리가 재빨리 끼어들었다. "데커 씨의 경찰서와의 이전 관계 및 FBI와의 현재 관계를 바탕으로 저희는 데커 씨를 믿고 석방해도 무방하다고 봅니다."

차일드리스가 앞으로 나섰다. "저는 베일리 씨가 말씀하시는 사실들을 현재에 맞게 다시 고려해봐야 할 것 같습니다, 판사님. 데커 씨는 더는 이 공동체와 연관이 없습니다. 이미 2년 전에 다른 곳으로 떠났죠. 그리고 분명히 말해 더는 여기 서를 위해 일하지 않고, 그건 우리가 오늘 여기 있는 이유 중 하나입니다. 그리고 제가 믿음직한 소식통으로부터 들은 바에 따르면 데커 씨는 어쩌면 FBI를 위해 일하고 있지 않을 수도 있습니다. 그러니 데커 씨를 믿고 석방해야 한다는 베일리 씨의 주장은 성립되지 않습니다."

"정말 데커 씨가 도주 위험이 있다고 생각합니까?" 디커슨이 물었다.

차일드리스는 양손을 쫙 펼치고 지극히 근엄한 목소리로 말했다. "다시 말씀드리지만, 데커 씨가 서에 있을 때, 저는 누구보다도 더 열렬한 지지자였습니다, 판사님. 하지만 그건 이미 아주 오래전 일입니다. 저는 더 이상 제가 데커 씨를 안다고 말할 수 없습니다. 그리고 솔직히 말씀드리면, 그 사건에서 손을 떼라는 경고를 받고서도 그런 식으로 단독 행동을 했다는 건, 음, 신뢰를 주지 못한다고 말씀드릴 수밖에 없습니다."

디커슨은 데커를 넘겨다보았다. "이게 전부 사실입니까?"

"저는 여전히 FBI를 위해 일합니다. 그리고 저는 이 공동체와 **실제로** 연관이 있습니다."

차일드리스가 끼어들었다. "유감이지만 그건 거짓으로 보입니다. 데커 씨는 여기에 집이나 그 밖의 재산이 없습니다. 직업도 없고요. 또한……."

"내 가족이 여기 묻혀 있습니다." 데커가 조용히, 차일드리스가 아니라 디커슨을 똑바로 보며 말했다. "그게 제가 타운으로 돌아온 이유입니다. 제 아내와 딸의 무덤을 방문하기 위해서, 그애의 열네 살 생일을 기념하기 위해서요." 데커는 잠시 말을 멈췄다. "그러니 이 공동체와 저의 관계는 매우 끈끈합니다. 사실 그보다 더 끈끈할 수 없을 정도죠."

내티는 그 말에 혀를 쯧쯧 차며 눈알을 굴렸다. 차일드리스는 데커의 진술에 불쾌한 기색을 감추지 못했다. 그러나 양손을 내려다보는 베일리의 눈은 촉촉이 젖어들었다.

디커슨이 고개를 끄덕였다. "데커 씨, 당신의 무죄 주장을 받아들입니다. 그리고 당신을 믿고 보석금 없이 석방하겠습니다. 재판 일자는 추후 정해질 것입니다. 그리고 앞으로 이 지역을 떠날 예정이 있으면 법원에 미리 고지해야 합니다."

"저는 아무 데도 안 갑니다, 판사님. 이 **모든** 일이 해결될 때까지는요."

디커슨은 판사실로 사라졌다. 문이 닫히자마자 차일드리스는 곧장 데커에게 다가와 위아래로 눈을 희번덕거렸다. 이제 판사가 주위에 없자 전문적이고 진정성 넘치던 태도는 교만하고 야비한 태도로 돌변했다.

"자네가 타운에 돌아와서 내가 지금 얼마나 짜릿한지 이루 말로 다 표현을 못 하겠군, 데커. 왜냐하면 자네 궁둥이는 이 일로 아주 박살 날 거거든." 그렇게 말한 차일드리스는 내티를 넘겨다보았다. "여기에 대한 양형 기준이 얼마라고 했지, 내티?"

"1년에서 3년이요. 가중처벌은 그 두 배."

차일드리스는 고소하다는 표정으로 데커를 응시했다. "그럼 우리 가중처벌을 기대해보자고."

데커는 똑바로 마주 보며 대꾸했다. "당신은 호킨스의 살인사건을 해결하고 싶지 않은 게 분명하군요."

"왜 그런 말을 하지?" 차일드리스가 여전히 얼굴에서 웃음을 지우지 않은 채 물었다.

"사건에 내티를 배정했으니까요. 저 사람은 심지어 당신이 왜 그렇게 개자식인가 하는 수수께끼도 못 풀 겁니다."

베일리는 기침을 하고 고개를 돌리며 눈을 문질렀다.

"넌 네가 다른 모든 사람들보다 훨씬 더 영리하다고 생각하지, 안 그래?" 차일드리스가 짖어댔다.

"아뇨. 하지만 난 내가 리처즈와 카츠의 살인사건을 망쳤다는 걸 압니다. 그리고 그걸 바로잡으려고 여기 왔고요."

"그건 됐고, 자네의 방해와 개입 혐의나 어떻게 해결해보지그래."

"그건 아마 알아서 잘 풀릴 것 같은데요."

"아, 그러셔? 그렇다 이거지?" 차일드리스가 말했다. 내티를 흘끗 본 후 다시 데커를 돌아보는 경정의 얼굴에 웃음이 더 깊어졌다. "그리고 그 이유가 도대체 뭘까?"

"굳이 말해줘 봤자 시간 낭비일 겁니다. 어차피 당신 머리론 알아먹지도 못할 테니까요."

차일드리스는 데커의 가슴을 한 손가락으로 쿡 찔렀다. "내가 머리가 좋지 않다면 이 망할 놈의 경찰서 경정이 됐을 리가 없잖아?"

"아니, 전혀 그렇지 않습니다. 당신은 그저 어떤 원칙 덕분에 엄청난 이득을 본 것뿐입니다."

"내가 원칙이 있다는 건 맞는 말이야, 젠장."

"아니, 난 당신 원칙이 아니라 **어떤 원칙**이라고 했습니다."

차일드리스는 이해가 안 간다는 눈빛으로 데커를 보았다. "무슨 헛소리를 하려는 거야?"

"그 원칙은 사실 당신 이름을 따서 만든 겁니다, 차일드리스."

"그게 뭔데?"

"**피터**의 원칙(조직에서 무능한 사람일수록 승진하기 쉽다는 원칙—옮긴이)요." 데커는 그렇게 대꾸하고 베일리를 돌아보았다. "변호사를 찾으면 그편을 통해 다시 연락할게요, 베스."

베일리가 고개를 끄덕였다. "고마워요, 에이머스. 혹시 추천이 필요하면 나한테 물어봐요."

데커는 내티를 바라보며 말했다. "내가 호킨스와 리처즈와 카츠의 살인자를 찾아내면 알려드리죠."

"자네는 그 근처에 얼씬도 못 할걸." 내티가 분개해서 대꾸했다.

"누군가가 날 죽이려 했어요." 데커가 말했다. "난 좋게좋게 넘어갈 생각이 없습니다."

"그건 우리가 조사 중이야." 내티가 말했다.

"무슨 실마리라도 찾았나요?" 데커가 물었다.

"조사 중이라니까." 내티가 되풀이했다. "난 자네가 마음에 들지 않아, 데커. 그건 자네도 알지. 하지만 난 경찰을 죽이려 하는 인간들은 더 질색이야. 그게 누구 짓이든, 그놈을 잡고 말 거야."

차일드리스는 여전히 데커가 자신한테 한 말을 골똘히 생각하는 눈치였다.

"FBI 요원이 범죄를 조사하지 못하게 막는 법은 없어요." 데커가 말했다.

"난 자네가 FBI를 위해 이 사건을 맡고 있지 않다는 걸 알아." 내티가 대꾸했다.

"뭘 근거로요?" 데커가 물었다.

"근거…… 근거라…… 망할 놈의 근거는 내가 그렇게 말했다는 거지."

그 어이없는 말에 눈동자를 도르륵 굴린 베일리는 서류가방을 집어 들고, 여전히 어리둥절한 표정을 짓고 있는 차일드리스에게 그것도 모르냐는 투로 말했다. "**피터**의 원칙 몰라요?" 차일드리스가 여전히 어리둥절한 표정을 짓자 베일리는 덧붙였다. "젠장, 그냥 구글에서 검색해봐요."

그리고 걸어나갔다.

데커도 그 뒤를 따라갔다.

"젠장, 이리 돌아오지 못해?" 차일드리스가 쏘아붙였다.

데커는 걸음을 멈추지 않았다.

0026

데커는 막 침대에 누운 참이었다.

인정하고 싶지는 않지만, 체포당해 보석 심리를 받은 사건은 데커를 흔들어놓았다. 차일드리스 같은 인간이 뒷덜미에 들러붙어 숨을 내뿜고 있으니 이 사건은 더한층 힘들어질 것이다. 이미 가뜩이나 힘든 사건인데.

데커는 돌아누워 베개를 팡팡 때려 좀 더 푹신하게 만들었다.

데커의 기억력은 장애인 동시에 금광이었다. 그건 데커가 자신의 일에서 엄청난 성공을 거두게 해주는 믿을 수 없는 도구였지만, 다른 한편으로는 영영 벗어날 수 없는 감옥이기도 했다. 다른 인간은 모두 시간이 기억을 지워주기를 기다릴 수 있었지만 데커에겐 불가능했으니까.

랭커스터가 기피 신청을 하고 재미슨이 FBI로 돌아갔을 때, 데커는 실제로 마음이 놓였다. 이 사건을 해결하고 나면 어쩌면 그냥 FBI도 그만두고 어디론가 홀로 훌쩍 떠나버릴까. 음, 어쩌면 그건 자신의 의사와 상관없는 일일 수도 있었다. 데커는 자신이 계속 팀에 합류하지 않고 단독으로 사건 조사를 하는 데 보거트가 지쳐가고 있다는 걸 알았다. FBI를 한 마디로 정의할 순 없지만, 확실한 건 규칙과 업무 방식을 가진 관료제도라는 것이다. 그 관료제도와 규칙들에 이런 식으로 계속 맞서면서 후환이 없길 바랄 순 없었다.

그러니 어쩌면 이 이후로 난 정말 혼자가 될지도 모르지.

평소답지 않게 자기연민에 빠져 있던 데커는 급작스런 노크 소리에 정신이 들었다. 끙 소리를 내며 시계를 보았다. 11시가 다 된 시각이었다. 돌아누워 눈을 감았다.

똑, 똑.

무시했지만, 노크는 이제 주먹질로 바뀌었다. 데커는 침대에서 펄쩍 뛰어내려 바지를 입고 좁은 방 안을 성큼성큼 걸어 문으로 갔다. 벌컥 문을 열고 누구든 거기 있는 사람에게 소요 단속령을 줄줄 읊어줄 작정이었다. 만약 그게 내티라면, 아마도 그 정도로 끝나진 않을 것이다.

그러나 내티가 아니었다. 거기 서 있는 남자는 멜빈 마스였다. 190센티미터에 육박하는 키에, 끌로 새긴 듯한 108킬로그램의 근육으로 이루어진 남자.

너무 충격을 받아서 눈꺼풀을 깜빡거리던 데커는 꼬박 1초를 채워 눈을 감고 있다가 다시 떴다. 하지만 멜빈 마스는 여전히 거기 있었다. 마스는 그런 데커를 보고 킬킬거렸다.

“아뇨, 난 꿈이 아니에요, 데커. 악몽도 아니고요.”

두 남자는 대학 미식축구 선수 시절 서로 라이벌팀 소속이었다. 하이스먼 트로피 최종 진출자이자 텍사스의 러닝백으로 NFL의 1차 선발을 맡아놨던 마스는 그 후 사형수 감방 신세가 되었지만

형 집행 바로 전날 다른 남자가 자기가 진범이라고 나섰고, 그게 두 남자가 다시 만나게 된 계기였다.

데커는 마스의 무죄를 입증하는 데 한몫했고, 마스는 완전한 사면을 받았을 뿐만 아니라 그간 교도관들에게 당한 인종차별적이고 야만적인 처우 및 잘못된 유죄 판결에 대한 보상으로 연방 정부와 텍사스 주 양측으로부터 막대한 금전적 보상을 받았다. 보상금의 일부로 D.C.의 아파트 건물을 매입해, 열심히 일하지만 수도의 높은 생활비 때문에 다른 곳의 월세를 감당하기 힘든 사람들에게 세를 주고 있는데, 데커와 재미슨 역시 그 건물의 세입자였다. 그리고 지금은 데커, 재미슨과 함께 사건을 조사하다 알게 된 하퍼 브라운이라는 여자와 만나는 사이였다. 브라운은 군사정보 분야에서 일했다. 마스와 달리 브라운은 있는 집 출신이었지만, 두 사람은 처음부터 마음이 맞았다. 데커가 마지막으로 들은 소식에 따르면 두 사람은 지중해 어딘가에서 휴가를 보내고 있었다.

"젠장, 여기는 도대체 무슨 일입니까?" 데커가 말했다.

"그냥 어쩌다 보니까 이 근처에 오게 됐네요."

데커는 미심쩍어하는 시선을 보냈다. "알렉스가 전화했군요? 여기 와서 날 감시하라고, 맞죠? 자기는 그럴 상황이 못 되니까."

"내가 아니라고 거짓말하면 믿어줄래요?"

"들어와요." 데커는 마스의 등 뒤로 문을 닫았다. 마스는 주위를 둘러보았다.

"이런, 이렇게 호화로운 곳에서 묵게 해주는 걸 보니 FBI는 한 푼도 허투루 안 쓰나 보네요. 리츠보다 별 두 개는 더 붙었을 것 같은데요."

"사실 여긴 전에 내 집이었어요."

"그 마음 알아요, 데커. 텍사스의 내 감방은 여기보다 훨씬 작았고 창문도 없었죠."

"이 동네에 묵을 곳은 있습니까? 여긴 침대가 하나뿐인데요."

"난 원래 잠자리를 별로 안 가려요."

"알렉스가 괜한 짓을 했군요."

"당신을 아끼니까 그런 거죠. 친구 좋다는 게 뭡니까."

"알렉스가 여기서 무슨 일이 일어나고 있는지도 알려줬나요?"

데커가 침대 가장자리에 걸터앉으며 그렇게 묻자, 마스는 방 안에 하나밖에 없는 의자에 앉으며 고개를 끄덕였다. "그랬어요. 일이 아주 엉망이 된 것 같던데요. 두 사람이 헤어지고 나서는 어떻게 됐죠?"

데커는 설명을 시작했다. 경찰에 체포당한 부분에 이르자 마스는 두 손을 들어올렸다. "우와, 우와, 잠깐만요. 당신이 감옥에 갇혔었다고요? 돈 주고도 못 할 구경을 아깝게 놓쳤네요."

"앞으로 상황이 어떻게 돌아가느냐에 따라 공짜로 보게 될지도 모릅니다. 면회하러 오면요."

"농담하는 거죠?"

"이곳에다 적을 몇 명 만들었거든요."

마스가 씨익 웃었다. "그럴 리가요, 데커. 당신은 곰 인형이잖아요. 절대 누구의 비위도 건드리지 않죠."

"당신은 여기 있지 않아도 돼요, 멜빈."

"달리 가고 싶은 데도 없는데요. 난 꼬박 20년간 아무 데도 못 갔고, 어디 갈지에 대한 결정권도 없었어요. 그 방면으로는 도사죠. 하지만 난 여기 있고 싶어서 있는 거니까, 섣부른 오해는 삼가줘요."

"하퍼는 어디 있죠?"

"직장으로 돌아갔죠."

"지중해는 어땠던가요?"

"마법 같더군요. 평생 그렇게 큰 바다는 처음 봤어요. 서부 텍사스에서는 물 구경도 하기 힘들죠."

"두 사람은 진지한 사이입니까?"

"우린 즐기고 있어요, 에이머스. 지금 우리가 있고 싶은 단계는 그거예요. 더도 말고 덜도 말고." 마스는 다시 뒤로 기대앉아 주위를 둘러보았다. "그나저나 이 사건을 어떻게 해결하죠? 당신한테 주어진 수수께끼는 두 가지인 것 같은데요. 하나는 오래전 거고, 다른 하나는 바로 지금 거고."

"하지만 그 둘은 서로 연결돼 있죠. 그럴 수밖에 없어요."

"자, 그럼…… 메릴 호킨스는 감옥을 나온 뒤 이곳으로 당신을 찾아와 자기가 무죄라고 말했어요. 당신과 당신의 옛 파트너에게 자신이 옳다는 걸 입증하고 누명을 벗겨달라고 부탁했죠. 하지만 바로 그날 밤에 살해당했고요."

"그리고 그 남자의 피해자 두 명 중 한 명의 아내가 사라졌고요."

"수전 리처즈라는 사람이 그 남자를 죽이고 도피 중이라고 생각해요?"

"그렇게 보이긴 하죠. 하지만 모르죠. 아직 리처즈나 리처즈의 차가 발견되지 않았어요. 요즘 같은 시대에는 꽤 희한한 일이죠."

"음, 여긴 꽤 큰 나라이니까요. 누구라도 마음만 있으면 흔적도 없이 사라질 수 있어요. 내 아버지를 봐요."

"수전 리처즈가 과연 당신 아버지만큼 그 방면에 노련할지 모르겠네요. 게다가 그분은 사진과 동영상을 찍을 수 있는 스마트폰이 생기기 전에, 그리고 소셜 미디어도 아직 없을 때 사라지셨죠."

마스는 어깨를 으쓱했다. "하여튼 그게 현실이잖아요. 그 여자는 나타나지 않았어요. 그리고 당신은 여전히 내 질문에 답하지 않았고요. 이 젠장맞을 상황에 어떻게 태클을 걸죠?"

"지금 상황에서, 난 메릴 호킨스를 죽인 게 누군지 알아낼 가능성을 조금이라도 높이려면 먼저 과거의 범죄를 해결해야 한다고 생각해요."

"음, 당신은 내 미제사건을 해결했고, 심지어 그보다 더 오래된 사건도 해결했죠. 그러니 내 판돈은 당신한테 걸게요."

"그 내기를 내가 수락할지 어떨지 잘 모르겠는데요."

"시간을 거슬러 올라가는 거예요. 당신은 내 사건에서 그걸 해냈으니 방법을 알잖아요. 지금은 왜 못 해요?"

"난 당시 거기 관련된 사람들과 이야기를 했어요. 살아남은 부인들. 딸. 유일하게 남은 이웃들."

"최초 출동자들은요? 검시관은?"

"출동 경관들은 그만뒀어요. 이 지역을 떠났죠. 검시관은 3년 전 세상을 떠났고요."

"하지만 당신한텐 아직 기록이 남아 있잖아요." 마스가 이마를 두드렸다. "여기에."

"전부는 아니에요, 왜냐하면 난…… 전부 다 읽지 않았거든요. 특히 부검 파일을…… 철저하게 읽지 않았어요."

그 말에 마스의 눈썹이 번쩍 치켜 올라갔다.

데커는 그 반응을 놓치지 않았다. "신고가 들어왔을 때, 난 살인사건 담당형사가 된 지 고작 닷새째였어요. 물론 그건 변명이 안 되죠. 하지만 지문과 DNA는 만루 홈런이나 다름없었어요. 적어도 당시 난 그렇게 생각했죠. 그래서 그 나머지 부분에 관해서는 그리 성의를 다하지 않았어요. 어쩌면 그것 때문에 호킨스가 자유를 빼앗기고, 그 후 생명까지 빼앗겼을지도 모르죠."

"데커, 그 말을 들으니 당신도 인간이란 게 느껴지네요. 그리고 그 점에 관해 혹시 의문이 생기면 당신한테 바로 말할게요." 그렇게 말하는 마스의 얼굴에는 웃음이 떠올라 있었다.

"난 실수를 저질러선 안 됐어요, 적어도 그런 실수는요."

"그리고 당신은 이제 그걸 보상하려 애쓰고 있잖아요. 가능한 한 최선을 다해서요. 당신이 할 수 있는 건 그것뿐이에요."

데커가 아무런 반응도 보이지 않자 마스는 다시 말했다. "뭐가 문제예요, 에이머스? 지금 당신은 내가 아는 남자가 아닌데요. 뭔가가 당신을 좀먹고 있어요. 단순히 사건을 잘못 처리한 것 때문이 아니라. 자, 다 털어놔봐요. 내가 못 알아들으면 어쩔 수 없지만요."

"어떤 사람들은 혼자 있고, 혼자 일하고, 그냥…… 혼자여야 해요."

"그리고 그 어떤 사람이 당신이고요?"

"난 나를 **알아요**, 멜빈."

"난 20년간 혼자였어요, 에어머스. 나랑 철창이랑 콘크리트 벽이 전부였죠. 언젠가 내 엉덩이에 꽂힐 날만 기다리는 치명적인 금속 바늘을 빼면요."

"이젠 내가 무슨 말인지 모르겠는데요."

"그럼 확실히 알아듣도록 설명해줄게요. 나도 내가 외톨이라고 확신했어요. 인생이란 게 원래 그런 법이라고요. 하지만 그건 내 잘못이었어요."

"어떤 잘못요?"

"내가 어쩔 수 없는 상황이 나라는 인간을 정의하게 만든 실수요. 그건 옳지 않아요. 스스로 자신을 속이는 것보다 더 나빠요. 자신의 영혼에게 거짓말하는 거나 다름없으니까요."

"당신은 내가 그렇다고 생각하는 겁니까?"

"알렉스한테 두 사람이 애초에 왜 여기 왔는지 들었어요. 가족의 묘지를 방문하러 왔다면서요."

데커는 고개를 돌렸다.

"당신은 자신이 여기 묶여 있다고 생각하죠. 이해해요. 하지만 봐요, 그건 사실이 아니에요. 당신은 이곳을 떠났어요. FBI에 들어갔죠. 그리고 당신이 그러지 않았다면 난 지금도 텍사스의 감옥에서 썩고 있거나, 아니면 죽었을 가능성이 더 높겠죠. 하지만 그건 내 사정이고, 지금 우린 당신 이야기를 하는 중이에요."

"어쩌면 여길 떠난 게 실수였을지도요." 데커가 말했다.

"그럴 수도 있고 아닐 수도 있겠죠. 하지만 핵심은, 당신이 그 선택을 했다는 겁니다. 당신은 세상에서 가장 뛰어난 기억력을 가졌어요, 에이머스. 당신이 기억 못 하는 건 아무것도 없어요. 자, 난 그게 축복인 동시에 저주인 걸 알아요. 그리고 당신 가족과, 그 사람들한테 일어난 일을 감안하면 그건 상상할 수 있는 가장 최악의 일이죠. 하지만 그 모든 좋은 것들은요? 그 모든 행복한 시간들은? 당신은 그것들 역시 방금 일어난 일처럼 기억하잖아요. 젠장, 난 우리 엄마 얼굴이 어떻게 생겼었는지도 가물가물해요. 그냥 이랬겠지 저랬겠지 하고 상상하는 게 고작이에요. 하지만 당신은 그걸 기억할 수 **있잖아요.** 그러니, 당신이 시베리아로 이사 가 눈보라를 맞고 있다 해도, 눈만 감으면 곧장 여기로 돌아와 아내와 같이 저녁식사를 할 수 있죠. 아내의 손을 잡을 수도 있고. 몰리한테 아침 등교 준비를 시키고. 책을 읽어주고. 전부 다 거기 들어 있으니까,

친구. **전부** 거기 있잖아요."

데커는 마침내 마스를 보았다. "그게 바로 그렇게 힘든 이유예요, 멜빈." 살짝 떨리는 목소리였다. "난 언제고 아주 분명하게, 마치 바로 어제 일처럼 인식할 겁니다. 내가 얼마나 많은 걸 잃었는지를요. 젠장."

자리에서 일어난 마스는 친구 옆에 가 앉아서, 데커의 넓은 어깨에 커다란 팔을 둘렀다. "그리고 그게 바로 사람들이 인생이라고 부르는 거죠, 친구. 좋은 것, 나쁜 것, 그리고 추한 것. 하지만 나머지 둘 때문에 처음 게 위축되게 만들지는 말아요. 왜냐하면 가장 중요한 건 처음 거니까요. 그걸 계속 지켜내면, 친구, 당신은 모든 걸 제압할 수 있어요. 그게 불변의 진리죠."

두 남자는 침묵 속에 가만히 앉아 있었지만, 그럼에도 서로의 마음을 정확히 이해하고 있었다. 가장 친한 친구들은 흔히 그런 식이니까.

0 0027

"알렉스가 보면 뭐라고 할지 모르겠네요." 마스가 말했다.

이튿날 아침, 마스와 데커는 레지던스 인의 로비에 있는 브렉퍼스트 바 앞에 서 있었다. 거기에는 모든 심장전문의의 악몽을 합친 듯한 음식들이 산더미처럼 쌓여 있었다.

"예전에 난 이것 때문에 아침에 눈을 뜨곤 했죠." 데커가 갈망하는 눈길을 베이컨과 투실투실한 소시지와 스크램블드에그가 담긴 접시에서 수북이 쌓인 팬케이크와 와플, 그리고 시럽 그릇으로 옮기며 대꾸했다.

"음, 저것들은 그 사랑에 보답해주지 않죠."

"에이머스!"

두 남자가 소리 난 쪽을 보자 작디작은, 쇠약해 보이는 여자가 크레이프 비스킷 한 접시를 들고 서둘러 다가오고 있었다. 윤나는 흰 머리카락을 머리망으로 한데 모은 노인은 80대쯤으로 보였다.

"돌아왔다는 말은 들었지." 노인은 접시를 들어올렸다. "이 접시를 자네 테이블로 가져가려나, 예전이랑 똑같이? 내가 직접 만든 거야."

"안녕하세요, 준." 데커가 그 비스킷에 너무 오래 눈길을 보내자 급기야 마스가 데커의 옆구리를 쿡 찔렀다.

데커는 화들짝 놀라며 말했다. "감사하지만 이번엔 사양해야 할 것 같습니다. 그냥 조금만, 음, 오렌지주스랑 오트밀 한 그릇만 먹을게요."

준은 의심스러운 눈으로 데커를 살폈다. "살이 빠졌구먼. 아니, 아주 비쩍 말랐는데. 어디 아픈가?"

"아뇨, 실은 지금보다 건강했던 적이 별로 없었을 정도입니다."

노인의 표정을 보아하니 전혀 못 믿는 눈치였다. "음, 혹시 마음이 바뀌면 나한테 손만 흔들어." 그리고 노인은 마스를 응시했다. "당신 친구도 좀 찌워야 할 것 같은데."

마스는 히죽 웃었다. "네, 부인. 바로 벌크업 들어갈게요. **내일부터요**."

"음, 그럼 됐어." 노인은 바로 자리를 떴다.

마스는 뷔페의 수많은 음식을 하나하나 눈여겨보며 고개를 저었다. "맙소사, 에이머스가 여기 살던 시절에 식탁에서 뇌졸중을 일으키지 않은 게 용하네요."

*

두 남자가 식사를 가까스로 마치자마자 데커의 휴대폰이 울리기 시작했다. 샐리 브리머였다.

"파일을 플래시 드라이브에 전부 복사해놨어요." 브리머는 속삭

임에 가까운 낮은 목소리로 말했다. “추적당할 것 같아서 이메일로 보내긴 싫어요. 난 내 일자리가 꽤 마음에 들거든요.”

“어딘가에서 만나서 나한테 직접 주면 되죠.”

“난 6시에 퇴근해요. 벌링턴 동쪽에 있는 맥아서 공원 알아요?”

“네.”

“거기 작은 연못 앞에서 만나요. 음…… 6시 30분?”

“거기서 보죠. 그리고 진심으로 고마워요, 브리머 씨.”

“그냥 샐리라고 불러요. 공범 관계에 서로 성으로 부르는 건 너무 딱딱하잖아요, 에이머스.”

전화는 끊어졌다.

마스는 데커를 유심히 보았다. “좋은 소식이에요?”

“그런 것 같아요, 네.”

휴대폰이 다시 울렸다. 브리머가 다시 걸었나 했는데 다른 번호였다. 데커가 아는 번호.

“밀러 서장님?”

“에이머스, 우선 미안하다는 말부터 해야겠네.”

“뭐가요?”

“자네가 겪은 일에 대해서. 체포에다 보석 심리까지……. 베스한테 듣자 하니 내티와 차일드리스 그 두 개자식들이 본색을 아주 제대로 보여줬다더군.”

“그거야 이미 알고 있었는데요, 뭐. 그리고 거기에 서장님 잘못은 하나도 없고요.”

“아니, 있었어. 왜냐하면 차일드리스가 위로 올라가게 놔둔 게 나니까. 그 자식은 나한테 엿을 먹였지. 하지만 난 어젯밤에 다른 패를 냈어. 경찰국장을 직접 찾아갔지. 그리고 국장은 자기 상관을 찾아갔고. 그 결과로, 이제 자네는 그 사건에 참관할 수 있게 됐어."

"그게 정확히 무슨 뜻인데요?"

"뭐, 들리는 그대로야. 내티와 차일드리스는 자네가 하는 일을 막지 못해. 자네는 단서를 볼 수 있고, 심지어 목격자들과 대화를 할 수도 있고, 잠재적인 실마리들을 찾을 수도 있어. 용의자를 데려와 신문하는 건 안 되지만, 감식반의 검사 결과를 비롯한 다른 조사 결과들은 접할 수 있을 거야."

"그리고 내티가 여전히 그 조사를 맡고요?"

"안타깝게도 그래. 맙소사, 메리가 기피 신청을 할 필요가 없었으면 정말 좋았을 텐데."

"저도 그렇게 생각해요. 하지만 애써주셔서 감사합니다, 밀러 서장님. 적어도 이젠 다시 사건에 참여할 수 있으니까요." 데커는 잠시 말을 끊고 마스를 쳐다보았다. "사실 절 도와줄 새 조수가 한 사람 생겼는데요. 이 친구를 데리고 다녀도 괜찮겠죠?"

"일단은 그렇게 해, 에이머스. 아마 내티가 발칵 뒤집어지겠지만, 방법을 찾아내는 건 자네한테 맡겨두겠네. 참, 한 가지가 더 있어."

"뭡니까?"

"수전 리처즈의 차가 발견됐어."

"어디서요?"

밀러는 자세한 정보를 알려주었다.

"하지만 리처즈의 흔적은 없고요?" 데커가 물었다.

"전혀. 아마 내티가 그걸 확인하러 이미 가 있는 것 같아. 조심해야 해. 더 해줄 수 있는 게 있으면 좋겠는데, 관료제가 자꾸 발목을 잡네."

전화는 끊어졌다.

데커는 마스에게 방금 일어난 일을 재빨리 설명했다.

"그러니까, 리처즈의 차는 찾아냈지만 주인은 못 찾았다고요? 당신 생각은 어때요?"

"글쎄요." 데커가 심드렁하게 대꾸했다. "그럼 우린 이제 거기로 가나요?"

"네, 맞아요."

그때 마침 준이 테이블 옆으로 지나갔고, 데커는 그 조그만 노인이 알아차리지도 못할 만큼 재빠른 동작으로 접시에 놓인 비스킷 두 개를 집었다. 그리고 마스에게 하나를 튕겨 보낸 후 자기 것을 한 입 베어 물었다. "어디 가서 내가 아무것도 안 줬다는 소린 하지 말아요."

마스는 자기 비스킷을 내려다본 후 한 입 베어 물었다. "뭐, 심장마비라도 주려고요?"

*

데커는 강한 바람에 팔락이는 경찰 테이프 바로 앞에 렌터카를 세웠다. 주 소속 경찰차들을 포함해 경찰차들이 온통 주위에 세워져 있었다.

차는 벌링턴에서 차로 두 시간쯤 떨어진, 문 닫은 지 40년쯤 된 버려진 모텔 뒤편에서 발견되었다. 모텔은 근처에 주간고속도로가 개통된 이후 여행객들에게 외면당한 지방 도로에 있었다.

데커와 마스는 차에서 내려 주위를 둘러보았다. 그 즉시 한 경관이 두 남자를 보고 다가왔다. 데커는 신분증을 꺼내 보여주었다.

"FBI세요?" 경관이 물었다. "FBI가 여긴 무슨 일이죠?"

"그쪽하고 같은 목적이죠. 수전 리처즈를 찾아내려고요."

"어이!"

이미 예상했던 일이지만 그럼에도 그 목소리는 데커의 혈압이 올라가게 만들었다.

내티가 다가왔다. "밀러하고 이야기했나 보군."

"밀러 **서장님**이겠죠. 당신 상사."

내티는 한 손가락으로 데커의 얼굴을 겨냥했다. "자네는 **참관만** 해. 그게 전부야. 선을 넘으면, 자넨 곧장 다시 감방에 처박힐 거야."

경찰이 그 둘을 번갈아 보다 물었다. "다시요? FBI 요원을 감옥에 넣으셨다고요?"

"진짜 FBI 요원이 아니야."

"정말요?" 마스가 날카롭게 물었다 "이 친구는 백악관에 있는 미국 대통령 목숨을 구했는데요? 그분과 연락하는 직통 번호도 있어요. 함께 사진을 찍고, 훈장과 추천장도 받았죠." 마스가 두 손가락을 꼬아 십자가 모양을 만들었다. "이렇게 생긴 것들요."

경관이 경탄하는 표정으로 데커를 올려다보았다.

내티는 발끈해서 마스를 노려보았다. "그쪽은 뭐 하는 작자지?"

"내 조수입니다." 데커가 대꾸했다.

"재미슨하고 같이 일하는 줄 알았는데."

"재미슨은 다른 임무가 있어서 갔어요."

"이쪽도 FBI 요원인가?"

"내 신분증이 이 친구의 활동을 허락해줄 겁니다."

"그게 정확히 무슨 뜻이야?" 내티가 따졌다.

"당신이 내가 사건에 참관하는 걸 막으려 하면 내가 곧장 경찰국장한테 찾아간다는 소리죠, 내티."

"개소리 작작 하시지."

"차를 처음 발견한 게 누구죠?" 데커가 물었다.

내티는 대답하지 않을 것 같은 표정이었다.

"봐요, 내티, 난 전에 당신한테 다 터놓고 말했잖아요. 범인이 누군지 내가 알아내면, 체포는 당신이 맡아요."

"자네 도움이 없으면 내가 체포를 못 할 것 같아?"

"좋아요. 그럼 난 당신 도움 없이 참관하죠. 하지만 내가 체포를 하면, 공로는 전부 FBI에 돌아갈 겁니다. 과연 차일드리스가 그걸 좋아할지는 모르겠지만요. 그리고 어쩌면 그 인간이 지금 당장은 당신 뒤를 봐주고 있을지 몰라도, 늘 그렇지는 않을 겁니다, 내티. 자기 입장이 곤란해진다고 생각하는 순간 당신을 곧장 버스 밑에 던져버릴 거라고요. 하그로브 사건 기억하죠?"

그 이름을 들은 내티는 눈에 띄게 몸이 굳었다. 그리고 비록 표정은 여전히 부루퉁했지만 마지못해 노트를 펼쳤다.

"쓰레기통을 뒤지던 남자가 오늘 새벽 4시경에 차를 발견하고 지역 경찰에 전화했지. 그쪽에서 수배령을 확인하고 우리한테 알렸고."

"우리가 차를 한번 살펴봐도 됩니까?"

"추적팀이 이미 한 차례 훑었어."

"그냥 참관만 할게요."

내티는 입술을 핥고 끙 소리를 낸 후 뒤돌아 걸어가기 시작했다. 데커와 마스는 그 뒤를 따라갔다.

마스가 속삭였다. "당신이 이 친구를 왜 개자식이라고 생각했는지 모르겠네요. 아주 말 잘 듣는 강아지 같은데요."

"개의 새끼라는 점에선 맞는 말이죠." 데커가 대꾸했다.

"차일드리스란 친구는 한술 더 뜬다고요?"

"그 친구가 한술 더 뜬다는 이유는, 내티와 달리 겉으로 위선을 떨거든요. **제대로 된** 인간인 척. 그래서 더한층 위험하다는 거고요."

0 0028

머플러가 망가진 작고 낡은 혼다는 건설현장에서 쓰는 녹슨 대형 쓰레기통 옆에 끼여 있었다. 마치 배의 금속 선체에 들러붙은 거대한 따개비 같았다.

데커와 마스는 1미터쯤 떨어져 서 있었다. 차와 그 주변을 죽 훑어보던 데커의 눈에 파란색 작업복을 입고 증거를 수집하는 감식반원이 들어왔다.

"또 만났네요, 데커." 켈리 페어웨더가 말했다. "그쪽 친구분은 누구세요?"

"멜빈 마스라고 합니다." 마스가 한 발짝 앞으로 내디디며 손을 내밀었다. "저는, 음, 데커 요원에게 협력해 이 사건을 조사하고 있습니다."

"멋지네요." 페어웨더가 말했다.

"지금까지 알아낸 게 뭐죠?" 데커가 차의 다른 쪽에서 다른 감식반원에게 뭐라고 묻고 있는 내티에게 한 눈을 꽂은 채 물었다.

“음, 우선은 수전 리처즈의 것 말고 다른 지문은 없어요. 안이든 밖이든요.”

“그건 그렇겠네요, 그 사람 차니까요.” 마스가 말했다.

“리처즈의 짐은 뒤 짐칸에서 사라졌나요?” 데커가 물었다.

“네. 거긴 아무것도 없어요.”

“열쇠는요?”

“열쇠도 없어요.”

“유의미한 흔적은 전혀 없나요?”

“피나 정액, 신체 일부, 인간의 피부조직을 비롯해 중요한 생물학적 증거물은 전혀 없어요.”

“다른 누군가가 차에 탔다는 흔적도 없고요?”

“전혀요. 그냥 리처즈뿐이에요.”

“제가 한번 둘러봐도 되겠습니까?” 데커가 물었다.

“그러세요. 이거 끼시고요.”

데커는 페어웨더가 건넨 라텍스 장갑을 낀 후 차를 향해 움직였다. 마스도 그 뒤를 따라갔다.

데커가 다가오자 내티는 잠깐 고개를 들었다가 다시 다른 감식반원과의 대화로 돌아갔다.

혼다의 문은 네 짝 모두 열려 있었고, 트렁크 문도 위로 열려 있었다. 데커는 쓰레기통을 가리켰다. “저기에 시신이 없는지는 이미 누군가가 확인했겠죠?”

페어웨더는 고개를 끄덕이고 얼굴을 찡그렸다. “했어요. 쓰레기밖에 없었어요. 전 파상풍 주사를 맞아야 할 것 같아요.”

“그 여자나 차로부터 나온 흔적도 전혀 없었나요?”

“우리가 찾아낼 수 있는 한은요.”

데커는 이 모든 것을 눈으로 훑어본 후 앞 운전석으로 고개를 집어넣어 좌석을 확인했다. 이어 뒷좌석도 똑같이 살폈다. 그러는 내내 마스는 데커의 어깨너머를 기웃대고 있었다.

"켈리, 발견된 지문들의 위치를 모두 기록했습니까? 차 내외부 모두?"

페어웨더는 고개를 끄덕이고 태블릿을 꺼냈다. "여기 전부 있어요. 몇 년 전에 하던 방식에 비하면 훨씬 쉬워지지 않았어요?"

"맞아요." 데커는 태블릿 화면을 차례차례 넘기면서 무심히 대꾸했다.

페어웨더가 말했다. "전부 흔한 위치들이에요. 운전대, 컵홀더, 콘솔, 글러브 박스, 변속 기어, 제어판 손잡이들, 백미러, 계기판, 문이랑 창문 안쪽."

"그리고 외부는요?" 데커가 그 정보를 찾으려고 태블릿 화면을 넘기며 물었다.

"문손잡이, 운전석 앞쪽이랑 뒷문. 그리고 운전석 측면 창 외부도요. 역시 흔한 곳들이죠."

"그리고 리처즈가 사라진 이후로 비는 거의 내리지 않았고요?"

"맞아요."

"그러니 최근 지문들이 손상되거나 심지어 폭우에 씻겨 내려갔을 가능성은 없겠군요?"

"맞아요."

"지문이 보통 얼마나 오래가죠?" 마스가 물었다.

"묻은 표면의 성질, 손가락에 어떤 물질이 묻어 있었느냐, 타이밍, 기상 조건 같은 것들에 따라 다 달라요. 정말 헤아릴 수도 없이 많은 요인들이 있죠." 페어웨더가 대답했다.

데커는 태블릿을 돌려주었다 "다른 건요?"

"뭐, 별거 없어요. 출발 당시 주행기록계를 모르니 차를 얼마나 오래 몰고 돌아다녔는지는 알 수 없어요. 앞창에 엔진오일 교환 스티커가 붙어 있긴 했어요. 차는 그 후로 약 65킬로미터가량 주행했지만, 오일을 교환한 건 3주도 더 전이었어요. 그걸 가지고 추론할 수 있는 건 얼마 안 되죠."

"앞 좌석과 앞 차창의 곤충 잔해는요?"

"그리 많지는 않아요. 하지만 리처즈가 타운을 떠난 후에 세차를 했을 수도 있죠."

자신도 생각해본 가능성이라 데커는 고개를 끄덕였다.

"자, 데커, 다 알아냈나?" 내티가 차를 빙 돌아와 데커를 올려다보고 있었다.

"그냥 참관 중인데요." 데커가 대꾸했다.

내티가 능글맞게 웃으며 비꼬았다. "자네가 과대평가됐다는 걸 난 늘 알고 있었지."

"그래요, 이 친구는 여기 한 10초쯤 있었죠." 마스가 받아쳤다. "그쪽은 여기 얼마나 있었는데요?"

내티가 마스를 건너다보았다. "댁은 도대체 뭐 하는 인간이야?"

"데커의 **조수**요. 당신도 날 좀 본받으면 좋을 것 같은데요, 네? 이 친구를 **돕는** 거 말이에요."

"코미디언을 달고 다니시는군, 데커." 내티의 말투에는 짜증이 묻어났다.

"당신에게 알려주고 싶은 게 한 가지 있긴 해요." 데커가 말했다.

"그게 뭔데?"

"뒤 트렁크 문에 지문이 없어요."

"그래서 뭐? 리처즈는 앞 좌석에 앉았잖아."
"그전에 뒤쪽 짐칸에 아주 무거운 짐을 하나 얹었죠."
"열쇠 버튼으로 트렁크 문을 열었겠지."
데커는 고개를 저었다. "리처즈의 이웃 사람인 애거사 베이츠의 말에 따르면, 리처즈는 차에 시동을 걸어놓고 다시 집 안으로 들어갔다 커다란 짐을 가지고 나와 뒤 트렁크에 실었어요. 낑낑대며 간신히 실은 후 트렁크 문을 쾅 닫았다고 했죠." 데커는 말을 멈추고 페어웨더와 내티를 번갈아 보았다.
"트렁크 문에는 아무런 지문도 묻어 있지 않았어요." 페어웨더가 말했다. "내가 구석구석까지 빠짐없이 확인했는걸요."
"정말 이상하군요." 마스가 말했다.
"아니, 하나도 안 이상한데." 내티가 말했다. "내가 방금 말했잖아. 그 여자는 열쇠 버튼으로 트렁크를 연 거라고."
"그건 불가능했어요." 데커가 말했다.
"왜지?"
"열쇠는 점화장치에 꽂혀 있었으니까. 이 차는 연식이 꽤 돼서, 시동을 걸려면 열쇠를 그냥 가지고 있으면 안 되고 점화장치에 꽂아야 해요. 그러니 열쇠와 버튼은 이미 차 안에 있었을 겁니다." 데커는 내티를 내려다보며 말을 이었다. "내 말 못 믿겠으면 점화장치를 한번 확인해봐요."
"좋아. 그게 사실이라면, 지문은 어디 있지?" 내티가 어리둥절한 표정으로 물었다.
"좋은 질문이군요."
"그게 없다는 게 우리한테 뭘 말해주는데?" 내티가 물었다.
"역시 좋은 질문이에요." 데커가 말했다. "그리고 하나 더 있어요. 리처즈는 왜 짐을 가지고 나와서 차에 시동을 걸고 출발하지 않고 시동을 걸어놓고 집으로 도로 들어가 짐을 가지고 나왔을까요? 그렇게 하면 한 번에 끝날 걸 두 번이나 왔다 갔다 해야 하는데 말이죠."

내티의 이마에 고랑이 졌다. "좋아, 난 포기. 그 사람이 도대체 왜……?"

하지만 데커는 이미 등을 돌려 걸어가버렸다.

"젠장, 저 개자식이 저럴 때마다 짜증 나." 내티가 부르짖었다.

마스가 말했다. "그래요, 그건 인정해요. 하지만 충고 하나 할까요, 친구?"

내티가 마스를 쳐다보았다. "내가 왜 그쪽 말을 들어야 하지? 난 심지어 댁이 누군지도 모르는데."

"그래요, 하지만 난 데커를 알아요. 당신이 이 골치 아픈 일을 해결하고 윗자리로 올라가고 싶으면, 저 친구가 자기 일을 하게 좀 놔둬요."

"이 사건은 내 소관이야!"

"하지만 당신도 이 사건을 땅바닥에 내동댕이치고 싶진 않을 거 아닙니까. 뭐, 나야 모르는 거지만요."

마스는 등을 돌려 데커를 따라갔다.

페어웨더가 자신을 빤히 보고 있다는 걸 알아차린 내티는 "뭐?" 하고 빽 소리를 내질렀다.

"저는 저 친구를 모르지만, 제가 듣기엔 꽤 말이 되는 소리 같네요."

"왜 다들 에이머스 데커를 떠받들지 못해 안달이야!" 내티가 부르짖었다.

"진정해요. 저 사람도 문제가 없진 않죠. 다들 그걸 알아요. 하지만 나쁜 놈을 잡는 것에 관한 한, 데커보다 뛰어난 사람을 **한 명이라도** 아세요?"

페어웨더는 자기 신발을 내려다보는 내티를 내버려두고 하던 작업으로 돌아갔다.

0 0029

타운으로 차를 몰아 돌아오는 길에 데커는 아무 말도 하지 않았다.

마스는 데커를 힐끔힐끔 곁눈질하며 몇 번쯤 물어보기 직전까지 갔지만 결국 고개를 돌리고 목구멍까지 올라온 질문을 삼켰다.

"뭐 할 말 있어요?" 데커가 마침내 물었다.

마스는 씩 웃었다. "내가 그렇게 빤히 들여다보여요?"

"유리창처럼요."

"그 내티라는 친구 말이에요, 당신한테 앙심이 가득하던데 왜 그런 거죠?"

"랭커스터와 내가 벌링턴의 살인사건 대부분을 해결했다는 사실이 마음에 안 드나 보죠. 음, 사실 대부분도 아니죠. 전부라고 하는 게 맞아요. 내가 형사로 승진하기 전에 그 친구는 벌링턴 서의 떠오르는 별이었어요. 그러다가 좌천돼서 덜 중대한 범죄들을 맡게 됐고, 그것 때문에 날 탓하는 것 같아요. 그 후 하그로브 사건에서 그 사람이 큰 실수를 저질렀죠. 실종사건이 살인사건이 돼버렸으니까. 그것 때문에 경력이 삐딱선을 탔고요. 내가 여길 떠난 이후로 아마 재기하려고 애쓰고 있었던 모양이에요. 그리고 피트 차일드리스의 밑을 핥아주고 있죠. 비록 그 인간은 하그로브 사건으로 방사능 낙진을 맞고 있던 내티와 손절했었지만."

"형사로서 조금이라도 능력이 있나요?"

"**유능해요.** 하지만 늘 가장 쉬운 해법을 찾죠. 그리고 실수를 저지르고요. 요령을 피울 때도 종종 있고. 가져서는 안 되는 선입견을 가지고 있고."

"당신이 그 예전 살인사건 때 그랬던 것처럼요?"

데커는 마스를 응시했다. "난 그런 말을 들어도 쌉니다."

"왜 그래요, 그냥 장난으로 그런 걸 가지고. 말해두는데, 당신 그렇게 온갖 스트레스를 혼자 떠안고 있다간 언젠가 팡 터져버리고 말 거예요."

"터질 거면 이미 옛날에 터지고도 남았어요."

"이제 남은 할 일은 뭐죠?"

데커는 대시보드의 시계를 보았다.

"샐리 브리머를 만나서 플래시 드라이브를 받기 전에 시간이 좀 있어요."

"그래서 어디로?"

"수전 리처즈의 집으로요."

*

두 시간쯤 후, 데커가 차를 진입로에 세웠고 두 남자는 차에서 내렸다. 애거사 베이츠의 집 앞에는 아무도 없었지만 데커는 그 노인이 현관에서 책을 읽는 모습이 보이는 것만 같았다.

마스는 그 집을 건너다보았다. "리처즈가 죽었다고 생각해요?"

"차에는 폭력의 흔적이 전혀 없었어요. 밖에도 마찬가지고요. 아무도 시신을 발견하지 못했지만, 그래도 죽었을 가능성은 있죠."

"안에 어떻게 들어가죠?"

"열쇠가 있어요. 예전 파트너 메리 랭커스터와 함께 수전 리처즈의 실종을 조사할 때 받았던 거죠." 데커는 열쇠를 자물쇠에 넣고 돌렸다.

"잠깐만요, 데커. 이러면 당신 곤란해지는 거 아니에요? 당신은 그냥 참관만 하기로 돼 있지 않았어요?"

"음, 집을 **참관**하려면 우선 집에 들어가야죠."

데커는 앞장서서 집 안으로 들어갔다.

"그러니까, 당신이 리처즈를 불러들여 호킨스 살인사건에 관해 신문한 후 그 사람이 커다란 가방을 꾸려서 집에서 급히 달아났다는 거죠?"

"그리고 우린 리처즈의 알리바이를 확인하지 못했어요. 다른 이웃들은 문제의 시각에 집에 있지 않았거든요. 그리고 길 건너편에 사는, 리처즈가 떠나는 걸 본 노부인은 호킨스의 죽음 당시 리처즈의 행적에 관해 완전히 설명하지 못했죠."

"그러면 리처즈가 도망친 이유가 설명될지도 모르겠네요. 그 남자를 죽인 거죠."

"하지만 호킨스가 이곳에 돌아온 걸 리처즈가 도대체 무슨 수로 알았겠어요?" 데커가 의문을 제기했다.

"어쩌면 우연히 마주쳤다거나. 아니면 길에서 보고 레지던스 인까지 따라갔다거나. 불가능한 일은 아니잖아요."

"불가능한 일은 아니지만, 그럴싸하진 않죠."

"그럼 우린 여기 왜 온 건데요?"

데커는 위층으로 앞장서 올라가 리처즈의 방으로 들어갔다. 그러고는 곧장 벽장으로 향했다. 벽장은 전과 달라졌는데, 데커의 기억보다 확장된 듯했다. 그 집은 원래 그렇게 넓은 벽장이 있기엔 너무 오래된 집이었기 때문이다. 벽장은 옷걸이에 걸린 옷들, 선반에 놓인 스웨터와 구두, 그리고 고리에 걸린 지갑과 핸드백으로 가득했다. 데커는 벽장 중앙에 서서 주위를 둘러보았다.

마스가 말했다. "하퍼의 벽장은 이것의 한 4배쯤 될 거예요. 그리고 미어터질 만큼 꽉 들어차 있죠. 한 인간한테 필요한 게 그렇게 많을 줄은 상상도 못 했어요."

"여자는 남자에 비해 외모에 관한 사회적 압력을 더 받죠."

"우와, 당신이 그런 계몽적인 말을 하다니."

"내가 아니에요. 아내가 늘 그런 말을 하곤 했죠."

"음, 수전 리처즈는 그 압력을 진지하게 받아들인 것 같네요."

데커는 빈 옷걸이 몇 개, 구두 두 켤레가 놓여 있었던 듯한 선반의 빈 공간, 그리고 가방이 걸려 있었던 듯한 빈 고리 하나를 눈여겨보았다.

데커는 벽장을 나와 서랍장으로 갔다. 서랍을 하나하나 꺼내서 뒤졌다. 그 후 욕실로 가서, 세면대 아래 쓰레기통을 포함해서 구석구석까지 다 확인했다.

도로 몸을 일으킨 데커는 약품 캐비닛을 열어 줄지어 늘어서 있는 처방약 통들을 보았다. 차례차례 하나씩 집어 들어 살펴보았는데, 그중 한 병은 더 오랫동안 들고 있다가 제자리에 돌려놓았다.

"숙녀분이 생전에 약을 많이 드셨네요."

"그건 모든 **미국인**의 공통점이죠." 데커가 대꾸했다.

두 남자는 도로 1층으로 내려왔고, 데커는 벽난로 위 선반 앞으로 갔다. 그리고 거기 진열된 사진들을 하나하나 살펴보았다.

"가족인가요?" 마스가 물었다.

데커가 끄덕였다. "남편과 두 아이. 이상적인 세계에서라면 수전 리처즈는 지금쯤 할머니가 됐겠죠."

마스가 고개를 저었다. "이 세상에 이상적인 건 하나도 없어요."

데커는 방 안을 둘러보았다. 하나도 빠짐없이 눈으로 흡수하고 처리하는 중이었다.

"뭘 보는 거예요, 데커?" 마스 역시 그 공간을 둘러보며 물었다. "뭔가 없어진 거라도 있나요?"

"사실, 없어요. 그리고 그게 문제예요, 멜빈."

0030

어느덧 땅거미가 깔렸고, 태양이 지면서 기온이 뚝 떨어져 내쉬는 숨결이 눈에 보였다.

차를 연석에 세운 데커는 마스에게 차에 있으라 하고 혼자 내렸다. 데커가 부탁한 기록을 넘겨주는 건 어찌 보면 불법 행위일 수도 있으므로, 다른 사람까지 데리고 가는 건 샐리 브리머가 꺼릴지도 모른다고 생각했다. 조그만 공원을 성큼성큼 지나 휘어지는 벽돌길을 가로질러 안쪽에 있는 연못까지 갔다. 거기까지 가는 동안 다른 사람은 아무도 눈에 띄지 않았다.

마지막 모퉁이를 돌자 연못과, 이미 와 있는 브리머가 시야에 들어왔다. 긴 트렌치코트를 입고 장갑까지 끼고 있었다. 데커를 본 브리머는 연못을 서둘러 돌아왔다. 연못 가운데에 있는 기포 장치가 물줄기를 뿜어내면서 듣기 좋은 소리를 냈다. 하지만 데커는 다른 이유에서 그 소리가 마음에 들었다. 두 사람이 하는 말을 다른 누군가가 엿듣기 힘들 테니까.

브리머는 손을 주머니에 찔러 넣은 채로 데커에게 다가왔다. 갑자기 부르르 몸을 떠는 브리머를 보고 데커가 말했다.

"확실히 겨울이 오고 있네요."

"날씨 때문이 아니에요." 브리머가 약간 씁쓸함이 담긴 어조로 말했다. "불안해서 그래요. 이것 때문에 난 일자리를 잃을 수도 있다고요."

"난 절대 아무 말도 안 할 겁니다. 그리고 파일에 있는 내용은 오로지 진실을 밝히기 위해서만 쓸 거예요."

"그건 알아요." 그렇게 대답하는 브리머의 말투는 이제 깊은 우수에 젖어 있었다. 브리머는 주위를 두리번거린 후 주머니에서 손을 꺼냈다. 펼친 손바닥에는 플래시 드라이브가 놓여 있었다.

"어떻게 안 들키고 파일을 전부 스캔할 수 있었죠?"

"서에서 종이 파일을 디지털로 변환하는 일을 맡았거든요. 엄밀히 말해 내 업무는 아니지만 일부는 내가 직접 하기도 했죠. 어차피 한가했고, 경찰서의 고참들이 무슨 관심이 있거나 심지어 그걸 하는 법을 아는 것도 아니니까요. 그냥 내가 이미 하고 있던 일에 당신이 원하는 파일들을 포함시켰을 뿐이에요." 브리머는 플래시 드라이브를 데커에게 건넸다.

"영리한데요." 데커가 말했다.

"당신한테 그런 칭찬을 듣다니 영광이네요."

"밀러 서장님이 경찰국장과 미팅을 했고, 그 결과 난 공식적으로 사건에 다시 관여하게 됐어요. 참관인으로서."

"음, 그나마 다행이네요."

"확실히 불행은 아니죠." 데커가 동의했다. "경찰이 수전 리처즈의 차를 찾아냈고, 난 그걸 조사할 수 있었어요."

"블레이크는요?"

"거기 있었지만 아무런 반대의 목소리도 내지 않았어요. 어쩌면 내가 유용할 수 있다는 걸 깨달았는지도 모르죠. 특히 내가 사건을 해결했을 때 그 공을 자기가 차지할 수 있다면요."

"기회만 생기면 당신 뒤통수를 칠 거예요." 브리머가 경고 조로 말했다.

"내티에 관해서라면 나도 알 만큼 알아요." 데커는 고개를 갸웃했다. "당신은 어떤가요?"

"내가 뭐요?" 브리머가 방어조로 되물었다.

"당신은 아직 가능성이 많아요, 샐리. 내티보다 훨씬 나은 남자를 만날 수 있어요. 예컨대 독신인, 당신 나이대의 남자를요. 난 당신이 내티한테 무슨 매력을 느끼는지 도무지 짐작도 안 가요."

"당신이 무슨 상관인데요? 난 늘 당신이 그냥 뭐랄까…… 로봇인 줄 알았는데요." 브리머는 갑자기 누그러진 기색을 보였다. "미안해요. 정말 선을 넘은 말이었어요. 그런 말을 할 생각은 없었는데."

"처음 들은 말도 아닌데요, 뭐. 이번이 마지막도 아닐 테고요. 당신 얘기로 돌아가서, 난 이미 말했듯 딸을 둔 아버지였어요. 난…… 난 당신이 상처받거나 어찌할 수 없는 상황에 처하길 바라지 않아요."

브리머는 발밑의 벽돌 포장도로를 내려다보았다. "난 근무시간이 길어요. 내가 아는 사람은 전부 경찰뿐이고요. 이곳에 가족이 있는 것도 아니고, 친구도 거의 없어요. 블레이크는…… 나한테 관심을 가져줬어요. 자기 아내가 자기나 자기 일을 이해해주지 않는다는 케케묵은 대사까지 쳤죠." 브리머는 공허한 웃음소리를 냈다. "그리고 난 아마 거기 넘어간 것 같아요. 어차피 그런 여자들은 백만 명쯤 있으니까. 하지만 내티는 내게 특별한 기분이 들게 해주긴 했어요."

"그런가요?"

브리머는 체념한 웃음을 지었다. "내티하고는 끝냈어요, 에이머스. 당신 말 때문만은 아니에요. 비록 그 영향도 있긴 했지만. 그 남자는 **유부남이에요.** 그리고 내가 그 남자 아내라면 이런 일을 당하고 싶지 않겠죠. 불공평하잖아요. 그리고 당신 말마따나, 그렇게 바람을 피우는 데 거리낌이 없는 남자의 인간성이란 빤한 거죠."

"당신이 그런 결론에 도달해서 다행이네요."

"당신은 절대 아내를 두고 바람을 피우지 않았죠, 안 그래요?"

"단 한 번도, 생각조차 해본 적이 없어요. 난 모든 걸 가졌었어요, 샐리. 세상 그 누구보다도 사랑했던 아내, 뭘 주어도 아깝지 않았던 딸……. 이제 난 둘 다 잃어버렸어요."

"하지만 당신은 기억이 있잖아요. 좋은 기억요."

"그래요, 맞아요. 하지만 좀 달라요. 나 같은 기억력을 가진 사람에게도요. 기억은 당신을 밤에 따뜻하게 해주지 않아요. 그리고 당신을 웃게 만들지도 못하죠. 진짜 웃음은요." 데커는 말을 멈췄다. "하지만 당신을 울릴 수는 있죠."

브리머는 데커의 팔에 한 손을 얹고 힘주어 움켜쥐었다. "그런데 난 이런 사람을 엄청난 개자식이라고 믿었다니."

"그 모습도 나예요. 당신도 잘 알겠지만."

"그리고 다른 사람도 될 수 있죠, 에이머스. 내가 친구라고 부르고 싶은 사람요."

"우린 친구 **맞아요,** 샐리. 당신이 날 돕는 게 얼마나 힘든 일이었는지 알아요. 내 기억력이 사라진다 해도 그 사실은 절대 안 잊을

게요."

잠시 침묵이 흐른 후 브리머가 말했다. "그만 가봐야겠어요."

"입구까지 바래다줄게요. 여긴 꽤 어둡고, 미친놈들이 숨을 곳이 수두룩하거든요."

"당신은 뼛속까지 경찰이군요?"

"원래 그렇게 생겨먹은 인간이에요."

두 사람은 2분쯤 지나 길가로 나왔다.

"다시 한 번 고마워요." 데커가 말했다.

"아니에요. 고마운 건 **나예요**, 에이머스." 브리머는 자연스럽게 데커에게 다가가 포옹을 했다. 데커도 마주 포옹하려 몸을 숙였다.

바로 그때 총알이 날아왔다.

0 0031

데커는 자신의 품에 안긴 브리머의 몸에서 힘이 빠지는 동시에 뭔가가 자신의 얼굴을 때리는 것을 느꼈다. 브리머를 안은 채 포장도로에 쓰러졌다. 그때 고함 소리와 뛰어오는 발소리가 들렸다. 고개를 들자 마스가 이쪽으로 달려오는 게 보였다.

"숙여요, 멜빈!" 데커가 외쳤다.

"저기예요, 데커!" 마스는 거리 건너편, 자기 왼쪽을 가리키며 소리쳤다.

데커는 브리머를 확인했다. 총탄은 브리머의 머리 왼편으로 들어가 그 반대편, 공원 방향으로 나왔다. 생명을 잃은 유리알 같은 눈동자가 데커를 올려다보고 있었다.

이미 죽었음을 알면서도 데커는 맥박을 확인했다. 피가 돌기를 멈추자 브리머의 몸은 벌써 식어가고 있었다.

"젠장." 데커는 현실을 믿을 수 없어 멍한 상태로 내뱉었다. 브리머의 피가 자기 얼굴에 튄 부분을 만져보았다.

마스를 건너다본 후 총알이 날아온 거리 건너편을 바라보았다. 총을 꺼내 들고 일어나 거리를 달려갔다. 마스가 바로 뒤따라왔다.

데커는 휴대폰을 꺼내 911을 누르고 지령요원에게 자신이 누군지, 무슨 일이 일어났는지 그리고 정확한 위치를 말했다. "우린 총격범을 추적 중입니다. 그 개자식을 몰아넣을 수 있도록 경찰차를 당장 여기로 보내주세요." 데커는 휴대폰을 주머니에 넣고 속도를 올렸다.

마스는 총알이 어디서 날아왔는지 봤기 때문에 약간 앞서가고 있었다. 달려가는 도중 데커가 물었다. "그 자식 봤어요?"

마스가 고개를 저었다. "그냥 윤곽만요. 그 골목길 초입에서. 알려주고 말고 할 틈이 없었어요. 그냥 놈이 총을 쏘는 순간 우연히 시선이 그쪽을 향했거든요."

골목 입구까지 온 두 남자는 그 안쪽을 바라보았다. 데커는 건물을 확인했다. 재건축 중이었다. 비계와 함께 공사 물품들이 온 사방에 널려 있었다.

"그 개자식이 아직 저 안에 있을 것 같아요?" 마스가 물었다.

"모르죠. 만약 그렇다면, 우린 놈을 잡을 겁니다."

데커가 그렇게 말하자마자 사이렌 소리가 들렸다.

"기병대가 오고 있군요."

"하지만 내가 총격범이라면 여길 죽어라 내빼겠죠." 마스가 지적했다.

"그래서 우린 기다릴 수 없어요. 내 뒤를 따라와요."

"내 인간 방패가 돼줄 필요는 없어요, 데커."

"당신은 러닝백이에요, 멜빈. 난 블로커고요. 하지만 놈이 날 쓰러뜨리면, 내 죽음을 헛되이 만들진 말아요."

두 남자는 골목길을 따라 앞으로 나아갔다. 혹시 발소리나 숨소리가 들리지 않을까 귀를 쫑긋 세운 채로. 물론 그보다 불길한 것은 방아쇠 당기는 소리일 것이다.

뭔가를 들은 모양인지, 데커가 한 손을 들어 올렸다.

"뭐예요?" 마스가 숨죽여 물었다.

데커는 입술에 한 손가락을 갖다 댔다.

이제 마스의 귀에도 들렸다. 무거운 숨소리였다. 뛰어가다가 멈춘 사람의 숨소리 같은.

이제 더한층 가까워진 사이렌 소리 속에서 데커는 속도를 올리기 시작했다. 마스는 뒤로 바짝 따라붙었다. 골목길의 대략 중간쯤 왔을 때, 데커는 한 번 더 멈췄다. 조명이 머리 위를 밝게 비추고 있었다. 숨소리는 더한층 크게 들렸다.

데커는 총을 앞으로 똑바로 겨눈 채 걸음을 재촉했다.

남자는 넝마를 둥글게 말아 만든 듯한 베개를 벤 채 아스팔트 바닥에 누워 있었다. 옆에는 뭔가가 꽉꽉 들어찬 가방이 하나 있었다. 행색은 남루했다. 두 사람이 들은 무거운 숨소리는 확실히 남자가 코를 고는 소리였다.

"데커……." 마스가 속삭였다. "저거 총이에요?"

남자 옆 땅바닥에, 남자가 손을 뻗으면 닿을 거리에 놓여 있는 건 조준경이 달린 소총이었다. 데커는 한 발을 앞으로 내밀어 천천히 총을 남자에게서 멀리 밀어놓았다.

다음 순간, 데커는 벽돌 벽을 들이받았다. 얼굴이 거친 벽돌과 충돌하는 즉시 몇 군데 상처가 벌어지는 게 느껴졌다. 이어서 권총이 벽돌과 부딪히면서 뭔가 뚝하는 소리가 났다. 너무도 급작스러운 충돌의 여파로 속이 메슥거렸다.

데커는 뒤돌아, 죽은 듯 잠든 채로 여전히 땅바닥에 누워 있는 남자에게 눈길을 꽂았다. 공격의 출처는 그 남자가 아니었다.

"데커!"

데커는 평정심을 되찾고 머릿속을 비운 후 뒤돌아보았다.

마스는 데커를 들이받은 남자가 명백히 살인을 목적으로 휘두르는 칼을 피하고 있었다. 남자는 작았지만 강골이었고, 움직임은 레이저처럼 재빠르고 정확했다.

데커는 앞으로 몸을 날려, 뒤돌아서 자신을 향해 칼을 겨누는 남자의 다리를 조준해 총을 발사했다.

하지만 아무 일도 일어나지 않았다. 벽돌에 부딪힌 충격으로 총이 망가진 게 분명했다.

다음 순간, 놈은 데커의 손에 쥔 총을 발차기로 날려버리고 데커의 배에 주먹을 꽂았다. 데커는 통증에 몸을 반으로 접었다.

데커가 비틀대며 뒷걸음치는 순간, 마스가 뒤에서 날린 강력한 한 방에 남자는 앞으로 날아가 벽을 들이받았다. 그러나 놈은 순식간에 다시 일어나, 손에 칼을 든 채 몸을 홱 돌렸다.

놈은 마스에게 덤벼들어 팔을 칼로 벴다. 마스는 뒤로 넘어졌고, 놈이 다시 마스에게 칼을 휘두르려는 순간 데커가 앞으로 몸을 날려 그 굵은 팔로 공격자를 부둥켜안았다. 놈의 팔과 칼은 옆구리에 딱 붙어버렸다. 건물 외벽에 달린 조명의 불빛 속에서, 데커는 추위에도 아랑곳없이 맨살을 드러낸 남자의 근육질 팔이 문신으로 뒤덮인 걸 보았다. 단어들과 상징들.

몇 초쯤 몸부림치던 남자가 갑자기 뒤통수로 데커의 얼굴을 들이받았다. 데커의 코와 입에서 피가 뿜어져 나왔다. 그 후 남자는 칼을 아래로 겨누어 데커의 허벅지에 찔러 넣었다. 데커가 비명을 지르며 놓아주자, 놈은 바닥을 박차고 질주해 곧 시야에서 사라졌다. 사이렌 소리가 더욱 가까워졌다. 데커는 다리의 상처를 한 손으로 덮었다.

마스가 달려와 바람막이를 벗어 데커의 허벅지에 감았다.

데커가 말했다. "괜찮아요?"

"놈은 내게 큰 부상을 입히진 못했어요. 그 개자식은 누구죠?"

"샐리 브리머를 쏜 놈이에요."

"왜 그랬는지, 짚이는 데 있어요?"

"짚이는 거라곤 놈이 날 쏘려 했다는 것뿐이에요. 그리고 브리머가 그 중간에 있었고요."

0 0032

다시 영안실.

데커가 너무 많이 와본 곳.

그리고 파란 형광색이 마치 자신의 가족을 발견한 그날 밤처럼 데커를 폭격하고 있었다. 방 천장에 섬광등이라도 달려서 사람을 불안하게 하는 그 폭발적인 빛을 방 안 구석구석에 쏘아 보내는 것 같았다.

데커는 바지를 살짝 건드렸다. 그 밑에는 나비 모양 반창고가 붙어 있었다. 응급실 의사는 데커에게 운이 좋았다고 했다. 왼쪽으로 5센티미터만 더 들어갔어도 넓적다리 동맥을 베이고 말았을 거라면서. 그랬다면 그 뒷골목에서 출혈로 죽을 수도 있었다.

데커는 밴드에이드와 붕대로 뒤덮인 자기 얼굴을 살짝 건드려 보았다. 온몸이 뻣뻣하고 욱신거리는 게, 마치 NFL 경기를 막 마치고 돌아온 기분이었다. 옆에는 다친 팔에 팔걸이 깁스를 한 마스가 앉아 있었다. 하지만 적어도 두 사람은 아직 살아 있었다. 그들 앞에는 시트가 목까지 덮인 샐리 브리머의 창백한 시신이 누워 있었다.

골목의 노숙자는 알고 보니 보이는 모습 그대로 노숙자일 뿐이었다. 그리고 무슨 약을 얼마나 했는지 응급구조사들이 깨우는 데 한 시간이나 걸렸다. 총에는 쓸 만한 지문이 전혀 없었는데, 데커는 그 이유를 알았다. 총격범은 장갑을 끼고 있었다. 노숙자 옆에 있던 총은 아마도 그냥 살인 무기를 없애려고 놈이 던져버린 것이리라. 놈이 데커와 마스를 공격한 건 미처 골목 반대쪽 끝으로 빠져나가기 전에 두 사람에게 따라잡혔기 때문이다. 놈은 들키지 않도록 가만히 누운 채로 이미 자신이 빼앗은 한 목숨에 두 목숨을 더하려 했다. 불행히도, 놈은 경찰을 피해 빠져나갔다.

검시관은 방 안의 개수대에서 장비 몇 가지를 세척하고 있었다. 하나만 켜진 머리 위 형광등이 방 안에 그림자를 드리워 이미 불안한 실내 분위기를 더욱 불안하게 했다.

잠시 후 문이 덜커덩하고 열리자, 창백한 낯빛의 블레이크 내티가 서 있었다. 고통으로 잔뜩 일그러진 표정이었다. 내티는 휘청거리는 걸음으로 걸어가 시트로 덮인 브리머의 시신을 내려다보았다. 손이 입가로 올라가고, 이윽고 나지막이 흐느끼는 소리가 데커의 귀에 들려왔다.

내티가 자신을 추스르고 외투 소매로 눈물을 닦을 때까지 아무도 아무 말도 하지 않았다. 내티는 데커와 마스를 건너다보았다. 그 후 두 남자의 상처로 시선을 보냈다. "그놈이 자네들 둘도 거의 죽일 뻔했다고 들었네."

"거의 그랬죠." 데커가 대꾸했다. "우리보다 덩치도 훨씬 작았는데."

"작지만 치명적이었죠." 마스가 말했다. "날붙이를 휘두르는 놈들, 인정사정없는 범죄자들이라면 익숙한 나인데, 그놈처럼 칼을 쓰는 자식은 한 번도 못 봤어요."

"날붙이를 휘두르는 놈들? 인정사정없는 범죄자들?" 내티가 물었다. "댁은 혹시 교도관이었나? 아니면 뭐 그 비슷한 거?"

"그 비슷한 거요." 마스가 나지막이 대꾸했다.

데커는 배를 문질렀다. "그리고 벽돌 같은 주먹을 가졌죠. 거기다 무시무시한 팔 문신도요."

내티가 물었다. "자네와 섈리는 도대체 거기서 뭘 하고 있었나?"

데커는 그 질문이 나올 것을 알고 몇 가지 답을 준비해두었다. 하지만 불쑥 나온 답은 진실이었다.

"맥아서 파크에서 섈리와 만나기로 했어요. 공원을 나오는데 그 놈이 총을 쏘기 시작했죠."

"왜 섈리와 만나기로 했는데?"

"왜냐하면 그 사건에 섈리의 도움을 얻고 싶었거든요. 단순히 사건을 **참관**만 해서는 당신이 사건을 해결하는 걸 도울 수 없을 겁니다, 블레이크. 그건 당신도 알고 나도 알아요."

데커는 내티가 그 말에 폭발하리라고 예상했지만, 놀랍게도 내티는 고개만 끄덕였다. 그리고 코를 쓱 문지르고는 말했다. "그건 알겠어. 자네는…… 자네는 섈리가 타깃이었다고 생각하나?"

"아뇨, 그건 아닐 겁니다. 누군가가 이미 날 한 번 죽이려 했거든요. 우리가 너무 가까이 서 있어서, 총격자가 나 대신 섈리를 맞힌 겁니다." 데커는 말을 멈추고 암담한 표정의 내티를 보았다. "미안합니다, 블레이크. 진심이에요. 섈리는 그냥 옳은 일을 하려고 한 것뿐이었어요."

마스가 말했다. "왜 누군가가 그렇게 당신을 죽이지 못해서 안달인 거죠?"

"누군가가 데커가 진실을 발견하기를 원치 않는 거지." 내티가 대신 대답했다. "그야, 자네는 오래전 그 사건을 맡았었잖아. 호킨스는 오명을 벗으려고 자네와 메리를 찾아갔고. 그러니 이제 놈들은 자네를 막으려는 거야. 메리는 기피 신청을 했지만 자네는 여전히 추적 중이니까."

"당신도 그렇죠." 데커가 지적했다. "우리 모두 등 뒤를 조심해야 할 것 같아요."

"자네 생각엔 누군가가 이 짓을 하도록 그 남자를 고용한 것 같아?" 내티가 물었다.

"그래요. 그건 호킨스가 무죄였다는 뜻이죠. 그리고 호킨스와 범죄현장을 연결시킨 감식 증거가 어떻게인지는 몰라도 날조됐다는 뜻이고요."

내티는 불신의 표정으로 데커를 응시했다. "범죄현장의 지문과 DNA가 날조됐다고?"

"가능한 일이죠." 데커가 대꾸했다.

"더럽게 어려울 텐데." 내티가 반박했다.

"하지만 불가능하진 않죠."

"메릴 호킨스에게 누명을 씌우고 싶어 할 사람이 누굴까?" 내티가 물었다.

"그건 잘못된 질문이에요."

"그럼 올바른 질문은 뭔데?"

"누군가가 살인을 저지르고 빠져나가고 싶어 했어요. 그리고 호킨스라는 봉을 골라서 그 죄를 떠넘기기로 한 거죠. 봉은 누구라도 상관없었을 텐데, 하필이면 호킨스가 선택된 이유가 있었을 겁니다. **그게** 우리가 물어야 할 올바른 질문이에요."

"하지만 데커, 그러면 이 사건이 완전히 뒤집혀버리는 건데." 내티가 말했다.

"아뇨, 사건은 처음부터 뒤집혀 있었어요. 그냥, 우리가 그걸 잘못된 각도에서 보고 있었던 거죠."

"그럼 우리가 출발점으로 다시 돌아가야 한다는 뜻인가?" 내티가 말했다.

데커는 주머니에서 플래시 드라이브를 꺼내어 들어 올렸다. "여기서부터 시작하죠." 데커는 브리머의 시신을 건너다보았다. "왜냐하면 죽은 자는 답을 요구하니까요." 데커가 말했다. "이따금씩은 산 자보다 더 간절히."

0 0033

마스는 데커의 방 침대에서 깊이 잠들어 있었다. 데커는 새벽 2시가 지났지만 여전히 말똥말똥한 상태로 의자에 앉아 노트북을 들여다보고 있었다. 브리머에게 받은 플래시 드라이브의 정보를 전부 훑어보는 중이었다.

골목길에서 벌인 격투 도중 손상된 예전 권총 대신 새 권총이 든 벨트 총집은 침대 옆 협탁에 놓여 있었다. 저격수를 놓쳐버렸다는 사실을 생각하면 여전히 속이 쓰렸다.

마스도 데커와 함께 몇 시간이나 그 일에 매달렸지만, 너무 녹초가 된 나머지 자기 방까지도 못 가고 데커의 침대에 쓰러졌다. 바깥은 폭우가 한창이라, 빗방울이 창을 때리는 소리가 마치 누군가 자갈을 한 주먹 가득 쥐고 던져대는 것 같았다. 오하이오 밸리는 원래 그런 식으로 난데없이 불어온 폭풍이 얼마 동안 주 전역을 난타하는 게 보통이었다.

하지만 지금 데커는 바깥의 폭풍우 생각을 잊고 13년 전 사건의 핵심 부분들에만 신경을 집중했다.

누군가가 911에 전화를 걸어 리처즈의 집에서 일어난 소란을 신고한 건 밤 9시 35분이었다. 돌이켜보면 이 사건에는 데커가 놓쳐버린 이상한 점이 많았는데, 이것 역시 그중 하나였다.

누가 그 전화를 걸었을까? 그리고 소란이란 대체 뭐였을까?

심지어 이웃들조차 그날 밤 이상한 점을 아무것도 눈치채지 못했다. 그리고 데이비드 카츠의 차 말고 다른 차가 그날 밤 그 집으로 들어온 흔적은 전혀 없었다. 어떤 차가 새로 들어왔다면 비와 진흙 때문에 타이어 흔적이 남았을 것이다. 그러니 다른 차는 그 집에 오지 않았다.

그리고 핵심은 이거였다. 데커는 시신 네 구를 모두 부검한 검시관이 제시한 사망 시각을 보고 있었다. 검시관은 네 피해자 모두 8시 30분 가까운 시각에 살해당했다고 했다. 기록에 따르면 그 결론은 몇 가지 표지들을 바탕으로 도출되었는데, 그중에는 발견 당시 시신들의 체온도 있었다. 물론 데커는 사망 시각을 확정하는 것이 무척 까다로운 일이고, 다양한 요인들이 거기 영향을 미칠 수 있다는 걸 알고 있었다. 그래도 사망 이후 시신의 체온이 시간당 섭씨 0.8도씩 하락한다는 게 표준 법칙이었다.

하지만 검시관이 결론을 내는 데 주요한 역할을 한 것은 리처즈 가족의 위 내용물이었다. 수전 리처즈는 가족이 먹을 저녁을 준비한 후 오븐에 넣어두고 외출했다고 증언했다. 그리고 그 가족은 보통 6시경 저녁을 먹었다. 부검 결과, 실제로 약 6시경에 식사를 했다면, 음식물의 소화 상태를 기준으로 볼 때 식사 시간에서 살해 시각까지 약 2시간 반이 지났음이 드러났다. 검시관은 추정일 뿐 정확한 시간이 아니라고 선을 그었지만, 그래도 자신감이 있어 보였다. 그리고 많이 어긋나도 한 시간까지는 안 될 거라고 했다.

딘젤로 부인의 증언에 따르면, 카츠는 약 6시 반에 찾아왔다. 그 무렵이면 아마 식사가 끝나고 부엌을 치운 후였을 것이다. 데커는 식기세척기까지 열어보고, 큰 접시 세 개와 유리잔과 식기가 들어 있는 걸 확인했다. 이는 리처즈 가족이 실제로 6시경 식사를 했다는 뜻이었다. 카츠가 도착했을 때 아직 식사 중이었다면 같이 먹자고 권했을지도 모르지만, 식기세척기 내용물로 미루어보면 실제 상황은 그렇지 않았다. 어쩌면 가족이 식사를 마친 후 한참 치우고 있을 때 도착했을지도 모른다.

리처즈는 카츠에게 맥주를 권했고 아이들은 위층으로 올라갔다. 그 후 누군가가 찾아와 네 사람 모두를 살해했다.

하지만 거기서부터 상황이 기묘해진다.

왜냐하면 이는 네 사람이 그 집 안에서 죽은 지 한 시간 남짓 지나서야 누군가 소란이 있다며 911에 신고전화를 했다는 뜻이기 때문이다. 그리고 그 누군가는 추적할 수 없는 전화로 신고를 했다.

이제 거리를 두고 객관적인 눈으로 그 모든 걸 보고 있으니, 이야기의 구멍이 너무도 빤히 보였다. 데커는 자신의 모자람이 너무 한심해 끙 소리를 냈다.

좋아, 사망 시각은 소란을 신고한 911의 신고 시각과 일치하지 않아. 시신 넷이 죽고 나서 한 시간 후에 소란을 일으킬 수는 없으니까.

갑자기 다른 이론이 떠올랐다. 누군가 한 시간 후 그 집에 들어왔다가 우연히 시신 네 구를 맞닥뜨리고 911에 전화했을 수도 있을까? 그리고 그 사람이 메릴 호킨스였다면? 그러면 전등 스위치에서 호킨스의 지문이 발견된 이유가 설명된다. 하지만 그건 호킨스의 DNA가 애비게일 리처즈의 손톱에서 발견된 이유를 설명하지 못한다. 그리고 호킨스에게 무슨 추적 불가능한 전화기가 있었겠는가?

데커는 그 난제들을 한쪽으로 밀어놓고 다른 데에 집중했다. 피해자들이 어떤 순서로 죽었는지는 확인할 방법이 없었다. 그저 살인범이 1층의 두 사람을 해치우고 나서 위층으로 올라가 두 아이를 마저 끝장냈을 거라고 가정할 뿐이었다.

데커는 그 가정에 문제가 있음을 모르지 않았다. 결국 중요하지 않다고 일축하긴 했지만, 사실 그 옛날에도 이미 생각했던 부분이었다. 1층에서 두 사람을 쏘면 총소리를 제외하고라도 소음이 날 수밖에 없다. 추정컨대 사람들이 비명을 지르거나 몸싸움이 벌어질 것이다. 그리 큰 집도 아니니, 그런 소음은 위층으로 전해졌을 게 분명하다.

위층 부부 침실에는 유선 전화기가 하나 있었다. 리처즈의 아이들은 둘 다 휴대폰이 없었지만, 그래도 전화기가 있는 침실로 가서 경찰에 신고하려 하거나 창으로 빠져나가려 할 수도 있었다. 실제로는 그러지 않았지만.

데커는 더 나이가 많은 프랭키 리처즈가 어린 여동생에 비해 그런 상황에 좀 더 능동적으로 대응했으리라고 짐작했다. 프랭키는 마약을 했고 소규모지만 거래도 했으니, 범죄자들과 그들 사이에 벌어지는 위험에 어느 정도 익숙했을 것이다. 프랭키가 집에 숨겨둔 현금과 마약용품이 나중에 발견되었다. 프랭키는 누군가 집에 침입해 자기가 숨겨둔 걸 빼앗아가려 할 수도 있다는 걸 알았다. 당시에는 수천 달러나 코카인 덩어리가 아니라 해도 충분히 그런 일이 있을 수 있었다. 50달러와 대마초 한 봉지에도 살인을 저지를 사람이 부지기수였으니까.

폭풍 때문에 아래층에서 두 건의 살인이 있었음에도 아무 소리도 듣지 못한 걸까? 그리고 무슨 일이 일어나고 있는지 알게 됐을 때는 너무 늦어버린 걸까?

데커는 바깥에서 쉬지 않고 퍼부어대는 빗소리를 의식하며 다음 질문으로 넘어갔다. 다른 피해자들은 모두 총에 맞았는데 왜 애비게일 혼자만 목이 졸렸을까? 데커는 그 질문에 대한 답을 알 것 같았다.

하지만 화면을 응시하는 사이, 갑자기 머릿속에 너무 많은 이미지들이 한꺼번에 밀어닥치는 바람에 눈앞이 캄캄해지면서 구토가 쏠렸다.

가족의 죽음을 목격한 그날 밤, 집 안에 서 있는 자신의 모습이 떠올랐다. 파란 형광 불빛이 온 사방에서 데커를 폭격하고 있었다. 데커는 항상 그 기억을 머릿속의 한쪽 구석으로 추방함으로써 거기서 벗어나거나, 적어도 그 위력을 약화시킬 수 있었다. 하지만 지금은 그게 안 됐다. 낭패감은 충격적이었다. 마치 머리가 통제를 벗어난 것만 같았다. 컴퓨터에서 데이터가 통제를 벗어나 멋대로 쏟아져 나오는 듯했다.

후들대는 다리로 일어서서 화장실로 향했지만 다 가기도 전에 토하고 말 것 같았다. 그러다 어느 순간, 갑자기 속이 잔잔하게 가라앉았다. 하지만 머릿속은 그렇지 않았다.

여전히 침대에서 깊이 잠들어 있는 마스를 바라보았다.

마음속 한구석으로는 친구를 깨워 자신이 겪고 있는 증상을 설명하고 도움을 청하고 싶었다. 하지만 마스가 도대체 무슨 도움을 줄 수 있겠는가? 그리고 그런 부탁을 한다는 생각만으로도 벌써부터 민망함이 밀려왔다.

대신 데커는 비틀대며 방에서 나가, 복도 끝까지 가서 계단을 내려갔다. 그리고 랭커스터에게 알려준 뒷문으로 건물을 빠져나갔다. 바깥에는 쓰레기와 재활용품 수거함이 있었다. 비는 여전히 양동이로 퍼붓는 수준이라, 겨우 몇 초 만에 뼛속까지 흠뻑 젖었다.

마침내 모텔 뒤편 한쪽을 덮고 있는 금속 지붕 밑으로 들어가 몸을 웅크렸다. 머릿속으로는 지금 헨더슨 가족이 살고 있는 옛집을 자신이 돌아다니는 모습을 계속 보고 있었다. 한 걸음 한 걸음.

부엌에 있는 처남.

부부 침실에 들어가자, 침대 옆 바닥에 누워 있어서 발만 보이는 아내.

그리고 마지막으로 목욕가운 끈으로 욕실 변기에 묶여 있는 몰리. 몰리는 목이 졸려 죽었다. 애비게일 리처즈와 똑같이.

그리고 그 모두가 죽은 이유는…….

나였지.

머리 위 금속 지붕을 때리는 빗소리 속에서 데커는 양손으로 머리를 감싸 쥐고 차가운 아스팔트 바닥에 주저앉았다. 가족과 일자리, 그리고 집을 잃었을 때 바닥으로 곤두박질쳤다고 생각했다. 아무것도 남지 않았다고.

하지만 지금, 처남으로 시작해 딸로 끝나는 그 이미지들이 머릿속에서 몇 번이고 재생되는 동안 데커는 생각했다.

이게 바로 바닥으로 곤두박질친다는 거야.

0 0034

이튿날 아침, 레지던스 인의 식당. 마스가 식탁 너머로 데커를 빤히 보며 물었다.

"괜찮아요?"

"괜찮은데요, 왜요?"

"아까 잠에서 깼을 때 당신이 욕실에서 토하는 소리를 들은 것 같거든요."

"분명 잘못 들었을 겁니다. 속이 좀 메슥거리긴 했지만 그게 전부예요."

"내가 문을 노크했잖아요. 기억 안 나요? 괜찮냐고 물어봤는데?"

"**당신이야말로** 기억 안 나요? 내가 괜찮다고 대답하니까 당신도 방으로 돌아가려다가 바로 내 침대에서 곯아떨어졌죠. 아마 잠에 취해 제정신이 아니었을 거예요."

마스는 잠시 데커를 뜯어보았지만 이내 어깨를 으쓱했다. "당신은 늦게까지 안 잤죠. 난 배터리가 나가버렸고요."

"좀 훑어보는 중이었어요. 말이 안 돼 보이는 것들을 말이 되게 하려고요."

"예를 들면요?"

데커는 어젯밤 생각한 것들을 간략하게 요약해서 들려주었다.

"그렇군요. 그럼 그 사람들은 아마도 8시 30분쯤 죽었겠네요. 그리고 전화는 약 한 시간 후에 걸려왔고요." 마스가 말했다. "음, 내 경험으로 미루어 짐작건대, 범죄 조사에서 한 시간 차는 결코 작지 않죠."

"사실은 한 시간 5분이에요. 911 신고전화는 9시 35분에 걸려왔으니까요. 하지만 검시관은 사망 시각을 분 단위까지 못 박을 수 없으니, 최소 한 시간이 비는 거죠."

"그 911 신고전화가 정확히 무슨 내용이었죠?"

"리처즈네 집 안쪽에서 이상한 소리가 들렸다고요. 사람들이 비명을 지르고 총소리가 들렸다고."

"하지만 그건 불가능하잖아요. 피해자들은 9시 35분에 살해당한 게 아니니까."

"우린 신고자가 들은 게 실제 총소리인지 아니면 다른 소리인지 몰라요. 그리고 실제로 그 총소리가 누군가를 죽이며 난 것인지 아니면 그냥 총소리만 난 것인지도 모르고요."

"음, 죽은 사람은 비명을 못 지르죠."

"사실이에요. 하지만 그 시각에 다른 누군가가 그 집에서 비명을 질러서, 신고자가 그걸 들었을지도 모르잖아요?"

"그 다른 누군가가 누군데요?"

"나야 모르죠. 그런 사람이 있었는지도 알 수 없고. 하지만 아는 게 하나 있긴 하죠."

"뭔데요?"

"애비게일 리처즈가 총에 맞지 않고 목 졸려 죽었다는 것. 왜일까요?"

"왜 그애가 다른 사람과는 달리 총에 맞지 않았느냐는 말이죠? 그게 목 조르는 것보다 더 쉬운데?"

"맞아요."

마스는 잠시 생각하는 듯했지만 이내 "포기할게요" 하고 말했다.

"총으로 누군가를 쏘면 DNA가 손톱 끝에 남지 않죠. 반면 목을 조르면 자연히 그럴 기회가 생기고요."

"잠깐만요, 당신은 누군가가 어떤 방법을 썼는지는 몰라도 호킨스의 피부에서 DNA를 얻어다가 그걸 그 여자애의 손톱에 심었다는 말이에요?"

"맞아요."

"그게 가능하다고요?"

"당연하죠. 그리고 호킨스의 팔에는 긁힌 자국이 있었어요. 그러니 무슨 일인가 있었던 거죠. 난 누군가가 누명을 씌우려고 호킨스의 DNA를 일부러 채취했다고 생각해요."

"하지만 그 누군가가 호킨스를 할퀴었다면, 그러고 나서 그 피부와, 아마도 혈액과 체모를 애비게일의 손톱 밑에 심었다면, 그 짓을 한 사람의 DNA 또한 그 손톱 밑에 남지 않을까요?"

"그럴 수도 있지만 반드시 그런 건 아니죠. 어떤 방식을 썼느냐에 따라 다를 겁니다. 그리고 어쨌든, 당시 이루어진 DNA 검사 결과에 따르면 애비게일의 손톱에 낀 건 확실히 호킨스의 DNA였어요."

"그리고 지문은요? 그것도 거기다 심는 게 가능해요?"

"가능은 하죠. 위조된 지문이 발견되는 경우는 거의 없지만요.

그보단 범죄현장에서 날조된 걸 발견할 가능성이 훨씬 높죠."
"그 둘이 어떻게 다르죠?" 마스의 얼굴에 호기심이 어렸다.
"예컨대 경찰이, 또는 어떤 제삼자가 용의자의 지문이 묻은 유리잔을 범죄현장이 아닌 곳에서 발견해서 범죄현장에 갖다놓고 그게 원래 거기 있었다고 우긴다고 칩시다. 그럴 경우 그 사람은 범죄현장에 없었지만, 그 사람의 지문이 묻은 유리잔은 실제 거기 있었죠. 일부러 가져다놓은 거니까. 그게 날조입니다. 위조는 실제로 어떤 표면에 묻어 있던 누군가의 지문을 범죄현장의 다른 표면에 옮겨 심는 거고요."
"그게 어려운가요?"
"음, 확실히 전문가여야 하겠죠. 테이프로 지문을 떼어내면 융선이 망가질 겁니다. 그리고 그 지문은 다른 표면에서 다르게 반응하고요. 금속 표면에서 지문을 떠다 목재 표면에 옮겨 심으면, 뭔가 어긋나는 부분이 생길 가능성이 있고, 그러면 의혹을 사게 되겠죠."
"전문가는 그걸 매번 잡아내나요?"
"불행히도 그렇지는 않죠. 전에 그걸 확인하려고 테스트를 했던 적이 있어요. 감식반원들은 50퍼센트 확률로 가짜가 진짜 지문이고 진짜가 가짜 지문이라 판단했고요. 썩 마음에 드는 확률은 아니죠."
"이런, 그 얘기를 들으니 좀 걱정되네요. 특히 나처럼 잘못된 유죄 판결을 받은 사람으로서는요. 범죄현장에서 호킨스의 지문에 뭔가 애매한 부분이 있었나요?"
데커가 고개를 저었다. "난 그걸 아주 자세히 확인했어요. 그리고 내가 신뢰하는 다른 전문가를 불러서 똑같이 확인하게 했죠. 그 사람은 그게 위조라고 말할 만한 어떤 증거도 찾아내지 못했어요."

"그럼 호킨스는 거기 있었을 수밖에 없겠네요."

"그랬던 것 같아요. 하지만 그랬다면 어떻게 무고할 수 있죠? 살인을 저지르지는 않았지만 범죄현장에 있었다면, 아마도 범인이 누군지 알았을 겁니다. 그렇다면 왜 체포된 후에 진범을 누설하지 않았을까요?"

"난 포기할게요." 마스가 말했다.

"아니면 피해자들이 죽은 후에 그 시신들을 우연히 보게 됐을지도 모르죠. 9시 35분에 911 신고전화를 한 후 닷지로 죽어라 빠져나간 사람이 호킨스일지도 모릅니다. 만약 그렇다면 왜 우리가 그 전화를 추적할 수 없느냐 하는 의문이 여전히 남겠지만요."

"그럼 그 살인 무기는 어쩌다 호킨스의 집 벽장 안쪽에서 발견된 거죠?"

"호킨스에게 누명을 씌우려고 누군가가 거기에다 심었겠죠."

"알겠어요."

데커는 고개를 저었다. "아뇨, 아직 부족해요. 진짜 살인범이 그 집을 떠난 후 호킨스가 우연히 그 시신들을 맞닥뜨렸다면, 살인범이 호킨스에게 누명을 씌워야겠다는 생각을 어떻게 했을까요?"

"어쩌면 호킨스가 그날 밤 그 집에 침입할 걸 미리 알았던 게 아닐까요? 그래서 그날 밤 범행을 저지른 거겠죠. 호킨스가 나중에 거기 갈 예정인 걸 알기에 여자애한테 DNA 증거를 심고, 그 후 호킨스가 직접 전등 스위치를 켬으로써 자기에게 불리한 증거를 더 보탠 거죠." 마스는 말을 마친 후 씩 웃었다. "이 가설은 어때요?"

"당신 주장에도 어느 정도 일리가 있어요, 멜빈. 그로써 모든 게 설명되지는 않지만, 그래도 살펴볼 필요가 있는 흥미로운 가설이에요."

"그러면 시간 간극도 설명이 돼요." 마스가 커피를 홀짝이며 말을 이었다. "그리고 호킨스는 경찰을 출동시키려면 뭔가 이상한 일이 일어나고 있다고 말해야 했을 겁니다. 사람들이 총에 맞은 걸 아니까, 아마 그때 비명을 질렀을 거라고 짐작해서, 경찰 지령요원한테 그 소리를 들었다고 말한 거죠. 사실은 듣지 못했으면서요."

데커는 고개를 끄덕이고 달걀을 포크로 떠서 입에 넣었다. 살해당한 가족을 발견한 기억이 마침내 머릿속에서 상영을 멈춘 것은 새벽 4시경이었다. 방으로 돌아와 곧장 욕실로 가서 젖은 옷을 벗었다. 그때 토하는 소리를 마스가 들은 거지만, 데커는 괜찮다고 거짓말로 얼버무렸다.

하지만 그 일이 다시 일어난다면?

데커는 말했다. "호킨스의 팔에 있던 그 할퀸 상처는 어떻게 된 걸까요? 호킨스는 자기 팔의 DNA가 애비게일의 손톱 밑에 심어졌다는 걸 모를 수 없었어요. 하지만 변론에서 그 이야기는 끝내 꺼내지 않았죠. 누가 자기를 할퀴었다고, 아마도 그래서 자신의 DNA를 가져갔을 거라고 말하지 않고, 그냥 혼자 넘어져서 다쳤다고 주장했죠. 그 사람의 이름을 댔으면 배심원단이 상당한 의혹을 품었을 텐데도요."

"당신은 호킨스가 누군가를 보호하려 했다고 생각해요?"

"아마도요."

"누구 짚이는 사람 있어요?"

"맞아요, 있어요."

0 0035

상대는 데커를 다시 만난 게 조금도 즐겁지 않은 듯한 기색이었다.

"지금 나가는 길인데요." 미치 가드너는 자신의 아름다운 집의 앞문을 빼꼼 열고 그 틈새로 말했다.

가드너는 플리츠스커트에 스타킹을 신고, 낮은 굽 펌프스로 흠 잡을 데 없는 차림새를 하고 있었다. 오픈칼라가 달린 흰 블라우스에 허리가 짧은 검은색 재킷을 받쳐 입고 목에는 작은 진주 목걸이를 걸었다. 머리카락은 단 한 가닥도 삐져나와 있지 않았다. 포천 500대 회사의 이사장직을 맡기에도 손색없는 모습이었다.

"기다릴 수 있습니다. 아니면 나중에 다시 와도 되고요." 수척하고 기력 없는 마약중독자였던 가드너가 지금처럼 변화한 모습에 다시금 충격을 느끼며 데커가 말했다. "하지만 지금 시간을 내주시면 좋겠습니다. 오래 걸리진 않을 겁니다."

데커에게 오래 머물렀던 가드너의 눈길이 이윽고 마스에게로 옮겨갔다. 마스는 유쾌한 미소를 지어 보였다.

가드너는 얼굴을 찌푸리고 손목시계를 보았다. "5분 드릴 수 있어요."

두 남자는 앞장서 가는 가드너를 따라 사방이 책장으로 둘러싸인 서재로 들어갔다. 남자들 등 뒤로 문을 닫은 가드너가 앉으라는 몸짓을 했다. 두 남자는 작은 카우치에 재빨리 자리를 잡았다. 가드너도 맞은편에 앉았다.

"하실 말씀이 뭐죠?" 가드너가 데커를 빤히 보며 물었다.

데커가 말했다. "시간 내주셔서 감사합니다."

"5분이에요." 가드너가 말했다. "그 후에는 미팅에 가야 해요. 중요한 일이에요."

데커는 목청을 가다듬었다. 이번 신문에는 섬세함이 필요했다. 평소 잇따라 질문을 퍼부어대며, 용의자의 목을 조르는 편을 선호하는 데커로서는 쉽지 않은 일이었다.

"저희는 몇 가지 실마리를 추적한 끝에 당신 아버님이 누명을 썼을지도 모른다는 사실을 알아냈습니다."

가드너는 뒤로 기대앉아 냉랭한 시선을 던졌다. "지난번 방문 때도 넌지시 그렇게 말씀하셨죠. 그리고 전 당신이 헛다리를 짚었다고 말했고요. 기억하실는지 모르지만."

"그나저나 지난번에 여길 방문해서 말씀을 나눈 후 벌링턴으로 돌아가던 길에 누군가가 절 죽이려 했습니다."

가드너는 진심으로 충격받은 표정으로 허리를 꼿꼿이 세웠다. "혹시라도 제가 그 일과 무슨 관련이 있다고 생각하지 않으셨으면 좋겠네요."

"아뇨, 전혀 그렇지 않습니다. 저는 그냥 당신도 조심하셔야 할 것 같아서 말씀드리는 겁니다."

"알려주셔서 고마워요. 하지만 전 외출할 때는 총을 소지하고 다닌답니다."

"아, 그렇습니까? 어째서죠?"

"그야 저는 돈이 많으니까요, 데커 요원님. 그리고 돈이 없는 사람들은 돈이 많은 사람들을 강탈하고 싶어 하죠. 저는 다른 누구보다도 그 사실을 잘 알아요. 예전엔 바깥에서 창문 안을 기웃거리는 처지였으니까요."

"예전에 혹시 그래서 문제를 일으킨 적이 있습니까?"

"그게 당신 조사와 무슨 관련이 있는지 모르겠네요." 가드너가 시계를 톡톡 두드렸다. "귀중한 시간을 낭비하고 계신 것 같아요."

데커는 지체 없이 질문을 던졌다. "13년 전에 일어난 그 사건을 조사하다가 상당한 시간차가 있다는 사실을 알아냈습니다. 그것 때문에 사건에 대한 제 생각이 바뀌었죠."

"무슨 시간차요? 왜 당시에는 아무도 그걸 눈치채지 못한 거죠?"

"중요하지 않다고 여겼겠죠. 하지만 피해자들의 사망 시각과 911 신고전화의 접수 시각에 그 정도로 시간차가 있다는 건 말이 되지 않습니다."

가드너는 뒤로 기대앉았다. "좋아요. 그 점에 관해서는 당신 말을 믿어야 할 것 같네요. 하지만 그것과 당신이 날 만나러 온 게 무슨 상관이 있죠?"

"아버님 팔엔 할퀸 상처가 있었습니다. 경찰은 그게 아버님이 애비게일의 목을 조를 때 애비게일이 목숨을 걸고 저항하느라 생긴 상처라고 결론 내렸죠."

"이 얘길 정말 꼭 해야만 하나요?" 가드너의 말투에는 짜증이 묻어났다.

"아버님이 체포됐을 때, 그분은 긴 소매 셔츠를 입고 그 위에 재킷까지 입고 있었습니다."

"그게 뭐요?"

"몇 시간 전 애비게일을 공격할 때도 그걸 입고 있었다면, 어떻게 애비게일이 그분 팔에 상처를 내거나 손톱 밑에 그분 DNA가 들어갈 수 있었을까요? 애비게일의 손톱이 살갗을 파고들 수는 있었다 해도 옷을 꿰뚫지는 못했을 겁니다. 그렇다면 DNA가 손톱 밑에 남는 것도 불가능했을 거고요."

"저야 형사가 아니니 모르죠. 어쩌면 범행을 저지르고 나서 체포되기 전에 옷을 갈아입은 게 아닐까요?"

"하지만 그분은 귀가하지 않았을 텐데요."

"제가 알기로는요. 하지만 전에 말씀드렸듯, 전 약에 취해 있었어요."

"그날 밤엔 비도 오고 날씨가 쌀쌀했습니다. 그분이 짧은 소매 셔츠를 입었을 것 같진 않습니다."

가드너는 시계를 보고 있었다. "알겠어요. 하지만 핵심은 이거죠. 그분의 DNA는 **실제로** 그 아이의 손톱 밑에서 발견됐어요. 재판에서 제시됐죠."

"그래서 전 이런 의문을 품게 됐습니다. 혹시 누군가, 아버님께 누명을 씌우고 싶어 할 만한 사람이 있었습니까?"

"누명을 씌운다고요? 어떻게요? 그분이 알지도 못하는 네 사람을 죽여서요? 그리고 그분의 지문과 DNA를 현장에 갖다놔서요? 데커 요원님, 아버지는 별로 중요한 사람도 아니었어요. 왜 굳이 누군가가 그분에게 누명을 씌우려고 시간을 낭비했겠어요?"

"없다는 뜻으로 받아들이면 되나요?"

가드너는 굳이 대답조차 하지 않았다.

"아버님은 팔에 난 상처가 애비게일의 손톱에 할퀸 게 아니라 넘어져서 생긴 거라고 하셨습니다."

"하지만 역시, 그분 DNA가 그 아이의 손톱 밑에서 발견됐죠. 그게 중요하지 않나요?"

"우린 또한 아버님이 **실제로** 무고했다면 얼마든지 변론을 제시하고, 다른 누군가의 이름을 댈 수 있었을 거라고 생각합니다. 예컨대, 다른 사람이 자기 팔을 할퀴었다고 말할 수도 있었겠죠. 그 사람이 **자기** 손톱에 낀 DNA를 애비게일의 손톱 밑에 심었다고요."

데커는 약간 뒤로 기대앉았다. 진실의 순간이었다. 자기 말의 속뜻을 충분히 눈치챌 만큼 가드너가 예리하다는 걸 데커는 알았다.

하지만 가드너의 입에서 나온 말은 데커의 허를 찔렀다. "아버지는 실직 후에 질 나쁜 사람들과 어울려 다니기 시작했어요, 데커 요원님."

"재판에서 그런 이야기는 나오지 않았는데요."

"음, 하지만 사실이에요. 그분은 돈이 절박했죠. 그래서 범죄를 저지르기 시작했지만, 제가 알기로는 그 살인이 있기 전까지 단 한 번도 걸리지 않았어요. 전에도 말씀드렸지만, 아버지는 엄마의 진통제를 살 돈을 구할 수만 있다면 무슨 일이든 마다하지 않았죠. 그러니 어쩌면 어떤 다툼에 휘말려서 다쳤을지도 몰라요. 그리고 그 얘기를 하면 이미지가 안 좋아질까 봐, 혹은 경찰에 그 얘기를 하면 자기를 다치게 한 사람이 해코지를 할 수도 있으니 무서워서 입을 다물었겠죠."

마스는 불신이 담긴 어조로 물었다. "하지만 그분은 살인죄로 재판받고 있었어요. 그보다 더 무서울 게 뭐가 있죠?"

가드너는 굳이 마스를 돌아다보지도 않았다. 계속 데커만 뚫어져라 보고 있었다. "어쩌면 저와 엄마를 보호하려고 그랬는지도 몰라요. 입을 열면 '공범'이 우리를 해칠까 봐."

그 순간, 데커는 자신이 미치 가드너를 크게 과소평가했음을 깨달았다.

"흥미로운 가설이네요." 데커가 말했다.

"정말요?" 가드너가 말했다. "제 생각엔 그게 당신 질문에 제대로 된 대답을 안겨주는 **유일한** 가설인 것 같은데요." 가드너는 다시 시계를 보고 덧붙였다. "음, 시간이 다 됐네요."

"저희가 더 여쭤볼 게 생기면 어쩌죠?" 데커가 물었다.

"다른 누군가에게 물어보시면 되죠."

가드너는 두 남자를 남겨두고 방을 나갔다.

잠시 후, 문이 열리고 다시 닫히는 소리가 들렸다. 그 후 차고 문이 올라가고 차가 빠져나갔다. 두 남자는 창밖으로 가드너가 은색 포르셰 SUV를 타고 정문으로 향하는 모습을 지켜보았다. 정문이 열리더니, 잠시 후 가드너가 사라졌다.

"신사분들?"

두 남자가 돌아보니 하녀 제복을 입은 여자가 서 있었다. "가드너 부인이 제게 두 분을 배웅하라고 하셨습니다."

집을 나오는 길에 마스가 물었다. "우리 방금 제대로 한 방 먹은 거 맞죠?"

"맞아요."

0036

데커와 마스가 리처즈가 살던 집의 진입로로 들어선 시각은 정확히 6시 30분이었다. 두 남자는 집 뒤편 주차 공간에 차를 세운 뒤 내렸다. 아직은 비가 오기 전이었지만, 일기예보에 따르면 곧 비가 내린다고 했고, 검은 구름을 보니 예보가 맞을 듯했다.

마스는 그 낡은 집을 올려다보았다. "여기가 그 모든 일이 일어난 곳인가요? 그리고 당신이 살인사건 담당 형사로 첫발을 뗀 곳이고요?"

"확실히 불길한 시작이었죠." 데커가 침울하게 툭 내뱉었다.

"이봐요, 당신한테는 처음이었잖아요. 내가 텍사스에서 처음 공을 잡았을 때도 그렇게 잘했을 것 같아요? 실수하면서 배우는 거예요, 데커. 당신도 알잖아요."

"음, 난 이 사건에서 평생 지고 가야 할 실수를 했어요."

데커는 앞장서서 쪽문으로 갔다. 데이비드 카츠도 아마 이 문을 통해 집으로 들어갔으리라. 내티에게서 받은 열쇠로 잠긴 문을 열고 다용도실로 들어갔다. 위층 부엌으로 이어지는 짧은 계단이 있었다.

"그러니까 우린 뭐랄까, 범죄현장 시찰을 하려고 여기 온 건가요?" 마스가 물었다.

데커는 잠시 침묵 속에서 좁은 공간을 둘러보았다. 세탁기와 건조기를 위한 배선과 냉난방 장치가 있었다.

"카츠는 왜 차를 여기다 세우고 들어갔을까요?" 마스에게 묻는다기보다는 혼잣말에 가까운 어투였다.

"음, 어쩌면 늘 여기로 드나들었는지도 모르죠."

"전에 여기 왔었다는 기록은 전혀 없어요."

마스는 그 공간을 둘러보았다. "음, 그럼 좀 이상하네요. 왜 앞문을 놔두고 이리로 들어왔을까요?"

두 남자는 계단을 올라 부엌으로 들어갔다.

"리처즈가 이리로 들어오라고 한 건 아닐까요?"

"나야 모르죠." 데커가 대꾸했다. "난 누가, 왜 그 미팅을 잡았는지 모르니까요. 아니, 그게 미팅이었는지 아니면 그냥 잠깐 한담이나 나누려던 거였는지도요."

두 남자는 데이비드 카츠가 총에 맞은 지점에 이르렀다.

"카츠는 여기 쓰러졌고, 마시고 있던 맥주병은 바닥에 떨어졌지만 깨지진 않았죠."

"그렇군요. 그 후에 돈 리처즈가 총에 맞았고……."

데커는 한 손을 들어 올렸다. 방금 뭔가를 '클라우드'에서 내려받았는데, 아무래도 말이 되지 않았다.

"뭐죠?" 전에도 그 표정을 본 적 있는 마스가 물었다.

"두 가지요. 맥주병은 바닥에 떨어졌을 때 거의 비어 있었어요."

"그걸 어떻게 알아요?"

"엎질러진 자국과 바닥의 맥주량으로요."

"일부는 말랐을 수도 있지 않을까요?"

"그걸 감안하고라도요."

"그렇군요. 그럼 나머지는 마셨겠네요."

데커는 고개를 저었다. "부검을 했을 때 카츠의 배 속에는 맥주가 거의 없었어요."

"그건 말이 안 되잖아요. 그럼 또 한 가지는 뭐죠?"

데커는 눈을 감고 두 이미지를 머릿속에 불러냈다.

"카츠는 오른손잡이였어요. 하지만 우리가 맥주병에서 찾아낸 지문은 왼손 지문이었어요."

"음, 이상하네요. 전에는 그걸 못 봤어요?"

"아뇨, 실은 봤어요. 하지만 때로는 다른 손으로 술을 들기도 하니까 전혀 중요하지 않다고 생각했죠. 다들 그런 경험이 있으니까요."

"그런데 지금은?"

"지금은 어긋나 보이는 모든 걸 살펴보는 중이죠."

"그런 식으로 보면 뭐가 새로 보이는데요?"

"카츠가 죽은 후 누군가가 카츠의 손을 맥주병에 갖다 댔는데, 잘못된 손을 사용했을 가능성이요."

"맥주를 마시고 있었던 것처럼 보이게 만들려고요? 그게 왜 중요하죠?"

"나도 모르죠."

마스가 불안한 얼굴로 데커를 보았다. "그리고 배 속에 맥주가 거의 없었다면, 거기서 이상한 점을 알아차렸어야 하지 않나요?"

"그랬어야 했죠." 데커는 순순히 인정하고 바닥을 내려다보며 말을 이었다. "하지만 카츠가 맥주를 마시지 않았다면, 대체 누가 마신 걸까요?" 그리고 부엌 개수대를 바라보며 덧붙였다. "어쩌면 저기로 내려갔으려나."

"병에 든 맥주를 대부분 마신 것처럼 보이게 만들려고요?"

"그럴 계획이었다면, 그자는 부검에 문외한이었던 거죠. 내가 검시 보고서를 꼼꼼히 읽지 않아서 그 점을 완전히 놓쳤으니 어차피 달라질 건 없었겠지만요." 데커는 주먹으로 벽을 쾅 친 후 상처 난 곳을 문질렀다. "사실은, 우리가 지문을 찾아냈을 때 모든 게 바뀌었어요, 멜빈. 난 이 짓을 저지른 인간을 정말 간절히 잡고 싶었어요. 그리고 그 지문은 곧장 메릴 호킨스를 가리켰죠. 그 지점에서 다른 건 하나도 중요하지 않았어요."

"이해해요, 데커. 그리고 이 일로 당신이 얼마나 자책하는지도 알아요. 어쩌면 그러는 게 옳을지도 모르죠. 하지만 당신은 잘못을 바로잡을 두 번째 기회를 얻었잖아요. 그러니 머리를 비우고, 죄의식을 떨쳐버리고, 집중해요. 당신이 이 일을 해낼 수 있다는 걸 난 알아요, 친구."

데커는 마음을 가라앉히려고 심호흡을 두어 번 했다. "좋아요, 문제는 늘 이거였어요. 살인자, 또는 살인자'들'이 여기까지 어떻게 왔을까? 놈들은 하나뿐인 차도로 오면서 다른 집들을 지나쳐야 했어요. 하지만 아무도 그들을 못 봤죠. 다른 차가 왔었다는 흔적도 전혀 없고요. 만약 왔었다면 반드시 흔적이 남았어야 합니다."

"그럼 아마 걸어왔나 보죠."

"여기 왔을 때는 이미 비가 내리기 시작한 **후여야** 해요. 하지만 이 집에는 그랬던 흔적이 전혀 없었죠. 아무리 꼼꼼히 청소를 했다 해도, 흔적을 하나도 안 남기는 게 과연 가능할까요?" 데커는 불신으로 고개를 저었다. "그런 건 불가능해요."

"음, 살인자들이 비가 오기 **전에** 집에 들어와 있었다면요? 카츠가 들어오길 기다렸다가 급습한 거죠. 그리고 다른 사람들까지 전부 죽이고."

데커도 이미 생각해본 가능성이었다. "그건 그들이 비가 오기 전, 사람들에게 목격될 위험이 있는 백주 대낮에 여기 왔어야 한다는 뜻이에요. 그랬다면 그들이 오는 걸 본 사람이 있었을 거고요."

"어쩌면 길 쪽에서가 아니라 집 뒤쪽에서 왔을 수도 있잖아요."

"그리고 모두를 죽이려고 몇 시간이나 기다려요? 어째서?"

"나도 모르죠." 마스가 인정했다. "어쩌면 피해자들을 죽이기 전에 뭔가 정보를 얻어낼 생각이었을지도요."

"그것도 한 가지 가능성이네요, 멜빈. 흥미로운 가능성이기도 하고요."

"여기서 목격된 유일한 차는 카츠의 차였다는 거죠?"

"맞아요. 수전 리처즈의 차가 한 대 있었고 다른 차는 수리점에 있었는데……."

그 순간 데커의 클라우드에서 한 이미지가 떨어지며 다른 것들을 덮었고, 데커는 그 자리에서 얼어붙었다.

"뭐예요, 데커?" 마스가 물었다.

데커는 상념에서 빠져나오면서 느릿느릿 대답했다. "돈 리처즈와 아들, 프랭키는 가슴에 총을 한 방씩 맞았어요. 둘 다 심장을 관통했죠. 즉사. 하지만 카츠는 달랐어요. 머리에 총을 맞았죠, **두 방**. 관자놀이와 뒤통수에." 그리고 마스를 건너다보았다. "왜 그럴까요? 왜 카츠한테만 다른 시나리오를 썼죠?"

"어쩌면 범인들과 맞서 싸우거나 도망치거나 해서 머리를 쏘아야 했겠죠. 뒤에서 쏘아 멈춘 다음 관자놀이에 쏜 거죠."

"사실 상처의 순서는 그 반대였어요. 관자놀이가 먼저, 그 후 뒤통수였죠. 관자놀이 총상은 의심할 바 없이 치명적이었어요. 카츠는 바닥에 쓰러졌을 겁니다. 그렇다면 왜 이미 죽은 걸 알면서도 다시 머리를 쐈을까요?"

마스는 고개를 저었다. "이해가 안 가요."

"애비게일의 목을 조른 이유는, 제 생각에, 호킨스의 DNA를 그 아이의 손톱 밑에 심으려면 그게 가장 설득력 있는 방법이기 때문이었어요. 놈들이 애비게일의 살해 방식에 그렇게 용의주도함을 발휘했다면, 어쩌면 카츠의 머리를 두 방 쏜 데에도 비슷한 목적이 있었을지 몰라요."

"하지만 그 목적이 뭘까요?"

데커는 손으로 총 모양을 흉내 내어 관자놀이에 갖다 댔다. "빵. 남자가 쓰러진다. 허리를 숙여 내려다보고 빵, 뒤통수에 총을 쏜다."

"맞아요, 하지만 어째서?"

데커는 몸을 곧게 펴고 손을 내려다봤다. "관자놀이에 쏜 총탄으로는 숨길 수 없던 뭔가를 숨기려고요."

"그게 뭔데요?"

"뒤통수의 타박상, 아마도."

"무슨 타박상이요?"

"카츠가 의식을 잃게 만든 타박상이요. 차로 이곳까지 옮겨진 후 살해당하기 **전에.**"

0 0037

마스는 어리둥절한 표정으로 데커를 보았다. "잠깐만요, 당신 말은 카츠가 여기까지 차를 몰고 온 게 **아니라는** 겁니까?"

"카츠의 **차**는 확실히 여기로 왔어요. 하지만 그걸 운전한 사람이 과연 카츠였는지 어떻게 알죠? 우린 처음부터 그게 카츠였다고 단정해버렸어요. 하지만 카츠는 의식을 잃은 채 뒷좌석 트렁크에 실려 있었을지도 모릅니다. 살인자나 살인자'들'이 차에 실어 여기다 갖다놓은 거죠. 이웃들은 차만 봤지 운전자는 못 봤어요. 그 사람들은 카츠를 전혀 모르니, 심지어 실제로 봤다 해도 누군지 몰랐겠죠."

마스가 말했다. "그러면 왜 차를 집 뒤에 세우고 쪽문으로 들어왔는지가 설명되겠네요."

"맞아요. 의식을 잃은 카츠를 앞문으로 싣고 들어올 수는 없었으니까. 그리고 그러면 맥주병에 남은 카츠의 왼손 지문도 설명이 되겠죠. 그냥 거기에 손을 갖다 댄 겁니다. 카츠가 오른손잡이인지 왼손잡이인지는 몰랐겠죠. 그냥 자기 의지로 여기 와서 맥주를 마시다가 총에 맞은 것처럼 보이기만 하면 목적 달성이니까."

"하지만 아까 카츠의 위에 맥주가 **조금은** 들어 있었다고 했잖아요."

"깨워서 마시게 했거나, 아니면 정신을 잃고 있을 때 목에 조금 흘려 넣었겠죠. 그러면 다른 차의 흔적이 전혀 없는 것, 그리고 살인자들이 집에 들어올 때 응당 남겼어야 할 비의 흔적이 없는 것도 설명이 돼요. 비가 오기 **전에** 이미 집 안에 들어와 있었으니까. 하지만 당신이 추론한 대로 카츠가 오기 전에 미리 와 있었던 게 아니라, 카츠와 **함께** 왔기 때문이죠. 그리고 비가 시작된 후 집을 나섰으니, 실내에는 아무런 비의 흔적도 남지 않았을 테고요."

"그리고 놈들이 걸어서 집 뒤로 나갔다면, 비가 모든 흔적을 덮어줬겠군요."

데커가 고개를 끄덕였다. "그리고 난 그 모든 걸 이것 때문에 놓쳤죠."

데커는 마스를 이끌고 다시 거실로 가, 벽에 붙은 전등 스위치를 가리켰다. "우린 여기서 지문을 발견했어요. 내 시선이 여기에 머물렀던 건 전등 스위치 판에 피가 묻어 있기 때문이었죠. 지문은 찍혀 있지 않았어요. 그보다는 팔이나 손을 문댄 흔적 같았죠. 하지만 난 그 피를 보자마자 지문을 찾아봤고, 있었어요. 그리고 그건 호킨스의 것과 완벽하게 일치했죠. 법정에서 증거로 내놓기에 손색없을 정도로. 홈런이었죠. 그리고 호킨스는 이 집에 왔던 적이 한 번도 없다고 했어요. 하지만 그날 밤 여기 없었다면 그 지문이 도대체 여기 어떻게 남았겠어요? 그건 호킨스가 거짓말한다는 증거였고, 그로써 호킨스의 운명은 결정됐죠. 그거랑 애비게일 손톱 밑의 DNA로요."

"그리고 당신은 지문을 위조하는 게 어려울 거라고 말했죠."

"맞아요. 그걸 정말 잘하려면 감식에 관해 좀 알아야 하고, 각 단계를 거칠 때마다 특수 장비들이 필요해요. 그리고 심지어 그 모든 걸 다 갖췄다 해도 망칠 가능성이 얼마든지 있고요."

"젠장, 그렇게 복잡할 줄은 몰랐어요."

"〈CSI〉를 본 적이 없나 보군요."

"그게 방영될 때 난 감옥에 있었거든요, 데커. 그리고 이유는 말 안 해도 알겠지만, 〈CSI〉는 재소자들한테 그리 인기 있는 프로그램이 아니죠."

"하여튼 요는, 내가 호킨스의 지문이 진짜라고 말한 전문가를 신뢰한다는 겁니다."

"그럼 호킨스는 여기 있었어야 해요. 달리 방도가 없잖아요."

데커는 듣고 있지 않았다. 얼어붙은 듯 스위치 판을 뚫어져라 보고 있었다. 그 후 다시 부엌으로 달려가 그곳 전등 스위치를 보았다. 그리고 잠시 후, 다른 방으로 가서도 똑같이 했다. 마스는 어찌된 영문인지 모르겠다는 표정으로 매번 데커를 따라다녔다.

"데커, 괜찮아요?"

거실로 돌아온 데커는 주머니를 뒤져 스위스 아미 나이프를 꺼내고는, 그중 드라이버를 펼쳤다.

"이건 아마 그날 밤 벽에 있던 바로 그 전등 스위치 판일 겁니다."

"그렇군요. 그런데요?"

"이건 다른 방들에 있는 스위치 판들하고 달라요."

데커는 나사를 돌려 푼 후 판을 벽에서 떼어냈다. 그 밑에는 더 작은 직사각형 흔적이 있었다.

"이거 보여요, 멜빈?"

마스는 데커를 보았다. "보여요. 그런데 그게 무슨 뜻이죠?"

"원래 스위치 판은 **더 작았어요.** 도색된 부분과 판에 가려져 있던 부분 사이에 윤곽선이 있죠. 페인트가 흐려진 자국이 보이는데, 그건 오랫동안 빛에 노출되었기 때문이에요. 그걸 가리려면 크기가 같거나 더 큰 판이 필요했겠죠."

"잠깐만요, 누군가가 호킨스의 지문을 그 판에 묻힌 다음, 그걸 여기로 가져와서 원래 있던 다른 판과 바꿔치기했다는 말이에요?"

"그래요."

"망할."

"그러면 호킨스의 **진짜** 지문은 **원래** 표면에 남아 있게 되죠. 그게 내 전문가가 위조가 아니라고 맹세했던 이유고요." 데커는 잠시 입을 다물었다. "대신 그건 **날조**였죠. 지문을 범죄현장으로 옮겨오되, 의심을 피할 수 있는 방법을 택한 겁니다. 예컨대 유리잔 같은 물건은 쉽게 범죄현장에 가져다놓을 수 있어요. 하지만 전등 스위치 판은? 집의 일부처럼 보이죠. 움직일 수 없는. 하지만 그렇지 않아요. 사실 나사 두 개면 전부 해결되죠. 내가 방금 들어낸 것처럼."

"누군지 몰라도 그 남자에게 누명을 씌우려고 꽤나 공을 들였네요."

"그건 그 동기가 꽤 중요하다는 뜻이죠. 하지만 핵심은 메릴 호킨스가 아니에요. 호킨스는 장기판의 말에 불과했어요. 누굴 택했어도 상관없었겠죠. 하지만 놈들은 여러 이유에서 호킨스를 택했어요. 그리고 그건 이 살인이 그냥 묻지 마 강도질이 잘못된 방향으로 틀어진 게 아니라는 증거예요. 이제 초점은 피해자들에게 맞춰야 해요. 그 사람들이 죽길 바란 게 누굴까요?"

"음, 피해자는 네 사람이었죠. 내 생각에 아이들은 빼도 될 것 같아요. 어떤 열받은 중학생이 이런 짓을 했을 리는 없으니까요."

데커가 고개를 끄덕였다. "그렇다면 데이비드 카츠와 돈 리처즈,

둘 중 한 명이거나 아니면 둘 다겠죠."

"두 사람이 사업을 같이 했다고 했죠. 카츠는 사업가였고, 리처즈는 은행원이었고."

"맞아요."

"둘이 친구 사이였나요?"

"우리가 알아본 바로는 아니었어요. 레이철 카츠도 아니라고 했고요. 리처즈 부부 쪽이 더 나이가 많고 아이도 있었는데 자기들은 없었다고. 그리고 그런 식으로 친해지기엔 둘 다 일이 너무 바빴다고 했죠. 적어도 본인 말로는 그랬어요."

"그리고 레이철과 수전 중 카츠가 그날 밤 왜 이 집에 왔는지 아는 사람이 있었나요?"

"둘 다 카츠가 이 집에 왔었다는 사실도 몰랐어요. 본인들 증언에 따르면요. 그렇다고 진실이라는 뜻은 아니지만요."

"그럼 카츠는 그냥 들른 걸까요?"

"카츠의 휴대폰에서 리처즈의 휴대폰으로 그 전날 통화한 내역이 있었어요. 그러니 둘이 만나기로 약속했을 수도 있죠."

"카츠가 리처즈에게 전화를 했다면, 카츠 쪽에서 만나자고 한 걸까요?"

"그럴 수도 있죠." 데커가 동의했다. "하지만 카츠가 리처즈에게 전화를 했다 해도, 그게 곧 카츠가 만남을 청했다는 뜻은 아니에요. 그냥 갑자기 전화를 했는데 리처즈가 자기 집에 오라고 초대했을 수도 있죠."

"하필이면 아내가 집에 없을 걸 아는 시각에…… 그게 중요할까요?" 마스가 물었다.

"아주 중요할 수도 있어요. 특히 수전 리처즈가 실종됐다는 사실을 감안하면요."

마스가 말했다. "음, 리처즈는 은행에서 일했잖아요. 어쩌면 거기서 뭔가 일이 이상하게 돌아간다 싶어서 카츠한테 조언을 구하려고 한 건 아닐까요?"

"그리고 그 후 누군가가 여기 와서 그들을 죽였죠. 그리고 목격자를 없애려고 아이들까지 살해했고. 하지만 그러려면 위험을 무릅써야 했어요. 누굴 노렸든, 왜 그 대상이 혼자 있을 때를 기다리지 않고 사람들로 가득할 때 범행을 저질렀을까요?"

"어쩌면 시간이 촉박했고 누군가가 자기들이 하던 짓거리를 불어버릴까 봐 겁이 났는지도 모르죠."

데커는 비참한 얼굴로 스위치 판을 응시하고 있었다. "작은 차이일 뿐이지만, 난 그걸 진즉 알아차렸어야 했어요."

"놈들은 당신과 다른 모든 사람들을 가지고 놀았어요."

"신참의 실수였죠. 해서는 안 되는 가정을 해버렸어요."

"하지만 이제 알아냈고, 그걸 바로잡을 제2의 기회를 얻었잖아요. 내게 했던 것처럼요. 당신은 내게 제2의 기회를 줬어요."

"당신은 나한테 엄청 너그럽군요."

"음, 친구라면 때로 그럴 필요가 있죠. 하지만 때로 엉덩이를 걷어차줄 필요도 있죠. 그리고 때가 오면 난 그 기회를 마다하지 않을 거예요. 믿어도 돼요."

"당신이라면 충분히 그럴 거예요, 멜빈."

데커의 휴대폰이 울렸다. 밀러 서장의 전화였다.

"수전 리처즈가 발견됐어."

"어디서요?"

"두 타운 떨어진 곳에서."

"연행하셨나요?"

"그래. 영구차로. 리처즈는 자살했어, 에이머스."

0 0038

데커는 또다시 영안실에서, 이번에는 다른 시신을 보고 있었다.

여자는 죽은 게 아니라 잠든 것처럼 보였다.

"시신들이 점점 쌓여가네요." 검시관이 수전 리처즈의 시신을 도로 시트로 덮으며 말했다.

"사망 원인은요?"

"지금으로선 가장 확실한 추측은 약물 과용입니다. 여자들이 자살할 때 흔히 택하는 방법이죠. 남자들은 총으로 머리를 날려버리고요."

이상한 냄새를 맡고 버려진 건물에서 수전 리처즈를 발견한 것은 근방에서 일하던 건설 노동자였다.

"사망 시각은요?" 데커가 물었다.

"사후강직 상태로 미루어볼 때 죽은 지 시간이 꽤 지났어요. 좀 더 확실한 추정치는 나중에 얻을 수 있을 겁니다."

"사망 시각이 실종 시각과 가까울 수도 있을까요?"

검시관은 턱을 문지르며 시신을 건너다보았다. "네, 사실상 그럴 수 있습니다."

리처즈가 차에 실었다는 여행가방은 시신과 함께 발견되지 않았고, 그 사실은 이미 데커에게 전달되었다.

"약병 같은 게 함께 발견되진 않았나요? 아니면 유서나?"

검시관은 고개를 저었다. "아뇨, 둘 다 없었어요."

문이 열리더니 잔뜩 쪼그라들고 우울해 보이는 블레이크 내티가 들어왔다. 내티는 수전 리처즈에게 공허한 눈길을 보내며 물었다. "그래서, 자살입니까?"

"아직은 몰라요." 데커가 대답했다.

내티가 말했다. "음, 만약 자살했다면, 우린 그 이유를 알지. 리처즈가 호킨스를 살해한 거야."

"그게 사실이라면 엉뚱한 사람을 죽인 거죠." 데커가 말했다.

내티가 손을 내저어 일축했다. "그건 자네 이론이고."

"이제는 단순한 이론 이상입니다." 데커는 그렇게 받아치고 리처즈의 옛집 전등 스위치 판에 관해 설명했다. "그리고 놈들은 우리의 관심을 끌어서 지문을 발견하게 하려고 스위치 판에 카츠의 피를 묻혀놨어요."

"그 지문과 스위치 판은 어디서 났는데?"

"가장 손쉬운 출처는 호킨스의 집이었겠죠. 놈들이 카츠의 피를 지문에 묻히지 않은 건 융선을 망가뜨리지 않기 위해서였을 겁니다."

"그럼 여자애의 손톱 밑에서 DNA가 발견된 건?" 내티가 따지고 들었다.

"놈들이 그 아이를 고른 건 다른 사람보다 더 작고 힘도 약하기 때문이에요. 그리고 아이의 손톱 밑에 DNA를 심으려면 그럴싸한 시나리오가 필요했겠죠. 목이 졸리는 와중에 저항하는 상황은 거기에 제격이고요."

"하지만 데커……." 검시관이 끼어들었다. "난 당신이 그 사건을 재검토한다는 말을 듣고 예전 보고서를 꺼내서 훑어봤어요. 누군가 다른 사람이 호킨스를 할퀸 다음 손톱 밑에 낀 걸 애비게일 리처즈의 손톱 밑에 심는다면, 아마 그 다른 사람의 DNA도 발견될 확률이 높아요."

"만약 그 다른 사람이 가족이라도 그럴까요?" 이미 그 답을 알고 있는 데커가 물었다.

"음, 당연히 다르죠. 모든 인간의 DNA는 99.9퍼센트 일치합니다. 하지만 나머지 0.1퍼센트가 저마다 극적으로 다르죠. 일란성 쌍생아를 제외하면요. 하지만 만약 그 다른 사람이 호킨스의 가족이었다면 애비게일의 손톱에 행한 검사로는 제삼자의 DNA를 포착하지 못했을 겁니다. 그런 경우엔 추가적인 검사가 필요해요. 사실, 가족이든 아니든 제삼자로 인한 오염을 확인하려면 추가적인 검사가 필요했을 겁니다."

내티가 데커를 눈여겨보았다. "대체 어떤 가족을 말하는 건데?"

"사실 한 명밖에 있을 수 없죠. 딸인 미치요."

"왜 딸이 자기 아버지에게 누명을 씌우겠어?" 내티가 물었다.

"나도 모르죠." 데커는 검시관을 보았다. "미치의 DNA나 제삼자의 DNA가 그걸 오염시켰는지 여부를 추가 검사로 확인해볼 수 있는 DNA 표본이 아직 남아 있나요? 전에 확인해달라고 부탁드렸죠."

검시관은 고개를 끄덕였다. "확인했어요. 일부 남아 있더군요. 그래서 훨씬 좋은 장비와 지식을 갖춘 신시내티의 전문가에게 보내, 보다 정밀한 검사를 부탁해놨어요. 아버지와 딸의 DNA나, 혹은 다른 제삼자가 존재한다면 그것도 구분할 수 있을 거예요. 하지만 시간이 좀 걸릴 겁니다."

"뭔가 들어오면 바로 알려주세요."

"정말 딸이 연루됐다고 생각하나?" 내티가 물었다.

"그게 사실이라면 살인 무기가 호킨스의 벽장 벽 뒤 패널에서 발견된 이유가 설명될 겁니다. 호킨스의 집을 방문했던 수색팀 보고서를 다시 읽어봤는데, 미치가 벽에 이상한 곳이 있다며 먼저 주의를 끌었다고 씌어 있더군요. 수색팀은 그걸 어떻게 알았느냐고 묻지 않았고요."

"**자네는** 물어볼 건가?" 내티가 물었다.

"내가 다시 찾아가면 미치는 분명 변호사를 부를 겁니다. 어쩌면 이미 불렀을지도 모르죠. 지금으로선 그 여자는 난공불락이에요. 아니, 적어도 자신은 그렇다고 생각하겠죠."

데커는 수전 리처즈의 시신을 돌아본 후, 눈을 감고 한 목격자에게 들은 말을 떠올렸다. 그리고 그 위에다 자신의 머릿속 클라우드에서 손쉽게 내려받은 다른 사실들을 층층이 겹쳐놓았다. 뭔가 말이 안 되는 게 의식에 걸릴 때까지. 그리고 그건 깜빡이는 붉은 불빛처럼 두드러졌다.

내티가 말했다. "그럼 자네는 저 여자가 자살했다고 생각하지 않는 건가?"

데커가 눈을 떴다. "아니라고 거의 확신합니다."

"어떻게?"

"집을 떠났을 때 이미 죽어 있었다고 봅니다."

0 0039

이튿날, 데커와 마스는 수전 리처즈가 살던 집 앞에 서 있었다. 길 건너편에는 다시금 스크린 포치에 앉아 있는 애거사 베이츠가 눈에 띄었다.

"당신 말은 리처즈가 이미 죽어서 그 바퀴 달린 여행가방에 들어 있었다는 거죠?" 마스가 물었다.

데커는 무심하게 고개를 끄덕였다.

"그럼 다른 여자가 리처즈로 위장했다는 뜻이네요."

"애거사 베이츠는 멀리서 그 사람을 봤어요. 날도 어두웠고, 베이츠의 안경 렌즈 두께로 미루어보면 시력은 완벽함과 거리가 멀죠. 그리고 그 사람은 긴 외투와 모자를 쓰고 있었어요. 그것도 내가 보기엔 전혀 말이 안 돼요. 그날 밤은 따뜻하고 하늘에 구름 한 점 없었으니까. 베이츠에게 이웃이 아닌 걸 들킬 위험을 피하려고 변장을 한 겁니다."

"하지만 애초에 왜 그 사람이 리처즈가 아니었다고 생각하는 건데요?"

"리처즈의 차 머플러는 정말 시끄러웠어요. 그게 그 사람이 밖으로 나와서 시동을 건 후 가방을 가지러 **도로** 안으로 들어간 이유였죠."

"무슨 말인지 모르겠어요."

대답 대신, 데커는 거리를 가리켰다. "이런 식으로 생각해봐요. 이 모든 게 베이츠를 위한 쇼였다고. 그 사람은 베이츠가 차 시동 거는 소리를 듣길 바랐어요. 그래야 베이츠가 창밖을 내다보고 수전 리처즈라 생각되는 사람이 여행가방을 가지고 나오는 걸 볼 수 있을 테니까. 그러지 않고 밖으로 나와 먼저 가방을 차에 싣고 나서 차 시동을 걸면, 베이츠는 그 사람이 뭘 했는지 못 봤을 겁니다. 베이츠는 그 사람이 차에 여행가방을 싣느라 애를 먹었다고 했어요. 아마도 리처즈의 체중 때문이었겠죠." 데커는 말을 멈췄다가 다시 이었다. "옷이나 구두 같은 다른 것들을 거의 안 챙겨갔더군요. 뿐만 아니라 리처즈는 약을 잔뜩 복용하고 있었어요. 약품 캐비닛에서 봤죠. 남기고 간 것들 대부분은 대수롭지 않은 것들이었지만, 그중 한 가지는…… 고혈압 약이었어요. 매일 먹어야 하는 거요."

"그렇다면 누군가가 리처즈를 죽였다! 그리고 그 이유는……?"

데커가 말했다. "호킨스의 살인을 뒤집어씌우기 위해서죠. 그 후 리처즈가 죄의식 때문에 자살한 듯한 상태로 발견되고. 사건 종결. 적어도 호킨스의 살인과 관련해서는."

마스가 생각에 잠겨 고개를 끄덕였다. "인정해야겠네요. 전부 맞아떨어져요."

"하지만 그렇게 되면 수많은 질문들이 해결되지 않은 채로 남고 거기다 새로운 질문들이 잔뜩 생기죠. 그리고 13년 전 그 살인을 누가 저질렀는지, 혹은 누가 실제로 메릴 호킨스를 죽였는지는 여전히 오리무중이고요."

"음, 당신은 어떤 식으로든 호킨스의 딸이 연루됐다고 생각하는 거죠?"

"하지만 그걸 입증할 방법이 없어요. 적어도 아직까지는."

"하지만 어쨌든 그 모든 게 연관됐다고 생각하는 거죠? 그때도 그렇고 지금도 그렇고, 도대체 무슨 일이 일어난 걸까요?"

"음, 아직 설명되지 않은 요소가 하나 남아 있죠."

마스는 잠시 생각에 잠겼다. "당신을 쏜 남자."

"맞아요. 그 남자는 누구고, 왜 누군가가 그 남자를 고용해 날 쏘게 했을까요? 그리고 그 남자는 전에 트럭으로 내 차를 들이받아 날 죽이려 한 자와 동일 인물일까요?"

마스는 그 남자에게 베인 팔 부위를 문질렀다. "그 자식, 꽤 싸움을 잘하더군요. 그건 인정해야겠어요."

"그리고 다른 질문들도 있어요."

"예를 들면 어떤?"

"누군가가 카츠를 돈 리처즈의 집에 실어다 놓고 돈 리처즈의 가족과 함께 죽이려 한 이유가 뭘까요?"

"뭔가 범죄행위가 벌어지고 있다는 걸, 살인범들에게 해가 될 수 있는 뭔가를 그 두 남자가 알았기 때문이겠죠."

"맞아요. 하지만 카츠가 뭔가를 알았다 해도, 왜 카츠를 그 집에 실어다 놓고 다른 사람들까지 죽여야 했을까요?"

"왜냐하면 돈 리처즈도 뭔가를 알았으니까요. 놈들은 두 남자를 모두 제거해야만 했어요. 그리고 따로따로 처리하는 대신 한꺼번에 해치운 거죠."

"그렇네요. 하지만 문제는, 수전 리처즈는 거기 없었잖아요. 만약 남편이 누군가에게 해가 될 뭔가를 안다면, 아내도 알 수 있는 거잖아요."

마스는 손가락을 튕겼다. "어쩌면 **실제로** 알았는지도 모르겠네요. 그게 뭐든 거기에 연루된 거예요. 그게 수전이 그날 밤 집에 없었던 이유일지도 모르죠."

"그 설은 나도 이미 생각해봤어요. 한데 수전이 남편의 죽음을 방조할 수는 있어도, 자식들의 죽음마저 방조했다는 건 이해가 안 가요."

"그럼 그저 운이 좋아서 집에 없었던 거겠죠."

"하지만 이제는 죽었죠. 호킨스 살인의 제물이 되어. 호킨스를 죽일 동기가 있었으니까."

"데이비드 카츠나 돈 리처즈는 도대체 뭘 알았길래 목숨까지 잃어야 했을까요?"

"레이철 카츠는 재정적 지원을 등에 업고 벌링턴 곳곳에서 수많은 프로젝트를 진행 중이에요. 확실히 야심이 넘치더군요. 레이철 역시 그날 밤 거기 없었죠. 그래서 살아남았고요."

"그렇다고 살인범이 되는 건 아니잖아요, 데커. 사실 놈들이 13년 전의 느슨했던 매듭을 지금 마저 조이려 하고 있다면 이제는 오히려 타깃이 될 수도 있어요."

"음, 부부 중 한 쪽이 살해당하면 범인은 십중팔구 배우자죠. 수전 리처즈는 거기에 해당되는 것 같지 않지만, 레이철 카츠의 경우 진실일 가능성이 높아요."

"그만하면 결혼하지 말아야 할 이유로 충분하네요." 마스가 농을 던졌다.

"하퍼한테 그 이야기는 하지 말아요."

"전에도 말했지만 우린 그냥 즐기는 단계예요. 혼인증명서까진 필요 없죠."

"음, 난 레이철 카츠와 다시 이야기해봐야 할 것 같아요."

"내가 같이 가줄까요?"

데커는 친구를 뜯어보았다. "그래 줄래요, 정말로? 어쩌면 실제로 도움이 될 것도 같군요."

"어떻게요?"

"당신은 나보다 훨씬 멋지고 잘생겼으니까요. 그리고 무엇보다도 부자고요. 레이철 카츠는 당신을 만나면 아마 흥분할 겁니다."

0 0040

"포도주?"

레이철 카츠가 이미 코르크 마개를 딴 카베르네 포도주병을 들어 올리며 물었다. 검은 정장바지와 흰 블라우스에 하이힐을 신었고 머리는 프랑스식으로 우아하게 땋아 올렸다. 시간은 밤 9시에 가까웠다. 데커는 퇴근 후 자신의 펜트하우스에서 만나자는 카츠의 제의를 사양했지만, 마스가 그러자고 했다. 카츠는 포도주잔 하나를 마스에게 건넨 후 식탁을 돌아보고 자신의 잔을 집어 들었다.

"데커 씨와 같이 일하신다고요?"

"아뇨, 전 그냥 이 친구를 만나려고 여기 잠깐 들른 겁니다." 마스가 포도주를 한 모금 홀짝이고 소파 옆자리에 앉으면서 말했다. 데커는 두 사람 맞은편에 앉았다.

카츠는 뒤로 기대앉아 다리를 꼬고 포도주를 한 모금 들이켠 후 말했다. "음, 하필이면 오셨을 때 살인 사건이 일어나서 유감이네요. 자, 제가 뭘 도와드릴까요?"

"어디 외출할 일이라도 있으신 것처럼 보이네요." 데커가 말했다. "저희가 당신을 붙잡아두는 게 아니었으면 좋겠는데."

"나갈 일이 있긴 한데, 아직 시간이 좀 있어요." 카츠는 마스를 응시하며 설명했다. "제가 지분을 가진 새 나이트클럽이 있는데, 분위기 좀 확인하고 싶어서요. 중요한 문제거든요. 클럽은 자주 다니세요?"

"아, 네. D.C.에는 꽤 괜찮은 클럽들이 있어요. 그곳 부동산에 손을 좀 대봤죠." 마스는 데커를 한번 본 후 덧붙였다. "거기에다 댄스 플로어가 있는 바를 하나 열어볼까 생각 중이에요."

"음, 그럼 오늘 밤 절 따라오셔도 좋아요. 여긴 D.C.가 아니지만, 비즈니스 모델과 공간 배치에 신경을 많이 썼거든요. 한번 둘러보신다면, 어쩌면 하시려는 사업에 영감을 얻으실지도 모르죠."

"고맙습니다. 정말 그럴까 봐요." 마스가 데커를 재빨리 흘끗 보고는 말했다.

"수전 리처즈 씨 소식을 아마 들으셨을 것 같은데요." 데커가 말했다. "오늘 아침 뉴스에 나왔다고 들었습니다."

카츠는 얼굴을 찌푸리며 꼬았던 다리를 풀고 앞으로 몸을 숙였다. "정말 끔찍한 소식이었어요. 그런 식으로 자살을 하다니, 저로서는 도저히 상상도 안 가요. 하지만 그 사람이 정말 메릴 호킨스를 죽였다면 아마도……."

"그럼 그 사람이 범인이라고 생각하시는 건가요?" 데커는 물었다.

"제가 무슨 수로 그걸 확신하겠어요. 그렇잖아요? 하지만 좀 뻔한 결론 같긴 하죠."

"그리고 당신은 호킨스가 살해당한 시각에 얼 랭커스터와 함께 계셨죠?"

"전에도 말씀드렸듯, 그분이 이미 그렇다고 확인해주셨을 것 같은데요."

"사실 그것 때문에 그분 부인이 이 사건에 기피 신청을 해야 했죠." 데커는 거기까지 말하고 입을 다문 채 카츠의 반응을 기다렸다.

"무슨 말씀인지 알 것 같아요." 카츠가 말했다. "〈로 앤 오더〉나 뭐 그런 드라마에서 본 것 같아요."

"뭐 그런 거죠." 데커가 말했다. "남편분이 살해당한 그날 밤, 그분이 왜 돈 리처즈를 만나러 갔는지 전혀 모른다고 하셨죠? 아니, 심지어 만나러 갔다는 사실조차 몰랐다고 하셨죠?"

"맞아요."

"평소에는 남편의 스케줄을 꿰고 계셨습니까?"

"늘 그랬던 건 아니지만 대체로 그랬죠. 급히 잡힌 일정을 빼면요. 그이는 자기 사무실과 비서가 따로 있었어요. 그이 스케줄은 비서가 관리했죠."

"비서하고는 당시에 이야기를 나눠봤습니다. 하지만 혹시 당신이 뭔가 기억하실 수도 있지 않을까 해서요."

"음, 그 부분에선 어떻다 할 도움을 드리기가 어렵겠네요. 그리고 왜 이 일에 굳이 계속 신경을 쓰시는지 모르겠어요. 호킨스는 살인을 저질렀어요. 그건 재판에서 명확히 확정됐죠. 흠, 저는 그 남자를 죽인 범인이 누군지 전혀 모르지만, 이변이 없다면 아마도 종적을 감췄다가 자살한 채로 발견된 여자겠죠." 카츠는 포도주를 한 모금 더 홀짝였다. "난 사실 그 사람을 존경해요. 적어도 그 남자를 끝장낼 용기가 있었으니까. 난 그렇지 않았는데."

"음, 그분이 그랬는지 어떤지 우린 아직 모릅니다."

카츠는 무심한 태도로 손을 내저었다. "뭐, 아무튼 간에요. 그쪽

일은 제 분야가 아니니까요. 또 다른 건요?"

"혹시 미치 가드너를 아십니까?"

카츠는 어리둥절한 표정을 지었다. "미치 가드너요?"

"미치 호킨스로 알고 계실지도 모르겠네요."

"맙소사, 그 남자 딸 말이에요?"

"네."

"아뇨, 몰랐어요. 제가 왜 그딴 걸 알아야 하죠?"

"어쩌면 재판에서 보셨겠군요. 미치 호킨스는 증언을 해야 했으니까요."

"아뇨, 전 기억이 안 나요. 하지만 다른 증인들 몇 명이 그 사람 이름을 입에 올린 건 기억나요. 그중엔 당신도 있었고요. 난 심지어 그 사람이 어떻게 생겼는지도 몰라요."

"음, 그 이후로 많이 달라졌습니다. 좋은 쪽으로요. 인생이 바뀌었죠."

"그 사람한텐 잘된 일이네요. 살인자를 아버지로 뒀다는 게 쉬운 일은 아니었을 텐데."

"그럼 미치 호킨스와 이야기를 나눠본 적이 한 번도 없으시다는 거죠? 혹시 서신 교류는요?"

"없어요."

"지금은 트래멀에 삽니다. 무척 좋은 곳이죠. 부자예요. 어린아이가 있고요."

"잘됐네요. 나도 아이를 갖고 싶었는데."

마스가 말했다. "아직 젊으신데요. 늦지 않았어요."

카츠는 마스를 향해 웃음을 지었다. "다정하시네요. 하지만 이미 배가 떠난 것 같네요." 그리고 데커를 돌아보며 물었다. "다른 건 없나요?"

"남편분이 사망한 날, 두 분 사이에 대화가 있었습니까?"

"분명히 그랬겠죠. 우린 사실 그날 같이 자고 같이 일어났어요. 아마도 그날 아침 집을 나서기 전에 같이 커피를 마셨을 거예요."

"저는 그 이후를 여쭤보는 겁니다. 낮에는 어땠나요?"

"정말이지 기억이 안 나요. 옛날 일이잖아요."

"하지만 남편분이 리처즈를 만나러 간다는 말씀은 없으셨고요?"

"네. 그건 전에도 말씀드렸는데요."

"그냥 확인하는 겁니다."

"왜 나를 자꾸 함정에 몰아넣으려 한다는 기분이 들죠?" 카츠가 사납게 쏘아붙였다. "그래 봤자 소용없을 거예요. 난 아무것도 숨길 게 없으니까요."

"저는 그냥 무슨 일이 일어났는지 알아내려는 것뿐입니다."

카츠는 남은 포도주를 한 모금에 천천히 들이켜고 빈 잔을 탁자에 내려놓았다. "음, 그거라면 제가 도움을 드릴 수 있을 것 같네요. 호킨스는 내 남편을 포함해 네 사람을 살해했어요. 그 후에는 수전 리처즈가 그 남자를 죽이고 자살했고요. 사건 종결. 자, 간단하죠."

카츠는 일어서서 마스를 내려다보았다. "클럽으로 가기 전에 같이 한잔하면 어때요? 제가 아는 곳이 있어요."

마스가 일어섰다. "저야 좋죠."

"멜빈, 우린 그전에 해야 할 일이 있어요. 그것부터 마치고 카츠 씨를 만나러 가요." 데커가 끼어들었다.

마스가 카츠에게 시선을 보냈다. "그래도 괜찮겠어요?"

"그럼요." 카츠는 종이쪽지에 주소를 하나 적어서 마스에게 건넸다. "오늘 밤에 분명 재미있는 경험을 하게 되실 거예요, 마스 씨."

"멜빈이라고 부르세요."

"그건 좀 프로답지 못한 것 같은데요." 데커가 농담조로 말했다.

"난 늘 프로답게 행동해요." 카츠가 대꾸했다. "당신 친구분은 오늘 밤 그걸 확실히 아시게 될 거예요."

도로 차로 걸어가는 길에 마스가 물었다. "우리가 해야 할 일이라는 게 뭐죠?"

"오늘 밤 당신한테 도청장치를 설치할 겁니다."

"그럼 당신은 어디 있을 건데요?"

"밖에서 엿듣고 있어야죠."

"사건 때문에 이러는 거 확실해요? 혹시 내가 그 여자랑 얼빠진 짓이라도 할까 봐 걱정돼서 그러는 건 아니고요?"

"둘 다라고 해두죠, 멜빈. 아마도."

0 0041

데커는 '10번가와 메인'이라는 이름의 가게 앞에 세워둔 렌터카 앞 좌석에 앉아 있었다. 가게 이름은 실제로 가게 위치와 일치했다. 앞서 레이철 카츠가 지분이 있다고 말한 그 클럽이었다.

데커는 그곳이 꽤 인기가 많은 곳임을 눈치챘다. 대체로 젊은 층에 부유해 보이는 남녀들이 가게 앞에 긴 줄로 늘어서서 얼른 들어가지 못해 안달했고, 덩치가 대략 데커와 맞먹는 기도가 그들을 심사하고 있었다.

어쩌면 내 고향은 **실제로** 다시 일어서는 중인지도 모르겠군. 데커는 그런 생각을 했다. 부유한 밀레니얼 세대를 위한 지나치게 비싼 술집이 실제로 일반 대중의 경제사정이 나아지고 있음을 알려주는 유용한 지표라면 말이다.

이어폰을 재조정하자, 마스가 끼고 있는 도청기가 전해주는 클럽 안의 소음이 더 크고 명확하게 들려왔다.

데커는 긴 저녁을 위해 편안한 자세를 취했다.

*

10번가와 메인 안에서, 마스와 카츠는 로프를 쳐서 분리해놓은 구역에 자리를 잡았다. VIP 전용 예약석임이 분명했다. 음악은 시끄럽고 바는 미어터졌으며, 댄스플로어는 벌써부터 술에 취해 몸을 흔드는 사람들로 가득했다.

"지금까지 어떻게 생각해요?" 카츠가 물었다.

"분위기 좋고, 에너지 넘치고, 당신의 현금 흐름이 여기서 하늘까지 치솟는 게 보이네요."

"바의 위치는 테이블과 댄스 플로어에서 쉽게 접근할 수 있도록 세심하게 고려했어요."

"맞아요. 그러면 사업의 흐름이 끊기지 않죠. 그리고 여긴 테이블 대 단골 비율도 좋네요. 꽉꽉 채우지만, 그래 보이지 않아요."

"말씀하시는 걸 들으니 사업을 좀 아시나 봐요."

"이미 말했지만, 이것저것 건드려보는 중이에요. 여기저기에 부동산이 조금씩 있죠. 하지만 저는 주로 저소득층이랑 일하고, 그 사람들한테 기회를 주는 게 좋아요. 수익성이 높은 건 아니지만, 난 돈이 필요 없거든요."

카츠는 칵테일을 홀짝이고 음악에 맞춰 리듬을 타며 고개를 흔들었다. "무척 이타적이시네요. 내 사업 모델은 좀 다른데."

"어떻게 다른데요?"

"할 수 있는 한 부자가 되는 거죠." 카츠는 소리 내어 웃고는 잔에 든 얼음을 달그락거렸다.

"저마다 생각이 있는 거죠." 마스가 씩 웃으며 대꾸했다.

"데커랑 같이 일하신 지는 얼마나 됐죠?"

"음, 아까 말씀드렸듯이, 저는 그 친구랑 같이 일하지 않아요. FBI랑은 아무런 상관도 없고요. 하지만 우린 친구죠. 대학 때 미식축구를 했는데 서로 반대팀에서 뛰었어요. 저는 텍사스 롱혼이었고 데커는 오하이오 벅아이였죠. 전 공을 들고 달리고, 그 친구는 제게 태클을 걸었죠."

"태클에 성공했나요?"

"당시 그 어떤 선수 못지않게 잘했지만, 성공은 못 했죠."

카츠가 소리 내어 웃었다. "난 자신감 있는 남자가 멋지다고 생각해요."

"졸업반 때는 하이스먼 후보였지만 쿼터백한테 밀렸죠."

카츠의 눈이 휘둥그레졌다. "우와. 하이스먼요? NFL에서 뛰었어요?"

"그럴 뻔했죠. 하지만 커리어가 다른 쪽으로 전향됐죠."

"어디로요?"

"텍사스 교도소 사형수 감방으로요."

입을 쩍 벌리고 보던 카츠는 마스가 씩 웃자 손가락질을 하며 말했다. "제법이었어요. 하마터면 믿을 뻔했네요."

마스가 주위를 둘러보았다. "증축 비용이 꽤 들었겠는데요. 당신이 돈을 댔나요, 아니면 다른 자금원이 있나요?"

"자금을 제공하는 파트너들이 있어요. 그 사람들이 돈을 대고, 난 지역 노하우를 제공하죠. 난 거래를 성사시키고 계획을 집행해요. 내가 공인회계사라서 정말 편리하죠. 이건 겨우 지난 3년간 우리가 여덟 번째로 함께한 프로젝트예요. 그리고 우린 이 클럽의 콘셉트를 다른 주의 다른 도시들로 확장할 예정이에요."

"장거리 전략이네요. 좋죠. 공급 체인을 능률화하고 막후와 마케

팅 작전을 통합할 수 있다면, 사업을 키울수록 어느 정도 규모의 경제를 달성할 수 있죠."

마스를 보는 카츠의 눈동자에 새로운 존경의 빛이 떠올랐다. "정확해요. 그러니까, 당신은 데커의 친구로 왔다고요? 하지만 수사를 돕고 있는 건 아니고요?"

"전 제가 그 친구의 공명판인 것 같아요. 그 친구는 셜록 홈스고 난 왓슨 박사죠."

"그분이 정말 그렇게 뛰어난가요?"

"FBI는 그렇게 생각하는 게 분명해요. 그리고 전 그 친구가 기적을 일으키는 걸 몇 번이나 봤어요. 거기다 누군가가 그 친구를 죽이려 했죠. 그것도 두 번이나. 그러니 틀림없이 뭔가 숨겨야 하는 게 있는 거죠. 안 그런가요?"

"맙소사, 그건 몰랐어요."

마스는 다친 팔을 풀었다. "그 자식은 내빼기 전에 나한테도 칼부림을 했어요."

"아 맙소사, 딱하기도 해라."

"심한 건 아니에요. 멀쩡해요."

"범인이 누군지, 혹시 짚이는 데 있어요?"

"아직은요. 하지만 찾아낼 때까지 계속 애써야죠."

"술 한잔 더 할래요? 가게에서 낼게요."

"그러지 않으셔도 되는데."

"난 그래야겠어요, 멜빈."

마스는 씩 웃었다. "좋아요, 고마워요. 똑같은 거로, 얼음 없이."

카츠는 일어나서 바를 향해 걸어갔다.

마스는 자리에 그대로 앉은 채, 겉보기에는 세상에 걱정 하나 없는 모습으로 음악에 맞춰 고개를 흔들고 있었다. 흘러나오는 노래 가사를 따라 부르듯, 입술을 달싹거렸다. "다 잘 듣고 있죠, 데커?"

"크고 선명하게요. 카츠는 당신이 정말 마음에 들었나 봐요."

"아름답고 섹시한 숙녀지만, 내 취향은 아니에요."

"당신 취향은 뭔데요?"

"그냥, 내 취향에는 좀 너무 무자비해 보여요. 돈에 목숨 걸었죠. 난 그렇지 않고요."

"당신이야 돈이 많으니 그런 말이 쉽게 나오겠죠."

"그래요, 한 방 먹었네요. 지금 돌아오고 있어요. 통신 끝."

카츠는 새 술을 내려놓고 마스 옆에 앉았다. 이번에는 더 가까운 자리였다.

마스가 말했다. "D.C. 지역으로 올 생각은 안 해봤어요? 어쩌면 당신과 내가 사업을 같이 할 수도 있을 텐데요."

"그러면 멋지겠네요." 카츠가 반짝 웃음을 지어 보이며 맞장구쳤다.

"당신의 원래 파트너하고도 계속 같이 가도 돼요. 누굴 따돌릴 생각은 없어요. 날 그 사람들한테 소개하고 싶으면 내 신원 조사 같은 걸 해도 되고요. 난 전혀 상관없으니까."

"그래요, 생각 좀 해볼게요." 카츠가 술잔을 보듬었다. "데커가 계속 날 찾아와서 이것저것 물어보는 거 당신도 알죠? 내가 이 모든 일과 모종의 관계가 있다고 믿는 것 같아요. 하지만 그건 사실이 아니에요. 맹세코."

"그건 걱정 말아요. 그 친구는 그냥 혹시라도 뭔가 놓친 게 없는지 꼼꼼히 확인하고 있을 뿐이니까."

"지금쯤은 누구 의심 가는 사람이 생겼나요?"

"음, 사실 수전 리처즈를 호킨스 살인의 용의자로 보고 있었는데, 지금은 어떨지 모르겠네요."

"당신한테도 속내를 털어놓지 않아요?"

"전부는 아니에요. 홈스도 왓슨한테 뭘 감추고 그랬던 거 아시죠." 마스가 씩 웃으며 덧붙였다.

카츠는 마주 웃지 않았다. "남편을 그런 식으로 잃는 건 끔찍한 일이었어요."

마스는 엄숙한 표정을 지으며 카츠의 팔을 다독였다. "그야 당연하죠. 그건 누구도 겪어서는 안 되는 일이었어요. 그 누구도요."

카츠가 마스의 팔을 꼭 쥐었다. "고마워요."

마스는 주위를 둘러보았다. "듣자 하니, 이곳도 당신 거고 아메리칸 그릴도 당신 거라고요? 데커한테 들었어요. 그런 걸 문어발이라고 하나요?" 마스가 킥킥거렸다.

카츠가 웃음을 지었다. "아메리칸 그릴은 데이비드의 첫 프로젝트였어요. 난, 글쎄요, 그이에 대한 기억 때문에 그곳을 팔지 못하는 것 같아요. 거기서 돈을 많이 버는 건 아니에요. 사실, 오늘 밤을 기준으로 보면, 아마 그곳에서 6개월간 버는 것보다 여기서 1개월간 버는 게 더 많을걸요."

마스는 자신의 칵테일을 들어올렸다. "그냥 아메리칸 그릴에서 이 15달러짜리 하이볼을 팔기 시작하면 수익이 하늘로 치솟을 텐데요."

"글쎄요, 그릴의 손님들이 과연 그걸 얼마나 환영할지……. 거기 사람들은 5달러짜리 맥주 피처에 더 관심이 많거든요."

"화제를 바꾸려는 건 아니고, 남편분께 사업상의 동료들이 있었나요?"

카츠는 유쾌했던 표정을 지우고 가슴 앞으로 팔짱을 꼈다. "그건 왜요?"

"왓슨 배역에 좀 충실해볼까 해서요."

"그렇군요. 질문에 대답하자면, 아뇨, 그이는 외로운 늑대였어요. 자금은 전통적인 출처에서 얻었죠."

"지역 은행 같은? 돈 리처즈?"

"맞아요."

"그분 과거에 누군가 적이 될 만한 사람이 있었나요?"

"왜 그런 질문을 하는 거죠? 그이를 살해한 건 메릴 호킨스였잖아요."

"하지만 그게 아니라면요?"

"왜요, 그 사람이 자기 입으로 무죄라고 해서요?" 카츠의 어조에는 불신이 가득했다. "그 남자의 지문과 DNA가 범죄현장에서 발견됐어요."

"그건 조작이 가능해요."

카츠는 그 말에 깜짝 놀란 눈치였다. "그건 몰랐는데요. 데커가 그렇게 생각하는 건가요?"

"어쩌면요. 혹시 남편분께 적이 있었나요?"

"아뇨, 전 짚이는 사람이 아무도 없어요. 그이는 선한 사람이었어요." 카츠는 나지막이 덧붙였다. "사람들한테 잘해줬어요. 저한테도 잘해줬죠. 사람들을 함부로 대해서 미움이나 원한을 사는 타입이 아니었어요."

"그렇다면 어쩌면 그자들은 돈 리처즈를 노렸는지도 모르겠네요."

"그자들요?"

"호킨스가 범인이 아니고, 저 바깥에 살인범이 있다고 가정하면요."

"지문이나 그런 게 조작**됐다**는 증거가 있나요?"

"그건 제가 공식 지침서를 꺼내서, 경찰 조사가 진행 중이라 말씀드릴 수 없다고 대답해야 하는 질문이네요."

"하지만 당신은 FBI에서 일하지 않는다면서요."

"그렇다 해도 아무것도 누설할 수 없어요. 하지만 당신은 영리하니까 충분히 행간을 읽어낼 수 있겠죠?"

카츠는 불안한 태도로 칵테일을 마시며 대답을 피했다. "호킨스가 진범이 아니라면, 진범은 어쩌면 저 바깥에 있을지도 모르겠네요? 그 남자가 누굴지, 짚이는 데 있어요?"

"남자라는 보장이 있나요?"

카츠는 마스를 무섭게 쏘아보았다. "난 범행 시각에 알리바이가 있어요."

"그런 뜻이 아니었어요. 저 바깥에는 다른 여자들도 잔뜩 있죠."

"잠깐만요, 미치는…… 성이 뭐였더라?"

"미치 **가드너**요."

"그 여자는 예전 살인 사건 시각에 알리바이가 있었나요?"

"잘 모르겠는데요."

"음, 그걸 확인해봐야 할 것 같지 않아요?"

"분명히 데커가 전부 알아서 할 겁니다."

"재판 당시 증언에서 그 사람이 당시 중독자였다고 들은 걸 기억해요."

"그런 문제가 있었죠. 맞아요."

"그렇다면 어쩌면 마약을 살 돈이 필요해서 그 집을 털려 했을 수도 있잖아요."

"그럼 수전 리처즈는요?"

"빤하잖아요. 메릴 호킨스를 죽이고 자살한 거죠."

마스는 의심스러운 표정으로 카츠를 보았다.

"그렇게 생각 안 해요?" 카츠가 물었다.

"데커한테 들은 바로는, 미치는 정신이 나가 있는 비쩍 마른 마약중독자였어요. 그 사람이 성인 남자 둘을 포함해 사람 넷을 죽인다는 건 말이 안 돼요. 게다가 미치의 DNA와 지문은 현장에서 발견되지 않았고요."

"하지만 그건 조작이 가능하다고 당신이 말했잖아요."

"범죄현장에 증거를 갖다놓는 편이 증거를 없애는 것보다 더 쉬워요. 특히 지문과 DNA 같은 것들은요. 뭔가를 없애려다 사소한 것 하나라도 놓치면 망하는 거거든요. 내 말 믿어요. 경험에서 나온 말이니까."

"그럼 남은 건 뭐죠?"

"일련의 살인 사건들을 조사하는 일이 남았죠."

"이렇게 오랜 세월이 지난 후에도 진범을 찾아낼 수 있다고 생각해요?"

"난 전에 에이머스가 실패한다는 쪽에 내기를 건 적이 있어요. 그리고 졌죠."

"당신한텐 안됐네요."

"아뇨, 실은 그 친구가 내 목숨을 구해줬어요."

"진담이에요?"

"이보다 진담일 수 없죠." 마스가 자리에서 일어섰다. "이곳을 구경시켜줘서 고마워요. 당신은 정말 이곳의 승자네요."

"잠깐만요, 마지막으로 한잔 더 안 하고요? 내 아파트로 다시 가도 돼요."

"고맙지만, 오늘은 하루가 너무 길었어요. 나중에 다시 만날 수 있을까요?"

"그럼요, 당연하죠." 카츠의 표정에는 실망이 역력히 드러났다. "당신을 만나서 정말 반가웠어요."

"저도요. 덕분에 생각할 거리를 많이 얻어가네요. 어쩌면 당신도 그럴지 모르겠고요."

카츠의 표정이 바뀌어, 좀 더 음울하고 냉랭해졌다. 잠시 후 평정을 되찾은 듯 자리에서 일어난 카츠는 억지웃음을 지으며 한 손을 내밀었다. "그럼 다음에 봐요, 멜빈."

악수를 나눈 후 마스가 말했다. "다시 만나길 기대할게요, 레이철."

마스는 카츠를 두고 그곳을 나섰다. 카츠는 클럽의 파티 손님들에게 시선을 꽂고 있었지만 어쩌면 실은 그중 누구도 보고 있지 않을지도 몰랐다.

0 0042

“당신 생각은 어때요?” 마스가 물었다. 두 남자는 데커의 차를 타고 레지던스 인으로 돌아가는 중이었다.

“당신이 조사관을 하면 아주 끝내줄 것 같아요.”

“난 너무 캐묻는 것처럼 보이고 싶지 않아서 그랬어요.”

“그런 뜻으로 한 말이 아니에요. 신문에 진짜 뛰어난 사람들은 염탐하는 티를 조금도 내지 않죠. 당신이 바로 그랬어요. 너무 애쓰는 티를 내지 않으면서 신뢰를 얻는 데 능숙하던데요.”

마스는 데커와 주먹을 맞부딪쳤다. “고마워요. 그래서 다른 건요? 이게 뭐든, 카츠가 여기 연루된 것 같아요?”

“뭔가를 숨기고 있는 건 확실해요. 다만 그게 뭔지 모르겠어요. 미치 가드너도 마찬가지고요. 따지고 보면 수전 리처즈 역시 그럴지도 모르죠.”

“이 동네엔 뭔가를 숨기고 있는 사람들이 많네요.”

“새로울 건 없죠.” 데커가 투덜거렸다. “모든 도시에서 일어나는 일이에요."

마스는 시계를 확인했다. "자정이네요. 잠 좀 자두면 어때요? 우린 예전처럼 젊지 않다는 거 알죠?"

"그럼요." 데커는 그렇게 대꾸했지만, 잠잘 생각은 조금도 없었다.

*

레지던스 인에 도착해 마스가 자기 방으로 간 후, 데커는 도로 주차장으로 내려와 차를 몰아 출발했다. 머리를 자동조종 상태로 놓은 채 시내 중심가를 벗어나 자신이 10년도 더 전에 집이라고 불렀던 동네와 집을 향했다.

연석에 차를 세운 후 운전석 창을 내리고 엔진과 등을 껐다. 창밖으로 옛날 집을 내다보았다. 집은 어두웠고, 불빛이라고는 하나뿐인 가로등과 달이 전부였다.

도대체 여긴 왜 왔는지, 스스로도 도무지 모를 노릇이었다. 이곳을 보는 건 형벌이나 다름없었다. 기억들이 숨을 쉬는 것만큼이나 손쉽게 밀어닥쳤다. 눈을 감자 지난번 왔을 때처럼 이미지들이 갑자기 통제를 벗어나 질주했다. 마치 돌진하는 새 떼나 발사된 총탄처럼 데커를 향해 밀려들었다. 도저히 멈출 수 없었다. 심장이 파닥거리고 속이 울렁거렸다.

이마에 땀이 고이고, 살갗이 축축해지고, 겨드랑이는 갑자기 땀으로 흠뻑 젖었다. 갑작스러운 냄새가 콧구멍을 공격했다.

심장이 거칠게 뛰었다. 심장마비라도 일으킬 것 같았다. 하지만 마치 지금 일어나고 있는 일에 대한 통제력을 얻기라도 하려는 듯 운전대를 잡고 매달리는 사이 서서히, 너무나 서서히 머릿속이 맑

아지기 시작했다. 손가락 하나 까딱하지 않았는데 녹초가 된 기분으로 마침내 좌석에 등을 기댔다. 창밖으로 고개를 내빼고 피부의 습기를 날려주는 건조한 공기를 한껏 들이켰다.

늙는다는 게 이런 거야. 난 늙어가고 있고.

데커는 머리를 좌우로 흔들고는 담즙을 창밖으로 내뱉은 후 호흡을 꾸준히 유지했다. 미식축구 개막식 날 박살 난 후 병원에서 혼수상태에서 깨어나던 때를 떠올렸다. 누군지도 모르는 한 무리의 사람들이 데커의 얼굴 위로 어른거리며 질문을 퍼붓고 있었다. 정맥주사 줄과 의료 모니터용 선들이 전신을 친친 휘감고 있었다. 정신을 잃었다가 소인국 사람들의 포로로 깨어난 걸리버가 된 기분이었다.

데커는 구장에서 자신이 두 번 죽었었고, 두 번 다 팀 트레이너 덕분에 소생했음을 알게 되었다. 어찌나 세게 충돌했던지 헬멧이 머리에서 벗어져 저만치 떨어진 잔디밭 위로 날아간 상태였다. 데커가 일어나지 않는다는 사실을 아직 깨닫지 못한 군중은 그 기습 공격에 한창 환호하는 중이었다. 그리고 트레이너가 데커의 가슴을 두들기기 시작하자, 그제야 7만 명의 군중은 침묵에 잠겼다. 방송국은 다른 게임으로 중계를 옮겼다. 미식축구 선수가 구장에서 죽은 듯 쓰러져 있는 건 NFL에 득 될 게 없었으니까.

알고 보니 데커는 뇌에 외상을 입었다. 이후 부상당한 뇌 부위의 구조가 바뀌어, 전에는 닿은 적이 없는 영역에 접근했음을 알게 되었다. 이는 데커에게 과잉기억증후군과 공감각증이라는 두 가지 증상을 남겼다.

하지만 그 사실을 알게 된 것은 훨씬 더 나중의 일이었다. 엑스레이 촬영으로 알 수 있는 것도 아니었으니까. 숫자 같은 것에 대한 반응으로 뜬금없이 머릿속에서 어떤 색깔이 폭발하는 현상을 처음 경험했을 때, 데커는 자신이 미쳐가고 있다고 진지하게 생각했다.

그 후, 전에는 결코 기억하지 못했던 것들을 기억할 수 있게 되자, 의사들은 데커의 인지능력을 검사하기 시작했다. 데커는 숫자들과 단어들이 적힌 종이들을 한 번 보고 그대로 줄줄 읊을 수 있었다. 종이에 적힌 그대로 머릿속에 떠올랐으니까. 그 후 데커는 자신과 같은 사람들을 전문적으로 다루는 시카고의 특수인지 연구소로 보내졌다.

어느 쪽이 더 놀라운 건지 가늠하기 어려웠다. 새로 발견한 능력인지, 아니면 그런 능력을 가진 사람이 자신 말고도 더 있다는 사실인지.

이제 데커는 옛날 집을 재빨리 한 번 더 훔쳐보고, 5년 전으로 돌아가 캐시와 몰리가 아직 살아 있고, 자신이 경찰서에서 집으로 돌아오기를 기다리고 있는 상상을 했다. 몰리와 놀아주고, 캐시에게 키스를 하고…… 가족이 하는 그런 일들을 하겠지.

데커는 그 이미지를 몇 초쯤 더 붙들고 있다가 이윽고 놓아주었다. 더 이상 현실이 아닌 그 이미지는 그대로 홀연히 사라져버렸다.

과거에 살든가 현재에 살든가 둘 중 하나야. 양쪽을 동시에 살 수는 없어, 에이머스.

데커는 차 시동을 걸고 창문을 도로 올린 후 기어를 바꾸고 차를 출발시켰다.

데커는 외톨이였고, 구장에서 죽은 이후로 줄곧 외톨이였다. 하지만 캐시는 데커가 모든 사람을 밀어내고 자신의 고치에 틀어박혀 살지 않게 해준 사람이었다. 캐시가 가고 난 후로는 그 일을 해줄 사람이 아무도 없었다.

그 후 알렉스 재미슨이 데커의 삶에 들어왔고, 어떤 식으로는 캐시의 빈자리를 채웠다.

데커는 정의를 향한, 잘못된 것을 바로잡고자 하는 자신의 갈망이 어디서 왔는지 몰랐다. 하지만 가족을 빼앗기기 한참 전부터 그걸 가지고 있었다는 것만은 알았다.

어쩌면 구장의 그 습격이 내게서 나 자신을 앗아갔기 때문일지도. 그래서 난 그 오랜 세월 동안 그 구멍을 메울 뭔가를 찾고 있었던 거야. 그리고 살인범들을 잡는 것은 유일하게 거기에 들어맞는 일처럼 보였지. 왜냐하면 그들은 인간에게서 가장 소중한 걸 앗아갔으니까. 바로 생명을.

데커는 그게 이야기의 전체인지 아닌지 몰랐다. 그냥 지금 이 순간, 자기가 매달리는 게 그게 전부라는 것만 알았다.

차를 몰고 가면서, 데커는 눈앞의 문제에만 집중했다. 지금 가장 간절하게 궁금한 건 이거였다. 데이비드 카츠가 돈 리처즈와 만나기로 약속했다면, 그리고 그 약속이 오로지 두 남자 사이의 전화 통화로만 이루어졌다면, 살인범은 도대체 무슨 수로 그 둘이 그날 밤 만날 것을 알았을까.

데커는 수전 리처즈가 그 일에 가담했다는 걸 믿을 수 없었다. 만약 그렇다면 수전이 자신의 두 아이들까지 희생시키려 했다는 거니까. 데커는 그날 밤 수전을 보았다. 랭커스터의 말마따나 수전은 히스테리 상태였고, 불신과 분노로 완전히 넋이 나가 있었다. 저녁에 모임이 있어서 나갔다가 돌아왔더니 가족이 몰살당했다는 걸 알고 진심으로 충격받은 사람의 모습이었다.

데커는 이 모든 요점들을 곱씹으면서 차의 속도를 늦췄다.

카츠와 리처즈의 전화 통화 생각에 집중했다.

실제로 카츠가 리처즈에게 전화했는지 알 방법은 전혀 없었다. 카츠의 전화가 이용되었을 뿐, 실제로 누가 통화했는지는 모를 노릇이었다. 그리고 동일한 이유로, 전화를 받은 게 리처즈라는 보장도 없었다.

가능성은 자명했다. 두 남자는 애초에 만날 약속을 잡지 않았을 수도 있다. 약속을 잡았다는 건 그저 데커의 추측일 뿐이니까. 그 모든 건 미팅이 있었던 것처럼, 아니면 그냥 카츠가 맥주를 마시러 간 것처럼 보이게 꾸민 살인범의 계획일 수도 있었다. 살인범, 또는 살인범들이 의식을 잃은 카츠를 그곳으로 옮겨다 놓았다는 데커의 설은 그 시나리오에 부합했다. 놈들은 집에 들어가 리처즈 가족을 인질로 잡아놓고 카츠를 들여왔다. 피해자들을 하나하나 체계적으로 죽인 후 메릴 호킨스를 범인으로 지목할 증거를 심고 뒤편으로 집을 빠져나갔다. 그리고 한 시간 후에 신고를 했다.

그러니 이제 질문은 이거였다. 놈들이 실제로 죽이려던 건 누구였을까? 리처즈? 아니면 카츠? 은행원이었을까 아니면 대출자였을까?

그리고 그 이유는?

그리고 왜 살인범들은 하필 그날 밤을 범행 일시로 정했을까?

이 세 가지 질문을 전부, 혹은 그중 일부라도 답을 찾을 수 있다면 이 망할 사건을 완전히 파헤칠 수도 있을 것이다.

하지만 데커는 아직 거기까지 가지 못했다. 아주 한참 떨어져 있을 것이다.

데커는 무척 친숙한 장소로 차를 몰았다. 벌링턴 고등학교. 2년 남짓 전에, 끔찍한 대량 학살이 일어나 벌링턴을 뒤흔들어놓았던 곳.

데커는 차를 세우고 다 허물어져 가는 미식축구 구장으로 향했다. 벌링턴에는 이제 미식축구팀이 없었다. 미식축구에 관심을 가질 만한 남자애들의 수가 절대적으로 부족했다. 외야석으로 올라가는데 가벼운 보슬비가 떨어지기 시작했다.

데커는 한자리에 앉아 자신이 오래전 슈퍼스타로 활약했던 구장을 내려다보았다. 벌링턴 고등학교 역사상 유일하게 NFL 경기를 뛰러 간 선수. 단지 한 경기에 불과했지만. 데커는 외투를 단단히 여미고 우수에 젖어 앞을 응시했다.

문득 오른쪽을 바라본 데커는 자신을 향해 다가오는 여자를 보고 움찔했다. 메리 랭커스터가 철제 계단을 밟고 천천히 다가와 옆자리에 앉았다.

"우리 전에도 이런 적 있지 않나?" 랭커스터가 물었다.

데커는 고개를 끄덕였다. "그때도 비가 왔었지. 학교에서 총기난사 사건이 벌어지고 나서. 내가 여기 있는 건 어떻게 알았어?"

"몰랐는데. 우리 집이 학교랑 이어져 있는 거 알잖아. 밤늦게 산책을 하곤 하거든. 그러다 네가 보이길래."

데커가 다시 고개를 끄덕였다. "하지만 지금은 새벽 1시도 넘었잖아. 그렇게 혼자 바깥을 돌아다니는 건 정말이지 안전하지 않아."

"넌 안전하고?"

"음." 데커가 말했다. "나야 너보다 훨씬 크니까."

랭커스터가 외투를 벌리자 총집에 들어 있는 권총이 보였다. "감히 나한테 강도질하려는 놈은 한 방 먹게 될 거야."

"그렇겠네. 그나저나 어떻게 돼가?"

"그냥저냥 돼가는 중이지. 넌 사건에 진척을 좀 보고 있다며."

"누구한테 들었는데?"

"놀랍게도 내티한테서. 그 사람, 샐리가 죽은 이후로 너에 대한 생각이 확 달라졌나 봐."

데커는 말했다. "둘이 만나는 거 알았어?"

랭커스터는 경악한 표정을 지었다. "뭐? 아니, 몰랐는데. 내티는 유부남이잖아."

"샐리가 끝냈어. 잘못이라는 걸 깨닫고."

랭커스터는 고개를 저었다. "전혀 예상도 못 했어. 그리고 샐리가 죽었다는 게 여전히 믿기지 않아."

거세지는 빗줄기 속에서 데커는 랭커스터를 바라보았다. 랭커스터는 긴 트렌치코트를 입고 야구 모자를 썼다. 모자 밑으로 회색 머리카락이 삐져나와 있었다. 데커는 랭커스터가 그 가녀린 어깨에 막대한 짐을 짊어지고 있는 것처럼 보였다.

"너 아파, 메리? 내 말은, 심각한 거야?"

랭커스터는 데커의 눈길을 피해 구장만 뚫어져라 바라보았다. "왜 그런 걸 묻는데?"

"왜냐하면 넌 변했거든. 달라졌어. 그리고 내 생각엔 단순히 너랑 얼 사이 때문만은 아닌 것 같아."

랭커스터는 양손을 단단히 말아 쥐었다 다시 폈다. "말기는 아니야. 네가 궁금한 게 그거라면. 이렇게 골초지만 어쨌든 암은 아니야."

"그럼 뭔데?"

랭커스터는 곧장 대답하지 않았다. 마침내 입을 열었을 때, 그 목소리에는 체념이 깃들어 있었다. "조기 치매라고 들어봤어?"

데커가 입을 쩍 벌렸다. "치매라고? 넌 아직 젊잖아. 나랑 동갑인데."

랭커스터가 서글픈 미소를 지으며 대답했다. "그러니까 '조기'라고 하는 거잖아, 에이머스."

"확실하대? 언제 진단받았는데?"

"한 6개월쯤 전에. 확실하대. 뇌 스캔이랑 MRI는 기억도 안 날 만큼 여러 번 찍었고, 혈액 검사랑, 조직 검사까지 전부 다 해봤어. 약을 먹고 있어. 치료 중이야."

"그럼 되돌릴 수 있는 거야?" 그렇게 묻는 데커의 목소리에는 일말의 안도감이 깃들어 있었지만, 랭커스터는 고개를 저었다. "아니, 치료법은 없어. 그냥 가능한 한 오래 진행을 막는 수밖에."

"그럼 나중엔 어떻게 되는데?" 데커가 나지막이 물었다.

"말하기 어려워. 나 같은 경우가 백만 건쯤 있는 것도 아니니까. 그리고 아무래도 저마다 반응이 제각각인가 봐."

"추정치도 못 준대?"

깊은숨을 들이켜는 랭커스터의 얼굴이 북받치는 감정으로 떨렸다. "1년 후에는 남들은 물론이고 내가 누군지도 모를 수 있대. 어쩌면 5년 후가 될 수도 있고. 하지만 그보다 더 오래는 아니야. 쉰이 되기도 전일 텐데."

길고도 짧은 침묵의 순간이 지나고, 눈물이 메리의 뺨을 타고 흘러내렸다.

"정말 유감이다, 메리."

랭커스터는 눈을 비비고 팔을 내저었다. "동정은 필요 없어, 데커. 하물며 너한테서는. 넌 그럴 수 있는 사람이 아니잖아." 랭커스터는 데커의 어깨를 다독이고는 한층 다정한 어조로 덧붙였다. "하지만 애써준 건 고마워."

"뭔가가 잘못됐다는 걸 어떻게 알았어?"

"어느 날 아침, 잠에서 깼는데 한 1분쯤인가 샌디의 이름이 기억

안 나는 거야. 그냥 과로 탓이겠거니 하고 털어버렸지. 그런데 그런 사소한 일이 더 자주 일어나기 시작했어. 그래서 의사를 찾아갔지."

데커는 뒤로 기대앉아 캐시가 가장 좋아하던 색깔이 잠시 떠오르지 않던 자신의 경우를 생각했다. "그래서 얼이랑 헤어지기로 마음먹은 거야?"

"얼은 좋은 남자야. 그보다 더 좋은 남자를 바랄 수 없을 만큼. 하지만 샌디를 보살피는 것만으로도 이미 벅차. 그이에게 짐을 더 보태주고 싶지 않아."

"좋은 남자라면 그걸 짐으로 여기지 않을 거야."

랭커스터는 데커를 보았다. "캐시는 한 번도 널 짐으로 여기지 않았어. 네가 그걸 알았으면 좋겠다."

데커는 고개를 돌리고 자신이 한때 바람처럼 달렸던 구장으로 시선을 보냈다. 반대팀 선수들이 마치 거대한 오크나무에 자갈을 던진 것처럼 튕겨 날아가면 사람들의 환성이 쏟아졌다. 정상이지만 운동에 관해서만은 비정상적인, 심지어 괴물 같은 재능을 가진 아이. 당시는 데커의 인생에서 가장 행복한 시간에 속했지만, 남편이나 아버지로서 누린 행복에 비하면 사소할 뿐이었다.

"알아." 나지막한 목소리로 데커가 대답했다. "하지만 난 네가 얼을 그렇게 쉽게 포기해선 안 된다고 생각해. '아플 때나 건강할 때나'라고 맹세했잖아."

"'죽음이 우리를 갈라놓을 때까지.' 그런 맹세는 젊고 건강하고 행복하고 사랑에 빠져 있을 때는 하기 쉽지. 평생이 내 앞에 놓여 있을 때는."

"얼을 아직 사랑해?"

랭커스터는 화들짝 놀라 데커를 보았다. "뭐라고?"

"난 여전히 캐시를 사랑해. 언제나 사랑할 거야. 죽었다고 해도 상관없어. 하지만 얼은 살아 있잖아. 바로 여기 있다고. 캐시가 내 앞에 있을 수만 있다면 난 뭐든 다 줄 수 있어. 그리고 조기 치매든 뭐든, 그 무엇도 날 캐시에게서 떼어놓진 못할 거야. 내 인생에서 캐시 없는 시간은 단 1초라도 낭비일 테니까."

데커는 자리에서 일어나 더욱 거세진 빗줄기를 맞으며 계단을 내려갔다.

메리 랭커스터는 데커의 한 걸음 한 걸음을 놓치지 않고 지켜보았다.

0 0043

"피곤해 보여요. 잠이라도 설쳤어요?"

이튿날 아침 레지던스 인의 식당에서 데커와 마주 앉아 커피를 마시던 마스가 물었다.

"갓난아기처럼 쿨쿨 잘 잤는데요." 데커는 거짓말로 대답하고는 뒤로 기대앉아 종이 냅킨을 만지작거렸다. "이번 일은 계획적이었어요. 놈들은 지문과 DNA를 손에 넣고 전등 스위치 판을 바꿀 계획을 세웠어요. 데이비드 카츠를 납치했고요. 살인을 저지른 후 증거를 남기고 범죄현장을 도망쳤죠. 이건 명백하게 미리 계획된 겁니다."

"맞아요."

"그렇다면 왜 그날 밤을 골랐을까요? 범행 일자로 말이에요. 그 두 남자가 오랜만에 전화 통화를 했는데, 하필이면 범행이 그로부터 얼마 지나지 않아 일어났다는 게 그저 우연일까요?"

"어쩌면 놈들은 다른 방식으로 그 전화 통화에 관해 알아냈는지도 몰라요. 통화 시간이 몇 시였죠?"

"낮 12시 10분요."

"그리고 리처즈는 직장에서 전화를 받았고요?"

"휴대폰이었지만, 시간대상 아마도 그랬겠……." 데커는 눈을 휘둥그레 뜬 채 더 똑바로 고쳐 앉았다.

"왜요?" 마스가 약간 불안한 기색으로 물었다.

"그날은 10월의 어느 월요일이었어요."

"그래요."

"실제로 콜럼버스 기념일이기도 했죠."

"그럼 공휴일이었겠네요."

"네, 그건 두 가지를 의미해요. 학교가 쉬었고, 은행이 쉬었다."

"그럼 리처즈가 전화를 받았을 때 은행이 아니었다면 어디 있었을까요?"

"집에 있었을 가능성이 아주 높겠죠." 데커가 말했다.

"아이들, 그리고 아내와 함께. 그중 한 사람이 뭔가를 엿듣고 그 후 누군가에게 알렸을 거라고 추측하는 건가요?"

"그럴 가능성도 분명 있죠. 하지만 어찌 됐든, 그들은 재빨리 행동한 게 분명해요. 스위치 판에 지문을 묻혀서 리처즈의 집까지 가져가고, 그 후 누군가가 호킨스의 팔을 할큄으로써 DNA를 확보하고."

"그리고 당신은 그 누군가가 딸인 미치라고 생각하죠."

"그러면 호킨스가 입을 다문 이유가 설명되니까요. 누가 자기를 할퀴었는지 모를 수는 없어요."

마스는 생각에 잠긴 투로 말했다. "무슨 뜻인지 알겠어요. 아내가 죽어가고 있는데 딸까지 말썽에 휘말리는 건 바라지 않았겠죠.

심지어 자신의 자유를 빼앗긴다 해도."

데커가 고개를 끄덕였다. "DNA 표본 검사가 끝나면, 애비게일의 손톱 밑에서 발견한 것에 미치의 DNA도 섞여 있으리라 내 장담하죠."

마스가 말했다. "하지만 왜 자기 친아버지에게 누명을 씌우죠?"

"미치는 마약중독자였어요. 반은 정신이 나가 있었죠. 그 짓을 하도록 설득하는 건 어렵지 않았을 겁니다."

"하지만 누가, 도대체 무슨 동기로 카츠와 리처즈를 죽이기 위해 그 모든 일을 꾸몄을까요? 그리고 데이비드 카츠가 돈 리처즈의 집으로 간 것과 그것의 연결고리는 또 뭐죠? 잠깐만요, 당신은 그 둘도 마약중독자였다고 생각해요?"

"우리가 알기로는 아니었죠……." 데커가 말을 멈췄다. "하지만 리처즈의 아들, 프랭키는 마약중독이었어요. 그리고 우린 그애가 마약 거래도 했다는 걸 알고 있죠."

"하지만 다시, 연결고리가 뭐죠?"

데커는 눈을 감고 클라우드에 접속했다. 잠시 후 고개를 저었다. "그건 사건 파일에 없었어요."

"뭐가 없어요?"

"미치의 마약 거래자 이름요."

0 0044

내티는 원룸식으로 개방된 강력계 형사실의 자기 책상 앞에 뚱한 표정으로 앉아 있었다. 메리 랭커스터를 비롯한 다른 형사 네 명이 거기서 정신없이 일하고 있었다.

잠시 후 데커와 마스가 그곳으로 들이닥쳤다. 데커는 의문스러운 표정을 짓고 있는 랭커스터를 흘끗 본 후 성큼성큼 걸어가 내티 앞에 섰다.

"칼 스티븐스." 데커가 말했다.

"누구?"

"그 남자가 프랭키 리처즈에게 마약을 판 거래자였어요."

랭커스터는 의자에서 일어나 다가갔다. "우리도 그걸 알지만, 그 남자는 범행 시각에 알리바이가 있었어. 우린 당시 그걸 확인했고."

"그게 요점이 아니야." 데커는 퉁명스럽게 말했다.

"그럼 **요점이** 뭔데?" 내티가 다그쳤다.

"그 남자가 미치 호킨스와도 거래를 했나요?"

내티는 랭커스터와 눈빛을 교환한 후 말했다. "난 몰라. 너무 오래돼서. 그게 중요한가?"

"그럴 수도 있어요."

내티가 한숨을 쉬었다. "확인해볼게. 기록이 남아 있다는 보장은 없지만. 그리고 칼 스티븐스가 거래한 상대는 한두 명이 아니었어."

마스가 말했다. "지금은 어디 있죠?"

랭커스터가 대답했다. "그건 내가 말해줄 수 있어요. 그 남자는 트래비스 교도소에 있어요. 지금은 사설 교도소죠. 스티븐스는 2급 살인 혐의로 최소 10년에서 최대 20년 형을 받았어요. 헤로인 거래 중에 한 남자를 죽였죠. 5년째 살고 있고요. 그놈을 잡아넣은 게 바로 나예요."

데커가 물었다. "트래비스 교도소? 거긴 메릴 호킨스가 복역을 마친 곳 아니야?"

내티가 컴퓨터 자판을 잠시 두드렸다. 그리고 결과가 나오자 입을 쩍 벌리고 고개를 들었다.

"맞아."

"둘 다 일반구역에 있었나요?" 데커는 교도소의 일반 재소자 구역을 말하는 거였다.

"모르지. 하지만 보통은 그래. 거긴 죄수들을 분리할 공간이 부족하거든. 사실 수용 용량을 한참 넘어섰지."

랭커스터는 "그럼 감옥에서 둘 사이에 교류가 있었을 수도 있겠네요?" 하고는 데커를 보고 물었다. "무슨 생각을 하는 거야?"

"두 사람이 실제로 접촉했다면, 호킨스가 스티븐스에게 뭔가를 듣고, 그걸 계기로 여기 돌아와 자신의 무죄를 입증해야겠다고 결심했을지도 몰라. 이 모든 일의 타이밍이 내가 보기엔 너무 공교로워. 그러니까 호킨스가 우리라면 자신의 무죄를 입증해줄 수 있다고 믿게 만든 뭔가를 그저 단순한 우연으로 알게 됐다고? 호킨스는 나더러 자길 찾아오라고 했어. 어쩌면 그때 자기가 아는 걸 내게 말해주려고 했을지도 몰라."

랭커스터가 말했다. "호킨스가 그걸 안 건 틀림없이 최근일 거야. 아니면 왜 아직 감옥에 있을 때 문제를 제기하지 않았겠어?"

"스티븐스가 호킨스에게 도대체 뭘 알려줄 수 있었을 거라 생각하는데?" 내티가 물었다.

"우선은 하나 있죠. 자기가 미치의 마약 공급자였다는 것." 데커가 대꾸했다.

"그래서?"

"그건 프랭키 리처즈와 미치 사이의 연결고리를 뜻할 수도 있어요."

"무슨 연결고리?" 내티가 따졌다. "좀 알아들을 수 있게 말해."

"스티븐스의 면회를 주선해주실 수 있어요?" 데커는 내티의 질문을 못 들은 척 물었다. "오늘 당장요."

"해볼 순 있지. 하지만 그 친구가 도대체 뭘 말해줄 수 있는데?"

"그야 물어봐야 알죠." 데커는 잠시 입을 다물었다 말을 이었다. "음, 당신도 같이 갈래요, 내티?"

내티는 곧장 대답하지 않았다. 랭커스터를 본 후 낮은 목소리로 말했다. "나…… 난 사실 오늘 아내랑 점심 약속이 있어."

데커는 잠시 내티를 응시했다. "당신 시간을 보내는 방법으론 그게 더 낫겠네요. 돌아오면 알려드리죠." 데커는 내티의 책상에 놓인 전화기를 가리켰다. "전화해서 두 사람이 갈 거라고 말해주세요."

"세 사람으로 해주세요." 랭커스터가 말했다.

"메리, 넌 기피 신청을 했……."

"좆 까라 그래, 에이머스. 얼이 알리바이를 제공하는 건 호킨스의 살인이고, 이거랑 아무런 관계도 없어."

데커의 눈길을 받은 내티는 어깨를 으쓱했다. "난 아무 불만 없는데."

랭커스터가 말했다. "가자." 그리고 더는 한 마디도 없이 방을 나섰다.

"어이, 데커." 마스가 씩 웃으며 말했다. "저분이 방금 당신을 아주 잘 흉내 냈는데요."

*

차로 두 시간 거리를 가는 동안 마스는 뒷좌석에서 꾸벅꾸벅 졸았다. 데커는 경찰서를 나서면서 마스를 랭커스터에게 소개했다.

랭커스터는 뒷좌석을 돌아본 후 다시 데커를 보았다. "미식축구 구장에서 한 얘기 있잖아." 나지막한 목소리였다.

데커는 눈을 도로에서 떼지 않았다. "그게 뭐?"

"네가 한 말이 꽤 도움이 됐어."

데커의 눈길은 앞쪽 도로와 다가오는 폭풍에만 머물렀다.

"오늘 아침, 얼하고 이야기를 해봤어."

이제 데커는 얼른 얘기하라는 표정으로 랭커스터를 보았다.

"난 우리가…… 한 번 더 노력해볼 수 있을 것 같아."

"그리고 그 숙녀 친구분은?" 데커가 물었다.

"내가 얼을 그 여자한테 떠밀었다고 말해도 크게 틀린 말은 아닐 거야. 오해하진 마. 낸시는 착하고 얼은 그 여자한테 호감이 있어. 젠장, 그건 나도 마찬가지고."

"하지만 그건 얼이 원하는 게 아니다?"

"그래. 아침에 그이가 분명히 말했어. 그이가 원하는 건……."

"너지."

랭커스터는 자신의 주름진 얼굴을 쓰다듬고는 버석버석한 머리카락을 쓸어내렸다. "정말이지 이해가 안 가. 이런 꼬락서니가 뭐가 좋다고. 낸시는 또 얼마나 매력적인데."

"지금 얄팍하게 구는 게 누구지?"

랭커스터는 민망한 표정을 짓고는 양손을 무릎에 떨궜다. "내가 들어야 했던 말을 네게서 듣게 될 줄은 정말 몰랐어. 네가 그렇게 내 생각을 했다는 것도 뜻밖이고."

"내가 오로지 내면만 본다는 뜻이야?"

"네게 그런 상황이 쉽지 않다는 걸 안다는 뜻이야. 네가 가진 그 특별한……."

"어쩌면 난 그걸 극복하고 성장하는 중인지도 모르지." 데커가 말을 잘랐다.

랭커스터는 무심코 관자놀이를 만졌다. "어떤 느낌이었어? 네…… 네 뇌가 바뀌었을 때 말이야."

데커는 자신을 향한 랭커스터의 강렬한 눈빛을 보자 왠지 모를 불안감에 곧장 대답할 수 없었다. 뭐가 어찌 되든 괜찮을 거라고, 적어도 끔찍하지는 않다고 말해주길 간절히 바라고 있음이 느껴졌다.

"난 과도기라 할 만한 시간이 얼마 없었어, 메리. 병원에서 깨어났을 때 이미 변해 있었으니까. 내 뇌는 전에는 한 번도 한 적 없는 일을 하고 있었고."

"내 생각엔, 음, 넌 겁이 났을 것 같아."

데커가 다시 랭커스터를 보자 이제는 양손을 내려다보고 있었다.

“거짓말은 안 할게, 메리. 난 정말로 **무서웠어**. 하지만 전문가의 도움을 받았고 마침내 적응할 수 있게 됐어. 그렇다고 조금이라도 쉬워진다고는 말할 수 없어. 그냥 관리할 수 있다고 해두자. 내 삶을 사는 걸.”

“난 약간 다를 것 같아.”

“너와 내 증상은 무척 다르지만, 치료법이 없는 건 둘 다 마찬가지야. 하지만 의학은 날마다 발전하지. 5년 후에 네 증상이 해결되지 않을 거라고 누가 장담하겠어?”

랭커스터는 고개를 끄덕였지만 불안한 표정은 지워지지 않았다.

“내가 그때까지 살 수 있다면.”

데커는 손을 뻗어 랭커스터의 어깨를 꽉 쥐었다.

랭커스터는 이 개인적 접촉에 깜짝 놀란 표정이었다. 이런 건 평소 에이머스 데커와는 전혀 거리가 멀었으니까. 다른 사람들이 자기 몸을 만지는 걸 그토록 질색하는 사람이.

“네가 이 일을 겪어내는 동안 얼과 샌디와 내가 옆에서 도와줄 거야, 메리.”

“넌 이제 여기 살지 않잖아.”

“지금은 여기 있잖아. 그리고 내가 계속 벌링턴으로 돌아오리라는 걸 너도 알잖아.”

“네 가족 때문이지.”

“그리고 이젠 너 때문이기도 해.”

이 말은 랭커스터의 허를 찔렀다. 입술 사이로 작은 흐느낌을 토한 랭커스터는 문득 양손으로 데커의 손을 힘주어 잡았다. 눈물이 마치 둑을 타고 넘은 물처럼 거침없이 뺨으로 흘러내렸다.

"넌 좋은 친구야, 에이머스. 이따금 난 그걸 까먹곤 해."

"넌 날 오랫동안 참아줬어, 메리. 캐시만 빼면 그 누구보다도 더 오래. 아마도 그 점에 있어서라면 훈장을 받아도 될 거야. 하지만 내가 줄 수 있는 건 우정뿐이야."

"그 어떤 훈장보다도 그게 더 나아."

두 사람은 나머지 길을 내내 침묵 속에 달렸다.

0 0045

콘크리트 벽과 가시철조망, 투견, 그리고 감시탑에 저격용 총을 든 경비병들을 갖추고 오하이오 주의 토양 위로 높이 솟아 있는 트래비스 교도소는 구석구석까지 맥스 교도소다운 모습이었다.

데커가 입구로 차를 몰아가 막 보안을 통과하려는 찰나, 하늘이 쩍 벌어지더니 장대비가 쏟아지는 바람에 일행은 비를 피할 곳을 향해 달려가야 했다. 내티가 칼 스티븐스와의 면회를 준비해두었고, 일행은 면회실로 안내받았다.

데커, 랭커스터, 마스는 각자 이유는 다를지언정 모두 교도소에 익숙했다. 의도한 수용 인원의 두 배를 넘는 2천 명의 남자들이 서로 가까이 붙어서 야유를 보내고 비명을 지르고 악취를 풍기는 곳. 불법으로 들여온 수십 종류의 향도 그 악취에 한몫했다.

일행은 탁자에 앉아 칼 스티븐스가 오길 기다렸다. 스티븐스는 몇 분 후에 끌려왔다. 데커가 기억하는 건 큰 키와 마른 몸에 길고 지저분한 머리카락을 포니테일로 뒤로 묶고, 꾀죄죄한 수염을 기른 모습이었다. 한편, 일행 앞에 나타난 남자는 위아래가 붙은 오렌지색 죄수복 차림에 족쇄를 찼고, 아령으로 단련한 두꺼운 근육을 자랑했다. 머리는 바짝 밀었고, 수염은 사라졌다. 울퉁불퉁한 위 팔뚝은 목과 바짝 민 뒤통수로 이어지는 문신으로 뒤덮여 있었다.

스티븐스가 웃음을 지으며 삼인조의 맞은편에 앉자 교도관이 족쇄를 바닥에 박힌 고리에 끼웠다.

교도관들은 방 저편으로 물러났지만 감시의 눈길을 떼지 않았다.

스티븐스는 데커를 보았다. "당신 기억나요. 데커, 맞죠?"

데커는 고개를 끄덕였다.

그 후 죄수는 랭커스터를 돌아보았다. "젠장, 당신도 기억나요. 당신 때문에 내가 여기 처박혔지."

"아니지, 칼. 우리 진실을 직시하자고. 네가 여기 있는 이유는 사람을 죽였기 때문이야."

"사소한 데 집착하시네." 짓궂게 웃으며 그렇게 대꾸한 스티븐스는 마스를 보자 표정을 일그러뜨렸다. "당신은 모르는데."

"당연히 모르겠지." 마스가 말했다.

"댁도 경찰이신가?"

"우릴 도와주고 있지." 데커가 말했다.

스티븐스는 마스에게 시선을 계속 두었다. "표정이 어쩐지 살다 나온 것 같은데."

"텍사스에서 갇혀본 적 있어요?" 마스가 물었다.

"아니, 왜?"

"피할 수 있으면 피하라고."

스티븐스는 데커를 보았다. "원하는 게 뭡니까? 운동하러 가려던 길이었는데 갑자기 댁이 날 보고 싶어 한다고 해서."

데커는 건조하게 말했다. "운동 방해해서 미안하게 됐군요. 당신이 미치 호킨스의 거래자였는지 알고 싶었습니다."

"미치 호킨스가 누군데요?"

"메릴 호킨스의 딸."

스티븐스가 어깨를 으쓱했다. "그건 나한테 좆도 의미가 없는데. 내 고객이 어디 한두 명이었어야 말이지." 그리고 껄껄 웃으며 덧붙였다. "내가 무슨 씨발 신분증을 요구한 것도 아니고."

데커는 미치의 외양을 묘사했다.

스티븐스는 낄낄 웃었다. "농담해요? 내가 거래한 모든 마약쟁이 계집들이 방금 당신이 말한 거랑 흡사한데."

"프랭크 리처즈는 어때요? 그애를 기억합니까? 겨우 열네 살이었는데. 집에서 자기 아버지와 여동생, 그리고 데이비드 카츠라는 남자와 함께 죽었죠. 살해당했어요."

"아니, 기억난다는 말은 못 하겠는데요. 또 다른 건?"

데커는 남자의 위 팔뚝에 있는 문신을 보고 있었다. 단어와 상징들.

스티븐스가 그 눈길을 알아차리고 팔을 탁자 밑으로 내리자 족쇄가 챙그랑 소리를 냈다.

"당신은 여기서 어떤 갱단에 속해 있죠, 칼?" 데커가 물었다.

스티븐스가 씩 웃으며 대답했다. "젠장, 난 스위스예요, 친구. 중립국이죠. 여기 남자들 대부분은 히스패닉이거나, 저쪽 같은 피부색이죠." 마지막 말은 마스를 가리키며 한 말이었다. "갱단은 **저들**이에요. 백인들이 아니라. 우린 소수죠."

"당신이 여기 있는 유일한 백인은 아니잖아." 랭커스터가 지적했다. "전혀 그렇지 않죠."

"음, 난 소수자라고 느낄 때가 많아요. 뭔가 대책이 필요하죠."

스티븐스가 씩 웃었다. "우리나라를 되찾을 대책이."

"어떻게? 백인을 더 많이 가둬서?" 마스가 물었다.

스티븐스의 입꼬리가 위로 올라갔다. "아니. 그냥 너희 족속을 내쫓아서."

"난 여기서 태어났는데."

"어련하시겠어." 스티븐스가 다시 짓궂게 웃으며 받아쳤다. "다 끝난 건가요?"

랭커스터가 말했다. "칼, 당신이 우리한테 제대로 털어놓으면, 여길 나오도록 도와줄 수 있을지도 모르는데."

스티븐스가 솔깃한 표정으로 랭커스터를 보았다. "나오도록 도와줘요? 어떻게?"

"당신 형기는 유연성이 좀 있지."

"난 단기 10년에서 장기 20년을 받고 5년을 살았어요. 그걸 어떻게 해줄 수 있는데요?"

"그건 당신이 우릴 위해 뭘 해줄 수 있느냐에 달렸지."

스티븐스는 눈동자를 도르륵 굴렸다. "당신네 개수작은 늘 똑같다니까. 뭔가 아는 게 있으면 일단 몽땅 불어야 하고, 당신네는 그다음에야 내게 협상조건을 말해주고, 그걸 받아들이든가 관두든가. 그런 식으로 협상하는 사업이 뭐가 있답니까?"

데커가 말했다. "이건 사업이 아닙니다. 댁이 원래 여기서 살아야 할 것보다 훨씬 짧게 살고 나오는 거죠."

스티븐스가 대꾸했다. "난 당신네가 원하는 걸 아무거나 거짓으로 불 수도 있어요. 그리고 당신네는 나한테 달콤한 보상을 해주는 거죠. 그건 어때요?"

"거짓말은 안 통해요. 우린 진실을 원합니다. 보증된 진실을."

"너무 오래전 일이에요. 어떻게 내가 뭔가 기억할 거라고 기대하죠?" 스티븐스는 그 말을 내뱉자마자 표정을 굳혔다.

데커가 말했다. "오래전 **일**이라니, 그게 뭐죠?" 그리고 스티븐스가 대답하지 않자 이렇게 덧붙였다. "난 당신이 프랭키 리처즈나 메릴 호킨스에 관해 아무것도 기억하지 못하는 줄 알았는데요."

"그냥 대화나 하자는 거죠." 스티븐스가 안절부절못하는 기색으로 말했다. 이전의 건들거리던 태도는 사라져버렸다.

랭커스터가 끼어들었다. "거래할 거야 안 할 거야? 우린 지금 당장 가도 되지만, 당신이 얼마나 비협조적으로 나왔는지는 기록에 반드시 남길 거야. 그러면 장기 20년으로 가겠지."

스티븐스는 탁자를 뛰어넘기라도 하려는 듯 몸을 앞으로 날렸지만 족쇄에 붙들렸다. 얼굴에 떠오른 표정은 으르렁대는 야생동물의 그것이었다. "나한테 그렇게 엿을 먹이면 후회할 줄 알아, 이년아. 내가 언제 너더러 여기 와달라고 했어?"

"아, 그러셔?" 랭커스터가 말했다. "바깥에 친구라도 있으신가 봐?"

"친구야 온 사방에 있지."

"그럼 네 친구들은 네가 여기 처박혔을 때 도대체 어디 있었대?" 랭커스터는 잠시 말을 멈췄다 다시 입을 열었다. "친구 좋아하네. 네가 걔들한테 무슨 빚을 졌는데?"

"빚이라니 무슨 잠꼬대 같은 소리야?" 스티븐스가 부르짖었다.

교도관들이 한 걸음 앞으로 내디뎠지만, 데커는 손을 내저어 만류하고는 이렇게 말했다. "너희 같은 놈들은 흔해빠졌고, 메리와 난 이 모든 걸 백 번은 봤거든. 넌 약에 취해 해롱대다 붙잡혔고 네 '친구들'은 있는 힘껏 튀었지. 그 결과, 넌 여기 있고 그들은 아니지."

"당신들은 뭘 다루고 있는지 전혀 몰라."

"그럼 말해봐." 데커가 대꾸했다. "난 반대편에 누가 있는지 늘 궁금하거든."

스티븐스가 손을 내젓자 족쇄가 철그렁거렸다. "그냥 화가 나서 그런 거야, 친구. 헛소리한 것뿐이라고."

"다시 리처즈와 호킨스 이야기로 돌아오자면, 내 생각엔 둘 다 당신 고객이었을 거야. 혹시 그중 한 사람에게서 그 사건에 연루될 만한 뭔가를 들은 건 없어?"

랭커스터가 덧붙였다. "그리고 넌 여기서 메릴 호킨스를 만나 이야기했겠지. 이런저런 얘기를. 그 후 호킨스는 석방됐고."

"잠꼬대 같은 소리야. 나도 아파. 간에 뭐가 있어."

"보아하니 호킨스가 암 말기라 석방됐다는 걸 **알았나 본데**?" 데커가 말했다.

죄수가 다시금 자신의 말실수에 분통이 터진다는 표정을 짓는 걸 보고 데커가 말했다. "방금 당신은 우리한테 두 번째 말실수를 저질렀어, 칼. 내 생각엔 당신이 아는 걸 우리한테 말해줘야 할 것 같아. 그럼 우린 당신한테 거래를 제의하지. 그러면 원래보다 더 일찍 여길 나오게 될 거야."

"그게 그렇게 쉬울 것 같아?"

"나야 모르지. 한번 우리 능력을 시험해보지그래?"

"생각 좀 해봐야겠어."

랭커스터가 말했다. "생각은 무슨 생각? 네가 우릴 도와주면, 우린 널 도와줄 거야."

스티븐스는 고개를 저었다.

"이것만 대답해줘. 호킨스하고 이야기를 했나?" 데커가 물었다.

"오다가다 봤을 수는 있겠죠."

"그리고 호킨스와 그 살인사건 이야기를 했나?"

"그 사람한테 가서 직접 물어보지 그래요?"

랭커스터가 말했다. "당연히 물어봤을 거야. 누군가한테 살해당하지만 않았어도."

스티븐스는 낯빛이 창백해져서 토할 것 같은 얼굴을 했다. "그만 가봐야겠어요" 하고는 교도관들을 불렀다. "어이, 다 끝났어요."

데커가 말했다. "꼭 이럴 필요는 없어, 칼."

"아뇨, 있어요. 이제 제발 날 좀 혼자 내버려둬요."

스티븐스가 이끌려가는 것을 보고 랭커스터가 데커에게 말했다. "내가 실수했군. 호킨스한테 일어난 일을 말하는 게 아니었는데."

"그래 봤자 별 차이 없었을 거야, 메리. 하지만 우린 한 가지 실마리를 얻었어."

"뭔데?"

"스티븐스의 팔에 있는 문신은 내가 샐리 브리머를 죽인 총격범에게서 본 것과 흡사해."

"뭐? 확실해?"

"그래, 확실해."

*

벌링턴으로 돌아오자, 내티가 형사실에서 일행을 맞았다. "젠장, 거기서 도대체 무슨 일이 있었던 거야?"

"무슨 뜻이죠?" 랭커스터가 물었다.

"방금 목이 면도날에 베인 칼 스티븐스를 발견했대. 죽었다는군."

0 0046

바깥의 어둠을 두드리는 빗소리 속에서 데커와 랭커스터, 그리고 마스는 레지던스 인의 텅 빈 식당에 둘러앉아 회담을 나누고 있었다.

"음, 그럼 이제 네 이론이 맞다는 게 입증됐네, 에이머스." 랭커스터가 말했다. "스티븐스는 여기에 어떻게든 연루됐어."

"그리고 우리한테 말함으로써 사형 집행장에 도장이 찍힌 거죠." 마스가 비통하게 덧붙였다. "난 그 인간이 쓰레기였다는 걸 알지만, 그런 짓을 당해도 싼 사람은 없어요."

데커는 무릎에 양손을 얹은 채 가만히 앉아서, 천장의 한 지점에 눈길을 꽂고 있었다. "샐리 브리머를 죽인 총격범도 같은 문신을 가졌어요. 확실히 놈과 스티븐스 사이에는 뭔가 관계가 있어요."

"정말 똑같은 문신이었다고 확신해?" 랭커스터가 물었다.

"난 골목길에서, 그리고 교도소에서 만난 스티븐스의 팔에서 그걸 명확히 봤어. 스티븐스도 그걸 알았던 것 같아. 왜냐하면 내 눈길을 알아차리고 더는 보이지 않게 탁자 밑으로 팔을 내렸거든."

"같은 갱단원이라." 랭커스터가 말했다. "확실히 가능한 얘기지."

"놈들은 빨랐어." 데커가 말했다. "스티븐스는 우리를 만나고 두 시간도 채 안 되어 죽었으니까."

"하지만 그렇게 빨리 손을 쓴다는 게 과연 가능할까?" 랭커스터가 물었다. "어쩌면 우리 면회와는 무관할지도 몰라. 사실 재소자들끼리 서로 죽고 죽이는 거야 늘 있는 일이잖아."

"그게 우연이라면 세상에서 가장 엄청난 우연이겠지."

"그리고 당신은 아주 사소한 우연조차 믿지 않죠." 마스가 말했다.

"그리고 메릴 호킨스가 살해당했다는 걸 알자마자 스티븐스가 입을 조개처럼 다물어버리는 거 봤어? 놈은 자기 안전이 걱정됐던 거야. 거기서 끊어버리려 했지만 너무 늦었지."

"스티븐스가 갔으니, 이제 진실에 어떻게 다가가지?" 랭커스터가 물었다. "우리 실마리는 자꾸만 죽어가고 있어. 망할. 게다가, 우린 심지어 리처즈 가족과 데이비드 카츠를 죽인 자가 그 집에 어떻게 갔는지도, 어떻게 떠났는지도 모르잖아."

"아니야, 우린 그걸 알아." 데커가 말했다.

데커는 카츠가 납치되어 자기 차에 태워진 채로 리처즈의 집으로 옮겨졌다는 이론을 랭커스터에게 설명했다. 그리고 전등 스위치 판을 바꿔치기한 수법과 미치가 DNA를 옮겼을 가능성에 관해서도. "내티에게도 그 이야기를 했어."

"그게 네가 스티븐스하고 이야기하고 싶어 했던 이유로군." 랭커스터가 말했다.

데커는 고개를 끄덕였다. "난 프랭키 리처즈가 자기 아버지와 카츠 사이의 대화를 엿듣고, 스티븐스를 만나거나 전화로 그 이야기를 전했을 거라고 생각해. 카츠의 전화는 휴일에 왔으니 아버지와 아들 모두 집에 있었을 거야. 프랭키가 스티븐스에게 그 전화 통화에 관해 무슨 말을 했든, 그 후 스티븐스가 그걸 다른 사람들에게 전했겠지. 그리고 그들은 범행 계획을 세우고 바로 이튿날 밤 그 집으로 가서 모두를 살해했어. 그게 그들이 그날 밤과 그 장소를 택한 이유야. 리처즈 가족은 어차피 카츠가 올 걸 미리 알고 있었을 테니까. 아마 그게 그들 둘 사이의 통화 내용이었겠지."

마스가 말했다. "그리고 어쩌면 놈들은 수전 리처즈가 집에 **없을** 걸 알고 그날 밤을 골랐을 수도 있죠. 수전은 그들이 무슨 이야기를 할 계획인지 전혀 몰랐을 테고요."

랭커스터가 말했다. "그럼 그들이 뭘 논의할 계획이었는지 알아내면, 이 전체 수수께끼가 풀리겠군."

"그들의 접점은 알려진 바로는 하나뿐이었어. 아메리칸 그릴 레스토랑."

"레이철 카츠가 그곳을 여전히 소유하고 운영하죠." 마스가 말했다. "좀 이해가 안 가는 게, 아마도 아메리칸 그릴에서 6개월 동안 버는 것보다 나이트클럽에서 한 달간 버는 게 더 많을 거라고 나한테 말했거든요."

"게다가 이 모든 다른 프로젝트들이 진행 중인 와중에 여전히 그곳을 유지하고 싶어 한다니, 놀라운 얘기죠." 데커가 말했다.

마스가 말했다. "나한테는 그게 남편의 첫 프로젝트라서 그렇다고 하더군요. 하지만 그렇게 향수에 젖을 만한 사람으로는 느껴지지 않았어요."

"그리고 또 자기는 지역 노하우를 담당하고 파트너들은 자금을 담당한다고도 했죠." 데커가 지적했다.

"카츠의 자금줄들이 이 모든 일에 연루됐다고 생각해?" 랭커스터가 물었다.

"나야 모르지. 하지만 만약 그렇다면, 그자들은 13년 전에도 여기 있었어야 할 거야. 그들이 누군지 파헤쳐보면 뭔가 나올지도 몰라."

"그게 누구든, 놈들은 틀림없이 트래비스 교도소 내에 확실한 연줄이 있을 거야." 랭커스터가 말했다.

"레이철한테는 어떤 식으로 접근해야 할까?" 데커가 물었다. "스티븐스를 만난 이후 놈들은 이미 우리가 여기저기 쑤시고 다닌다는 걸 알고 있어. 그들을 더한층 겁먹게 만들고 싶지는 않아."

마스가 끼어들었다. "난 어때요?"

"어떠냐니, 뭐가요?" 랭커스터가 되물었다.

"레이철은 확실히 날 마음에 들어해요."

"하지만 당신이 우리랑 같이 일하는 걸 알고 있죠." 데커가 말했다.

"어젯밤 나한테 얘기를 많이 했어요. 어쩌면 좀 더 말해줄지도 몰라요."

"난 마음에 안 드는데." 랭커스터가 말했다.

"나도 마음에 안 들어." 데커가 말했다. "하지만 그게 우리가 가진 최고의 패일지도 몰라. 그리고 동시에, 레이철의 파트너들이 누군지 알아낼 수도 있을 거야. 레이철과 그녀의 프로젝트에 관한 서류들이 전부 필요해."

"좋아. 그건 내가 맡을게." 랭커스터가 말했다. 그리고 손가락으로 마스를 가리켰다. "이건 재미로 하는 놀이가 아니에요. 이자들은 살인자들이라고요."

"알아요." 마스가 말했다. "그게 바로 우리가 놈들을 쫓고 있는 이유죠."

"살인범에 관해 뭘 좀 아나 봐요?"

"음, 전 사형수 감방에 꽤 오래 있었거든요."

랭커스터가 데커를 보았다. "좀 진지하게 굴라고 말해줄래?"

"이 친구는 진지하게 **굴고 있어,** 메리."

랭커스터가 몸을 빙그르르 돌려 미심쩍은 눈길로 마스를 응시했다.

"걱정 말아요." 마스가 말했다. "전 무죄로 밝혀졌어요. 다만 내 인생 20년과 NFL에서 뛸 기회가 사라졌을 뿐이죠."

"젠장." 랭커스터가 말했다. "거지 같네요."

"아, 거지 같은 정도가 아니에요. 날 믿어요."

"카츠한테는 어떻게 접근하려고요?" 데커가 물었다.

"글쎄요, 레이철은 아마 자기가 날 조종할 수 있고 조사에 관해 보다 자세한 걸 알아낼 수 있다고 생각할 거예요. 어젯밤에 이미 그러려고 했죠. 난 많이 주지 않았지만, 실제로 조금 맛을 보여줬어요. 레이철이 자기가 캐고 있다고 믿게끔 할 수 있어요. 그리고 나도 똑같이 할 거고요." 마스가 말을 멈췄다. "그리고 레이철한테는 어딘가 이상한 구석이 있어요."

"무슨 뜻이죠?" 랭커스터가 물었다.

"잘 모르겠어요. 매력 넘치고, 돈도 많고, 많이 배운 여자죠. 하지만 내가 보기엔 외톨이처럼 느껴져요. 어떻게 그 후로 재혼을 한 번도 안 했죠? 거기다 왜 그렇게 늘 온갖 것들에 관해 방어벽을 치고? 내가 자기 비즈니스 파트너들하고 만날 가능성을 얘기했더니 그렇게 불편해할 수가 없더군요."

"당신 말이 맞을지도 몰라요." 랭커스터가 말을 보탰다.

"그리고 내가 뭔가 염탐하고 다녀야 하는 상황에 봉착하면, 난 얼마든지 그럴 수 있어요."
"우와, 이제는 뭐, 자기가 무슨 스파이라도 되는 줄 아나 봐요?" 랭커스터가 말했다.
"음, 내 여자친구가 스파이이긴 하죠."
"이건 정말 날 놀리는 거 맞죠?"
마스가 오른손을 들어올렸다. "신께 맹세코 진실입니다."
랭커스터의 눈길을 받은 데커는 고개를 끄덕였다. "맞아. 군사 정보 분야."
"젠장." 랭커스터가 탄식했다. "에이머스, 넌 친구들을 완전히 한 등급 업그레이드했구나."
"어이, 자라지 않으면 시들 수밖에 없잖아요, 안 그래요?" 마스가 말했다.
데커는 마스의 어깨에 한 손을 얹었다. "그건 그렇다 치고, 이 일은 위험해요, 멜빈. 당신은 핸디캡을 안고 들어가는 거예요. 그자들은 당신이 어느 편인지 아니까. 상황은 금세 엇나갈 수 있어요. 조금이라도 뭔가 잘못돼간다 싶으면 바로 빠져나와야 해요."
"난 늘 빨랐어요, 데커. 대학 미식축구 선수 시절 경험으로 잘 알고 있을 텐데요."
랭커스터가 말했다. "잠깐, 두 사람이 미식축구 선수 시절 서로 상대 팀이었다고?"
"롱혼 대 벅아이." 마스가 말했다. "그리고 누가 이겼게요?"
"당신이 이겼죠." 데커가 말했다. "그리고 이번에도 당신이 이겼으면 좋겠어요. 대학 미식축구 시합 때와는 달리, 이번에 난 당신을 응원하니까."
마스는 웃음을 지었지만 자신을 향한 데커의 표정을 보고는 데커의 어깨를 움켜쥐고 이렇게 말했다. "봐요, 이게 놀이가 아니란 건 나도 알아요. 하지만 사람들이 목숨을 잃었잖아요. 그저 어떤 개자식들이, 그 사람들이 그만 죽어줘야 한다고 결정했다는 이유로요. 그것도 아이들까지 포함해서. 당신이 그놈들을 일망타진하는 걸 도울 수 있다면, 난 기꺼이 할 겁니다."

랭커스터는 데커와 시선을 교환했다. "친구들을 제대로 업그레이드했네, 에이머스."

"알아." 데커가 말했다. "그리고 난 내 친구들을 지키고 싶어."

0 0047

"도대체 여기서 뭔 짓거리를 하고 있는 거지?"

데커와 마스와 랭커스터가 이튿날 아침 경찰서로 걸어 들어갔을 때, 차일드리스가 로비를 가로질러 폭풍처럼 다가와 일행에게 따지고 들었다.

데커는 잡아먹을 듯한 눈길로 자신을 노려보는 경정을 흘끗 보고 대꾸했다. "참관 중인데요." 그리고 덧붙였다. "허락받은 대로죠. 내티도 동의했고요."

"내티의 동의 따윈 내 알 바 아니고." 차일드리스가 데커의 코앞에 손가락 하나를 세웠다. "그리고 난 네놈이 그냥 '참관만' 하는 게 절대 아니라는 걸 잘 알지. 넌 이 사건에 끼어들고 있어. 널 모르는 것도 아닌데, 내가 속을 것 같아?"

"그럼 내가 진실을 알아내고 싶어 하는 것도 알겠군요."

차일드리스는 조소하는 투로 쏘아붙였다. "그냥 그렇게 왈츠를 추면서 여기로 돌아와서 우리 일을 대신 떠맡을 수 있을 줄 알았어? 우린 우리 힘만으로도 이 사건을 완벽하게 해결할 수 있어. 너나 FBI의 도움 따윈 필요 없다고." 그러고는 마스를 노려보며 물었다. "너도 FBI야?"

"아뇨, 저는 그냥 이 동네의 친절한 자경단원입니다."

"협력 정도는 괜찮잖아요." 데커가 끼어들었다. "늘 있는 일인데." 데커는 그렇게 말하며 랭커스터를 흘끗 보았지만 랭커스터가 입을 다물고 있는 데 놀라지는 않았다. 이건 랭커스터의 직업이자 가족을 부양하는 생계수단이었다. 그리고 건강 문제까지 감안하면, 차일드리스는 얼마든지 랭커스터의 인생을 지옥에 처넣을 수 있었다.

이제 차일드리스는 데커와 거의 얼굴을 맞대고 있었다. "우리가 여전히 너에 대한 기소를 철회하지 않았다는 걸 잊지 말도록. 그리고 네가 조만간 법정에 출두해야 하는 것도. 아직 변호사를 고용 안 했다면 늦기 전에 하라고. 반드시 필요할 테니까."

"음, 켄 핑거를 고용하진 않을 겁니다."

차일드리스가 뒤로 물러났다. "왜지? 그 친구는 평판이 좋은데."

"그래요, 메릴 호킨스 때 정말 대단한 능력을 발휘했죠."

"망할! 세계 최고의 변호사라도 호킨스를 빼내진 못했을 거야. 감식 증거들이 그렇게 압도적이었는데."

"그렇게 생각하세요?"

"그 망할 사건을 수사한 건 너야, 데커." 차일드리스가 받아쳤다.

"다만 난 그걸 **잘못** 수사했죠."

차일드리스가 뭐라고 말하려다 도로 삼켰다. "무슨 소리를 하는 거야?"

"우리 모두가 잘못을 저질렀다고요. 내 말뜻은 그겁니다."

"미친 자식. 감식은 거짓말을 안 해."

"네, 감식은 안 하죠. 하지만 사람들은 합니다. 그것도 늘."

"무슨 잠꼬대 같은 소리야." 차일드리스는 랭커스터를 노려보았다. "어떻게 이따위 자식이랑 같이 일할 수가 있지, 메리?"

"이 친구는 결과를 내니까요. 그건 경정님도 저만큼 잘 아시잖아요."

차일드리스는 데커를 돌아보았다. "한 발짝만 선을 넘어봐. 딱 한 발짝만. 그럼 네 엉덩이를 걷어차줄 테니."

"음, 그거 대단히 유혹적이네요." 데커가 대꾸했다.

차일드리스는 주먹을 날리고 싶은 표정이었지만 용케도 분노를 억누르고 성큼성큼 그 자리를 떠났다.

"늘 저렇게 온화해요?" 마스가 물었다.

"사실 예전에 비하면 많이 나아진 편이에요." 랭커스터가 말했다. "사탄의 자식에서 그냥 개자식이 됐죠."

"당신 정말 기소당한 거예요, 데커?" 마스가 말했다. "난 그냥 농담인 줄만 알았는데."

"지금으로서는요. 하지만 과연 실제 재판까지 갈지는 모르겠네요."

"너무 안심하지 마. 차일드리스한테 꼬투리 하나라도 잡혔다간……." 랭커스터가 끼어들었다.

"끝까지 물고 늘어지겠지. 하지만 우린 사건만 '물고 늘어지면' 돼."

"다음 행보는 뭐야?" 랭커스터가 물었다.

"수전 리처즈가 사라진 날, 누군가가 그 여자로 위장했어."

"아직 그렇다고 확실히 입증된 건 아니잖아." 랭커스터가 지적했다. "그냥 추리일 뿐이지."

"좋아. 하지만 추리든 아니든, 우린 그 설을 따라가 봐야 해."

마스가 말했다. "두 분이 그걸 따라가 보지 그래요? 난 레이철한테 연락을 취해볼게요. 휴대폰 번호를 받아뒀거든요."

"우리가 옆에 있을 때 했으면 좋겠는데요." 데커가 말했다.

"좋아요. 하지만 내 주위를 맴돌진 말아요. 약속을 잡으면 알려줄게요."

"당신 몸에 다시 도청장치를 달아줄 수 있어요."

마스가 고개를 저었다. "아뇨, 레이철한테 도청장치를 들킬 위험은 무릅쓰고 싶지 않아요. 괜히 그러다 다 탄로 나고 만다고요."

"좋아요." 데커가 머뭇대며 말했다. "하지만 조심해요."

마스는 엄지손가락을 치켜세운 후 자리를 떴다.

"난 저 친구가 술집에서 장정 다섯 명하고 드잡이를 벌인대도 이렇게 걱정되진 않을 것 같아. 멜빈은 그 싸움에서 이길 게 분명하니까."

"그럼 뭐가 걱정인데? 저 사람은 장정 다섯하고 싸우러 가는 게 아니야. 여자 **한** 명을 만나러 가는 거라고."

"**그게** 바로 내가 걱정되는 점이야."

"자, 이제 우린 뭘 하지?"

"네가 날 도와줄 수 없는 거."

"왜 못 도와주는데?"

"이미 말했듯, 수전 리처즈와 관련된 일이야. 그리고 내가 확인하고 싶은 건 레이철 카츠하고도 관계가 있고. 넌 얼 때문에 그 부분에 관여할 수 없어."

"얼이 레이철 카츠의 알리바이인 건 메릴 호킨스의 살인에 대해서만이야. 리처즈한테 일어난 일에 대해서는 **아니라고.**"

"그렇지만 차일드리스가 그렇게 생각할 것 같아?"

"내가 쥐뿔이나 신경 쓸까 봐?" 그렇게 말한 랭커스터는 자조적으로 덧붙였다. "내년이면 차일드리스가 누군지도 못 알아보게 될 판에."

"그렇게 자신 있으면 그러든가."

"자신 있어. 하지만 리처즈의 실종과 살인에 카츠가 어떻게 엮이는 건데?"

"누군가가 애거사 베이츠를 속이려고 리처즈로 변장했어. 그리고 레이철 카츠와 미치 가드너 둘 다 키와 체구가 딱 들어맞고. 멀리서, 그리고 긴 외투와 모자를 쓴 모습을 보면 수전 리처즈로 착각할 수 있어. 특히 베이츠처럼 시력이 그다지 좋지 않은 사람이라면."

"넌 정말 두 사람 중 하나가 리처즈를 죽여서 그 여행가방에 실은 후 그 여자인 척했다고 생각하는 거야?"

"우리가 입증하면 사실이 되는 거고 못 하면 아니겠지."

"누가 먼저야? 카츠 아니면 가드너?"

"카츠는 우선 멜빈한테 맡겨둘 거야. 가드너한테 가서 이야기해 보자."

"가드너는 우리한테 아무것도 말해줄 의무가 없잖아."

"그럼 그 말이라도 직접 들어야지."

"아예 대놓고 추궁할 생각이야?"

"넌 나라는 사람의 섬세한 면을 정말 몰라주는구나, 메리."

랭커스터가 짐짓 놀란 표정을 지었다. "어쩌면 내가 그런 면을 한 번도 못 봐서가 아닐까, 에이머스."

"음, 기다려봐. 곧 보게 될 테니까."

0 0048

“이쯤 되면 스토킹 아닌가요? 미친.”

미치 가드너는 넓은 앞문 안쪽에 서서 맞은편에 서 있는 데커와 랭커스터를 화난 눈으로 번갈아 노려보고 있었다.

“그렇게 느끼실 수 있다는 건 충분히 이해합니다, 가드너 씨. 하지만 사실 저희는 아버님과 관련된 다중살인 사건을 해결하고자 최선을 다하고 있고, 아무리 불쾌하셔도 당신은 우리에게 남은 최고의 정보원입니다. 그냥 몇 가지만 여쭤보면 됩니다. 그리고 가능한 한 불쾌하시지 않도록 노력하겠습니다. 약속드리죠.”

랭커스터는 믿어지지 않는다는 표정으로 데커를 응시했다. 사건의 용의자나 요주의인물에게 이런 식으로 말하는 데커의 모습은 처음 본 게 분명했다.

가드너가 랭커스터를 유심히 보았다. “당신, 기억나요. 두 분이 그 사건을 함께 담당했죠.”

“맞습니다. 그리고 솔직히 저는 가드너 씨를 알아봤을지 자신이 없네요." 랭커스터는 가드너의 늘씬하고 건강한 몸매와 우아한 옷차림, 그리고 완벽하게 매만진 머리 모양과 잡티 하나 없는 피부를 하나하나 살폈다.

"알아요. 당신이 날 마지막으로 본 모습과 많이 달라졌겠죠."

"아주 좋아 보이세요."

"감사합니다."

"저희로서도 이 사건을 다시 살펴보게 될 날이 올 줄은 꿈에도 생각 못 했어요. 하지만 얼마 전 아버님이 벌링턴으로 돌아오셔서 무죄를 주장하셨죠."

가드너가 데커를 가리켰다. "난 이미 이쪽 분한테 그게 개수작이라고 말했어요. 아버지는 그냥 당신들을 가지고 놀고 싶었던 거예요. 자신이 무죄일지도 모른다고 의심하게 만들려고."

"우린 여전히 누가 그분을 죽였는지 알아내지 못했습니다." 데커가 말했다.

"전에는 살해된 두 남자의 부인들을 조사 중이라고 하셨잖아요."

"맞아요. 음, 그중 하나는 살해됐죠."

가드너는 입을 쩍 벌렸다. 데커는 문을 잡은 가드너의 손가락이 떨리는 걸 보았다. "살해당해요? 어느 쪽요?"

"수전 리처즈요. 집에서 납치당해 살해됐다고 추정하고 있습니다."

가드너가 아무런 대꾸도 하지 않자 데커가 덧붙였다. "좀 들어가도 되겠습니까?"

가드너는 앞장서서 복도를 걸어가 온실로 향했다. 두 사람에게 몸짓으로 앉도록 권한 후 자기는 그대로 선 채 양손을 맞잡았다 풀었다 했다.

"꽤 놀라신 모양이네요." 데커가 말했다.

"당연히 놀랐죠. 처음엔 아버지가, 이제는 수전 리처즈가……."
가드너는 갑자기 맞은편에 앉더니 자기 무릎을 내려다보았다.

랭커스터는 방 안의 우아한 장식들을 둘러보았다. "집이 아주 멋지네요."

가드너는 정신이 딴 데 팔린 채로 고개를 끄덕였지만, 여전히 그들과 눈을 맞추려 하지 않았다.

데커는 주머니에서 뭔가를 꺼내더니 가드너에게 내밀었다. "이걸 전해드리면 좋아하실 것 같아서요."

가드너는 고개를 들었지만 사진에 손을 뻗지 않았다.

"어릴 적 당신입니다. 아버님의 지갑에서 찾아냈죠. 다른 건 별로 들어 있지 않더군요. 당신은 한 번도 교도소로 면회를 가지 않았다고 하셨지만, 그분은 그 오랜 세월 동안 당신 사진을 간직하고 계셨던 거죠."

가드너가 고개를 저었다. "난…… 난 받기 싫어요."

데커는 사진 앞면을 위로 가게 해서 탁자에 내려놓았다.

"질문이 뭐죠?" 가드너가 사진을 흘끔 본 후 재빨리 고개를 돌리고 물었다.

"음, 이건 사건과 관련된 모든 분들에게 여쭤보고 있는 질문이니 부디 불쾌해하지 마십시오. 저희는 수전 리처즈가 마지막으로 목격되었을 때 당신이 어디 계셨는지 알고 싶습니다."

"혹시라도 제가 그 사람의 죽음과 관계있다고 생각하시는 건 아니죠?"

"그게 말입니다, 저는 누군가가 살인을 저지를 수 있다고 생각하고 싶지 않습니다. 그럼에도, 어떤 사람들은 확실히 그럴 수 있죠. 하지만 저는 당신에게 무슨 혐의를 씌우려는 게 아닙니다. 그냥 지금은 사람들을 용의선상에서 제외하는 중이고, 그러려면 당신이 어디 계셨는지 우리한테 말씀해주셔야 합니다."

"몇 시를 말하는 거죠?"

데커는 날짜와 대략적 시간을 말해주었다.

가드너는 뒤로 기대앉아 눈을 감더니 잠시 후 주머니에 손을 넣어 휴대폰을 꺼냈다. 달력 앱을 띄워 화면을 몇 차례 쓸어내렸다. 그러더니 안도의 한숨을 쉬는 눈치였다. "남편이랑 저녁식사 중이었어요. 사업상의 만찬이었죠. 다른 사람들 여섯 명도 함께 있었어요. 여기 트래멀에서요. 레스토랑에서 만나서 저녁 7시부터 자정이 한참 지난 시각까지 있었어요."

"남편분이 그걸 확인해주실 수 있습니까?" 랭커스터가 물었다.

"그이한테 이야기해야 하나요?" 가드너가 걱정스럽게 물었다. "그이는 아무것도 모르거든요. 이 일에 대해서…… 내 과거 인생에 대해서."

"음, 그럼 거기 있던 다른 분들 성함을 좀 대주시겠습니까?"

"그건 그이한테 말하는 거나 다를 바 없어요." 가드너가 쏘아붙였다. "그이는 이 지역에서 좋은 평판을 쌓았고 다들 그이를 믿어요. 이런 일은 그이를 위태롭게 만들 수도 있어요."

"음, 그럼 당신이 거기 있었다는 걸 확인해줄 만한 다른 사람이 있나요?" 랭커스터가 물었다.

가드너는 갑자기 기운이 나는 듯 보였다. "잠깐만요, 그 식당 주인을 알아요. 그 여자가 확인해줄 수 있을 거예요. 우린 개인실을 빌렸고 신용카드로 비용을 지불했어요. 영수증을 확인해보면 되죠."

"그럼 되겠네요."

랭커스터가 공책을 꺼내어 가드너가 불러주는 정보를 적었다.

"그러면 됐나요?" 가드너가 여전히 딴 데 정신이 팔린 채 건성으로 물었다.

"아버님이 살해당했을 때 당신이 어디 계셨는지 말해주셔야 합니다."

"아버지요? 이제는 내가 친아버지를 살해했다는 혐의를 씌우시려는 건가요?"

"다시 말씀드리지만, 저는 당신에게 어떤 혐의도 씌울 생각이 없습니다. 그저 사람들을 용의선상에서 제외하는 중이죠. 방금 수전 리처즈의 살인 용의선상에서 당신을 제외한 것처럼요."

가드너는 데커에게서 사건이 일어난 시간대를 들은 후 달력을 확인했다. "가족이랑 같이 집에 있었어요. 사실 그 시각이면 전 아마 잠들어 있었을 거예요." 그리고 덧붙였다. "대다수의 사람들처럼요."

"그리고 남편분이 그걸 확인해주실 수 있습니까?"

"꼭 필요하다면요." 가드너가 악문 잇새로 내뱉었다. "그게 다인가요?"

"이해가 안 되는 게 하나 있습니다." 데커가 말했다. "하지만 당신이 그것도 해명해주실 수 있을 것 같은데요."

가드너는 지친 표정으로 데커를 보았다. "그 옛날 당신이 끝도 없이 질문을 퍼붓던 게 기억나네요."

"유감스럽게도 전 예전과 그리 변한 게 없네요. 그냥 직업병이죠."

"이해 안 되는 게 뭐죠?"

"당신은 아버지의 벽장에 들어가 본 적이 없다고 했습니다."

가드너는 즉시 방어태세에 돌입하는 듯했다. "그 말은 누구한테 들었죠?"

"사실, 당신한테 들었습니다. 제가 당신을 신문하러 여기 처음 왔을 때였죠."

"아, 그래요. 하지만 이해 안 된다는 게 뭘 말씀하시는 건지 모르겠네요."

"경찰 보고서에 따르면 감식반원들에게 벽장의 패널을 보여준 사람이 당신이었습니다."

가드너가 얼굴을 찌푸렸다. "전 그랬던 기억이 없는데요."

"보고서에는 그렇게 쓰여 있었습니다."

"그럼 보고서가 틀렸겠죠. 그럴 수도 있잖아요, 아닌가요?"

데커가 말했다. "그럼 감식반원들에게 패널을 보여준 적이 없다는 말씀이신가요?"

"내가 그렇게 한 **기억이 없다**고 말씀드리는 거예요."

"좋습니다. 그럼 감식반원들이 그냥 수색 과정에서 스스로 찾아냈겠군요."

"아마 그렇겠죠."

"하지만 그럼 왜 당신에게서 그 이야기를 들었다고 보고했을까요?" 랭커스터가 물었다.

가드너는 이제 무척 핼쑥했다. "저…… 저야 모르죠. 어쩌면 제가 그랬을 수도 있고요. 어쩌면 그 사람들의 수색을 도와주거나 뭐 그러고 있었나 보죠. 가능한 일이잖아요. 너무 오래전 일이기도 하고. 게다가 난 멀쩡한 정신 상태가 아니었어요. 그때 상황은 기억이 흐릿해요."

데커가 말했다. "이해합니다. 음, 시간 내주셔서 감사합니다."

데커는 일어섰다. 랭커스터도 엉겁결에 따라 일어섰지만, 이렇게 빨리 신문을 마쳤다는 데 놀란 표정이었다.

“이…… 이게 다인가요?” 가드너가 랭커스터 못지않게 놀란 표정으로 물었다.

“네, 지금으로서는요.” 데커는 가드너를 향해 어린 시절 사진을 밀어 보냈다.

“난 갖기 싫다고 했는데요.”

“압니다. 하지만 때때로 사람들은 마음을 바꾸기도 하니까요.”

가드너는 사진을 집어 들려 하지 않았다.

데커가 말했다. “배웅은 안 해주셔도 됩니다.”

*

차에 오를 때 랭커스터가 말했다. “좋아, 네 새로운 ‘섬세한’ 성격은 마음에 들어, 데커. 하지만 신문을 너무 빨리 끝냈어. 이제 막 재미있어진다 싶었는데.”

“재미있어지고 **있긴 했지.** 하지만 너무 세게 밀어붙이는 건 좋지 않아.”

“가드너는 겁을 먹었어.”

“그야 **당연히** 겁먹었겠지. 우리한테 털어놓지 않은 걸 알고 있으니까. 그리고 누군가 다른 사람도 그걸 눈치챌까 봐 잔뜩 걱정하고 있고.”

“그 여자가 위험에 처했을지도 모른다는 말이야?”

“이 사건과 관련된 모든 사람이 위험에 처해 있을지도 몰라. 나랑 널 포함해서.”

“우린 경찰이니 당연한 거고. 미치 가드너는 그렇지 않잖아.”

“그런가?” 데커가 차를 출발시키면서 말했다.

0 0049

휘황찬란.

실버 오크 그릴의 주차장에 차를 세우는 마스의 머릿속에 떠오른 단어였다. 그게 예전에 어땠는지 마스로서는 알 수 없지만, 그 오래된 뼈대는 마침내 새 삶을 얻었다. 주차된 다른 차들을 둘러보니 고가의 최신형 차들이 드문드문 눈에 띄었다. 어닝 입구 근처에는 심지어 마세라티 컨버터블 한 대도 세워져 있었다.

실내로 들어가 주위를 둘러보았다. 이곳을 확장하는 데는 확실히 돈이 들었다. 마스는 D.C.의 시장에서 부동산에 투자하면서 건축 비용을 공부했다. 오래된 대들보, 값비싼 돌바닥, 정교하게 조각된 바, 값비싼 벽지가 현대식 좌석과 공존했다.

점심 식사 중인 사람들로 실내는 거의 꽉 차 있었고, 마스 앞에는 자리 안내를 기다리는 사람들이 세 명 더 있었다.

"멜빈?"

오른쪽을 보니 레이철 카츠가 구석 테이블에서 손을 흔들고 있었다. 마스는 그리로 갔다.

카츠는 자리에서 일어나 발돋움을 해서 마스를 포옹한 후 뺨에 가볍게 입을 맞췄다. 그 후 잠시 마스의 옷차림을 감상했다. 회색 재킷, 검은색 터틀넥, 차콜색 정장바지, 그리고 검은색 로퍼.

"옷차림이 멋져요."

"고마워요. 당신도 무척 샤프해 보여요." 마스는 카츠의 정장바지, 블라우스, 재킷 그리고 플랫을 눈여겨보며 말했다.

"음, 난 퇴근하고 곧장 왔어요."

자리에 앉은 마스는 카츠의 칵테일 잔이 거의 비었음을 알아차렸다.

"한잔할래요?" 카츠가 물었다.

마스는 거의 빈 유리잔을 곁눈질했다. "뭐 마시고 있어요?"

"드워스랑 물요. 한 잔 더 주문하려던 참이었어요."

"아직 오후인데 벌써 이렇게 세게 가도 괜찮아요?"

"괜찮아요."

마스가 씩 웃었다. "저도 좋아요."

두 사람은 술을 주문하고 뒤로 기대앉았다.

"다시 만나자는 당신 전화를 받고 놀랐어요." 카츠가 말했다.

"왜요?"

"음, 우린 뭐랄까…… 좀 맹숭맹숭하게 헤어졌잖아요."

"전 장기적 예측을 좋아합니다. 매일 붙어다니는 건 저한테 별 의미가 없어요."

"데이트라고 하니까 어쩐지 기분이 좋네요."

술이 도착하자 두 사람은 잔을 맞부딪쳤다.

카츠는 칵테일을 한 모금 마시고는 말했다. "당신이 날 만나는 걸 데커가 용인했다는 것도 좀 놀랍고요. 내 말은, 그 사람은 사건을 조사 중이고, 난 내가 여전히 요주의인물이거나 뭐 그런 것 같은 기분이 들거든요. 물론 제가 그래야 할 근거는 하나도 없지만요."

"경찰 수사에 관해 잘 아시는 것 같네요." 마스가 씩 웃으며 말했다.

"난 범죄사건 프로그램을 챙겨 보거든요. 재미있는 걸 어떡해요."

"업무랑 프로젝트로 그렇게 바쁜 분이 그런 걸 챙겨 본다니, 놀랍네요."

카츠가 몸을 앞으로 빼고 말했다. "내가 거의 매일 밤 집에 가면 파자마로 갈아입고 피넛버터와 젤리 샌드위치를 칩이랑 같이 먹으면서 옛날 영화를 본다고 말하면 뭐라고 할래요?"

마스는 카츠를 뜯어보았다. "믿을 수 있을 **것 같네요.**" 그러고는 재빨리 덧붙였다. "당신이 그것 말고 다른 할 일이 없을 거라는 뜻은 아니고요. 이 가게 안에서 아무 남자나 찍어도 당장 넘어올 것 같은데요."

카츠가 우스꽝스러운 표정을 지었다. "사실, 여기 남자들은 내 타입이 아니에요."

"말이 나왔으니, 그냥 다른 곳으로 이사 가지 않은 특별한 이유가 있나요? 시카고는 여기서 그리 멀지도 않잖아요."

"데이비드와 난 거기로 이사 갈 생각을 하고 있었어요. 그랬는데 그이가 죽었죠."

"그래서 이곳에 묶인 것 같은 기분이 든다?"

"어떻게 보면요, 아마도. 그이가 여기 묻혀 있잖아요. 그이가 짓기 시작한 게 여기 있고."

"그렇군요."

"내 말이 믿어지지 않나요?" 그렇게 묻는 카츠의 입술은 일그러지고 주름져 있었다.

"아뇨, 당신을 **믿어요.** 데커를 봐요. 그 친구는 더는 여기 살지 않지만 아직 이곳에 묶여 있어요. 매년 돌아와 가족의 무덤을 찾죠. 사람들은 저마다 다른 동기를 갖고 있어요. 당신이 여기 있고 싶으면 있는 거죠. 당신이 그러겠다는데 누가 뭐라고 하겠어요."

카츠는 뭐라고 말하고 싶은 눈치였지만 입을 다물고 술을 한 모금 홀짝였다. "뭐 주문할래요? 난 참치 타타르로 할 건데, 연어도 정말 맛있어요."

마스는 메뉴판을 보았다. "와규는 어떤가요?"

"좋죠. 우린 매일 새로 들여와요."

"우리요?"

카츠가 웃음을 지었다. "말씀 안 드렸나 보네요. 난 이곳에도 지분이 있어요."

"수많은 지분을 가지셨군요. 세상을 돌아가게 하는 아가씨네요."

주문을 마치고, 마스는 그곳을 한 차례 둘러본 후 카츠에게 눈길을 꽂았다. "주차장에 돈을 많이 들였던데 실내도 마찬가지네요. 심지어 저 밖에서 마세라티도 한 대 봤어요."

"마세라티는 저 신사분 거예요." 카츠가 60대 후반쯤 돼 보이고 숱 많은 회색 머리를 가진 작달막한 남자를 가리키며 말했다. 남자는 스리피스 정장 차림에 타이는 매지 않았고, 쌀쌀한 날씨에도 아랑곳없이 양말을 신지 않은 맨발에 악어가죽 로퍼를 신었다. 다른 사람들 여섯 명이 남자와 같은 테이블에 둘러앉아 있었다. 남자 네 명에 여자 두 명이었다.

"자금원인가요?"

"네. 덩컨 막스요."

"당신 파트너 중 하나인가요?"

"아뇨, 그렇진 않고요. 하지만 저 남자는 벌링턴 곳곳에서 수많은 프로젝트를 진행하고 있어요. 그리고 우린 두어 건의 거래를 함께 **완수한 적이 있죠.** 하지만 저 남자에 비하면 난 피라미예요."

"음, 당신처럼 큰 피라미는 처음 보는데요."

카츠가 그 말에 웃음을 지어 보였다. "조사는 어떻게 돼가고 있어요?"

"데커가 지금쯤 미치를 인터뷰하고 있을 겁니다. 알리바이를 확인하고 뭐 그런 거요."

"수전 리처즈의 살인 사건 말이에요?"

"네, 그것도 포함해서요."

"아까 잠깐 얘기하다 말았는데, 데커는 무슨 생각으로 당신이 나와 만나도록 놔두는 거죠? 당신을 통해 뭔가 알아내서 날 체포하려는 건가요?" 카츠는 마지막 문장을 무심한 투로 말했지만, 마스는 기저에 깔린 우려를 감지할 수 있었다.

"이미 말했듯, 난 경찰도 뭣도 아니에요. 그냥 데커의 친구일 뿐이죠. 그 친구도 나도 서로에게 이래라저래라 하지는 않아요."

"하지만 그래도 당신은 그 사람을 돕고 싶어 하잖아요."

"당연하죠." 마스가 양팔을 쫙 벌렸다. "그리고 뭔가 도움이 될 만한 걸 알고 계신다면, 얼마든지 저한테 털어놓으셔도 됩니다."

카츠가 소리 내어 웃었다. "당신은 흥미로운 남자예요. 벌링턴엔 그런 남자가 많지 않죠. 적어도 내 눈에 띄는 한은."

"데커가 이곳을 떠나면서 그런 남자가 한 명 더 사라진 건 분명하죠."

몇 분 후, 주문한 음식이 도착했다. 스테이크를 맛본 마스의 눈이 그만 휘둥그레졌다. "우와, 이런 건 법으로 금지해야 해요. 젠장, 너무 맛있네요. 담배를 끊었는데, 이걸 다 먹고 나면 예외로 딱 한 대만 피워야 할 것 같아요."

"운 좋게 굉장한 셰프를 만났어요. 인디애나폴리스 출신인데, 텔레비전에 나오는 그 마스터셰프한테서 수련했죠."

"우와, 진짜 요리 좀 하는 친구네요."

"네, 맞아요. 그나저나 당신은 미치 호킨스가 수전의 살인에 알리바이가 있을 것 같아요?" 카츠가 불쑥 물었다.

마스는 접시에서 고개를 들었다. "나도 모르죠. 데커라면 지금쯤 틀림없이 알아냈을 겁니다. 만약 있다면요. 그러면 그게 사실인지 확인해봐야겠죠."

"나에 대해서도 그러겠죠."

"맞아요." 마스는 포크와 나이프를 내려놓았다. "근심이 있는 것 같아요."

"내 자백을 기다리는 거예요?"

"아뇨. 난 당신을 잘 모르지만, 살인을 저지를 사람으로는 안 보여요. 난 그쪽으로 후각이 꽤 발달한 편이거든요. 하지만 그래도, 틀림없이 당신 마음을 짓누르는 뭔가가 있는 것 같은데요."

"아뇨, 난 괜찮아요. 그냥 피곤해서 그래요. 요즘 계속해서 야근을 했거든요." 카츠가 관자놀이를 문질렀다. "당신이 클럽을 나간 후에, 사업상의 미팅을 했죠. 당신이랑 있던 시간에 비하면 정말 재미없었죠."

"괜히 띄워주지 말아요."

"말을 돌리려는 게 아니라, 멜빈, 난 사실 당신한테 무척 끌리고 있어요."

"어이, 당신은 아름답고 영리하고 야심 있고 섬세하고, 다 갖췄잖아요."

"왜 당신이 '하지만'이라고 말할 것 같죠?"

"난 지금 만나는 사람이 있어요."

"운 좋은 여자네요."

"그 사람도 그렇게 생각했으면 좋겠네요. 그리고 내가 괜히 당신을 오해하게 만든 게 아니었으면 좋겠고요."

"아뇨, 사실 오해할 여지를 전혀 주지 않았어요. 하지만 숙녀는 늘 꿈을 꿀 수 있죠."

마스는 앞으로 몸을 숙였다. "이봐요, 레이철. 난 당신이 좋아요. 진심이에요. 그리고 난 공식적으로 데커랑 같이 일하는 건 아니지만, 어떤 방식으로든 그 친구를 돕고 있어요. 이미 말했듯이요."

카츠는 의자에 등을 기대고 술잔을 들어올렸다. "그렇군요."

"부정할 수 없는 사실은, 이 주변에서 수많은 사람들이 죽어가고 있다는 겁니다. 13년 전에는 네 사람이 죽었죠. 당신 남편을 포함해서. 그다음엔 메릴 호킨스. 그다음엔 샐리 브리머. 비록 그때 과녁은 데커였지만요. 그리고 그다음엔 수전 리처즈까지."

"무슨 말을 하려는 거죠?"

"당신이 뭔가를, 아주 사소한 것 하나라도 알고 있다면, 우리한테 말해줘야 해요. 내가 가장 우려하는 건 당신한테 무슨 일이 일어나는 겁니다."

카츠는 허리를 꼿꼿이 세우는 듯했다. "걱정해줘서 고마워요, 멜빈. 하지만 난 나 자신을 지킬 수 있어요. 그리고 사실 아무것도 모르고요. 그러니 아무 걱정 마세요."

마스는 천천히 고개를 끄덕였다. "좋아요, 당신이 그렇게 자신 있다면요."

"난 자신 있어요."

"음, 사실은 당신이 듣지 못했을 또 다른 살인 사건이 있었거든요."

그 새로운 소식에 카츠는 손에 들었던 포크를 천천히 내려놓았다. "뭐라고요? 누군데요?"

"칼 스티븐스라는 남자요. 여기서 마약을 거래했죠. 미치와 프랭키 리처즈에게 마약을 팔았고요. 데커는 그 남자가 연루됐을지도 모른다고 생각해요."

"그리고 죽었다고요?"

"스티븐스는 교도소에 있었어요. 우린 면회를 갔지만, 아무것도 모른다고 하더군요. 한데 우리가 벌링턴으로 돌아왔을 즈음, 그 남자 목에 칼이 꽂혔어요." 마스는 자신의 드워스를 집어 들어 한 모금 마셨다. "그러니, 그자들은 아무래도 사람들이 뭘 알든 모르든 상관하지 않는 모양이에요. 그냥 죽이고 보는 거죠."

"하지만 어떻게…… 내 말은, 그 남자는 교도소에 있었잖아요. 사람들은 교도소에서 매일 죽어나가잖아요."

"그건 당신 말이 맞아요. 하지만 문제는 스티븐스의 팔에 있던 문신이죠."

"그게 왜요?" 카츠의 목소리가 떨리고 있었다.

"샐리 브리머를 쏜 남자의 문신과 일치해요. 데커는 정말 확신을 가지고 그렇게 말했고, 그 친구의 기억력은 아무도 못 당하죠."

"그게 우연일지도 모른다고는 생각 안 해요?"

"당신은 그렇게 생각해요?"

카츠는 뒤로 기대어 자신을 추슬렀다. "음, 그 스티븐스라는 사람에 대해서는 유감이지만, 나랑 아무 상관도 없는 일이에요."

"좋아요, 그렇게 확신한다면."

"난 확신해요."

"그럼 우리 이 진수성찬으로 다시 돌아가죠."

마스는 자신이 주문한 스테이크를 다 먹어치웠지만 카츠는 거의 건드리지도 않았다. 그 대신 두 잔째 드워스를 비웠다.

그곳을 나서는 길에 두 사람은 막스의 테이블을 지나쳤다. 덩컨 막스는 한 손을 내밀어 카츠의 팔을 붙잡았다. "레이철, 거기 있는 거 보고 당신인 줄 알았어요."

"안녕하세요, 덩컨."

"이곳을 아주 멋지게 성공시켰네요. 당신이 또 홈런을 쳤군요."

"고마워요."

막스는 마스를 보았다. "그리고 친구분은 처음 뵙는 것 같은데."

마스가 한 손을 내밀었다. "멜빈 마스입니다. 만나서 반갑습니다."

식탁에 둘러앉은 사람들은 따분한 표정으로 두 남자가 악수하는 모습을 지켜보았다.

"저 바깥에 있는 마세라티가 당신 차라고 레이철한테 들었습니다. 차가 정말 아름다워요."

"맞아요. 독일의 공학과 이탈리아의 디자인, 천상의 만남이죠."

다들 소리 내어 웃었다.

식당을 나온 후 카츠는 마스를 돌아보았다.

마스가 말했다. "사람 좋아 보이네요."

"맞아요. 있죠, 음, 방금 점심을 먹고 나서 이런 말 하긴 좀 그렇지만, 오늘 저녁 같이할 수 있어요?"

"좋아요, 그럼요. 어디서요?"

카츠가 망설였다. "내 집에서요. 내가 사실 요리를 좀 하거든요."

마스가 불편한 표정을 짓자 카츠는 마스의 팔을 꼭 쥐었다. "약속해요, 그런 게 아니에요. 난…… 난 그냥 직접 만든 요리를 먹으며 누군가와 대화하고 싶어서 그래요. 그리고 그 누군가가 당신이었으면 좋겠어요."

마스는 카츠의 손을 꼭 잡고 고개를 끄덕였다. "좋아요, 나도 좋을 것 같네요."

"7시, 어때요?"

"그때까지 갈게요. 뭐 필요한 건 없어요?"

"그냥 당신만 오면 돼요, 멜빈. 그거면 충분해요."

0050

데커와 랭커스터는 형사실에 앉아 있었다. 곧 문이 열리더니 검시관이 들어왔다. 흰 연구실 가운을 벗고 정장으로 갈아입은 검시관은 두 사람을 향해 서류 몇 장을 들어 보였다.

“좋은 소식을 가져왔습니다.” 검시관은 그렇게 말하더니 랭커스터의 책상으로 가서 서류를 휘리릭 넘겼다. “우선, 메릴 호킨스의 체내에는 진통제 성분이 약간 있었습니다. 옥시코돈이죠.”

“그것 때문에 기력이 없었을 수도 있나요?” 데커가 물었다. “총에 맞았을 때 의식이 없었을 가능성도 있을까요?”

“그랬을 가능성이 꽤 높죠.” 검시관이 대꾸했다. “그리고 수전 리처즈도요. 펜타닐 과용으로 사망했어요. 그 약물은 많이 쓸 필요가 없죠. 지독하게 강력한 물질이니까.”

“검시 중에 혹시 정기적 마약 복용자였다는 증거는 발견하지 못했나요?”

“아뇨, 그런 건 전혀 없던데요. 사실 몸 상태가 좋았어요. 훨씬 더 오래 살았을 텐데."

"사망 시각은요?" 데커가 물었다.

"죽은 지 좀 됐어요, 에이머스."

"전에도 물어봤지만, 그날 밤 집을 떠났다고 추정되는 시각에 이미 죽어 있었을 수도 있나요?"

"음, 내가 추정한 사망 시각으로는 충분히 가능해요." 그렇게 말하고 잠시 침묵에 잠겼던 검시관이 다시 입을 열었다. "그럼 당신은 그 사람이 집에서 살해당했다고 생각하는 건가요?"

"뭐 그런 식이죠."

검시관이 고개를 저었다. "이 사건은 시시각각 복잡해지네요. 그걸 알아내는 게 내 몫이 아니라서 다행이에요."

검시관이 떠난 후 랭커스터가 말했다. "음, 네 생각이 옳다면, 누군가가 그 여자를 죽인 후 시신을 여행가방에 담아서 갖다버린 거군. 그건 애거사 베이츠가 그날 밤 떠나는 걸 본 사람이 수전 리처즈가 아니었다는 뜻이고."

"큰 키와 마른 몸에 금발인 여자." 데커가 말했다.

"네가 이미 말했듯 미치 가드너나 레이철 카츠겠지. 하지만 난 리처즈가 납치당했다고 추정되는 시각에 대한 미치의 알리바이를 확인했어. 음식점에서 가드너가 그날 저녁 내내, 리처즈가 사라진 지 한참 후에도 거기 있었다고 확인해줬어."

"그럼 레이철 카츠는?"

"말이 나왔으니 말인데, 네 친구한테서 그 여자에 관해 무슨 소식 있어?"

"이메일 받았어. 점심 먹고 헤어졌다고. 카츠가 이상하게 굴더래. 오늘 밤 자기 집에서 저녁식사를 하자고 했다면서, 입을 열 것 같다고 했어. 그리고 칼 스티븐스가 죽었다는 이야기를 했더니, 티를 안 내려고 애쓰긴 했지만 제대로 겁을 먹었다더군." 데커가 덧붙였다. "덩컨 막스도 그 식당에 있었대. 멜빈이 이야기를 나눠봤는데, 카츠 말로는 막스가 자기 공사 프로젝트에 관여했다고 했대."

"그건 몰랐네. 하지만 넌 확실히 막스를 기억하지?"

"막스의 딸인 제니가 사기꾼한테 넘어갔을 때 내가 대신 처리해줬지. 막스는 꽤 오래전에 벌링턴에 와서 이것저것 사들이기 시작했어. 불황으로 살짝 타격을 입었지만 그 후 다시 일어서서 헐값에 부동산을 사들였지. 돈을 잔뜩 벌었어. 내가 여기 살았을 때는 이곳에서 제일 큰 집의 주인이었지."

"아직도 그래." 랭커스터가 말했다. "벌링턴 외곽에 있는 그 언덕에. 마치 우리 모두를 내려다보는 것 같아."

"펜실베이니아의 언덕 위 큰 집에 사는 다른 남자가 떠오르네. 하지만 그 남자는 파산한 처지였고 사실 누구도 내려다보고 있지 않았지."

"음, 막스는 파산하지 않았어. 온몸의 구멍에서 돈이 새어나오지. 내가 듣기론, 사실 벌링턴에 오기 전부터 이미 돈을 잔뜩 벌었다던데. 투자나 뭐 그런 거로. 신규 상장이니 하는, 난 들어도 무슨 소린지 모르겠고 돈도 한 푼 못 벌 그딴 것들로."

"왜 벌링턴을 골랐을까? 도무지 짐작이 안 가."

"아버지가 여기 출신이라고 들었어. 이사 가기 전에 오래된 구두 공장에서 일했다나. 막스가 그걸 사들여서 호화 아파트로 바꿨지."

"레이철 카츠가 사는 곳도 거기야."

랭커스터가 손가락을 딱 튕기며 대답했다. "맞다."

"멜빈 말에 따르면, 카츠는 스티븐스의 살해 소식에 겁을 먹었어. 그리고 지금 멜빈하고 이야기하고 싶어 하지. 그리고 멜빈은 오늘 밤 카츠와 저녁식사를 할 거고."

"호킨스도 너한테 이야기하고 싶어 했고 살해당했지. 그리고 혹시 누가 알아? 수전 리처즈도 그랬을지."

둘은 서로 눈빛을 교환했다.

"어쩌면 오늘 밤 우리 친구를 감시해야 할지도 모르겠네."

"나도 방금 그 생각을 했어."

0 0051

레이철 카츠가 문을 열었을 때, 마스의 커다란 몸집이 아파트 문간을 꽉 채우고 있었다.

마스는 연회색 정장바지와 오픈칼라 흰색 셔츠 위에 진푸른색 재킷을 받쳐 입었다. 한 손에는 적포도주 한 병을, 다른 손에는 꽃다발을 들고 있었다.

카츠는 청바지와 긴 소매 셔츠에 맨발의 편안한 차림이었다.

"내가 너무 차려입은 것 같네요." 마스는 웃음 띤 얼굴로 안으로 들어가며 말했다.

"멋져 보여요. 난 오늘 밤 그냥 청바지 차림에 맨발이고 싶었어요."

카츠는 꽃다발과 포도주에 감사하다고 말하고 마스의 뺨에 입을 맞췄다. 그리고 꽃병을 꺼내어 물을 담고, 줄기 끝을 꺾은 꽃다발을 그 안에 꽂으면서 말했다. "이러지 않아도 됐는데."

"어머니가 늘 남의 집엔 빈손으로 가는 게 아니라고 가르치셨어요."

"음, 어머님이 제대로 가르치셨네요. 자주 만나세요?"

"아뇨, 부모님은 두 분 다 돌아가셨어요."

"이런, 어떡해요."

마스가 어깨를 으쓱했다. "뭐, 흔히 있는 일이죠. 포도주 지금 딸까요?"

"네, 부탁해요. 내 드워스는 딴 지 수십 년은 된 것 같아요. 오프너는 서랍에 있어요."

마스는 잔 두 개를 채우고 그중 한 잔을 카츠에게 건네며 코를 킁킁댔다. "뭔가 좋은 냄새가 나는데요. 저녁은 뭔가요?"

"시작은 카프레제, 메인은 내 특제 소스를 친 치킨 팜, 그리고 디저트는 카놀리요. 난 이탈리아식 진수성찬이라고 부르죠."

"종일 일하고 와서 그것까지 한 거예요?"

"요리가 취미라서요. 하지만 솔직히 카놀리는 사온 거예요."

"그래도 대단한데요. 뭐 도와줄까요?"

"포도주 따주고 꽃다발 가져온 거로 당신 몫은 다 했어요."

"남자들은 늘 쉽게 넘어간다니까요."

"당신은 현명한 남자예요, 마스 씨."

*

식사는 30분쯤 후 시작됐다. 식사를 마친 후 마스는 식탁을 치우고 설거지를 하겠다고 우겼다. 단호한 말투로 "당신은 요리를 했으니 이젠 내 차례예요" 하고는 접시를 차곡차곡 한데 모았다. 카츠는 포도주잔 손잡이를 어루만지며 말했다. "당신이 만나는 여자가 자기가 얼마나 운이 좋은지 알았으면 좋겠어요."

"아마 그럴걸요. 하지만 관계에서는 지속적인 노력이 필요하죠.

양쪽 모두에게."

"데이비드도 같은 말을 하곤 했죠."

마스는 접시, 유리잔, 그리고 식기를 헹군 다음 식기세척기에 차곡차곡 쌓았다. "두 분 금슬이 무척 좋았던 것 같네요."

"그랬죠. 다만 너무 일찍 끝났어요."

마스는 일을 마치고 거실로 가서 카우치에 앉아 있는 카츠 옆에 앉았다. 카츠는 다리를 몸 밑으로 끌어올리고 잔을 내밀어 마스가 따라주는 포도주를 받았다.

"맞아요. 이루 말할 수 없는 비극이었죠."

"적어도 난 그 사건이 종결됐다고 생각했어요. 그런데 이제 와서 데커가 메릴 호킨스는 진범이 아니라며 사건을 처음부터 다시 파헤치고 있죠. 하지만 그 남자가 진범이 아니라면 도대체 누구 짓일까요?"

"남편분한테 적이 있었습니까?"

"아뇨, 그런 건 전혀 없었어요. 데커한테도 똑같이 말했어요."

"어쩌면 돈 리처즈에게 적이 있었을지도요. 남편분은 잘못된 시각에 잘못된 장소에 있었고."

"나도 그렇게 생각했었어요. 하지만 난 호킨스가 살인을 저질렀다고 생각했죠. 강도질이나 빈집털이를 하다가요. 실제로 없어진 물건들이 있었으니까."

"그건 그냥 위장이었을 수도 있죠."

카츠는 천천히 고개를 끄덕였지만 진심으로 납득한 얼굴은 아니었다.

마스가 말했다. "오늘 밤 여기로 날 초대했을 때, 당신은 내심 생각이 많은 것처럼 보였어요. 이야기하고 싶다고 했죠."

카츠는 잔을 내려놓고 마스를 건너다보았다. "난 무서워요."

"뭐가요?"

"당신이 점심 식사 때 말한 것처럼, 사람들이 죽어가고 있어요. 호킨스, 수전 리처즈, 그리고 그 경찰서 여자."

"알아요, 레이철. **무서운 일이죠.**"

"내 남편도 살해당했었죠. 그리고…… 모든 게 과거로부터 회귀한 것만 같아요. 오래전에 파묻힌 줄 알았던 유령들이 날 뒤쫓는 것 같아요." 카츠는 한 손으로 얼굴을 가리고 갑자기 눈물이 차오른 눈을 비볐다.

마스는 카츠의 어깨에 한 팔을 둘렀다. "내 말 좀 들어봐요. 그리 멀지 않은 과거에, 난 지옥을 헤매고 있었어요. 내 말은, 정말 끔찍한 상황이었죠. 그러다 데커가 나타났어요. 그 친구는 진실을 밝혀 내 인생을 바꿔줬죠. 사람들은 20년이라는 긴 세월 동안 줄곧 거짓을 진실이라고 믿었지만, 그 친구는 달랐어요. 데커는 달랐어요. 그냥 쉬지 않고 파헤쳤죠. 그 친구는 절대 멈추지 않아요."

카츠가 살짝 몸서리를 쳤다. "만만히 봐서는 안 될 사람인 것 같네요."

"아, 맞아요. 만만히 보는 사람들도 있었죠. 그래도 그 친구는 절대 멈추지 않아요."

"그…… 그 사람이 진실에는 여러 모습이 있을 수 있다는 걸 이해할까요?"

마스는 카츠에게서 몸을 조금 떼고 자세히 뜯어보며 물었다. "예를 들면요?"

"그러니까, 난 진실을 말하는데 남들은 그걸 진실로 보지 않는 그런 경우요. 시각의 차이 같은 것 때문에. 그리고…… 그리고 때로 사람들은 어떤 이유 때문에 뭔가를 하지 않으면 안 될 때가 있잖아요…….”

“어떤 이유요?”

“잘못된…… 이유인 것 같아요. 하지만 그 일을 해야 하는 사람에게는 그렇지 않고요. 그 사람들은 달리 방법이 없다고 생각할 수도 있어요.”

마스는 이 모든 말에 혼란스러운 표정을 지었다. “무슨 말인지 모르겠어요.”

“나는…… 있죠, 신경 쓰지 말아요. 내가 횡설수설하고 있다는 거 알아요.”

“천천히 해요. 난 아무 데도 안 가니까.”

카츠는 화제를 바꿨다. “그래서, 데커는 정말 호킨스가 무죄라고 생각하나요?”

마스는 대화 방향이 바뀐 데 대해 굳이 실망을 감추려 하지 않고 잠시 카츠를 뚫어져라 보았다. “이런 식으로 말하면 이해가 될까요? 데커를 두 번이나 죽이려 한 자는 호킨스가 아니었어요. 왜냐하면 그 사건들이 일어났을 때 호킨스는 이미 죽어 있었으니까요.”

“당신 말은 진실이 밝혀지기를 원치 않는 누군가가 있다는 거예요? 그 누군가가 데커를 막으려 하고 있고, 뭔가를 알고 있을까 봐 호킨스의 입을 막은 거라고요?”

“네, 우리가 보기엔 그래요.” 마스가 말을 멈췄다. “혹시 당신도 우리한테 도움이 될 만한 뭔가를 알고 있나요?”

“그랬다면 당신한테 말했겠죠. 13년 전에 사람들한테 말했을 거고요.”

“하지만 진실에는 여러 모습이 있을 수 있다고, 방금 당신이 말했잖아요."

카츠는 이 대화에서 거리를 두고 싶은 마음을 표현하듯 마스와 조금 떨어져 앉았다. "겨우 술 몇 잔에 사람이 풀어진다는 게 참 신기하죠?" 카츠는 살짝 미소를 띠면서 말했다.

"난 그저 진실에 다가가려 애쓰는 것뿐이에요, 레이철. 그게 다예요."

"하지만 진실이 늘 우리를 자유롭게 해주는 건 아니에요, 안 그래요? 때로는 우리를 가두기도 하죠."

"진실이 당신을 가두고 있나요?"

"아뇨, 당연히 아니죠. 난 그냥…… 이런저런 생각이 들어서요. 그냥 떠오르는 대로 아무렇게나 떠드는 중이에요."

마스는 카츠의 손을 잡았다. "난 당신을 돕고 싶어요, 레이철."

"하지만 당신은 데커와 함께 일하잖아요."

"그건 중요하지 않아요. 이미 내 생각을 말했잖아요. 당신은 누구도 죽이지 않았을 거라고."

"하지만……." 카츠는 재빨리 그렇게 말했다가 입을 다물었다.

"하지만 뭐요?"

카츠는 느닷없이 벌떡 일어섰다. "갑자기 피곤해졌어요. 정말로. 오늘은 그냥 여기서 끝내야겠어요."

그 말에 카츠를 올려다본 마스는 안색을 확 바꿨다. 벌떡 일어나 카츠에게 몸을 날린 순간, 커다란 유리창 하나가 산산조각 났다. 둘 다 바닥에 육중하게 쓰러졌고, 그때 창을 통해 날아 들어온 총탄이 목표 과녁을 맞혔다.

0 0052

"개자식!" 데커가 외쳤다.

데커와 랭커스터는 카츠의 건물 맞은편 거리에 세워둔 차에서 뛰어내렸다. 데커는 총을 꺼내 들고 차 옆에 몸을 웅크렸다.

"저기야." 랭커스터가 반대편 건물을 가리키며 말했다. "총탄이 저기서 날아왔어. 총구가 번뜩이는 걸 봤어."

"지원을 불러." 데커가 마스의 번호를 거칠게 누르면서 고함쳤다.

신호음이 울리고 또 울렸지만 아무도 받지 않았다.

"젠장."

"총격범이 아직 저기 있을 것 같아?" 랭커스터가 통화를 마치고 휴대폰을 집어넣으며 말했다. "우리가 마스랑 카츠를 확인하러 간다면?"

"맞아, 녀석은 우리를 쏠 거야." 데커는 랭커스터를 응시했다. "놈은 브리머를 죽인 자와 동일 인물일 수도 있어. 넌 지원이 올 때까지 여기서 기다려. 계속 멜빈한테 전화를 걸어봐." 데커는 랭커스터에게 번호를 전송했다.

"넌 어쩌려고?"

"총격범을 쫓아야지."

"에이머스……."

하지만 데커는 이미 거리를 달려가고 있었다. 거기 있는 자가 자신을 조준하기 어렵도록, 총알이 날아온 건물 측면에 몸을 최대한 바짝 붙인 채로 달렸다.

건물 앞 입구에 도달하자 건물을 살폈다. 아래쪽 창들에 합판이 덧대어져 있었다. 버려진 건물 같아 보였다. 하지만 건물 위쪽에서는 카츠의 아파트를 일직선상에서 완벽하게 들여다볼 수 있었다.

앞 입구의 계단을 달려 올라갔지만 대형 이중문은 사슬로 잠겨 있었다. 커다란 덩치로 밀쳤지만 데커의 덩치와 힘에도 문짝은 꿈쩍도 하지 않았다.

데커는 다시 거리로 급히 뛰어 내려가 다음번 교차로에서 왼쪽으로 튼 후 질주했다. 차 시동 소리나 뛰어가는 발소리가 들릴까 해서 귀를 쫑긋 세운 채였다. 밤공기는 차가웠지만 상쾌했고, 얼마 만인지 모르게 하늘도 맑았다.

데커 자신의 숨소리 말고 다른 소리는 전혀 들리지 않았다.

데커는 다음 모퉁이에 도달하자 주변을 둘러보았다.

아무것도 없었다. 총격범도, 놈을 태워가려고 기다리는 차도 없었다.

데커는 마스의 운명을 생각하지 않으려 애썼다. 그저 친구가 무사하기를 비는 짧은 기도를 올릴 뿐이었다. 만약 무사하지 않다면 목숨을 걸고라도 복수를 하리라 맹세했다.

뒤편 입구로 질주했고, 다행히 거기서는 운이 따라주었다. 문이 열렸다. 그리고 데커는 그 이유를 잘 알았다.

총격범은 이리로 들어갔던 것이다.

문을 살짝 열고 안에 발을 들여놓았다. 자신이 커다란 과녁임을 잘 알고 있는 터라 크기를 조금이라도 줄여보려고 쪼그려 앉았다.

상황을 가늠해보았다. 총격범은 이미 건물을 빠져나가 차를 타고 떠났거나 뛰어서 도망쳤는지도 모른다.

다만 데커는 차 소리도 발소리도 듣지 못했고, 총격범이 도망치기엔 시간이 부족했을 것 같았다.

그렇다면 놈은 아직 빈 건물 안에 있다는 뜻일 것이다. 아마도 장거리 고출력 소총을 가지고. 반면, 데커에게는 아직 한 번도 쏘아보지 못한, 그리고 거리가 있는 곳에서는 정확성을 전혀 기대할 수 없는 새 권총 하나가 전부였다. 총격범은 데커의 총으로는 엄두도 못 낼 만큼 먼 거리에서 데커를 정통으로 맞힐 수 있을 것이다.

한데 몰려 있는 엘리베이터들이 눈에 띄었지만, 건물에는 전력이 들어와 있지 않을 터였다. 그렇다면 남는 것은 계단뿐. 데커는 손전등을 켜서 길을 비추며 층계로 나가는 문 앞까지 갔다.

랭커스터처럼 데커 역시 총구의 번뜩임을 보았던 터라, 머릿속에서 그 이미지를 내려받아 층을 세어보았다.

6층.

데커는 조심스레 문을 열고 천천히 계단을 올라갔다. 어쩌면 내려오는 총격범과 도중에 마주칠지도 모른다. 아니면 놈은 저 위에서 데커를 기다리고 있을까.

데커는 숫자 6에 도달할 때까지 층계를 세며 올라갔다. 하지만 총격범이 데커가 자신을 지나가게 한 후 뒤쪽으로 나가려고 미리 아래층으로 내려가 숨어 있을 가능성을 모르는 건 아니었다.

잠시 후, 사이렌 소리가 들렸다. 됐어, 좋은 놈들이 오는 중이야. 어쩌면 카츠의 아파트에서 무슨 일이 일어났느냐에 따라 구급차도 오고 있을지 모른다.

데커는 6층 문을 열고 안을 엿보았다.

과녁이 될까 봐 손전등은 감히 켤 수 없었다. 다행히 창에서 들어오는 빛 덕분에 시력이 금세 어둠에 적응되었다. 개방형 구조에는 좋은 점도 있고 나쁜 점도 있었다. 살펴봐야 할 곳은 줄었지만, 그러는 동안 몸을 숨길 곳이 없었으니까.

소리 나지 않게 등 뒤로 문을 닫고 철제 책상 뒤로 날렵하게 움직였다.

마음 느긋하게 먹고, 집중하고, 귀를 기울여.

귀에 들리는 소리는 점점 더 가까워지는 사이렌 소리가 전부였다.

여기서 누군가가 움직이고 있다 해도 사이렌 때문에 들리지 않을 것 같았다. 데커는 혹시라도 저격수가 내고 있을 그 어떤 소리도 놓치지 않으려고 귀에 신경을 두 배로 집중했다.

데커의 위치 선택은 현명했다. 만약 저격수가 도망치고 싶으면, 데커가 들어온 문을 통해 나가야 할 것이다.

데커는 먼저 수를 두기로 마음먹었다.

"경찰이다. 넌 포위됐다. 무기를 내려놓고 양손을 들고 나와라. 당장!"

데커는 침묵 속에서 기다렸다.

바깥에서는 사이렌 소리가 멈췄다. 데커는 당장이라도 앞문을 박차고 쿵쿵대며 건물 안으로 들어오는 발소리들이 들려오기를 기다렸다.

데커가 해야 할 일은 자리를 지키는 것뿐이었다.

어서, 어서, 모습을 드러내라.

만약 앞서 공원에서의 그 저격수라면, 데커는 남자와 일대일 격투를 벌이고 싶은 마음이 조금도 없었다. 데커가 상대보다 45킬로그램은 더 나갈 테지만, 그럼에도 그 대결에서 이길 수 있을지 심히 의심스러웠다.

그때 데커는 보았다.

붉은 점이 그곳을 휩쓸며 자신을 찾는 것을.

상대에게는 레이저 조준경이 있었다. 이는 놈이 적어도 몇 가지 점에서는 데커보다 유리하다는 뜻이었다. 하지만 그 붉은 점이 휙휙 움직이는 걸 지켜보던 데커는 버려진 건물 안의 먼지가 무척 놀라운 작용을 하는 것을 알아차렸다. 먼지가 조준경에서 새어나오는 빛기둥을 에워싸고 모여들었다. 마치 누군가가 칠판지우개라도 탁탁 턴 것 같았다.

데커는 소리 없이 왼쪽으로 살며시 가서, 트인 공간으로 잠시 나왔다가 상자들 뒤로 몸을 숨겼다. 상자 너머로 엿보았지만 붉은 점은 아무 데도 보이지 않았다.

고개를 숙인 순간, 총알이 날아와 뒤편 벽을 들이받았다. 붉은 점은 데커의 이마에 있었던 게 분명했다.

데커는 몸을 일부밖에 가려주지 못하는 차폐물 사이를 계속 움직여 다니며 방 반대편까지 나아갔다. 모로 누워 책상 다리 틈새로 엿보았다. 붉은 빛기둥이 다시 눈에 들어왔다.

이번에는 그 빛의 근원을 눈으로 추적했다.

총구를 조준했다. 커다란 나무 상자.

데커는 다섯 방 쏘았다. 네 방은 목재를 관통했고, 다섯 번째 총탄은 총격을 피해 상자 뒤에서 나온 남자의 몸통을 향해 날아갔다.

끙 하는 고통의 신음이 들렸다.

좋아, 놈을 맞혔어. 하지만 아직 끝난 건 아니었다.

데커는 붉은 점이 더 있나 찾았지만, 아무 데도 안 보였다. 배를 깔고 앞으로 기어가며 상대와의 거리를 절반쯤 줄였다.

계단을 올라오는 발걸음 소리가 들렸다.

데커는 상대도 들었을 거라고 확신했다. 놈은 이제 절박한 심정에 모습을 드러낼지도 모른다.

예상은 현실이 됐지만, 데커가 생각했던 방식과는 달랐다.

흐릿한 형체가 갑자기 바람처럼 허공으로 날아오르더니 미처 총을 쏠 틈도 없이 데커를 깔고 앉았다.

두 남자는 방바닥을 뒹굴며 상대를 제압하려 안간힘을 썼다. 데커는 남자의 몸 위로 쓰러져 훨씬 무거운 자신의 체중으로 상대를 깔아뭉개려 했다. 얼굴에서 뭔가가 느껴졌다. 놈의 피임이 분명했다.

그 후, 상대의 팔꿈치가 미처 방어하지 못한 데커의 옆통수를 갈겼다.

데커는 놈의 턱을 단단히 잡고 놈의 목뼈를 제자리에서 어긋나게 하려고 있는 힘껏 밀었다.

하지만 데커는 놈의 다른 손을 계산에 넣지 못했다. 놈의 주먹이 데커를 한 번 갈기더니 또 한 번 갈겼다. 둘 다 강력한 주먹이었다. 데커는 손아귀의 힘이 저절로 빠지는 걸 느끼며 남자의 몸 위에서 굴러떨어졌다.

이어서 빛을 반사하는 칼날의 번뜩임을 본 데커는 자신을 보호하려 한 팔을 들어올렸다.

그 순간 두 방의 총성이 울려 퍼졌다.

데커는 자기 위의 남자가 한 번, 그리고 또 한 번 움찔하는 걸 보았다.

놈은 칼을 떨어뜨렸다. 그리고 쿵 소리와 함께 바닥에 쓰러졌다.

데커가 일어나 앉은 순간, 천천히 총을 내리는 랭커스터의 모습이 보였다.

0 0053

다시금 영안실.

데커는 싸움의 여파로 아직 가벼운 현기증을 느끼고 있었다.

들것에 실린 시신을 응시하며 생각했다. **메리가 아니었으면 놈 대신 내가 여기 누워 있었겠지.**

마스가 무사하다는 걸 알고 데커는 엄청나게 안도했다. 다만 레이철 카츠는 총에 맞아 아직 수술 중이었다.

데커는 시트를 걷어 올리고 남자를 내려다보았다. 혹시 몰라 교도소에다 스티븐스의 문신을 사진으로 보내달라 부탁했는데, 남자의 팔에 새겨진 문신은 칼 스티븐스의 것과 **실제로** 거의 일치했다.

문신을 더 자세히 들여다본 데커는 다시금 거기 새겨진 흔치 않게 다양한 이미지들에 충격을 받았다. 그들 모두 공통점이 있었는데, 하나같이 증오 단체의 상징이었다. 오른팔 위쪽에서 시작해 왼쪽 팔로 시선을 옮겨가며 쭉 훑어보았다. 데커는 경찰로 있으면서, 그리고 나중에는 FBI와 함께 일하면서 이런 상징들을 여럿 접하게 되었다. 이런 문신을 새긴 자들은 대부분 엄밀히 말해 준법시민이 아니었다.

88. 그건 '하일 히틀러'를 나타내는 숫자였다. 알파벳의 여덟 번째 글자가 H이므로.

다음은 토끼풀과 나치 심벌. 그 둘은 함께 쓰이면 흔히 아리안 형제단을 상징했다.

KKK단의 대표 휘장이자 MIOAK라는 머리글자로 알려진 핏방울 십자가는 'KKK단원의 신비로운 휘장'이라는 뜻이었다.

그리고 KI라는 머리글자는, 다른 증오단체를 가리킬지도 모르지만 데커는 아직 모르는 상징이었다.

그 외에 구글 검색으로 알아봐야 하는 것도 몇 가지 있었다. 아리안 테러단의 상징과 독일어로 '백인의 힘'을 뜻하는 **바이스 마흐트**. 흑태양은 고대 인도-유럽의 해시계인데, 나치가 스와스티카를 정중앙에 박아서 가져다 썼다.

그다음으로는 역시 나치의 상징인 SS 볼트가 있었고, 삼각형 하나 안에 삼각형 세 개가 들어 있는 것처럼 보이는 삼각형 KKK단 상징이 있었지만, 더 자세히 들여다보니 삼각형 안에 소문자 k 세 개가 안쪽을 향해 그려져 있었다.

그 모든 게 한데 모여 있으니 무슨 잉크 파티라도 벌인 것 같았다. 데커는 왜 이자가 이 모든 걸 자기 몸에 새겼는지 조금도 알 수 없었지만, 정신이 똑바로 박힌 놈이 아니었던 것만은 분명했다.

남자는 심지어 죽었는데도 강해 보였다. 남의 목숨을 빼앗는 행위에 조금도 죄의식을 느끼지 못하는 남자. 데커의 시선은 남자의 시신을 훑어보며 흉터와 오래된 상처를 비롯한 폭력적 삶의 증거들을 흡수했다.

미치 가드너가 떠올랐다. 가드너는 성장하면서 거친 삶을 살았다. 그리고 그 후 인생이 완전히 바뀌었다. 다시금 뭐랄까, 아빠의 작은 별로 돌아갔다. 호킨스의 지갑에서 발견한 사진 뒷면에 쓰여 있던 것처럼. 미치의 별이 졌을 때, 미치는 다시 태어났다. 혹은 그저 착각이었을까?

데커는 서랍식 시신 보관함이 설치된 벽을 바라보았다. 맨 왼쪽 보관함을 향해 걸어갔다. 문을 열고 서랍을 끄집어냈다. 시트를 걷고 메릴 호킨스의 시신을 내려다보았다. 호킨스의 팔을 들어 올렸다.

화살이 별을 꿰뚫고 있는 문신.

뭘 상징하는 걸까? 이윽고 딸깍 하고 답이 나왔다.

데커는 랭커스터에게 전화를 걸었다. 랭커스터는 여전히 사무실에서 서류 작업 중이었다.

"호킨스는 우리한테 교도소 측에서 먼저 특별 석방을 제의했다고 했어."

"나도 알아." 랭커스터가 대꾸했다.

"내 생각엔 거짓말이었던 것 같아."

"왜?"

"미치는 호킨스의 별이었어. 호킨스는 품고 다니던 사진 뒷면에 별을 그렸지. 최근에 새긴 문신은 그 별을 꿰뚫은 화살이었어. 내 생각에, 호킨스는 칼 스티븐스를 우연히 만나서, 왜 미치가 자신에게 누명을 씌웠는지 알게 된 것 같아. 그 후 호킨스는 특별 석방을 신청하고, 문신을 새기고, 여기로 돌아오기 위해 감옥을 나온 거지."

"하지만 호킨스는 교도소 측에서 자기를 찾아왔다고 했잖아." 랭커스터가 반박했다.

"아마 확인해보면 교도소 시스템이 그런 식으로 작동하지 않는다는 걸 알게 될 거야. 그건 재소자가 신청하지, 교도소 당국에서 하는 게 아니야."

"알았어. 하지만 호킨스는 자기 딸이 자기한테 누명을 씌우는 데 가담했다는 의심을 처음부터 품고 있었을 것 같지 않아? 그런데도 당시 아무것도 하지 않았어."

"그때는 진짜 이유를 몰랐겠지. 배후에 누가 있는지. 어쩌면 그때는 그저 딸이 약에 취해서 어리석은 짓을 하고 있다고 생각했을지도 몰라. 딸의 마약중독자 친구들이 강도질을 하려다가 사고를 쳤다거나 하는 식으로. 그래서 딸이 연루되지 않길 바랐던 거지. 그 후 진실을 알게 된 거야."

"네 말은, 호킨스가 스티븐스한테서 그걸 알아냈다는 거야?"

데커가 말했다. "맞아. 그리고 스티븐슨은 미치가 이제 사치스럽게 살고 있다는 걸 알았을 거야. 그래서 호킨스는 더는 자기 딸을 걱정하지 않았지. 자신에게 누명을 씌워 큰돈을 번 딸을. 그리고 죽기 전에 누명을 벗어야겠다고 결심했지. 그래서 작은 '별'에 화살을 쏘고, 교도소에서 나와 우리를 찾아온 거야."

"미치가 그걸 알았다면 호킨스 살인의 제1 용의자가 돼."

"미치는 호킨스의 살해 시각에 알리바이가 없었으니, 그걸 더 깊이 파고들어가야 해." 데커가 말을 멈췄다가 다시 이었다. "아, 그리고 메리?"

"응."

"오늘 날 구해줘서 고마워."

전화를 딸깍 끊은 후, 데커는 호킨스의 잔뜩 쪼그라든 시신을 내려다보았다. 이 남자는 저지르지도 않은 범죄로 감옥에 갔다. 그 후 자신이 누명을 썼음을 깨닫고 진실을 밝히고 싶어 했다. 죽기 전의 마지막 소원이었다.

그리고 데커는 이제 그 짐을 짊어지고 나아갈 생각이었다.

"미안해요, 메릴. 당신은 이런 일을 당해서는 안 됐어요. 나한테도, 다른 모든 사람한테도."

데커는 호킨스의 유해를 도로 시신 보관함에 집어넣고 문을 닫았다.

미치 가드너를 만나기엔 너무 늦은 시각이었다. 하지만 가야 할 다른 곳이 있었다.

0 0054

데커는 좀 전에 하마터면 황천길로 갈 뻔했던 장소로 차를 몰아갔다. 하지만 버려진 건물로 들어가진 않았다. 레이철의 아파트 건물로 조심스럽게 들어가 범죄현장을 지키고 있는 경관에게 신분증을 보여준 후 엘리베이터를 탔다.

감식반이 여전히 작업 중이었다. 데커는 카우치 옆에서 혈흔의 패턴 분석을 하고 있던 켈리 페어웨더에게 고개를 끄덕여 인사했다. 저쪽 구석에서 다른 감식반원과 이야기 중이던 내티가 데커를 보고는 재빨리 다가왔다.

“이런, 자네 오늘 밤에 위험했다면서.” 내티가 말했다.

데커가 고개를 끄덕였다. “제 목이 붙어 있는 건 메리 덕분이죠.”

“그리고 메리는 샐리를 죽인 그 개자식을 끝장냈지.” 내티가 음울한 미소를 지으며 말했다.

“레이철 카츠 소식 있어요?”

“아직 수술 중이야. 내가 마지막으로 들은 바로는 살아날 것 같

아. 하지만 아슬아슬했지. 총탄이 동맥을 간신히 비껴갔으니. 자네 친구 덕분에 산 거야."

"알아요. 멜빈이 지금 병원에서 같이 있어요. 아마 자기도 같이 경호하려는 생각인 것 같아요."

"그놈은 비싼 저격용 소총에 고급 조준경까지 있었어."

"그 레이저 조준경 덕분에 제가 득을 좀 봤죠."

"그렇군. 그놈은 그보다 세 배는 되는 거리에서 쏘고도 과녁을 맞힐 수 있었어. 화기팀의 내 친구 말로는 그렇다더군."

"신원 확인에 운이 좀 따랐나요?"

"놈의 지문을 시스템에 돌리는 중이야."

"놈에게 칼 스티븐스와 꽤 비슷한 문신이 있더군요."

"그래, 메리가 문자로 알려줬지. 자네는 거기에 확실히 연관성이 있다고 보는군."

"스티븐스는 우리를 만난 후 살해당했어요. 저격수는 샐리를 죽인 후 카츠를 죽이려 했죠. 그러니 확실히 연관성이 있다고 말해도 될 것 같아요. 하지만 그 문신은 우리가 어느 한 갱단으로 범위를 좁히는 데 도움이 될지도 모르죠. 네오나치와 KKK단의 기묘한 조합인 것 같아요."

"멋진 콤비로군." 내티가 냉소적으로 말했다. "하지만 문제는, 데커, 그런 갱단이 과연 13년 전에도 이곳에서 활동하고 있었을까? 내 말은, 난 당시 벌링턴에서 그런 일이 있었다는 기억이 전혀 없어."

"나도 마찬가지예요. 하지만 13년 전 이 난장판을 **벌였던** 진범이 지금 여기 데려온 용병들일 가능성도 있잖아요."

"그렇군."

데커가 내티를 유심히 보다가 말했다. "부인과의 점심식사는 어됐어요?"

내티는 그 말에 당장이라도 분노를 터뜨릴 듯한 표정이었지만, 데커의 진지한 표정을 알아차리고는 누그러져서 "괜찮았어" 하고 대꾸했다.

"부인이…… 뭔가 눈치챘나요?"

"아니, 그건 아닌 것 같아. 의심은 했을지 모르지. 하지만 들어봐, 데커. 샐리와 난, 우린 절대로…… 알지? 우린 그냥 친구였어. 그래, 어쩌면 단순한 친구는 아니었겠지." 내티는 분에 못 이긴 듯 한숨을 푹 내쉬었다. "이 망할 놈의 경찰 일이…… 사람을 망가뜨린다니까. 변명을 하려는 건 아니야."

데커는 랭커스터의 결혼 생활을 생각했다. "이 일은 많은 사람을 망가뜨리죠, 내티."

"그럼, 우리가 뭘 해야 하지? 그 일을 어떻게 처리하지?"

"내가 그 답을 안다면 경찰의 자문이 됐겠죠. 아주 유능한 자문요. 하지만 아내와 같이 시간을 보내는 건 좋은 첫걸음이에요. 내가 좀 둘러봐도 괜찮겠어요?"

"마음대로 해. 다만 자네의 '참관' 결과를 혼자만 알고 있진 마."

데커는 고개를 끄덕이고 수색을 시작했다.

우선 침실로 들어가 방 안을 둘러보았다. 정확히 뭘 찾고 있는지는 스스로도 잘 몰랐다. 카츠가 데커를 위해 **'비밀'**이라고 써놓고, 모든 진실을 담은 상자를 남겨놨을 리는 없으니까.

하지만 카츠는 정확하고 꼼꼼한 방식으로 일하는 회계사였다. 사소한 데까지 세심하고 체계적으로 주의를 기울였다. 그냥 이 집을 둘러보기만 해도 알 수 있는 사실이었다. 그러니 카츠가 간직해둬야겠다고 생각한 뭔가가 있을지도 몰랐다. 단순히 남들에게 들키지 않을 목적으로라도.

데커는 서랍을 하나하나 전부 뒤진 후 벽장도 똑같이 체계적으로 검사했다. 수전 리처즈처럼 옷과 구두가 잔뜩 있었지만, 카츠가 가진 물건들이 리처즈의 벽장에 있던 것보다 훨씬 값나간다는 사실을 데커로서도 짐작할 수 있었다.

벽장 안 깊숙한 곳까지 파헤치며 상자와 가방을 뒤졌지만, 30분쯤 지난 후에도 데커의 노력은 아무런 결실도 내놓지 못했다.

데커는 욕실로 수색을 이어갔다. 약품 캐비닛은 레이철 카츠가 처방 항불안제를 복용하고 있었음을 알려주었다. 드문 일은 아니었다. 이런 약물을 복용하는 사람들은 많았다. 하지만 그래도, 데커는 카츠가 불안해했던 정확한 이유가 궁금했다.

음, 결국 누군가가 그 여자의 목숨을 노렸으니, 근거 없는 불안은 아니었지.

데커는 침대 옆 협탁에 놓아둔 카츠의 지갑을 집어 들었다. 안에는 지갑과 열쇠 꾸러미 하나와 건물 보안카드가 있었다. 데커가 그 물건들을 주머니에 집어넣고 거실로 다시 나와 보니 내티는 이미 아파트를 떠나 경찰서로 돌아간 후였다. 감식반은 마무리 작업 중이었고, 켈리 페어웨더는 도구함을 챙기고 있었다.

"뭔가 흥미로운 거 좀 찾았어요?" 데커가 물었다.

"그냥 혈흔뿐이에요. 총탄하고. 카우치에 정통으로 박혔어요." 페어웨더는 뚜껑이 달린 작은 플라스틱 용기를 들어 올렸다.

데커는 용기를 받아 들고 총탄을 살펴보았다. 말짱한 상태였다.

"7.62." 데커는 그 총탄의 구경을 추측했다.

페어웨더가 끄덕였다. "맞아요. NATO 탄환이라고들 하죠. 미국을 포함해 수많은 군대에서 사용돼요. 그게 어깨가 아니라 머리를 맞혔다면 카츠는 지금쯤 병원이 아니라 영안실에 있었겠죠."

데커는 기묘한 눈길로 페어웨더를 보았다.

"괜찮아요?" 페어웨더가 말했다.

"우리가 이 사건을 해결하면 괜찮아질 겁니다."

데커는 그곳을 떠나 거리로 나섰다. 카츠가 뭔가 가치 있는 걸 보관해뒀을지 모를 또 다른 장소가 남아 있었다. 카츠의 사무실. 그곳은 아파트에서 겨우 몇 블록 거리여서, 그냥 걸어갈 생각이었다.

도착했지만 건물 입구 문은 잠겨 있었다. 카드키를 꺼내어 패드에 갖다 대자 문이 딸깍 열렸다. 로비의 안내판에서 카츠의 사무실 호수를 확인하고 엘리베이터를 타고 올라갔다. 잰걸음으로 복도를 지나 카츠의 사무실에 도착했다. 지나는 길에 있는 모든 다른 사무실들은 규격화된 철제문이 달려 있었지만 카츠의 사무실은 훨씬 값나가는 단단한 나무 문을 달고 있었다. 카츠가 폼 나는 것들을 좋아한다는 걸 아는 데커는 놀라지 않았다.

카츠의 지갑에서 꺼낸 열쇠 몇 개를 넣고 돌려보다 마침내 맞는 열쇠를 찾았다. 잠긴 문을 열고 안으로 들어갔다. 사무실 등을 놔두고 대신 손전등을 켰다. 앞쪽에 안내데스크가 하나 있었고, 왼쪽으로는 짧은 복도가 있었다. 복도에는 사무실 두 개가 있었고, 안내데스크 뒤편에는 탕비실이 있었다. 탕비실 문 옆 벽에 부착된 보안 패드의 녹색 등이 어둠 속에서 빛을 발했다.

첫 사무실로 돌아가 문을 열었다. 카츠의 사무실임이 분명했다. 다른 사무실보다 더 크고 별도 제작한 선반들이 설치돼 있었으며 손님들이 앉을 수 있는 푹신한 의자들과 멋들어진 대면 공용 책상이 있었다. 책장들에는 사업상의 기념품들이 즐비했다. 주로 다양한 시 공무원들을 비롯해 사업 파트너로 보이는 사람들과 찍은 사진들이었다. 또한 다양한 부동산과, 상업적 프로젝트로 보이는 것들의 사진도 있었다. 카츠는 모든 사진에서 환히 웃으며 승리감과 환희를 내뿜고 있었다.

하지만 사진들을 더 자세히 들여다본 데커는 카츠의 표정에서 공허감을 느꼈다. 모든 사진에서 애수가 배어나오는 것처럼 느껴졌다. 하지만 어쩌면 데커가 이제 알게 된 사실을 사진에 투영하고 있는 것인지도 몰랐다. 어쩌면 아닐지도.

이윽고 책상 위에 덩그러니 놓인 전선이 데커의 눈에 띄었다. 노트북용 전선이었지만 정작 노트북은 거기 없었다. 그리고 카츠의 집에도 없었다. 파일 서랍 몇 개를 열어보자 의심은 더욱 불거졌다.

누군가가 그 사무실을 수색한 게 분명했다. 솜씨가 하도 뛰어나서 얼핏 보면 전혀 건드리지 않은 것처럼 보였다. 데커는 서랍을 닫고 붙박이식 벽 선반을 응시했다. 카츠의 아파트에 있는 것과 동일한 복제품이었다.

하지만 정확히 동일하지는 않았다.

데커는 더 가까이 다가가서 두 선반 사이에 설치된 패널에 주목했다. 같은 유형의 패널이 카츠의 아파트에도 있었다. 하지만 차이가 있었다. 아파트의 것은 손잡이가 달려 있었다. 데커는 그 패널이 문이고 그 뒤에 저장 공간이 있을 거라고 짐작했다. 그리고 그 안을 들여다보고 그게 사실임을 직접 확인했다.

하지만 이 패널에는 손잡이가 없었다. 데커는 뒤로 물러나 다시 그것을 보았다. 기억에서 아파트의 패널 이미지를 불러내, 지금 보고 있는 것 위에 겹쳐놓았다. 손잡이가 있고 없고가 유일한 차이였다.

데커는 앞으로 성큼성큼 걸어가 그 패널 주변을 손가락으로 쿡쿡 찌르며 더듬어보았다. 그 후 목재의 왼쪽 아랫부분을 누르자 문이 팟 하고 열렸다. 역시나 공간이 있었고, 서류와 파일이 가득 들어차 있었다.

데커는 그 서류와 파일을 꺼내서 책상 위에 놓았다. 그러고 나서 훑어보려다가 문득 자리에서 일어나 사무실을 나와 탕비실 쪽으로 걸어갔다. 벽에는 보안 패드가 붙어 있었다.

그런데 왜 불이 꺼져 있지?

데커가 끈 건 아니었다. 암호를 몰랐으니까. 데커는 이미 카츠라면 자기 사무실에도 보안 시스템을 따로 설치했을 거라고 짐작했었다. 건물 외부에도 보안 시스템이 있었다. 사무실 앞문은 잠겨 있었다. 하지만 보안 시스템은 작동하지 않고 있었다.

단순한 부주의였을까, 아니면……?

잠시 후 불길이 타오르는 쉬익 소리에 이어, 코끝에 와닿은 연기 냄새가 데커의 의문에 답해주었다.

0 0055

이런, 곤란하게 됐군.

안내데스크 구역이 불길에 휩싸였는데, 그건 유일한 출구가 막혔다는 뜻이었다.

데커는 911에 전화해서 화재 신고를 한 후 소방서에 자신이 재가 되기 전에 서둘러 와달라고 부탁했다.

복도 가장자리로 엿보자 연기가 안내데스크 구역을 가득 메우고 있었다. 천장을 올려다보았다. 스프링클러가 설치돼 있었다. 그런데 왜 작동을 안 하는 거지?

데커는 기침을 하고 연기를 피해 뒤로 물러났다.

이 상황은 데커의 생각이 맞았음을 알려줬다. 이곳엔 누군가 발견되기를 원치 않는 뭔가가 있었다. 놈들은 그게 너무도 걱정된 나머지 이곳을 불사르기로 마음먹었고, 어떻게 해서인지 스프링클러 시스템의 작동을 막았다.

데커는 카츠의 사무실로 물러나 절박하게 주위를 둘러보았다.

5층이어서 창을 깨고 나가는 건 해법이 될 수 없었다.

데커는 패널 뒤에서 발견한 물건들을 몽땅 종이상자에 넣은 후 탕비실로 달려가 선반에서 에어캡을 낚아채다 상자에 친친 감았다. 다시 카츠의 사무실로 질주해 창으로 뛰어가 밖을 내다보고 아래쪽 보도를 지나가는 사람이 아무도 없음을 확인했다. 의자를 집어 들고 창가로 가서 유리를 마구 쳐서 창을 박살냈다. 그리고 유리 조각을 의자로 긁어냈다.

다시 밖을 내려다보고 여전히 사람이 없음을 확인한 후 상자를 던졌다. 상자는 보도 위에 착지했다. 착지하면서 에어캡의 공기주머니가 한꺼번에 팟 하고 터지는 소리가 들렸다. 상자에 든 내용물은 충돌 때문에 깨질 염려가 없었다. 하지만 바깥은 바람이 무척 세서, 만약 상자가 찢어지거나 열리면 내용물을 찾으려고 도시 전체를 뛰어다녀야 할 것이다.

문제는, 열린 창으로 바람이 들어오면서 그와 더불어 어마어마한 양의 산소가 실내로 들어왔다는 것이었다.

데커는 뒤돌아 사무실 바로 문간까지 들이닥친 화염을 쳐다봤다.

망할, 제대로 조여오는데.

아래에서 사이렌과 타이어가 도로를 긁는 끼익 소리와 함께 소방차 두 대가 멈춰 서는 게 보였다. 데커는 창밖으로 몸을 빼고 외쳤다. “여기까지 불이 번지고 있어요. 어서 나가야 해요. 당장!”

소방관이 데커에게 신호를 보낸 후, 소방차에서 서둘러 내린 소방관 네 명이 공기 주입식 점프 쿠션을 꺼냈다. 그리고 재빨리 공기를 불어넣은 후 창 밑에 대놓았다.

데커는 그걸 내려다보았다. 위에서 보니 대략 트윈침대 크기로 보였다.

젠장!

"뛰어내려요!" 한 소방관이 고함쳤다.

"난 덩치가 커요. 그게 날 잘 받아줄까요? 혹시 더 큰 건 없나요?" 데커가 맞받아 외쳤다.

"이건 당신을 받아줄 겁니다. 걱정 말아요." 소방관이 외쳤다. "그냥 건물에서 멀리 뛰세요. 땅바닥을 향해서요. 필요하면 저희가 위치를 옮길 겁니다."

필요하면 위치를 옮길 거라, 그거참 안심되는 소리군.

데커는 이 남자들이 엄청난 높이에서 떨어지는 거인을 받아내는 훈련을 마지막으로 한 게 언제였을지 궁금해졌다. 오늘 아침이었으면 좋을 텐데.

데커는 뒤돌아 화염을 마주했다.

저기다 내 운을 걸어야 하나?

갑자기 폭발이 사무실 공간을 일그러뜨리고 열풍이 데커를 그을렸다.

될 대로 돼라.

데커는 창턱으로 기어올라 아래를 내려다보며 자신이 쿠션과 최대한 일직선을 이루고 있는지 확인하고, 소리 없이 기도를 올린 후 뛰어내렸다.

데커의 시선은 줄곧 하늘을 향했다. 그편이 자기가 향하는 곳을 보는 것보다 차라리 나았다. 소방관들이 지금 쿠션 위치를 조정하고 있을까? 아니면 완전히 망했다 싶어서 얼어붙었을까? 그리고 난 곧 도로를 들이받게 되는 걸까?

마음 편한 생각은 아니었지만 그런 생각이라도 해야 했다. 5층 높이가 아니라 마치 1킬로미터는 추락하고 있는 것처럼 느껴졌기 때문이다.

결국 데커를 받아준 것은 포장도로가 아니라 쿠션이었지만, 그래도 몸에서 모든 공기가 빠져나가는 것만 같았다. 사람들의 손이 데커를 잡아 재빨리 똑바로 일으켰다.

"괜찮아요?" 한 소방관이 물었다.

"지금은요."

"저 위에 다른 사람도 있어요?"

"제가 있던 사무실엔 없었어요. 다른 곳은 저도 잘 모릅니다."

"어쩌다 불이 났는지 혹시 아세요?"

"네, 그래서 지금 방화 전담반을 부르려고 합니다." 데커는 흠칫하는 소방관에게 자신의 신분증을 보여주었다. "누군가가 건물의 스프링클러 장치를 껐어요." 데커가 말했다.

또 다른 소방관이 데커가 내던진 상자를 가지고 다가왔다. "저쪽 길가에서 이걸 찾았는데요."

데커는 상자를 받아 들었다. "제가 거기 떨어뜨린 겁니다. 고마워요."

소방관들이 화마와 싸우는 동안 데커는 반대편 연석에 앉아서 벌링턴의 방화 전담반에 전화를 걸어 상황을 전했다. 그 후 랭커스터에게도 전화를 걸어 상황을 알렸다.

"네가 건물에서 **뛰어내렸다고?**" 랭커스터가 물었다.

"음, 나도 그러고 싶진 않았는데, 아니면 직화구이가 되는 수밖에 없으니까. 사실 어느 쪽도 권하고 싶진 않아."

"젠장, 대체 이게 다 무슨 일이야, 데커?" 랭커스터가 물었다. "마치 벌링턴 전체가 적에게 포위된 것 같잖아."

"내 생각엔 그게 현실인 것 같아."

"난 아직도 서류작업이 안 끝났어. 그 자식을 쏜 게 후회되려던 참이야."

"카츠의 사무실에서 챙겨온 물건들을 가져갈게. 서에서 보자."

데커는 상자를 집어 들고 사다리와 호스와 불과 싸우는 소방관들을 마지막으로 한 번 더 보았다. 그리고 차를 몰아 경찰서로 향했다.

서에서 랭커스터를 만났다. 예의 작은 회의실로 랭커스터를 따라 들어가 상자를 탁자 위에 올려놓고 에어캡을 잘라 개봉했다. 랭커스터에게 내용물을 한 더미 건넨 후 자기 앞에도 한 더미를 내려놓았다.

"노트북은 거기 없었어. 누구든 그 사무실을 수색한 자가 가져간 것 같아. 아니면 카츠가 다른 곳에 뒀을지도 모르지. 하지만 수술실에서 나와 다시 의식을 회복하면 물어볼 수 있을 거야."

랭커스터가 못 미더운 눈길로 쳐다보았다. "하지만 카츠가 협력할 것 같아?"

"방금 누군가가 자길 죽이려 했다는 걸 감안하면, 달리 선택지가 있겠어?"

"예상과 달라도 너무 놀라진 마."

"음, 인생은 놀라움으로 가득하지. 그게 우리가 게임을 하는 이유고."

데커는 앞에 놓인 더미로 주의를 돌렸다. 재정 문서들, 건축 도면들, 엑셀 스프레드시트들.

"진행 중인 사업이 많았네." 자기 몫의 파일들을 훑어보기 시작한 랭커스터가 말했다.

"물주 추적에는 운이 좀 따르는 것 같아?"

"그다지. 하지만 대부분 투명성이라는 말을 무슨 욕인 줄 아는 국가에 위치한 유령회사라는 건 알아냈지."

"이유가 궁금하네."

"카츠의 물주들은 정체가 드러나길 원치 않는 것 같아. 하지만 그렇다고 반드시 불법적이란 보장은 없잖아."

"그 회사들이 합법적이라면 난 키 작은 말라깽이겠다." 데커가 말했다. "이 회사들의 배후를 알아낼 수 있는 방법이 있을까?"

"FBI의 네 사람들은 어때?"

"과연 그 사람들이 아직도 **내** 사람들인지 잘 모르겠는데."

"그럼 소도시의 경찰력 자원으로 만족하는 수밖에."

"와, 신난다."

랭커스터가 고개를 들었다. "아까 계단을 올라가면서 네가 총 쏘는 소릴 들었어. 어떻게 놈을 조준한 거야?"

"놈의 레이저가 그 상황에서 놈에게 불리하게 작용했어. 공기 중의 먼지 덕분에 레이저의 근원으로 역추적할 수 있었거든. 멜빈도 그렇게 해서 카츠에게 달려갔으니 카츠가 운이 좋았지. 난 그 자식의 조준경을 봤어. 기막히게 정교한 물건이었지. 놈은 1.5킬로미터 거리에서도 그 총을 쏠 수 있었……."

랭커스터가 하던 일에서 고개를 들었다. "왜 그래? 괜찮아?"

"바로 돌아올게." 데커는 랭커스터를 보지도 않고 그렇게 대꾸했다. 그리고 자리에서 일어나 황급히 방을 나섰다.

서둘러 복도를 지나 증거보관실로 간 데커는 그곳을 지키는 경관에게 자신의 신원을 확인시켰다. 필요한 것을 말하고 허가를 받아 안으로 들어간 후, 경관의 안내에 따라 벽에 설치된 선반으로 갔다. 경관은 조준경이 아직 붙어 있는 소총을 들어 올렸다. 소총은 경찰서 꼬리표가 붙은 커다란 비닐 증거 봉투에 들어 있었다.

데커는 소총과 조준경을 보았다. 그 후 그게 사용되던 순간을 돌이켜보았다.

서둘러 랭커스터가 있는 방으로 돌아왔다.

"너 왜 그래?" 랭커스터가 물었다.

"과녁은 **내가** 아니었어, 메리. 그날 밤 맥아서 공원 앞에서."

"무슨 소리를 하는 거야?"

"과녁은 샐리 브리머였어."

0 0056

"에릭 타이슨. 퇴역 군인. 레인저스쿨(전투부대의 핵심 지휘관 양성을 목적으로 하는 미 육군의 교육과정—옮긴이) 중퇴 후 육군 전역."

이튿날 아침, 보고서를 보고 있던 랭커스터가 고개를 들었다. 데커는 랭커스터의 책상 맞은편에 앉아 있었다.

"방금 육군에서 이걸 받았어. 놈의 지문을 범죄 데이터베이스에 전부 돌려봤더니 답이 나왔지. 타이슨은 10년쯤 전 군에 있을 때 폭행 혐의로 체포됐어. 군사기지 밖에서. 상대는 민간인이었지. 그게 우리가 놈의 지문을 확인할 수 있었던 이유야. 육군에 상황을 설명했더니 그쪽에서 우리한테 이 파일을 보내줬어."

"특수 기술은?"

"저격수. 그러니 네 말이 옳았어. 샐리를 죽인 총탄은 널 노린 게 아니야. 1.5킬로미터 거리에서도 샐리를 맞힐 수 있는 놈인데, 그때 놈과 너희는 50미터도 떨어져 있지 않았잖아."

"육군에서는 어쩌다 잘린 거지?" 데커가 물었다.

"보아하니 안 좋은 무리하고 어울렸나 봐. 음주 및 소란죄로 기소됐지."

"그래서 불명예제대로 나온 거로군. 군을 나온 후로는 뭘 하며 지냈지?"

랭커스터가 어깨를 으쓱했다. "모르겠어. 알아보는 중이야. 뭔가 소식이 곧 들어오겠지. 놈이 감옥에 있었다는 근거는 아직 발견 못 했어."

"흠, 그 모든 문신을 감안하면 아마 절대 좋은 친구들과 어울려 다니지는 않았겠지. 비록 감옥에는 가지 않았다 해도."

랭커스터는 의자에 뒤로 기대앉았다. "좋아, 하지만 샐리 브리머를 왜 죽였을까? 넌 어젯밤에 그 얘긴 안 해줬잖아."

"나도 모르지. 하지만 난 커다란 과녁이야. 놈은 절대 날 놓칠 수 없었어. 그 총알이 날아왔을 때 샐리는 나와 포옹하려는 참이었어. 하지만 난 샐리보다 20센티미터는 더 커. 게다가 폭도 훨씬 넓지. 샐리가 나와 아무리 가까이 있었어도, 내가 과녁이었다면 놈은 절대 날 놓칠 수 없었어." 데커는 책상 상판을 손바닥으로 철썩 내려쳤다. "이제야 그걸 알아차리다니."

"나도 마찬가지야. 하지만 그렇다 해도 왜 샐리가 과녁이었는지는 모르잖아."

"샐리는 내가 요청한 파일을 갖다줬어. 네가 사건에서 손을 뗀 후에."

"도대체 샐리는 어쩌다 엮이게 된 거야?"

"내가 구치소에 갇혀 있을 때 날 보러 왔더라고. 나 대신 그 일을 좀 해달라고 부탁했더니 그러겠다 했지. 우린 공원에서 만났어. 그리고 공원을 나서려는데, 그때 브리머가 총에 맞았지."

"놈들이 샐리가 네게 정보를 넘겨줄 걸 알았다면, 왜 그냥 둘 다 쏴버리고 정보를 빼가지 않았을까?"

"내 생각에 그것 때문은 아니었을 거야." 데커가 말했다.

"왜?"

"놈들이 샐리가 내게 정보를 넘길 걸 알았다면, 아마 그게 뭔지도 알았을 거야. 경찰 보고서 파일. 그게 뭐라고? 그게 어떻게 샐리의 사형집행 영장이 되지? 그건 다른 방법으로도 얼마든지 손에 넣을 수 있었어. 샐리를 죽인다고 그걸 막을 순 없어."

"그러니까 네 말은 샐리가 무슨…… 뭔가 공범 역할이라도 했다는 거야?"

"아니면 다른 사람들한테 위험할 수도 있는 뭔가를 알았거나."

랭커스터가 고개를 들어 데커를 보았다. "어떤 사람들?"

데커는 빈 방 안을 둘러보았다. "샐리는 여기서 일했어."

랭커스터가 속삭이듯 목소리를 낮췄다. "데커, 네가 지금 무슨 말 하는지 알고 있어?"

"나쁜 놈은 어디에나 있어, 메리. 경찰이라고 예외는 아니야. 너도 이미 알고 있잖아."

랭커스터는 고개를 저었다. "인정해. 하지만 이건 말이 안 돼."

"아니, 말이 **돼**. 그냥 아직 어떻게 말이 되는지를 알아내지 못했을 뿐이야. 레이철 카츠의 사무실 화재에 대한 소식은 아직 없어?"

"방화 전담반이 초기 조사 결과를 보내줬어. 방화에 이용된 타이머가 부착된 장치를 하나 발견했대. 놈들이 카츠의 사무실을 수색한 후 설치해둔 게 분명해. 넌 그곳을 방문할 시간을 아주 제대로 고른 거지."

데커가 자리에서 일어섰다.

"어디 가려고?"

"병원 가서 카츠랑 마스를 확인하려고."

"그게 전부야?"

"그다음엔 미치 가드너를 보러 갈 거야."

"나도 따라갈까?"

"넌 총기 사용 때문에 책상에 매인 몸 아니야?"

"음……."

"돌아오면 말해줄게."

*

"괜찮을 것 같대요." 마스가 말했다.

마스와 데커는 병원 집중병동 밖의 면회실에 앉아 있었다.

"**같다**고요?"

"음, 안정적이에요. **위중하지만**, 그래도 안정적이죠."

"그렇군요."

마스는 눈을 비볐다.

"피곤해 보여요, 멜빈. 가서 좀 쉬지 그래요?"

"아뇨, 난 괜찮아요. 카우치에서 좀 잤어요." 마스는 긴 팔을 쭉 뻗었다. "카츠의 병실 앞에 경찰들을 세워놨어요."

"네, 알아요."

마스는 고개를 저었다. "왜 카츠가 병원 침대에 누워 있는 게 내 탓 같은 기분이 들까요?"

"당신 탓이라고요? 왜 그런 생각이 드는데요?"

마스가 말했다. "카츠를 쏜 자…… 놈들은 카츠가 나한테 뭔가 털어놓으려는 걸 알아챘어요. 카츠가 입을 열까 봐 카츠를 죽이기로 결정한 거죠. 내가 밀어붙이지 않았으면, 카츠는 무사했을 거예요."

"너무 나갔는데요, 멜빈. 그리고 그건 틀린 생각이고요. 당신은 카츠의 목숨을 구해줬어요. 당신이 아니었다면 카츠는 영안실에 누워 있었을 겁니다."

"난 붉은 점이 카츠의 얼굴에 맴도는 걸 봤어요. 젠장, 엿같이 겁먹었죠. 그 후 카츠를 붙잡고 곧장 엎드렸는데 유리창 깨지는 소리가 났어요. 난 카츠가 무사한 줄 알았어요. 그런데…… 카츠의 피를 온통 뒤집어썼더군요."

"카츠가 총에 맞기 전에 당신한테 무슨 말을 했나요?" 데커가 물었다.

"정말 불안해했어요. 죽을까 봐 두려워했죠."

"음, 기우는 아니었네요. 다른 건요?"

"털어놓고 싶어 했던 것 같아요. 하지만 엄두가 안 나는 눈치였죠. 뭔가…… '진실에는 여러 모습'이 있다나 하는 소릴 했어요."

"진실에는 여러 모습? 그게 무슨 뜻이죠?"

"나도 모르죠."

"어쩌면 양심의 가책?"

마스는 그 말에 고통스러운 표정을 지었다. "어쩌면요. 그리고 카츠는 때로 남들이 보기에 잘못으로 보일지도 모르는 일을 해야 할 때가 있다고 했어요. 그 사람한테는 그것 말고 다른 길이 없으니까. 그리고 또 진실이 감옥이 될 수도 있다고 했죠."

데커는 그 모든 이야기를 곱씹어본 후 말했다. "카츠가 수전 리처즈로 변장했던 건지도 몰라요. 미치 가드너였을 수도 있지만, 가드너에겐 알리바이가 있어요."

"만약 그랬다면, 레이철은 리처즈가 살해당한 걸 알았겠죠. 그건 양심의 가책을 느낄 만한 일이고요."

"네, 그럴 겁니다. 기회가 되면 카츠와 이야기해야겠어요."

"어쩌면 이젠 진실을 말해줄지도 모르죠."

"죽음 직전까지 갔다 온 건 커다란 동기가 될 수 있으니까요." 데커가 대꾸했다. "그리고 놈들은 카츠의 사무실을 수색한 후 불태워 버렸어요. 무자비한 놈들이에요."

마스는 눈을 휘둥그레 뜨고 데커를 응시했다. "사무실을 불태워 버려요?"

"그것도 하필이면 내가 거기 있을 때요. 창으로 뛰어내려야 했죠."

마스가 입을 쩍 벌렸다. "창으로 뛰어내려요?"

"5층에서요. 요는, 난 지금 카츠에게 또 다른 선택지가 있다고 생각지 않는다는 겁니다."

"그리고 만약 카츠에게 뭔가 죄가 있으면요?"

"협상해야죠. 두 여자 중 먼저 입을 여는 쪽이 더 유리한 거래를 하게 되겠죠."

데커는 떠나려고 일어섰다. "뭐 필요한 거 있어요?"

"내 인생에서 스릴을 좀 빼주면 좋겠어요."

"그럼 당신은 확실히 나와 거리를 둬야 할 겁니다."

0 0057

가드너의 집 앞에 차를 댄 데커는 정문이 열려 있는 걸 보고 그대로 안으로 들어갔다. 이번에는 처음 보는 남자가 문을 열어주었다. 40대쯤으로 보이는 키가 훤칠하고 어깨가 떡 벌어진 미남으로, 데커의 옷을 전부 합친 것보다 더 값이 나갈 것 같은 정장을 차려입고 있었다. 아니, '것 같은'이 아니라 확실히 그랬다.

"누구시죠?" 남자가 물었다.

"미치 가드너 씨와 이야기하고 싶어서 왔습니다."

"무슨 일로요?" 남자가 미심쩍다는 듯 물었다. "이 지역은 방문판매 금지인데요." 뒤이어 경고하듯 덧붙였다. "도대체 어떻게 정문을 통과한 거죠?"

"열려 있던데요." 데커가 신분증을 내밀었다. "하지만 전 뭘 팔러 온 게 아닙니다. 가드너 씨에게 말씀하시면 알 겁니다. 전에도 여기 온 적이 있습니다."

남자는 어리둥절한 표정이었다. "여기요? 여기 왔었다고요?"

"네. 남편이십니까?"

"브래드 가드너입니다."

"부인은 안에 계신가요?"

"아직 안 일어났어요. 사실 몸이 좀 안 좋아요."

"기다릴 수 있습니다."

"아뇨, 그래도 소용없습니다. 아내는…… 아내는 아파요."

"가드너 씨, 저도 사정은 이해합니다. 하지만 이건 살인 사건 조사입니다. 해서 시간이 촉박합니다."

"살인 사건이라니! 도대체 무슨 소립니까?"

"괜찮아, 브래드."

데커는 남편에게서 시선을 옮겨 목욕가운 차림에 슬리퍼를 신고 서 있는 아내를 보았다. 미치는 데커를 노려보고는 남편에게 말했다. "내가 알아서 처리할 수 있어. 당신은 그만 출근해. 회의 있잖아."

"하지만 미치……."

미치는 남편의 뺨에 입을 맞췄다. "괜찮아, 여보. 내가 다 알아서 할게. 날 믿어."

"자기가 정말 괜찮다면……."

"난 정말 괜찮아."

남편이 떠나자 가드너는 데커를 보았다. "당신은 도무지 날 가만 내버려둘 마음이 없군요, 안 그래요?"

"전 그냥 제 일을 하려는 것뿐입니다."

"그건 모든 경찰들이 하는 소리 아닌가요?"

"다른 경찰들은 모르겠습니다. 전 그저 한 명의 경찰일 뿐이라서요."

가드너는 데커를 이끌고 이번에도 역시 온실로 갔고, 두 사람은 서로 마주 앉았다.

"뭐죠?" 가드너는 짐짓 기대된다는 투로 물었다.

"최근 사건의 진척이 좀 있었는데, 당신이 알고 싶어 할 거라고 생각했습니다."

"예를 들면요?"

"누군가가 레이철 카츠를 죽이려 했습니다. 카츠의 아파트 창으로 총을 쐈지요."

데커는 가드너가 이렇다 할 반응을 드러내지 않는 데 내심 감탄했다. "그분은 무사한가요?"

"저격용 탄환에 맞았습니다. 수술실을 나와서 아직 중환자실에 있지만 상태는 안정적입니다. 오른쪽으로 2.5센티미터만 더 갔으면 장례식 준비를 하고 있었을 겁니다."

"흠, 그나마 다행이네요."

"카츠를 죽이려 한 남자는 그 후 경찰에 목숨을 잃었습니다."

"그 남자가 누군지 밝혀졌나요?"

"네." 하지만 데커는 거기서 말을 멈췄다.

"도대체 그게 나랑 무슨 관련이 있죠?"

"제가 두고 간 사진을 가지고 계신가요?"

가드너는 이 질문에 화들짝 놀란 기색으로 자세를 똑바로 고쳐 앉았다. "음, 아뇨. 버린 것 같아요. 왜요?"

"제가 미리 사진을 찍어둬서 다행이군요." 데커는 휴대폰을 꺼내어 들어 올렸다.

가드너는 화면을 보았다. "하지만 잘못된 면을 찍으셨는데요. 이건 사진 **뒷면**이잖아요."

"음, 제 목적에 필요한 면은 **이겁니다**." 데커는 글자를 가리켰다.

"'아빠의 작은 별.' 그분은 딸을 무척 자랑스러워하셨지요."

가드너가 반쯤 내리깐 눈꺼풀 밑으로 데커를 올려다보았다. "이젠 옛날 일이에요."

"네, 그렇죠. 상황은 바뀌기 마련이죠. 사람들은 변하고요. 보여드릴 사진이 한 장 더 있습니다." 데커는 화면을 휘리릭 넘겼다. "이건 부검 당시 아버님의 팔 위쪽을 찍은 사진입니다."

"아, 제발, 맙소사. 난 안 볼 거예요." 가드너가 역겨움을 드러내며 말했다.

"끔찍한 건 아무것도 없습니다, 가드너 부인. 그냥 위쪽 팔에 새겨진 문신을 봐주셨으면 합니다."

"아버지는 문신이 없었어요."

"교도소에 들어간 후 새기셨죠."

가드너는 가라앉은 목소리로 물었다. "후에요?"

"네. 이게 처음 거죠. 거미줄." 데커는 그것이 상징하는 바를 설명했다.

"실제로 죄가 있는데 스스로 그 사실을 인정하지 못하고 그 문신을 새기는 죄수들이 많지 않을까요?" 가드너가 도전적으로 말했다.

"이건 두 번째 문신입니다." 데커는 눈물방울을 보여주고 기대된다는 표정으로 가드너를 보았다.

"그건 무슨 뜻인데요?" 가드너가 지루하다는 투로 물었다.

"트래비스 교도소는 남성 전용 시설입니다. 그러다 보니 거기 갇힌 남자들 중 일부는 음…… 외로움을 타죠. 그리고 그 외로움을 다른 남자한테 풀게 되죠. 당신 아버지 같은."

가드너는 그 설명을 이해하려 애쓰며 눈을 빠르게 깜빡였다. "당신…… 당신 말은?"

"네. 그 뜻입니다. 자, 여기 세 번째 문신이 있습니다. 그리고 이게 정말 집중해서 봐주셨으면 하는 겁니다." 데커는 화살이 별을 꿰뚫는 문신이 찍힌 화면을 띄웠다. "저는 교도소 문신이라면 숱하게 봤습니다. 하지만 이건 저도 처음 보는 겁니다." 그러고는 가드너를 보며 반응을 살폈다.

잠시 가드너는 숨을 멈춘 것처럼 보였다. 그 후 혀로 입술을 핥고 눈두덩을 가볍게 톡톡 두드린 후 고개를 돌렸다.

"이게 무슨 뜻일지 혹시 아십니까?" 데커가 물었다.

"당신 의도가 뭔지 알겠네요."

"뭐죠?"

"그 사진! 사진 뒷면의 글자." 가드너는 떨리는 손을 문신 사진이 떠 있는 휴대폰 화면을 향해 휘둘렀다. "그리고…… 그거."

데커는 뒤로 기대앉아 가드너를 뜯어보았다.

가드너는 다시 소맷자락으로 눈두덩을 가볍게 두드리더니, 마침내 고개를 들어 데커를 보았다. "나한테 원하는 게 정확히 뭐죠?"

"진실이면 좋겠죠."

"난 전부 다 말했어요."

"아뇨, 그렇지 않았습니다."

"너무 옛날 일이에요. 젠장, 그게 뭐가 중요하죠? 다들 자기 삶을 살아갔어요. 적어도 난 확실히 그랬고요."

"수전 리처즈와 레이철 카츠에게 그렇게 말씀해보시죠. 그리고 당신 아버지에게도."

가드너는 고개를 젓고는 시선을 내리깔았다.

"전 당신에게 죄의식을 떠안기려고 여기 온 게 아닙니다, 가드너 씨."

가드너가 부르짖었다. “아, 그냥 미치라고 불러요. 난 어차피 그 이름에서 벗어나지 못할 테니까. 백치 미치. 늘 아버지에게 실망만 안겨준 마약중독자.” 가드너는 데커를 올려다보고 차갑게 내뱉었다. “아무리 립스틱을 처발라봤자 돼지는 여전히 돼지죠.”

“당신 인생을 뒤바꾸는 건 결코 쉽지 않았을 겁니다.”

가드너는 손을 흔들어 일축했다. “그런 말, 듣고 싶지 않아요.”

“제가 여기 온 또 다른 목적은 가능한 한 명확히 해두고 싶은 게 있어서입니다.”

“뭐죠?”

“이 사건과 관련된 사람들이 죽어가고 있거나 병원에서 목숨을 걸고 버티고 있습니다. 제가 알기론, 당신 혼자만 남았습니다.”

“난 나 스스로 지킬 수 있다고 이미 말했잖아요.”

“다른 사람들도 분명히 당신하고 똑같이 생각했을 겁니다. 하지만 카츠를 쏜 남자는 진짜 프로였어요. 육군 출신 백인 우월주의자가 범죄의 길로 들어선 거죠. 훈련된 저격수고요. 누군가가 놈을 저격수로 고용했어요. 지금은 죽었지만, 또 다른 누군가가 그자 대신 고용되지 않을지 누가 알겠습니까? 그리고 무기를 가지고 다닌다 해도, 권총은 장거리 소총 탄환으로부터 당신을 구해주지 못해요. 당신은 총을 보거나 총소리를 듣기도 전에 이미 저세상에 가 있을 겁니다.”

“이젠 날 제대로 겁주기로 작정했군요.” 가드너는 곧장 맞받아쳤지만 목소리는 떨리고 있었다.

“맞아요. 전 당신을 **겁주려 하고 있습니다**. 당신을 위해서요.”

“내가 어떻게 당신을 도울 수 있는지 모르겠어요.”

“못 돕는 겁니까, 안 돕는 겁니까?”

"내가 아는 한, 아버지는 그 사람들을 살해했어요."

"당신 아버지는 당신의 마약중독에 관해 어떻게 생각했습니까?"

"싫어했죠. 왜요?"

"그분이 당신을 재활시설에 넣으려 했던 걸로 알고 있는데요."

"이전에도 그랬었지만 난 끝까지 버티지 못했죠. 그분은 포기하지 않았고요."

"그렇다면 그분은 절대 마약을 안 하셨겠죠?"

"미쳤어요? 그분처럼 고지식한 사람은 다시 없을걸요. 내게 대마초를 팔려고 우리 집에 찾아온 남자를 공격했다니까요."

"그렇군요. 당신 아버지는 벌링턴의 우범지대에서 체포됐습니다. 재판에서 변호사는 그분이 당신 어머니를 위한 진통제를 사려고 거기 갔을 가능성을 제시했죠."

"그건 이미 다 한 이야기잖아요. 그게 사실일 수도 있어요. 그분이 그전에 어머니를 보살피려고 최선을 다했다는 이야기는 이미 말씀드렸죠." 가드너는 예기치 못한 웃음을 떠올렸다. "그분은 뭔가를 만드는 데 능했어요, 정말이지. 뭐든 작동하게 만들 수 있었어요. 내 열 살 생일선물로 작은 스쿠터를 만들어주시기도 했죠. 여기저기서 주워 모은 부품들로 만든 거였어요. 작은 배터리와 모터가 있었는데, 그것도 그분이 만든 거였죠. 한 시간에 1킬로미터도 못 갔지만, 난 어딜 가나 그걸 타고 다녔어요." 가드너의 웃음이 흐려졌다. "하지만 그 좋은 손재주로도 엄마를 도울 수 있는 건 아무것도 만들지 못했어요. 그건 그분의 능력 밖이었죠."

"마약을 사려면 그 지역으로 가야 한다는 걸 그분이 어떻게 알았을까요?" 데커가 물었다.

가드너가 살짝 몸을 움찔하는 게 보였다.

"뭐라고요?"

"당신은 방금 아버지가 마약을 하지 않았다고 했습니다. 질색했다고 하셨죠. 그렇다면 그분이 마약을 사려면 어디로 가야 할지, 또는 누구를 찾아가야 할지 어떻게 알았을까요? 그리고 경찰에게 체포당했을 때 주머니에 들어 있던 500달러는 어디서 난 거고?"

"난…… 난 그 돈이 어디서 났는지 몰라요. 그리고 당시에는 마약을 살 만한 우범지대가 어디인지 쉽게 알 수 있었어요. 그 얘긴 이미 말씀드렸는데요. 그리고 당신도 당시 경찰이었으니 알고 있겠죠."

"음, 미치, 문제는, 그분이 당신 어머니를 위해 구하려던 건 그냥 **아무** 마약이 아니었습니다. 순수 모르핀 같은 거였죠. 길거리의 똥덩어리 같은 게 아니라, 예컨대 병원이나 약국에서 훔쳐낸 그런 종류요. 그리고 저는 여기서 경찰로 일하면서 마약에 깊이 관여해본 경험상 그 특수한 시장에는 거래자가 아주 드물다는 걸 압니다. 그리고 그것들을 구하려면 그 분야에 정말이지 빠삭해야 하고요."

미치는 데커가 들이댄 이 모든 사실 앞에서 극히 안절부절못하는 기색이었다. "난…… 난 뭐라고 해야 할지 모르겠어요."

"그리고 그 모든 것에 더해, 당신 아버지가 추정컨대 네 사람을 살해한 후 몇 시간 동안이나 길거리를 헤매고 다녔다는 사실도 있죠. 어디 깊은 산 속 같은 데로 숨어버리는 게 보통인데 말이죠."

가드너는 불안하게 입술을 핥았다. "어쩌면…… 어쩌면 자기가 한 일에 혼란을 느꼈거나 충격을 받았겠죠. 아니면 그냥 태연한 척하려고 노력한 것일 수도 있고요. 그리고 방금 당신이 말한 대로 경찰이 생각하기를 바랐겠죠."

"하지만 그분이 **실제로** 그 다중살인을 저질렀다면 죽은 여자애의 손톱 밑에 자신의 DNA가 있을 가능성이 높다는 걸 알았을 겁니다. 우리가 그분을 잡으러 가는 건 시간문제였어요."

가드너는 짧은 한숨을 내쉬었다. "내가 그걸 어떻게 설명하겠어요. 그냥 현실이 그랬다고밖에."

데커가 자리에서 일어났다. "유감입니다."

가드너는 두려움이 가득한 표정으로 데커를 올려다보았다. "뭐가 유감이라는 거죠?"

"아버지한테 이런 짓을 한 당신 인생은 틀림없이 시궁창이나 다름없었을 테니까요."

"난 무슨 소린지 모르……."

데커는 한 손을 들어 올리며 말을 잘랐다. "됐습니다. 난 당신의 그 헛소리를 더는 들어줄 인내심도, 시간도 없습니다." 손을 내리고 말을 이었다. "난 당신이 누군가한테 받은 500달러를 아버지에게 건넸을 거라고 생각합니다. 그 후 그분을 심하게 할퀴고, 그렇게 해서 얻은 DNA를 당신한테 돈을 준 누군가한테 넘겼겠죠. 아마 당신 아버지는 그냥 당신이 마약중독으로 발작을 일으켰다고 생각했을 겁니다. 아마 전에도 몇 번 그러는 걸 봤을 테니까요. 그 후 당신은 아버지에게 어디로 누굴 찾아가면 병원에서 훔친 마약을 살 수 있는지 알려줬습니다. 하지만 그 사람은 거기 없었는데, 그런 사람은 존재하지 않았기 때문이죠. 당신은 아마 계속 찾아보라며, 여러 다른 장소에 가라고 했을 겁니다. 역시 아무도 없는 곳들로. 하지만 아내를 위한 일이었으니, 그분은 순순히 따랐을 테죠. 그렇게 해서 그분은 그 살인에 대해 아무런 알리바이도 가지지 못했고, 결국 주머니에 돈다발이 꽂힌 채로 벌링턴의 우범지대에서 경찰에 체포됐습니다. 그리고 우리가 그날 밤 집으로 찾아갔을 때, 당신은 약에 취해 정신이 나간 척했어요. 아마 이미 그 총을 받아서 벽장 뒤에 숨겨놓은 후였겠죠."

데커가 말하는 내내 가드너는 눈을 휘둥그레 뜨고 입을 쩍 벌리고 있었다.

데커의 말이 이어졌다. "당신 아버지가 그 쓰레기 같은 자식 칼 스티븐스와 마주쳤을 때 어떤 표정을 지었을지, 난 그저 상상만 할 따름입니다. 그리고 스티븐스가 그분의 '작은 별'이 자기 아버지에게 무슨 짓을 저질렀는지 알려줬을 때도요." 데커는 잠시 아름다운 온실 안을 둘러보았다.

"그럴 만한 가치가 있었기를 바랍니다, 미치. 하지만 그게 가능할지는 모르겠네요."

0 0058

그 집.

그 비.

데커는 거리 맞은편에 세워둔 차에 앉아서 옛집을 바라보았다.

아마도 지금 데커의 마음속보다는 밤의 어둠이 차라리 더 밝을 것이다.

데커는 자신에게 과거에 살든가 현재에 살든가 둘 중 하나를 택하라고 종용했지만, 둘 다 불가능했다.

어느 쪽을 택해야 하지? 이렇게 어려운 결정일 리가 없는데, 도대체 왜 이렇게 어려운 거지?

사건은 여러 모로 막다른 골목에 봉착했다. 사건의 열쇠인 가드너는 도무지 협조할 기미가 없어 보였다. 레이철 카츠가 마음을 고쳐먹고 혼수상태에서 깨어나지 않는 한, 데커는 진실에 도달하게 되리라는 확신이 없었다.

그래서 데커는 이곳으로 왔다. 자신의 삶에서 많은 일들이 시작된 이곳으로.

거실 등이 켜진 게 보였다. 누군가가 자꾸 앞뒤로 왔다 갔다 하고 있었다. 전에 봤던 작은 여자아이. 그리고 아이의 부모.

헨더슨 가족. 데커의 가족이 예전에 그랬던 것처럼 이제 본격적으로 인생을 시작하는. 꿈을 지어 올리고, 가족 모두가 평생 간직할 기억을 반짝반짝 닦아가려 하는.

가족과 마지막으로 함께 보낸 크리스마스는 소중한 기억이었다. 데커는 이틀 정도 휴가를 냈고, 그렇게 휴일을 코앞에 둔 시점에 누군가를 죽이려고 마음먹은 사람은 다행히 아무도 없었다.

데커와 캐시는 몰리가 출연하는 학교 연극을 보러 갔었다. 크리스마스에 맞춰 내용을 각색한 〈피터 팬〉이었다. 몰리가 웬디 역을 맡았다. 2주간 열심히 대사를 외우고, 엄마와 아빠 중 누구든 옆에 있기만 하면 대사를 들려주고, 데커가 면도하거나 심지어 옷을 갈아입을 때도 불쑥불쑥 들어왔다.

몰리는 자기 대사를 술술 읊는 것은 물론이고 다른 아이들의 대사까지 몽땅 외운 덕분에 다른 배역을 맡은 아이들도 도와줄 수 있었다.

뛰어난 기억력.

몰리의 기억력은 아버지에게서 물려받은 게 아니었다. 부상당하기 전 데커의 기억력은 지극히 정상이었다. 그리고 뇌의 부상으로 인한 외상 증후군을 자식에게 물려준다는 것은 불가능할 터였다.

데커와 캐시는 나란히 관객석에 앉아 딸아이가 온 마음을 다해 연기하는 모습을 지켜보았다. 몰리는 자신의 연기에 본능적으로 아주 사소한 뉘앙스 같은 것들을 더해 데커를 깜짝깜짝 놀라게 했다. 몰리는 어쩌면 자라서 위대한 배우가 됐을지도 모른다.

이제는 절대 알 수 없게 돼버렸지만.

그렇다. 정말 멋진 크리스마스였다. 연극이 끝난 후 세 사람은 외식을 하러 가서 몰리의 공연을 축하했다. 바닐라 선디로 건배를 했다.

데커는 모든 순간을 만끽했지만, 물론 그와 같은 수많은 기억들이 더 생길 거라고 믿었다. 평생을 채우고도 남을 기억들. 심지어 데커와 같은 기억력을 지닌 사람에게도. 몰리는 자라서 결혼을 하고 아이를 낳을 테고, 데커는 애정 넘치는 할아버지가 될 것이다. 물론 데커 같은 사람에게 가능한 한도 내에서.

데커는 다시 한 번 차창 밖으로 엄마와 나란히 카우치에 앉아 있는 어린 여자애를 응시했다. 책이 펼쳐져 있었다. 이야기가 시작되었다.

시동을 걸고 차를 출발시켰다.

눈물 때문에 앞을 거의 볼 수 없었다.

처음부터 여기 돌아오는 게 아니었어. 이 일은 가장 감당하기 힘들 때에, 말 그대로 데커를 갈기갈기 찢어놓았다.

하지만 문제는 늘 다음 사건이었지. 그렇지 않나? 심지어 캐시와 몰리가 살아 있을 때조차. 데커는 두 사람과 함께 보내지 못한 시간에 대해 그리 생각해보지 못했다. 늘 잡아야만 하는 어떤 나쁜 사람이 있었으니까. 두 사람이 잠자리에 든 지 한참 후에야 귀가하던 수많은 밤들. 그리고 두 사람이 잠자리에서 일어나기 전에 집을 나오던 수많은 새벽들.

난 그냥 더 많은 시간이 있을 거라고 생각했어. 그냥…… 더 많은 시간이.

하지만 알고 보면 새로운 하루를 보장받은 사람은 아무도 없었다. 데커의 가족 역시 마찬가지였다.

그리고 일종의 연좌제에 의해 데커 역시 그랬다.

고맙게도 차가 옛집에서 멀어질수록, 이런 생각들은 빠르게 데커를 떠났다.

데커는 시내 중심가로 향해 자신이 간발의 차로 죽음을 면한 건물 앞에 차를 세웠다. 거리 건너편에는 레이철 카츠가 목숨을 잃을 뻔한 건물이 있었다. 데커는 그 대칭성에 섬뜩함을 느꼈다.

카츠의 아파트를 지키고 있는 경관에게 신분증을 내보이고 데커는 공간을 둘러보기 시작했다. 깨진 창, 카우치와 카펫의 혈흔을 응시했다. 그것들이 전해주는 상황은 데커도 이미 알고 있었다.

카츠에게는 정체를 알 수 없는 물주들이, 오하이오 주의 작고 오래된 동네인 벌링턴에서 진행되는 수많은 프로젝트를 위해 깔때기로 돈을 흘려보내는 해외 유령회사들이 있었다. 하지만 도대체 이곳에 무슨 매력이 있어서?

그건 궁금증이 들기에 충분했다.

그리고 그다음엔 아메리칸 그릴이 있었다. 전국에는 딱 그곳 같은 음식점이 수천 군데는 있었다. 두껍고 높게 쌓은 버거들, 매머드 같은 프렌치프라이 언덕, 치킨 윙, 맥주 피처, 스포츠를 중계하는 대형 화면. 단골들은 늘 있을 테지만, 카츠가 마스에게 말했듯 그런 장사로 부자가 되는 사람은 아무도 없었다.

데커는 카츠의 아파트를 한 번 더 수색했지만 새로 알게 된 건 아무것도 없었다.

이제는 카츠가 깨어날 때까지 기다리는 수밖에 없었다.

그 어떤 실마리도 다음 단계로 이어지지 않는 듯한 지금 상황에 데커는 좌절감을 느꼈다. 데커는 미치 가드너의 입을 열지 못했다. 그리고 가드너에게 혐의를 씌울 만한 증거 역시 전혀 없었다. 절대적인 증거 부족. 데커는 가드너가 자신의 아버지에게 누명을 씌우는 데 가담했다는 걸 알았지만, 입증하지는 못했다. 가드너는 새로운 인생이라는 후한 보상을 받았다. 그럼에도 그 집을 나설 때 데커가 두고 온 것은 분명 죄의식에 고문당하는 여자였다.

하지만 그건 사건 해결에 아무런 소용도 없었다. 데커는 진실로 이어지는 합법적인 길을 어딘가 다른 곳에서 찾아야만 할 것이다. 미치 가드너는 그 길이 되어주지 못할 게 분명했다.

데커는 부엌 의자에 앉은 채 현재 가지고 있는 몇 가지 가능성을 가늠해보았다. 그래 봤자 얼마 되지 않아 금세 정리가 끝났다. 데커는 재빨리 마음을 하나로 정했다.

샐리 브리머.

브리머가 살해당한 데는 이유가 있을 것이다. 그 이유가 뭔지 알아내야 한다.

그리고 시작할 수 있는 지점은 두 곳이었다.

데커는 그중 한 곳을 골라, 랭커스터에게 전화로 거기서 만나자고 한 후 출발했다.

0 0059

랭커스터는 벌링턴 서쪽에 있는 샐리 브리머의 아파트 건물 앞에서 데커와 만났다. 이렇다 할 특징 없는 6층짜리 건물은 칙칙한 벽돌로 에워싸여 있었다.

"카츠는 좀 어때?" 랭커스터가 데커에게 다가가면서 물었다.

"의식은 아직 돌아오지 않았지만, 확실히 위험에서는 벗어났어."

"음, 운이 좋았네."

"그래, 그리고 카츠가 깨어나서 우리한테 전부 다 말해주면 아주 **대박이겠지.**"

두 사람은 건물로 들어가 엘리베이터를 타고 4층으로 올라갔다. 랭커스터는 브리머의 집 열쇠를 가지고 있었다.

"이미 한번 훑었지만 아무것도 나오지 않았어. 하지만 수색이 얼마나 철저히 이루어졌을지는 모르겠어. 우린 **네가** 과녁이라고 생각했으니까."

"나도 전에는 그렇게 생각했지."

두 사람은 아파트에 들어가 주위를 둘러보았다. 브리머의 직업은 둘 다 이미 알다시피 보수가 그리 좋지 않았지만, 아파트는 꽤 안락했고 가구도 잘 갖춰져 있었다. 쿠션과 커튼과 견고한 가구와 사랑스러운 동양풍 러그가 목제 바닥 위에 흩어져 있었다.

데커의 눈길을 받은 랭커스터가 설명했다. "샐리의 부모님이 유복하셔. 전에 명절을 맞아 여기서 파티를 열었을 때 나도 한 번 뵀어. 무척 좋은 분들이야. 알고 보니 두 분이 금전적으로 딸을 지원해주셨다더군."

"그렇군."

"유품을 받으러 오셨을 때 다시 뵀는데 두 분 다 크게 낙심하셨어. 가족은 이스트코스트 출신이야."

"그런데 어쩌다 여기 와서 살게 된 거지?"

"벌링턴 근처의 대학에 다녔어. 학교를 나와 두어 군데 홍보 일을 전전했지. 오빠가 보스턴 경찰이라서, 내 생각엔 오빠 때문에 이쪽 일에 관심을 갖게 된 것 같아. 마침 경찰서에 공석이 나서 여기로 이사 왔고, 일도 아주 잘했어. 하지만 여기 오랫동안 머물렀을 것 같지는 않아. 잠재력이 많았으니까. 그리고 아직 그렇게 젊은 나이였고."

"잠재력은 누구에게나 있지. 사라지기 전까지는." 데커가 침울하게 내뱉었다.

"그나저나 우린 뭘 찾고 있는 거야?"

"뭐든 관계있어 보이는 거."

"아주 좋아. 알려줘서 고마워."

두 사람은 이 방 저 방을 체계적으로 확인하다 이윽고 브리머의 침실에 이르렀다. 랭커스터가 벽장을 뒤지는 동안 데커는 방에 딸린 욕실을 확인했다.

잠시 후, 랭커스터가 외쳐 불렀다. "어이, 데커?"

데커는 커다란 벽장으로 들어가 있던 랭커스터가 뭔가를 들어 올리는 걸 보았다.

"뭔데?" 데커가 물었다.

랭커스터는 그걸 더 높이 들어 올렸다. 짧은 머리 가발이었다.

금발.

데커는 시선을 들어 랭커스터와 눈을 맞췄다. "**샐리**가 수전 리처즈로 위장했다고 생각하는 거야?" 데커가 물었다.

"그럴 가능성도 있다고 봐. 가드너는 아니었잖아. 그리고 카츠도 아니었다면, 리처즈의 인상착의에 들어맞는 다른 사람이 또 누가 있지?"

"샐리는 키도 몸집도 딱 맞았어." 데커가 동의했다.

랭커스터는 가발을 손가락으로 만지작거렸다. "그리고 이건 수전 리처즈의 머리 길이 및 스타일과 거의 일치해. 멀리서 뒷모습을, 그것도 노인이 어둠 속에서 봤다면 속을 수도 있었을 거야."

데커는 가발을 건네받아 살펴보았다. 기억이 손쉽게 돌아왔다. 공원에서 본 샐리. 트렌치코트를 입고 장갑을 끼고 모자를 쓰고 있었다. 정확히 리처즈가 집을 나설 때 목격된 차림이었다.

"만약 그 일에 가담했다면, 샐리는 리처즈가 그 여행가방에 들어 있을 가능성을 인지하고 있었을까? 죽어서든, 약에 취해서든." 데커가 말했다.

"몰랐다고는 할 수 없겠네." 랭커스터가 대꾸했다. "하지만 그럼 왜 그런 짓을 했을까 하는 의문이 생기는데."

"그러고 보니 샐리가 좀 이상했어." 데커가 말했다. "나와 만났을 때. 그리고 리처즈가 실종된 시점 전후로."

"어떻게 이상했는데?"

"어쩌면 죄의식이었을까. 난 내티와의 불륜 때문이라고만 생각했지."

"그렇다면 죄의식이었지만 종류가 달랐던 거군." 랭커스터는 고개를 저었다. "난 브리머가 지나치게 고지식하다고 생각했어. 도대체 어쩌다 그런 일에 연루됐을까?"

"음, 그랬는지 아닌지는 아직 확실히 모르지. 리처즈의 머리 모양과 일치하는 가발을 발견하긴 했지만, 단순한 우연일지도 몰라. 여자 옷장에 가발이 있는 게 그리 이상한 일도 아니잖아."

"그건 사실이야. 그리고 우리가 이 가발에서 샐리의 머리카락을 찾아낸다 해도, 그건 아무것도 입증하지 못해. 이 일과는 상관없이 그냥 자기가 쓰려고 이 가발을 샀을 수도 있으니까."

"다른 증거를 찾아야 해. 샐리가 돈을 받았다면, 은행 계좌에서 그 기록을 찾을 수 있을지도 몰라."

"그리고 만약 돈을 안 받았다면?"

"누군가가 억지로 이 일을 하게 만들었다거나?"

"어떻게?"

"누군가 샐리와 내티의 관계를 아는 사람이라든가?"

"음, 그럴 수도 있겠지. 두 사람은 관계를 비밀로 유지했으니까. 젠장, 나도 몰랐어."

랭커스터는 가발을 도로 건네받아 외투 주머니에서 꺼낸 증거 봉투에 넣었다. "그리고 넌 여전히 리처즈의 살해 동기가 호킨스의 살인 혐의를 씌우기 위해서라고 생각해?"

"놈들은 그 조사를 중단시켜야만 했어, 메리. 경찰은 호킨스의 주장을 살펴보기 시작했고, 상황은 이 모든 일의 배후에 있는 자에게 위험할 수 있는 방향으로 돌아가고 있었지. 리처즈를 살해하고 자살로 위장하는 건 조사를 중단시키는 좋은 방법이었어."

"하지만 안 먹혔잖아."

"그건 놈들의 예상 밖이었고. 시도할 필요는 있었지. 그리고 그러기 위해 놈들이 가진 최선의 카드는 리처즈였고."

"왜 레이철 카츠가 아니고? 그쪽도 호킨스를 죽일 동기가 있었잖아."

"맞아, 그랬지. 하지만 카츠를 죽이는 건 놈들에게 너무 큰 부담이었을 것 같아."

"왜? 어차피 카츠 역시 살해당할 뻔했는데."

"그건 나중이었고."

"그렇다면 놈들이 두 여자 중 한 명을 선택한 이유가 뭘까?"

"이런 식으로 생각해봐. 카츠는 남편의 죽음 이후 잘나갔어. 리처즈는 그렇지 않았고."

"그럼 넌 카츠가 13년 전 살인에 연루됐다고 생각해?"

"거기까지 갈 생각은 없어, 메리. 하지만 놈들이 결국 카츠의 이용가치를 발견했을 것 같아. 리처즈는 그렇지 않았고. 그래서 치워버릴 수 있었지."

"도대체 여기서 무슨 일이 벌어지고 있는 거야, 데커?"

"음, 뭔지는 몰라도 최소한 13년째 진행 중이지."

"그 다중살인 사건들부터 시작해서?"

"아마 그보다도 더 전이겠지."

랭커스터는 봉투에 든 증거물을 보았다. "내티한테 이 이야기를 해야겠어. 이제 그 사람이 조사의 책임자니까."

"샐리가 리처즈의 살인 공범이라는 우리의 의혹에 내티가 그리 좋은 반응을 보일 것 같지 않은데."

"그 정도면 다행일 거야. 내티도 연루된 게 아니라면." 랭커스터는 갑자기 생각난 듯 마지막 말을 덧붙였다. "설마 그럴 가능성도 있다고 생각하는 거야?"

"난 아니라는 게 밝혀지기 전까진 모두가 용의자라고 생각해."

0 0060

"그 동네는 어떻게 돼가요?" 알렉스 재미슨이 물었다.

이튿날 저녁, 데커는 레지던스 인의 자기 방에서 통화 중이었다.

"그냥 그래요. 그쪽은 어때요?"

"아무래도 갈 길이 멀어 보여요. 그다지 진전이 없어요. 보거트는 당신의 견인력을 아쉬워하고 있어요."

"그런 말을 했다고요?"

"보면 알잖아요."

"마지막으로 통화했을 때 보거트는 세게 나왔어요. 여기 일이 끝났을 때 팀에 내 자리가 있을지 잘 모르겠다고요." 데커의 이 말에는 가슴에서 짐을 덜어내려는 의도도 있었지만 재미슨의 반응을 보고 싶기도 했다.

"그것 역시 잘 모르겠어요, 데커."

데커의 가슴이 쿵 내려앉았다. 이 일이 끝난 후 자신이 실제로 FBI에 돌아가고 싶어 한다는 걸 깨달았다. 그리고 이제 그건 불가능한 바람일지도 모른다.

"그렇겠네요." 데커가 말했다.

"그게 있죠, 보거트한테 달린 거면 당신은 괜찮을 거예요. 하지만 그 사람도 상관들이 있잖아요. 그리고 그 상관들은 당신이 명령을 어기고 아직도 벌링턴에 있다는 걸 알아요. 그리고 그걸 못마땅해하고요. 보거트는 당신을 위해 무리했어요, 데커. 그것도 여러 번요. 더 위쪽의 압박으로부터 그동안 당신을 줄곧 보호해줬어요. 당신이 FBI를 위해 뭘 했는지 우린 다들 알고 있고, 당신이 이전에 얼마나 많은 사람들의 목숨을 구했는지도 알아요. 하지만 그게 늘 당신을 구해주진 않을 거예요. 내 말은 그런 뜻이에요."

"솔직하게 말해줘서 고마워요, 알렉스. 정말로요."

"우리 입장이 바뀌었다면 당신 역시 나한테 똑같이 해줬을 거잖아요."

"화제를 바꾸려는 건 아닌데, 혹시 내가 회사 목록을 보내주면, 잠깐 시간 내서 확인해줄 수 있어요?"

"데커! 농담하는 거죠?"

"알아요, 알렉스. 알아요. 하지만 정말 중요한 일이에요."

"지금 내가 하는 일은 하찮은 일이고요?"

"아뇨, 그런 뜻이 아니고요. 우린 그저 FBI가 가진 자원이 없어요."

무겁게 내려앉은 침묵에 데커는 알렉스가 전화를 끊어버릴지도 모른다고 생각했다. 하지만 마침내 알렉스가 침묵을 깼다. "이메일로 보내주면 할 수 있는 데까지 알아볼게요."

"고마워요, 알렉스, 정말로요."

데커는 회사 목록을 보낸 후 침대에 누웠다. 또 다른 폭풍이 오려는 듯, 바깥에서는 바람이 거세지고 있었다. 날이 추워지고 있으니 진눈깨비나 싸라기눈이 내릴지도 모른다.

레지던스 인의 난방 시스템은 세계 최고 축에는 못 드는 터라, 데커는 외투를 더한층 단단히 여몄다. 호텔은 마치 일정한 거리 이상으로 온기를 밀어내는 능력이 없어서 난방을 진즉 포기해버린 것 같았다. 덕분에 대부분의 불운한 손님들은 알아서 추위를 피해야 했다.

오하이오 주의 겨울은 딱히 그립지 않았다. 이스트코스트의 추위도 확실히 어디 가서 꿇릴 정도는 아니었지만, 여기서는 바람을 막아줄 게 아무것도 없었다. 바람은 땅 위로 막힘없이 휘몰아쳤다.

하지만 그래도 여긴 데커의 고향 도시, 고향 주였다. 데커는 위대한 벅아이를 위해 뛰었고, 그다음에는 비록 잠깐이었지만 클리블랜드 브라운스를 위해 뛰었다. 데커는 미드웨스트의 아들이었다. 그 위로도, 그 아래로도 가본 적이 없었다. 데커의 세계관은 현실적이었다. 청바지와 맥주. 데커는 한 번도 페라리에 어울리는 사람이 아니었고, 그러고 싶었던 적도 없었다. 늘 옳은 일을 하려고 노력했다. 도움이 필요한 사람이 있으면 도와줬다.

그리고 쉬지 않고 살인범들을 쫓았다.

대략 그게 에이머스 데커라는 인간의 합계 내역이었다.

데커는 주머니에 찔러 넣은 손을 빼내어 관자놀이를 문질렀다. 눈을 질끈 감았다. 뭔가 이상한 느낌이 들었다. 내면 깊은 곳에서 불안감이 따끔따끔 찔러대는 게 느껴졌다. 휘청하고는 일어나 욕실로 가서, 마음을 진정시키려고 물을 한 모금 마셨다.

데커는 폭포 혹은 마그마처럼 꼬리에 꼬리를 물고 쏟아지는 기억의 덩어리들을 억지로 밀어냈지만, 자신의 머리가 가하는 고문에 저항하기엔 무력했다.

도로 침대에 누워 마치 토할 것처럼 몸서리를 한 차례 친 후 길고 깊은 한숨을 내쉬었다. 그리고 그 간단한 동작으로, 불안이 마침내 데커를 떠났다.

요가를 배워보는 건 어떨까. 매일 아침 기지개 켜는 자세를 하면 도움이 될지도 몰라.

데커는 창밖을 내다보며 저녁을 먹어야겠다고 결정했다. 그리고 갈 만한 곳은 단 한 곳뿐이었다.

데커는 아메리칸 그릴을 향해 차를 몰았다.

레이철 카츠가 왜 여전히 이곳을 운영하고 있는가 하는 질문은 아직 답을 찾지 못했다. 데커는 그게 남편의 첫 프로젝트여서라는 해명을 믿지 않았다.

안으로 들어가 테이블을 잡고 앉아 메뉴를 꼼꼼히 읽었다. 저녁 7시인데 4분의 3 정도 테이블이 차 있었다. 단골 대부분은 블루칼라 노동자인 것 같았고, 배우자나 아이를 데려온 사람들도 드문드문 눈에 띄었다. 햄버거와 윙을 게걸스럽게 먹어치우고 있는 10대들도 몇 명 있었다. 대형화면 텔레비전에서는 ESPN 방송이 나오고 있었는데, 패널들이 다가오는 미식축구 일요일에 관해 떠들고 있었다.

데커는 창밖으로 길 건너편 건물을 내다보았다. 은행이었다. 돈 리처즈가 일했던 곳. 다른 쪽에는 아파트 건물이 있었다. 데커는 미식축구 선수 경력이 끝난 후 벌링턴으로 돌아왔을 때 잠깐 거기 살았던 적이 있어서 그걸 알았다.

데커는 그릴의 인테리어를 눈여겨보았다. 천장에서 줄을 매달아 늘어뜨린 커다란 모형 프로펠러기와 선박과 자동차 들이 눈에 들어왔다. 옛날 영화배우들 사진 액자가 벽에 걸려 있고, 사진들 사이에는 유머러스한 사인들이 띄엄띄엄 걸려 있었다. 모서리에는 먼지 쌓인 가짜 식물들이 놓여 있고, 중앙에는 뷔페 바가 설치돼 있었다. 서빙하는 직원들은 흰색 셔츠와 검은 바지 차림이었다.

부엌은 이중 스윙도어를 통과해서 들어가게 돼 있었다. 오른쪽 화장실은 남자용, 왼쪽 화장실은 여자용이었다. 손님을 맞이하는 카운터는 바로 앞문에 있었다. 서빙 직원들은 뒤편에 있는 컴퓨터에 주문을 입력했다. 식당 바로 뒤쪽의 바 벽에는 텔레비전 화면 여러 개가 설치돼 있었다. 그 아래에는 먼지가 쌓이거나 얼룩이 묻어도 티가 나지 않도록 칙칙한 녹색 카펫을 깔아놓았다. 식당 안쪽 가장자리를 빙 둘러 묵직한 목재로 된 4인용 테이블들이 배치돼 있었다. 튀긴 음식, 싸구려 맥주, 그리고 달콤한 디저트가 한데 어우러져 만들어내는 연금술 같은 냄새가 데커의 코끝을 간지럽혔다.

미국의 단조로움이 제시할 수 있는 최선이지.

이곳은 그다지 수익성이 높다고는 결코 말할 수 없었다. 그럼에도 카츠는, 시간을 쏟을 만한 훨씬 매력적인 프로젝트들이 있음에도, 여전히 이곳을 운영하고 있었다.

데커는 메뉴 탐색을 마치고 루벤 샌드위치 하나와 프라이, 그리고 미켈롭을 주문했다. 그리고 다시금 무슨 죄라도 지은 듯 눈치를 보며 주위를 둘러보았다. 재미슨이 갑자기 나타나서 나무라기라도 할 것처럼.

샌드위치는 딱 좋을 만큼 촉촉하고 맛있었다. 프라이는 따뜻하고 바삭했다. 맥주는 목 넘김이 좋았다.

데커는 전에 얼 랭커스터가 '친구'와 함께 앉아 있던 테이블을 유심히 보았다. 미식축구 구장에서 메리와 나눈 대화가 그렇게 좋은 결과를 불러올 것은 예상치 못한 일이었지만, 어쨌거나 두 사람이 다시금 노력하기로 했다는 건 잘된 일이었다.

하지만 옛 파트너의 인생에 앞으로 몇 년간 닥쳐올 일들에 생각이 미치자 그 행복한 생각은 뒤로 밀려났다.

뇌는 인간이 소유한 장기 중 가장 독특하다. 데커는 대다수의 사람들보다 그 사실을 더 잘 알았다. 그게 문제를 일으키면, 몸의 다른 곳이 고장 나는 경우와는 전혀 다르다. 심장이 가게 되면 주인 또한 가게 된다. 땅속 2미터 아래로. 하지만 기억은 남는다. 사랑하는 사람들에게, 예전의 모습으로.

하지만 뇌가 가면? 역시 주인도 가지만 이 경우엔 몸은 남아서 누군가 다른 사람의 보살핌에 의존하게 된다. 그리고 그게 당신이 사랑하는 사람들에게 남기게 되는 마지막 인상이다. 심지어 그게 정말이지 더는 당신이 아니더라도.

데커가 이런 상념에서 벗어나 고개를 든 순간, 부엌으로 이어지는 문에 난 창을 통해 이쪽을 바라보는 한 남자가 눈에 띄었다. 그냥 잠깐 눈이 마주쳤을 뿐이고, 남자는 곧장 가버렸다. 데커가 포착한 건 그저 검은 머리카락과 꿰뚫어보는 듯한 눈빛이 전부였다.

즉각 경찰관의 후각이 발동했다. 어른이 된 후 거의 평생을 경찰로 살아온 데커였다. 사람들의 표정을 읽고, 나쁜 놈과 착한 놈을 구분하고, 단순히 겁먹은 사람을 뭔가 숨기고 있는 사람과 구분하는 것. 그건 다른 누군가에게 가르칠 수 있는 기술이 아니었다. 시간이 지나면서 본능처럼 터득하게 되는 것이었다. 백만 가지 사소한 것들이 동시다발적으로 처리되어 유효한 추론 비슷한 뭔가를 토해내는 식이었다.

그런 데커의 안테나가 파르르 떨렸다.

데커는 천천히 주머니에서 휴대폰을 꺼내어 플래시를 끄고 휴대폰 화면을 확인하는 척하면서 식당 안을 민첩하게 돌아다니는 직원들의 사진을 잇달아 찍었다. 여기 마지막으로 왔을 때 본 여자 직원이 눈에 띄었다. 그리고 그 뒤를 졸졸 따라다니며 웨이터 일을 배우고 있는 대니얼이라는 젊은 남자도.

휴대폰을 집어넣은 후 부엌의 이중문 쪽을 바라본 데커는 거기 창가에 있는 누군가의 존재를 감지했다.

아까 이쪽을 보던 남자와 동일 인물일까?

데커는 자신을 담당하고 있는 젊은 여직원을 몸짓으로 불렀다. 대니얼은 부엌으로 들어간 후였다.

직원이 다가왔다. "뭐 더 갖다드릴까요?"

"아뇨, 음식이 아주 맛있네요."

"계산서 갖다드릴게요."

"오늘 밤 바쁘신 것 같네요."

"네, 때로 좀 미쳤다 싶을 때도 있어요."

"여기서 오래 일했어요?"

"한 일 년쯤요."

"제가 저번에 여기 왔을 때, 견습생이 당신 뒤를 따라다니고 있었죠."

"아, 네, 맞아요. 저희는 일을 그렇게 배우거든요."

"당신도 그렇게 배웠나요?"

"아뇨, 전 이미 웨이트리스 경력이 몇 년 있어서요. 덕분에 여기 취직한 거죠. 하지만 제 생각엔, 좀 웃겨요."

"뭐가요?"

"이 수많은 사람들을 훈련시키는 거요. 그 사람들은 절대 여기 남지 않거든요. 2, 3개월쯤 일하다 떠나버리죠. 어떤 사람들은 직원 훈련시키는 데 드는 고된 노력이나 시간, 또는 비용 같은 걸 우습게 보나 봐요."

"그렇네요, 그 말이 맞아요. 좀 말이 안 되는 것 같네요."

"어차피 전 여기서 오래 일할 생각이 아니니까 아무래도 상관없지만요. 다른 데서 오라는 제의를 받아서 수락하려고요. 보수도 좋고, 혜택도 더 낫거든요."

"잘됐네요."

"저희 어머니가 여기서, 어…… 한 10년쯤 전에 일하셨어요. 여기 적응하는 법을 어머니한테 배웠죠. 보수는 그저 그래요. 웨이터 일자리야 다 거기서 거기지만. 그래도 팁은 썩 나쁘지 않고, 특히 사람들이 취해서 지갑을 잘 여는 주말에는 더 그래요. 그러면 손님들이 늘어놓는 온갖 헛소리가 약간은 보상이 되죠. 하지만 손버릇이 안 좋은 자식들이 많아요. 전 절대 안 참아주지만."

"대단하시네요. 어머님은 여기서 오래 일하셨나요?"

"아뇨. 그게…… 그러고 싶어 하셨어요. 하지만 1년쯤 일한 후 잘리셨죠."

"무슨 이유로요?"

"설명은 못 들으셨어요. 그리고 나중에, 엄마 친구 한 분이 여기 고용되셨어요. 그분도 1년 후에 잘리셨고요. 아무 설명도 없이."

"그건 정말 이상하네요."

"음, 제 문제는 아니에요. 전 여길 나갈 거니까. 생각해보니 저도 여기서 일한 지 1년쯤 되네요. 떠나지 않으면 아마 저도 잘릴 것 같아요."

"어머님이 일하시던 때와는 다르지 않나요? 관리자가 바뀌었을 수도 있고요."

"아뇨, 그렇지 않아요."

"네?"

"빌 페이튼이 지금 매니저예요. 그리고 엄마가 여기서 일했을 때도 매니저였고요. 엄마는 그 사람을 좋아하지 않으셨어요. 늘 모든 걸 지나치게 꼼꼼히 감시하거든요."

"아마 매니저란 직업이 그걸 하라고 돈을 받는 게 아닐까요?"

"그렇겠죠. 그리고 주방 직원들도 그동안 한 번도 안 바뀌었어요."

"그건 어떻게 아시죠?"

"왜냐하면 저희 엄마가 여기 있었을 때랑 똑같은 사람들이거든요. 제가 여기서 처음 일하기 시작했을 때 엄마한테 그 사람들 이름을 말했는데, 전부 엄마도 아는 이름이었어요. 제가 알기로 그 사람들은 가게가 문을 연 이후 쭉 여기 있었어요."

"요리사와 식탁 정리 담당까지 전부 다요?"

"맞아요."

"그 사람들은 어때요?"

"무슨 뜻이죠?"

"나이가 많은지 젊은지, 남자인지 여자인지, 오하이오 토박이인지, 뭐 그런 것들요."

"전부 남자들이에요. 그리고 제 생각에 그중 오하이오 주 출신은 한 명도 없는 것 같아요. 솔직히 말하자면 어디 출신인지 잘 모르겠어요. 우리랑은 그리 교류가 없기도 하고요. 나이는 대충 50대인 것 같아요."

"즉석요리를 하거나 그릇을 치우면서 보내기엔 꽤 오랜 세월이네요."

"제가 보기엔 자기들 일에 만족하는 것 같아요. 타성에 젖은 거죠, 아시죠? 그래서 제가 여길 떠나려는 거예요. 그리고 코딩 강의도 듣고 있어요. 평생 웨이트리스를 하고 싶지는 않거든요."

"그렇군요. 흠…… 새로운 직업에 행운이 따르길 빌게요."

"고마워요. 계산서 가져올게요."

데커는 팁을 넉넉히 주고 일어섰다.

나가는 길에 문 옆에 붙어 있는 명판을 보았다. **'매니저 : 빌 페이튼'**이라고 쓰여 있었다.

다시 식당 안을 들여다보았다.

데커는 여기 단골이었던 적이 없었다. 하지만 인생이 시궁창에 처박히기 전에 몇 번 온 적은 있었다. 그리고 전에는 한 번도 이곳을 특별하게 여긴 적이 없었다.

그리고 카츠의 사무실에서 찾아낸 뭔가가 이제 새로운 중요성을 띠었다.

0 0061

"뭐 하고 있어, 데커?"

경찰서의 작은 회의실에서 서류에 골똘히 몰두해 있던 데커는 그 질문에 고개를 들었다. 질문을 던진 사람은 랭커스터가 아니었다. 피로에 찌든 낯빛에, 머리에는 까치집을 인 블레이크 내티였다.

"그냥 기본적인 수사죠. 그런데 내티…… 기분 나쁘게 듣진 말아요. 당신 꼴이 영 엉망이네요."

내티는 수염이 가칠가칠 돋은 턱을 문지르고 부스스한 머리카락을 쓸어 넘긴 후 타이의 매듭을 다시 조이려다 포기했다. 데커 맞은편에 앉아 가슴 앞으로 양손을 맞잡았다.

"프랜한테 쫓겨났어."

데커는 뒤로 기대앉으며 천천히 그 정보를 처리했다. "무슨 일이 있었길래요?"

"들켰어."

"당신과 브리머에 대해서?"

내티가 고개를 끄덕였다.

"어쩌다가요?"

"어떤 개자식이 내 차에 우리가 같이 타고 있는 걸 찍어서 아내한테 보냈어."

"그냥 어딘가로 같이 차를 타고 가는 중이었을 수도 있잖아요."

"우린…… 어딘가로 가고 있지 않았어."

"그렇군요. 하지만 부인은 샐리가 어떻게 됐는지 아실 텐데요."

"알아. 하지만 그게 문제가 아닌가 봐. 그게……." 내티는 안절부절못하며 말끝을 흐렸다.

"샐리가 처음이 아니었나요?" 데커가 물었다.

"그래. 내가 실수를 했어…… 예전에. 프랜은 날 다시 받아줬지. 하지만 아무래도 이번엔 그럴 것 같지 않아."

"샐리의 가족이 유품을 가지러 왔다고 들었는데요."

내티가 고개를 끄덕였다. "난 샐리의 장례식에 가고 싶었어. 하지만 적절하지 못한 행동일 것 같아서."

"그건 아마 당신 생각이 맞을 겁니다." 데커가 의자에서 몸을 꿈지럭거렸다. "이런 일이 생겨서 유감이에요, 내티."

내티는 아무 말도 하지 않고 그저 테이블만 뚫어져라 내려다보았다.

"있죠, 혹시 몰라서 그러는데, 샐리가 이상한 행동을 하거나 한 적은 없나요?"

내티가 고개를 들었다. "이상한 행동이라고? 이상하다는 게 무슨 의미야?"

"마치 뭔가 마음에 걸리는 게 있는 것 같았다거나?"

"우린 딴짓을 하고 있었어, 데커. 아마 **그게** 마음에 걸렸겠지."

"그 얘길 하는 게 아니에요. 요는, 샐리가 날 돕겠다고 했을 때, 뭔가 신경 쓰이는 게 있다는 느낌이 들었어요. 당신과의 관계 때문은 아니었어요. 그건 이미 내가 알고 있었으니까."

"달리 그럴 만한 게 뭐가 있지?"

"그냥, 혹시 샐리가 당신한테 무슨 말을 하지는 않았나 싶어서 물어보는 거예요."

데커는 단도직입적으로 물어보고 싶었지만, 그럴 수가 없었다. 지금으로서는 누가 무엇에 연루됐는지 알 수 없었고, 불가피한 경우가 아니라면 자신의 의혹을 조금도 내보이고 싶지 않았다.

내티는 그 질문에 골똘히 생각에 잠긴 표정으로 목덜미를 긁적거렸다. "최근 좀 흠칫흠칫한다 싶긴 했어. 그냥 그날 자네한테 우리 둘이 같이 있는 걸 들킨 것 때문인 줄 알았는데."

"음, 알아내기가 어렵진 않았죠. 당신은 그냥 차에 샐리를 태운 채로 내게 다가와서 고함을 지르기 시작했으니까."

분명히 뭐라고 쏘아붙일 줄 알았는데, 데커의 예상과 달리 내티는 반응을 보이지 않았다. 어쩌면 브리머가 죽고 아내한테 쫓겨난 것이 내티라는 남자를 바꾸어놓은 것일까.

"난 여기서 꽤 잘나갔어, 데커. 자네가 오기 전에는 말이야. 자네보다 앞서 형사로 승진했고, 크게 될 거란 기대를 받았지."

"당신은 당신 몫을 했어요, 내티. 사건을 해결하고, 나쁜 놈들을 잡았죠. 내가 그랬던 것과 마찬가지로."

"무슨. 비교가 안 되잖아. 자네는 이 일을 하기 위해 태어난 사람이고."

"이 일을 하기 위해 태어났는지는 잘 모르겠지만, 지금 내 인생은 이 일을 빼면 아무것도 없어요."

내티는 그 단도직입적인 대답에 괴로운 표정을 지었다. "자네 가족이 살해당했을 때 난 믿을 수가 없었어. 정말 믿을 수가 없었지. 그런 일은 이곳에서 한 번도 일어난 적이 없었으니까. 그리고 그때, 인정하긴 수치스럽지만, 자네가 밑바닥으로 곤두박질치는 걸 보면서 난 즐거워했어. 자네는 매일매일 더 아래로 추락했지. 그리고 좀 더 핵심을 찌르자면, 자네는 더는 경찰서에서 내 상대가 아니었어."

데커는 아무 대꾸도 하지 않았다. 이 노골적인 조소에 폭발할 수도 있었지만, 그러지 않길 택했다.

"그러고 나서 웃기는 일이 일어났지. 예전에 비해서 사건 해결률이 크게 떨어진 거야. 그리고 그 후 고교 총기난사 사건이 일어났지. 우린 그게 누구 짓인지 알아내는 데 아무런 힘도 쓰지 못했어. 그 후 자네가 와서 그 사건을 깨끗하게 해결해버렸고."

"내겐 별 선택지가 없었어요, 내티. 내가 그 '전체 일'에 관련돼 있다는 걸 알았으니까요."

"하지만 그 후 자네는 FBI에 간택받아 다시 떠나버렸지. 난 메리와 몇몇 사건을 맡았고, 상황은 나쁘지 않게 흘러가고 있었어. 어쩌면 승진으로 가는 사다리에 오를 수도 있었겠지." 내티는 말을 멈추고 잠시 혀를 깨물었다. "그때 샐리와의 관계가 시작됐어. 어리석은 짓이었지. 우리 둘 다 그 사실을 알았지만, 멈출 수가 없었어." 내티는 데커를 올려다보았다. "우린 두어 번쯤 잔 게 다야. 난 더는 그러고 싶지 않았어. 하지만 샐리는, 음, 좀 이상하게 굴었지."

"당신은 나한테 이런 설명을 할 의무가 전혀 없어요, 내티."

"그 후 자네가 벌링턴으로 돌아오면서 호킨스를 둘러싼 이 난장판이 다시 시작됐지. 자네가 돌아온 걸 보고 난 그냥 겁에 질렸어.

솔직히 말해서, 이제 영영 치워버린 줄 알았거든. 그런데 자네가 다시 돌아왔으니."

"난 내 가족의 무덤을 방문하러 돌아온 겁니다. 호킨스가 날 찾아와서 무죄를 입증해달라고 한 건 내 의지와는 전혀 상관없는 일이었어요. 하지만 그 일이 없었으면, 난 이미 한참 전에 여길 떠났을 겁니다. 적어도 일 년 동안은 다시 돌아오지 않았겠죠."

내티는 헛기침을 하고 뒤로 기대앉았다. "난 경찰로 살았던 세월이 그렇지 않았던 세월보다 더 길어. 그냥 내 인생이 돼버렸지. 나 스스로는 꽤 뛰어난 경찰이라고 생각해. 하지만 난 자네가 아니지."

"당신이 나라고 말한 사람은 아무도 없어요." 데커가 대꾸했다. "그리고 당신은 내가 되고 싶어 하지도 않을 테고요."

"음, 이제 샐리는 죽고 아내도 떠났지. 다행히 아이들은 그만하면 다 컸어. 그러니 내게 남은 건…… 이게 전부야." 내티는 방 안을 둘러보며 마지막 말을 덧붙였다.

"이 사건이 마무리되면, 내티, 난 떠날 겁니다. 여긴 전부 당신 거예요."

내티는 끙 소리에 이어 공허한 웃음소리를 토해냈다. "요즘 들어 점점 깨닫고 있는 건데, 내 인생에서 가장 큰 문제는 자네가 아니었어, 데커."

"그럼 그것들을 똑바로 마주하고 해결하려고 노력해야죠. 그만큼 살았으면 볼 꼴 못 볼 꼴 숱하게 봤을 거 아니에요. 인생은 절대 완벽하지 않고, 가진 것을 최고로 활용하는 수밖에 없어요. 자기연민에 빠져 허우적대든가, 극복하고 일어서든가 둘 중 하나죠. 극복하고 일어서는 걸 선택하지 그래요? 지금 당장. 그리고 내가 샐리에 관해 물어본 걸 제대로 좀 생각해봐요. 뭔가 샐리를 신경 쓰이게 만드는 게 있었나요?"

내티는 의심스러운 눈길로 데커를 보았다. "왜 계속 그걸 묻는 거지? 뭔가 알아낸 거라도 있어……?"

"샐리의 머리카락은 불그스름했어요."

"그건 나도 알아." 내티가 어리둥절한 표정으로 말했다.

"샐리가 가발을 쓴 적이 있나요?"

"가발? 뭐, 농담하는 거야?"

"아뇨. 금발 가발요. 단발."

"아닌데, 왜? 가발을 뭐하러 써? 요즘 여자들이 가발을 쓰긴 해?"

"나도 모르죠. 어쩌면 쓰는 사람이 있을지도."

"음, 샐리는 아니야. 적어도 난 본 적이 없어. 샐리의 머리카락이 얼마나 예뻤는데. 왜 나한테 그런 걸 묻는 건데? 가발이라도 찾은 거야?"

"벽장에서요."

"자네가 샐리의 벽장은 왜 뒤졌는데?"

"사실은 랭커스터가 발견했어요. 우린 살인 동기를 찾아서 샐리의 집을 수색하고 있었거든요."

"하지만 과녁은 자네였잖아, 샐리가 아니고!"

데커는 고개를 저었다. "카츠를 쏜 남자는 브리머를 쏜 자와 동일 인물이었어요. 그리고 바로 전에 놈이 훈련된 저격수라는 게 밝혀졌죠. 놈은 나를 1킬로미터 떨어진 곳에서도 명중시킬 수 있는 레이저 조준경이 있었어요. 놈이 그 20분의 1밖에 안 되는 거리에서 날 놓쳤다는 건 전혀 말이 안 돼요. 날 봐요, 내티. 내 덩치는 헛간만 하다고요, 젠장. 나 정도는 **당신** 권총으로도 맞힐 수 있었어요."

내티는 의자에 풀썩 주저앉았다. “하지만 어떤 망할 놈이 샐리를 죽이려 하겠어? 샐리는…… 샐리는 좋은 사람이었어. 적 같은 건 없었다고.”

“당신이 아는 한은 그랬겠죠.”

내티는 데커에게 날카로운 시선을 보냈다. “그리고 그 가발이 이 일과 무슨 상관이 있지?”

“그 가발은 수전 리처즈의 머리 모양과 정확히 일치하거든요.”

내티가 그 말을 처리하기까지는 시간이 좀 걸렸다. “잠깐 기다려 봐. 그러니까 자네 말은…….”

“브리머가 리처즈로 변장하려고 가발을 썼느냐고요? 네, 내 생각은 그래요. 그리고 아마 그 여행가방에는 리처즈의 시신이 들어 있었을 겁니다. 모든 건 리처즈의 이웃 사람에게 보여주기 위한 쇼였죠. 리처즈가 도망쳤다고, 그리고 나서 자살했다고 우리를 오해하게 만들기 위한.”

“자네 말은 그럼 샐리가 리처즈를 죽였다는 거야? 말도 안 돼, 젠장. 난 살인자라면 수도 없이 봤어, 데커. 자네도 그랬고. 샐리는 파리 한 마리도 못 죽일 사람이야.”

“샐리가 리처즈를 죽였다고는 생각지 않아요. 심지어 그 가방에 뭐가 들었는지조차 몰랐을 수도 있죠. 특히 가방이 잠겨 있었다면요. 하지만 난 누군가가 샐리를 협박해 리처즈로 변장하고 리처즈의 차에 그 가방을 싣고 떠나게 만들었다고 생각합니다. 그 후 다른 자들이 그 여행가방을 넘겨받아 우리가 발견한 곳에 시신을 놔뒀겠죠.”

“샐리가 왜 그런 일에 가담하는데?”

“누군가가 협박을 했겠죠.”

"무엇 때문에?"

"추측해봐요, 내티."

내티의 얼굴 위로 깨달음의 빛이 번져갔다. "우리…… 관계?"

"누군가가 샐리에게 시킨 대로 하지 않으면 당신 아내한테 진실을 폭로하겠다고 협박했을 거라 봅니다. 그렇지 않으면, 샐리의 경력은 끝장날 거라고. 리처즈가 죽었다거나 가방 안에 있다는 말은 굳이 할 필요가 없었겠죠. 샐리는 그냥 차를 몰고 떠나기만 하면 되니까." 데커는 말을 멈췄다가 다시 이었다. "자, 그게 내가 혹시 샐리가 이상하게 굴지는 않았는지 궁금해하는 이유입니다."

"하지만 샐리는 리처즈가 발견되기 **전에** 죽었어."

"하지만 샐리는 리처즈가 죽었다는 걸 이미 알고 있었을지도 모르죠."

내티가 이 모든 상황을 이해하기까지는 잠시 시간이 걸렸다. 이윽고 내면의 형사 본능이 깨어난 듯, 내티의 몸이 앞으로 확 쏠렸다.

"난 그냥 샐리가 우리 관계 때문에 불안해하는 줄만 알았어. 하지만 어느 날, 그러니까 리처즈가 실종된 직후 샐리의 집에서 술을 마시고 있었는데……."

데커가 앞으로 몸을 기울였다. "있었는데?"

"샐리가 리처즈의 실종에 관해 어떻게 생각하느냐고 묻더군. 난 호킨스를 죽이고 도망쳤을지도 모른다고 했고."

"그 말에 대한 샐리의 반응은 어땠죠?"

"솔직히 말하면 납득한 것 같지 않았어. 사실 난 그걸 눈치채고 다른 생각이 있느냐고 물어봤지."

"뭐라던가요?"

"샐리는…… 샐리는 이따금씩 사람들이 상황을 반대로 본다고 하더군. 마치 거울을 보는 식으로. 심지어 예를 들기도 했지. 오른손을 들고 거울을 보면 머리가 착각을 일으켜서……."

"왼손을 든 것처럼 느끼게 되죠." 데커가 대신 말을 끝맺었다.

내티가 고개를 끄덕이며 물었다. "그게 무슨 뜻으로 한 말 같아?"

데커는 대답하지 않았다.

하지만 죽은 여자의 말이 정확히 무슨 뜻이었을지 짚이는 바가 있었다.

0 0062

데커는 레지던스 인의 자기 방 침대에 데이비드 카츠가 15년 전 설립한 아메리칸 그릴의 설계도면 전체를 펼쳐놓았다. 설계도는 그냥 정상적인 식당 건설용 설계도 같아 보였지만, 도면에 적힌 건축가는 데커가 모르는 이름이었고, 기업의 소재지는 미국 외 지역으로 되어 있었다.

랭커스터에게 전화를 걸었다. 랭커스터는 마침 집에 있었고, 데커는 얼을 바꿔달라고 했다.

"무슨 일이에요, 에이머스?" 전화를 받은 얼이 물었다.

"건축 관련해서 물어보고 싶은 게 있어서요."

얼은 개인적인 질문이 아니라는 데 안도한 눈치였다. "좋아요, 뭐든 물어봐요."

"아메리칸 그릴 공사를 기억해요?"

"카츠의 식당요?"

"맞아요."

"네. 그러니까, 내가 맡은 공사는 아니었지만, 그게 올라가던 기억은 나요."

"그 일을 따내려고 했었나요?"

"당시 난 종합건설 면허를 따기 전이었어요. 하지만 마감목수 일이 있었죠. 인테리어 작업을 좀 따내려고 입찰을 넣었어요. 하지만 떨어졌죠."

"종합건설 담당자가 누구였는지 알아요?"

"당신이 그 이야기를 꺼내다니, 재미있네요. 그건 나도 모르고 아무도 몰랐어요. 왜냐하면 카츠는 벌링턴에 있는 회사를 이용하지 않았거든요. 젠장, 아마 미국 회사도 아니었을걸요."

"혹시 건설 노동자도 그럽니까?"

"네. 내가 아는 이 지역 사람은 아무도 그 공사에 참여하지 않았어요."

"왜 그런 식으로 했을까요? 그러면 돈이 더 들지 않나요?"

"음, 그렇게 생각하는 게 보통이죠. 그런 식으로 외지 사람들을 들여오면 먹을 것과 살 곳을 제공해야 하니까요. 이곳 사람들은 밤이 되면 그냥 집에 가면 되는데. 그러니까 돈을 더 줘야 하죠."

"당시 이곳에 인력이 부족했나요? 주 밖에서 사람을 **데려와야 할 만한** 이유가 있었나요?"

"무슨……. 아뇨. 내가 기억하는 한 당시는 가장 일이 없는 시기에 속했어요. 다들 일거리를 찾아 헤매고 있었죠. 심지어 난 목수 일을 퇴짜 맞고도 뭔가 다른 할 만한 일이 없나 싶어서 카츠의 사무실까지 찾아갔었는데요. 우린 아직 신혼이었지만 아이를 가지고 싶었어요. 그리고 난 사업 발판을 좀 다지고 싶었고요. 데이비드 카츠가 벌링턴에 돈과 야심을 잔뜩 불어넣은 터라, 난 거기 합승하고 싶어서 엉덩이가 들썩거렸죠."

"카츠와 만났을 때는 무슨 일이 있었나요?"

"실은 직접 만나지 못했어요. 부하직원을 만났죠. 이름은 잊었어요. 그리 정중하지 않은 말투로 카츠 씨는 자기 사람들이 있다고 하더군요. 흠, 그 말을 들으니 좀 열이 받더라고요. 내 말은, 자기 사람들을 쓸 거면 뭐하러 지역 사람들한테 제안서를 받습니까?"

"그 남자가 뭐라고 하던가요?"

"미리 말해두는데, 데커, 난 그다지 샌님과는 아니에요. 덩치와 힘 가지고는 나름 어디 가서 지지 않는데, 그 남자는 눈빛만으로도 날 겁먹게 했어요."

"그 남자의 인상착의를 말해줄 수 있나요? 너무 옛날 얘긴 건 알지만."

"네, 말해줄게요. 꽤 깊은 인상을 남겼거든요. 키와 체중은 대략 나와 맞먹었어요. 머리카락과 눈동자는 검었고...... 그리고 차별주의자처럼 들리고 싶지는 않지만...... 그게, 그 친구는 그냥 미국인처럼 보이지 않았어요. 적어도 내가 보기엔요."

"외국어 억양이 있었나요?"

"내가 느끼기엔 없었어요. 하지만 난 그런 면에서 좀 둔감한 편이긴 해요."

"그래서 그냥 거길 떠났나요?"

"안 그러면 어쩌겠어요? 그 남자를 협박해서 억지로 날 쓰게 만들 수 있는 것도 아니고."

"그래서 공사 전체가 타지 사람들로 이루어졌다는 건가요?"

"내가 아는 한은요. 아니, 방금 한 말은 취소할게요. 굴착 작업은 프레드 파머가 맡았는데, 여기 사람이에요."

"굴착요?"

"네, 지반을 파는 것 같은. 중장비가 필요한 작업이죠. 중장비까지 타지에서 들여오기는 힘들었던 모양이에요."

"파머는 아직 여기 있나요?"

"아, 그럼요. 나한테 번호가 있어요. 나랑도 같이 일하거든요. 좋은 분이죠. 작업 솜씨는 일류고요." 얼은 연락처 정보를 주었다.

"고마워요. 아메리칸 그릴 공사가 진행되던 걸 기억해요?"

"네, 이따금씩 차로 그 앞을 지나다녔죠."

"뭔가 심상찮다고 느껴지는 게 있었나요?"

"음, 높은 담을 치고 주변에 경비를 세웠더군요."

"공사 현장에서 드문 일은 아니지 않나요? 그러니까, 사람들이 들어와서 장비랑 자재를 훔쳐가지 못하도록 흔히 그렇게 하잖아요."

"네, 하지만 첫날부터 그랬어요. 현장에 무슨 자재 같은 게 있기 전부터요. 그리고 솔직히 누가 10톤짜리 장비를 훔쳐서 그걸 끌고 간다는 것도 말이 안 되잖아요." 얼이 잠깐 말을 멈췄다. "그리고 죄다 방수포질을 해놨었어요."

"무슨 말이죠?"

"전부 다 덮어놨다고요."

"아무도 들여다볼 수 없게요?"

"맞아요. 이상하다는 생각이 들었죠."

그 지점에서 메리 랭커스터가 남편에게서 휴대폰을 낚아챘다. "아메리칸 그릴에 무슨 관심이 그렇게 많아?"

"그냥 설이 하나 있어서."

"네 설이 뭔데?"

"아직 만들어가는 단계야. 하지만 우리가 실수를 저지른 것 같아."

"무슨 실수?"

"우리 조사의 시작 지점을 살인 사건으로 잡은 거."

"달리 어디서 시작했어야 하는데?"

"데이비드 카츠가 왜 하필이면 오하이오 주 벌링턴에 왔는가, 혹은 다른 누군가가 카츠를 왜 이곳으로 보냈는가."

0063

70대의 프레드 파머는 대머리였고 과체중에 피부는 불그스름했지만 표정은 시종일관 유쾌했다. 파머의 사무실에 있는 것은 창 하나, 책걸상 한 세트, 그리고 책상을 마주 보는 의자 두 개가 전부였다. 벽에 그림을 걸어놓지도, 바닥에 카펫을 깔아놓지도 않았다.

파머는 맞은편에 앉아 조바심치고 있는 데커와 랭커스터가 보이지도 않는지 책상 위에 놓인 파일의 페이지를 느긋하게 넘기고 있었다.

"이 분야에서 일한 지가 거의 45년 가까이 됐지요." 파머가 말했다.

"맞아요, 그 얘긴 들었습니다. 찾으시던 건 이제 찾으셨나요?" 랭커스터가 물었다.

"그래요, 여기 있네요. 그럴 줄 알았지. 아메리칸 그릴. 난 거기서 안 먹어요. 위산 역류가 있어서. 거기서 파는 건 전부 역류를 일으키거든."

"그리고 공사는요? 제 남편 말로는, 선생님이 거기서 일하셨다던데요."

"얼, 참 사람 좋은 친구지. 멋진 친구. 부인은 운이 좋아요. 그런 남자를 차지하다니."

"네, 무척요. 파일은요? 찾았다고 하셨죠?"

파머는 두꺼운 엄지를 페이지 한중간에 찔러 넣었다. "중장비 임대."

"**임대**요?" 데커가 물었다. "작업을 직접 하진 않으셨고요?"

"그래요, **임대**가 원래 그런 뜻이지." 파머는 껄껄 웃고는 랭커스터에게 우스꽝스러운 표정을 지어 보였다. "저 친구는 아무래도 공사에 관해 쥐뿔도 모르는 모양이네요."

"어떤 종류의 장비였죠?" 데커가 물었다.

"발굴, 덤프트럭, 정면 적재기, 불도저. 몽땅 다요." 파머가 파일을 손가락으로 두드리며 대답했다.

"임대 기간은 어느 정도였나요?"

파머는 페이지를 훑어보았다. "여기 2주라고 돼 있네요."

"평소 그런 식으로 장비를 빌려주십니까, 아니면 작업도 직접 하시는 게 보통인가요?"

파머는 뒤로 기대앉아 파일을 덮었다. "물론 우린 직접 작업하는 걸 좋아하죠. 하지만 그 공사는 좀 이상했어요."

"왜 그런 말씀을 하시죠?" 데커가 물었다.

"이 카츠란 친구, 이름이 대런이었나요?"

"데이비드요." 데커가 바로잡아주었다.

"맞아요, 데이비드 카츠. 아시겠지만 그 후 살해당했죠."

"네, 잘 알고 계시네요." 랭커스터가 눈알을 굴리고 싶은 것을 간신히 참으며 대꾸했다.

"아, 그래요. 살해당했지. 다른 사람들 몇 명이랑 같이. 어쨌든,

그 친구는 벌링턴에 와서 대출을 받아 그 식당을 짓고 싶어 했어요. 그거야 좋은 일이지. 이곳엔 그 친구를 위해 일해줄 수 있는 사람들이 수두룩했으니까."

"하지만 그 남자는 타지 사람들을 데려다 일을 맡겼죠." 데커가 말했다. "저희도 알고 있습니다."

"그리고 온 사방에 방수포를 덮고 건설 현장 주위에 삼엄한 경비를 세웠죠." 랭커스터가 덧붙였다.

"참 **별일도 다 있지.** 난 일을 따내려 했지만 거절당했어요. 당시 우린 가장 큰 팀이었어요. 지금도 여전히 그렇지만. 그래서 좀 놀라긴 했지만 뭐, 그 사람 돈이었으니까요."

"그거 말고 달리 이상하다고 느끼신 점은 없었나요?" 랭커스터가 물었다.

"음, 있었어요." 파머가 파일을 두드렸다. "이거였죠."

랭커스터가 어리둥절한 표정을 지었다. "무슨 말씀이신지 모르겠네요."

"내 말은, 그냥 식당 지반을 파는 데 뭐하러 그 모든 중장비를 임대하죠? 도대체 굴착 작업을 얼마나 하겠다고? 그런 프로젝트들은 대부분 굴착 작업이 전혀 필요 없거든요. 그냥 토지를 감정하고, 토대를 놓고, 그 위에 건물을 세우면 끝인데. 망할, 나한테서 빌려간 장비로는 중국까지 파내려 가고도 남았어요." 파머가 껄껄 웃었다. "중국이라고, 알겠어요?"

"혹시 왜 그렇게 많은 중장비를 빌려갔는지 그쪽에 물어보신 적이 있나요?" 데커가 물었다.

파머는 입을 쩍 벌리고 데커를 보았다. "뭐, 진심으로 묻는 겁니까? 당연히 아니죠. 어차피 내 수입인데. 나한테 돈만 주는 한, 그 친구가 뭘 하든 내 알 바 아니죠. 그리고 난 돈을 받았고. 그건 그렇고 공사는 보통 걸리는 것보다 더 오래 걸렸어요. 그것 때문에 추가 비용을 받았죠. 언젠가 한번은 그 앞을 차로 지나가다가 공사가 도대체 언제쯤이나 마무리될지 궁금했던 기억이 나네요."

"왜 그 공사에 시간이 더 걸렸을 것 같으세요?" 랭커스터가 물었다.

"그야 모르죠. 내가 아는 건 그저 시간이 더 걸렸다는 것뿐입니다." 파머가 껄껄 웃었다. "그리고 한 가지는 확실히 기억해요."

"뭐죠?"

"반납된 장비는 모두 세척돼 있었어요. 티 한 점 없이 깨끗하게. 내 기억엔 그런 적이 한 번도 없었거든요. 대부분의 경우 아주 개차반 상태로 돌아와서 우리가 세척을 해야 하죠. 하지만 그때는 달랐어요. 거기다 음식을 담아 먹을 수도 있었을 겁니다." 파머가 진심으로 껄껄 웃었다. "내 점심식사를 그 위에서 할 수도 있었다고. 알겠어요?"

"네." 데커가 말했다. "알겠습니다."

*

파머의 사무실을 나선 후 랭커스터가 데커를 올려다보았다. "우리가 방금 알게 된 게 뭐지?"

"데이비드 카츠가 한 게 명백히 벌링턴의 역사상 가장 괴상한 공사 프로젝트였다는 사실이지."

"그게 우리한테 뭘 말해주는데?"

"우리가 데이비드 카츠라는 인간의 진짜 정체를 알아낼 때라는 것."

두 사람이 거리를 걸어가는데 지나가던 차 한 대가 멈춰 섰다.

창이 내려갔다.

"에이머스 데커?"

데커는 값비싼 차를 건너다보았다. 운전석에 앉아 있는 남자는 덩컨 막스였다.

"막스 씨, 안녕하십니까?"

"음, 나야 안녕하지만, 자네는 아주 멋져 보이는군. 지난번 봤을 때하고는 많이 달라 보여."

"네, 상황이 저에게 좋은 쪽으로 돌아가고 있죠."

"자네가 벌링턴에 돌아왔다고 들었네."

"네, 당분간은요."

"난 자네가 내 딸을 위해 해준 일에 대해 항상 고마워하고 있어."

"따님이 잘 지내고 있었으면 좋겠네요."

"사실은 그래. 제니가 마침내 정신을 차린 것 같아."

"그 말씀을 들으니 반갑네요."

"맙소사, 레이철 카츠가 어떻게 됐는지 들었어. 끔찍하더군. 괜찮을까?"

"그러기를 빌어야죠." 랭커스터가 말했다.

"우린 프로젝트 몇 개를 함께했지. 그 여자는 뛰어난 사업가야. 무척 영리하지."

데커는 천천히 고개를 끄덕였다. "저희가 카츠에 관해 몇 가지 여쭤봐도 괜찮을까요? 누가 카츠를 살해하려 했는지 조사 중이라서요. 막스 씨가 저희한테 도움을 주실 수 있을지도 모릅니다."

"그럼. 당연하지. 오늘 밤 우리 집으로 식사하러 오게." 그렇게 대답한 막스는 랭커스터를 보고 덧붙였다. "여기 친구분도 모셔오시고."

"그렇게 폐를 끼칠 순 없죠." 데커가 말했다.

"아니, 폐는 무슨. 제니를 도와준 자네한테 그 정도도 못 할까. 한 7시쯤 어떤가?"

데커가 고개를 끄덕이자 막스는 차를 몰아 떠났다.

랭커스터는 데커를 건너다보며 말했다. "재미있는 자리가 될 것 같은데."

"재미 이상의 뭔가를 얻어낼 수 있길 빌어보자고."

0 0064

데커와 마스는 여자를 내려다보았다. 튜브와 모니터 선이 여자를 휘감고 있어서 그 의료 장비 아래에 살아 있는 사람이 있다는 걸 알아보기조차 어려울 지경이었다.

하지만 그건 레이철 카츠였다. 아직 살아 있었다. 그리고 아직 위중하지만 안정적이었다.

"의사들이 뭐래요?" 데커가 물었다.

"언젠가는 깨어날 거래요. 다만 그게 언제인지를 모를 뿐."

"당신은 그동안 내내 여길 지키고 있었죠. 카츠가 한 번이라도 정신이 든 적이 있었나요? 무슨 소리를 냈다거나, 잠꼬대를 했다거나?"

"아뇨, 그런 적은 전혀 없었어요."

"당신은 좀 쉬어야 해요, 멜빈. 카츠는 살뜰한 보살핌을 받고 있어요. 그리고 경호도 잘 받고 있고요."

"난 모르겠어요, 데커." 마스가 못 미더워하는 투로 대꾸했다.

"난 **확실히** 알아요. 그리고 오늘 밤 나랑 같이 가줬으면 하는 곳이 좀 있어요."

"어디요?"

"덩컨 막스의 집이요. 그 사람이 나와 랭커스터를 저녁식사에 초대했어요. 아마 당신이 같이 가도 개의치 않을 겁니다. 그 사람이 오늘 레이철에 관해 물어봤어요."

"좋아요. 하지만 왜 그 남자와 저녁식사를 하려는 건데요?"

"왜냐하면 그 남자가 카츠와 사업을 몇 번 같이 했거든요. 그리고 난 이곳 역사에 관해 더 알아야 하고요."

"좋아요. 당신 생각에 그게 도움이 될 것 같으면요."

"지금은 지푸라기라도 잡아야 하는 상황이에요, 멜빈."

*

일행은 데커의 차를 타고 길고 굽이진 길을 달려 막스의 집으로 갔다. 아니, 막스의 장원이라고 하는 편이 좀 더 적절할까. 데커는 대저택 정면의 돌바닥으로 된 주차 전용 뜰에 차를 세웠다.

벌링턴 방향을 바라본 데커의 시야에 아래쪽에서 깜빡거리는 벌링턴 시내의 불빛이 들어왔다. 막스의 집은 꽤 좋은 전망을 자랑했다.

차에서 내리자 랭커스터는 괜히 신경 쓰이는 듯 드레스 자락을 끌어내리고 삐져나온 머리카락 몇 가닥을 제자리에 집어넣었다. "옷장을 다 뒤져봐도 어쩜 이런 자리에 입고 갈 만한 옷이 단 한 벌도 없지 뭐야." 프랑스나 이탈리아의 시골에나 있어야 할 법한, 돌과 치장 벽토로 이루어진 대저택을 올려다보며 랭커스터가 말했다. “그리고 머리할 시간도 없었고.”

데커가 말했다. “좋아 보여.”

“남자들하고는 달라, 데커.” 랭커스터의 말투에는 짜증이 묻어났다.

“총만 가지고 왔으면 충분해.” 데커가 말했다.

“농담이길 바랄게.” 랭커스터가 씩 웃으며 대꾸했다.

데커는 마주 웃지 않았다.

데커는 30년쯤 전에는 새것처럼 보였을 코듀로이 재킷에 면바지 차림이었다. 셔츠는 가진 것 중 그나마 가장 깨끗한 것으로 골라 입었다.

반면 흰색 버튼 셔츠와 정장 바지 위에 맞춤 재단한 울 재킷을 받쳐 입고 주머니에는 손수건까지 꽂은 마스의 모습은 눈이 부실 지경이었다.

“당신은 〈GQ〉에 실려도 될 것 같네요.” 랭커스터가 마스에게 말했다.

“고맙습니다. 20년간 옷 한 벌로 버텼거든요. 위아래가 붙은 흰색 교도소복. 그래서 난 이런 변화를 좋아해요.”

거대한 이중 앞문 앞으로 가서 데커가 초인종을 눌렀다. 잠시 후 집사 제복을 입은 남자가 문을 열어주고 일행을 서재로 안내했다. 집사는 막스와 다른 손님들이 그곳에 모여서 저녁식사 전 칵테일을 즐기고 있다고 알려주었다.

서재라지만 막상 책은 별로 없었다. 벽난로에서 불이 이글대며 타오르고 아마도 맞춤 제작한 듯 보이는 푹신한 소파와 의자들로 가득한, 나무 패널로 길게 둘러쳐진 방이었다.

막스는 벽난로 근처에서 손에 술잔을 들고 서 있었고, 그 주위로 다른 남자 두 명과 여자 세 명이 모여 있었다. 데커는 막스의 딸인 제니를 알아보았다. 큰 키에 금발의 20대로, 데커가 생각하기에 그다지 영리한 편은 아니었다. 제니는 이미 대다수 사람들의 평생에 걸친 것보다 더 많은 연애 경력을 가지고 있었다. 다만 문제는, 그 남자들이 모두 제니보다는 아버지의 돈을 훨씬 더 많이 사랑했다는 거였다.

그때 제니가 데커를 바라보았고, 데커는 그 눈빛에서 불쾌감을 포착했다. 아마도 자신과 자신의 실패한 연애사에 관해 데커가 필요 이상으로 너무 많이 알고 있는 탓이리라. 제니는 덩컨 막스가 한참 연하인 두 번째 아내와의 사이에서 얻은 딸이지만, 그 여자는 제니가 겨우 세 살일 때 그만하면 됐다는 듯 훌쩍 떠나버렸다. 막스가 딸을 혼자 키웠다는 사실만큼은 인정해줘야 할 것이다. 하지만 데커는 막스가 딸에게 응당 줘야 할 것보다 지나치게 많은 걸 줬다고, 그럼으로써 딸이 품을 수도 있었을 야심의 싹을 잘라버렸다고 생각했다.

"데커." 막스가 손을 흔들며 불렀다.

"이쪽은 제 친구 멜빈 마스입니다." 데커가 말했다. "전에 이미 만나셨죠. 같이 와도 개의치 않으실 거라 생각했습니다."

"맞아요, 맞아. 레이철과 함께 있었지." 막스는 서글프게 고개를 저었다. "너무나 비극적인 일입니다. 지금 잘 버티고 있어야 할 텐데."

"굳건히 버티고 있습니다." 마스가 대꾸했다. "제가 병원에 같이 있었는데 긍정적인 상황이에요."

"좋아요, 좋아." 막스가 자기 무리의 다른 사람들을 향해 손을 흔들었다. "데커, 내 딸 제니와는 이미 구면일 테고."

제니 막스가 데커를 향해 살짝 고개를 끄덕였다.

"그리고 이쪽은 내 사업상의 지인들일세."

데커는 소수의 남자들과 여자들을 눈으로 훑었다. 다들 눈빛이 날카롭고 부유해 보였으며 자기들 앞에 있는 데커의 존재와 모습에 별 감흥이 없는 눈치였다. 호리호리한 몸매를 값비싼 옷으로 치장하고 치렁치렁한 귀고리와 목걸이를 한 여자들은 수수한 차림의 랭커스터를 무시하는 눈빛으로 보고 있었다. 개중 하나가 친구에게 몸을 가까이 기울여 뭐라고 말하자 친구가 웃음을 지었다.

데커는 랭커스터가 재킷을 더 단단히 여미는 걸 보았다.

세 사람은 음료를 제공받고 벽난로에 더 가까이 모였다. 굴뚝으로 불어 내려오는 바람이 휘파람 소리를 냈다.

"맙소사, 오하이오 주의 겨울이 또 시작됐군." 막스가 껄껄 웃었다. "뼛속까지 시리지."

"아빠, 아빠는 팜비치나 팜스프링스에서 겨울을 보낼 수도 있잖아요." 딸이 말했다.

"음, 하긴 **이곳의** 겨울이라면 이제 겪을 만큼 겪었지." 막스가 웃음을 지으며 대꾸했다. "자네는 팜비치에 가본 적이 있나, 데커?" 막스가 물었다.

"아뇨, 한 번도 없습니다."

"아름다운 곳이지."

"돈이 잔뜩 있으면요." 제니가 말했다.

아버지가 말했다. "아니, 거긴 심지어 돈이 없어도 아름다워. 경치와 날씨는 공짜거든. 하지만 돈이 있으면 훨씬 재미있어지는 건 사실이지. 그건 인정하마." 그러고는 데커를 돌아보며 물었다. "자, 레이철이 어쩌다 그렇게 된 건지 자네는 뭐 좀 짚이는 게 있나? 그러니까 도대체 어떤 역겨운 자식이 그런 짓을 했는지 말일세."

"그 짓을 한 역겨운 자식은 **이미 잡았습니다.**" 데커가 랭커스터를 가리키며 말을 이었다. "제가 그 자식한테 죽을 뻔한 순간, 여기 있는 제 파트너가 엄청난 개인적 불이익을 감수하고 그 자식에게 총알을 박은 덕분이죠."

그러자 다른 여자들이 랭커스터를 보는 눈빛이 확 달라졌다. 앞서 랭커스터를 조롱하는 농담을 했던 듯한 여자는 낯빛이 핼쑥해져서 한 걸음 뒤로 물러났다. 형사를 보는 눈길엔 존경심이 어려 있었다.

"**그거** 대단하군." 막스가 말했다. "내가 누군가를 **죽인 건** 부동산 사업에서뿐이었는데." 막스는 농담기를 전혀 찾아볼 수 없는 말투로 그렇게 말했다. 그리고 랭커스터를 향해 잔을 들어올렸다. "당신의 무용에 감사드립니다, 랭커스터 형사님."

다른 사람들도 따라했다. 랭커스터는 얼굴을 붉히며 웃음을 짓고는 자신의 진앤토닉을 한 모금 홀짝였다.

데커는 말을 이었다. "우린 그게 청부살인이었다고 믿습니다."

막스가 탄성을 내뱉었다. "청부살인! 도대체 누가 레이철을 죽이고 싶어 했을까?"

"저도 모르죠." 데커는 주위를 둘러보고는 물었다. "당신은 카츠 씨와 사업을 하셨죠. 그분에게 혹시 적이 있었습니까?" 데커의 눈길을 받은 사람들은 차례로 천천히 고개를 저었다.

"난 확실히 레이철과 사업을 같이 했었지, 데커." 막스가 말했다. "비록 이제 더는 같이 하는 일이 거의 없지만. 레이철은 나름의 물주들이 있어서 정말이지 나 같은 사람이 필요 없거든. 내가 레이철에 관해 전부 다 안다고는 못 하겠네. 하지만 적이 있을 거라는 생각은 한 번도 해보지 못했어. 그야 레이철의 남편한테 일어난 일은 나도 알지만, 그건 아주 오래전 일이야. 그리고 내 기억이 맞다면 그 친구는 그저 잘못된 때에 잘못된 장소에 있었을 뿐이고."

그때 집사가 들어와 저녁식사 준비가 끝났다고 알렸다.

다 같이 식당으로 가는 길에 막스는 데커에게 씩 웃으며 이렇게 말했다. "나도 알고 있네. 집사니 뭐니 하는 게 영국 흉내를 내는 것처럼 보이겠지. 아마 좀 바보 같아 보일 거야. 하지만 젠장, 알게 뭔가. 내 마음에 들면 그만이지."

길쭉한 식당에 도착한 막스는 데커를 자기 옆에 앉히고, 마스는 다른 두 여자 사이에, 그리고 랭커스터는 다른 두 남자 사이에 앉혔다. 제니의 자리는 데커의 맞은편이었고, 막스의 자리는 식탁 상석이었다.

식사 도중에 데커가 물었다. "데이비드 카츠에 관해 알고 계셨던 걸 말씀해주시겠습니까?"

"데이비드?" 막스가 냅킨으로 입을 문지르며 되물었다. "음, 그 친구는 20년 전에 이곳에 왔지. 젊고 영리하고 악마같이 야심에 차 있더군."

"여기 오기 전에 이미 뭔가로 돈을 벌었다고 들었는데요."

"맞아. 나도 그렇게 들었네."

막스는 스테이크를 한 조각 잘라 우물거렸다.

"그 사람이 정확히 무슨 일로 돈을 벌었는지 아십니까?" 데커가 물었다.

"잘은 모르지. 내 생각엔 아마 주식이나 채권일 것 같은데, 정확히 뭐라고는 못 하겠네."

그러는 동안, 마스 옆에 앉은 여자들은 마스에게 질문을 퍼붓고 있었다.

"운동선수 같아 보여요." 마스 왼편에 앉은 갈색 머리 여자가 말했다. "프로팀에 있었나요?"

"대학 미식축구를 좀 했죠. NFL에서 뛰고 싶었는데, 결국 못 갔어요."

"지금이라도 뛸 수 있을 것 같아 보이는데요."

"그건 잘 모르겠네요. 그 친구들은 내가 뛰던 시절보다 훨씬 커지고 훨씬 빨라졌거든요."

오른쪽에 앉은 여자가 데커를 가리키며 말했다. "저분하고는 어떻게 아세요?"

"저 친구가 전에 제 목숨을 구해줬죠."

"저분은 형사라고 그러지 않았어요?" 여자가 물었다.

"최고의 형사죠."

"형사처럼 보이지 않아요."

"형사는 어떻게 보여야 하는데요?"

"모르겠어요. 아마 텔레비전에서 보는 것처럼 보이겠죠."

"나라면 그 사람들을 전부 준대도 마다하고 데커를 택하겠어요."

*

랭커스터 왼편에 있는 남자는 랭커스터를 곁눈질하면서 빵을 야금야금 먹고 있었다. 랭커스터는 그 눈길을 감지하고 남자를 돌아보았다. "막스 씨하고는 오랫동안 같이 일했나요?"

"그게 중요한가요?" 남자가 되물었다. 하지만 랭커스터의 다른 쪽에 앉은 남자가 표정으로 눈치를 주자 태도를 바꿔 이렇게 대답했다. "제 말은, 음, 이제 한 15년쯤 됐죠. 모시기 편한 분이에요."

"그분을 위해 무슨 일을 하시죠?"

"기본적으로, 제게 시키시는 모든 일요." 남자는 스스로 매력 넘친다고 자신하는 듯한 미소를 지어 보였다. 그러나 랭커스터는 마주 웃지 않았다. 자기 접시로 시선을 돌려 종업원에게 포도주를 가득 따라달라고 부탁했다.

*

"데이비드 카츠한테는 웬 관심이 그렇게 많은가?" 막스가 데커에게 물었다.

"아메리칸 그릴에 가보신 적이 있습니까?"

막스가 껄껄 웃었다. "내가 갈 만한 곳은 아니지. 버거와 프라이는 이제 못 먹어. 그리고 난 맥주보다 포도주를 더 좋아하고."

데커 맞은편에 앉아 있던 제니가 끼어들었다. "누군가가 사람을 사서 레이철을 죽이려 했다고 생각한다고 하셨죠?"

데커는 고개를 끄덕이고 제니에게 초점을 맞췄다. 막스가 자세를 더 똑바로 고쳐 앉는 게 느껴졌다. "맞습니다."

"하지만 누가 무슨 목적으로 그런 짓을 하겠어요? 레이철은 절대 누구도 해칠 사람이 아닌데요."

"그분을 잘 아십니까?"

"우린 친구 사이라고 해도 될 거예요. 사실 레이철은 처신에 관해 내게 많은 걸 가르쳐줬어요. 내가 아빠 일을 돕기 시작했을 때 레이철은 이미 업계의 베테랑이었죠. 나한테는 멘토 같은 존재였어요."

"그리고 넌 아주 잘 해내고 있지." 막스가 자랑스럽게 말했다.

데커의 놀라움이 얼굴에 드러났는지, 제니가 냉소를 띠고 이렇게 말했다. "지난번 우리가 알게 된 이후 난 좀 어른이 됐답니다, 데커 형사님. 심지어 경영학 석사학위도 땄죠."

"그 말씀을 들으니 기쁘네요, 막스 씨."

"아, 그냥 제니라고 불러요. 당신은 2년 전 그 형편없는 자식한테서 날 구해줬잖아요. 그만하면 날 이름으로 부를 자격이 충분해요."

"좋아요, 제니. 카츠와 마지막으로 이야기한 게 언제였습니까?"

"아마도 일주일이나 그쯤 됐을걸요. 점심을 같이 먹었어요. 그냥 잠깐 얼굴을 보면서 그동안 어떻게 지냈는지 하는 이야기를 했죠."

"괜찮아 보였나요?"

"네, 이상한 점은 전혀 없었어요."

막스가 말했다. "무슨 일이 일어나고 있는 것 같나, 데커?"

"잘 모르겠어요. 누군가가 레이철이 죽어주길 바랐죠. 그리고 남편도 살해당했고요."

"하지만 그건 오래전 일이잖나. 그리고 그 짓을 저지른 자는 이미 잡혔고."

"아뇨, 못 잡았습니다. 한 남자가 유죄 판결을 받긴 했지만, 그 남자는 데이비드 카츠와 다른 사람들을 죽이지 않았습니다. 그리고 벌링턴으로 돌아왔다가 역시 살해당했죠."

막스가 말했다. "잠깐만, 맞아. 그 이야기를 들은 기억이 나네. 이름이 뭐라고 했지?"

"메릴 호킨스요."

"맞아. 신문에 도배됐었지. 그 옛날의 살인 사건이 아무래도 이곳에 긴 그림자를 드리우고 있는 모양이야. 그런데 자네는 이제 와서 그 남자가 무죄라는 건가?"

그 순간 제니 막스가 아버지의 말에 움찔하는 걸 눈치챈 데커가 재빨리 물었다. "뭡니까?"

"그냥 레이철이 한 말이 생각나서요."

"언제요?"

"마지막으로 만났을 때요. 사업 이야기를 하고 있었는데, 그때 그 이야기를 했어요."

"뭘요?"

"정말 이상했어요." 제니는 그걸 회상하려고 말을 멈췄다. "죄랑 **긴 그림자**가 어떻다는 둥 했었는데."

"**오래된** 죄는 긴 그림자를 던진다?" 그 대화에 귀를 쫑긋 세우고 있던 랭커스터가 끼어들었다.

제니가 손가락질을 했다. "바로 그거예요. 오래된 죄는 긴 그림자를 던진다."

랭커스터가 말했다. "뭔가 영국 탐정소설에 나올 법한 말 같네요."

데커는 막스와 눈을 마주치고 조용히 내뱉었다. "진실에는 여러 모습이 있을 수 있다."

"뭐라고?" 막스가 물었다.

"그냥, 레이철이 누군가한테 했던 말입니다. 혹시 데이비드 카츠의 배경에 관해 아시는 게 있습니까?"

"음, 어떤 사업을 같이 하자는 말이 나와서 신원조사를 해본 적이 있지. 그 친구가 살해당하는 바람에 중간에 흐지부지됐지만. 알아본 바로는 별문제가 없는 것 같았어."

"어느 정도까지 확인해보셨습니까?"

"음, 글쎄. 조지?" 막스는 랭커스터 오른편에 앉은 남자를 보았다. 자그마한 체구와 듬성듬성한 검은 머리카락, 그리고 앙상한 얼굴을 가진 남자였다.

조지가 말했다. "우린 보통 재정적인 부분을 조사하죠. 5년 전까지 거슬러 올라갑니다. 카츠 씨의 조사를 제가 맡은 건 아니지만, 그게 보통이죠."

"5년 전이라……." 데커가 혼잣말하듯 중얼거렸다.

"그 정도 기간이면 충분할 것 같나?" 막스가 물었다.

"택도 없이 모자라죠." 데커가 대꾸했다.

0065

아침 7시. 데커는 레지던스 인의 침대에 앉아 다시금 아메리칸 그릴의 설계 도면을 훑어보는 중이었다. 재미슨에게 이런저런 것들을 알아봐달라고 부탁하는 문자를 몇 통 보내놓았다. 그 문자들에도, 레이철 카츠의 공사에 자금을 대는 유령회사들에 관해 전에 물어본 건에 대해서도 아직 답은 오지 않았다. 과연 오기나 할지도 모를 일이었다.

공사 도면의 페이지를 천천히 넘기던 데커는 특정 페이지에 멈춰 더 자세히 들여다보았다. 그 후 다시 몇 페이지를 팔락팔락 넘겨 거기 담긴 내용을 연구했다. 그다음엔 또 다른 문서들을 집어 들고 거기 적힌 목록을 훑었다. 마침내, 휴대폰을 집어 들고 전화를 걸었다.

랭커스터가 받았다. "막 샤워하러 가려던 참이었어, 데커. 내가 나중에 다시 걸어도 돼? 그리고 어젯밤에 술을 너무 마셨나 봐. 머리가 쪼개질 것 같아."

"사실은 얼하고 통화하고 싶어."

"기다려."

잠시 후 얼의 목소리가 들려왔다. "무슨 일이에요, 에이머스?"

"공사에 관해 물어볼 게 더 있어서요."

"좋아요. 물어봐요."

"아메리칸 그릴의 설계 도면과 공사 자재들의 청구서를 보고 있어요."

"그렇군요."

"당신은 그곳 면적을 알죠?"

"전반적으로요. 전형적인 음식점 공간이죠."

"좀 더 설명해줘요."

"음, 그러니까 외벽 네 개로 이루어진 직사각형의 단층 건물이 기본이죠. 콘크리트블록 구조에 겉은 벽돌로 두르고, 타르와 잔자갈로 마무리한 납작한 지붕에 실외기를 올리죠."

"면적 수치는 어느 정도 되죠?"

"패스트푸드점과는 달리 느긋하게 앉아서 식사하는 식당이라, 전체 공간의 60퍼센트는 식당과 바 구역이 차지하고 40퍼센트는 주방, 준비 구역, 그리고 저장 구역이 차지하죠. 아메리칸 그릴은, 내가 짐작하기론 약 450평방미터쯤이라, 그중 대략 280평방미터는 식당과 바, 나머지는 주방, 준비 구역, 그리고 저장 구역일 겁니다. 그리고 뒤쪽에 쓰레기통 구역이 있죠. 실내에서는 고객용 좌석 하나가 약 1.5평방미터의 공간을 차지할 겁니다. 그게 업계 표준이죠. 그러면 아메리칸 그릴은 동시에 약 200명 정도의 고객을 넉넉하게 수용할 수 있어요. 아마 그게 소방법에 따른 최대 고객 수용치일 거라고 봅니다."

"알겠어요, 그 정도 면적의 업장이면 콘크리트가 얼마나 필요할까요?"

"측정한 면적만큼 쏟아부으면 되죠. 그리 많이는 안 들어요. 그런 다음 벽돌 벽을 올려야죠." 얼은 필요한 콘크리트와 블록의 추정치를 제시했다.

데커는 앞에 펼쳐져 있는 페이지에 적힌 품목들을 확인했다. "콘크리트 양은 꽤 잘 맞아요. 하지만 콘크리트 경비가 당신이 말한 것의 4배를 훌쩍 넘는다면 어떻게 되는 거죠?"

"그건 불가능한데요."

"그게 불가능하지 않을 방법을 말해줘요."

얼은 잠시 침묵에 잠겼다. "음, 그렇게 많은 콘크리트를 합리화할 유일한 방법은 건물 면적만 한 지하실을 짓는 겁니다. 그러면 확실히 더 많은 콘크리트를 쏟아부어야 하겠죠. 하지만 식당이면 바닥만 있으면 되지 건물 면적만 한 지하실이 왜 필요하죠? 저장 공간이 그렇게 많이 필요할 리도 없을 텐데요."

"좋은 질문이에요." 데커가 말했다. "내가 그 답을 알아낼 수 있다면 좋겠네요."

데커는 얼에게 고맙다고 인사하고 메리가 샤워를 마치면 다시 전화 달라고 한 후 전화를 끊고 도면을 내려다보았다.

알고 보니 아메리칸 그릴은 전에 생각한 것보다 훨씬 흥미로운 곳이었다.

건물 면적만 한 지하실이 도대체 무엇 때문에 필요하지?

그 **무엇**은 어쩌면 데이비드 카츠가 아메리칸 그릴을 지은 이유를, 그리고 레이철 카츠가 그 오랜 세월 동안 그곳을 유지한 이유를 설명해줄지도 모른다.

데커는 노트북을 열고 '윌리엄 페이튼'이라는 이름을 입력한 후 조건 검색어로 '아메리칸 그릴'을 추가했다. 하지만 그 식당의 오랜 매니저와 조금이라도 관련된 검색 결과는 전혀 나오지 않았다.

휴대폰을 꺼내어 대니얼이라는 이름의 남자를 포함해 자신이 찍은 견습 웨이터들의 사진을 불러왔다. 절대 오래 머물지 않는 견습생들. 그 후 부엌에서 자신을 지켜보고 있던 남자의 기억을 떠올렸다. 확실히 그 표정에는 의혹이 깃들어 있었다.

데커는 다시 건축 도면에 눈길을 꽂고 얼 랭커스터의 말에 집중했다.

그렇게 많은 콘크리트를 합리화할 유일한 방법은 건물 면적만 한 지하실을 짓는 겁니다.

하지만 얼은 또한 데이비드 카츠가 뭐하러 시간과 수고와 비용을 들여가며 필요하지도 않을 저장 구역을 추가로 지었겠느냐고도 했다. 그리고 지하실이 있다면, 그건 어떻게 해서든 접근 가능해야 했다. 저 아래 어딘가에 문이 있을 것이다. 그리고 계단이. 그 아래에는 뭐가 있을까?

메리 랭커스터가 전화를 걸어온 것은 그로부터 20분이 지난 후였다.

"무슨 샤워를 그렇게 오래 해." 데커는 꿍얼거렸다.

"옷을 입고 머리도 말려야지. 거기다 난 지금 망할 놈의 숙취 때문에 돌아가실 지경이라고." 랭커스터가 쏘아붙였다. "무슨 질문을 했는지 얼한테 들었어. 그게 다 무슨 의미가 있는 거야?"

"난 아메리칸 그릴 밑에 다른 공간이 있다고 생각해."

"도대체 왜?"

"전혀 모르겠어. 하지만 얼은 그토록 많은 콘크리트를 써야 할 만한 다른 이유를 달리 떠올리지 못했어. 그리고 어쩌면 그게 레이철 카츠가 내가 찾아낸 서류를 숨겨놓은 이유겠지. 콘크리트가 추가된 내역이 거기 기록돼 있으니까."

"레이철이 이른바 지하실의 존재를 알고 있었다는 뜻이야?"

"카츠는 남편과 소개팅으로 만났다고 했어. 그리고 6개월 후 결혼했다고 했고. 그건 아메리칸 그릴이 문을 연 후였어."

"그럼 어쩌면 당시엔 지하실에 관해 몰랐을 수도 있겠군?"

"적어도 그 시점에서는. 그리고 공사 부지에 방수포를 씌우고 외부 계약자들과 임대 장비를 사용한 이유가 그것 때문일 수도 있어. 자기들이 하는 일을 남들에게 들키고 싶지 않았던 거지."

"그리고 프레드 파머는 그들이 필요 이상으로 과도한 중장비를 임대했다고 했지. 하지만 대형 지하실을 만들려면 흙을 잔뜩 퍼내야 했을 테니, 그건 다 지하실을 짓는 데 쓰였을지도 몰라."

"맞아. 아마도 건축 허가 절차 중 당국에 계획을 알리고 승인을 얻는 과정을 거쳐야 했겠지만. 왜, 규제 준수니 감리니 하는 것들 있잖아. 하지만 아마 식당에 지하실을 만드는 걸 금지하는 법은 없겠지."

"하지만 지하실이 있다면 지하실로 내려갈 방법도 있어야 하잖아." 랭커스터가 말했다.

"식당의 웨이트리스한테서 좀 흥미로운 얘길 들었어." 데커는 재빨리 견습생, 종업원, 장기근속 매니저에 대해 들은 이야기와, 주방 직원을 제외한 모든 직원에게 1년이라는 시한이 적용되는 듯하다는 이야기를 들려주었다.

"좋아, 이야기가 어째 갈수록 점점 더 괴상해지네." 랭커스터가 지적했다. "그 식당 밑의 이른바 지하실에서 도대체 무슨 일이 일어나고 있는 거지? 혹시 그게 마약 제조 공장일 수도 있을까?"

"마약 제조 공장이라 해도 평범한 종류는 아닐 것 같아."

"그리고 그건 카츠가 그저 잘못된 시각에 잘못된 장소에 갔다가 살해당한 무고한 시민이 아니라 뭔가 구린 데가 있었다는 뜻이 될 테지. 어쩌면 그게 살해 동기였을지도 모르고."

"누군가가 카츠를 치워버리고 싶었다면 확실히 그랬을 수 있지."

"하지만 왜 리처즈의 가족까지 죽였을까?"

"돈 리처즈는 아메리칸 그릴을 위한 대출을 받아줬어. 어쩌면 그게 어떤 식으로든 그들을 엮어준 고리일지도 모르지." 데커는 잠시 침묵에 잠겼다가 다시 입을 열었다. "궁금한 게 있어."

"뭔데?"

"대출금이 상환됐는지가 궁금해." 데커가 말했다.

0 0066

“좋아요, 나쁜 소식이랑 나쁜 소식이 있는데 뭐부터 들을래요?”

데커는 휴대폰으로 알렉스 재미슨과 통화 중이었다.

“음, 순서가 의미 있어요?” 데커가 되물었다.

“좋아요, 우린 당신이 알려준 유령회사의 뒤를 캐는 데 실패했어요. 전혀 아무것도 알아낼 수 없었어요.”

“그렇군요.”

“그리고 그 죽은 두 남자의 문신 말이에요. 관련된 데이터베이스에 돌려봤는데 아무것도 안 나왔어요. 내 말은, 대부분의 문신은 따로따로 보면 흔히 알려진 것들이죠. 하지만 그것들이 그렇게 한데 뭉쳐 있는 경우에 대해서는 FBI에도 아무런 정보가 없어요. 증오 단체들이 아주 대동단결을 했더군요. 나치, 아리안 형제단, KKK단.”

“음, 알아봐줘서 고마워요.”

“아니, 내 말을 이해 못 한 것 같아요, 데커. 여기 사람들은 지금 당신 때문에 잔뜩 겁을 먹었어요. FBI가 뭔가를 알아내지 못한다는 건 보통 일이 아니잖아요. 혹시라도 이 다양한 증오 단체들이 한데 뭉쳐 자원을 공유하고 테러 작전을 조직화해서 각자 개별적으로는 못 했을 끔찍한 일들을 더 많이 저지르게 될까 봐 다들 겁에 질려 있다고요."

"유령회사의 보안이 비정상적으로 강력하고, 문신이 신종 테러 위협의 예고일지도 모른다는 말이에요?"

"정답. 보거트가 정말 걱정하고 있어요."

"음, 그건 나도 마찬가지예요."

"레이철 카츠는 아직도 차도가 없나요?"

"아직 의식을 되찾지 못했어요. 의사들이 걱정하고 있어요."

"그것 말고 뭔가 할 수 있는 일이 있어요?"

"아메리칸 그릴 지하에 뭐가 있는지 알아볼 수 있겠죠."

"영화도 못 봤어요? 지하실에는 **절대** 내려가면 안 돼요."

"하지만 배런빌에서 이미 내려갔었잖아요."

"내 말이 바로 그거예요."

전화를 끊고 랭커스터를 찾아 나선 데커는 휴게실에서 커피를 마시고 있는 옛 파트너를 발견했다.

"너도 한 잔 마실래?" 랭커스터가 물었다.

데커는 고개를 저었다. "우린 은행에 가야 해."

"왜, 돈 필요해?"

"아니, 답이 필요해."

*

돈 리처즈의 옛날 은행으로 가는 길에 데커가 설명했다. "데이비드 카츠는 살해당했을 때 구형 모델 벤츠를 가지고 있었어. 범인은 아마 그 차를 타고 그 집으로 갔을 거야. 카츠 부부는 당시 벌링턴 시내의 고급 아파트에 살았어. 그들이 소유한 아메리칸 그릴의 건설과 운영 자금은 대출로 충당했지. 어쩌면 다른 대출도 있었을지 몰라."

"그래서?"

"담보도 없이 어떻게 그런 거액을 대출받지?"

"담보를 댔나 보지."

"그건 자기 돈이 있었다는 뜻이야."

"음, 그래. 데이비드 카츠는 벌링턴에 처음 왔을 때부터 이미 돈이 있었어. 그건 너도 알잖아. 그 저녁 만찬 때 덩컨 막스한테 들었으니까."

"그래, 그 이야기라면 여기저기서 계속 들었지. 하지만 그 돈이 **어디서** 왔는지는 아무도 말해주지 않았어."

"음, 어쩌면 은행의 도움을 빌렸나 보지."

"바로 그래서 우리가 은행에 가야 한다는 거야. 그게 아니라면 내가 발도 들이지 않을 곳에."

"너 은행 싫어해?"

"내 옛날 집에 담보권을 행사하고 내 차를 압류한 이후로 쭉. 그리고 **그쪽도 나한테** 썩 호감이 있지는 않을걸. 내 신용점수는 거지 같거든." 데커가 대꾸했다.

*

부행장인 바트 틴스데일이 두 사람을 응대했다. 그곳에 있은 지 오래라 돈 리처즈를 알고 있었다. 틴스데일은 키가 크고 움직임이 좀 흐느적거리는 남자였는데 정장 핏이 좋지 않았고 바지와 외투 소매는 긴 팔다리에 비해 너무 짧았다. 구두는 낡았고 양말은 헐렁해 보였다.

그러나 눈빛은 예리했고, 악수를 나누는 손에는 힘이 넘쳤다. 틴스데일은 로비에서 두 사람을 맞아 유리 벽이 쳐진 자신의 작은 사무실로 두 사람을 서둘러 안내했다. 책상을 중심으로 모두 자리에 앉았다.

틴스데일은 창을 가리켰다. "저 창밖으로 그릴을 볼 때마다 돈과 데이비드 생각이 납니다."

"그 두 분을 아셨나 보죠?" 데커가 물었다.

틴스데일이 고개를 끄덕였다. "저는 당시에 일반 행원이었습니다."

랭커스터가 말했다. "지금은 부행장이 되셨으니 착실히 사다리를 밟아 올라가셨네요."

틴스데일의 얼굴에 주름이 갔다. "그래 봤자 작은 연못의 작은 피라미일 뿐이죠. 하지만 전 여기 완벽하게 만족합니다. 아이가 다섯이나 되는데, 아이들을 키우기에 이만한 곳도 없죠."

"우와, 전 겨우 하나뿐인데도 조금만 지나면 감당이 안 될 것 같은데요."

은행가는 이해한다는 듯 고개를 주억거렸다. "아내가 성인 수준이죠. 아이들이 잘 크면, 그건 아마 저보다는 아내 덕일 겁니다. 저는 축구랑 야구 코치 일을 하거든요. 농구는 보조 코치고요. 고등학교 때 선수 생활을 좀 했죠. 하여튼 그래서 여유 시간이 별로 없어요."

"그러시겠네요."

틴스데일이 앞으로 몸을 숙였다. "하지만 그 일 때문에 오신 건 아닐 테고요."

데커가 말했다. "네. 저희는 데이비드 카츠와 돈 리처즈의 살인 사건 수사를 재개했습니다. 그리고 또한 레이철 카츠의 살인 미수 사건도 조사 중이고요."

틴스데일은 무심결에 몸서리를 쳤다. "요즘 이곳에 무슨 살인 사건이 이렇게 많이 일어나는지……." 그러고는 데커를 응시하며 말을 이었다. "당신은 고등학교 총기난사 사건 때 여기 계셨죠. 당시 제 맏딸이 신입생이었어요. 하느님이 그애를 지켜주셨죠."

"맞아요, 하느님이 지켜주셨죠." 랭커스터가 맞장구를 쳤다.

"자, 제가 뭘 도와드릴까요?" 틴스데일이 물었다.

"우선 리처즈가 데이비드 카츠한테 승인해준 대출에 관해 더 알고 싶습니다. 그 기록이 남아 있을까요?"

"음, 컴퓨터에 있을 겁니다. 지금은 전부 다 컴퓨터에 있으니까요. 옛날 것들까지요." 틴스데일은 키보드를 내려다본 후 고개를 들었다. "영장이 있어야 하는 건가요?"

"카츠가 이미 세상을 떠난 터에 옛날 은행 기록을 본다고 딱히 해 될 건 없겠죠."

"그 말씀이 맞을 것 같네요." 틴스데일은 자판을 몇 개 두드린 후 화면을 몇 차례 넘겼다. "좋아요, 정확히 궁금하신 게 뭐죠?"

"대출금이 얼마였습니까?" 데커가 물었다.

틴스데일이 화면을 읽었다. "250만 달러요."

랭커스터가 입을 쩍 벌렸다. "꽤 큰 액수네요. 안 그렇습니까?"

"음, 저는 더 큰 액수도 대출해봤습니다. 하지만 벌링턴의 식당 치고는 꽤 큰 금액이라는 건 확실히 말씀드릴 수 있습니다. 더군다나 그처럼 오래전이었으니까요. 하지만 확실히 돈이 많이 드는 공사였죠."

"아메리칸 그릴에 가보신 적이 있습니까?" 데커가 물었다.

"네, 있습니다."

"제가 갔던 다른 식당 100만 곳과 똑같아 보이더군요. 딱히 고급스럽진 않았어요."

틴스데일은 고개를 끄덕인 후 입을 열었다. "인정합니다. 사실 저도 같은 생각을 했거든요. 하지만 대출은 **승인됐죠.**"

"담보 설정이 필요했나요?"

"음, 저희는 당연히 부동산과 공사에 담보를 설정했죠. 그게 표준이니까요. 그리고 말씀하신 대로 카츠는 아마 자신의 자금을 어느 정도 투입했어야 할 겁니다. 저희는 보통 이런 프로젝트의 대금을 전액 대출해주지 않거든요. 말하자면 대출자도 어느 정도의 위험은 부담하게 하자는 거죠. 카츠는 공사자금을 위한 대출을 신청하는 동시에 사업 설립과 운영을 위한 펀드도 운용하고 있었어요. 건물이 완공되기도 전인데 첫날부터 대출금을 지불할 수는 없으니까요. 원금과 이자를 같이 갚아나가고, 상환액이 늘어나면서 이자가 점점 줄어드는 방식이죠. 그냥 몇 가지만 좀 확인해보겠습니다." 틴스데일은 화면을 몇 차례 더 넘겼다. "네, 맞아요. 카츠는 자체 자금을 일부 투입했습니다. 50만 달러 좀 넘네요. 그건 토지 매입에 쓰였습니다. 그리고 또한 개인적으로 대출 보증을 세웠고요."

"보통 그렇게들 하나요?" 랭커스터가 물었다.

틴스데일은 이해한다는 듯한 표정을 지어 보였다. "아, 네. 특히 식당의 경우는요. 실패할 확률이 정말 높거든요. 그리고 만약 채무 불이행이 될 경우, 은행은 그냥 담보만 믿고 있을 순 없죠. 실패한 식당의 재판매가격은 썩 좋지 않거든요. 확 추락하죠. 입지가 좋지 않아서 망한 거라면 두 번째 시도라고 성공할 리가 없지 않겠습니까?"

"그럼 만약 카츠가 개인적으로 그 대출에 보증을 섰다면 자산이 좀 있었을 게 분명하군요." 랭커스터가 말했다.

"분명히 그렇겠죠. 저희는 아마 카츠에게 재무실사를 했을 겁니다. 그리고 카츠는 담보 자금이 일정 정도 있다는 사실을 입증해야 했을 테고, 우린 그 자산에 선취 특권을 설정했겠죠. 주식, 채권, 당좌 계정 등등. 그 담보가 뭐였든, 채무불이행에 대비해 은행이 그 재산에 담보권을 갖게 되죠."

"카츠의 총재산이 당시 얼마나 됐을지 혹시 추산이 가능할까요?" 데커가 물었다.

틴스데일은 자판 몇 개를 더 두드렸다. "어디 보자. 자, 우린 카츠가 가진 양도성예금증서에서 대출액의 80퍼센트에 해당하는 부분에 담보를 설정했어요. 그러면 다 해서, 카츠의 총자산이 당시 약 900만 달러였다는 이야기가 되죠."

"우와." 랭커스터가 감탄했다. "그렇게 돈이 많으면 왜 그냥 자기 주머니에서 공사비를 꺼내 쓰지 않죠?"

틴스데일이 이해한다는 듯한 웃음을 지었다. "사업의 제1 법칙이죠. 가능할 때는 언제든 남의 돈을 갖다 써라."

"그렇군요."

"카츠의 주요 자금원이 뭐였죠?" 데커가 물었다.

"대체로 주식과 채권이었던 것 같아요. 그리고 연금 두어 개. 모두 유동자산이었죠."

"그걸 바탕으로 카츠가 처음 종잣돈을 마련한 방법이 뭔지도 알 수 있나요?"

"아뇨, 그렇진 않죠. 하지만 모든 자산은 법적으로 카츠의 명의였어요."

"그리고 카츠가 단독 대출자였나요?"

"네, 이 대출이 승인됐을 때는 아직 미혼이었어요."

"그리고 돈 리처즈는 모든 걸 규정대로 했고요?" 랭커스터가 물었다.

"절대적으로요. 모든 게 은행의 대출 요구조건에 부합해서 이루어졌죠."

"카츠의 배경은 뭐였죠? 학력은? 출생지는? 과거사는?"

틴스데일은 화면을 잇달아 넘겼다. "여기 대출 앱에는 인문학 학사학위와 경영학 석사학위가 있다고 나와 있네요. 직업은 창업가로 등록했고요."

"이미 여쭤봤지만 총자산 말고 자금 출처는 알 수가 없나요?"

"음, 그건 **그 사람** 돈이었어요. 확실한 건 그것뿐입니다. 어쩌면 유산일지도 모르죠."

"아마 본인이 사망한 후 대출이 아내에게로 넘어갔겠죠?"

"아뇨, 그렇진 않았어요."

"왜죠?"

"그건 5년 기한 고정 금리의 건설 자금 대출이었어요. 하지만 카츠는 식당이 문을 연 후 6개월쯤 지나 전액을 갚았죠."

"그게 어떻게 가능했죠?" 데커가 물었다.

틴스데일이 화면을 다시 살펴보았다. "완전히 명확하진 않지만, 투자자들로부터 개인 자금을 모아서 대출금을 완전히 갚은 것 같습니다."

"그 후 은행에서 대출을 더 받았나요?"

"동일한 시기에 각각 100만 달러의 한도대출을 두 건 받았습니다. 둘 다 한도액까지 끌어다 쓰고 그 후 갚았어요. 그다음에는 이전 공장 건물을 쇼핑과 주거 공간으로 바꿀 계획으로 300만 달러에 사들였죠. 그것 역시 대출로 비용을 댔고요. 그건 카츠 사후에 완공됐어요."

"그 건에 대해서는 아직 대출이 유지되고 있나요?"

틴스데일은 화면을 좀 더 움직였다. "아뇨. 그것도 변제했네요."

"언제요?"

"어디 보자. 여기 대출 일시로부터 1년을 꽉 채워 갚았다고 되어 있네요."

"하지만 그 건물은 카츠가 죽은 **후에** 완공됐다고 하셨잖아요." 데커가 말했다.

"맞아요. 사망 당시엔 공사가 아직 절반밖에 이루어지지 않았었죠." 틴스데일이 어깨를 으쓱했다. "확실히 다른 투자금이 들어와서 대출금을 갚았나 봅니다."

"그리고 돈 리처즈가 이 모든 거래를 담당했나요?"

"맞아요. 그 사람은 카츠의 개인 담당자 같은 역할을 했죠."

"레이철 카츠도 은행에서 대출을 신청한 적이 있나요?"

"아뇨. 그분은 심지어 우리 은행에 계좌도 안 가지고 계십니다. 아마 제가 보기엔 그분 뒤에 어떤 자금원이 있는 것 같습니다. 더는 상업적 대출기관이 필요 없는 거죠. 지금은 돈방석에 앉은 것 같은데요."
"저도 그 방석에 좀 앉아봤으면 좋겠네요." 랭커스터가 건조하게 대꾸했다.

*

바깥으로 나와서, 데커는 하늘을 올려다보았다. "우린 그동안 카츠와 리처즈가 함께한 거래가 아메리칸 그릴 하나뿐이라고 착각하고 있었어. 하지만 그건 사실이 아니었지. 한도대출과 옛 공장 건물도 있었으니까."
"좋아, 하지만 그 모든 것에서 우리가 얻은 게 뭐지? 어떤 사람들이 운이 좆나 좋을**뿐더러** 돈을 몽땅 싹쓸이했다는 것 말고." 랭커스터가 물었다.
"누군가가 유령회사에서 굴러들어오는 '투자금'으로 거액의 대출금을 말도 안 되게 일찍 갚는 일을 반복하면, 답은 하나뿐이야." 데커는 파트너를 보며 말했다.
랭커스터가 고개를 끄덕였다. "데이비드 카츠는 돈세탁을 하고 있었어."
"정답. 그리고 난 레이철 카츠가 남편이 죽은 후 **세탁업**을 넘겨받았을지 궁금해."

0 0067

데커와 랭커스터는 아메리칸 그릴의 비좁은 매니저 사무실에서 빌 페이튼과 마주 앉아 있었다. 페이튼은 거한이었다. 190센티미터에 육박하는 키에 체중은 100킬로그램 안팎 정도로 보였고, 넓은 어깨와 근육질 팔을 가지고 있었다. 상고머리로 깎아 빳빳이 선 회색 머리카락은 관자놀이에서부터 은색으로 변해가는 중이었다. 60대 초반의 나이에도 불구하고 트럭으로 벤치프레스도 너끈히 해낼 것처럼 보였다.

"만나주셔서 감사합니다." 랭커스터가 말했다.

"별말씀을요. 카츠 씨는 좀 어떠신가요?"

"아직 의식을 회복하지 못했습니다." 랭커스터가 말했다. "하지만 의사들은 희망적으로 보고 있죠."

데커는 비닐 파일에서 사진 한 장을 꺼내어 페이튼에게 밀어 보냈다. "이 남자를 알아보시겠습니까?"

페이튼은 사진을 손가락으로 건드렸다. "아뇨, 이게 누군데요?"

"당신의 고용주를 살해하려 한 남자입니다. 그러다 목숨을 잃었죠. 이름은 에릭 타이슨입니다. 전직 군인이고요."

"아뇨, 처음 보는데요. 확실히 여기서는 본 적이 없습니다. 원하시면 직원들한테 수소문해보죠. 하지만 사실 카츠 씨는 이곳을 자주 찾지 않으셨어요."

"하지만 그래도 이곳 주인이죠." 랭커스터가 지적했다.

"맞습니다. 그분의 제국이라는 큰 구도에서 보면 저희야 조그만 감자알에 불과하죠." 페이튼이 살짝 미소를 띠었다. "그리고 그분은 저를 믿고 이곳의 운영을 맡겨주셨습니다. 작고하신 남편분도 그랬고요."

"당신은 처음부터 여기 계셨죠." 데커가 말했다.

"맞아요. 데이비드 카츠 씨가 저를 고용했죠."

"아마 전에도 식당을 운영한 경험이 있으시겠죠?"

"이쪽 업계에서 잔뼈가 굵었죠."

"고생도 좀 하셨을 것 같은데요. 망하는 식당들도 많으니까요."

"맞아요, 흔하죠. 그리고 새로운 경쟁자들도 생기고요. 하지만 우린 이 가게를 잘 유지하고 있습니다."

"건축 당시부터 여기 계셨나요?" 데커가 물었다.

"네, 그랬습니다. 데이비드가 저를 일찌감치 채용해서, 건축 과정에 제 의견을 반영할 수 있었죠."

"데이비드 카츠 밑에서 일하시기는 어땠나요?"

"늘 프로답고 일에 집중하는 분이셨죠. 나중에 알았지만 부인도 마찬가지시더군요." 페이튼은 시계를 보고 물었다. "더 있나요?"

"레이철 카츠가 의식을 되찾지 못하면 이곳은 어떻게 되죠?" 데커가 물었다.

“저야 모르죠.” 페이튼이 대답했다. “아마 그분 유언장에 어떻게 쓰여 있는지와 친척들의 의향에 달린 게 아닐까요. 부디 어떻게 되는 일은 없었으면 합니다만.”

“아무렴요.” 데커가 말했다. “음, 시간 내주셔서 감사합니다.” 그러고는 에릭 타이슨의 사진 한 장을 주머니에서 더 꺼내서 페이튼에게 건넸다. “그리고 혹시 누군가가 이 남자를 근처에서 본 기억이 난다고 하면 저희한테 알려주십시오.”

페이튼은 보지도 않고 사진을 받았다. “그러죠.”

두 사람은 자리에서 일어나 음식점을 나왔다.

“어때?” 랭커스터가 물었다.

데커는 사진이 든 비닐 슬립을 꺼냈다. “사진에 아주 멋진 지문이 찍힌 것 같아. 그걸 확인해서 페이튼 씨가 스스로 말하는 그대로의 사람인지 알아봐야지.”

*

데커는 랭커스터와 사진을 서에 내려주고 병원으로 갔다. 마스는 여전히 카츠의 병실에서 아주 편안하게 자리를 잡고 있었다.

“아직인가요?” 데커는 마스 옆에 앉으면서 물었다.

마스는 고개를 저었다.

“말해줄 게 생겼어요.” 데커는 마스에게 돈세탁에 관한 자신의 설을 들려주었다.

“그러니까 당신은 레이철도 거기 가담했다고 생각해요?” 마스가 카츠를 바라보며 물었다.

“나야 확실히 모르죠. 하지만 카츠가 그것에 관해 몰랐다고 단정하는 건 좀 섣부른 짓 같아요. FBI도 침투할 수 없는 비밀스러운 자금원의 뒷받침을 받고 있었으니까요."

마스가 천천히 고개를 끄덕였다. "카츠가 말하던 양심의 가책과 그 모든 뜻 모를 말들이 그것 때문이었을 수도 있겠네요."

"그럴지도요. 우린 아메리칸 그릴의 매니저를 만나고 왔어요. 술수를 좀 써서 지문을 확보했고, 메리가 그걸 데이터베이스에 돌려 보고 있어요."

"그걸로 뭘 알아낼 수 있죠?"

"난 이게 단순히 돈세탁 문제라고 생각지 않아요, 멜빈. 다른 뭔가가 진행 중인 것 같아요. 돈세탁 사업을 운영하려고 식당 밑에 지하실을 지을 필요까지는 없잖아요. 그냥 나쁜 돈이 흘러들어오면 그걸 다른 자산으로 바꿔주는 합법적인 사업체와 깔끔한 현금 유동성만 있으면 되는데. 카츠의 사업은 전부 그게 목적이었어요."

"하지만 당신은 그게 전부라고 생각지 않죠. 그럼 그것 말고 뭐가 있을 수 있죠?"

데커는 어깨를 으쓱했다. "나도 몰라요. 하지만 뭔가가 틀어지는 바람에 데이비드 카츠와 돈 리처즈가 살해당한 것 같아요."

"뭔가가 틀어졌다……. 예를 들면요?"

"예를 들면 사업에서 누군가가 어떤 이유로든 그 두 남자나 그 중 한 쪽에 위협을 느꼈다든가. 그래서 그들을 죽이고 메릴 호킨스에게 죄를 뒤집어씌운 거죠. 딸인 미치의 도움을 받아서."

"그럼 미치의 보상은 뭐죠?"

"새사람이 되어 새 인생을 살고 뭐든 다 새것으로 가지는 거죠. 한 방에 맨 밑바닥에서 꼭대기로."

"마치 〈마이 페이 레이디〉의 오드리 헵번 같군요. 내가 가장 좋아하는 영화인데."

데커는 어리벙벙한 얼굴로 마스를 보았다. "당신 같은 남자가 〈마이 페어 레이디〉를 좋아할 줄은 정말 몰랐네요."

"젠장, 저절로 감정이입이 되거든요. 난 매일 매 순간 나 자신을 새로 창조해야 했어요. 웨스트 텍사스에서 살던 어린 시절에도, 그 후 교도소에 갔을 때도, 그리고 거기서 나왔을 때도요."

"왜 그냥 자기 자신으로 살면 안 되죠?"

"당신이야 그런 말이 쉽게 나오겠죠."

데커는 뒤로 기대앉았다. "그 점에선 당신 말이 맞는 것 같아요."

"그래요, 당시 난 고교 시절과 대학 시절 스포츠 스타였어요. 젠장, 주 전체의 사랑을 한몸에 받았죠. 난 영웅이었어요. 하지만 그 사람들은 절대 나와 마주 앉아 식사하려 하지 않았어요. 자기 딸이 나와 데이트하게 해주지도 않았고."

데커는 갑자기 카츠를 응시했다. "제니 막스는 카츠가 자신한테 멘토나 다름없었다고 했어요. 사업의 기초를 가르쳐줬다고."

"나도 들었어요. 그게 왜요?"

"카츠는 미치 가드너를 알지도 못한다고 했지만, 어쩌면 가드너에게도 똑같은 역할을 하지 않았을까요?"

"잠깐만요, 가드너가 헵번이었다고 생각하는 겁니까?"

"그리고 그건 어쩌면 레이철 카츠가 렉스 해리슨의 배역을 맡았을지도 모른다는 뜻이죠."

0 0068

"저기…… 있죠, 음, 문제가 좀 생긴 것 같아요."

데커가 미치 가드너의 집 문을 노크하자마자 문을 벌컥 열어젖힌 브래드 가드너가 데커에게 한 말이었다. 브래드는 문간에 서서 창백한 낯빛으로 사시나무처럼 떨고 있었다.

"무슨 문제요?" 데커가 물었다.

"미치가…… 침실 문을 잠그고 틀어박혀서 밖으로 나오려 하지 않아요. 그리고…… 총을 가진 것 같아요. 그 총으로 죽어버리겠다고, 그리고 누구든 방으로 들어오려 하면 쏴버리겠다고 위협하고 있어요."

"경찰을 부르셨습니까?"

"저는……. 아뇨. 어떻게 해야 할지 몰라서요."

"방에 누가 같이 있습니까? 아드님은요?"

"아뇨, 그애는 학교에 있어요. 오, 하느님 감사합니다."

"다른 사람은요?"

"하녀는 내보냈어요……. 아까 상황이 이상하게 돌아가길래요."

"당신은 왜 이 시각에 집에 계십니까?"

"서류를 깜빡 놓고 가는 바람에, 그걸 가지러 돌아온 참이었어요. 방문을 열려는데 미치가 저한테 비명을 지르지 뭡니까."

"알겠어요, 부인이 뭔가 약물을 복용하거나 술을 드셨나요?"

브래드는 눈물을 쏟기 직전처럼 보였다. "모르겠어요. 젠장, 이게 다 도대체 무슨 일이죠?"

"침실이 어딘지 알려주세요."

데커는 복도로 브래드를 따라가 방문 앞에 이르렀다.

"여보, 데커 씨가 찾아오셨어."

"씨발, 내 집에서 꺼지라고 해!" 미치가 비명을 질렀다.

"가드너 씨?" 데커가 불렀다.

다음 순간 미치가 문을 향해 곧장 총을 발사하는 바람에 둘 다 펄쩍 뛰어 뒤로 물러났다. 총알은 두 남자 사이로 지나가 반대편 벽에 박혔다.

"하느님 맙소사!" 브래드는 바닥에 쓰러져 벌벌 떨면서 비명을 질렀다.

데커는 몸을 웅크린 채 기어서 브래드에게 다가갔다. "어떤 총을 가졌죠?"

"그게 그러니까…… 식사우어예요. 제가 사준 거죠. 고른 건 아내였지만요."

"무슨 모델이죠?"

"음……."

"얼른 생각해요!"

"P238요."

"어떻게 생겼죠?"

"작아요. 핸드백에 넣어 다닐 수 있어요."

"M238 마이크로 콤팩트 380구경 자동권총 맞아요?"

"네, 그거예요. 정확해요."

"표준형인가요, 아니면 뭔가 변형을 했나요?"

"아뇨, 표준요."

데커는 고개를 끄덕였다. "경찰을 부르고 앞문 쪽에서 기다려요."

"젠장, 둘이 거기서 무슨 꿍꿍이를 꾸미는 거야?" 미치가 비명을 지르고는 문에 한 발을 더 쐈다.

브래드는 문을 한 번 더 돌아본 후 데커가 시킨 대로 네 발로 엎드려 복도를 기어갔다. 그 후 일어나 전력 질주했다. 데커는 몸을 곧게 펴고 침실 문에서 멀찍이 떨어져서 외쳤다. "미치, 에이머스 데커입니다."

"내 집에서 나가라고 했어, 개자식아."

"이야기를 해야 해요."

"무슨 얘기? 넌 내 인생을 망쳤어. 젠장, 무슨 이야기가 더 남았는데, 이 개자식아!"

"내가 도대체 어떻게 당신 인생을 망쳤다는 거죠?"

또 다른 총알이 목재를 꿰뚫고 반대편 벽에 박힌 다른 총탄 두 방으로부터 30센티미터쯤 밑을 때렸다.

"잘 알고 있잖아, 젠장. 당신은 그냥…… 당신은 그냥 이 모든 걸 파헤치지 않고는 못 배겼지, 안 그래? 그렇게 옛날 일인데. 그것 때문에 사람들이 어떤 괴로움을 겪을지 하는 생각은 개뿔도 안 하고 말이야. 그게 날 어떻게 괴롭힐지! 넌 개자식이야!" 미치가 비명을 질렀다.

다시금 총알 한 발이 문짝을 꿰뚫었다. 데커는 그 물리적 충격에 몸을 움찔했지만 단단히 버티고 섰다.

"그건 제 의도가 아니었습니다."

"개수작 따윈 집어치워. 그게 **정확히** 당신이 원한 거였잖아."

미치가 다시 총을 쏘자, 앞서 총탄들이 낸 구멍들 주위의 목재가 바스러지면서 문짝에서 커다란 덩어리가 뜯겨 나갔다.

"봐요, 사격을 멈추면 우린 대화할 수 있어요."

"난 당신하고 얘기 안 해. 죽어버릴 거야."

"왜 이러는 겁니까?"

"왜라니, 내 인생은 끝났으니까!"

"당신 남편은 그렇게 생각하지 않아요. 당신 아들도요."

"어디서 감히 내 아들 이야기를 입에 올려. 그애는 내 비참한 시궁창 인생에서 유일하게 좋은 거였어."

"당신이 그애를 엄마 없는 애로 만들 계획이라면 그애 이야기를 **해야 할** 것 같은데요."

미치는 이제 훌쩍이기 시작했다. 문 저쪽에서 애간장을 쥐어짜는 신음이 새어나왔다.

데커는 기회를 놓치지 않고 총알구멍 틈새로 엿보았다. 미치는 긴 티셔츠 한 장만 걸친 채 침대에 누워 길고 허연 맨다리를 드러내고 있었다. 총은 오른손에 쥔 채였다.

"미치, 당신이 허락만 하면 난 당신을 도울 수 있어요."

"아-무도 날 돕진 못해. 이젠 틀렸어."

"난 아닐 것 같은데요."

"나가라고 했어."

이번 총탄은 문이 아니라 벽으로 날아왔고, 데커는 재빨리 목을 움츠렸다. 석고 보드가 복도를 향해 이상한 각도로 기우뚱한 걸 보면 총탄이 그 밑의 고정 못을 때린 모양이었다. 이번 총탄은 하마터면 데커의 얼굴을 정통으로 맞힐 뻔했다.

데커는 몸을 낮게 수그린 채 가쁜 숨을 몰아쉬면서 도대체 망할 놈의 경찰들은 어디쯤 오고 있을지 궁금해했다.

"당신을 이렇게 두고 갈 순 없어요. 다칠까 봐 걱정돼요."

"별 쓸데없는 걱정을 다 하고 있네. 지금 겨우 다치는 게 문제일 것 같아? 이 얼간아!"

"지금 이러는 건 레이철 카츠도 원하지 않았을 겁니다, 미치. 레이철은 당신이 다른 인생을 살도록 도와준 사람이었죠. 그리고 지금은 생사의 경계선에서 사투를 벌이고 있고요."

침묵.

잠시 시간이 지났다.

"당신 도대체 뭘 어디까지 알고 있는 거야?"

"난 많은 걸 알아요, 미치. 그리고 더 알고 싶어요."

"당신은 여기 멋대로 찾아와서는…… 나더러 친아버지에게 누명을 씌웠다고 비난했어."

"그럼 그러지 않았다고 말해봐요. 당신이 무고하다고 말해봐요."

"그렇다고 말해도 믿지 않을 거잖아."

"한번 시험해봐요."

좀 더 누그러진 어조로 미치가 말했다. "그건 그러니까…… 복잡해."

"나도 알아요. 정말이에요. 하지만 난 왜 레이철 카츠가 여기서 벌어지는 일을 잘 알지 못했다는 생각이 들까요? 그리고 당신도 무슨 일이 일어나고 있는지 정말 몰랐죠, 미치, 안 그래요? 난 당신들 둘 다 이용당했다고 생각해요. 둘 다 벗어날 길이 없다고 생각했을 겁니다."

"난…… 난 그 이야기를 하고 싶지 않아."

"이 지점에서, 당신은 해야 할 겁니다."

"엿 먹어, 데커!"

데커는 총탄이 문을 꿰뚫고 폭발하는 바로 그 순간 복도 바닥에 납작 엎드렸다. 그리고 다음 순간 벌떡 일어나 문을 들이받아 부숴 버렸다.

미치는 기겁해서 입을 쩍 벌린 채, 침대로 돌진하는 데커를 바라보았다. 권총을 조준해 발사했다.

딸깍. 딸깍.

데커는 미치의 손에서 총을 비틀어 빼앗아 주머니에 넣었다. 그리고 미치를 내려다보았다. "P238 마이크로 콤팩트 탄창은 일곱 발이 표준이죠." 그리고 총알로 움푹움푹 파인 문과 벽을 바라보며 말을 이었다. "그리고 당신은 방금 마지막 한 방을 쐈고요."

데커는 시트로 몸을 가리는 미치를 돌아보았다. "나가!" 미치는 비명을 질렀다.

"그럴 순 없어요. 경찰이 오고 있어요."

미치가 어리둥절한 표정을 지었다. "왜?"

"음, 우선 당신이 나와 당신 남편을 죽이려 했으니까요."

"아니거든. 난 그냥 당신이 날 내버려두길 바랐을 뿐이야."

"과연 법원이 그 말을 믿어줄지 모르겠네요. 누군가에게 총을 쏘면 살해 의도는 자동으로 따라오죠."

미치의 입술이 파르르 떨렸다. "내가 감옥에 갈 수도 있다는 뜻이에요? 하지만 난 무죄라고요."

"당신 아버지처럼? 그분도 **무죄였죠.** 그럼에도 감옥에 갔고요. 그 후 누군가가 그분의 머리에 총알을 박았죠. 그자들은 심지어 그분이 평화롭게 죽을 기회조차 빼앗아갔어요."

데커는 침대 가장자리에 걸터앉아 미치를 응시했다.

"지금이 기회예요, 미치. 교차로. 당신이 이기적인 결정이 아니라 올바른 결정을 내릴 수 있는 순간이라고요. 당신은 수많은 잘못을 바로잡을 수 있어요. 그렇게 할 건가요? 그럴 용기가 있나요?"

"내가 그러지 않으면 어쩔 건데요?" 미치는 다리를 붙이고 이불을 잡아당겨 몸을 가리며 대꾸했다.

"그럼 감옥에 가는 거죠. 간단한 얘기예요."

"난 어차피 감옥에 가게 될 텐데."

"꼭 그렇진 않죠. 이렇게 어슬렁대고 있으면 누군가가 레이철 카츠처럼 당신도 죽이려 할지도 모르고요."

침대 옆 협탁으로 향한 데커의 눈에 반쯤 빈 처방약 병이 들어왔다. 데커는 깜짝 놀라서 날카로운 목소리로 따졌다. "약을 몇 알이나 복용했죠?"

"많이는 안 먹었어요." 미치가 망설이며 말했다.

"얼마나?"

"네다섯 알."

데커는 병을 낚아채 라벨을 읽었다. "맙소사, 미치."

911에 전화를 걸어 약물 과용일 가능성이 있으니 구급차를 보내달라고 요청했다.

미치는 침대 머리판에 몸을 기댄 채 누워서 방 안을 둘러보았다. 그리고 웃음을 지었다. "내 인생은 완벽했어. 당신 그거 알고 있었어요?"

"말해봐요."

"직접 보면 모르겠어? 완벽한 집, 완벽한 남편, 완벽한 아이." 미치는 이불을 젖혀 맨다리를 드러냈다. "완벽한 몸." 그리고 자기 이를 톡톡 건드렸다. "흉측한 회색 얼룩을 숨겨주는 일급 합판." 다시 이불로 몸을 덮는 미치의 얼굴에서는 웃음이 차차 흐려졌다. "하지만 그 흉측한 회색 얼룩은 이 바로 아래에 있지. 바로 밑에. 그걸 지우는 건 불가능했어. 그건 언제까지나 날 떠나지 않을 거예요."

"하지만 당신은 변화를 일으켰죠. 꽤 고된 노력이 필요했을 겁니다. 당신은 결단력이 있었어요. 누구나 당신처럼 마약중독에서 깨끗하게 손을 씻을 수 있는 건 아니에요."

"그건…… 그러든가 죽든가 둘 중 하나뿐이었으니까." 미치는 도전적인 태도로 내뱉었다. "난 살기를 선택했고요."

"잘했어요. 이제 당신에게는 가족이 있죠. 엄마를 필요로 하는 아들이 있고요. 그러니 이번에도 살기를 선택해요."

데커의 말에 미치는 입술을 파르르 떨고 눈을 비볐다. "하지만 이젠, 이건…… 전부 엉망진창이 됐어. 난 뭘 해야 할지 모…… 모……."

데커는 미치의 목소리가 흐려지면서 눈꺼풀이 내려앉고 표정이 갈수록 무기력해지는 걸 알아차렸다. 몇 초쯤 그렇게 보고 있다가 평온한 목소리를 내려고 애쓰면서 물었다. "여기 혹시 나르칸 있습니까?"

미치는 웃음을 지으며 고개를 저었다. "그건 약쟁이들한테나 필요한 거지. 난 약쟁이가 아니에요. 이젠 아니라고. 난 영주의 저택에 사는 공주인걸. 완벽한 귀부인. 다들 그렇게 말하지."

"네다섯 알밖에 복용 안 한 거 확실해요?" 데커가 재빨리 물었다.

미치는 고양이처럼 몸을 쭉 뻗었다. "어쩌면 더 먹었나. 기억이 안 나요.” 그러고는 뒤로 누워 눈을 감았다.

“정신 차려요, 미치. 어서요.” 데커는 미치 옆에 앉아 따귀를 때렸다. 나르칸에 비하면 형편없는 대용품이었지만 뭐라도 해야 했다.

“어이.” 미치가 화난 손길로 데커를 철썩 때렸다. “당시…… 당신이 나…… 날 때렸어.”

“당신은 아버지에게 누명을 씌웠죠. 왜죠?”

미치는 대답이 없었다.

“왜죠?” 데커는 미치를 잡아 흔들며 물었다. “얼른 말해봐요.”

“마약 때문에 그랬어.”

“마약 때문이라고요? 당신이 쓸 마약을 얻으려고?”

미치는 무슨 소리냐는 듯 손을 내저었다. “아니, 바보 같으니. 엄마 때문에. 모르핀. 엄마의 정맥주사. 순수한 것. 병원에서 바로 나온 것. 그걸 엄마가 주…… 죽을 때까지 줬어. 내가 유일하게 엄마를 위해 해줄 수 있는 일이었지. 하지만 그건 의…… 의미가 있었어, 그렇죠?”

“맞아요. 누가 그걸 구해줬죠?”

“그 사람들이.”

“그 사람들이 누구죠?”

미치는 방 안을 향해 손을 휘저었다. “알잖아. 그 사람들!”

미치는 하품을 하고 눈을 감았다.

데커는 다시 따귀를 때렸다. 하지만 이번에 미치는 투덜대지 않았다. 눈을 뜨지도 않았다.

젠장.

비로소 사이렌 소리가 들렸다.

데커는 미치의 어깨를 움켜쥐고 옆으로 축 늘어지려는 미치를 똑바로 일으켜 세웠다. "그자들이 당신한테 뭘 약속했죠, 미치? 새로운 인생? 새로운 모든 것? 레이철 카츠가 당신이 약을 끊게 도와줬나요? 당신 멘토가 됐나요?"

미치가 웅얼거렸다. "레이철은 조…… 좋은 사람이었어. 나…… 날 도와줬죠."

"왜 아니었겠어요. 그래서 놈들은 레이철의 남편과 돈 리처즈를 죽였죠. 거기다 다른 사람들까지. 그리고 당신 아버지에게 누명을 씌우고."

"누명을…… 씌웠어."

"그자들이 당신한테 어떻게 접근했죠?"

"카…… 칼……."

"칼 스티븐스. 맞아요. 그 남자가 연락책이었죠. 그자가 누구와 한패였습니까?"

"그 남자는 죽었어. 당신이 말했잖아요…… 주…… 죽었다고."

사이렌이 더 가까워지고 있었다.

"맞아요, 그 남자는 죽었어요. 하지만 당신은 안 죽었죠. 당신은 내게 모든 걸 말해줄 수 있어요."

미치는 고개를 저었다. "너…… 너무 느…… 늦었어."

"진실에 늦은 때란 없어요."

미치는 옆으로 쓰러지기 시작했다. 데커는 다시 따귀를 때렸다. 효과는 전혀 없었다. 점점 더 커지던 사이렌이 문득 멎었다. 진입로에 들어온 것이다.

"칼 스티븐스는 죽었어요, 맞아요. 하지만 칼이 누구와 한패였죠? 빌 페이튼? 그 사람 알아요? 페이튼?"

미치는 눈을 떴다.

"페이……튼."

"맞아요. 아메리칸 그릴의 매니저. 그 남자가 당신을 찾아왔나요? 메릴에게 누명 씌우는 걸 도와달라고 했나요?" 데커는 미치를 난폭하게 잡아 흔들었다. "그랬나요?"

미치는 다시 눈을 감고 사지를 축 늘어뜨렸다.

복도를 쿵쿵 울리는 발소리가 들려왔다. 이윽고 문이 벌컥 열렸다. 응급구조사 세 명이 서 있었다.

데커는 외쳐 불렀다. "FBI에 협력 중인 에이머스 데커입니다. 저 병에 든 약을 복용했어요. 최소 다섯 알 이상. 정신을 못 차려요. 혼수상태인 것 같아요."

응급구조사 하나가 병을 움켜쥐고 라벨을 보았다. "알겠어요, 뒤로 물러나세요."

데커는 미치를 향해 몰려오는 응급구조사들을 피해 침대에서 비켜섰다. 미치는 격렬한 경련을 일으키기 시작하더니 이윽고 갑자기 축 늘어졌다. 응급구조사 한 명이 미치의 콧구멍에 나르칸을 짜 넣었다. 한참을 미동도 없이 누워 있던 미치는 갑자기 똑바로 일어나 앉더니 긴 숨을 내쉬었다.

"좋아요, 부인, 그냥 진정하세요. 저희가 병원으로 모셔가서 진찰을 받게 해드릴게요."

"뭐…… 뭐라고요?"

그 후 미치는 다시 축 늘어져 양옆으로 쓰러졌다.

"젠장." 응급구조사가 말했다. 나르칸을 콧구멍에 다시 짜 넣었다.

미치는 몸을 떨었지만 완전히 정신을 되찾지는 못했다.

구조사들은 생리식염수를 연결하고 혈압 측정띠를 채우고 맥박 모니터를 연결했다.

"혈압과 호흡이 너무 낮아요." 응급구조사 하나가 말했다. "위험한 상태예요. 아무래도 병에 있는 것 말고 다른 것도 복용한 것 같아요. 출발합시다. 당장!"

미치가 들것에 실리는 것을 보았을 때 데커는 뭔가 알아차렸다.

"잠깐만요, 남편은 어디 있죠?"

"누구요?" 응급구조사가 되물었다.

"남편요. 키 큰 남자. 문을 열어줬을 텐데요."

"문을 열어준 사람은 없었어요. 앞문이 열려 있던데요. 우린 그냥 소리 나는 곳을 좇아 여기까지 온 겁니다."

데커는 방을 뛰쳐나가 복도를 통과해 앞문으로 나갔다. 아까 여기 도착했을 때는 집 앞에 구형 아우디 8이 서 있었다. 하지만 지금은 보이지 않았다.

데커는 집 앞의 차도를 두리번거렸다.

브래드 가드너는 가버렸다.

그리고 데커는 그 이유가 짐작도 가지 않았다.

내가 이 망할 사건에 도대체 진척을 볼 수는 있을까?

0 0069

"누가 날 가지고 노는 건 딱 질색이야." 데커가 꿍얼거렸다.

데커는 트래멀 지역 병원의 면회객 대기실에서 랭커스터, 마스와 나란히 앉아 있었다. 미치 가드너는 이곳 집중치료실에 입원 중이었다. 레이철 카츠와 마찬가지로 미치의 병실 앞에도 무장한 경호원을 하루 24시간 세워두었다.

비록 의사들은 미치의 회복을 희망적으로 관측했지만, 의식을 회복했을 때 정신적 상태가 어떨지에 대해서는 장담하지 못했다. 좀 전에 한 의사는 "약물 과용을 하면, 복용한 마약이 뇌에서 기억과 관련된 특정 영역에 유독 파괴적인 영향을 미칠 수도 있습니다"라고 말했다.

"음, 그거 끝내주네요." 데커의 대답이었다. "미치가 우리를 위해 기억해줘야 할 게 꽤 많거든요."

랭커스터가 데커에게 말했다. "우린 집에서 3킬로미터쯤 떨어진 곳에 버려져 있는 브래드 가드너의 차를 발견했어. 어쩌면 누가 거기서 다른 곳으로 태워 갔을지도 몰라."

"남편이 이 모든 일에 가담했을지도 모른다는 생각은 떠올리지도 못했어." 데커가 쓰디쓰게 내뱉었다.

"이 오랜 세월 동안 연기를 했다고?" 마스가 물었다. "그 정도면 눈물겨운 헌신인데요."

"누가 아니래요." 랭커스터가 말했다. "내 말은, 둘이 아이까지 낳았잖아요."

"난 그 남자가 미치를 사랑하지 않았다거나, 하기 싫은 결혼을 억지로 하고 아이까지 낳았다고 하는 게 아니야." 데커가 말했다. "하지만 우리가 뭔가 알아낼까 봐 겁먹은 게 아니라면 그런 식으로 사라져야 할 다른 이유가 없잖아."

"이건 돈세탁의 수준을 한참 넘어섰어, 데커." 랭커스터가 말했다.

"우린 브래드 가드너에 관해 알아낼 수 있는 걸 몽땅 다 알아내야 해."

랭커스터가 말했다. "이미 파기 시작했어. 일리노이 주에 있는 대학교를 나왔어. 15년 전쯤 이곳으로 이사 왔지. 금융 부문의 다양한 일자리를 전전했어. 이제는 고위직 채용 전문업체를 운영하고 있지."

"그 이야기는 미치한테 조금 들었어. 고위직 채용 플랫폼이라고 부르더군."

"맞아." 랭커스터가 말했다. "확실히 브래드 가드너는 사람들에게 하위직 일자리를 소개해주는 사람이 아니야. 금융, 법률, 하이테크, 제조, 에너지 같은 분야에 집중하지. 그쪽은 거액의 연봉을 지불하고, 가드너는 거액의 수수료를 받고."

"미치 가드너하고는 어떻게 만나게 됐는지 궁금하군." 데커가 말했다.

“이 모든 게 13년 전 살인 사건 이후에 계획된 일이라고 진심으로 생각하는 거야?”

“미치는 13년 전에 결혼한 게 아니야. 그전에 엄청난 변신을 거쳐야 했지. 그 과정에서 카츠에게 도움을 받았다고 했어. 그 후 브래드 가드너가 짠 하고 나타나서 미치와 결혼했고, 두 사람은 아이를 낳고 멋진 인생을 살았지.”

“그리고 브래드 가드너가 이 지역에 온 시기와 데이비드 카츠가 아메리칸 그릴을 연 시기는 대략 일치해.” 랭커스터가 지적했다.

“맞아. 미치는 남편이 자기 과거에 관해 전혀 모른다고 했어. 그렇다면 그 말이 거짓말이었거나, 결혼이 설정이라는 걸 몰랐던 거지.”

“그랬다고 치면, 왜 놈들은 미치에게 새 출발을 할 기회를 주려고 그렇게까지 공을 들였을까?” 랭커스터가 물었다.

“미치는 놈들이 네 건의 살인에 대해 자기 아버지에게 누명을 씌우도록 도와줬어. 이탈하지 않도록 붙잡아놓을 필요가 있었겠지.”

랭커스터는 고개를 젓고는 말했다. “그건 맞아. 하지만 미치가 입을 놀릴까 봐 겁이 났다면, 왜 그냥 죽이지 않았지? 이 사람들은 아무래도 폭력으로 문제를 해결하는 데 거리낌이 없는 모양인데. 그리고 놈들이 하는 일에서 미치가 무슨 중요한 역할을 맡았던 것 같지도 않고.”

“어쩌면 그 다중살인 사건 이후에 또 다른 살인이 바로 뒤따라 일어나면 의혹을 일으켜서 누가 파헤치기 시작할까 봐 겁났던 모양이지. 메릴이 살인범으로 지목되고 나서는 아무도 더는 파헤칠 생각을 하지 않았으니까. 그건 내가 누구보다도 더 잘 아는 사실이고.”

마스가 말했다. “그리고 그건 확실히 효과가 있었죠. 이 오랜 세월 동안."

데커는 생각에 잠긴 표정이었다. "하지만 이제, 가드너와 카츠가 한데 모였으니 우린 어쩌면 도대체 무슨 일이 일어나고 있는 건지 알아낼 수 있을지도 몰라요."

"흠, 의사들 말로는 희망적이라지만 카츠는 여태 깨어나지 못했고, 가드너도 아직 위험을 벗어나지 못했어." 랭커스터가 반박했다. "그리고 가드너가 깨어난다 해도 기억력은 장담할 수 없다는 의사의 말을 너도 들었잖아. 난 어느 쪽에도 그다지 의지할 수 없을 것 같아."

"같은 생각이야." 데커가 대꾸했다. "우리의 시작 지점은 아메리칸 그릴이야. 그 안에 뭐가 있는지 알아내야만 해."

"좋아, 하지만 그 지하실을 수색하려면 타당한 이유가 있어야 할 거야." 옛 파트너가 말했다.

"정중하게 부탁하면 되죠." 마스가 말했다.

데커는 고개를 저었다. "그리고 이 빌 페이튼이란 작자는 정식으로 그걸 요구할 수 있는 유일한 사람이 병원 침대에 의식을 잃고 누워 있다는 핑계로 거부하면 그만이죠. 그리고 만약 페이튼이 뭔가 지금 벌어지고 있는 일의 내막을 알고 있다면, 괜히 겁을 주는 건 좋지 않은 결과를 불러올 겁니다. 그 남자는 정말 속을 알 수 없는 타입이었어요."

"그럼 우린 뭘 하죠?" 마스가 물었다.

데커는 랭커스터를 보았다. "페이튼의 지문은 확인해봤어?"

"했어. 아무것도 안 나왔어. 시스템에 없어."

"전과가 없다는 건 별 의미가 없어. 놈을 좀 더 깊이 파볼 수 있을까? 신원 확인을 의뢰한다든가. 여기 오기 전에 뭘 했는지 같은."

"가능하지. 다만 그래서 뭘 얼마나 알아낼 수 있을지 모르겠어. 놈이 시스템에 없다면 프로파일링도 쉽지 않을 거야. 미국에는 빌 페이튼 같은 남자들이 분명 수두룩할걸."

"그래, 내가 온라인 검색을 잠깐 해봤는데 아무것도 안 나왔어. 하지만 우린 그 밀실을 수색할 방법을 찾아내야만 해." 데커가 말했다.

"같은 생각이야. 다만 어떻게 해야 할지를 모르겠어."

"카츠가 깨어나면 동의를 얻을 수 있지."

"맞아. 하지만 그런 기회는 **영영** 안 올지도 몰라." 랭커스터가 씁쓸하게 내뱉었다.

"그럼 다른 방법을 시도해봐야지." 데커가 말했다.

"그렇겠지. 하지만 어떤 방법?"

"이 지점까지, 우린 완전히 반작용만 했어. 놈들이 우리에게 코뚜레를 꿰어 끌고 다녔지. 그리고 난 이제 그러는 데 신물이 나."

"그래, 그래서?"

"그러니 이번엔 우리가 놈들의 코뚜레를 좀 당겨보자고."

0070

전화는 새벽 1시에 걸려왔다. 아메리칸 그릴에서 연기가 나고 있다고. 화재가 분명했다. 경찰과 화재보험사 두 곳이 현장에 출동했다.

데커와 마스와 랭커스터는 연기에 집어삼켜진 음식점에 접근하는 방화 전담팀의 뒤꽁무니를 따라갔다. 소방관들은 연기만 났을 뿐 실제 화재는 일어나지 않았다고 보고했다.

그야 그럴 수밖에. 그릴 지붕과 뒤편 쓰레기통에 놔둔 연막탄은 화염을 내뿜을 능력이 없으니까.

데커는 방화 전담팀 팀장인 척 월터스에게 말했다. "무척 의심스러운 상황이군요, 척. 아무래도 내부를 둘러보고 발화 지점이 어디인지 살펴봐야 할 것 같습니다. 우리가 떠난 후 진짜로 불을 지르려는 일종의 속임수일지도 모르니까요."

분명 터무니없는 소리였지만, 척은 고개를 끄덕이고는 이렇게 대답했다. "좋은 생각 같군요. 안에 뭐가 있을지는 절대 모르니까요."

"절대 모르죠." 데커도 동의했다.

하지만 부디 뭔가 찾을 수 있기를 빌어봅시다.

식당 앞문을 강제로 열자 즉시 경보가 울렸다. 소방관이 패널에 특수 코드를 입력해 서둘러 경보를 껐다.

"비상연락망에 있는 사람한테 전화가 갈 거야." 랭커스터가 말했다.

"그게 내가 바라는 바야." 데커가 말했다.

먼저 진입한 소방관들이 20분 후 경보 해제를 알렸다.

"좋아요." 데커가 말하고 등을 켰다. "혹시 방화에 이용된 뭔가가 있을지도 모르니 이곳을 수색해야 합니다. 아무리 사소한 것 하나라도 놓쳐서는 안 됩니다. 자, 시작합시다."

경관들이 제각기 흩어졌다.

데커는 즉시 부엌 구역으로 들어갔고 랭커스터와 마스도 그 뒤를 따랐다.

광활한 부엌은 티끌 하나 없이 깨끗하고 체계적으로 정리돼 있었으며, 사실상 눈에 띄는 모든 게 스테인리스강으로 만들어진 듯했다. 구석구석까지 훑어보는 데 한 시간이 걸렸다.

이윽고 데커는 카운터에 몸을 기대고 두꺼운 팔을 가슴 앞에서 팔짱 낀 채로 주위를 둘러보았다.

"일을 쉽게 안 만들어주네." 랭커스터가 말했다.

"수많은 사람들이 이 부엌을 들락날락하지. 우리 사건과는 아무 관련이 없는 사람들도 포함해서. 그러니까 출입구는 눈에 확 띄면 안 돼. 하지만 동시에 어느 정도 접근성이 있어야 하지."

랭커스터는 주위를 둘러보았다. "바닥의 트랩도어 같은 걸 말하는 게 아니라면, 그 조건에 들어맞는 건 전혀 눈에 안 띄는데."

마스는 아래를 내려다보았다. "이건 타일이에요. 빈틈 하나 없이 깔려 있고요. 트랩도어가 있다면 무척 빤히 보일 겁니다."

데커는 커다란 냉동실로 들어갔다. 깊이 3미터에 폭 2.5미터 정도였다. 그곳을 돌아다니며 선반들과 거기 쌓인 음식들을 하나도 남김없이 확인했다. 냉기에 저절로 몸서리가 쳐졌다. 데커는 도로 밖으로 나와 냉동고 외부를 보았다.

"누구 줄자 있는 사람?" 데커가 물었다.

랭커스터도 마스도 없었지만, 한 경찰의 차 트렁크에 바퀴 자가 있었다. 교통사고 현장에서 거리를 측정하는 데 쓰이는 장치였다.

데커는 자를 건네받아 냉동고로 들어가 뒷벽에 붙어 뒤쪽 선반 사이를 오가며 폭을 쟀다.

수치를 확인한 후 냉동고 밖으로 나와 냉동고 앞에서 부엌 뒤편 벽까지의 거리를 측정했다. 그런 다음 냉동고 측면에서 반대편 벽까지의 거리를 측정했다.

데커는 측정치를 확인했다. "60센티미터 모자라요. 이 벽은 냉동고 안쪽에 비해 바깥쪽이 60센티미터나 더 길어요. 그리고 폭은 45센티미터 남짓 어긋나고요."

"어떻게 그럴 수 있지?" 랭커스터가 물었다. "혹시 뒤편이나 측면에 내력벽이라도 있는 건가?"

"왜 그냥 냉동고 안이나 여기 바깥에 두지 않고요?" 마스가 물었다.

데커는 서둘러 냉동고로 들어갔다. 마스와 랭커스터도 따라갔다. 데커는 곧장 맨 안쪽을 향해 갔다.

"멜빈, 이것 좀 도와줘요."

두 거한은 힘을 합쳐 음식이 아직 쌓여 있는 무거운 선반을 벽에서 떼어놓았다. 그리고 아무것도 없는 듯한 벽을 응시했다.

데커는 벽의 모든 각도와 모서리를 손전등으로 비췄다. 네 발로 엎드려 벽과 바닥이 만나는 바닥을 더듬어보았다.

랭커스터는 몸을 떨고 있었다. "내가 저체온증에 걸리기 전에 빨리 좀 끝낼 수 있을까?"

데커는 일어서서 벽을 마주했다. "버튼 같은 게 안 보여. 하긴 그런 게 있으면 너무 위험하겠지. 누군가가 여기 와서 우연히 그걸 보고 무슨 일이 일어날지 궁금해서 눌러버릴 수도 있으니까. 그럼 곧장 비밀이 탄로 나고 말 거야."

"벽도 바닥과 마찬가지로 빈틈이 전혀 안 보여요, 데커." 마스가 관찰했다. "여기에 숨겨진 문이 있다 해도 난 도저히 못 찾겠어요."

데커는 방금 옮겨놓은 선반을 돌아다보았다. "앞에 저 선반들이 있고 음식이 쌓여 있으니, 누구도 벽에 접근 못 할 겁니다."

"그래서 정확히 무슨 말을 하려는 거죠?"

데커는 벽에 양 손바닥을 갖다 댔다. "그건 어쩌면 벽 **자체가** 문일지도 모른다는 뜻이죠."

데커는 양발을 단단히 바닥에 버티고 밀었다. 전체 벽이 가볍게 뒤로 밀려나더니 왼쪽으로 문이 드러났다. 문을 열자 아래로 내려가는 좁은 계단이 보였다.

"열려라 참깨." 마스가 장난스러운 투로 말했다.

일행은 일렬로 계단을 내려가 어두운 공간으로 들어섰다. 데커가 손전등으로 사방을 비추자 나머지 두 사람도 따라 했다.

그 공간에는 책상들, 벽에 붙여놓은 지도들, 컴퓨터들, 전화기들, 옷걸이들, 두꺼운 바인더들, 그리고 그 밖의 장비들이 있었다. 방 한쪽에는 약 1.8×3미터의 공간을 둘러 커튼이 쳐져 있었다. 순간 불이 갑자기 들어왔고, 흠칫해서 돌아본 마스와 데커는 전등 스위치 옆에 서 있는 랭커스터를 발견했다.

"난 어두운 건 딱 질색이야." 랭커스터가 손전등을 끄며 말했다.
마스와 데커는 손전등을 끄고 주위를 둘러보았다.
"젠장, 이 공간은 뭐죠?" 마스가 물었다.
데커는 한 책상으로 성큼성큼 걸어가 거기 놓인 물품들을 내려다보았다. 그 옆에는 기계 한 대가 놓여 있었다.
"여기서 신분증을 만들고 있어요." 데커는 젊은 남자의 사진이 박힌 버지니아 운전면허증을 집어 들었다. 면허증의 이름은 프랭크 손더스였다. 1993년생, 주소는 버지니아 주 맥린이었다.
"난 이 남자가 식당에서 '견습' 웨이터로 일하는 걸 봤어. 다만 내가 들은 이름은 프랭크가 아니라 대니얼이었지."
마스는 한 손에는 신용카드 한 뭉치를, 다른 손에는 미국 여권과 출생증명서들을 들어 올렸다. "좋아요, 난 전문가는 아니지만 이 망할 놈의 것들은 진짜처럼 보이네요."
랭커스터가 커튼을 걷자 간단한 작전실로 보이는 공간이 드러났다. 그리고 랭커스터 옆에는 들것이 놓여 있었다. 랭커스터는 한 테이블 위에 나란히 놓인 수술 도구들을 가리켰다. 그 옆에는 휴대용 강력조명이 있었고, 그 옆에는 산소탱크와 빈 비닐 주머니들이 매달린 수액 걸이가 있었다. 벽에 줄지어 늘어선 것은 다양한 의료 모니터링 장비들이었다.
랭커스터가 외쳤다. "이런, 이쯤 되면 공포잖아. 놈들이 이 아래에서 사람들을 수술하고 있는 거야?" 랭커스터는 벽에 설치된 커다란 개수대를 가리켰다. "놈들은 무슨 망할 놈의 짓거리를 하기 전에 저기서 손을 박박 씻나 봐."
마스는 옷걸이들을 보고 있었다. "여기엔 모든 게 다 있어요, 남자와 여자 모두를 위해." 그리고 가발을 하나 집어 들었다. "이것들도 포함해서요."

각 책상에는 컴퓨터가 설치돼 있었고, 컴퓨터 옆에는 종이들이 쌓여 있었다. 데커는 서류 더미의 맨 위 장을 집어 들었다.

"그게 뭐야?" 랭커스터가 다가오며 물었다.

"전국 40개 도시의 목록이야. 각 도시 옆에 X자 표시가 돼 있어."

데커는 벽의 지도를 가리켰다. "이 문서들은 어쩌면 지도의 붉은색과 초록색 핀들에 해당할지도 몰라. 모든 주요 도시권이 다 포함된 것 같은데."

데커는 다른 종이를 집어 들고 말을 이었다. "이건 누군가의 개인 정보 같은데. 출생 정보, 배경. 직업 경력. 혼인 여부."

데커는 종이 아래쪽을 보고 거기 적힌 걸 따라 읽었다. "가드너와 어소시에이츠."

랭커스터가 물었다. "브래드 가드너?"

"음, 그 남자는 채용 전문 업체를 운영하지."

"하지만 그건 불법이 아니잖아요." 마스가 말했다. 주위를 둘러보았다. "이곳은 확실히 불법으로 보이지만요."

"불법인지 아닌지는 당신이 이 자리에 누굴 앉히느냐에 달렸죠." 데커가 말했다.

데커는 틀것과 수술 장비들을 건너다보았다. "저건 확실히 누군가의 외모를 바꾸기 위한 겁니다. 옷, 가발, 가짜 신분증, 신용카드, 여권, 출생증명서, 그리고 위조된 배경은 모두 새로운 신분을 완성하기 위한 겁니다. 그 후 브래드 가드너는 그들을 전국 각지의 고위직에 앉히죠. 웨이터나 하녀 자리에 앉히는 게 아니고요. 금융, 하이테크 분야, 로비, 정부 등등의 요직에. 그게 미치가 한 말이에요."

"그렇군. 하지만 어떤 사람들을?" 랭커스터가 물었다.

데커는 방 안을 둘러보았다. "사람들이 여기서 만들어진다?"

"하지만 해당 분야에 경력이 있어야 할 텐데요." 마스가 말했다. "내 말은, 골드만 삭스나 구글이나 제너럴일렉트릭에 아무것도 모르고 들어가서 뭘 하겠어요."

"아, 그 사람들은 분명 자신들이 맡은 업무에 빠삭할 겁니다." 데커가 말했다. "그리고 이제 우린 이곳이 돈세탁만 하지 않는다는 사실을 확인했죠."

"무슨 말이야?" 랭커스터가 물었다.

"놈들은 인간 세탁을 하고 있었어."

0 0071

"놓쳤다니, 도대체 무슨 뜻이에요? 젠장." 랭커스터가 내뱉었다.

랭커스터는 빌 페이튼의 아파트 감시를 맡았던 두 명의 사복형사를 노려보고 있었다. 데커 일행은 아메리칸 그릴의 지하실을 샅샅이 수색한 후 서로 돌아온 참이었다.

"분명히 여기 있었습니다, 랭커스터 형사님." 더 큰 쪽이 대답했다. "그런데 갑자기 사라졌어요."

파트너가 말을 보탰다. "페이튼을 데려오라는 형사님의 전화를 받고 저희는 몇 번이나 노크를 했습니다. 그래도 답이 없길래 강제로 문을 뜯고 들어가서 그곳 전체를 꼭대기에서 밑바닥까지 수색했습니다. 흔적도 없더군요."

"그자가 사는 곳은 아파트 건물이잖아요." 데커가 말했다. "건물을 수색할 생각은 못 했습니까?"

"하지만 저희는 앞문과 뒷문을 지키고 있었는데요."

"놈은 당신들이 건물로 들어왔을 때 잠깐 다른 집에 피신해 있다가 당신들이 자기 집을 수색하는 사이 슬쩍 빠져나갔을 수도 있어요." 데커가 지적했다. "당신들이 놈을 감시하는 걸 들켰다면요."

"음, 그랬을 수도 있겠네요." 한 형사가 인정했다.

"수도 있겠네요, 라니 장난해?" 랭커스터가 부르짖었다. "당연히 그랬겠지."

사복형사들이 떠난 후, 랭커스터가 말했다. "멍청한 자식들. 우린 놈을 손아귀에 넣었었어, 데커. 다 잡은 놈이었다고. 그런데 이제 휭하니 사라져버렸어. 놈은 보안 연락망에 올라갔을 거야. 그러면 놈의 정체를 밝힐 수 있었을 텐데. 이 와중에 저 멍청이들이 그 놈을 놓치다니."

"이 사건에서는 어째 실종이 반복되는 테마 같네." 데커의 목소리에는 조소가 묻어났다.

"이젠 어쩌지?"

"우린 처리할 정보가 많아."

"내 팀이 그 지하실에서 모든 증거를 수집하고 있어. 1톤은 될 것 같아. 하지만 컴퓨터는 전부 암호로 보호돼 있어. 그리고 우리 팀 기술 전문가의 말에 따르면 하드드라이브가 텅 비었대. 모든 게 우리가 접속할 수 없는 어딘가의 클라우드에 보관돼 있다는 뜻이지."

"하지만 거기엔 다른 증거도 있어. 신분증들이랑 서류 같은 것들."

"넌 놈들이 인간 세탁을 하고 있다고 했지?"

"아메리칸 그릴의 '견습생들'. 난 그들이 그 목적을 위해 벌링턴으로 왔다고 생각해. 새 신분을 얻고, 어쩌면 일부는 성형수술을 통해 얼굴을 바꾼 후 다시 세상으로 나가는 거지. 아마도 브래드 가드너가 알선해준 자리로."

"하지만 목적이 뭐지?"

"나도 모르지."

"그리고 왜 오하이오 주 벌링턴일까?"

"난 아메리칸 그릴이 문을 연 이후로 이 일이 줄곧 진행 중이었다고 생각해. 대량의 콘크리트가 추가로 사용된 거나, 건축 과정에서 그토록 보안을 유지하려 애쓴 건 모두 지하실의 존재로 설명이 가능해."

"그렇다면 데이비드 카츠는 이 일에 처음부터 가담한 건가?"

"그렇지 않고서는 설명이 안 돼. 그리고 새로운 자금으로 대출금을 일찌감치 변제했지."

"그럼 빌 페이튼은?"

"놈은 처음부터 거기 있었으니 그 지하실에 관해 절대 몰랐을 리 없어. 그게 놈이 사라진 이유겠지. 난 그자가 우리의 수법을 꿰뚫어볼 만큼 충분히 영리한 놈일 거라고 생각해. '화재'가 그곳 내부를 수색하기 위한 미끼였다는 걸."

"하지만 노련한 변호인이라면 우리가 그 수색으로 손에 넣은 모든 증거물을 오염됐다는 이유로 얼마든지 거부할 수 있어. 우린 영장이 없었고, 화재 핑계는 법정에서 먹힌다는 보장이 없지."

"그게 문제가 되면 그때 가서 해결하면 돼. 하지만 난 그보다는 여기서 진행되는 일을 막는 게 더 걱정이야, 메리."

"그래서, 데이비드 카츠는 왜 살해당했지? 그리고 리처즈의 가족은?"

"악당들은 위협을 받는다고 느끼면 다른 악당들을 살해하지. 카츠가 자신이 하는 일의 대가로 더 많은 보수를 원했을 수도 있어. 아니면 어쩌면 겁을 먹고 경찰을 찾아가 이 모든 일을 털어놓을 생각을 했거나."

"그리고 리처즈 가족은?"

"부행장이 우리한테 돈 리처즈가 카츠의 담당자였다고 했지. 어쩌면 이 일의 배후들은 카츠가 리처즈한테 말을 너무 많이 했을까봐 걱정했을지도 몰라. 우린 이미 리처즈의 아들과 마약 거래를 하던 칼 스티븐스가 그날 카츠와 리처즈가 만나기로 한 걸 알고 있었다고 추정했어. 분명히 스티븐스가 누군가한테 알렸고, 그 후 놈들은 이 모든 걸 메릴 호킨스에게 뒤집어씌운다는 계획을 세웠을 거야."

"스티븐스가 미치를 알았기 때문에."

"맞아. 젠장, 스티븐스가 그걸 호킨스에게 뒤집어씌운다는 계획을 떠올린 장본인일지도 몰라. 놈은 확실히 미치가 마약중독인 걸 알았고, 어쩌면 미치의 어머니에게 진통제가 필요하다는 것까지 알았을지도 몰라. 하지만 메릴은 바보가 아니었지. 틀림없이 자기 딸이 자기한테 누명을 씌운 걸 알았을 거야. 다만 이유를 몰랐을 뿐. 어쩌면 단순히 딸이 골치 아픈 일에 말려들었다고 생각했을지도 몰라. 딸을, 그리고 아내를 괴로운 처지에 놓이게 하고 싶지 않아서 입을 다물었겠지."

"하지만 그 후 칼 스티븐스를 교도소에서 마주쳤지. 그리고 아마도 스티븐스가 입을 함부로 놀리는 바람에 호킨스가 진실을 눈치챘거나 뭐 그런 식으로 된 거겠지."

"그래서 호킨스는 작은 별을 꿰뚫는 화살 문신을 그렸어. 딸을 죽이는 행위의 상징으로. 그리고 여기 돌아와 자신의 무죄를 입증하려 했지."

"그리고 누군가가 호킨스를 죽였지." 랭커스터가 말했다. "하지만 놈들이 호킨스가 뭘 하려는 건지 어떻게 알았을까?"

"스티븐스가 메릴이 교도소를 나간 것에 관해 누군가에게 귀띔을 해줬을지도. 그 후 호킨스가 이곳에 다시 나타나자, 뭔가 문제가 생기기 전에 없애버릴 필요가 있다고 판단했겠지."

"다행히도 호킨스는 살해당하기 전에 우리와 만날 수 있었고." 랭커스터가 말했다.

"자, 이제 가드너와 페이튼은 둘 다 도피 중이지. 놈들이 조만간 접선을 하게 될까?"

"가능성은 항상 있지. 가드너는 우리한테 제대로 한 방 먹였어. 하지만 놈은 겁을 먹었어, 메리. 아내한테 겁을 먹은 게 아니었어. 비록 미치가 우리 둘을 가리지 않고 총질하고 있긴 했지만."

"자기가 연루된 사람들이 두려웠던 거지."

"음, 놈들이 지금까지 한 짓을 감안하면 그렇게 겁먹는 것도 충분히 이해가 가지."

휴대폰이 울렸다. 재미슨이었다.

"어이, 알렉스. 지금 좀 바쁜……."

재미슨이 말을 잘랐다. "우리 팀이 벌링턴으로 가고 있어요."

"뭐라고요? 뉴햄프셔에 있는 줄 알았는데요."

"그랬죠. 하지만 다른 사건이 갑자기 더 중요해졌어요."

"무슨 사건요?"

"당신 사건요."

0072

로스 보거트는 머리부터 발끝까지 드라마나 영화에서 흔히 볼 법한 FBI 요원처럼 보였다. 큰 키와 탄탄한 몸매에 날카롭게 잘생긴 이목구비와 예리한 눈빛. 그리고 말없이도 느껴지는 유능함. 하지만 외모가 전부는 아니었다. 보거트는 타고난 수사관이었고 야근을 밥 먹듯 했다.

토드 밀리건은 그보다 키가 좀 더 작고 10년쯤 더 젊긴 했지만 상관의 복제판처럼 보였다. 밀리건과 데커는 같은 팀에 들어와 초기에 좀 갈등을 빚긴 했지만 그 후로 접점을 찾은 지 오래였다. 물론 데커가 밀리건의 목숨을 구해준 것도 그 관계에 도움이 되었다.

보거트의 팀은 가장 가까운 지역 공항에 비행기로 도착한 후 곧장 벌링턴으로 차를 몰았다. 그리고 경찰서보다는 데커의 집에서 만나자고 제의했다. 그리하여 그들은 이제 레지던스 인에 있는 데커의 호텔 방 안에 모두 모여 있었다. 멜빈 마스와 메리 랭커스터도 함께였다. 남자 FBI 요원들은 짝을 맞춘 검은색 정장에 풀 먹인 흰색 셔츠와 줄무늬 타이 차림으로, 하나같이 무표정한 얼굴이었다. 알렉스 재미슨은 검은색 바지정장에 흰색 셔츠와 굽이 낮은 구두를 신었다. 표정은 똑같이 심각했다.

"랭커스터 형사님, 오랜만이네요. 만나서 반갑습니다." 보거트가 말했다.

랭커스터가 대답했다. "음, 예전에 데커와 함께 다 같이 사냥하던 때로 돌아간 기분이네요."

데커가 말했다. "왜 여기로 온 거지, 로스? 자네는 아직 이유를 말해주지 않았어."

보거트는 가슴 앞으로 팔짱을 끼고 벽에 등을 기댔다. "우린 자네가 알렉스에게 알아봐달라고 부탁한 그 유령회사 두 곳의 벽을 뚫었어."

"레이철 카츠의 물주 말이야?"

"그래. 비록 돈 관계는 확실히 그보다 더 전으로 거슬러 올라가지만. 데이비드 카츠가 사업상의 책임을 맡고 있던 때로."

"그래서 뭘 알아냈는데요?" 랭커스터가 물었다.

"두 회사 다 러시아의 한 올리가르히(러시아의 경제를 장악하고 있는 특권 계급—옮긴이)와 연루됐다고 알려진 사업가가 차린 거예요. 그게 우리가 여기 온 이유죠."

랭커스터가 입을 쩍 벌렸다. "러시아 올리가르히가 오하이오 주 벌링턴의 사업체에 자금을 지원하고 있다고요? 그게 도대체 말이 되는 소리예요?"

보거트가 말했다. "그건 사실입니다. 그러니 어떻게든 말이 돼야만 하죠. 우린 그 '어떻게'를 알아내야 하고요."

랭커스터는 데커를 건너다보았다. "이런 건 전혀 예상 못 했어."

"아메리칸 그릴 밑에 있는 그 지하실." 데커가 말했다. "우린 그게 인간 세탁을 하는 거라 의심했지. 사람들이 새 신분을 얻으면, 브래드 가드너의 채용 전문업체가 그들을 미국 전역의 영향력 있는 직위로 보내는 거야."

"하지만 놈들의 진짜 목적은 우리를 정탐하는 거죠?" 재미슨이 물었다.

랭커스터가 고개를 끄덕였다. "정답. 그리고 우리 똑바로 봐요. 합법적 업체들은 식당 밑에 신분증 공장을 차리지 않아요. 그들의 의도는 명백히 범죄적이에요."

데커는 휴대폰에 뭔가를 입력하고 있었다. 이윽고 고개를 들더니 말했다. "우린 가드너와 페이튼을 찾아야 해요. 그리고 가드너의 사업을 파헤쳐야 하고요."

"우린 브래드 가드너에 관해 알지 못했어." 보거트가 말했다. "하지만 이제 알았으니까 그건 우리가 맡을게. 사라졌다고 했지?"

"아메리칸 그릴의 매니저인 빌 페이튼과 함께 사라졌지. 아이러니하지 않나?"

"뭐라고?" 보거트가 말했다.

"그곳 이름이 **아메리칸** 그릴이라는 것 말이야. 그런데 막상 러시아 올리가르히의 자금 지원을 받고 있었다니." 그때 데커에게 뭔가 다른 생각이 떠오른 모양이었다. "죽은 두 남자, 타이슨과 스티븐스가 새겼던 문신 있잖아."

"그게 뭐?" 보거트가 물었다.

"아리안 형제단, 나치, 그리고 KKK단."

"맞아."

"하지만 하나 더 있었어."

보거트는 잠시 생각에 잠겼다가 고개를 저었다. "뭔데?"

"KI."

"그건 아마 클랜과 관련됐을 거라고 추측했는데요." 재미슨이 말했다.

"나도 그랬지. 그리고 확실히 그 가까이에 KKK 상징이 있었고." 데커는 휴대폰을 들어 올렸다. "하지만 방금 자네한테 러시아 이야기를 듣고 검색을 좀 해봤어."

"그래서?" 보거트가 물었다.

"KI는 1940년대 러시아에 존재했던 일종의 해외 정보기관이었어. '정보 위원회'의 약자로 KI라고 썼던 모양이야."

재미슨은 "젠장" 하고 내뱉었고 보거트는 극도로 흥미롭다는 표정을 지었다.

"지금은 철폐된 예전 첩보기관이 도대체 이 사건과 어떤 연관이 있을 수 있지?" 보거트가 물었다.

"그 답은 빌 페이튼에게 물어보면 나오지 않을까 싶어. 그게 과연 본명일지는 모르겠지만." 데커가 대꾸했다.

"하지만 데이비드 카츠는 15년 전에 아메리칸 그릴을 지었어." 랭커스터가 말했다. "그럼 러시아인들이 그 오래전부터 이미 여기서 이 짓을 하고 있었다는 거야?"

보거트가 말했다. "사람들은 러시아인들이 최근에야 우리한테 장난질을 치기 시작한 줄 알죠. 사실은 훨씬 전부터였어요. 냉전이 시작된 이후로 미국 전역에 스파이들을 심어뒀죠."

"하지만 왜 하필이면 벌링턴에 스파이 본부를 차렸을까?" 랭커스터가 말했다.

"만만한 과녁." 보거트가 대답했다. "그렇게 많은 자원이 필요 없죠. 그리고 이 사람들 중 다수는 아마 벌링턴이 아닌 다른 곳에서 일하게 될 겁니다. 가드너는 사람들을 아마 미국 전역으로 보낼 거예요. 여긴 그냥 발사대일 뿐이죠."

"우리가 지하실에서 찾아낸 지도가 그걸 확정해주지." 데커가 말을 보탰다. "이 촉수는 전국으로, 그리고 가장 큰 도시권으로 뻗어 있어."

"그렇다면 가드너는 국가 반역자로군." 랭커스터가 내뱉었다. "페이튼도 마찬가지고."

"그건 애초에 미국인이라고 할 때 얘기겠죠." 보거트가 지적했다. "이제 놈들을 찾아내서 정말 그런지 확인해봅시다. 난 더 많은 요원들을 이쪽으로 부를 거지만, 이 일은 기밀로 하고 싶어요. 다른 누가 또 이 일에 연루됐을지 알 도리가 없으니까요. 내가 경찰서로 가고 싶지 않다고 한 건 그래서였어요."

랭커스터는 경악한 표정이었다. "잠깐만요. 당신 말은……?"

"보거트가 한 말은, 메리, 아무도 의심을 피할 수 없다는 뜻이야." 데커가 말했다. "그리고 나 역시 같은 생각이고."

랭커스터는 그 말에 표정을 일그러뜨렸지만 아무 말도 하지 않았다.

보거트는 데커를 응시했다. "자네는 여기서 최전방에 있었지. 그리고 이 지역을 잘 알고. 어떤 식으로 풀어가고 싶나?"

"페이튼과 가드너 둘 다 수배령을 내려야지. 카츠와 미치 가드너에게는 24시간 경호를 유지하고. 지금으로서 우리에게 남은 목격자는 그 둘뿐이야." 데커가 잠시 침묵에 잠겼다가 다시 입을 열었다. "우린 가드너의 업체에 대한 수색영장이 필요해. 모쪼록 누구를 어디에 앉혔는지 찾아낼 수 있길 빌어봐야지."

데커는 마스에게 의미심장한 눈길을 보내며 이렇게 덧붙였다. "그리고 유감스럽지만 난 레이철 카츠가 처음부터는 아니라 해도 어느 지점부터는 이 일에 관해 알았을 거라고 생각해요."

"하지만 입을 다물고 하던 역할을 계속했죠." 마스가 말했다.

"그런 것 같아요."

"어쩌면 선택지가 없었을지도요." 마스가 감싸는 투로 말했다.

"사람들은 늘 배신자가 되거나 옳은 일을 하겠다는 선택을 내릴 수 있어요." 밀리건이 엄하게 말했다.

"그리고 미치 가드너는요?" 랭커스터가 물었다.

데커가 대답했다. "자기 아버지에게 누명을 씌운 마약중독자지. 아마도 스파이 작전에 관해서는 몰랐을 거고. 알 필요도 없었으니까."

"하지만 브래드 가드너는 왜 미치와 결혼한 거지?" 랭커스터가 물었다.

"자기들 중 하나가 매일 옆에 붙어 있는 것보다 미치가 허튼짓을 못 하게 막는 더 좋은 방법이 있겠어? 그리고 미치는 알고 보니 현모양처였지. 브래드 가드너에게는 아마도 윈윈이었을 거야. 난 브래드가 자신의 연기에 대해 후한 보상을 받았을 거라고 생각해. 평생 부자로 사는 건 썩 나쁜 게 아니니까."

재미슨이 말했다. "역시 독신이 최고인 것 같아요."

보거트가 말했다. "우린 그 실마리들을 추적하고 가드너의 사업을 수색할 거야. 다른 건?"

"그릴 지하실에 있던 모든 걸 가방에 넣고 꼬리표를 붙여."

"그 **우연한** 화재가 자네한텐 참 행운이었어. 덕분에 그곳을 수색하고 지하실을 찾아낼 수 있었으니까." 보거트는 그렇게 말하고 데커에게 날카로운 시선을 보냈다.

"난 행운이 찾아오면 절대 놓치지 않지." 데커가 대꾸했다. "가끔은 나 스스로 만들어야 할 때도 있지만."

0 0073

"아주 말끔히도 벗겨냈더군." 보거트가 전화기 너머로 데커에게 말했다. "가드너의 사무실은 뭣 하나 남아 있지 않았어. 그 자식은 미리 철수작전을 세워두었던 게 분명해. 아마도 너한테서 위기감을 느끼자마자 곧장 그곳을 쓸어버렸겠지. 페이튼의 아파트도 마찬가지야. 아무것도 남지 않았어. 애초에 뭔가가 있었는지도 모르겠지만."

데커는 말했다. "우린 놈들에 관해 찾아낼 수 있는 모든 걸 찾아내야 해, 로스. 그리고 가드너의 집과 사무실은 분명 지문으로 가득할 거야. 페이튼의 아파트도 마찬가지고."

"그건 이미 찾으라고 팀을 보내놨어. 그리고 자네가 말한 아메리칸 그릴의 그 '견습생들' 말이야."

"그건 왜?"

"그들 중 과연 한 명이라도 다시 아메리칸 그릴에 나타날지 의문이야. 아마 페이튼한테 진즉 연락을 받았겠지. 하지만 혹시 모르니까 일단 식당에 사람들을 보내놨어. 그리고 그들이 묵고 있던 곳을 추적해서 한 군데도 빠짐없이 수색할 거야."

"뭐라도 알게 되면 알려줘." 데커가 말했다.

"자넨 어쩔 생각이야?"

"난 추억의 여행을 좀 떠나보려고."

*

데커는 옛 파트너의 집에서 랭커스터와 마주 앉아 있었다. 뒤편 어딘가에서 얼과 샌디가 외출 준비를 하는 소리가 들렸다.

샌디가 방 안으로 들이닥쳤다. 활활 타오르는 에너지 공 같은 샐리는 늘 기분이 좋았다, 그러다 한 번씩 암흑 같은 우울감에 빠지곤 했는데, 그 극적인 변화가 일어나는 데는 겨우 몇 초면 충분했다. 샐리는 외투를 반만 걸치고 스키 모자를 눈 위까지 내려쓰고 있었다.

모자를 끌어 올린 샌디가 큰 소리로 외쳤다. "아저씨 알아요." 데커에게 하는 말이었다. "아저씨는 우리 엄마 파트너죠. 에이머스 데커."

"그리고 넌 산드라 랭커스터고." 그건 두 사람이 지치지도 않고 반복하는 작은 공연 같은 거였다.

얼이 서둘러 들어와 샌디의 손을 잡았다.

"갔다 올게." 얼은 그렇게 말하고 데커를 본 후 자기 아내를 보았다.

"그래, 여보. 고마워." 랭커스터가 말했다.

두 사람이 떠난 후 데커는 옛 파트너에게 다시 초점을 맞추고 물었다. "상황은 괜찮은 거지?"

"하루하루, 한 시간 한 시간씩 맞서 나가고 있어. 참, 이 얘긴 꼭 해야겠다. 네가 그날 밤 경기장에서 한 말을 들려줬더니 얼이 그만 눈물이 그렁그렁해지지 뭐야. 날 설득해줘서 너한테 고맙대."

"난 그냥 내 의견을 말한 것뿐이야, 메리. 네 입장이 되어본 적이 없으니 내겐 널 판단할 자격이 없어."

"음, 넌 내가 큰 실수를 저지르려는 걸 막아줬어. 힘든 때가 오면 가족은 서로 밀어내는 게 아니라 한데 뭉쳐야 해."

"지당하신 말씀."

"좋아, 사건은?"

"슬슬 말이 되기 시작하는데, 오차가 있어."

"오차라고?"

"우린 메릴 호킨스가 누명을 쓴 걸 알아. 호킨스의 딸이 네 건의 살인죄를 아버지에게 덮어씌우는 데 가담했지. 우린 그 다중살인의 정확한 동기를 아직 모르지만, 데이비드 카츠의 식당 지하실에서 일종의 스파이 작전이 벌어지고 있었다는 사실이 어느 정도 실마리가 될 거야. 사이가 틀어졌거나, 돈을 더 요구했거나, 아니면 살인범이 카츠를 위험 요인이라고 판단했을지도 모르지."

"알겠어."

"현재로 빨리 감기를 해보자. 호킨스는 칼 스티븐스에게서 진실을 들었어. 교도소를 나와 우리의 도움을 받아 자신의 무죄를 입증하려고 여기로 돌아왔지. 같은 날 밤 누군가에게 살해당했고."

"그리고 우린 여전히 그 범인이 누군지 모르고."

"이제 그 스파이 작전인지 뭔지가 벌링턴에서 진행 중이었다는 걸 알고 나니, 내게는 그 스파이 작전이 가장 그럴싸한 용의자로 보여. 이제 우리에겐 레이철 카츠가 있어. 레이철은 보거트가 러시아와 얽혀 있다는 걸 밝혀낸 유령회사 컨소시엄의 얼굴마담이었어. 그리고 사고가 나기 전에 애매한 말을 하고 있었지. 멜빈한테 한 말을 생각해봐. 놈들은 레이철이 자기들에게 등을 돌릴까 봐 겁났을지도 몰라. 그래서 죽여 없애려 한 거지. 놈들은 나도 죽이려 했어. 그리고 **실제로** 샐리 브리머를 죽였고."

"샐리가 수전 리처즈로 변장했었기 때문에. 하지만 우린 아직 누가 왜 샐리한테 그 일을 시켰는지 모르잖아."

"그래, 모르지. 확실한 건 아직 알 수 없지만, 놈들은 내티의 아내에게 불륜을 폭로하겠다고 협박했을 수도 있어. 자, 그리고 미치 가드너는 죄의식을 견디지 못해 약물 과용으로 자살을 시도했어. 난 미치에게 총이 있었던 게 다행이라고 생각해."

"왜?"

"그렇지 않았으면 남편이 아내의 수고를 덜어줬을지도 모르니까."

"정말로 브래드 가드너가 미치를 죽였을 거라 생각하는 거야?"

"다른 가능성은 상상하기 어려워. 우린 지하실과, 스파이 작전이 벌어지고 있었다는 모든 증거를 찾아냈어. 페이튼은 도망쳤고, 브래드 가드너도 마찬가지였지. 우리한테 남은 건 병원 침대에 누워 있는 두 여자뿐이고, 그들이 깨어나서 우리한테 아는 걸 말해주기만 기다리는 처지지."

"깨어나기나 **하면** 말이지. 그리고 깨어난다 해도 우리한테 뭔가 말해줄 거라는 보장은 전혀 없잖아."

"압박을 가해야지. 미치는 날 죽이려 했어. 그리고 레이철이 아메리칸 그릴의 지하실을 몰랐다는 건 전혀 말이 안 되는 소리야. 만약 두 사람이 입을 열면, 거래 조건을 협상할 수 있을 거야. 그걸 거부하면 오랫동안 교도소에 있어야 할 테고. 하지만 난 그 두 사람만 믿고 있을 수는 없어. 조사를 계속 밀고 나가야 해."

"FBI가 우리한테 도움이 될 만한 걸 발견할지도 몰라."

"어쩌면. 하지만 그들 또한 막다른 골목에 부딪힐지도 모르지. 이 자식들은 확실히 사전에 철수작전을 세워뒀고, 꽤나 멋지게 실행했지, 망할."

"그럼 우리가 혹시 다시 원점으로 돌아온 건 아닐까? 그간의 노력은 아무 소용 없이."

"어쩌면 아닐지도 몰라." 데커가 말했다.

"무슨 뜻이야?"

"이 일은 내가 생각했던 것보다 훨씬 더 뿌리가 깊을지도 몰라. 난 이 사건의 배후가 어딘가 빤히 보이는 곳에 숨어 있는 것 같아."

"좋아. 그게 누군지 어떻게 찾아내지?"

"스스로 나타나게 해야지." 데커는 암호 같은 말을 내뱉었다.

0074

미치 가드너는 트래멀의 병원에서 벌링턴의 병원으로 이송됐다. 두 여자를 한꺼번에 경호할 수 있도록 병실은 레이철 카츠와 같았다. 벌링턴 경찰과 주 경찰이 모두 병원 주위와 병실 앞에 배치됐다. 길 건너편에는 장거리 저격으로 두 사람을 제거하려는 시도를 봉쇄하기 위한 역저격수들이 배치돼 있었다.

데커, 랭커스터, 그리고 마스는 레이철 카츠가 정신이 드는 것 같다는 소식을 듣고 병실 앞에서 기다리는 중이었다.

잠시 후, 내티가 피트 차일드리스와 밀러 서장을 대동하고 나타났다. 차일드리스는 어쩐지 기가 죽고 불안해하는 듯한 표정이었고, 밀러는 엄숙하고 긴장된 표정이었다. 차일드리스는 데커의 눈길을 피해 랭커스터를 쳐다보았다.

"내티한테 자네가 이 사건에서 보여준 활약상을 들었네, 메리. 잘했어. 맙소사! 벌링턴에서 이런 말도 안 되는 짓거리가 벌어지고 있었다는 게 도무지 믿기질 않아."

랭커스터는 단호한 어투로 대꾸했다. “대부분은 데커가 한 일입니다, 경정님. 이 친구가 없었다면 우린 계속 어둠 속에서 헤매고 있었을 겁니다.” 차일드리스는 메리의 말에 흠칫하는 눈치였다.

경정은 마침내 데커를 보고 퉁명스럽게 고개를 끄덕였다. “맞아, 그래. 음, 잘했어, 데커. 난, 그러니까, 자네가 경찰서에 도움이 되어서 기쁘네.”

“어쩌면 제 기소 건에 대해 말씀을 잘해주실 수도 있겠네요.” 데커가 대꾸했다.

이번에 차일드리스는 눈에 띄게 움찔했다. “그래, 좋아.” 그러고는 심하게 헛기침을 했다. “그건 별문제 없을 거야.”

밀러가 덧붙였다. “당연히 아무 문제 **없어야지.** 우린 기소를 철회할 거야, 에이머스.”

“다행이네요.”

“그래.” 차일드리스가 끼어들었다. “카츠는 대화할 준비가 됐나?”

“가서 보시죠.” 데커가 말했다.

일행은 무리를 지어 병실로 들어섰다. 두 침대는 서로 딱 붙어 있었는데, 카츠는 왼쪽, 가드너는 오른쪽이었다.

가드너는 아직 의식을 되찾지 못했다. 마치 평온하게 휴식을 취하는 듯한 모습이었다. 데커는 카츠를 응시했다. 들릴락 말락 한 고통의 신음을 내고 있었지만, 그래도 조금씩 움직이는 것 같았다.

“이게 뭔가?” 차일드리스가 날카롭게 내뱉었다. 방 안을 불안하게 서성거렸다. “뭔가 말을 할 수 있는 거야, 아니면 괜히 바쁜 사람 불러다 놓고 시간 낭비나 하게 만들려는 거야?”

“의사가 곧 올 겁니다.” 랭커스터가 대꾸했다.

차일드리스는 계속 서성이며 고개를 저었다. 데커를 올려다보았다. "FBI가 왔다고 들었네. 그들이 이 사건에 뭔가 진척을 봤나?"
"아뇨. 제가 아는 한은요." 데커가 말했다. "스파이 작전은 발각됐지만 철수작전이 실행된 것 같습니다."
"브래드 가드너가 자네의 감시망을 뚫고 도망쳤다지." 고소해하는 듯한 차일드리스의 목소리에는 승리감이 담겨 있었다.
"놈은 수많은 사람들의 감시망을 뚫고 도망쳤습니다." 랭커스터가 방어적으로 말했다.
차일드리스가 랭커스터를 노려보았다. "다른 사람도 아닌 데커에게 대변인이 필요할 것 같지는 않은데, 메리."
"전 실수를 저질렀습니다." 데커가 순순히 인정했다. "하지만 변명을 하자면, 당시 미치 가드너가 제게 총질을 하고 있었습니다."
그 말은 차일드리스에게서 모든 투지를 앗아간 듯했다. "그래, 그런 상황이었다면 아마 나도 놈을 놓쳤을 거야." 그러고는 랭커스터를 보았다. "의사는 어디 있지?"
잠시 후 파란 제복을 입은 여성 내과의가 들어와 인사를 했다.
데커가 말했다. "좀 어떤가요?"
"카츠 씨는 안정적이에요. 그리고 서서히 진통제를 줄여가는 중입니다. 내상이 대단히 심각했죠. 처음 생각했던 것 이상으로요. 아슬아슬했어요." 의사는 카츠의 침대 옆에 있는 모니터를 응시했다. "환자분이 의사소통을 할 수 있을지에 관해 저는 아무것도 장담할 수 없습니다. 하지만 환자분의 육체적 회복이 제 주요 관심사라는 점은 명확히 말씀드리죠. 따라서 제 환자가 그 어떤 역반응이라도 보이면, 면회는 즉시 중단될 겁니다. 아시겠죠?"
차일드리스는 의사의 말에 불쾌한 기색이었지만 고개를 끄덕이고 퉁명스럽게 내뱉었다. "알겠습니다. 그럼 이제 시작할 수 있을까요? 중요한 일이라서요."

의사는 정맥주사에 연결된 기계로 가서 계기판을 조작했다. 1분이 지나도록 아무 일도 일어나지 않았다. 하지만 이윽고 카츠가 몸을 움직이기 시작했다. 다들 가까이 다가섰을 때, 카츠의 눈꺼풀이 파닥거리다 뜨였다. 하지만 바로 다시 감겼다.

의사가 세심히 지켜보는 사이 카츠는 눈을 다시 뜨고 천천히 주위를 둘러보았다. 마스와 눈이 마주치자 애정 어린 미소가 떠올랐다.

"당신…… 당신이 날 구해……." 카츠의 목소리가 흐려지고 눈꺼풀이 내려갔다.

마스는 레이철의 손을 잡고 마주 웃어 보였다. "당신은 날마다 좋아지고 있어요, 레이철. 의사가 당신이 잘하고 있대요. 정말 잘하고 있대요."

데커는 앞으로 다가가 마스 옆에 나란히 섰다. "레이철, 질문에 대답할 만한 컨디션인가요?"

카츠는 데커를 올려다보고 이마에 고랑을 지었다. "질문요?"

"네. 당신한테 무슨 일이 일어났는지 압니까?"

카츠는 손을 뻗어 어깨를 건드렸다. "초…… 총."

"맞아요. 누군가가 당신을 죽이려 했죠."

"누…… 누구?"

"우린 그자가 당신과 아무런 개인적 관계도 없는 인물이었을 거라고 생각합니다. 아마 당신을 살해하기 위해 고용된 청부업자일 겁니다."

"이…… 이해가 안 가요."

마스가 다시 레이철의 손을 꼭 쥐었다. "당신은 내게 진실에는 여러 모습이 있을 수 있다는 이야기를 했죠. 기억해요?"

카츠는 천천히 고개를 끄덕였다.

"음, 난 이 사건에서 바로 그 진실의 여러 모습이 당신을 **자유롭게 해줄 거라고** 생각해요."

데커가 끼어들었다. "우린 아메리칸 그릴의 지하실을 발견했어요." 데커는 이 말에 대한 카츠의 반응을 보고 싶었다. 복용 중인 약물 때문에 다소 둔하더라도.

카츠는 힘겹게 침을 삼키고는 눈꺼풀을 파르르 떨었다.

내티도 데커 옆에 와서 섰고, 차일드리스는 내티 옆에 섰다.

내티가 말했다. "카츠 씨, 우린 빌 페이튼과 브래드 가드너에 관해 알아냈습니다. 미치 가드너는 당신 옆 침대에 누워 있습니다. 약물 과용으로 죽을 뻔했죠."

카츠는 한 사람 한 사람을 올려다보며 입술을 떨기 시작했다. "미…… 미치."

"그래요." 차일드리스가 말했다. "수많은 사람들이 죽어가고 있습니다. 그리고 솔직히, 우리가 답을 듣지 못하면 다른 사람들도 죽을 수 있어요."

카츠의 얼굴을 타고 눈물이 줄줄 흘러내리기 시작했다. 몸을 떨기 시작했다. 모니터가 경보음을 발했다.

의사가 즉시 약을 주입하자 카츠는 서서히 무의식 속으로 다시 빠져들었고, 알람 소리는 잦아들었다.

"지금은 여기까지만 하죠."

"하지만 우린 아무것도 얻지 못했는데요." 차일드리스가 항변했다.

내티가 상관의 팔에 손을 얹었다. "다시 오면 되죠. 우리는 원하는 걸 얻게 될 겁니다. 하지만 지금은 카츠가 쉬어야 해요. 쉬게 해주죠."

차일드리스는 내티에게 기묘한 표정을 지어 보이고 데커에게 한쪽 눈썹을 치켜올린 후 어깨를 으쓱했다. "좋아. 하지만 이 일을 질질 끌어선 안 돼."

"염려 마세요." 내티가 말했다.

내티에게 조금 길다 싶게 머물렀던 데커의 눈길이 다시 마스를 향했다. 마스는 여전히 카츠의 손을 꼭 쥔 채 내려다보다, 손가락으로 카츠의 뺨에 새로 맺힌 눈물을 닦아냈다.

"괜찮을 거예요, 멜빈." 데커가 나지막이 말했다.

"그건 모르는 일이잖아요."

"네, 모르죠. 하지만 괜찮길 빌어야죠."

"다시 이야기할 수 있게 되면 날 불러." 차일드리스가 퉁명스럽게 내뱉고는 뒤돌아 떠났다.

내티는 차일드리스의 뒷모습을 바라보았다. "이 사건 때문에 자기가 안 좋아 보일까 봐 보통 겁먹은 게 아니야. 자기 코밑에서 스파이 작전이 벌어지다니."

"밤잠깨나 설치겠네요." 데커가 말했다.

랭커스터가 데커에게 다가섰다. "그럼 이제 어쩌지?"

데커는 가드너와 카츠를 번갈아 보았다. 그 후 창을 보더니 갑자기 생각에 잠겼다. 발을 내려다본 후 다시 고개를 들었다. "답은 저기 있어." 데커가 말했다. "우린 그냥 계속 지켜보기만 하면 돼."

랭커스터가 말했다. "어디를? 우린 할 수 있는 노력을 다하고 있어. 하지만 페이튼과 가드너를 비롯한 스파이들이 지금쯤 이 나라를 떴을 수도 있다는 건 나도 알고 너도 알잖아. 특히 개인 제트기 같은 게 있다면."

"상관없어. 난 우리가 여전히 필요한 답을 찾을 수 있을 거라고 봐."

"어떻게?" 내티가 물었다.

데커가 내티를 응시했다. "유용한 목격자가 언제 짠 하고 나타날지는 모를 일이죠."

"무슨 목격자?" 내티가 물었다.

데커는 문으로 걸어갔다. "가능하면 보여드릴 수 있도록 해보죠. 하지만 그전에 먼저 처리할 일이 있어요. 당장 처리해야 해요."

0 0075

제복 입은 남자는 벌링턴의 메인 병원 길 건너편에 있는 건물의 계단을 밟아 맨 꼭대기 층으로 올라갔다. 저격용 소총을 휴대한 남자는 거리를 내다보는 창에 자리를 잡았다. 오른편과 왼편을 차례로 살폈다. 남자는 거기 배치된 역저격수들과 구분이 되지 않았다.

남자는 조준경을 조작하고 시야를 직선으로 조정했다.

그리고 그림자 속에 철저히 몸을 숨긴 채 자신이 자리 잡은 곳 맞은편 창을 향해 총을 겨눴다. 내려진 블라인드 뒤의 공간을 머릿속으로 그려보고, 탄도 계산을 위한 숫자들을 머리에 입력했다.

조준경을 다시 맞춘 후 한 번 더 조준했다. 탄도 계산을 마치고 손가락을 방아쇠로 미끄러뜨렸다. 빠르게 연달아 세 발을 쏠 작정이었다.

남자는 호흡을 진정시켜 심박과 일치시켰다. 사실상 거리는 문제가 아니었다. 이것은 어떤 면에서 어둠 속의 사격이나 다름없었다. 그럼에도 남자는 과녁을 맞힐 수 있을 것이다.

눈과 손을 인간에게 가능한 한도까지 안정적으로 유지하면서, 남자는 방아쇠를 천천히 세 번 당겼다. 총신은 매번 정확히 동일한 패턴을 그리며 움직였다.

이윽고 남자는 소총을 그대로 놓고 건물 뒤편으로 전력 질주했다. 그리고 재빨리 계단을 내려가 출구로 나갔다. 차도에서 자신을 기다리고 있는 차를 향해 달려갔다.

남자는 문을 벌컥 잡아당겨 열고 올라탔다.

"명중." 남자가 말했다.

차가 출발하지 않자 남자는 고개를 돌렸다.

네 정의 총이 동시에 남자의 머리를 겨눴다.

그중 한 대를 손에 쥔 특수요원 알렉스 재미슨이 말했다. "넌 체포됐다."

*

데커는 병실에 산산이 흩어져 있는 유리 조각들을 보았다. 그날 아침에는 레이철 카츠와 미치 가드너가 누워 있던 병실이었지만, 지금은 텅 비어 있었다. 두 여자는 데커의 요청에 따라 여기서 한참 떨어진 다른 병실로 옮겨졌다.

데커는 세 발의 총탄이 명중한 바닥 부분을 발로 쓸었다. 총탄 자국은 카츠의 침대와 일직선을 이뤘다. 그 병실에 그대로 있었다면, 카츠는 죽고 말았을 것이다.

하지만 가드너를 겨냥한 총탄은 없었다.

랭커스터는 문간에 서서 데커를 지켜보고 있었다. 데커가 눈길을 그대로 되돌려주자 랭커스터는 고개를 젓고는 입술을 일자로 굳게 다물었다. 데커는 옛 파트너가 그렇게 불만스러운 표정을 짓는 걸 이번에 처음 보았다.

"오래된 죄는 긴 그림자를 던지지." 데커가 웅얼거렸다.

랭커스터가 고개를 끄덕이는데 특수요원 보거트가 그 옆에 나타났다. "그래도 삼키기 쓴 약이야." 랭커스터가 대꾸했다.

"나도 마찬가지야." 데커가 그렇게 대꾸하고는 보거트와 랭커스터를 번갈아 보았다. "준비됐어?"

"준비됐어."

세 사람은 보거트의 렌터카에 올라타 경찰서로 향했다. 엘리베이터를 타고 강력계로 갔다. 랭커스터는 문을 열고 머리를 들이밀었다. 내티 혼자 책상에 앉아 파일을 읽고 있었다.

랭커스터가 말했다. "블레이크, 시간 좀 있어요?"

내티가 랭커스터를 건너다보았다. "그럼, 무슨 일인데?"

"곧 알게 될 거예요. 하지만 우리랑 같이 가야 해요. 당장."

내티의 표정에 당혹감과 불안감이 어른거렸다. 의자 등받이에 걸어놓은 재킷을 걸치고 복도로 나온 내티는 거기 서 있는 데커와 보거트를 보고 랭커스터에게 물었다.

"무슨 일이지?"

"말했잖아요. 알게 될 거라고." 랭커스터가 대꾸했다.

"그전에 하나만요, 내티." 데커가 말했다.

"뭔데?"

"당신 총을 줘야겠어요."

"뭐?" 내티가 뒤로 물러서며 경악한 표정으로 물었다.

데커가 손을 내밀었다. "당신 총요."

"난 그럴 수……."

"아뇨, 그래야 합니다." 보거트가 말했다. 보거트는 무기를 꺼내어 내티에게 겨누고 있었다.

"도대체 뭐 하는 짓거리야!" 내티가 부르짖었다. "나한테 총을 겨누다니 불법이잖아!"

"파티 입장권의 대가는 당신 총입니다, 내티." 데커가 말했다. "예외는 없어요."

내티는 어깨의 총집에서 천천히 총을 꺼내어 손잡이를 앞으로 해 데커에게 건넸고, 데커는 안전장치가 잠겨 있는지 확인한 후 주머니에 넣었다.

"도대체 뭣 때문에 다들 작당해서 나한테 이러는 건지 영문을 모르겠군." 내티가 입을 열었다.

"조용히 좀 해요, 블레이크." 랭커스터가 쏘아붙였다. "잠자코 따라오기나 해요."

일행은 가는 길에 밀러 서장도 데려갔다. 서장 역시 데커가 처음 보는 엄중한 표정을 짓고 있었다.

"서장님?" 내티가 근심 가득한 표정으로 입을 열었다.

하지만 밀러는 한 손을 들어 올렸다. "지금은 안 돼, 내티."

일행은 층계를 한 층 더 올라가 복도를 따라 끝까지 갔다. 데커는 노크하지 않았다. 그냥 들어갔다.

피터 차일드리스가 거대한 책상에서 고개를 들었다. 뒤편 벽에는 공공 행사에서 지역 정치가들과 함께 찍은 사진들이 즐비했고, 그 세월 동안 받은 표창장과 상장 역시 수두룩하게 늘어서 있었다.

자신의 사무실로 들어오는 일행을 본 경정이 이마에 고랑을 지으며 따졌다. "떼거지로 몰려와서 뭣들 하는 거지? 사건에 무슨 진척이라도 있었나?"

"네, 있었습니다." 데커가 말했다. "부디 일어서주시죠."

"뭐라고?" 차일드리스가 말했다.

"절차를 알고 있을 텐데, 피트." 밀러가 말했다. "일어서게."

"망할, 도대체 왜?"

랭커스터가 수갑을 꺼내 들고 앞으로 나갔다. "피터 차일드리스, 일어서. 당장!"

"씨발 도대체 무슨……."

랭커스터는 경정의 멜빵을 움켜쥐고 의자에서 강제로 일으켜 세웠다.

"옷 벗고 싶나, 랭커스터!" 경정이 고함쳤다.

"그 반대가 될 것 같은데요." 데커가 말했다.

랭커스터가 차일드리스의 손을 등 뒤로 돌려 거칠게 수갑을 채웠다. "피터 차일드리스, 당신을 살인 교사 공모, 간첩행위 공모, 돈세탁 공모 혐의로 체포한다. 그 외에도 수백 가지 혐의가 있지만, 뭐 그 정도로 해두지."

차일드리스는 얼어붙었다.

내티는 입을 쩍 벌린 채 거기 서서 자기 상관을 응시하고 있었다.

차일드리스가 고함쳤다. "감히 이런 개수작을 부리다니, 다들 감옥에 갈 각오는 됐겠지!"

데커는 한 걸음 앞으로 내디뎠다. "레이철 카츠를 살해하려던 남자는 실패했고 체포됐어."

"실패했다고!" 차일드리스는 자신도 모르게 그렇게 내뱉었다. "무…… 무슨 소리를 하는 거야?"

"내가 두 사람을 미리 다른 병실로 옮겨놨었거든. 우리가 오늘 아침 만난 이후에." 데커가 말했다. "두 사람은 안전해."

“옮겼다고? 왜 아무도 그에 대한 내 승인을 요청하지 않았지?”

“흠, 명백하게 타당한 이유가 있었지.”

“이봐, 도무지 이게 다 무슨 소린지 모르겠지만…….”

그때 방 안을 서성이기 시작하는 데커를 보고 경정은 입을 꾹 다물었다.

데커는 걸음을 한 보 한 보 세고 있었다. “당신과 나는 거의 키가 같지, 피트. 따라서 보폭이 동일해. 벽에서 카츠의 침대 끝까지 여섯 보. 거기서 두 보 더 가면 가슴 위치.”

데커는 마법에 걸린 듯 자신을 지켜보고 있는 내티를 보며 물었다. “오늘 아침 경정이 그렇게 걸어 다니던 걸 기억하죠, 내티?”

형사는 천천히 고개를 끄덕였다.

“이자는 벽에서 침대까지의 거리를 재고 있었어요. 저격수한테 알려줄 수 있도록. 그렇지 않으면 저격수는 진정 눈먼 상태로 방 안을 저격했을 겁니다.”

“개소리! 증거를 대!” 차일드리스가 고함쳤다.

대답 대신 데커는 보거트를 보았다.

FBI 요원은 휴대폰을 꺼냈다. “우린 당신 휴대폰을 압수수색하기 위한 영장을 받아냈어.” 그러고는 휴대폰을 들어 올렸다. “당신은 병원을 떠나고 30분 후 이 문자를 보냈지. 거기엔 카츠를 조준하기 위한 측정치가 적혀 있었고.”

“그리고 당신 부하는 솜씨가 좋더군.” 데커가 말했다. “세 방 다 카츠가 있었어야 할 곳을 맞혔지.”

“난 네가 말하는 ‘부하’가 누군지 몰라.”

보거트가 말했다. “음, 그거 재미있군. 왜냐하면 우리가 방금 살인 미수 혐의로 체포한 **부하**의 휴대폰에 당신 메시지가 있었거든.

놈이 이미 우리한테 다 불었어, 차일드리스. 그리고 당신을 지목했지. 당신은 끝났어."

"난…… 난……." 차일드리스가 말을 더듬었다.

"하지만 왜 가드너는 노리지 않았지?" 데커가 물었다. "어째서 카츠만?"

차일드리스는 고개를 젓고 입을 꾹 다물었다.

"좋아, 샐리가 어디 있을지도 당신이 에릭 타이슨에게 알려줬나, 차일드리스?" 데커가 물었다. "**샐리**를 저격하기 위한 계획을 세웠을 때? 아니면 미행을 붙였나?"

차일드리스의 얼굴에서 핏기가 빠져나갔다. 경악한 표정의 내티를 흘끗 보았다.

"이봐, 내티." 차일드리스가 입을 열었다. "그건…… 그런 게 아니었어. 난……."

"씨발 개자식!" 내티가 비명을 질렀다. 양손이 총집으로 갔지만 총은 거기 없었다. 그대로 경정에게 덤벼든 내티는 상대의 배에 주먹을 꽂아 몸을 반으로 접히게 만들었다. 하지만 왠지 그 상황에 한 박자 느리게 반응한 데커가 내티를 붙잡아 경정에게서 떼어냈다.

"왜 그랬어?" 내티가 고함을 쳤다. "샐리가 당신한테 도대체 뭘 잘못했다고?"

"이용한 거예요, 내티." 데커가 말했다. "내가 전에 제시했던 가설처럼요. 억지로 수전 리처즈로 변장하게 만들었죠. 아마도 당신 부인에게 두 사람의 관계를 폭로하겠다고 협박해서요. 그 후 샐리가 날 돕고 있는 걸 알고는 겁에 질렸겠죠. 그래서 나랑 같이 공원에서 나올 때 저격하도록 시킨 겁니다."

차일드리스는 서서히 몸을 폈지만 여전히 숨을 몰아쉬고 있었다.

밀러가 앞으로 걸음을 내디뎠다. "배지를 단 지 40년 만에 처음 보는 광경이로군. 자네는 수치야, 차일드리스."

0 0076

차일드리스가 끌려가는 것을 보며 보거트가 말했다. "어쩌면 저 자의 말이 맞을지도 몰라."

"왜요?" 랭커스터가 물었다.

"우린 당신이 찍은 빌 페이튼의 지문에 대한 보고를 받았어요."

"우리가 접근 가능한 데이터베이스에서는 아무것도 안 나왔는데요." 랭커스터가 대꾸했다.

"음, 우린 접근 가능한 게 몇 군데 더 있어요. 해외의 것들도 포함해서요. 전형적인 것들 말고요. 하지만 우리로서도 쉬운 일은 아니었고, 그래서 그렇게 오래 걸린 겁니다. 사실 그 정보를 찾기 위해 모사드에 있는 친구들한테 부탁해야 했죠."

"이스라엘의 그 모사드?" 데커가 물었다. "그럼 빌 페이튼은 그 남자의 본명이 아니라는 뜻이겠군."

"전혀 거리가 멀지. 본명은 유리 이고르신이야. 그리고 이스라엘에서 보내준 전반적인 인상착의는 자네가 페이튼에 관해 우리한테 말해준 것과 일치해."

"어디 맞혀볼까……. 러시아인이겠지." 데커가 건조하게 말했다.

"사실은 베를린 장벽이 무너지기 전 동독에서 태어났고 당시 운영된 특수 프로그램 덕분에 미국의 대학으로 유학을 왔지. 자네랑 오하이오 주립대 동창이야."

"그게 말이 돼요?" 랭커스터가 물었다. "그쪽 지역 출신이 그냥 그렇게 당연하다는 듯 여기로 와서 학교에 다닐 수 있다고요?"

"음, 자기가 스파이라고 선언하며 오진 않았겠죠. 아마도 당시엔 실제로 스파이도 아니었을 겁니다. 적절한 자격조건과 비자를 갖춘 학생이었겠죠. 그리고 비자에 따르면 페이튼은 동독이 아니라 **서독**에서 온 거로 돼 있어요. 무슨 수를 쓴 건지는 모르겠지만, 어쨌든 그랬죠. 대학을 졸업하고 고향으로 돌아갔는데, 그 얼마쯤 후에 KGB와 연이 닿은 것 같아요. 적어도 모사드에서는 그렇게 믿고 있는 듯해요."

"아니, 여기로 유학을 오기 전에 포섭됐을 것 같아요. 미국에 파견될 스파이로요." 재미슨이 반박했다.

"그럴 수도 있겠죠. 어쨌든 베를린 장벽이 무너진 후 그자는 KGB의 후신인 FSB의 정식 요원이 됐죠. 아무래도 그곳의 고위층 다수와 무척 긴밀한 관계를 맺고 활동한 모양입니다. 그 후 자취를 감췄죠. 그리고 지난 약 20년간 아무도 페이튼의 행방을 알지 못했고요."

데커가 말했다. "음, 그러다 15년 전 벌링턴에 나타나서 지금까지 식당을 운영했다는 거로군. 레이철 카츠에게 자금을 대는 러시아 올리가르히와의 연결고리가 밝혀진 셈이군."

랭커스터가 말했다. "전에 만났을 때 말하는 걸 들어서는 전혀 러시아인 같지 않던데. 내 귀에는 그냥 미국인처럼 들렸어."

"그게 핵심이야." 데커가 말했다. "다들 제임스 본드 영화에 나오는 악당처럼 말하는 건 아니야. 사람들 사이에서 눈에 띄지 않고 섞여들어야 하니까. 그리고 미국에서 오래 살았으니 그게 가능했겠지. 그래서 무척 이용가치 있는 존재가 됐을 거야."

보거트가 말했다. "실은 그 정도가 아니야. 더 깊이 파본 결과, 이고르신의 모친이 미국인이라는 흥미로운 사실을 알아냈어. 2차 대전 이후 모스크바로 망명했지. 거기서 아나톨리 이고르신이라는 러시아인과 결혼했고. 남편은 2차 대전 당시 러시아 육군 장교였고, 이후 동독의 소련 군정 체제에서 일했어."

"부전자전이군. 그리고 모친은 아들에게 미국식 태도와 말하는 법을 가르쳤고." 데커가 끼어들었다. "그건 아마 이고르신이 여기 대학으로 유학을 와서 적응하는 데 도움이 됐겠지. 그리고 나중에 스파이 작전 임무를 맡아 벌링턴으로 돌아왔을 때도."

"분명 그 모든 게 이고르신을 소련에, 그리고 나중에는 러시아에 더욱 가치 있는 존재로 만들어줬겠지." 보거트가 덧붙였다.

"그들이 그 오랜 세월 동안 심어놓은 자들에 대해 좀 알아낸 게 있나요?" 랭커스터가 물었다.

"상황이 복잡해요. 아메리칸 그릴에는 그 사람들에 대한 기록이 전혀 없었어요. 그냥 아직 '처리 중인' 사람들만 있었죠. 그리고 주방 직원들을 포함해 전부 사라졌어요. 우린 작전에 가담하지 않은 다른 직원들을 신문할 겁니다. 어쩌면 추적에 도움이 될 만한 정보를 얻을 수 있을지도 모르죠. 그리고 사실 가능성이 아주 사라진 건 아니에요. 브래드 가드너가 그 사람들 중 다수를 파견했으니까요. 우린 가능한 한 많은 곳에 연락을 취해서 가드너가 파견한 사람들을 고용했는지 여부를 알아볼 계획입니다."

"아직 거기 있다면 말이지." 데커가 말했다. "어쩌면 다들 이미 튀었을지도 몰라."

"그럴 수도 있겠지. 그렇다면 적어도 그자들은 제거된 거니까 그것도 나름대로 의미가 있어. 하지만 가능한 한 이걸 역이용해야 해. 심지어 그자들을 찾아내지 못한다 해도, 최소한 그 자리에 있으면서 어떤 해를 입혔는지를 가늠하고 그걸 되돌리려고 노력해 볼 순 있겠지."

"썩 전망이 밝진 않지만 지금으로선 다른 방법이 없겠군." 데커가 수긍했다.

내티가 데커에게 말했다. "왜 내 총을 가져갔는지 이제 알겠어. 난 그 개자식을 쏴버렸을 거야."

"알아요." 데커는 내티의 권총을 꺼내어 도로 건넸다.

"차일드리스가 왜 이런 짓을 했을까?" 내티가 물었다.

"왜 그랬겠어요? 돈이죠. 재정 상태를 수사하면 현금으로 넘쳐흐르는 비밀 계좌가 몇 개쯤 나올 겁니다."

"차일드리스가 처음부터 가담했다고 생각해?" 랭커스터가 물었다.

"13년 전을 생각해봐, 메리."

"그래, 네 건의 살인사건."

"우린 강력계 형사로 이제 막 승진했었어."

"맞아."

"네 건의 살인사건 현장에 사건을 지휘할 경력 있는 고참 형사 하나 없이 신참 형사 둘만 덜렁 파견한 거야."

랭커스터는 내티를 응시하며 말했다. "맞네. 그 사건은 우리보다 고참 형사들이 담당할 수도 있었어요. 당신도 포함해서요, 블레이크."

데커가 말했다. “난 그날 밤 기록들을 다시 살펴봤어요. 누가 우릴 그 사건에 배정했는지 맞혀볼래요?”

밀러 서장이 역겨움을 숨기지 않으며 말했다. “차일드리스였지. 당시 형사과를 지휘하고 있던.”

“맞아요. 차일드리스는 현장에 심어진 감식 증거들만 옳다구나 덥석 물고 다른 곳은 찾아볼 생각도 못 할 신참 형사들이 필요했던 겁니다.”

데커가 내티를 응시하며 말했다. “당신이라면 그때 우리가 못 본 걸 봤을지도 몰라요, 내티.”

“그랬을 수도, 혹은 아니었을 수도 있지. 하지만 나라면 이렇게 세월이 흐른 지금 그걸 알아내지는 못했을 거야. 자네처럼은 못 했을 거야.”

“음, 돌이켜보면 뭐든 빤히 보이는 법이죠. 그리고 난 너무 늦게 알아차리는 바람에 메릴 호킨스의 죽음을 막지 못했어요.”

보거트가 말했다. “우린 이고르신과 가드너를 포함해 사라진 자들을 계속 찾을 겁니다. 그러는 동안 여러분은 모두 경계 태세를 갖춰야 합니다. 지금까지 알아낸 바에 따르면 여러분은 미국에서 운영되고 있던 대형 스파이 작전을 박살 냈어요. 이자들은 이 나라를 재빨리 떠나려 할 가능성이 높습니다. 살아남아야 다시 싸울 수 있을 테니까요.”

데커가 말했다. “하지만 놈들이 복수를 위해 어딘가 가까운 곳에 남아 있을 가능성도 항상 있어. KGB는 그런 식이거든.”

“바로 그거야.” 보거트가 말했다. “사실 자네가 여기 남아 있을 이유는 없어, 데커.”

“아니, 내가 미처 매듭짓지 못한 일이 하나 있어.”

"그게 뭔데?" 보거트가 물었다.

"메릴 호킨스."

"자네는 그 사람을 살려낼 수 없어."

"그래. 하지만 차선책이라면 가능하지."

0 0077

여자의 눈꺼풀이 파닥거리다 뜨였을 때 두 남자 모두 움찔했다.

데커와 마스는 레이철 카츠의 침대 옆에 앉아 있었다. 이 병실에는 창문이 없었는데, 이유는 빤했다. 미치 가드너 역시 다른 창문 없는 병실로 옮겨졌고, 그곳 또한 지역 경찰과 FBI 요원들이 물샐틈없이 경비를 서고 있었다. 이제는 조금의 위험도 감수할 수 없었다.

마스는 일어나서 카츠의 손을 잡고 물었다. "안녕, 기분은 좀 어때요?"

카츠는 천천히 고개를 끄덕이고 간신히 힘없는 미소를 지었다. "나아졌어요." 그때 데커를 보자 카츠의 표정이 심각해졌다. "얼마나 알고 있어요?" 조심스러운 말투였다.

"음, 빌 페이튼은 사실 유리 이고르신이라는 이름의 러시아인이고, 브래드 가드너는 오랫동안 이고르신의 스파이를 전국에 심어 놓고 있었죠. 그 작전은 아메리칸 그릴에서 시작됐고요. 그리고 우린 또한 당신 식당 밑의 밀실에서 그 사람들을 위해 가짜 신분증과 배경과 심지어 얼굴까지 만들었다는 걸 알아냈습니다. 그거 말고는 별거 없어요."

카츠는 한 손으로 얼굴을 가리고 신음을 토했다. 마침내 손을 치우고 자신의 몸을 뒤덮은 선들과 튜브들을 바라보았다.

"내가 나을 수는 있는 건가요?"

"그럼요, 당연하죠." 마스가 대답했다. "우린 그냥 당신이 완전히 의식을 회복하길 바라고 있었어요."

카츠의 입술이 파르르 떨렸다. "난 무슨 말을 해야 할지 모르겠어요."

"우선 진실의 **한 가지 모습**이라도 좋습니다." 데커가 말했다. "전부 다 말해주면 더 좋겠지만요."

"내 머리 밑에 뭘 좀 받쳐줄래요?"

마스는 리모컨으로 침대 머리판을 움직였다.

자리를 잡은 후 카츠는 긴 한숨을 내쉬었다. "내가 데이비드와 결혼했을 때 아무것도 몰랐다는 건 우선 믿어주셔야 해요. 아직도 모르는 게 많고요."

"남편분은 당신과 만나기 전에 이미 그릴을 열었죠." 데커가 말했다.

"네. 그리고 우린 행복했어요. 식당 운영 외에도 난 따로 내 사무실이 있었죠. 그리고 그이는 이미 다른 프로젝트들을 작업 중이었어요. 모든 게 순조로웠죠. 적어도 내가 아는 한은요."

"그러고 나서 돈 리처즈와 만났고요?"

"그리고 그 사람이 죽었죠." 카츠는 눈물을 흘리기 시작했다. 마스가 건넨 티슈를 받아 눈가를 두드렸다.

"난 절망에 빠졌었어요. 청천벽력이었죠. 도대체 왜 누군가가 그이를 죽이려 할지, 상상도 가지 않았어요."

"그 후로 무슨 일이 일어났죠?" 데커의 말투엔 조바심이 묻어났다.

"그 후로 난 그림을 팔려고 했어요. 벌링턴도, 데이비드에게 일어난 비극을 곱씹는 것도 지긋지긋해서요. 그냥 새 출발을 하고 싶었어요."

"그리고 어떤 일이 일어나서 당신이 마음을 바꾸게 됐군요?"

"빌 페이튼 때문이었어요. 아니, 유리라고 했던가요. 난 그 남자한테 그곳을 팔 생각이라고 말했어요. 그 남자는 자세히 설명하진 않았지만, 내가 들은 얘기는 충격적이었어요. 데이비드가 범죄자였다고 했죠. 끔찍한 일들을 저지른 조직의 일원이었다고. 그것 때문에 죽어야 했다고. 조직을 화나게 만들 일을 저지른 게 분명하다고요. 그걸 들켜서 살해당한 거라고 했어요."

"리처즈 가족은 왜 죽인 겁니까?"

"그건 몰라요. 페이튼이 말해주지 않았어요."

"왜 경찰에 신고하지 않으셨죠?" 데커가 물었다.

"왜냐하면 페이튼이 내게 다른 조직원들이 아직 사방에 깔려 있다고 했거든요. 죽고 싶지 않으면 시키는 대로 하라더군요. 심지어 위스콘신 주에 계신 우리 부모님까지 다칠 수 있다고 위협했어요. 그리고 캘리포니아 주에 사는 내 여동생도요. 내 가족이 어디 사는지 전부 다 알고 있었죠."

"놈들이 당신한테 시킨 일이 뭡니까?"

"가장 중요한 건, 절대 그림을 팔아서는 안 된다는 거였어요. 이유는 몰라도 자기들이 계속 운영해야 한다는 거였죠."

"제가 말했듯, 그들은 그 식당 아래의 밀실에서 스파이 작전을 벌이고 있었습니다." 데커가 말했다.

"난 몰랐던 일이에요." 카츠가 양손으로 얼굴을 감싸며 말했다. "데이비드가 죽고 나서 난 정말이지 그곳을 찾지 않았어요."

"다른 건요?"

"다른 사업들에 자금을 대겠다고 했어요. 내가 프로젝트를 고르면 자기들이 돈을 대겠다고요. 아마 데이비드한테도 비슷하게 했던 것 같아요."

"그들은 돈세탁을 하고 있었습니다." 데커가 말했다. "아마도 올리가르히의 구린 돈이었겠죠."

카츠가 천천히 고개를 끄덕였다. "아마 그런 비슷한 걸 거라고 짐작했었어요."

"이 문제와 관련해 빌 페이튼 말고 다른 사람도 만난 적이 있습니까?"

"있어요. 다른 남자들이 있었어요. 무척 거칠어 보이는 남자들이었죠. 우린 한 번도 벌링턴에서 만나지 않았어요. 내가 시카고로 비행기를 타고 가야 했죠. 거기서 만났어요."

마스가 말했다. "왜 놈들이 그냥 당신한테서 그릴을 사들인 후 하던 일을 계속하지 않았는지 모르겠네요. 그랬으면 당신한테 아무것도 설명할 필요가 없었을 텐데."

"나도 그게 궁금했어요." 카츠가 말했다. "하지만 그 사람들 말로 미루어보면 아마 합법적인 사람을 자기네 얼굴마담으로 내세우고 싶어 했던 것 같아요. 어떤 기업을 사들이면 늘 질문과 조사를 받아야 하고 문제가 생길 가능성이 따라오죠. 그자들은 내 남편과 거래를 했었고, 그것과 정확히 동일한 방식으로 계속 진행하고 싶어 했어요. 내가 그들하고 얘기해본 바로는 분명히 그랬어요. 다만 이제 데이비드가 나로 바뀌었을 뿐이죠."

"미치 가드너는요?"

카츠가 당혹한 표정을 지었다. "그건 정말 이상하다고 생각했어요. 그 사람들은 내가 미치를 도와주기를 바랐어요. 미치는 마약중독자였죠. 하지만 그자들은 재활 시설 입원비를 대고, 미치가 거길 나온 후에는 외모를 완전히 바꿀 수 있게 돈을 대줬어요. 학비에 옷 구입비, 그리고 성형수술비까지요. 나더러 미치의 멘토를 하라고 했죠. 행동거지와 사업 방식을 알려주고, 인맥을 쌓게 해주고. 말하자면 거푸집을 만들어준 거죠."

마스가 데커를 보며 물었다. "왜 그런 일을 했을까요?"

"그 다중살인에 희생양을 제공했으니까요. 그것도 자기 아버지를."

"그건 알겠어요." 마스가 말했다. "하지만 그냥 죽여버리면 되잖아요? 이 얘기는 전에도 했었죠. 그리고 난 놈들이 혹여 경찰이 더 깊이 팔까 봐 겁먹었다는 설은 믿지 않아요. 젠장, 그 여자는 마약중독자였어요. 놈들은 그냥 미치를 약물과용 상태로 만들면 그만이었어요. 아무도 살해당했다고는 생각도 못 했을 거예요."

"좋은 질문이에요. 난 그 답을 모르지만. 아직은."

"난 호킨스가 무고하다는 걸 몰랐어요." 카츠가 말했다. "페이튼과 만난 후에, 난 호킨스가 데이비드와 다른 사람들을 청부 살인한 줄 알았어요."

"당신 남편의 살인범이라고 믿는 남자의 딸을 도와주는 게 힘들지는 않았습니까?" 데커가 물었다.

"처음엔 그랬죠. 하지만 미치는 아무런 잘못도 하지 않았잖아요. 적어도 난 그건 알고 있었어요. 그리고 미치는 뭐랄까, 너무 나약했어요. 미아나 다름없었죠. 그러다 보니 결국 그냥 진심으로 돕고 싶어졌던 것 같아요. 끔찍하기 짝이 없는 것을 뭔가 좋은 것으로 만들어보고 싶은 마음이었달까요." 카츠는 말을 멈추고 시트를 움켜쥐었다. "아마도 경찰에 신고해야 했겠지만, 그냥 너무 무서웠어요. 그리고 시간이 흐르면서 스스로를 설득했죠……. 그게 꼭 잘못된 일만은 아닐 거라고. 그냥 사업적으로 성공하면서 안락한 생활을 하고 있을 뿐이라고." 카츠는 다시 말을 멈췄다. "하지만 난 그저 자신을 속이고 있었을 뿐이죠. 그게 내가 재혼하지 않은 이유 중 하나예요. 데이비드에게 그런 일이 일어났는데 내가 어떻게 다른 사람을 믿을 수가 있겠어요?"

"음, 경찰의 중요 인물이 이고르신과 한패였음을 감안하면, 아마 경찰에 신고하지 않은 게 현명한 일이었던 것 같군요." 데커가 말했다.

"이제…… 이제 난 어떻게 되는 거죠?" 카츠의 목소리는 두려움으로 떨리고 있었다.

"저도 모릅니다."

마스가 말했다. "어이, 데커, 레이철은 두려움 때문에 그랬던 거예요. 놈들은 레이철을 위협했고, 레이철은 놈들이 스파이인 줄 몰랐어요."

"그건 이해해요, 멜빈. 정말이에요. 하지만 그 부분은 내 소관이 아니에요." 데커는 다시 카츠에게 주의를 돌렸다. "하지만 FBI에 협조하면 당신에게 득이 될 겁니다. 아마 감옥에 가는 건 피할 수 있겠죠." 그리고 말을 멈췄다가 다시 이었다. "사실, 난 당신이 증인 보호를 받게 될 가능성이 훨씬 높다고 생각합니다. 이자들은 뒤끝이 길고 누굴 어디에 심어놨을지 몰라요. 그리고 거치적거리는 사람을 죽여 없애는 데 거리낌이 없죠. 놈들은 이 병원에서 당신을 또 한 번 살해하려고 했습니다."

"아 맙소사!" 카츠가 긴 한숨을 내쉬고 마스의 손을 힘주어 쥐었다. "난 마음 한구석으로는 이 일이 마침내 밝혀져서 너무 기뻐요. 실제로 안도감이 들어요. 그건 날 갈기갈기 찢어놓고 있었거든요."

마스가 고개를 끄덕였다. "나도 살면서 수많은 기만을 보아온 터라 그 마음 이해해요. 늘 진실이 더 낫죠. 심지어 정말 아픈 진실이라도요."

카츠는 불안한 시선을 데커에게 돌렸다. "증인 보호라고요?"

"감옥보다는 나을 겁니다."

"그래요." 마스가 동의했다. "뭐든 감옥보다는 낫죠."

카츠가 호기심 어린 표정으로 마스를 보았다. "어쩐지 경험에서 나온 말 같네요."

"경험에서 나온 말이 원래 가장 현명한 법이죠." 마스가 대꾸했다.

0 0078

데커와 그 집.

또다시.

가족의 시신을 발견한 곳. 아무리 많은 일이 벌어지고 있어도, 그 집은 데커를 놓아줄 마음이 없는 듯했다. 마치 커다란 쇳덩어리를 끌어당기는 자석처럼.

휴대폰이 윙윙거렸다. 검시관이 보낸 이메일이었다. 애비게일의 손톱 밑에 있던 DNA를 더 정밀히 검사한 결과를 알려주는 내용이었다. 결과는 충격적이었다. 손톱 밑에서는 또 다른 인물의 DNA가 발견되었는데, 이는 제삼자의 개입을 뜻했다. 하지만 그 인물이 메릴 호킨스와 혈연관계에 있을 가능성은 없다고 했다.

미치 가드너는 제외로군. 그렇다면 누구지? 누가 또 남았지?

그 생각에 골몰해 차 안에 앉아 있던 데커는 불현듯 총을 꺼내어 조수석 창밖을 겨눴다. 거기 나타난 누군가의 형체를 향해. 이윽고 총을 내리고 잠긴 문을 열었다.

재미슨이 차에 올라타 데커를 보았다.
"놀라게 할 생각은 아니었어요." 재미슨이 말했다.
"하지만 놀랐다고요." 데커가 투덜거렸다. "하마터면 쏠 뻔했잖아요."
"난 당신 판단력을 믿어요. 적어도 대부분의 경우에는." 재미슨의 이 말은 데커에게서 날카로운 눈빛을 이끌어냈다.
데커는 다시 집 쪽으로 시선을 돌린 채 양손으로 운전대를 신경질적으로 두드렸다.
"내가 여기 왜 왔는지 궁금하지 않아요?" 재미슨이 물었다.
"레지던스 인에 갔다가 내가 거기 없는 걸 보고 여기 있으려니 해서 왔겠죠."
"음, 틀렸어요."
데커는 다시 재미슨을 돌아보았다.
"난 당신보다 **먼저** 여기 와 있었어요." 재미슨이 길을 가리켰다. "내 차는 저기 세워놨어요. 당신이 오는 걸 봤어요. 그리고 난 혼자 온 게 아니에요."
또 다른 형체가 운전석 창가에 나타나 유리를 두드렸다.
데커가 짜증을 억누르며 잠긴 문을 다시 한 번 열자 마스가 뒷좌석에 올라탔다.
"그래서 둘이 날 염탐이라도 한 겁니까?" 데커가 분개해서 따졌다.
"우리가 먼저 와 있었는데 무슨 염탐이에요?" 마스가 되물었다. "난 그냥 당신 옛날 집을 한번 보고 싶었어요, 데커. 집이 참 좋네요."
데커는 창밖을 응시했다. "**좋았었죠.**" 나지막한 목소리였다. "내가 처음 가진 집이었고, 아마도 마지막 집이 되겠죠."
"너무 자신하지 말아요." 마스가 말했다. "인생은 항상 커브볼을 던지니까. 그건 당신도 알고 나도 알죠."

데커는 거울을 통해 마스와 눈을 마주쳤다. "무슨 말을 하고 싶은 겁니까?"

"장담하지 말라고요. 그냥, 앞일은 모르는 거잖아요. 내 미래는 사형수 감방이었죠. 당신은 내가 오늘 여기 있게 될 걸 상상이나 했을 것 같아요?"

"당신은 희귀한 경우였어요, 멜빈."

재미슨이 콧방귀를 뀌었다. "당신은 아니고요?"

데커는 침묵에 잠긴 채 다시 집으로 시선을 돌렸다.

늦은 시각이었지만 위층 왼쪽 방에 불이 켜져 있었다. 옛날에 몰리가 쓰던 방. 데커는 이제 헨더슨 부부의 어린 딸이 그 방을 쓰고 있을 거라고 짐작했다. 이 시각에 왜 그 방에 불이 켜져 있는지는 알 수 없었다. 어쩌면 아이가 아파서 엄마가 간호를 해주고 있는 것일까.

눈을 감자 일전에 그랬던 것처럼 강렬한 이미지와 빛이 데커를 폭격하기 시작했다. 가족의 죽음이 한꺼번에 밀어닥쳐, 그 밑에 파묻히고 말 것만 같았다. 데커는 몸을 떨기 시작했다.

"데커, 괜찮아요?" 누군가가 물었다.

데커는 자신의 팔과 어깨를 잡는 누군가의 손길을 느꼈다. 눈을 뜨자 재미슨이 데커의 손을, 마스가 어깨를 움켜쥐고 있었다. 재미슨이 불안한 시선으로 데커를 살폈다. 마스도 마찬가지였다.

데커가 눈꺼풀을 재빨리 파닥거리자 감사하게도 이미지들은 사라졌다.

"난 요즘…… 문제가 좀 있었어요."

"어떤 문제요?" 재미슨이 물었다.

데커는 긴 한숨을 내쉬었다. "내 가족의 죽음을 발견한 기억이 자꾸만 반복해서 내 머릿속에 밀어닥쳤어요. 색깔들, 이미지들, 그리고……." 데커는 관자놀이를 문질렀다. "그게 또 언제 일어날지 몰라요. 멈출 수도 없는 것 같고요."

"하지만 지금은 멈췄잖아요. 맞죠?" 마스가 물었다.

데커는 공포에 질린 표정으로 지켜보는 재미슨과 눈이 마주쳤지만, 그 걱정으로 일그러진 얼굴에서 재빨리 시선을 돌렸다. "지금은요."

"언제 또 그랬는데요?" 재미슨이 나지막한 목소리로 물었다.

"호텔 방에 있었을 때요." 데커는 마스를 보며 대답했다. "당신이 내 방에서 잠들었을 때요. 화장실까지도 겨우 갔죠. 비가 오는데 밖으로 나갔었어요. 정말…… 정말 정신을 잃을 것 같았어요. 그 후로도 몇 번 그랬고요." 데커는 자신의 옆통수를 주먹으로 아프게 갈겼다.

"이번에 벌링턴으로 돌아오기 전에도 그런 적이 있어요?" 재미슨이 물었다.

"당신이 무슨 말을 하려는지 알아요, 알렉스. 과거에 살 수 없다는 건 나도 이미 알고 있어요."

"머리로 아는 것과 실제로 뭔가 하는 건 다르죠."

데커는 대답하지 않았다.

"당신은 왜 이곳을 다시 찾는 거죠, 에이머스?" 마스가 물었다. "내 말은, 벌링턴을 다시 찾는 건 이해해요. 하지만 왜 그 일이 일어난 집을 다시 찾는 거죠?"

데커는 머릿속으로 근무가 끝나고 녹초가 된 몸으로 차에서 내리는 자신의 모습을 떠올렸다. 거의 자정이 다 된 시각이었다. 원래 몇 시간 전에 귀가했어야 했다. 하지만 몇 시간만 더 붙들고 있으면 사건에 뭔가 돌파구가 보일 것 같았다. 캐시한테 전화해서 늦는다고 알렸다. 캐시는 못마땅해했는데, 당시 잠깐 함께 살고 있던 처남과 저녁식사 약속을 잡아놨기 때문이었다. 하지만 남편에게 이해한다고 말했다. 당신에게 사건이 아주 중요하다는 걸 안다고 했다.

내 망할 사건.

캐시는 저녁 약속을 다음 날 밤으로 미루자고 했다. 동생은 당분간 그곳에서 지낼 테니, 기회는 얼마든지 있었다.

그 기회는 끝내 다시 오지 않았지.

그게 데커가 아내와 나눈 마지막 대화였다. 데커는 조용히 집으로 들어가 아내를 깨우지 않고 침대에 누울 생각이었다. 그리고 이튿날 아침 아내와 몰리와 처남에게 밖에서 아침 식사를 하자고 할 생각이었다. 그날 밤을 보상하기 위한 깜짝 선물로.

그리고 그 후 귀가한 데커는 악몽을 마주했다.

데커의 인생은 영원히 바뀌어버렸다. 감히 상상도 못 할 방식으로.

그리고 그 결과는 명확했다.

난 가족이 날 필요로 할 때 곁에 있어주지 못했다. 가족을 실망시켰다. 나 자신을 실망시켰다. 그리고 그걸 받아들이고 살아갈 수 있을지 모르겠다.

"데커?" 마스가 불렀다.

"내가 여길 계속 다시 찾는 이유는……." 데커가 입을 열었다. "상상하기 위해서예요. 그게…… 어떻게 달라졌을지."

위층 침실 불이 깜빡대다 꺼졌다. 왠지는 모르지만 그걸 보자 데커는 자신이 파놓은 정신적 굴 속으로 더 깊이 후퇴했다.

머리가 욱신대고 있었다. 뇌가 녹아내리는 것만 같았다.

뭔가가 창을 두드렸다.

"도대체 또 누굴 달고 온 겁니까?" 데커가 쏘아붙였다.

데커는 조수석에서 뻣뻣이 굳어 있는 재미슨을 보았다. 거울 속으로 마스를 보았다. 마스도 재미슨과 똑같은 모습으로 앉아 있었다.

데커는 천천히 왼쪽으로 고개를 돌렸다.

그러자 거기에 있는 한 형체가 눈에 들어왔다.

총이 데커의 머리를 겨누고 있었다.

오른편을 보자 한 형체와, 조수석을 겨눈 총구가 보였다.

양쪽 뒷문에도 각각 한 명씩.

운전석 문이 억지로 열리더니 뭔가가 너무나 강한 힘으로 데커의 뒤통수를 갈기는 바람에 데커는 운전대를 얼굴로 들이받고 말았다.

그리고 그게 데커가 가진 마지막 기억이었다.

0 0079

다시 정신을 차렸을 때, 흐릿하지만 어딘가 친숙하게 느껴지는 것이 시야에 들어왔다. 완전히 눈을 뜨고 주위를 둘러보자, 데커는 비로소 그 이유를 깨달았다.

데커는 리처즈 가족의 옛날 집 바닥에 앉아 있었다.

부엌에, 돈 리처즈와 데이비드 카츠가 죽은 곳에.

손발을 동여맨 케이블 타이의 촉감이 느껴졌다.

옆쪽을 보자 비슷한 방식으로 묶여 있는 재미슨과 마스가 보였다. 두 사람의 시선이 향한 문간에는 한 남자가 서 있었다.

빌 페이튼, 아니, 정확히 말하자면 유리 이고르신은 그리 유쾌하지 못한 기색이었다.

방 안에는 다른 남자 셋이 더 있었다. 모두 쇠를 깎아 만든 듯 거칠고 인정사정없어 보였고 손에는 총을 들고 있었다. 데커가 아메리칸 그릴에서 본 적 없는 남자들이었다. 전부 다 용병처럼 보였다. 러시아 용병. 꽤 위협적인 존재인 건 분명했다.

이고르신은 묶여 있는 세 사람 맞은편에 의자를 하나 끌어다 놓고 걸터앉았다.

"자네는 내 일을 완전히 망쳐놨어, 데커." 나지막한 목소리였다. "그걸 좀 알아줬으면 해."

"음, 그게 내 일이라서."

"여론이 그렇게 나쁘지 않고 다른…… 상황이 그렇게 나한테 불리하지만 않았다면, 난 자네가 아메리칸 그릴을 수색하려고 부린 개수작을 역이용할 수도 있었을 거야. 자네는 영장도 없이 그 모든 걸 찾아냈으니까. 그건 증거로 쓰일 수 없지."

"그래, 하지만 러시아 스파이 작전은? 내 생각엔 수정헌법 4조가 그쪽 같은 사람들을 보호해줄 것 같지는 않은데."

"그게 바로 너희 미국인들이 그렇게 맹렬히 내세우는 민주주의의 한계지."

데커는 어두운 창밖을 내다보았다. "우릴 여기로 데려오다니 뜻밖이야."

"왜? 목격자들 때문에? 딘젤로 부부가 우릴 보기라도 할까 봐 걱정인가?" 이고르신은 말을 멈추고 입술을 일자로 굳게 다물었다. "그런 걱정은 할 필요 없어. 뭔가 봤다 해도 어차피 아무한테도 말하지 못할 테니까."

"그럴 필요까진 없었을 텐데." 데커가 분노로 얼굴을 일그러뜨리며 음울하게 내뱉었다.

"내가 머리에 총알을 박아 넣기 전에 딘젤로 씨가 뭐라고 했는지 아나?"

데커는 침묵을 지켰다.

"자기는 그냥 은퇴하고 남부로 가서 살고 싶다더군. 내 덕분에 돈을 아낀 셈이지. 그리고 난…… 프라이버시가 필요했거든. 자네랑, 자네 친구들하고 협상을 하려면 말이야."

데커는 딘젤로 부부의 운명을 떠올리고 속이 뒤집히는 역겨움을 억누르며 대꾸했다. "넌 여기서 어슬렁거리느라 너무 많은 시간을 낭비했어. 이 나라를 벗어날 수도 있었을 텐데. 하지만 이젠 너무 늦었어. 사형선고를 내릴 때가 왔지."

"부디 내 걱정은 하지 말아줘. 난 아주 안전하게 보호받고 있으니까. 자네가 상상도 못 할 곳에 사람들을 심어놨거든."

"글쎄, 내 상상력은 꽤 뛰어난 편이라서. 그리고 혹시 피터 차일드리스를 말하는 거라면, 다른 사람이 필요할 거야."

"그 점에 대해서는 조금도 걱정하지 않아."

"그건 어째서지?"

"딘젤로 부부가 내 걱정거리가 아닌 것과 동일한 이유에서지."

재미슨이 불쑥 내뱉었다. "차일드리스를 죽인 거야?"

이고르신이 시계를 보았다. "20분 전에. 아니, 내가 말하는 사람들은 이런 변두리 동네의 경정보다 훨씬 높은 곳에 있어."

"우릴 어떻게 할 셈이지?"

"모든 첩보작전에는 사후 보고가 따르지." 이고르신은 양손을 쩍 벌렸다. "그러니까 지금 난 자네들에게 사후 보고를 들어야겠어."

"우리가 입을 열 것 같아?" 재미슨이 부르짖었다.

"이쪽 업계에 발을 들인 이후로 그 말을 얼마나 많이 들었는지, 이젠 기억도 안 나." 이고르신은 한 손을 내밀었다. 수하 하나가 재킷에서 뭔가를 꺼내어 이고르신에게 건넸다. 금속 경찰 곤봉처럼 보였다.

이고르신은 곤봉 옆면의 손잡이를 잡고서 몸을 숙여 그 끝으로 마스를 건드렸다. 전기가 몸을 관통함과 동시에 마스는 비명을 내질렀다. 모로 쓰러져서 거칠게 헉헉거렸다.

"멜빈!" 재미슨은 비명을 지르며 마스에게 손을 뻗으려 했지만 옆으로 넘어지는 게 고작이었다. 이고르신이 고개를 끄덕이자 재미슨은 의자째로 일으켜 세워져서 다시 벽으로 거칠게 밀쳐졌다.

데커는 줄곧 러시아인에게서 눈을 떼지 않았다. "알고 싶은 게 뭐지?"

"자네가 어디까지 알고 있는지. 자네의 앞으로의 계획. 뭐든 나한테 도움이 될 만한 거면 다 좋아."

"그럼 뭐, 우릴 보내줄 건가?"

"아니. 거짓말을 하진 않겠네. 왜냐하면 내가 자네 같은 상황에 처했을 때 누군가가 나한테 그런 거짓 약속을 하는 건 싫거든. 내가 그 대가로 제의하는 건, 이거야." 이고르신은 재킷 주머니에서 권총을 꺼내어 총구를 몇 번 두드렸다. "각자의 머리에 한 방씩. 아무것도 느끼지 못할 거야. 약속하지."

"그래, 고통 없는 즉사. 그건 전에도 들은 적이 있지. 그래도 나한테는 별 호소력이 없어."

"그래?" 이고르신이 말했다. "내가 자네 친구를 한 번 더 지져줘야 하나?" 그러고는 전기 곤봉을 들어 올렸다.

데커가 말했다. "우린 이제 거의 다 알아냈어. 레이철 카츠는 너에 관해 진술을 했고. 우린 지하실에 있던 모든 정보를 손에 넣었지. 브래드 가드너의 사무실을 급습했고."

"그래 봤자 소득은 전혀 없었을 텐데. 거기엔 아무것도 없었으니까."

"음, 다른 찾아볼 만한 곳들이 있어. 나라 곳곳에 스파이들을 심어놨다는 건 이미 알고 있고."

이고르신은 음침한 표정으로 소음기를 꺼내어 총신에 끼웠다. “다른 건?”

“미치 가드너가 나머지를 알려줄 거야.”

“과연 그럴까? 그 여자는 어디 있지?”

“아직 병원이야. 삼엄한 경비하에.”

“뭔가 오해가 있나 본데.”

데커는 생각에 잠겨 이고르신을 보았다. “넌 병원에 입원한 그 여자를 죽이려 하지 않았지. 그 오랜 세월 동안 살려놓은 이유가 궁금해지는데.”

이고르신은 수하 중 한 명에게 부엌으로 이어지는 문간을 가리켜 보였다. 남자는 그리로 가서 잠시 후 브래드 가드너를 데리고 돌아왔다. 초췌하고 지친 모습의 가드너는 양손이 등 뒤로 묶여 있었다.

데커는 가드너를 응시했다. “당신도 여기 남아 있었군. 어리석게도.”

“음, 그건 스스로 결정한 게 아니야.” 이고르신이 말했다. “결정은 내가 하지.”

“브래드 가드너란 이름이 본명이긴 해?” 재미슨이 물었다. “아니면 그쪽처럼 러시아인인가?”

이고르신이 일어섰다. “아니, 미국인 맞아. 데이비드 카츠처럼. 그냥 돈 때문에 가담한 거지. 아주 큰 돈. 미국인들은 돈을 사랑하니까.”

재미슨이 말했다. “데이비드 카츠는 살해당하기 전에 돈을 많이 벌지 못했어. 그냥 아메리칸 그릴이 전부였지. 제국이랑은 거리가 멀어.”

이고르신은 피로한 듯 고개를 저었다. “그자가 사업을 시작할 돈이 어디서 난 것 같아? 이건 심지어 카츠가 벌링턴으로 이사 오기도 전이었어. 카츠의 벤츠와 값비싼 옷과 수백만 달러 단위 투자 포트폴리오와 아메리칸 그릴의 착수금과 여러 건의 한도대출은? 그리고 대출금을 어떻게 그리도 빨리 갚았을까? 카츠는 별 재능도 없이 일확천금을 노리는 녀석이었어."

"둘이 어쩌다 만나게 된 거지?" 데커가 물었다.

"그건 중요하지 않아. 내가 이 녀석을 만난 것과 비슷한 방식이었지." 이고르신은 가드너를 가리키며 말했다. "내 일에 반드시 필요하지만 불쾌한 부분이지."

가드너는 그들 중 누구와도 눈을 맞추려 하지 않았다. 고집스레 눈을 내리깐 채, 사시나무처럼 떨고 있었다.

재미슨이 가드너를 노려보며 말했다. "그러니까 댁은 돈 때문에 나라를 판 거로군. 이 반역자 같으니."

"그리고 반역의 응당한 대가는 사형이지." 이고르신이 이죽거렸다.

미처 누가 반응할 틈도 없이, 러시아인은 가드너의 관자놀이에 총구를 갖다 대고 방아쇠를 당겼다.

총탄은 남자의 머리를 날려버렸고, 골수가 부엌 반대편 벽까지 튀었다. 브래드 가드너는 조금 전까지 서 있던 자리에 쓰러졌다.

0 0080

모두의 눈이 부엌 바닥에 쓰러진 시신에 쏠렸다.

"젠장." 전기 곤봉의 충격에서 정신을 차리고 벽에 기대앉아 있던 마스가 탄식을 내뱉었다.

데커는 이고르신을 올려다보았다. "왜 죽였지?"

"그편이 더 간단하니까."

"그렇군. 왜 하필이면 음식점을 골랐지?"

"'미국화'하기에 그보다 더 좋은 방법이 있나? 고객들과 소통하면서 모든 걸 배울 수 있지. 속어, 방언, 태도, 대중문화, 스포츠. 미국인은 자기네 스포츠에 환장하지. 프렌치프라이는 또! 소셜 미디어 에티켓. 그냥 미국인이 되는 거지. 내가 여기서 내 정보원들을 대상으로 몇 달 만에 할 수 있는 걸 러시아에서 하려면 몇 년은 걸렸을 거야. 단순한 전략이지만, 가장 영리한 전략은 알고 보면 다들 단순성을 바탕에 깔고 있지."

"그리고 지하실은?"

"음, 그 위층 음식점에서는 우리가 해야 할 일을 하기가 아무래도 좀 힘들었거든."

"우린 작전실을 봤어."

이고르신은 별거 아니라는 듯 손을 휘저었다. "내 상관 몇 명은 아직도 냉전 시대에 살고 있어. 우린 그걸 거의 쓰지 않아. 그 대신, 그냥 이미 서구화된 것처럼 보이는 요원들 중에서 선발하지."

"입구가 어딘지 알아내느라 꽤 애를 먹었어."

"어떻게 알아냈는지 좀 말해줄 수 있을까?"

"면적 측량 수치가 부엌 외부 공간과 들어맞지 않았거든."

이고르신은 데커를 향해 손가락을 흔들어 보였다. "음식점에 있던 내 부하 하나가 자네가 서빙 직원과 이야기하는 데 지나친 열의를 보이는 것 같다고 보고했지. 자넨 확실히 감시할 필요가 있는 친구였어."

"그리고 살해 시도는 어떻게 된 거지?" 데커가 물었다. "내가 미치의 집에서 돌아오던 길에?"

"너그럽게 이해해줘. 우린 원래 골칫거리를 그런 식으로 처리하거든."

"에릭 타이슨과 칼 스티븐스는 팔에 KI 문신이 있었지."

"우리 아버지가 영광스럽게도 KI를 위해 일하셨던 터라, 신병들 몇 명한테 그 문신을 새기게 했어. 그렇지만 간파당하지 않도록 다른 증오단체들의 상징 사이에 숨겼지."

"신병?"

이고르신은 손을 들어올렸다. "그건 내가 뭐라고 말해줄 수 있는 게 아니야. 이건 게임이고, 어차피 자네 쪽도 우리한테 똑같은 짓을 하고 있잖아. 하지만 우리 이 게임이 실제 현실에 영향을 미친다는 사실을 잊지 말자고." 이고르신은 가드너의 시신을 내려다보며 그렇게 말하고는 다시 자리에 앉아 권총을 허리띠에 끼워 넣었다.

데커가 입을 열었다. "이해 안 가는 게 하나 있어. 미치는 자기 남편이 법률, 금융, 첨단기술 분야, 그리고 정부 요직에 사람들을 파견한다고 했어."

"그래서 자네 요점은?"

"아무리 새로운 신분 같은 걸 갖췄다 해도, 너희 요원들이 신원 확인을 통과하기란 결코 쉽지 않았을 거야. 학교 졸업장 같은 필수 문서들은 위조한다 쳐도 조사 담당자들은 다녔던 학교와 살았던 동네로 찾아가서 이웃, 친척, 교사, 동료 같은 사람들과 이야기를 나눌 테니까."

"그건 사실이야. 그래서 우린 다른 방식으로 접근했지."

"어떻게?"

"우선, 미치는 자기 남편이 실제로 무슨 일을 하는지 전혀 몰랐어. 자네한테는 자기가 들은 대로만 말했지. 사실, 브래드는 이른바 고위직에 우리 사람들을 심은 게 **아니었어**. 자네 말이 맞아. 신원 확인은 아주 엄격했을 거야."

"그럼 뭘 한 거지?"

이고르신이 씩 웃었다. "첩보 활동에는 고위직보다 오히려 '하위직' 일자리가 훨씬 유리하지."

"'하위직' 일자리라는 게 뭔데?" 재미슨이 물었다.

"예컨대, 부유한 사람들을 위한 셰프라든가. 민감한 기업 시설의 보안요원이라든가. 그 사람들이 보안요원을 채용하는 기준이 얼마나 허술한지 알면 깜짝 놀랄걸. 우리 러시아에서는 절대 그런 식으로 하지 않아. 미국인들은 몽땅 다 아웃소싱하지. 그리고 아웃소

싱 회사들은 비용을 절감하고. 신원 확인에는 돈과 시간이 많이 들거든. 우린 회사 중역과 전직 정부 고위관료를 위한 개인 운전사를 채용하지. 그 작자들이 차에서 얼마나 수다를 떠는지, 그 꼴을 보면 아마 깜짝 놀랄 거야. 운전자들은 듣는 귀도 없는 줄 아는지. 개인 항공기의 항공 승무원도 있지. 가사 도우미, 청소 직원, 그리고 유력자들을 위한 보모, 특히 양쪽 연안에서. 그리고 이런 사람들의 개인 비서들. 암호와 클라우드와 가장 민감한 데이터에 접근할 수 있고 현장에서 모든 걸 엿들을 수 있는 IT 인력들. 고급 호텔, 음식점, 스파, 그리고 개인 휴양지의 온갖 시중드는 직원들. 다시 말하지만, 미국인들은 마치 그 일꾼들이 존재하지도 않는 것처럼 수다를 떨지. 그리고 이 일꾼들은 그걸 그대로 흡수하는 거야. 사실 난 아셀라 고속열차(워싱턴 D.C.에서 보스턴까지 운영하는 고속 열차—옮긴이)도 타봤어. 그냥 거기 앉아 있으면 큰 소리로 전화 통화를 하는 사람들의 말이 저절로 귀에 들어오지. 법률가들, 회사 중역들, 언론인들, 그리고 텔레비전 앵커들, 심지어 정부 관료들까지. 다들 지극히 핵심적인 정보를 아무것도 아닌 양 마구 떠벌리더군. 우리 조국에서라면 총살형을 당했을 거야. 그게 우리가 겉보기에는 하찮기 그지없는 사람들을 민감한 정보를 포착할 수 있는 모든 곳에 보내놓은 이유지. 미국은 바람이 빠지고 있는 거대한 풍선이야. 진정 놀라운 사실이지."

재미슨은 이고르신을 계속 노려보고 있는 데커를 근심스러운 표정으로 응시했다.

"이런 유형의 직업들 목록은 끝도 없어. 마찬가지로 우리의 기회도 끝이 없지. 내 요원들은 맡은 일에 훈련이 아주 잘 되어 있어. 그들의 자격증은 진짜지. 그냥 가서 자기 일을 하고 있으면 정보가 알아서 쉼 없이 흘러들어오는 거야. 우린 자네 나라를 총 한 방, 미사일 한 방 쏘지 않고 묻어버릴 거야. 굳이 그럴 필요가 없지. 자네들은 어리석음과 부주의함으로 스스로를 무너뜨리고 있으니까. 그리고 우린 승리자로 이곳에 입성하게 되는 거지."

재미슨이 말했다. "너희의 스파이 짓은 이제 사이버 세상으로 옮겨간 줄 알았는데. 대중 여론을 좌지우지하는 해킹과 봇 부대를 통해서."

이고르신이 어깨를 으쓱했다. "사이버 교전도 물론 나름의 유효성이 있지. 그리고 그건 미국을 비롯한 다른 국가들과의 전투에서 우리에게 이득이 됐어. 하지만 봇 부대, 해킹, 메시지 증식, 그리고 가짜 뉴스 전파 같은 것들이 효과적이긴 해도, 그건 지상군, 너희식으로 말하자면 인간 첩보를 대신할 수는 없어. 사람들이 정보를 직접 그 출처에서 취합하는 거지. 인간은 코드를 쓰는 것으로는 복제가 불가능한 무한히 유연하고 섬세한 방식으로 속임수를 쓸 수 있거든."

"이해가 갈 것 같군." 재미슨이 동의했다.

"이제 미치 이야기를 해봐." 이고르신이 말했다.

"왜?" 데커가 물었다.

"관심이 있거든. 미치는 어떻게 되는 거지?"

"아직은 몰라. 본인의 죄의식 정도에 달렸겠지."

"죄의식이 전혀 없을지도 모르는데."

"우린 미치가 자기 아버지에게 누명을 씌웠다고 생각해."

"아니, 그건 사실이 아니야."

"그걸 네가 어떻게 알지?" 재미슨이 물었다.

데커는 침묵에 잠긴 채 무슨 의미인지 알 수 없는 눈빛으로 이고르신을 응시했다. 이윽고 눈을 감고, 기억 저장고 깊은 곳에서 가장 최근에 받은 검시관의 이메일을 불러내 다시 읽었다.

메릴 호킨스와 혈연관계가 전혀 없습니다.

데커는 눈을 뜨고 이고르신에게 다시 초점을 맞췄다. "한 가지 더 보고하지. 난 방금 애비게일 리처즈의 손톱 밑에서 발견된 DNA가 제삼자의 DNA로 오염돼 있다는 걸 알게 됐어. 난 그게 미치 가드너일 거라고 생각했지. 하지만 검사 결과, 그 제삼자는 메릴 호킨스와 혈연관계가 없었어."

"그럼 그 사람은 미치가 아니었겠죠." 재미슨이 말했다.

데커는 그 말을 못 들은 듯, 계속 러시아인만 노려보고 있었다. "있잖아, 난 늘 그 이름이 궁금했어."

"페이튼은 전형적인 미국인의 성인데."

"아니, 당신 가명 말고. 미치의 **본명** 말이야."

"그게 왜 궁금하지?" 이고르신의 표정에 약간 긴장하는 기색이 어렸다.

"미국인치고는 흔치 않다 싶어서 얼마 전에 좀 찾아봤거든. 미치는 독일인들이 마리아라는 이름의 딸을 부르는 별명이더군. **넌** 독일에서 태어났고."

이고르신은 고개를 저었다. "내 아버지는 러시아인이었어. 이고르신은 독일 이름이 아니야. 그리고 동독은 서독보다 오히려 러시아에 훨씬 더 가깝지."

"네 아버지가 러시아인이었다 해도 너와 네 가족은 동독에 살았지. 그리고 네 어머니는 미국인이었고."

"꽤나 부지런히 조사를 했나 보네. 그래서 무슨 말을 하려는 거지? 미치 가드너는 독일식 이름이 아니야. 그 여자는 여기서 태어났어."

"그래, 맞아. 그리고 넌 예순두 살이지. 미치는 마흔이고."

"데커." 마스가 말했다. "무슨 말을 하려는 거예요?"

데커는 이고르신에게만 신경을 집중했다. "네가 오하이오 주립대에 다닐 때 미치의 모친이 그곳 학생식당에서 일했지. 넌 스물두 살이었으니 아마도 졸업반이었을 거야. 미치의 모친은 그 몇 살 위였을 거고."

이고르신이 짐짓 느긋한 태도로 의자에 등을 기댔다.

재미슨의 입이 쩍 벌어졌다. "잠깐 기다려요. 그러니까 당신 말은……?"

데커가 말했다. "그 손톱 밑에서 발견된 건 미치의 DNA가 **맞았어**. 하지만 그건 미치와 메릴의 부녀 관계를 입증해주지 않았지. 그야 그건 사실이 아니었으니까. 미치의 아버지는 **너였지**. 네가 대학 때 리사를 임신시켰어. 아직 대학에 다닐 때 미치가 태어났나?"

"젠장." 마스가 내뱉었다.

이고르신은 억누른 어조로 말했다. "그애가 태어난 다음 날, 난 내 조국으로 소환됐지."

"그래서 그냥 떠난 건가? 한 마디 말도 없이?"

"난 리사를 사랑했어. 난…… 리사와 함께 있고 싶었지. 아이를 키우고 싶었어. 아이의 이름은 내 할머니의 이름인 마리아로 지었지. 하지만 난 리사한테 미치라는 별명도 알려줬어."

"흠, 그 이름은 남은 모양이군. 넌 가버렸지만."

"난 남을 수 없었어. 불가능한 일이었어."

"그래서 리사는 메릴을 만나 결혼했지. 메릴은 미치를 친딸로 받아주었고. 두 사람은 아마 미치한테 그 이야기를 한 번도 하지 않았을 거야. 미치는 메릴을 친아버지로 알고 자랐고, 그 후 가족은 벌링턴으로 이사 왔지." 데커는 잠시 말을 멈췄다. "그리고 그게 때가 오면 네가 작전을 수행할 곳으로 이 도시를 고른 이유겠지."

이고르신은 수하들 쪽을 본 후 자리에서 일어나 서성거렸다. "난…… 난 그애가 어떻게 자랐는지 보고 싶었어. 여기 도착해서 내 임무를 시작했을 때 그애는……."

"마약중독자였지."

"그애가 그렇게 돼버렸다고 생각하니 괴로웠어. 사랑하는 리사도 그렇고."

"암이었지."

"그래. 가망이 없었어."

"그래서 넌 뭘 했지?"

"누군가를 통해 미치와 만났지."

"마약상 칼 스티븐스를 통해서?"

"그래. 내가 오래전 리사와 아는 사이였다고, 돕고 싶다고 말했지. 미치를 통해 리사에게 줄 약을 전해줬어."

"하지만 넌 또한 미치의 아버지에게 살인 누명을 씌웠지. 미치의 도움을 받아서."

이고르신은 갑자기 서성이던 것을 멈추고 부르짖었다. "그놈은 그애의 아버지가 아니었어! 그애의 아버지는 **나라고!**"

데커는 이 갑작스러운 폭발에 조금도 놀라지 않았다. "넌 떠났고, 호킨스는 떠나지 않았어. 미치를 키웠지. 넌 그러지 않았고. 호킨스는 미치를 도우려고 최선을 다했어. 넌 그러지 않았고. 내가 아는 아버지의 모습은 호킨스야."

이고르신은 다시 서성이기 시작했다. 뒤통수를 문지르는 동작에서 불안감이 묻어났다.

데커는 그런 모습을 지켜보았다. “넌 데이비드 카츠를 제거해야 했지. 이유가 뭐지?”

“이 녀석과 똑같았거든.” 이고르신이 브래드 가드너의 시신을 가리키며 말했다. “아무리 많이 줘도 만족할 줄 몰랐지.”

“하지만 리처즈의 가족은 왜 죽인 거야?”

“우리가 도널드 리처즈도 포섭하지 않았을 것 같아?”

“은행을 통해 돈세탁을 하는 대가로 더 많은 걸 요구했나?”

“놈은 골칫거리가 되어가고 있었어. 그래서 손을 썼지.”

“미치를 어떻게 설득했지?”

이고르신이 어깨를 으쓱했다. “메릴에 관한 이야기를 들려줬지……. 그애가 내 편에 서게 만들 이야기를. 리사를 돕고 싶다고 말했어. 리사는 내 덕분에 평화로운 죽음을 맞았지.”

“아니. 리사는 남편이 살인범으로 기소됐다는 걸 알고 죽었어. 그게 어딜 봐서 평화롭다는 건지 모르겠군.”

“난 자네 생각 따윈 관심 없어, 데커.”

“그리고 모든 게 순조로웠지. 메릴이 무죄를 입증하려고 이곳으로 돌아오기 전까지는.” 데커가 다시 짧은 침묵에 잠겼다. “그리고 넌 레지던스 인으로 가서 이미 죽어가고 있던 남자를 살해했고.”

“다른 방법이 없었어.”

“그래서 수전 리처즈에게 살인 혐의를 씌웠고, 리처즈는 죄의식 때문에 자살한 것처럼 보이는 방식으로 죽어야 했지. 하지만 리처즈 역시 네가 죽였고.”

“이런 문제들은 **반드시** 처리하지 않으면 곤란하거든.”

이고르신은 다시 자리에 앉았다. “이것만은 말해두지, 데커. 자네가 살 길은 하나밖에 없어. 단 하나뿐이야. 난 미치를 원해. 그애를 데려가고 싶어."

데커는 고개를 저었다. "그게 가능할 리가 없잖아. 미치는 아직 혼수상태로 병원에 있고, 경호원들에 둘러싸여 있어."

이고르신은 총을 꺼냈다. "그럼 아마도 자네가 머리를 좀 더 열심히 굴려야겠지. 아니면 내가 자네 친구 중 하나를 쏠 수밖에 없을 테니까. 어느 쪽으로 할까? 선택권은 자네한테 주지."

데커가 아무 말도 하지 않자 이고르신은 마스를 겨눴다. "너, 일어서."

"잠깐." 데커가 말했다. "네가 원하는 건 나야. 날 죽여."

"아니야, 데커. 자네는 내 딜레마를 해결해줘야 해." 이고르신은 마스를 겨눴다. "일어서. 당장. 그대로 총알이 박히고 싶지 않으면."

마스는 데커를 바라본 후 고개를 저었다. "젠장, 이거 완전 R43 와이드 갭 실이네요. 망했어요, 젠장."

이고르신이 부르짖었다. "일어서. 당장!"

"알았다고. 하지만 도움이 필요해. 너희가 꽁꽁 묶어놨잖아."

이고르신이 수하 둘을 바라보며 고개를 끄덕였다. 수하들이 마스에게 다가가 허리를 숙여 마스의 팔을 한 쪽씩 잡았다.

부축을 받아 일어나 구두 밑창이 바닥에 닿은 순간, 마스는 폭발적인 힘으로 오른편 남자에게 박치기를 날려 단번에 기절시켰다. 뒤이어 빙그르르 돌아 다른 남자의 턱 바로 밑을 어깨로 들이받아 벽으로 날려버렸다. 단단한 돌벽에 머리를 부딪힌 남자는 눈을 까뒤집으며 바닥에 쓰러졌다.

마스가 돌격을 개시한 순간, 데커 또한 몸을 날렸다. 비록 발은 묶여 있었지만, 쪼그려 앉았다 펄쩍 뛰어 일어나는 강력한 반동을 이용해 방심하고 있던 이고르신을 들이받았다. FSB 요원은 그 충격으로 양발이 바닥에서 붕 떠버렸다. 뒤로 날아간 이고르신은 싱크대를 들이받고 유리창을 박살내며 창밖으로 떨어져버렸다. 깨진 유리 조각들이 와장창 쏟아졌다.

남은 한 남자가 데커에게 총을 겨누고 방아쇠를 당기려는 순간, 총성이 방 안의 공기를 찢어놓았다.

남자는 정중앙에 붉은 점이 생긴 자신의 가슴을 내려다보았다.

데커와 마스는 재미슨을 바라보았다. 재미슨은 앞구르기를 해 손목 사이로 다리를 빼고 쓰러진 남자의 총을 낚아채 조준해서 발사했다. 그 모든 게 겨우 3초 사이에 이루어졌다.

마지막 남자는 털썩 무릎을 꿇더니 이윽고 앞으로 쓰러졌다.

재미슨은 개중 한 남자의 몸을 뒤져 접이식 칼을 찾아내 자신의 포박을 제거한 후 데커와 마스도 풀어주었다.

데커는 재빨리 총을 집어 들고 앞문으로 질주했다. 하지만 그때 차 시동 소리가 들렸다. 앞문에 도달한 순간 이고르신이 탄 차의 미등이 번쩍 켜졌다. 겨우 몇 초 차이로 놓치고 만 것이다.

재미슨은 주머니에서 휴대폰을 꺼냈다. 보거트에게 전화해서 방금 일어난 일을 보고한 후 전화를 끊고 말했다. “곧 지원팀이 올 거래요. 그리고 수배령을 내린대요.”

데커는 여전히 바깥의 어둠 속을 응시하고 있었다. “그거로 될지 모르겠네요.”

마스가 재미슨을 포옹했다. “젠장, 알렉스, 무슨 공연이라도 보는 줄 알았어요. 거기다 사격술도 끝내줬고요.”

“고마워요. 하지만 아까 말한 R43 어쩌고 하는 게 도대체 뭐였어요?”

데커가 뒤돌아서 재미슨을 보았다. "R43 와이드 갭 실. 멜빈이 선수로 뛰던 당시 텍사스 대학교에서 가장 즐겨 쓰던 작전이었어요. 라이트 태클은 디펜시브 태클을 쓰러뜨려서 라이트 가드를 도와주고, 그 후 타이트 엔드와 함께 디펜스 엔드를 봉쇄하는 동안 와이드아웃이 코너백을 사이드라인으로 몰아가죠. 동시에, 타이트 엔드는 디펜스 엔드를 놔주고 스트롱 세이프티를 상대하죠. 그러면 멜빈이 그 틈새로 빠져나가서 곧장 아웃사이드 라인배커와 일대일로 맞붙을 수 있어요."

"그리고 그 라인배커는 벅아이 팀의 데커 씨고요." 마스가 씩 웃으며 덧붙였다.

데커는 짐짓 분한 표정을 지었다. "저 친구는 그 경기에서 그 작전 하나만으로 세 번의 터치다운을 기록했어요. 그리고 그 세 번 다 날 짓밟고 기록했죠."

"어이, 친구, 당신은 최선을 다했잖아요. 그리고 그쪽 팀 때문에 우리도 꽤 고전했다고요. 난 그 경기에서 초반에 여러 번 태클을 당했어요. 하지만 인생이 레몬을 주면, 그거로 뭘 해야 할까요?"

재미슨이 우스꽝스러운 표정을 지으며 말했다. "그야 레모네이드를 만들어야죠. 다 알면서 뭘 물어요."

마스는 고개를 저었다. "아니죠, 알렉스. 답은 **터치다운**을 해야 한다는 거예요."

재미슨이 말했다. "그래서 그 작전 얘기를 해서 데커한테 당신이 뭘 할지를 알려준 거예요? 내가 두 남자를 쓰러뜨릴 테니 당신도 틈을 봐서 공격하라고?"

"맞아요."

"나도 슬슬 미식축구를 보기 시작할까 봐요. 혹시 알아요? 다음에 두 사람이랑 같이 또 이런 상황에 처하게 될지."

"어이, 인생이 주는 가르침이 있다면, 앞날은 모른다는 거예요." 마스가 받아쳤다.

"앞날은 절대 알 수 없죠." 데커가 뒤돌아서 다시 어둠 속을 응시하며 되풀이했다.

0081

데커는 티슈를 한 장 더 건넨 후 뒤로 기대앉았다.

미치 가드너는 병실 침대에 앉은 채로 눈가를 톡톡 찍어냈다. 마침내 의식을 회복했는데, 의사들의 말에 따르면 완전한 회복이 가능할 거라고 했다.

데커는 그동안 일어난 일을 어느 정도까지는 설명해주었지만 전부 다 하지는 않았다. 하지만 남편의 죽음에 관해서는 알려주었다. 그리고 남편이 이고르신의 스파이 작전에 가담했다는 것도.

"난 항상 왜 브래드 같은 남자가 나 같은 여자를 택했을지 궁금했어요." 가드너가 코를 훌쩍이며 말했다.

"괜한 자기비하는 하지 말아요."

"그리고 이 빌 페이튼이라는 남자가 러시아 스파이였다니, 도저히 믿어지지가 않아요. 이름이 뭐라고요?"

"이고르신요. 그리고 그게 핵심이죠. 러시아인처럼 보이지 않는 것."

데커는 이고르신이 미치의 친아버지라는 사실을 비밀에 부치기로 마음먹었다. 아버지 자격을 가진 건 메릴 호킨스라고 생각하기 때문이었다. 그리고 가뜩이나 나약한 미치가 진실을 감당할 수 있을 것 같지도 않았다.

"그렇겠네요." 미치가 티슈를 침대 옆 휴지통에 던져 넣고 데커를 보았다. "그게 다가 아니죠?"

"네, 아닙니다."

"다른 이유 때문에 오신 거죠?"

"맞아요."

"레이철은 어떻게 됐어요?"

"기소됐지만 아마 형량 거래가 있을 겁니다. 아직 이고르신을 찾아내지 못했으니 목숨의 위협을 받고 있죠. 아마 FBI에 알고 있는 걸 모두 털어놓고 나면 증인 보호 프로그램에 들어가게 될 겁니다."

"하지만 그 남자가 나도 죽이려 하지 않을까요?"

"아닐 겁니다. 당신이 마음에 들었던 것 같아요."

"그 남자는 **실제로** 우릴 도와줬어요. 우리 엄마한테 진통제를 구해다주기도 했고요. 비록 난 빌 페이튼으로 알고 있었지만. 러시아인이라니, 아직도 믿어지지 않아요."

"그래요. 하지만 당신 아버지한테는 그렇게 다정하지 못했죠."

"우리 아빠에 관해 나한테 이런저런 이야기를 했었어요. 별로 안 좋은 이야기들을요."

"그리고 그건 거짓말이었죠. 자기 입으로 인정하더군요. 그냥 당신을 자기편으로 끌어들이려는 수법이었다고. 그게 다였어요."

"하지만 난 그 남자를 믿었어요. 그리고 아버지가 교도소에 가게 만들었죠."

"놈이 아버지에게 살인 혐의를 씌울 속셈이란 걸 알았습니까?"

가드너는 고개를 저었다. "당연히 아니죠. 난 전혀 몰랐어요. 사실 뭐가 어떻게 돌아가는 건지 전혀 감이 없었어요. 당시엔 완전히 정신이 나가 있었죠."

"놈은 아마 당신을 계속 아무것도 모르는 상태로 두려고 했을 겁니다. 아니면 누군가한테 발설할지도 모르니까요. 하지만 당신 아버지가 기소되고 난 후에는? 그리고 유죄 판결을 받은 후에는?"

"난 머릿속이 뒤죽박죽이에요. 마음 한편으로는 아버지가 유죄라고 믿었던 것 같아요."

"난 당신이 가담한 걸 그분이 적어도 어느 정도는 알아냈을 거라고 생각합니다. 하지만 당신을 그 살인사건에 연루시킬 위험을 감수하지 않으려 한 거죠. 그래서 그냥 입을 다물고 교도소로 간 겁니다. 그리고 칼 스티븐스를 만난 후에야 생각이 바뀌었죠. 어차피 삶이 얼마 남지 않았고, 당신이 가담했다는 것과 그 음모의 배후에 관한 이야기를 스티븐스에게 듣고는 더 이상 참을 수 없게 된 겁니다. 그래서 누명을 벗으려고 여기로 돌아온 거죠."

"제가 어떻게 아버지를 탓하겠어요." 가드너는 몸을 눕히고 눈을 감았다. "너무 피곤해요." 그러더니 갑자기 벌떡 일어나 앉았다. "아, 맙소사, 내 아들, 그애는 어디……."

"아이는 무사합니다. 아동복지기관에 있어요. 하지만 지금 상황에 관해서는 전혀 모르고 있어요."

"지…… 지금에야 그애 생각이 났다니 믿어지질 않네요."

가드너는 자신의 무신경함에 진심으로 충격받은 표정이었다.

"그야 약물로 인한 혼수상태에서 방금 깨어났으니까요. 머릿속이 혼란스러울 겁니다."

"이해심이 넘치시네요, 데커." 가드너가 망설이다 말을 이었다.

"하지만 아마 그것도 오래가지는 않겠죠."

데커는 일어서서 가드너를 내려다보았다. "삶의 마지막에 다다를 때까지 잘못을 바로잡을 기회를 얻지 못하는 사람들이 얼마나 많은지 혹시 아십니까?"

"난…… 그게 무슨 말씀이죠?"

"당신은 크나큰 잘못을 저질렀어요, 미치. 자기 아버지에게 누명을 씌우는 데 가담하다니. 그분은 그 때문에 엄청난 고통을 겪었습니다. 그분은 교도소에 갔고, 거기서 끔찍한 일들을 당했죠."

"나도 전부 다 알아요. 난…… 난 마약 때문에 제정신이 아니었어요, 데커."

"하지만 지금은 그렇지 않죠. 이제는 몸도 중독에서 벗어났고 아마 정신도 말짱할 겁니다. 그래야 해요."

"내가 뭘 하길 바라는 거죠?" 가드너의 목소리에는 경계심이 묻어났다.

"올바른 일요."

"그게 정확히 뭔데요?"

"법정으로 가서 아버지가 무죄라고 진술하는 겁니다. 아버지의 오명을 벗겨드리고, 당신이 저지른 짓에 대한 책임을 인정해요."

"그럼 난 감옥에 가게 되는데요? 나더러 지금 감옥에 가라는 거예요?"

"당신이 당신 집에서 내 머리통을 날려버리려 한 걸 감안하면 내게 그럴 권리가 있지 않나요?"

"난…… 난 감옥에 갈 수 없어요. 그러면 내 아들은 누가 보살피라고요."

"아마 감옥에 꼭 갈 필요는 없을 겁니다."

"어떻게요?" 애원하는 투로 가드너가 물었다.

"이건 일반적인 사건이 아닙니다. 어쩌면 내가 당국에 형량 거래를 얻어낼 수 있을지도 몰라요. 무슨 일이 일어났는지를 사실대로 털어놓으면 당신 아버지는 누명을 벗게 될 겁니다. 그리고 당신은 당신 삶을 살아갈 수 있고요."

"정말 그게 가능하다고 생각하세요?"

"불가능할 것도 없죠. 하지만 그런 현실적인 이득은 잠시 제쳐놓고, 그 시나리오에서 당신한테 뭔가 긍정적인 요소를 발견할 수 있을 것 같은데요."

"그게 뭐죠?"

"당신은 그 오랜 세월 내내 양심의 가책을 떠안고 살아왔어요, 미치. 스스로 의식했든 못 했든 간에요. 그건 당신한테 영향을 미치게 돼 있어요. 사람을 바꿔놓죠. 이게 아닌데 하면서도 어쩔 수 없이 절대 되고 싶지 않았던 사람으로 변해가게 만들어요. 세상의 돈을 전부 가졌다 해도 소용없어요. 그건 당신을 조금씩 조금씩 갉아먹죠."

가드너는 시트를 움켜쥐고 데커를 올려다보았다. "당신은…… 마치 그런 일을 직접 겪어본 것처럼 말하네요."

"**것처럼**이 아니에요. 난 가족이 나를 필요로 할 때 곁에 있어주지 못했어요. 그 탓에 내 가족은 목숨을 잃었죠. 난 두 번 다시 아내와 아이를 만나지 못할 겁니다. 그리고 그걸 언제까지나 내 죄로 짊어지고 갈 거고요." 데커는 긴 숨을 내쉬었다. "그건 살아도 사는 게 아니에요, 미치. 내 말을 믿어요."

가드너는 눈물을 줄줄 쏟으며 손을 뻗어 데커의 손을 꼭 붙들었다. 불과 얼마 전까지만 해도 그 갑작스러운 접촉은 데커를 움찔하게 만들었을 것이다.

하지만 이곳에서 가장 밑바닥으로 곤두박질친 데커의 어깨에 멜빈 마스가 팔을 둘렀을 때, 그리고 차 안에서 겁에 잔뜩 질려 타인의 온기를 간절히 갈구하던 메리 랭커스터가 데커의 손을 잡았을 때, 에이머스 데커에게 무언가 변화가 일어난 게 분명했다.

비록 여기 있는 동안 데커의 머리가 부린 수많은 변덕이 데커를 불안으로 몰아넣긴 했지만, 그 변화는 반가운 것이었다. 더 이상 타인이 포옹을 하거나 손을 잡아도 움찔하지 않는, 능력이라고 부르기도 뭐한 그 하찮은 능력은 데커가 예전 모습을 조금이나마 되찾게 해주었으니까. 미식축구 구장에서 죽었다가 전혀 다른 사람으로 깨어나기 전의 모습을.

그리하여, 데커는 다른 손도 마저 뻗어 미치의 손을 감쌌다.

"그렇게 해줘요, 미치. 딱 한 걸음만 내디디면 돼요. 당신이 할 수 있는 잘못을 바로잡고, 마침내 죄의식에서 벗어나는 겁니다."

불안한 침묵의 순간이 흐른 후 마침내 미치가 입을 열었다.

"그렇게 할게요."

0 0082

보거트가 말했다. "모스크바는 우리의 민주적 절차에 간섭하는 것으로도 모자라 소외 계층을 포섭해 우리의 고향 텃밭에서 자기네 병사를 키우려 하고 있어요. 더 많은 갈등과 선동을 배양하는 게 목적이죠."

보거트, 마스, 재미슨, 그리고 데커는 서즈에서 저녁 식사를 하는 중이었다.

"그렇다면 에릭 타이슨과 칼 스티븐스는 그 무리 중 하나였군요?" 재미슨이 물었다.

"맞아요."

데커는 못마땅한 표정의 재미슨을 곁눈질하면서 마지막 프렌치 프라이를 먹어치웠다. 그런데 재미슨이 갑자기 구겨졌던 인상을 활짝 펴면서 이렇게 말했다. "좋아요. 고생한 데 대한 보상으로 오늘만큼은 정크푸드를 허락할게요. 하지만 내일부터는 어림없어요."

보거트가 말했다. "차일드리스는 감방에서 변사체로 발견됐어요. 음식 때문이었죠. 일종의 산업용 독성 화학물질이었어요. 러시아인들은 그쪽에 솜씨가 정말 좋거든요. 틀림없이 차일드리스 말고도 경찰서에 요원이 더 있는 거겠죠. 밀러 서장님이 지금 그걸 조사 중입니다."

"이고르신에 대한 소식은 없어요?" 마스가 물었다.

데커는 고개를 저었다. "놈은 리처즈 가족의 집에서 도망친 날 밤 미국을 빠져나간 것 같아요. 아마도 지금쯤이면 이미 모스크바로 돌아갔겠죠. 우리가 체포한 놈의 두 수하는 아직 입을 열지 않고 있어요. 솔직히 잇새에 청산가리 알약을 숨겨놓지 않았다면 그게 더 놀라울 것 같아요. 그들로부터는 아무것도 알아내지 못할 겁니다. 하지만 우린 그래도 아메리칸 그릴에서 일했던 '견습생들'에 대한 다른 기록을 찾아냈어요. 그걸 다른 정보랑 같이 이용해서 미국 전역에 숨어 있을 이고르신의 스파이들을 찾아내야죠."

"음, 꼭 마지막 한 놈까지 놓치지 않고 찾아내길 빌게요." 마스가 말했다.

"그리고 레이철 카츠는 어떻게 되는 거지?" 데커가 물었다.

"아마 증인 보호 프로그램에 들어가겠지. 미치 가드너와 아들도 그렇고. 가드너가 법정에서 한 증언으로 호킨스는 완전히 살인 혐의를 벗었어. 전과 기록은 삭제됐고. 이제는 완전히 깨끗한 몸이야."

"그리고 죽었고." 데커가 음울하게 말했다. "그러니 절대 모르겠지."

마스가 말했다. "어이, 친구. 믿음을 버리면 안 되죠. 그리고 내 믿음에 따르면 호킨스는 **이미** 알고 있다고요. 그 남자는 당신한테 자신의 무죄를 입증해달라고 했고, 당신은 그 부탁을 들어줬어요."

*

“그냥 잠깐만 기다려줘요.” 데커는 그렇게 말하고 재미슨, 보거트, 마스와 함께 타고 있던 차에서 내렸다.

보거트가 말했다. “하지만 우리랑 같이 돌아가는 거 맞지? 갑자기 뚝 떨어진 사건을 조사하겠다고 또 혼자 돌아다니는 건 아니겠지?”

데커가 고개를 끄덕였다. “아니야. 그건 이제 할 만큼 한 것 같아. 적어도 지금으로서는.”

“잘됐네요, 데커.” 마스가 말했다. “왜냐하면 D.C.로 돌아가면 내가 저녁을 살 참이거든요. 하퍼도 오기로 했어요.”

데커는 고개를 끄덕이고 길을 따라 걸어갔다. 고개를 들자 맞은편에서 다가오고 있는 랭커스터가 보였다. 두 사람은 데커의 옛집 앞에서 마주쳤다.

“여기까지 만나러 와줘서 고마워, 메리.”

“네가 작별인사를 하고 싶을 거라고 생각했어.” 랭커스터는 그렇게 말하고 집을 바라보았다. “하지만 왜 여기서 보자고 했는지는 모르겠다.”

“복잡해.”

“그야 당연히 그렇겠지.”

“난 널 만나러 다시 돌아올 거야.”

“굳이 그럴 필요 없어.” 랭커스터는 재미슨, 마스, 그리고 보거트가 데커를 기다리고 있는 차 쪽을 바라보며 말했다. “네게는 새 인생이 있잖아, 에이머스. 그 인생은 여기서 먼 곳에 있고, 그것 역시 잘된 일이지.” 랭커스터는 데커가 너무나 큰 불행을 겪은 집을 바라보며 말을 이었다. "넌 이곳에서 자유로워질 필요가 있어. 영원히."

"난 그러지 않을 거야, 메리."

"도대체 왜?"

"넌 내 친구니까."

"그야 당연히 넌 내 친구지. 하지만……."

"그리고 앞으로 몇 년 후 네가 겪을 일에 어쩌면 내가 도움이 될지도 모르니까. 비록 대단한 도움은 못 되겠지만."

랭커스터는 고개를 떨구고 담뱃갑에서 담배를 꺼내어 한참이나 연기를 응시한 후 튕겨버렸다.

"난 아직 무서워."

"당연한 거야. 사람들 대부분이 그럴걸. 하지만 너한테는 얼이 있잖아. 그리고 나도 있고."

랭커스터는 당혹스러운 표정으로 데커를 보았다. "넌 정말 달라졌어, 에이머스. 여길 떠난 이후로."

"어떻게 달라졌는데?"

"그냥 달라졌어. 뭐랄까……." 적절한 표현이 떠오르지 않는 듯, 랭커스터가 말끝을 흐렸다.

"더 섬세해졌다거나?" 그렇게 말하는 데커의 입술에는 아주 작은 미소가 떠올라 있었다.

"그렇게 말할 수도 있겠지."

랭커스터의 표정이 좀 더 심각해졌다. "도와주겠다고 한 말은 고마워. 그리고 널 얼른 다시 만나고 싶어." 랭커스터는 집을 쳐다본 후 탐색하는 듯한 시선을 데커에게 던졌다. "하지만 왜 하필이면 여기야?"

"헨더슨 가족과 모르는 사이라고 나한테 말했었지?"

"그래, 하지만 행복한 가족 같다고 했었지."

"분명 행복한 가족이 맞을 거야. 그리고 여긴 아이를 키우기 좋은 곳이고."

"음, 확실히 네가 러시아인들을 몰아낸 덕분에 더 좋은 곳이 되긴 했지."

데커는 한 걸음 뒤로 물러나 옛집을 응시했다.

"기억이 너무 많잖아." 랭커스터가 말했다. "특히 너 같은 기억력을 가진 사람한테는."

"그래, 기억이 너무 많아. 대부분은 아름다운 기억이고, 일부는 끔찍한 기억이지."

"그래서 넌 어느 쪽을 안고 갈 건데?"

"내 경우엔 선택지가 없어. 하지만 우선순위라면 선택할 수 있겠지."

"할 수 있을 것 같아?"

"노력은 해봐야지."

데커는 가족이 살해당한 걸 발견한 그 폭력적인 장면이 머릿속에서 계속 재연되던 것을 떠올렸다.

"적어도 좀 더 열심히 노력할 순 있어. 사실, 그래야 하니까."

"성공을 거두길 빌게. 진심으로."

데커는 떠나기 전에 랭커스터를 오랫동안 포옹해, 옛 파트너를 놀라게 만들었다.

"정말 뜻밖인데." 서로 몸을 떼고 각자 뒤로 물러난 후 랭커스터가 말했다.

"나로서도 뜻밖이었어. 하지만…… 좋았어."

"그래, 에이머스. 나도 마찬가지야."

데커는 돌아가서 차에 올랐다. "버건디색이 무슨 뜻인지 궁금해요." 데커가 말했다.

재미슨은 "뭐라고요?" 하고 물었고 보거트와 마스는 당혹스러운 눈빛을 교환했다.

"그날 묘지에서 내게 다가오던 호킨스는 몸에 버건디색 후광을 두르고 있었어요. 그건 내게는 처음 떠오른 색이었어요."

다들 잠시 침묵에 잠겨 있었다. 마침내 재미슨이 입을 열었다. "어쩌면 당신 뇌가 뭔가 도움이 필요한 선한 사람을 알려주는 새로운 방식이 아닐까요?"

"그게 사실이라면 그 색을 좀 더 자주 보게 될지도 모르겠네요."

일행이 차 안에 앉아서 떠나는 랭커스터의 뒷모습을 지켜보는 사이 헨더슨 부부가 딸과 함께 집에서 나와 닛산 센트라에 올라탔다. 차는 잠시 후 떠났다.

재미슨은 그 광경을 지켜보는 데커를 불안한 기색으로 응시하고 있었다.

뒷좌석에서 마스가 말했다. "행복한 가족 같아 보여요."

"그래요." 데커가 말했다. "그래 보이죠."

재미슨의 손가락이 운전대를 불안하게 두드렸다.

마스가 말했다. "그럼 저 집은 행복한 집이겠군요."

재미슨은 거울 속으로 마스에게 날카로운 시선을 던진 후 다시금 데커를 보았다.

"행복한 집." 데커는 나지막한 목소리로 그렇게 되풀이한 후 재미슨에게 고개를 끄덕였다.

재미슨은 기어를 바꾸고 차를 출발시켰다.

이곳에서 멀리.

지금은.

하지만 에이머스 데커는 돌아올 것이다.

그래야 할 이유는 얼마든지 있으니까.

〈끝〉

옮긴이_ 김지선

서울에서 태어나 서강대학교 영문학과를 졸업하고 출판사 편집자로 근무했다. 현재 번역가로 활동하고 있다. 옮긴 책으로 《널 지켜보고 있어》, 《내 것이었던 소녀》, 《라이프 오어 데스》, 《괴물이라 불린 남자》, 《반대자의 초상》, 《사랑의 탄생》, 《페미니스트 유토피아》, 《오만과 편견》, 《엠마》 등이 있다.

진실에 갇힌 남자

초판 1쇄 발행 2020년 11월 9일
초판 2쇄 발행 2020년 12월 21일

지은이 데이비드 발다치
옮긴이 김지선
펴낸이 신경렬

편집장 김지연
마케팅 장현기 · 정우연
디자인 이승욱
경영기획 김정숙 · 김태희
제작 유수경

펴낸곳 ㈜더난콘텐츠그룹
출판등록 2011년 6월 2일 제2011-000158호
주소 04043 서울시 마포구 양화로 12길 16, 7층(서교동, 더난빌딩)
전화 (02)325-2525 | **팩스** (02)325-9007
이메일 boheme@thenanbiz.com | **홈페이지** www.thenanbiz.com

ISBN 979-11-5879-149-0 03840